Kirsten Storm

Ruby Blayke
Feuer und Asche
Die Sphären-Chroniken 1

Roman

Kirsten Storm

Ruby Blayke

Feuer & Asche

Die Sphären-Chroniken I

Bisher sind folgende Bücher von Kirsten Storm erschienen:

Die Chronik der Wünsche (Abgeschlossene Tetralogie)
Wünsch Dir Was: Der Erste Wächter
Wünsch Dir Was: Misaya
Wünsch Dir Was: Vergänglichkeit
Wünsch Dir Was: Wahrhaftigkeit

Die Sphären-Chroniken
Ruby Blayke: Feuer und Asche (Band 1)
In Vorbereitung:
Die Sphären-Chroniken (Band 2)
und weitere Bände.

Bibliografische Information der Deutschen Nationalbibliothek:
Die Deutsche Nationalbibliothek verzeichnet diese Publikation
in der Deutschen Nationalbibliografie; detaillierte bibliografische Daten sind
im Internet über dnb.dnb.de abrufbar.

Kirsten.Storm@gmx.net
c/o AutorenServices.de
Birkenallee 24
36037 Fulda
1. Auflage
Coverdesign: Phantasmal Image, Enrico Frehse
Lektorat: Andrea Weil
Bestellung und Vertrieb: Nova MD GmbH, Vachendorf
Druckerei Poligraf, Brzezia Laka, Polen
ISBN 978-3-96698-586-4

Für alle Traumjäger.

I

Der Himmel spannte sich, einem aufgerissenen Maul gleich, über den Ozean und die Stadt. Noch war sein Blau klar und leuchtend. Noch hatte es sich nicht in einen roten Schlund verwandelt.

Baufällige Häuser drängten sich bis dicht an den leeren Kai. Sie erschienen mir mit meinen sieben Jahren wie Riesen, die auf ihrem langen Marsch zum Meer erstarrt waren, die zerbröckelnden Arme aus Betonstreben und rostigem Stahl sehnsüchtig der offenen Weite entgegengereckt. Schutt und Müll lagen auf der von Schlaglöchern übersäten Straße und nahmen den Abhang hinab, dessen Fuß wir nun erreichten, stetig zu.

»Seid vorsichtig Kinder, passt auf, dass ihr eure Kleider nicht zerreißt!«, rief Schwester Meriam.

Ich sah mich nach den Ordensfrauen um. Obwohl ihre kohlschwarzen, mit weißen Rändern gesäumten Trachten bis zum Boden reichten, stiegen sie, ohne zu zögern, über die rauen Trümmer. Hier, zwischen den letzten Ausläufern der Ruinen und dem stillgelegten Kai, hatte sich der Unrat in einer Bodensenke gesammelt.

Mit klopfendem Herzen erklomm ich den Berg aus Müll und Gesteinsbrocken und versuchte mit den anderen Kindern Schritt zu halten. Ein warmer Wind strich um meine nackten Waden. Trotz des allgegenwärtigen Verfalls genoss ich den Ausblick. Mit weit aufgerissenen Augen blickte ich in die Ferne und drehte mich im Kreis, damit mir nichts von dieser Welt entging – einer Welt, die nicht von Mauern begrenzt wurde. Hinter uns lag Revlins

Port, eine kleine Siedlung am Pazifischen Ozean. Von hier unten entzog sich der bewohnte Bezirk meinem Blick, abgeschirmt von den grau gemaserten Felsrücken des Kliffs. Die schroffen Klippen erstreckten sich nach Süden, weiter, als ich sehen konnte, und endeten hier so abrupt, als hätte Gott selbst mit einem Messer eine scharfe Kante in die Landschaft geschnitten.

Der zerfallene Teil der Stadt klammerte sich hartnäckig an den steilen Hang, den wir auf dem Weg zu unserem Ausflugsziel hinabgestiegen waren. Es war der kürzeste Weg ans Meer, der jedoch nur zu Fuß genutzt werden konnte.

Revlins Port war nur in den Hügeln oberhalb des Küstenstreifens lebendig. Die Einwohner hatten genug damit zu tun, sich um das zu kümmern, was sie zum Leben brauchten. Niemand machte sich die Mühe, in den Ruinen für Ordnung zu sorgen. Angesichts der regelmäßigen Stürme wäre es eine fruchtlose Arbeit, hatte uns Schwester Telwy während des Abstiegs erzählt.

Ich wandte mich um und sah aufs Meer hinaus. Der Anblick der glitzernden, endlosen Weite weckte ein unbestimmtes Hochgefühl in mir. Der salzige Wind brachte den Geruch von Fisch und Tang mit sich, den ich gierig aufsog – ein erster Vorgeschmack auf das unbekannte Gefühl von Freiheit.

»Ruby, träum nicht!« Schwester Meriam winkte mir ungeduldig zu, sie hatte bereits den Kai erreicht und ich beeilte mich, ihr zu folgen. Ich kletterte über einen letzten Betonbrocken und ließ mich rückwärts über die Kante hinunter gleiten. Mit den Füßen nach Halt tastend, stützte ich mich mit einem Ellenbogen ab, um meine linke Hand zu schonen, die im Gipsverband steckte. Da gab der Vorsprung unter meinem Fuß nach, ich schrammte über die raue Oberfläche nach unten und sog scharf die Luft ein. Eine lange, rote Schürfwunde zog sich über mein Schienbein.

Ich presste die Lippen zusammen und blinzelte die aufkeimenden Tränen fort. *Ich hätte besser aufpassen müssen.*

Wenn ich wegen eines Kratzers herumjammerte, würden mich die Nonnen nicht so bald wieder mitnehmen. Also bemühte ich mich, das Brennen zu ignorieren und rannte ihnen nach.

Die Küste gefiel mir. Das breite, gelbgraue Band aus Sand und Kies schmiegte sich in einer bogenförmigen Linie in die felsige Bucht. Wir hatten den Strand beinahe für uns. Nur zwei Frauen mit breiten Strohhüten zogen mit einem kleinen Handkarren vorüber.

Als ich bei den anderen Kindern anlangte, stürmten die ersten bereits mit gerafften Kleidern und hochgekrempelten Hosen ins Wasser. Unsere Taschen türmten sich zu Füßen der Schwestern, deren wachsame Blicke unablässig auf der Gruppe ruhten, zu einem grauen Haufen Stoff. Darin befanden sich wahre Schätze. Jeder Schüler hatte ein Stück Obst einstecken dürfen, das dem Waisenhaus gestiftet worden war. In meinem Beutel lag eine leuchtend orangefarbene Aprikose, deren pelzige Haut ich staunend befühlt und die ich sorgsam verstaut hatte.

Ich genoss den Seewind, blieb am Ufer stehen und legte den Kopf in den Nacken. Gespannt starrte ich zu dem von Wolkenfetzen verhangenen Blau des frühen Nachmittags hinauf.

Gleich ist es so weit. Ich verengte die Augen zu Schlitzen, konzentrierte mich, um nichts zu verpassen, fand es jedes Mal unglaublich, wenn ich das Phänomen draußen beobachten konnte. Ich blendete die Geräusche, das fröhliche Kreischen der anderen Kinder und das Rauschen der Wellen, aus.

Erst fiel die Veränderung nicht auf, doch allmählich verlor das strahlende Azurblau des Himmels seinen reinen Glanz. Als wüchse dort eine zweite Sonne, breitete sich ein Leuchten über mir aus, nahm mit jedem Atemzug an Intensität zu und ging in ein ungesundes Violett über.

Es erinnerte mich an die Flecken auf der Haut eines Oberstufenschülers, nachdem ihm jemand einen Faustschlag auf die Wange verpasst hatte – ein Bluterguss am Himmel.

Über mir setzte sich das Farbspiel fort. Schon wandelte es sich zu Rot – Sphärenrot.

In meiner Fantasie stellte ich mir vor, der Himmel bilde, einer gigantischen Hülse gleich, eine Schale um die Erde.

Der gleißende Feuerball dort oben platzte jeden Tag aufs Neue auf und verlor seine Glut, die sich siedend heiß über diese gewaltige Kuppel ergoss. Gebannt beobachtete ich den Vorgang, sah, wie der von Kies bedeckte Kai das feurige Licht fing, wie es auf den Wogen tanzte und die Welt in einen Glutkessel verwandelte. Das unheilvolle Glühen verschluckte das Blau schließlich zur Gänze, bis der gesamte Himmel blutrot erstrahlte. Ich atmete tief ein, spürte das Kribbeln auf der Haut, als sich die Härchen auf meinen nackten Armen und Beinen aufstellten. Die Sommerwärme war vertrieben. Trotz seiner flammenden Farbe brachte das Phänomen kalte Böen mit sich, die über das Wasser fegten, meinen roten Haarschopf und die Zipfel meines verschlissenen, grauen Kleides flattern ließen.

Vor einem Monat hatten die Schwestern eine der höheren Klassen im Garten unterrichtet und erklärt, was es mit diesem täglich auftretenden Schauspiel auf sich hat. Gebannt hatte ich meine Hacke inmitten des Unkrauts liegen lassen, das Gesicht zwischen die maroden Gitterstäbe des Zauns gepresst und ihnen, im Schatten einer Hecke verborgen, gelauscht. Doch ehe meine Neugier befriedigt gewesen war, hatten sie mich entdeckt und fortgeschickt.

»Du hast deine Pflichten vernachlässigt, geh zurück an die Arbeit«, hatte mich Schwester Meriam angefaucht. »Du willst am Unterricht der Mittelstufe teilnehmen? Mädchen, das verstehst du noch nicht. Du bist viel zu jung für diese Themen.«

Die Strafe selbst, ein Tag im Küchendienst, war weit weniger schlimm gewesen, als in Ungewissheit gelassen zu werden. Ob ich das, worüber sie sprachen, verstanden hätte, wusste ich nicht. Doch das änderte nichts daran, dass es mich brennend interessierte.

Ich sah mich um. Die anderen Kinder kreischten und tollten im seichten Wasser, wo der Strand am Ende der Bucht ins Meer mündete. Sie schenkten dem Sphärenlicht kaum Beachtung. Nur ein Junge und drei Mädchen waren aus dem Wasser getreten und rieben sich fröstelnd die Arme.

»Ich hasse es.«

Ich versteifte mich, als ich dicht hinter mir Schwester Meriam flüstern hörte.

»Ich werde mich nie daran gewöhnen.«

»Wir sollten dankbar sein, dass wir uns an die Zeit davor erinnern«, antwortete Schwester Telwy mit ihrer bedächtigen Stimme.

Ich drehte mich nicht zu ihnen um, aus Furcht, sie könnten meine Faszination erkennen. Keine der Schwestern mochte das Phänomen. Kein Erwachsener hatte sich je über seine Schönheit geäußert.

Allerdings waren die Ordensfrauen von Edenplace die einzigen Erwachsenen, die ich kannte. Einmal hatte ich den glutroten Himmel in Schwester Claires Anwesenheit offen bewundert, ein Fehler, den ich kein zweites Mal machen würde. Ihre Tirade über die Versuchungen des Teufels klang mir noch immer in den Ohren, eingehämmert mit zahlreichen Stockschlägen. Der *Teufel* war Schwester Claires Lieblingsthema und die Farbe meines Haars war ihr oft Anlass genug, darauf zu sprechen zu kommen.

Ich gab mir einen Ruck, rannte zu den übrigen Kindern, die über die heranrollenden Wellen sprangen, und streifte meine Schuhe und Strümpfe ab. Vorsichtig hielt ich die Zehen ins Wasser und musste lachen, als es sprudelnd um meine Beine schäumte. Dann sprang ich jauchzend umher, während die rot reflektierende Gischt an meinen Füßen leckte.

An einem Ausflug teilnehmen zu dürfen, musste man in vollen Zügen genießen. Es war ein seltenes Privileg, um das hart gekämpft wurde. Nur wer sich strikt an die Regeln hielt – oder nicht erwischt wurde, wenn er diese brach –, hatte eine Chance, sich bei den Nonnen hervorzutun.

Ich verdankte mein Hiersein jedoch dem Mitleid Schwester Telwys. Entweder diesem oder Coras Boshaftigkeit. Mein Blick driftete über das Schattenmuster der Wellen, als könne sie zwischen den anderen Kindern hervortreten und mich auch hier peinigen. Cora Redcliff machte mir das Leben zur Hölle, seit ich denken konnte.

Sie war ein Jahr älter als ich und im selben Schlafraum untergebracht. Erst gestern hatte sie mir wieder eine Abreibung verschafft und dabei eine ganze Kette von Ereignissen in Gang gesetzt.

Die fiese Schlange hatte in der Nacht feuchte Erde auf die groben Leintücher meines Bettes geschmiert. Beim Morgenappell, als ich verschlafen unter meinen Decken hervorgekrochen war und den Schaden entdeckt hatte, war es zu spät gewesen: Schwester Meriam stand bereits ungeduldig an der Tür, um uns aus dem gemeinsamen Schlafraum zu scheuchen. Coras hämischer Blick ruhte auf mir, während ich starr vor Angst dastand, statt den anderen hinaus zu folgen. Die Nonnen waren nicht zimperlich, wenn es um unsere Erziehung ging. Und die Bestrafung hierfür würde mehr als unangenehm ausfallen.

»Hinaus in den Waschsaal mit dir, Mädchen. Mach schon, du bekommst keine Sonderbehandlung«, forderte mich die Ordensfrau auf und klopfte gegen das Holz des Türrahmens, ehe sie sich abwandte. In wenigen Minuten würde sie ihren Kontrollgang durch das Zimmer antreten. Da leuchtete mir die Rettung entgegen. Mein Blick heftete sich auf das kleine Namensschild, das am Ende meines Bettes prangte, ich riss es ab und tauschte es gegen Coras aus.

Die Strafe folgte auf dem Fuße: Noch ehe wir im Speisesaal angekommen waren, um den Frühstücksbrei in uns hineinzuschaufeln, der fast jeden Tag auf dem Speiseplan stand, wurde Cora fortgerufen. Bleich, zitternd und mit blau geschwollenen Striemen auf den dünnen Fingern, kam sie später in den Unterricht.

Sie hatte sich nicht verteidigt. Jedes Wort der Widerrede zog stets mehr Schläge nach sich. Jedes Kind wusste das.

Cora hatte die Strafe ertragen, doch ihr hasserfüllter Blick durchbohrte mich und es kostete mich Mühe, mir nichts anmerken zu lassen. Sie zitterte in der ersten Lehrstunde so sehr, dass sie zweimal ihren Stift zu Boden fallen ließ. So ruhig wie nur möglich harrte ich an meinem Schreibpult aus und floh in der folgenden Pause zurück in den Schlafraum, wo ich die Schilder wieder zurück tauschte. Das Bett war bereits frisch bezogen, die schmutzige Wäsche in die Waschküche gebracht. Außer Atem stürzte ich schließlich in den Klassenraum zurück und musste für mein Zuspätkommen büßen, indem ich während der Mittagspause beim Unkrautjäten half. Ein kleiner Preis angesichts dessen, was Cora ertragen hatte.

Am Abend, als ich mich naiverweise bereits außer Gefahr wähnte – die Strafe war vollzogen und alle Beweise vernichtet –, folgte ihre Rache.

Ich hatte keineswegs angenommen, Cora hätte daraus gelernt oder würde mich gar in Ruhe lassen. Doch ich hatte geglaubt, sie würde sich weitere hinterhältige Attacken einfallen lassen, gegen die ich mich wappnen konnte. Womit ich nicht gerechnet hatte, war offene Gewalt.

Der Sturz die Granitstufen des Treppenhauses hinunter trieb mir die Luft aus den Lungen, ließ mich kurz doppelt sehen und brachte mir mehrere blaue Flecken und zwei gebrochene Finger ein. Coras boshaftes Lächeln über mir brannte sich in mein Gedächtnis.

Schwester Telwy hatte die Knochen geschient, geprüft, ob ich mich noch bewegen konnte und gefragt, wie das geschehen war.

»Ich bin ausgerutscht«, hatte ich gestammelt, denn die einmalige Chance, Cora zu verraten, würde zwangsläufig weitere Unfälle nach sich ziehen.

Das Versprechen, ich dürfe mit Schwester Meriam und ihr den heutigen Mittelstufenausflug an die Küste begleiten, so ich mich kräftig genug dafür fühlte, hatte mich letztendlich mehr als entschädigt. Die Angst, dass mir Cora diesen Ausflug übelnahm, nagte jedoch an mir.

Ich schüttelte den Kopf und trat in das spritzende Wasser, als könne ich so ihr gehässiges Grinsen aus meinen Gedanken vertreiben.

Mit leerem Blick strich ich über den harten, weißen Verband und watete tiefer ins Wasser. Die Schürfwunde an meinem Bein brannte und der Saum meines Kleides wurde nass, doch das war mir egal.

»Achtung!«, rief jemand.

Ich fuhr auf, nicht etwa, weil mich die Welle überraschte, die heranrollte, sondern wegen des Jungen, der mich einfach packte und hochnahm.

»He!« Ich wehrte mich gegen seinen Griff und strampelte mit den Beinen.

»Hör auf mit dem Gezappel«, murrte er und setzte mich bereits wieder ein Stück Richtung Strand ab, sodass ich der Woge entging, die einige der prustenden Schüler durchnässte. Es war Finn, erkannte ich nun. Mit seinen zehn Jahren war er der Älteste in der Gruppe. Sein blondes Haar fiel ihm feucht in die Stirn. Offenbar machte es ihm selbst nichts aus, nass zu werden.

»Bist du jetzt Babysitter, Finn?«, spottete ein schmächtiger Junge, dessen Namen ich nicht kannte.

»Ganz bestimmt nicht, aber die Kleine hat einen Gips. Ich glaube kaum, dass es die Telwy lustig findet, wenn sie ihn neu anlegen muss. Und rate mal, wem sie die Schuld dafür geben würde«, meckerte Finn zurück.

»Ich passe selbst auf meinen Gips auf«, ereiferte ich mich. Wie ich es hasste, von oben herab behandelt zu werden. Sie waren nur wenige Jahre älter als ich, und dass sie nicht mehr der Unterstufe angehörten, gab ihnen noch lange kein Recht, mich wie ein Kleinkind zu behandeln.

»Klar, so wie eben, was?«, höhnte Finn. »Bleib lieber am Strand.«

Ich presste beleidigt die Lippen aufeinander und entfernte mich ein Stück. *Was bilden die sich denn ein?* Ich konnte sehr gut auf mich selbst aufpassen ... *einigermaßen zumindest.* Zerknirscht blickte ich auf meine Hand hinab.

Sogleich wandten sich die Jungen wieder ihrem Spiel mit den Wellen zu. Ich ging einige Meter den Strand hinunter und grub meine Zehen in den Sand, spürte feine Muschelsplitter unter der Haut. Als ich glaubte, Finns Aufmerksamkeit entgangen zu sein, begab ich mich erneut ins seichte Wasser. Ich wollte die seltene Chance, das Meer hautnah zu erleben, nicht vorüberziehen lassen, nur um ein Stück Gips trocken zu halten. Meine gebrochenen Finger schmerzten ein wenig, doch das hielt mich nicht auf.

Erst jetzt bemerkte ich, dass sich der rote Schimmer, der die Welt für einige Minuten eingefasst hatte, wieder verzogen und den wolkenverhangenen Sommertag zurückgelassen hatte. Ich watete tiefer ins Wasser, genoss das Gefühl des davonspülenden Sandes unter den Zehen und beobachtete eine sich nähernde Gruppe. Auf die Entfernung konnte ich nicht erkennen, ob es Erwachsene oder Kinder waren.

»Bei Gottes Gnade, sind das etwa Lysanth?«, erklang der spitze Schrei eines sommersprossigen Mädchens, das nicht weit von mir entfernt stand und in Richtung der Neuankömmlinge starrte.

Stocksteif hielt ich in der Bewegung inne und spähte zu den Fremden hinüber. Es waren allesamt Jungen, wie ich nun feststellen konnte. Unsicher blickte ich mich nach den Nonnen um. Auch Schwester Meriam beobachtete sie und klopfte Schwester Telwy Aufmerksamkeit heischend auf die Schulter.

Das Wasser fühlte sich plötzlich kühler an und eine Gänsehaut zog meine Waden hinauf.

Sind das wirklich Lysanth? Teufel in Menschengestalt?

Die Schwestern rührten sich nicht. Erst als die Fremden näherkamen, gingen sie ihnen ein Stück weit entgegen und stellten sich, einer Wehrmauer gleich, zwischen sie und uns. Drei oder vier von ihnen warfen den Nonnen abfällige Blicke zu. Manche mochten nicht älter als die Mittelstufenschüler unserer Gruppe sein. Verwundert beobachtete ich den bunten Haufen. Sie sahen, bis auf wenige Unterschiede, kaum anders aus als die Jungen und Mädchen, die ich kannte. Ihre Haut war sonnengebräunt. Ihre Kleidung, zwar genauso alt, ausgeblichen und geflickt wie mein eigenes Hemd, wies jedoch alle möglichen Farben auf. Einer trug sogar eine leuchtend grüne Hose.

Sie sahen keineswegs wie Teufel aus, weder Hörner noch vernarbte, rot geäderte Haut war zu entdecken. Zwei von ihnen waren genauso blond wie Finn.

»Bist du sicher, dass das Lysanth sind? Woran erkennst du das?«, fragte ein blasses Mädchen, kaum größer als ich, das Sommersprossige.

Ich kam einige Schritte aus dem Wasser, bemüht die Antwort zu hören.

»Was sollen sie sonst sein? Schau doch: Die Schwestern ...«, zischelte die andere zurück. Die Reaktion der Nonnen sprach tatsächlich dafür, dass es sich bei der Gruppe um keine gewöhnlichen Menschen handelte.

»Schwester Meriam, sind das...« Ein Junge aus unserer Gruppe rannte auf die Nonne zu. Sie hob abwehrend die Hand und er verstummte.

»Still, Luka. Ich will kein Wort hören. Geh zurück zu den anderen.«

Alle Blicke waren nun argwöhnisch auf die neuen Badegäste gerichtet, die sich jedoch keinen Deut um uns scherten.

Plötzlich legte sich eine Hand auf meine Schulter. Ich fuhr zusammen, drehte mich um, die Augen weit aufgerissen. Vor mir stand ein Mädchen in einem hübschen, gelben Kleid, nur wenig älter als ich. Ein Mädchen, das wie aus dem Nichts aufgetaucht war. Es schenkte mir ein freundliches Lächeln.

»Du musst Ruby sein.« Die helle Stimme passte zu ihrer zierlichen Statur.

»Ja«, brachte ich nach einem Moment baffen Staunens hervor. Ich hatte dieses Mädchen, das ganz offensichtlich nicht dem Waisenhaus angehörte, noch nie zuvor gesehen. *Woher kennt sie meinen Namen?*

»Das hier ist für dich. Du sollst gut darauf aufpassen«, erklärte sie und streckte mir etwas entgegen. Auf der geöffneten Handfläche lag, glänzend und rund, ein schwarzer Stein.

»Was ist das und wer bist du?«, fragte ich argwöhnisch.

»Nimm es«, forderte mich das Mädchen energisch auf und ich griff zögerlich zu. Stirnrunzelnd betrachtete ich den flachen Kiesel, dessen polierte Oberfläche das Licht matt reflektierte.

»Was soll ich damit?«

Sie lächelte wieder und nickte, wich zwei Schritte zurück. »Behalte ihn, du wirst schon sehen.« Dann drehte sie sich um und rannte davon. Ihre Füße, die in vornehmen Schläppchen steckten, hinterließen deutliche Spuren im Sand. Doch es gab keine, die darauf hindeuteten, woher sie gekommen war. *Wie ist das möglich? Ist das Mädchen in seinen eigenen Spuren zurückgesprungen oder hat der Wind sie so rasch verweht?*

»Warte!«

Ich wollte ihr hinterherlaufen, als mich abermals eine Hand an der Schulter festhielt. Der pechschwarze Ärmel verriet mir, dass es eine der Nonnen war.

»Wer war das, Ruby Blayke? Du weißt, dass du nicht mit Fremden reden darfst«, schimpfte Schwester Meriam.

Ein Schauer durchlief mich und ich zwang mich, den Blick von dem Mädchen loszureißen. Beklommen verbarg ich den schwarzen Stein in meiner Hand und drehte mich zu der Ordensfrau um.

»Es tut mir leid. Ich weiß nicht, wer das war«, sagte ich kleinlaut.

Eine merkwürdige Wärme ging von dem kleinen Gegenstand zwischen meinen Fingern aus und ich bildete mir ein, er würde in meiner Hand pulsieren.

»Geh zurück zu den anderen. Hätten wir gewusst, wie ungehorsam du bist, hätten wir dich nicht mitgenommen«, schnaufte die Nonne und gab mir einen leichten Stoß.

Nun erst fielen mir die fremden Jungen wieder auf, die sich inzwischen allesamt ins Wasser gestürzt hatten und sichtlich vergnügt durch die Wellen paddelten.

»Sind das Lysanth?«, fragte ich und biss mir im nächsten Moment auf die Zunge.

Schwester Meriam packte mich erneut, schüttelte mich hart. »Und wenn es so wäre?«, zischte sie. »Es hat dich nicht zu interessieren, wer diese Jungen sind, kleines Fräulein. Wenn du schon meinst, schlau genug zu sein, das Böse zu erkennen, wende dich davon ab, hast du verstanden?«

»Ja, Schwester Meriam.« Ich blinzelte einige Male und biss die Zähne zusammen, als sich ihre Finger schmerzhaft unter mein Schlüsselbein bohrten. *Nur nicht weinen. Wer anfängt zu weinen, hat bald nur noch mehr Grund dazu.*

Endlich ließ die Ordensfrau von mir ab und kehrte zu Schwester Telwy zurück. Das Mädchen im gelben Kleid war verschwunden, ich hatte nicht einmal beobachten können wohin. Ich setzte mich in den Sand, mein seltsames Geschenk fest umklammert. Erst als ich sicher war, nicht mehr beobachtet zu werden, betrachtete ich es, verborgen zwischen meinen angewinkelten Knien, um es vor den Blicken der anderen zu schützen.

Im Schatten meiner gekrümmten Finger erkannte ich ein kaum merkliches, bläuliches Leuchten, das von dem Stein ausging. Neugierig beugte ich mich näher heran. Wieder spürte ich ein sanftes Pochen, als hätte der Kiesel einen Herzschlag.

Aber das ist unmöglich. Fasziniert sah ich zu, wie der blaue Schimmer aufglomm und wieder verebbte und so mit dem Puls des Steins verschmolz. Plötzlich hörte ich sein dumpfes Pochen in den Ohren und vergaß alles andere um mich herum. Ich war wie hypnotisiert von dem heimlichen Schatz, der sich so unverhofft in meinem Besitz befand.

»Was hast du da?« Eine Hand schlug nach meiner und der Stein flog in hohem Bogen zur Seite davon.

Entsetzt sah ich ihm nach. Cedric, ein schlaksiger Junge mit dem Gesicht eines Frettchens, stand frech grinsend neben mir, als wäre ihm gerade ein großartiger Scherz gelungen.

»Was soll das?« Ich sprang auf und rannte auf den Stein zu, der jetzt matt und gewöhnlich im Sand lag. Der wunderschöne Glanz war erloschen.

»Ein Kiesel für den kleinen Kiesel, so schwarz wie deine Seele, nicht wahr, Blayke?« Cedric lachte, überholte mich problemlos mit seinen langen Beinen und schnappte sich den Stein, ehe ich ihn erreichen konnte. *Zu den Sphären mit ihm.* Konnte er sich niemand anderen für seine Hänseleien suchen?

Ich ballte die Fäuste und blieb stehen.

Zeig nie, dass du etwas haben willst, sonst bekommst du es nie wieder.

»Ich habe keine schwarze Seele«, entgegnete ich wütend. Das konnte er nur aus Schwester Claires Mund aufgeschnappt haben.

Er grinste. »Willst du das Ding haben? Was kriege ich dafür?«

»Einen Schlag in den Magen«, knurrte ich.

Niemals schwach wirken.

Er lachte schallend. »Von dir, Winzling? Das würde mich höchstens kitzeln.«

Ich schnaubte und wandte mich halb ab. Ich wusste, dass ich keine Chance hatte, sollte ich mich mit ihm anlegen.

»Dann suche ich mir eben einen Neuen«, grollte ich leise.

Schlagartig verlor er das Interesse und rannte zu seinen Freunden zurück. Ich beobachtete ihn ängstlich. Leider hatte er den Stein nicht fallenlassen, wie ich gehofft hatte. Ich setzte mich wieder und behielt Cedric im Auge. Er zeigte Finn seinen Fund. Der zuckte mit den Schultern, warf mir einen kurzen Blick zu und tippte sich an die Stirn. Wollte er damit andeuten, wie doof er Cedrics Gehabe fand? Falls dem so war, war ich allerdings zu aufgewühlt, um die solidarische Geste zu würdigen.

»Wir brechen auf, esst euer Obst auf dem Rückweg!«, rief Schwester Meriam uns zu.

Ich versteifte mich. *Warum gehen wir so bald schon? Ist es wegen der Lysanth?* Ich warf den herumplanschenden Jungen einen grimmigen Blick zu. Schnell suchte ich wieder Cedric im Gedränge der Kinder, die enttäuscht aus dem Wasser kamen, jedoch nicht wagten, sich über den frühen Aufbruch zu beschweren.

Der dünne Junge warf mir ein feixendes Grinsen zu und da sah ich den Stein. Er schnippte ihn spielerisch in die Luft und fing ihn wieder. Ich gab mich unbeeindruckt und stand langsam auf.

Scheinbar darauf bedacht, kein einziges Sandkorn mitzunehmen, klopfte ich mein graues Kleid ab.

Ich ließ die anderen vorübergehen und schloss mich erst an, als Cedric vorbei war. Noch immer warf er das kleine, unscheinbare Steinchen in die Luft.

Kurz darauf waren die nassen Stoffe ausgewrungen, die Schuhe übergezogen und wir Kinder reihten uns, Taschen über den Schultern, hinter den Schwestern ein. Wir erklommen, teils an verschrumpelten Äpfeln, Birnen und Aprikosen kauend, den Strandhügel, der uns auf den Kai hinaufführte. Einige der Jungen wagten es, den Lysanth hinter dem Rücken der Nonnen erzürnte Blicke zuzuwerfen und unflätige Gesten zu machen. Einzig mein Blick wich nicht von Cedrics neuem Spielzeug. Auf einmal drehte sich der Junge zu mir um. Einen Moment zu spät huschten meine Augen woanders hin, er hatte bemerkt, dass ich ihn beobachtete. Mit einer weitausholenden Handbewegung warf er den schwarzen Stein ins Meer hinaus.

Ich riss bestürzt die Augen auf und verfolgte seine Flugbahn. Mit einem leisen Klicken traf er auf einem hölzernen Steg auf, der über die schäumenden Wellen hinausragte. Kurz glaubte ich, er würde darauf liegenbleiben, doch er sprang über den Rand und platschte ins Wasser. Das Rauschen der Brandung dröhnte mir plötzlich in den Ohren. Vor Schock erstarrt blieb ich stehen, registrierte kaum, wie das Mädchen hinter mir in meine Hacken trat.

»He, lauf weiter.«

Mein Magen krümmte sich zusammen. Das Entsetzen, das mich packte, stand in keinem Verhältnis zu dem Verlust.

Es ist ein Stein. Nichts weiter als ein dummer, kleiner Stein. Doch das Mädchen, das ihn mir überbracht hatte, der Umstand, dass er in meiner Hand zu leuchten begonnen hatte, sprachen dagegen. Ich fixierte noch immer die Stelle, wo er ins Wasser getaucht war, und ehe ich einen klaren Gedanken fassen konnte, handelte ich.

Ich rannte. Es war dumm, unbedacht und leichtsinnig, doch mich lenkte einzig der Wunsch, den Stein wiederzuerlangen. Meine Schuhe knallten hart auf das Holz des schmalen Stegs.

Erstaunte Ausrufe und Lachen brandeten mir nach.

»Wie ein Hund, der einem Knochen nachrennt«, glaubte ich, Cedrics höhnische Stimme zu hören.

Ich hatte bereits den größten Teil des Stegs hinter mich gebracht, als ich Schwester Meriam schreien hörte: »Ruby Blayke, du bleibst auf der Stelle stehen!«

Zu spät. Ich drückte mich ab, sprang, segelte auf die Stelle zu, die meine ganze Wahrnehmung gefangen nahm. Erst jetzt schoss mir durch den Kopf, dass ich gar nicht schwimmen konnte. Doch es spielte keine Rolle. Ich musste diesen Stein wiederhaben.

Mein Körper drehte sich ein wenig in der Luft, die Füße tauchten zuerst ein. Schmerzhaft schlug mein Gesicht auf die Oberfläche. Dann war überall Wasser. Ich riss die Augen auf, die Kälte und das Gefühl der Schwerelosigkeit hüllten mich ein wie eine andere Welt. Ich hörte nichts mehr als das dumpfe Dröhnen des Ozeans und leise, unregelmäßige Töne.

Sind das Stimmen? Ein schwacher Nachhall der Welt dort oben?

Angestrengt behielt ich die Luft in meinen Lungen. Meine Augen brannten von dem Salz, doch ich starrte in die Dunkelheit hinab und da erhaschte ich ein schwaches Leuchten unter mir. Dort war es, gar nicht weit weg: Ein blaues Glimmen, das nur von dem Stein ausgehen konnte. Paddelnd arbeitete ich mich darauf zu. Die Wellen ließen mich hin und her schaukeln.

Ein harter Stoß in meinen Rücken. Ich keuchte auf, verlor Luft. Panisch drehte ich mich und entdeckte das glitschige Holz eines Pfostens, der den Steg über mir hielt. Ich packte ihn und zog mich daran nach unten, ignorierte, wie schleimig sich der Pfahl unter meinen Fingern anfühlte. Meine Kleidung und der Gips zogen mich ebenfalls hinab und langsam ging mir die Luft aus. Doch er war jetzt so nah!

Plötzlich begannen meine Ohren zu schmerzen. Mit jedem Stück, das ich tiefer hinab gelangte, wurde es schlimmer, beinahe unerträglich, doch ich musste weiter. Ich gewann abermals ein paar Zentimeter und schlagartig wurde das Wasser kälter. Verzweifelt streckte ich die Arme aus. Meine Hände stießen auf den Grund. Sand wirbelte auf und verbarg den Stein vor mir. *Wo ist er?* Wild tastend fuhren meine Finger durch die schwarze Wolke, fanden Sand und Muschelsplitter, doch keinen Stein. Ich trieb ab. Hektisch fasste ich wieder nach dem Pfosten und zog mich zurück, reckte die Hand nach unten und da hatte ich ihn. Endlich! Meine Finger schlossen sich fest darum. Mein Kopf schmerzte nun so sehr, dass er schier zu platzen drohte.

Langsam drehte ich mich im Wasser, starrte mit brennenden Augen nach oben. Ich musste ruhig bleiben, wieder hinauf schwimmen, doch ich fühlte mich völlig kraftlos. Über mir funkelten Sonnenstrahlen wie ein Heiligenschein auf der Wasseroberfläche. Sie tanzten in die Tiefe hinunter und ließen wunderschöne Blau- und Grüntöne aufflackern. *Unvergleichlich.*

Ich wünschte, ich könnte für immer hierbleiben. Doch meine Lungen schrien auf und ich konnte mich nicht länger beherrschen: Gierig holte ich Luft, meinte einen winzigen Moment, ich könne das Wasser atmen, doch es strömte in meine Lungen und ließ meinen Körper zucken. Nackte Panik machte sich in mir breit. Ich zappelte, wollte hinauf, doch meine Glieder gehorchten mir nicht mehr.

Plötzlich raste ein riesiger, rot leuchtender Schemen um mich herum, langgliedrig wie eine Seeschlange. *Was ist das? Ein Raubtier?* Da spürte ich, wie ich nach oben gerissen wurde.

Mein Brustkorb tat unsäglich weh, es schüttelte mich. Der Husten hob meinen Magen und der kleine Teil des Meeres, der sich in mir eingenistet hatte, drang über meine Lippen und ergoss sich über meinen Rumpf.

Erschöpft und halb tot sackte ich zurück. Mein Hinterkopf schlug hart auf die Planken. Ich blinzelte in die grausame Helligkeit über mir und schnappte nach Luft.

Gelbe Augen starrten mich an und obwohl ich kaum noch Kraft besaß, schrak ich zurück. Ein rotes, von Hörnern gesäumtes Teufelsgesicht schwebte über mir.

Hat Schwester Claire am Ende recht? Bin ich verdorben und direkt in die Hölle gefahren? Entsetzt stemmte ich mich auf die Ellenbogen hoch und versuchte zurückzuweichen, als die grauenhafte Erscheinung schlagartig verschwand.

Stattdessen erblickte ich nun einen Jungen mit dunklen Haaren. Seine Augen waren zu Schlitzen verengt, Tropfen hingen in seinen Brauen und Wimpern. Die Konturen seines Gesichts verschwammen in meinem vom Salzwasser getrübten Blickfeld.

»Das war ziemlich dumm von dir«, meinte er, klang dabei jedoch nicht unfreundlich.

»Weg von ihr!«, schrie eine schrille Frauenstimme und im nächsten Moment erkannte ich Schwester Meriam, die den Steg entlang auf uns zurannte. Die komplette Gruppe stand fassungslos herüberstarrend auf dem Kai. Verwirrt sah ich den Jungen an, der sich zu der Nonne umgedreht hatte.

»Ja, gern geschehen«, hörte ich seinen bissigen Kommentar, bevor er mit einem Hechtsprung im Wasser verschwand. Ich starrte ihm benommen nach. Erst jetzt ging mir auf, dass er mich aus dem Meer gefischt haben musste. *Er hat mich gerettet.*

»Danke«, hauchte ich tonlos und ließ mich wieder zurücksinken. Die Sonne blendete mich und jeder Atemzug brannte wie Feuer in meiner Kehle bis in die Lunge hinein. Schwester Meriam beugte sich keifend und fluchend über mich, doch ich verstand kein Wort. Langsam schloss ich die Finger meiner unversehrten Hand fest zusammen.

Sie war leer.

H

Zweihundert fleckige, zerkratzte Plastikstühle, deren Farbe einmal gelb gewesen sein mochte, standen im Speisesaal von Edenplace und beinahe jeder war besetzt. Der Lärm so vieler Menschen auf engem Raum verstopfte meine Ohren. Mit eingezogenen Schultern, ein grünes Tablett in der Hand, wartete ich in der Schlange auf die Essensausgabe. Mein Blick huschte umher und fand schließlich Finns blonden Haarschopf. Er saß bereits an einem der Tische auf der anderen Seite der Halle.

Seit ich vor sechs Jahren bei einem Strandausflug beinahe ertrunken war, hatte mein Leben einige Wendungen genommen. Und eine davon war gut gewesen.

Finn hatte mich damals unter dem wütenden Schimpfen der Nonnen zurück ins Kloster tragen müssen – wobei mir bis heute nicht klar war, wie er das als Zehnjähriger geschafft hatte.

In den darauf folgenden Wochen hatte ich mich revanchieren wollen, war ihm auf Schritt und Tritt gefolgt, und seltsamerweise war daraus eine Freundschaft entstanden. Nein, mehr sogar: Er war meine Familie geworden.

Und damit war er die Einzige, die ich je hatte. Ich wusste rein gar nichts über meine Herkunft. Alles, was mir meine Eltern hinterlassen hatten, waren vier Buchstaben, ein Name, aufgeschrieben in einem Brief, den ich nie zu Gesicht bekommen hatte. Die anderen Waisen von Edenplace wussten zumindest, woher sie stammten, hatten ein Andenken an ihre Herkunft, einen Familiennamen. Ich besaß nichts dergleichen.

Schwester Claire hatte mich *Black* nennen wollen. Laut Schwester Telwy hatte der Tintenfüller der Mutter Oberin bei der Eintragung ins Register jedoch so sehr gekleckst, dass daraus *Blayke* wurde. Ich vermutete, es war der Versuch der Äbtissin, Schwester Claire davon zu überzeugen, dass meine Seele weder verkommen, noch eine üble Vorsehung mit mir verbunden war.

Doch der Versuch war gescheitert. Die alte Nonne hegte seit jeher einen Groll gegen mich, den ich mir nicht erklären konnte. Es einzig auf meine Haarfarbe zu schieben, erschien mir unsinnig, schließlich gab es weitere rothaarige Kinder in Edenplace, die unbehelligt blieben. Mir allerdings schob sie gerne die Schuld für alles zu, das nur ansatzweise mit mir in Verbindung stehen mochte. Dementsprechend mieden mich die meisten Mitschüler, als hätte ich eine ansteckende Krankheit.

Wer freundet sich schon gerne mit jemandem an, der angeblich vom Bösen besessen ist? Umso dankbarer war ich für Finns Freundschaft.

»Bitte sehr«, brummte ein Junge hinter der Theke und stellte einen mit Hafergrütze gefüllten Teller und ein Glas Wasser auf meinem Tablett ab.

»Danke.« Ich nahm meine Ration entgegen und schob mich dann durch das Gedränge. Nicht weit hinter mir ging etwas zu Bruch und zwei Schüler gerieten lautstark aneinander. Die kurze Spanne, die wir der ständigen Aufsicht der Schwestern entzogen waren, um hastig unsere Mahlzeiten hinunterzuschlingen, bot genug Gelegenheit, um längst schwelenden Streit auszutragen. Ich gab stets mein Bestes, solche Unruhen rechtzeitig zu erkennen und mich davon fernzuhalten. Rasch wich ich einem vor sich hinschimpfenden, mit einem Schrubber bewaffneten Mädchen aus, und strebte weiter auf meinen Platz zu.

Mit einem Seufzen ließ ich mich Finn gegenüber auf einen Stuhl sinken.

Er reckte den Hals nach dem Tumult. »Heute schon Ärger gehabt?«, fragte er mit vollem Mund und wandte sich mir zu.

»Erst zwei Mal seit dem Aufstehen, die Prügelei nach dem Morgengebet nicht mitgezählt«, scherzte ich trocken.

»Ist ja auch Standard.« Er grinste.

Ich machte mich über mein Mittagessen her, obwohl der Brei fader schmeckte als sonst – scheinbar war kein Salz mehr vorrätig.

Finn beugte sich mit angeekelter Miene ein Stück vor. »Man könnte meinen, es schmeckt dir.«

Ich verzog das Gesicht zu einer Grimasse. »Vorzüglich. Das Rezept wurde verbessert. Wir können morgen tauschen, wenn du willst.«

Die Oberstufenschüler, zu denen ich erst im Sommer nächsten Jahres zählen würde, bekamen Besseres vorgesetzt, weshalb ihnen die Blicke der Jüngeren stets voller Neid folgten.

»Nein danke, aus irgendeinem Grund traue ich dir da nicht, Ru.« Er zwinkerte und stopfte sich einen weiteren Bissen seines Auflaufs in den Mund.

Ich lächelte ihn unschuldig an. »Zu schade, du lässt dir wirklich etwas entgehen.«

Er kicherte und schüttelte den Kopf. »Damit muss ich wohl leben. Die hier kann ich dir aber gerne abgeben.« Er schmuggelte einige grüne Stückchen auf meinen Teller hinüber, von denen ich annahm, dass sie einmal Lauch gewesen waren.

»Vielen Dank für das Almosen«, spöttelte ich und er klopfte sich auf die eigene Schulter, was mir ein Schmunzeln entlockte. Während ich das zerkochte Gemüse aß, beobachtete ich seine Bemühungen, eine störrische Erbse aufzuspießen. »Willst du die eigentlich noch essen oder schiebst du sie nur über den Teller?«

Er zog eine Braue hoch und sah auf. »Ich versuche die letzte Spieleraufstellung nachzuvollziehen. Das hier ist der Striker und hier drüben der Defense«, erklärte er und deutete auf zwei schrumplige Exemplare.

Ich unterdrückte ein Lachen. Finn war ein eingefleischter Aqua-Lab-Fan und seit er zum Kapitän seiner Jahrgangsstufe gewählt worden war, konnte er nicht genug über Strategien fachsimpeln.

»Konntest du letzte Nacht überhaupt schlafen, so kurz vor dem Liga-Spiel?«, neckte ich ihn.

»Natürlich. Ich denke auch noch über andere Sachen als AquaLab nach. Zum Beispiel, was es zum Mittagessen gibt«, feixte er und seine braunen Augen blitzten schelmisch. »Garvay ist übrigens mein neuer Favorit. Wusstest du, dass er vier Runden durch den kompletten Tank tauchen kann, ehe er wieder Luft holen muss? Und was das anstehende Liga-Spiel angeht: Das kann schließlich kaum einer abwarten. Riftverdammt, sag bloß, es geht dir nicht so? Ich hoffe, das Match findet bald statt. Und noch viel wichtiger: Hoffentlich bekommen wir eine gute Übertragung. Ich halte dir dann einen Platz frei, wenn du willst.«

Ich nickte, freute mich darauf, es mit ihm anzusehen. Der Nachrichtenraum von Edenplace platzte während der Spielsaison regelmäßig aus allen Nähten. Selbst wenn ständig Streifen über den Bildschirm zuckten, hielt das die wenigsten ab. Wir verfolgten gespannt, wie die Mannschaften abtauchten und in gigantischen Wassertanks versuchten, Punkte gegeneinander zu erzielen. Die Kammern und Gänge darin waren wie ein Labyrinth aufgebaut, diesem Umstand verdankte AquaLab seinen Namen. Zur Freude aller Schüler und zum Ärgernis einiger Schwestern sah Oberin Tabea, die das Waisenhaus seit zwei Jahren leitete, die Sportart als Kulturgut an. Ein Medienereignis, das uns nicht vorenthalten werden sollte.

»Wer spielt denn?«, fragte ich.

»Das weißt du nicht? Utah gegen Illinois. Ich habe allerdings keine Ahnung, ob sich Garvay seit dem letzten Match wieder erholt hat, dann sieht es für Utah schlecht aus«, meinte er.

»Wetten, dass sie...« Ich brach abrupt ab.

Das klagende, durchdringende Jaulen einer Sirene brachte jeglichen Tumult im Speisesaal zum Erliegen. Der langgezogene Ton schwoll dröhnend an und wieder ab.

Nervöse Blicke wurden zwischen den Schülern ausgetauscht und ein beklemmendes Gefühl stieg in mir auf.

Es war so weit. Das Unwetter war längst überfällig. Das Sphärenlicht hatte seit zwei Tagen ein giftiges Leuchten angenommen. Am Nachmittag war der Himmel purpurn erglüht, des Nachts hatte er in einem unheimlichen Smaragdgrün geschimmert.

»Begeben Sie sich sofort in die Kellergewölbe. Kein Drängeln, keine Eile. Ich will diszipliniertes Verhalten sehen«, erklang die strenge Stimme Schwester Claires von der Eingangspforte, als hätte sie die ganze Zeit dort gestanden und nur auf diesen Augenblick gewartet.

Finn nickte mir stumm zu, wir erhoben uns und gingen gemessenen Schrittes in Richtung des Ausgangs. Das Heulen der Sirene erstickte beinahe die Geräusche von klapperndem Besteck und dem Quietschen der Stuhlbeine. Sämtliches Geschirr und übriges Essen wurde unbeachtet liegen gelassen.

Ich hatte den Eindruck, dass sich die träge Masse an Schülern viel zu langsam durch die doppelflüglige Holztür schob und wurde unruhig. Draußen ballten sich bereits dunkle Wolken, als zöge das Sirenengeheul sie an.

Im Keller des Gebäudes gab es drei große Schutzräume. Einen für die Unterstufe sowie die Kleinkinder, den zweiten für die Mittelstufe, der dritte war der Oberstufe vorbehalten.

Als sich unsere Wege trennten, warf mir Finn, die Lippen fest zusammengepresst, einen besorgten Blick zu. Er hasste die Rifts. Das tat jeder, der bei Verstand war, doch ihm setzten sie besonders zu. Als Kind hatte er beinahe sein Augenlicht verloren, nachdem er eine gesprungene Maske erhalten hatte.

Ich schenkte ihm ein zuversichtliches Lächeln, doch der Modergeruch und die drückende Anspannung, die den klammen Kellergang erfüllten, erstickten jeglichen Optimismus in mir.

In der Masse treibend, bog ich in einen dunklen Korridor zu meiner Rechten ab. Unser Atem hing schwer zwischen den feuchten Wänden, Schweißgeruch stand in der Luft.

Ein Donnern in der Ferne brachte Unruhe in das Gedränge. Kam das Unwetter schneller als sonst oder hatte der Alarm derart spät eingesetzt?

Unendlich langsam drängten wir in den Schutzraum, wo ich Schwester Caroline hinter der dickwandigen Stahltür erspähte. Sie war die Jüngste im Orden und fiel stets auf mit ihren rosigen Wangen und dem meist leicht verrutschten Schleier.

Nun zeichneten sich Schweißflecken auf ihrer Tracht ab und ohne einen der Schüler direkt anzusehen, teilte sie hektisch Atemmasken aus.

»Rasch, gehen Sie nach hinten durch«, murmelte sie, als könne ihr Flüstern den gehetzten Tonfall verbergen.

Ich warf einen Blick auf das Fabrikat, das sie mir gereicht hatte und das in den nächsten Minuten dafür verantwortlich sein würde, mich am Leben zu halten – eine L320, eine Überdruckmaske mit federbelastetem Ausatemventil. Dadurch war der Ausatemwiderstand erhöht, doch selbst, wenn die Maske leicht undicht war, konnte keine ungefilterte Luft eindringen.

Obwohl ich sie schon unzählige Male getragen hatte und im Umgang geübt war, empfand ich den Anblick stets als verstörend. Die dreiecksförmige Halbmaske wurde vor Mund und Nase angelegt. Zwei zylinderförmige Trichter zu beiden Seiten verliehen dem schwarzen Ungetüm ein befremdliches Aussehen. Sie lag feucht in meiner Hand, da die Schwester sie soeben aus der Imprägnierflüssigkeit genommen hatte, die sie erst effektiv machte.

Ich lief durch das düstere, von Grünspan befallene Gewölbe, bis ich einen freien Platz auf einem der schmalen Backsteinsimse fand.

Mit hastigen Handgriffen setzte ich das schwere Modell auf und stellte die Steuerventile ein, um Atemluft einzulassen. Sofort ertönte das beruhigende Zischen des Filters, das sich mit dem der anderen vermischte.

Die feuchte Gummimembran verströmte einen beißenden Geruch, dennoch konzentrierte ich mich darauf, ruhig und gleichmäßig Luft zu holen.

Einzig Schwester Caroline war als Aufsicht bei uns. Die Oberstufe war gänzlich allein. Ein Schüler der Absolventenklasse wurde jeweils dazu eingeteilt, die Masken zu verteilen und die Schutztür zu verschließen. Die Kleinen hingegen hatten sämtliche übrigen

Schwestern bei sich, da diese den Kindern helfen mussten, den Atemschutz korrekt anzulegen.

Ich fröstelte an der Mauer, deren stetige Grabeskälte selbst den sommerlichsten Temperaturen trotzte. Die grobe, graue Jacke, auf der das verblichene Symbol des Klosters prangte – drei aufgestickte wellenförmige Linien, darunter die Buchstaben EP –, tat mehr der Sittsamkeit Genüge, als dass sie Wärme spendete.

Wieder das Grollen des Donners, lauter diesmal. Viele Schüler hantierten noch an ihren Masken herum und schnallten Riemen enger, die Gesichter beinahe zur Unkenntlichkeit vermummt, einige wenige blickten hinter fleckigen Sichtscheiben hervor.

Ich sah mich um, versuchte mich von der heraufziehenden Gefahr abzulenken, indem ich die Modelle durchging, hinter denen im diffusen Licht der Glühbirnen bleiche Gesichter schimmerten.

Es gab mindestens zehn unterschiedliche Arten. Starre und halbstarre Voll-, sowie verschiedene Halbmasken. Einheitliche Fabrikate auf dem neuesten Stand besaß das Kloster nicht, da nur die ältesten oder defekte Modelle ausgemustert und durch neue ersetzt wurden. Ein Vorteil des vielfältigen Sammelsuriums bestand darin, dass ich mich inzwischen mit einer Unzahl verschiedener Ausführungen zurechtfand.

»Kannst du mir bitte helfen?« Silia Porter, ein Mädchen aus meinem Schlafraum, ließ sich außer Atem auf den Platz neben mir fallen.

»Klar.« Meine Stimme klang gedämpft unter dem Filter hervor. Ich half ihr, eine Tishey-Vollmaske überzuziehen, die zwei separate Glasfenster für die Augen freiließ – ein zuverlässiges Fabrikat.

Plötzlich erschütterte ein so heftiger Donnerschlag das Gemäuer, dass ich zusammenzuckte. Ein kollektiver Aufschrei hallte durch das Gewölbe. Silia fuhr wimmernd herum und umklammerte meinen Arm. Staub rieselte auf uns herab. Ängstlich starrte ich an die Decke hinauf.

»O Gott, wieso kommt es so schnell?«, presste Silia hervor. Ich begegnete ihrem Blick, weit aufgerissene Augen hinter kleinen, milchigen Sichtfenstern. Erschrocken stellte ich fest, dass die Riemen ihrer Maske verrutscht waren. Mit zittrigen Fingern rückte ich sie zurecht.

Keinen Atemzug später flackerte das Licht und erlosch. Für einen Augenblick versank alles in Finsternis. Hätte ich nicht Silias Finger um meinen Arm gespürt, hätte ich mir vorstellen können, plötzlich weit fort zu sein.

Im nächsten Moment brach das Inferno los.

Ohrenbetäubendes Krachen, als schlügen Riesen mit Hämmern auf die Stadt ein, übertönte selbst das allgegenwärtige Zischen der Ventile. Instinktiv duckte ich mich zusammen. Mit steifen Gliedern zog ich die Beine an den Körper und machte mich so klein wie möglich. Ich spähte zu den gelbstichigen Fenstern hinauf, schmale Schlitze, durch die kaum Licht drang, zumal sich der Himmel innerhalb von Sekunden verfinstert hatte.

Jeder Rift-Influx ging mit einem entsetzlichen Unwetter einher, das es unmöglich machte, sich draußen aufzuhalten.

Die Gefahr, von einem Blitz erschlagen zu werden, lag innerhalb der Stadt bei vierzig Prozent, auf freiem Gelände wurde man zu neunzig Prozent von einem der gigantischen Himmelsspeere gegrillt.

Nur innerhalb der Schutzräume waren wir sicher.

Ich zitterte, während die Kälte der klammen Steinmauer in mich eindrang, spürte die Vibrationen, ausgelöst durch die Naturgewalten dort draußen.

Bang lauschte ich dem Krachen und Rumpeln über unseren Köpfen. Die Angst schnürte mir die Kehle zu, als ich das Tosen eines einstürzenden Gebäudes hörte. Das Licht, das durch die Fensterritzen hereindrang, flackerte wild im Widerschein der Blitze und tauchte uns in zuckende Schatten. Alle verharrten wie erstarrt auf ihren Plätzen.

Gott wird uns vor jedem Unheil schützen. Daran musste ich mit aller Überzeugung glauben.

Einzelne Passagen von Schwester Carolines innigem Gebet drangen zwischen dem infernalischen Krachen an mein Ohr.

Die Finger ineinander gefaltet, presste ich den Kopf zwischen meine Arme. Ein greller Lichtblitz und der unmittelbar folgende Donnerschlag ließen die Wand hinter mir erzittern und ich krampfte die Hände fester zusammen, kämpfte die Panik nieder, während die Minuten quälend langsam vorüberzogen.

Die plötzliche Stille war so tief und allumfassend, als hielte die Welt den Atem an. Sie dröhnte mir in den Ohren und ließ sämtliche Härchen auf meinem Körper zu Berge stehen.

Bitte, lass uns diesen Rift-Ausbruch überleben.

Eine Glocke erklang – drei Schläge.

Schwester Caroline hatte das Zeichen gegeben. Ein Blinzeln bestätigte mir, dass sich das Giftgas in unseren Unterschlupf wand. Mit langen, goldenen Fingern bohrte es sich durch Stein und Mörtel. Es besaß eine tödliche Anmut, die es schwer machte, den Blick davon loszureißen. Ich zog mich zu einer Kugel zusammen, kniff die Augen zu, bildete mir jedoch ein, zu spüren, wie der goldgelb schimmernde Dunst über meine Haut strich.

Brässphylinsalfat, ein giftiger Gasnebel, der wie ein ergebener Getreuer auf jedes Gewitter folgte.

Delims Worte aus seiner Ode an den Untergang kamen mir in den Sinn: *Gnadenlos und entsetzlich schön sinkt der Tod auf die Erde hinab, Elend und Niedergang, seine Geschenke an unseren Hochmut.*

Ich stieß den Atem aus, was ein lautes Rauschen im Filter erzeugte, und vertrieb den Vers aus meinen Gedanken.

Das Bräss fand seinen Weg in jede nur erdenkliche Nische, drang durch beinahe jede unbelebte Materie. Atmete man mehr als zwei Züge des Sphärengases ein, war es tödlich, außerdem konnte es bereits nach wenigen Sekunden schwere Verätzungen auf der Netzhaut hinterlassen. Einzig Wasser blieb vom Brässphylin unberührt, und somit auch die spezielle Imprägnierung unserer Masken.

Ich bemühte mich, ruhig zu atmen, dachte ans Meer, Lichtfunken in Blau und Grün, an schwereloses Dahintreiben.

Da hörte ich ein panisches Schluchzen. Es kam von links. Instinktiv wollte ich nachsehen, besann mich jedoch und hielt die

Augen geschlossen. Ein weiterer verspäteter Blitzschlag erschütterte das Gebäude und ich zuckte zusammen.

Dieser Ausbruch war heftiger als die meisten.

Wieder ein Wimmern. Jemandem gingen die Nerven durch. Ich spürte eine Bewegung neben mir. *Kommt das von Silia?* Sie hatte meinen Arm während des Ausbruchs losgelassen. Ich tastete nach ihr, fand ihre Hand. Sie zitterte stark. *Etwas stimmt nicht.*

Der Drang, nach ihr zu sehen, wurde übermächtig, doch ich hielt die Augen weiterhin geschlossen. Stattdessen strich ich über ihren Arm, um sie zu beruhigen.

Silia keuchte und plötzlich sackte ihr Körper zusammen. Erschrocken öffnete ich die Augen und spähte durch schmale Schlitze.

Mein Herz begann vor Entsetzen zu rasen. Silia war bewusstlos zur Seite gekippt und so unglücklich gefallen, dass die Atemmaske leicht angehoben worden war. Feiner Goldstaub hüllte uns ein, ich warf mich über sie und rückte den Schutz wieder zurecht, doch sie atmete nicht mehr. Eiskalte Furcht überkam mich.

Der Atemwiderstand war zu groß, das Gift hatte sie bereits geschwächt.

Panisch befühlte ich Silias Brustkorb. Meine Finger kamen mir entsetzlich taub vor. War da etwas? Ein schwaches Heben und Senken? Oder mein eigenes Zittern? Ich war mir nicht sicher. Meine Hand glitt höher, ertastete ihren Hals und da spürte ich es, kaum merklich. Sie musste in Schnappatmung verfallen sein, wodurch sich ein erhöhter Kohlendioxidanteil in der Maske gesammelt hatte. Mit dem Normdruck würde sich ihre Atmung nicht stabilisieren. Sie würde ersticken.

Das Herz klopfte mir bis zum Hals. Mir fiel nur eine Möglichkeit ein, ihr zu helfen. Hektisch befühlte ich den Riemen, mit dem die Maske ihren Kopf umschloss. Wieder wagte ich es, kurz zu blinzeln, um mir Silias Position einzuprägen. Goldgelbe Schwaden tanzten höhnisch vor meinen brennenden Augen.

An meinem eigenen Verschluss nestelnd, holte ich noch einmal tief Luft und riss mir die Maske vom Gesicht. So schnell ich konnte, setzte ich diese Silia auf und drehte den Regler auf, in der Hoffnung, dass sie auf diese Weise leichter einatmen konnte, während ich mir zugleich ihre Vollmaske vors Gesicht presste.

Silias Augen standen halb offen und ich drückte sie ihr zu. Da schnappte das Mädchen urplötzlich nach Luft und rührte sich. Mit wild klopfendem Herzen starrte ich sie hinter angelaufenen Scheiben hervor an, doch sie schien nicht aufzuwachen. *Wie schwer ist sie verletzt?* Ich versuchte das Beben zu unterdrücken, das durch meinen Körper lief und betete, dass sie durchhielt.

Die Hand auf ihre Augen gelegt, verharrte ich still in dem träge dahintreibenden Staubnebel, lauschte dem vereinzelten Donnern und wurde mir des Blickes bewusst, der hinter einem der wenigen Sichtfenster auf mich gerichtet war.

Es dauerte noch vier unendlich scheinende Minuten, ehe die Glocke erneut drei Mal geschlagen wurde und damit Entwarnung gab. Das letzte Donnergrollen war in der Ferne verklungen und ein heller Lichtschimmer stahl sich in das schmutzige Gewölbe.

Ich riss mir die Tishey vom Gesicht. »Ich brauche Hil…«

»Blayke hat Porter die Maske abgenommen!« Ein scharfer Ausruf, der die Stille zerplatzen ließ, übertönte mich.

Das Mädchen, das ihn ausgestoßen hatte, stand mir schräg gegenüber, einen Finger anschuldigend auf mich gerichtet. Ich erstarrte. *Cora.*

»Das ist nicht wahr, Silia ist ohnmächtig geworden, ich habe ihr…«

»Du hast ihr die Maske heruntergerissen, mitten im Bräss, ich habe es genau gesehen!«, klagte sie mich lautstark an. Bewegung kam in die Anwesenden. Füße scharrten auf dem Boden.

»O Gott! Silia!« Fassungslose Rufe wurden laut und zahllose feindselige Gesichter wandten sich mir zu. Zwei Schüler beugten sich über die Bewusstlose und murrten zustimmend.

»Sie lügt!«, versuchte ich mir Gehör zu verschaffen, doch niemand hörte mir zu.

»Wolltest du sie umbringen? Bist du wahnsinnig?«, schrie Selene, eine von Coras Freundinnen.

Deren Zwillingsschwester setzte sogleich nach und schürte das Entsetzen der anderen: »Du hast sie wahrscheinlich schon auf dem Gewissen!«

Die Angst um Silia fraß sich noch tiefer in mich hinein. *Was, wenn sie es nicht schafft?* Ich schüttelte den Kopf, beteuerte meine Unschuld und versuchte sie dazu zu bringen, Platz zu schaffen, damit Schwester Caroline zu Silia gelangen konnte. Die Nonne schritt auf mich zu, den steinernen Blick unverwandt auf mich geheftet.

»Sie muss sofort auf die Krankenstation, sie ist ohnmächtig geworden, sie hat fast keine Luft mehr bekommen«, erklärte ich panisch.

Schwester Caroline wandte sich Silia zu, die noch immer bewusstlos am Boden lag, umringt von ihren Freunden. Die Halbmaske war ihr herunter gerutscht, nachdem ich sie losgelassen hatte. In ihren Augenwinkeln sammelte sich bereits ein weißliches Sekret, das nichts Gutes ahnen ließ.

Die Schwester tastete nach ihrem Puls und rüttelte kurz an ihr. Silias Kopf rollte zur Seite.

»Solden, Ricks, Sie tragen Miss Porter auf die Krankenstation. Miss Blayke, Sie folgen mir«, befahl Schwester Caroline eisig, ohne mich eines Blickes zu würdigen, und drehte sich auf dem Absatz um.

»Sie hat sie ihr einfach weggerissen und sie liegen lassen«, schrie Cora.

Ein Zittern überlief mich. Ich musste unbedingt klarstellen, was wirklich vorgefallen war. Dies war kein simpler Streich, für den man widerspruchslos die Bestrafung auf sich nahm. Zum ersten Mal jagte mir das rasche und unverblümte Strafsystem der Nonnen echte Angst ein.

Was wäre, wenn sie mich geradewegs für schuldig erklärten, ohne nach der Wahrheit zu suchen? Ich hatte schon etliche Sanktionen erhalten und nicht einmal die Hälfte davon war verdient gewesen. Was, wenn dies für sie nur eines von vielen Exempeln war?

Verzweifelt ließ ich den Blick über die Anwesenden schweifen, während ich Schwester Caroline folgte. Im gesamten Raum gab es nur fünf Vollmasken mit Sichtfenstern. Ausgerechnet Cora hatte eine davon getragen, die zweite hatte Silia aufgehabt und die drei Übrigen lagen in den Händen Schwester Carolines und zweier Jungen, die während des Influx allesamt die Köpfe im Gebet nach unten gesenkt hatten.

Niemand von ihnen konnte mich entlasten. Niemanden interessierte die Wahrheit. Sie würden glauben, was sie glauben wollten.

Ich meinte, ihre frostigen Blicke im Rücken zu spüren, als ich durch die Tür trat und blanke Angst begleitete mich durch die lichtlosen Gänge.

Beinahe eine Stunde wartete ich vor dem Büro der Mutter Oberin und knetete, in düstere Gedanken verstrickt, den dünnen Stoff meines Hemdes zwischen den Fingern. Dort drinnen wurde heftig diskutiert, doch nur einmal sprach jemand laut genug, sodass ich etwas verstehen konnte. »... eine abscheuliche Tat! Das ist nicht hinnehmbar!«

Mein Magen rotierte, als ich Schwester Claires Stimme erkannte. *Wieso ist sie hier?* Nervös wischte ich mir über die Augen. Sie tränten noch immer von dem heftigen Auswaschen. Zumindest in einer Hinsicht hatte ich Glück gehabt und das Bräss hatte mir lediglich eine Bindehautentzündung beschert.

Als mich Schwester Caroline schließlich mit ausdrucksloser Miene hereinrief, war ich ein Nervenbündel. Schwester Claire, die wie eine schwarze Säule vor dem Schreibtisch der Äbtissin aufragte, durchbohrte mich mit finsteren Blicken. Mutter Tabea, eine kleine, schlanke Frau in den Fünfzigern, saß in einem Sessel hinter ihrem Pult. Ein einsames Kreuz hing hinter ihr an der roten Backsteinwand wie eine Narbe auf den lasierten Mauersteinen. Das fahle Licht, das von draußen hereinfiel, erhellte den Raum voller schwerer, dunkler Aktenschränke nur spärlich.

Die Äbtissin hob das Kinn, warf mir einen scharfen Blick zu und verengte die Augen. »Es liegen schwere Anschuldigungen gegen Sie vor, Miss Blayke. Haben Sie Miss Porters Maske abgenommen, während sich das Brässphylin-Giftgas im Gewölbe befand?«

Der bleierne Klumpen in meinem Bauch sackte ein Stück tiefer. Die Fragestellung war denkbar ungünstig.

»Ja, Mutter Oberin, aber…«

»Sie gibt es sogar zu, Mutter Oberin«, zischte Schwester Claire. »Sie ist durch und durch des Teufels, eine schändliche Brut. Ich habe es Euch von Anfang an gesagt. Man hätte sie damals ertrinken lassen sollen.«

Ihr Blick war so hasserfüllt, dass ich mich nicht zum ersten Mal fragte, ob nicht sie es war, die etwas Böses in sich barg. Eine stille, lang genährte Wut brodelte in mir, die ich jedoch unterdrückte. Jedes Wort gegen sie würde ihr nur mehr Munition geben.

Ich setzte neu an: »Wenn ich…«

»Reden Sie nicht ungefragt, Miss Blayke«, unterbrach mich Mutter Tabea.

Ich biss die Zähne so fest zusammen, dass mein Kiefer schmerzte. Ich musste diesen Vorfall richtigstellen, koste es, was es wolle.

»Nun, wir haben eine Zeugin. Wie war der Name der Schülerin noch gleich?«, fragte die Äbtissin sachlich, an Schwester Caroline gewandt.

»Cora Redcliff, Mutter«, half diese ihr aus. Die junge Nonne stand mit gesenktem Kopf und hinter dem Rücken verschränkten Armen neben dem Schreibtisch und ich stöhnte innerlich auf. Cora würde das Blaue vom Himmel lügen, so lange sie mir damit schaden konnte.

»Silia Porter ist nach wie vor bewusstlos«, sprach die Äbtissin weiter. »Wir wissen nicht, ob sie wieder aufwachen wird.«

»Dann hat dieses Balg das brave Mädchen auf dem Gewissen«, raunte Schwester Claire selbstzufrieden, als sähe sie ihre bösen Prophezeiungen endlich bestätigt und etwas in mir schnürte sich schmerzhaft zusammen.

Mutter Tabea ging jedoch nicht auf die giftspritzende Schlange ein. »Haben Sie noch etwas dazu vorzubringen, Miss Blayke?«

»J- ... ja«, stotterte ich, verblüfft darüber, dass sie mir tatsächlich das Wort übergab.

»Ihr wollt Euch doch nicht ihre abscheulichen Lügen anhören. Wir sollten die Friedenswacht verständigen und sie ein für alle Mal loswerden.«

»Schwester Claire, so sehr ich Ihre kompetente Beratung schätze, mir scheint, Ihr Beistand ist derzeit dringender im Unterrichtssaal der Unterstufenschüler vonnöten«, wies die Äbtissin die alte Nonne in ihre Schranken.

Mein Herz tat einen Satz. *Sie schickt sie tatsächlich fort?*

Schwester Claire wand sich. »Seid Ihr sicher, Mutter Oberin? Ich könnte eine Vertretung schicken.«

»Zu freundlich, doch ich werde dieses Gespräch sicher bewältigen. Ich danke Ihnen, Schwester Claire«, erwiderte Mutter Tabea resolut.

Die ältere Nonne nickte schließlich bemüht und verließ den Raum mit einem letzten vernichtenden Blick in meine Richtung. Obwohl damit nichts überstanden war, hatte ich plötzlich das Gefühl, freier atmen zu können.

»Also, Miss Blayke, Ihre Darstellung bitte, und zwar zügig. Denn viel interessanter als die Frage, ob Sie Miss Porters Maske abgenommen haben, wäre für mich der Grund, der Sie dazu veranlasst hat.« Die hellwachen Augen der Äbtissin blitzten auf und erstmals hatte ich die Hoffnung, dass sie mir auch zuhören würde. Ich kannte sie nicht wirklich, doch sie schien jemand zu sein, der Dinge hinterfragte.

»Ich saß während des Rift-Influx neben Silia«, begann ich und berichtete, was passiert war, ohne ein einziges Mal unterbrochen zu werden.

»Sie haben also angenommen, das Kohlendioxid würde sich erneut bilden und ihr schaden?«, forschte die Äbtissin nach, als ich fertig war. »Wie kamen Sie darauf?«

»Wir haben alles über Atemmasken gelernt, Mutter Oberin. Der Atemfilter erhöht den Widerstand beim Einatmen. Das und die Tatsache, dass Silia nur noch flach geatmet hat, kann schnell zu einer hohen Kohlendioxidkonzentration führen. Nur so konnte ich mir ihre Bewusstlosigkeit erklären, denn ihre Maske war dicht.«

»Und wieso haben Sie die Masken ausgetauscht? Welchen Sinn hatte das?«, hakte sie nach.

Ich schluckte: »Ich hatte eine Überdruckmaske, damit bekam sie leichter Luft.« Beklommen blickte ich die Nonne an, die sich gedankenverloren das Kinn rieb. »Ich hoffe, sie erholt sich wieder«, flüsterte ich.

»Ja, darum beten wir alle.« Die Oberin nickte und begutachtete mich einen Moment. »Sie sind eine intelligente, junge Dame«, warf sie plötzlich in den Raum.

Ich hielt die Luft an. Was sollte ich darauf erwidern? Worauf spielte sie an? Glaubte sie, ich hätte mir eine Lüge ausgedacht?

»Wie viel davon lernen die Schüler in Ihrem Unterricht?«, wandte sie sich an Schwester Caroline, die unter anderem für Wirtschaft und Technik zuständig war.

»Einen Großteil davon, Mutter Oberin.«

»So so. Und wie viele Ihrer Schüler können mir diesen Sachverhalt so erläutern wie Miss Blayke eben oder ihr Wissen unter Druck anwenden?«

Die Nonne räusperte sich verlegen. »Das kann ich nicht sagen.«

»Miss Blayke.« Die Äbtissin musterte mich abwägend. »Ich werde in dieser Sache noch entscheiden. Wir werden zuallererst abwarten, wie sich Miss Porters Zustand entwickelt. Bis auf Weiteres sind Sie vom Unterricht suspendiert. Um nicht dem Müßiggang zu verfallen, werden Sie stattdessen morgen Schwester Emilys Kurse begleiten und ihr zur Hand gehen.« Ihr strenger Blick hielt mich noch für einige Sekunden fest, ehe sie hinzusetzte: »Dann sind Sie hiermit entlassen.«

»Ja, Mutter Oberin.« Mit einem beklommenen Nicken erhob ich mich. Eine nagende Ungewissheit machte sich in mir breit, war beinahe noch schwerer zu ertragen als ein direktes Urteil.

III

Verblichene, rote Backsteinwände säumten den breiten Flur und der graue, von Flecken übersäte Bodenbelag zog unter mir dahin. Gedankenverloren schlug ich den Weg zum Westflügel ein, in dem sich die Schlafsäle der Mädchen befanden.

Glaubt mir die Äbtissin? Ich wusste es nicht. Ich konnte im Moment nur auf Silia hoffen, betete inständig, dass sich das Mädchen wieder erholte.

Das Gefühl, nichts tun zu können, zehrte an meinen Nerven. Ich holte zittrig Luft und öffnete die Tür zu dem Gemeinschaftsschlafsaal, der zwanzig Betten beherbergte. Vor jedem der schmalen Metallgestelle stand eine kleine Holztruhe, in der wir unsere Habseligkeiten aufbewahrten. Meine eigene, gut zu erkennen an drei Astlöchern und einem alten Eisenscharnier, enthielt ein Paar Schuhe, zwei Hosen, ein Kleid für den Sommer, drei Unterhemden und zwei Pullover. Darüber hinaus eine blaue Jacke, die ich beim Verteilen der Spenden erhalten hatte.

Ich ließ mich erschöpft auf dem knarrenden Holzdeckel der Kiste nieder. Mattes Licht fiel durch zwei hohe Fenster auf die weiß verputzten, leeren Wände.

Erst jetzt bemerkte ich, dass ein kaum merklicher roter Schimmer die Wolkendecke färbte.

Nach einem Rift-Influx, bei dem sich das angestaute Gas entlud, war das Sphärenlicht stets nur schwach. Doch es würde sich Tag für Tag erneut ansammeln, bis das nächste Rift-Gewitter einsetzte und wir die Schutzräume würden aufsuchen müssen.

Ich wandte den Blick ab, wollte das Licht, das mir als Kind so sehr gefallen hatte, nicht länger ansehen.

Halbmondförmige Abdrücke prangten auf meinen Handballen. Während der langen Wartezeit hatte ich mir vor Anspannung die Fingernägel in die Haut gedrückt.

Beinahe wünschte ich, ich hätte mich im Schutzraum an einen anderen Platz gesetzt. Doch was wäre dann mit Silia geschehen? Wäre sie gestorben? Hätte jemand anderes sie gerettet?

Ich ballte die Fäuste, schüttelte den Gedanken ab. Es war richtig gewesen, egal, welche Konsequenzen der Vorfall für mich haben mochte.

Die Tür öffnete sich. Ich sah auf und versteifte mich. Cora und ihre zwei Freundinnen, die Vipern, wie ich sie im Geheimen nannte, standen im Eingang. Cora, das schmale Gesicht von braunem, langem Haar umrahmt, in dem sich einzelne, dünne Zöpfe versteckten, lächelte süffisant. Sie kam einige Schritte näher, während die Vipern, Zwillingsschwestern mit weißblondem Haar, die Tür schlossen, so behutsam, dass es mir kalt den Rücken hinunterlief. Ihre Lippen kräuselten sich zu einem verschlagenen Lächeln.

»Solltet ihr nicht im Unterricht sein?«, fragte ich, bemüht meinen Schrecken zu verbergen.

»Blayke«, tönte Cora. »Die Frage ist wohl eher, warum du es nicht bist. Ich, für meinen Teil, werde von den furchtbaren Bildern gequält, die ich vor Kurzem mitansehen musste. Stell dir vor, eine Kommilitonin hat vor meinen Augen versucht eine andere umzubringen.« Sie hielt sich in geheuchelter Bestürzung eine Hand vor den Mund, wobei ihre großen, braunen Augen gehässig aufblitzten.

»Du weißt, dass das nicht wahr ist«, knurrte ich und stand auf.

Mit zusammengebissenen Zähnen starrte ich sie an. Die drei lächelten wie Hyänen, die auf ein verendetes Tier gestoßen waren, und das beklemmende Gefühl in meiner Brust wuchs an.

»Ich kann nur das glauben, was ich gesehen habe. Und ich sah, wie du Porters Maske mitten im tödlichen Bräss abgenommen hast«, säuselte Cora, legte den Kopf schräg und trat einen Schritt näher.

Das Zimmer kam mir plötzlich zu eng vor.

»Hat man dich bestraft, bist du hier, um zu packen? Holen dich die Uskrim ab?«

»Und wenn es so wäre?«, presste ich hervor.

»Du bist ja so tapfer, Blayke«, höhnte eine der Vipern.

Alle drei kamen jetzt auf mich zu und ich suchte panisch nach einem Ausweg.

»Schwester Emily wird mich gleich abholen«, erklärte ich, in der Hoffnung, Cora damit aufzuhalten.

Diese lachte jedoch. »Schwester Emily ist gerade mit ihren Schützlingen zum Markt aufgebrochen. Oder habe ich mich getäuscht, Simona?«

»Stimmt, die ist mit den kleinen Schreihälsen abgezogen. Ich hab' ihr sogar freundlich gewunken.«

»Aber sicher, du hast recht.«

Simona und Selene hielten inne, als warteten sie auf ein geheimes Zeichen.

»Wir und übrigens auch alle anderen finden, dass die Sanktion, die Mutter Tabea dir auferlegt, wie auch immer sie ausfällt, nicht ausreichen kann. Darum sind wir hier. Wir werden deine Strafe ein wenig ausweiten«, erklärte Cora in so ruhigem Ton, als hätte sie jedes Recht dazu.

Eine Sekunde lang war ich wie gelähmt. Dann wirbelte ich herum, brachte ein Bett zwischen uns und versuchte um sie herum zu gelangen, ihnen zu entkommen.

Simona verfehlte mich knapp, als sie nach vorne stürzte, um mich zu packen, doch ihre Schwester war bereits wieder an der Tür, der einzigen, die aus dem Raum führte, und lehnte sich mit einem spöttischen Lächeln dagegen. Wie ein in die Enge getriebenes Tier stand ich zwischen den hinteren Betten, mein Blick huschte zwischen meinen Peinigern hin und her.

»Damit kommt ihr nicht durch. Die Äbtissin wird ...«

»Der Äbtissin ist es scheißegal, was wir mit dir machen, und Schwester Claire würde vielleicht sogar Beifall klatschen, wenn du Buße tust. Klingt das nicht verlockend?«

»Beim Bräss, Cora, du weißt, dass es nicht so war«, presste ich verzweifelt hervor.

»Mit der Meinung stehst du alleine da.« Selene lachte.

»Schnappt sie euch!«, forderte Cora sie auf und nahm jetzt selbst den Platz an der Tür ein.

Ich ballte die Fäuste, wich zurück, während die Vipern langsam näher kamen. Ihnen zu entkommen war unmöglich. Als Simona mich erneut packen wollte, duckte ich mich weg und rollte mich über ein Bett außer Reichweite, doch ihre Schwester folgte mir sofort.

»Bist du nicht zu alt fürs Fangenspielen?«, stichelte sie.

»Selene, komm schon. Das geht zu weit, das weißt du«, versuchte ich die Vernünftigere der Zwillinge zum Einlenken zu bringen. Doch ihr gehässiges Lachen erstickte jede Hoffnung.

Im nächsten Augenblick stürzten sie auf mich zu, ich saß zwischen ihnen gefangen, versuchte auszuweichen, schon packte mich Simona am Arm. Ich wand mich, fuchtelte mit den Fäusten und erwischte sie an der Schläfe.

Meine Knöchel schmerzten bei dem Aufprall und sie sog zischend die Luft ein, während mich Selene an den Schultern packte und auf das Bett hinab drückte.

Wild trat ich um mich und mit einem wütenden Aufschrei ließ sie wieder von mir ab.

»Halt sie fest, verdammt!«, schrie Simona, die sich erneut auf mich stürzte.

Ich riss die Beine nach oben und erwischte sie diesmal mit dem Knie am Kopf. Sie zuckte, drehte sich weg, und plötzlich war ich wieder frei, schnellte hoch und wollte vom Bett springen. Im selben Moment umklammerte eine der beiden meinen Knöchel.

Ich schrie auf, versuchte mich abzufangen. Zu spät. Ich klatschte der Länge nach auf den Boden. Schmerz zuckte wie ein elektrischer Schlag durch meine Arme und die Rippen.

Benommen schnappte ich nach Luft, doch meine Lunge wollte sich nicht füllen. Eine Welle der Panik schwappte über mir zusammen.

»Du riftverdammte Schlampe«, keifte eine der Vipern und trat mir mit voller Wucht in die Seite. Keuchend rollte ich mich zusammen. Augenblicklich schrumpfte meine Wahrnehmung, Lichter flackerten auf schwarzem Grund, ich krümmte mich.

Ein weiterer Schmerz explodierte in meinem Rücken und jagte ein lähmendes Brennen durch meinen Nacken. Ich glaubte zu ersticken.

»Na? Immer noch Lust, um dich zu schlagen?«, drang ein Fauchen an meine Ohren.

Ich war unfähig zu reagieren, klammerte mich lediglich an mein Bewusstsein und hielt mich am Bettpfosten fest. Plötzlich rann wieder kühler Sauerstoff meine Kehle hinab. Mit zitternden Fingern versuchte ich mich unter den Lattenrost zu ziehen – wollte nur weg von ihnen.

Im nächsten Moment schlossen sich Hände um meine Glieder und hielten mich erbarmungslos fest.

»Hört auf, verflucht noch mal! Sie soll wie eine Büßerin aussehen, nicht wie ein Opfer«, zischte Cora und stoppte damit den nächsten Tritt.

Mein Kopf wurde brutal an den Haaren nach hinten gerissen und ich keuchte auf.

»So und jetzt zu deiner Strafe, Blayke. Haltet sie gut fest.«

Das raspelnde Geräusch einer Schere ertönte hinter mir und eine rostrote Strähne fiel mir ins Gesicht. Ich wand mich erneut, doch der Schmerz, der durch meine Glieder schoss, lähmte mich. Ein Knie landete unterhalb meines Schulterblatts.

»Halt still, du willst doch nicht, dass ich dich versehentlich schneide, oder?« Cora kicherte boshaft.

Ein weiteres grässliches Ratschen erklang. Im nächsten Moment sackte mein Kopf nach vorne und ich ertrank in einer Flut aus Haaren, die mir über die Augen fielen.

»Die sind immer noch viel zu lang. Was haltet ihr von einem Zentimeter? Bekomme ich das hin?«, höhnte das Biest und die Vipern zischelten begeistert.

Mein Magen drehte sich um und im nächsten Moment erbrach ich mich. Der Schmerz in meinen Rippen wurde mit jeder Sekunde schlimmer und das Gewicht der beiden Mädchen ließ mich kaum atmen.

»Was tut ihr da!«

Schlagartig verschwand der Druck und ich schnappte nach Luft. Der scharfe Geruch von Erbrochenem stieg mir in die Nase.

»Miles? Du hast hier nichts verloren. Das ist der Mädchenschlafsaal«, keifte Cora.

Ein Zittern lief durch meinen Körper. Ich rollte mich ächzend zur Seite, um nicht in der ekelhaften Lache zu liegen. Scham und Hoffnung kollidierten miteinander. Finn war hier!

Die Betten, zwischen denen ich lag, versperrten mir die Sicht, doch er würde sich nicht einfach abwimmeln lassen.

»Bist du taub, Cora? Ich habe gefragt, was ihr hier treibt.«

Das *Schnipp-Schnapp* der Schere ertönte. »Wir haben Blayke geholfen, Buße zu tun, wie es unsere Pflicht als gute Freundinnen ist. Und wenn du auch nur einem Menschen etwas davon sagst, steht deine Aussage gegen unsere. Außerdem wird es die Äbtissin viel mehr interessieren, was du im Schlafsaal der Mädchen verloren hast.«

Simonas Lachen hallte durch den Raum. »Stehst du auf kleine Mädchen, Finn?«

»Halt deine beschissene Klappe«, schnappte er und kam nun mit langen Schritten näher. Ich konnte mich kaum bewegen, drehte lediglich den Kopf in seine Richtung.

»Verdammte Scheiße«, stieß er hervor.

»Wir gehen«, hörte ich Cora ihren Spießgesellinnen befehlen.

»Viel Spaß mit ihr, Miles. Wir haben sie für dich schon auf den Rücken gelegt. Oder nimmst du sie lieber von hinten?«, krähte eine der Vipern, ehe die Tür hinter ihnen ins Schloss krachte.

Die Worte brannten sich glutheiß in mein Hirn, waren beinahe schwerer zu ertragen als die Schmerzen.

Ich schämte mich, obwohl es gar keinen Grund dafür gab.

»Diese kaputten Tussen«, fluchte Finn und streckte eine Hand nach mir aus. »Kannst du aufstehen?«

Ich nickte matt, musste aufstehen, denn ich würde ganz sicher nicht hier liegen bleiben.

Stöhnend kam ich auf die Füße; und Finn stützte mich.

»Geht es?«, fragte er hilflos.

»Ja«, keuchte ich. Mein Brustkorb fühlte sich an, als fiele er gleich in sich zusammen. Der stechende Schmerz ließ mich kaum gerade stehen, jeder Atemzug war eine Qual.

Langsam humpelten wir auf den Ausgang zu. Wir mussten hier raus. Sofort.

»Ru, warte doch. Was ist passiert?«, verlangte er zu wissen, doch ich schüttelte den Kopf. Wir durften keine Zeit verlieren, das würde Cora auch nicht.

Kaum hatten wir den Gang erreicht, hörte ich bereits energische Schritte.

»Um die Ecke, schnell«, japste ich und Finn zog mich mit sich in den abzweigenden Flur. Wir schafften es drei Gänge weiter, in sicheren Abstand zu den Schlafsälen, bevor wir Schwester Telwy in die Arme liefen.

Diese machte große Augen, als sie mich sah. »Was ist mit Ihnen passiert?«

»Ich bin die Treppe hinuntergestürzt«, presste ich hervor, die Zähne schmerzlich zusammenbeißend.

»Ich habe sie gefunden.« Finn spielte sofort mit.

»Und Ihre Haare?« Erst jetzt schien ihr aufzugehen, wen sie vor sich hatte und sie riss die Augen noch weiter auf. »Bei der Heiligen Jungfrau. Der Vorfall mit Miss Porter, das waren Sie. Sie sollten sich in Grund und Boden schämen«, fuhr sie erbost fort.

Ich erstarrte. Offensichtlich ging Coras Plan auf. Es wurde zwar schon seit Langem niemandem mehr zur Strafe der Kopf geschoren, doch der Zusammenhang reichte der Schwester offenbar aus, mich für schuldig zu befinden.

»Ich habe Miss Porter nicht angegriffen«, murmelte ich kraftlos.

»Offensichtlich sah die Äbtissin das anders. Ein Wunder, dass man sie nicht kürzer abgeschnitten hat.«

Als mich ihr abschätziger Blick traf, war es um meine Selbstbeherrschung geschehen. Ich war die Schuldzuweisungen leid. Ein unbändiger Zorn auf Cora kochte in mir hoch und die Schmerzen taten scheinbar ihr Übriges, um mich jegliche Besonnenheit vergessen zu lassen.

»Sie wollen wissen, warum meine Haare kurz sind? Vielleicht ist das jetzt in Mode!« Ich kämpfte gegen die aufsteigenden Tränen an. »Mutter Tabea hat damit jedenfalls überhaupt nichts zu tun.«

Schwester Telwy sah mich einen Augenblick fassungslos an. »Was erlauben Sie sich für einen Ton?«, schnappte sie dann.

Ich wandte den Blick zu Boden, damit hatte ich es mir endgültig mit ihr verscherzt.

»Die Schmerzen ... entschuldigen Sie. Ich bringe sie zur Krankenstation«, erklärte Finn diplomatisch und zog mich weiter. »Was sollte das? Wieso sagst du nicht, was Cora und ihre Geier dir angetan haben?«, raunte er, kaum dass wir außer Hörweite die Stufen hinauf stiegen.

»Sie würde es abstreiten. Außerdem hat sie leider recht. Alle würden sich nur noch brennend dafür interessieren, was du im Mädchenschlafsaal zu suchen hattest. Mich hat sie schon als Silias vermeintliche Mörderin angeprangert. Sie macht vor gar nichts halt, Finn.«

Er zog die Stirn kraus. »Ein Grund mehr, die Wahrheit zu sagen.«

»Nein. Vielleicht, wenn du nicht reingeplatzt wärst ... dann hätte ich sie beschuldigen können.« Ich stockte und sah ihn schuldbewusst an. »Versteh das nicht falsch, ich bin gottfroh, dass du aufgetaucht bist, aber jetzt hat sie dich in der Hand. Sie würde es vielleicht sogar schaffen, dass wir beide rausgeschmissen werden.«

Er schnaubte. »Das wäre mir ziemlich egal, wenn ich ehrlich bin. Ich bin froh, wenn ich aus diesem Gefängnis rauskomme.«

Das versetzte mir unwillkürlich einen Stich. Der Altersunterschied zwischen uns war mir nur zu bewusst. Ich verstand nicht einmal, weshalb ihm unsere Freundschaft so viel bedeutete.

Finn war beliebt bei seinen Klassenkameraden, wenngleich sie ihn oftmals aufzogen, weil er sich mit einer Dreizehnjährigen abgab. Doch zwischen uns existierte ein gegenseitiges Vertrauen, das mir Halt gab. Ich konnte mich immer auf ihn verlassen und es war mir völlig gleich, wie unsere Freundschaft auf andere wirken mochte.

Er sah bereits aus wie ein junger Mann und könnte sich wahrscheinlich problemlos als volljährig ausgeben, was mir ganz sicher nicht gelingen würde. Anderthalb Köpfe kleiner und dünn wie eine Bohnenstange, wirkte ich noch immer wie eine Zehnjährige.

Der Gedanke an seinen Abschluss, der ihn in einem knappen Jahr aus Edenplace hinausführen würde, war etwas, das ich gerne verdrängte.

Als könne er mein Unbehagen spüren, legte mir Finn den Arm um die Schulter und drückte mich kurz, was mir ein Ächzen entlockte. »Entschuldige.« Sofort ließ er mich wieder los. »Haben dir diese brässverdammten Hyänen etwa die Rippen gebrochen?« Bestürzt musterte er mich.

»Kann schon sein«, murmelte ich. »Aber das wird heilen. Dank dir sind meine Haare zumindest noch länger als deine.« Ich versuchte mich an einem Lächeln, das er besorgt erwiderte.

»Ich dachte, Kurzhaarschnitte sind in Mode«, versuchte er, mich aufzumuntern.

»Keine Ahnung«, gab ich müde zurück und ließ den Kopf sinken. Die schräg abgesäbelten Strähnen flossen um mein Kinn und versahen den Flur mit einem roten Rahmen. »Aber wir bleiben besser bei der Geschichte. Cora würde uns das Wort im Mund verdrehen, wenn ich sage, was sie getan hat. Und nach dem Vorfall mit Silia würde mir sowieso niemand glauben. Wahrscheinlich würde man mir noch vorwerfen, ich hätte das hier inszeniert, um Cora anzuprangern«, erklärte ich verdrossen. »Das eben vor dem Schlafsaal war bestimmt Schwester Claire.«

»Die Schritte klangen ganz nach ihr, ja«, stimmte Finn zu.

»Wenn sie uns da drin allein vorgefunden hätte, wären wir jetzt am Arsch«, raunte ich. Cora hatte wirklich ganze Arbeit geleistet.

»Hast recht«, brummte er grimmig. »Selbst wenn du halb tot dort gelegen hättest, die Frau sieht immer nur, was sie sehen will.«

»Wahrscheinlich hätten sie dir noch die Schuld in die Schuhe geschoben.«

»Mir?«, blaffte Finn und blies prustend die Luft aus den Wangen. »Du wärst natürlich schuld gewesen, Ru. Wer ist denn hier das Teufelsbalg?«

Ich lächelte verkniffen und gab ihm einen freundschaftlichen Schubs. »Du Arsch.«

Die diensthabende Nonne auf der Krankenstation, Schwester Bernadette, versorgte meine Prellungen und verband zwei angebrochene Rippen. Die Arme sahen besonders schlimm aus, ich würde einen ganzen Regenbogen an Blutergüssen davontragen. Doch es war nichts, was nicht wieder in Ordnung kommen würde.

»Wie geht es Miss Porter?«, fragte ich, nachdem die Schwester fertig war.

»Sie ist aufgewacht, aber sehr schwach. Ich denke, es wäre nicht angebracht, sie zu stören.«

Das tiefe Misstrauen, das mir entgegenschlug, war nicht zu übersehen und so fiel meine Erwiderung etwas unterkühlt aus, obwohl ich froh über die Neuigkeit war. »Ich hoffe, dass sie sich wieder ganz erholt.«

Gemeinsam mit Finn verließ ich die Station. Er erzählte mir, dass er nach dem Rift-Ausbruch von meinem angeblichen Angriff auf Silia und die Vorladung ins Büro der Äbtissin gehört hatte. Natürlich hatte er kein Wort davon geglaubt und war sofort nach dem Unterricht auf die Suche nach mir gegangen.

Ich schilderte ihm, was tatsächlich geschehen war, und er nickte mit finsterer Miene.

»Verdammt, dafür sollten sie dir einen Orden verpassen, stattdessen passiert so eine Scheiße. Cora hat echt keinen Funken Anstand im Leib.«

Er warf mir einen mitleidigen Blick zu und ich murmelte: »Ich wünschte, Silia hätte von Anfang an meine Maske gehabt, dann wäre es wahrscheinlich nie so weit gekommen.«

Finn gab ein bekümmertes Brummen von sich, während wir langsam die Treppen hinabstiegen.

Inzwischen konnte ich mich ein klein wenig lockerer bewegen, doch ich fühlte mich noch immer völlig zerschunden. Schwester Bernadette hatte mir versichert, dass meine Rippen nicht plötzlich einknicken würden, obwohl es mir so vorkam.

»Das Liga-Spiel wurde übrigens für diesen Abend angekündigt. Schauen wir es trotzdem zusammen an?«

Ich stutzte. Daran hatte ich absolut nicht mehr gedacht. Unser Gespräch beim Mittagessen schien Tage her zu sein. »Ich glaube nicht.«

»Du solltest dich ablenken«, versuchte Finn mich zu überreden.

»Wenn man mich so sieht, kann ich gleich ein öffentliches Schuldbekenntnis ablegen, oder?« Ich schüttelte resigniert den Kopf, konnte das verächtliche Geflüster schon beinahe hören. Ein Schauder überlief mich. Spätestens morgen würde mir das bevorstehen. Angestrengt versuchte ich das Selbstmitleid zurückzudrängen, das mit klammen Fingern an mir hinauf kroch.

»Ja, vielleicht doch keine so gute Idee. Schade, dass sie nicht einfach über Nacht nachwachsen.« Finn hob eine meiner losen Strähnen hoch und ließ sie wieder sinken. »Also gut, dann kein Liga-Turnier. Ich kann dir gerne noch Gesellschaft leisten.«

»Nein, das ist nicht nötig«, wiegelte ich ab, denn ich wusste, wie versessen er auf das Spiel war. »Ich glaube, ich sollte mich sowieso besser hinlegen. Danke für deine Hilfe, Finn. Ich weiß nicht, was ich ohne dich getan hätte.« Ich schenkte ihm ein aufrichtiges Lächeln.

»Das war doch klar, Ru. Irgendjemand muss doch auf dich aufpassen.« Er seufzte und musterte mich mit besorgtem Blick. »Dann sehen wir uns morgen zum Frühstück. Und ich will keine weiteren blauen Flecken sehen«, scherzte er halbherzig. Das Lächeln erreichte seine Augen nicht.

Ich stieß ein Schnauben aus. »Glaub mir, das will ich auch nicht. Bis morgen.«

Bedrückt wollte ich mich abwenden, als er mich aufhielt.

»Sorry, das war eben ein echt blöder Spruch. Pass einfach auf dich auf, okay?« Unvermittelt drückte er mir einen Kuss auf die Stirn.

Ich erstarrte, doch ehe ich etwas erwidern konnte, hatte er sich umgedreht und ging davon.

So etwas hatte er noch nie getan. Unsicher sah ich ihm nach. Letztendlich schob ich seine Geste dem Umstand zu, dass er sich um mich sorgte. Zurecht, wie ich mir leider eingestehen musste. Denn wer konnte schon sagen, was sich Cora und ihre Spießgesellinnen als Nächstes einfallen lassen würden?

Schwester Bernadette hatte jemanden vom Reinigungsdienst in den Schlafsaal geschickt, der nun garantiert nicht gut auf mich zu sprechen war. So konnte ich mich nicht dazu durchringen, dorthin zurückzukehren, obwohl ich dringend ein Bett gebraucht hätte. Und ich würde den Teufel tun und mich im Krankensaal neben Silia legen. Sollten bei der Armen irgendwelche Komplikationen auftreten, hätten alle in mir sofort den willkommenen Sündenbock. Also trieb ich mich noch eine knappe halbe Stunde im Garten herum, immer in Sichtweite der Schwestern, wo mich niemand einfach niederringen oder ganz nach seinem Gutdünken bestrafen konnte.

Das Schmerzmittel, das mir Schwester Bernadette verabreicht hatte, ließ bereits wieder tiefe Atemzüge zu. Darum beschloss ich dem Tag zumindest einen Lichtblick abzutrotzen und schlich mich, als das AquaLab-Spiel begann, zu dem sich nahezu alle Schüler im Alter zwischen acht und siebzehn Jahren einfanden, in die Waschsäle hinauf. Es war kühl hier, der Raum mit den orangeroten Fliesen strahlte einen vergilbten Charme aus, den ich mochte.

Langsam trat ich vor einen der fleckigen Spiegel. Das fuchsrote Haar hing mir in unregelmäßig langen Zacken um den Kopf. Obwohl ich sie fast immer zusammengebunden trug, waren meine Haare doch ein Teil von mir. Es war demütigend, sie so rabiat abgeschnitten zu sehen.

Eine kalte Wut auf Cora und ihre infame Selbstgerechtigkeit rumorte in mir. Wut, dass sie selbst Silias Unglück dazu nutzte, mir zu schaden. Eines Tages würde sie dafür bezahlen, für alles. Ich stieß verbittert die Luft aus.

Was mache ich mir denn vor?

So etwas wie höhere Gerechtigkeit gab es nicht und ich war niemand, der sich zum geheimen Rächer aufschwang. Meine Haare würde ich schlichtweg wieder wachsen lassen und keinen Millimeter mehr davon abschneiden.

Langsam steckte ich mir die kurzen Strähnen hinter die Ohren, wo sie nur wenige Sekunden blieben, ehe sie sich wieder lösten. Sie standen fransig um meinen Kopf, hatten zu wenig Masse, um sich einfach der Schwerkraft zu ergeben. Eine Weile begutachtete ich resigniert die Fremde vor mir, die mir doch nur allzu bekannt war.

Die trüben, blaugrauen Augen, versetzt mit einigen hellen Flecken, schienen beinahe zu groß für das schmale Gesicht. Sie wirkten traurig, das taten sie allerdings immer, wenn im Moment auch etwas mehr als sonst.

Glen, ein Junge aus meinem Jahrgang, hatte einmal gesagt, er fände sie gruselig, weil sie aussähen wie ein bewölkter Himmel, kurz bevor ein Rift-Unwetter aufzieht.

Finn, der ihn gehört hatte, war ihm über den Mund gefahren und hatte gemeint, Glen hätte offensichtlich selbst etwas an den Augen.

Beim Gedanken an ihn kam mir unvermittelt sein Kuss wieder in den Sinn und ich berührte meine Stirn.

Ein brüderlicher Kuss. Die Vorstellung, es könne etwas anderes gewesen sein, war befremdlich und zudem lächerlich.

Nichts an mir wirkte feminin, ich bestand aus dünnen Armen und Beinen und hervorstehenden Knochen. Mit einem Schnauben entzog ich mich dem kritischen Blick und drehte mich weg.

Meine Rippen begannen wieder zu pochen und ich ging in eine der angrenzenden Badekabinen.

Dieser Raum war beinahe so etwas wie mein eigenes Reich. Mit schnellen Handgriffen regelte ich das Wasser und ließ die alte Emaillewanne volllaufen.

Wenn es hier eines im Überfluss gab, war es Wasser. Da es alle acht bis dreizehn Tage einen Rift-Influx wie den heutigen gab, regnete es oft genug, um sämtliche Tanks auf den Dächern Revlins Ports mit Frischwasser zu füllen.

Es war recht kalt, doch das hatte mich noch nie gekümmert. Ich mochte es sogar. Vorsichtig zog ich mich aus und wickelte den Verband ab, bei dem sich Schwester Bernadette drei Mal überlegt hatte, ob sie ihn mir überhaupt anlegen sollte.

Ohne zu zögern, stieg ich in die Wanne, holte tief Luft und tauchte darin ab. Die Kühle umschloss mich, linderte die Schmerzen und ließ mich eine Weile alles um mich herum vergessen.

Ich badete, so oft es mir möglich war. Diese Minuten unter Wasser waren meine Zuflucht, gaben mir ein seltsames Gefühl von Geborgenheit.

Das Licht der elektrischen Lampen leuchtete matt über mir, während ich zwischen meinen Haaren, die wie ein Wald roter Algen über mir trieben, hinaus spähte.

Ich dachte an jenen Nachmittag am Meer, der nun beinahe sechs Jahre zurücklag. Dennoch erinnerte ich mich mit einer Klarheit daran, als wären erst wenige Tage vergangen.

Obwohl ich damals fast ertrunken wäre, verband ich keinerlei Angst damit. Vielmehr waren es die Schönheit der Farben und die kühle Stille, die sich mir eingeprägt hatten.

Was wäre geschehen, wenn dieser Junge, dieser Lys – zumindest hatte Schwester Meriam darauf beharrt, dass er einer war –, mich damals nicht aus dem Wasser gezogen hätte? Wäre ich gestorben, wie es sich Schwester Claire wünschte, oder hätte ich mich einfach in den Wellen aufgelöst, wäre ein Teil davon geworden?

Manchmal stellte ich es mir so vor, obwohl es unsinnig war. Und manchmal, wenn ich es nicht verhindern konnte, dachte ich an jenen schwarzen Stein, der überhaupt erst alles ausgelöst hatte.

Der Versuch, ihn aus dem Wasser zu retten, hatte mir den fortwährenden Groll Schwester Meriams und Schwester Telwys eingebracht und darüber hinaus einen Stempel aufgedrückt, der mein Leben bis heute prägte.

Suizidgefährdet stand als gesonderter Vermerk in meiner Akte.

Nach dem Vorfall hatte die damalige Äbtissin zu meinem Leidwesen veranlasst, mich unter Beobachtung zu stellen. Ich hatte abgerundetes Besteck zum Essen und Schuhe ohne Schnürsenkel erhalten. Mit den Jahren hatte ihre Vorsicht nachgelassen, doch der Beschluss mir jegliche Ausflüge zu untersagen und mich vorsorglich vom Schwimmunterricht auszuschließen, bestand noch immer.

Ich drängte die Erinnerungen zurück. Es war nur ein Stein gewesen, ein verdammter Stein, bei dessen Anblick meine kindliche Fantasie mit mir durchgegangen war. Dass ich deswegen nie Schwimmen gelernt hatte, war hingegen eine Tatsache. Um nichts beneidete ich meine Mitschüler mehr als ihren wöchentlichen Gang zu den städtischen Schwimmbecken und die gelegentlichen Exkursionen in die Stadt.

Langsam protestierten meine Lungen. Ich hielt noch ein klein wenig aus, dann tauchte ich, nach Luft schnappend, auf.

Ein langer Atemzug und ich verkroch mich erneut unter die Wasseroberfläche, um dem heutigen Tag zu entfliehen.

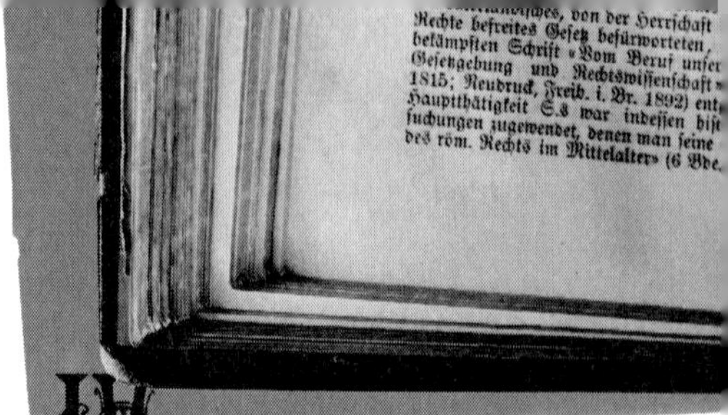

IV

Nach dem Morgengottesdienst blieb ich still und regungslos in meiner Bankreihe sitzen, hielt den Kopf gesenkt und wich den Blicken der anderen aus. Meine Suspendierung war inzwischen allgemein bekannt und da mir der Argwohn meiner Mitschüler bereits am Vorabend im Schlafsaal zugesetzt hatte, beschloss ich, heute auf das Frühstück zu verzichten, um später direkt zu Schwester Emilys Kurs zu gehen.

Die kleine Kirche war gerade groß genug, um die gesamte Schülerschaft von etwa hundertneunzig Mädchen und Jungen aufzunehmen. Ich saß abseits, direkt an der Außenwand des grauen Gemäuers, dennoch spürte ich die finsteren Blicke, als sie an mir vorüber auf den Ausgang zugingen.

»Wir bitten für die Schutzbedürftigen und jene, die uns in Deinem Namen Beistand bieten. Dank sei Dir und Deinen Jüngern, die mit gnädigem Herzen ihre Hand über uns halten«, drangen geflüsterte Worte aus der vordersten Bankreihe an mein Ohr, wo noch zwei Schwestern knieten.

Ich faltete die Hände und starrte auf das rissige Holz der Fußleiste hinab, während ich abwartete und die Sekunden zählte.

Die Kapelle war uralt und großzügiger als das Wohnhaus selbst mit der leicht bräunlichen Schutzschicht aus Mirteol eingefärbt, die den Bau vor den allgegenwärtigen Salfatablagerungen bewahrte. Seit das Dach und drei Fenster auf der Nordseite bei einem Rift beschädigt worden waren, wurden auch die Innenwände damit behandelt. Langsam strich ich mit einem Finger über die Schicht, die wie eine harte Glasur über den Steinen lag, und atmete den beißenden Geruch ein.

Mirteol 5D wurde industriell hergestellt. Ein gewisser Gregor Fincher hatte sich mittels eines Patents eine goldene Nase damit verdient. Dabei war die Formel dafür nicht sonderlich schwer herzuleiten.

Finn hatte schon oft darüber gelacht und gemeint, selbst er hätte das Zeug erfinden können.

Fincher war allerdings einer der Ersten gewesen, der die versteckte Eigenschaft von Brässphylinsalfat bemerkt hatte. Der giftige Goldnebel löste sich wenige Minuten, nachdem er auf die Erde gesunken war, fast vollständig auf, da er mit Sauerstoff oxidierte. Für uns wurde er damit glücklicherweise ungefährlich. Auf Straßen und Hauswänden bildeten die Salfatrückstände jedoch einen klebrigen, schnell porös werdenden Belag. Dieser fraß sich mit der Zeit in jegliche Baustoffe, die aus einem Kalk- und Tongemisch bestanden. Auf diese Weise brachte Brässphylin ganze Gebäude zum Einsturz und hatte unzählige verwaiste Ruinenstädte geschaffen.

Gedankenverloren musterte ich die braune Schutzschicht, die alle paar Monate neu aufgetragen wurde und verhinderte, dass sich das Bräss darauf absetzte. Fincher hatte jedenfalls keine Skrupel, mit seinem Gegenmittel vom Unglück der Welt zu profitieren. Für Wohnräume, die weder Wind noch Wetter standhalten mussten, gab es Gott sei Dank einfache, wasserlösliche Lasuren, um sie vor dem Salfat zu schützen.

Gepresst atmend verharrte ich noch eine Weile, ehe ich sicher sein konnte, dass alle Schüler im Speisesaal angekommen waren. Mein linkes Knie hatte in der Nacht beschlossen, nachträglich anzuschwellen, sodass ich die Kapelle langsam und hinkend verließ.

»Guten Morgen, Miss Blayke. Wie ich hörte, leisten Sie uns heute Gesellschaft«, meinte Schwester Emily, als ich eine halbe Stunde später die Tür zu einem Klassenzimmer der Unterstufe öffnete.

Verblüfft über ihren freundlichen Tonfall hielt ich inne. Durch meine Abwesenheit beim Frühstück hatte ich nicht mitbekommen, dass sie den Raum gewechselt hatte und wegen meines verspäteten Eintreffens mit einer Rüge gerechnet. Dafür war ich Schwester Bernadette über den Weg gelaufen, die mir mitgeteilt hatte, dass es Silia schon wesentlich besser ging, was mich ungeheuer erleichterte.

Unsicher huschte mein Blick über die sechsundzwanzig Augenpaare, Mädchen und Jungen in einheitlichen Uniformen, die mich von ihren schmalen, grün gestrichenen Pulten aus anstarrten. Die Jalousien vor den Fenstern waren halb herabgelassen und warfen ein Streifenmuster aus Licht und Schatten über das Schweigen, die vergilbten lasierten Wände voller Plakate und die vor Arbeitsmaterialien überquellenden Regale.

»Entschuldigen Sie die Verspätung, mir wurde gesagt, Sie seien im Ostflügel. Ich wurde Ihnen für heute zugeteilt«, erklärte ich. Ich wollte den Grund für meine Suspendierung nicht ansprechen, sicher wussten auch so alle Anwesenden, weshalb ich nicht in meinem eigenen Unterricht saß.

»Ganz recht und ja, wir sind kurzfristig umgezogen, Sie können also nichts dafür«, erwiderte Schwester Emily, die hinter ihrem Pult voller Hefte und Ordner stand. Sie war eine großgewachsene, stämmige Frau und strahlte eine einnehmende Selbstsicherheit aus.

Ich wunderte mich noch immer über die gute Laune der Schwester, suchte vergeblich nach dem misstrauischen Blick, der mich als nicht zurechnungsfähig abstempelte. Doch ich fand keinerlei Anzeichen dafür.

Hat sie nicht gehört, wessen ich beschuldigt werde?

Beklommen nickte ich Schwester Emily zu und zwang ein halbherziges Lächeln auf meine Lippen. Ich selbst hatte sie nie im Unterricht gehabt, da sie erst vor einigen Monaten nach Edenplace gekommen war. Angeblich war sie eine ehemalige Professorin. Seit ihrem Ordensbeitritt war sie auf eigenen Wunsch für die Unterstufe und einen kleinen Teil der Oberstufe zuständig.

Ich betrachtete sie wachsam, versuchte die Blicke der neugierigen Schüler auszublenden und meine Müdigkeit niederzukämpfen. Die Nacht war schrecklich gewesen. Nicht nur die Schmerzen, die mir das Atmen bereitete, nachdem das Schmerzmittel allmählich nachgelassen hatte, auch das Lauschen auf Cora und ihre Freundinnen hatten mich wachgehalten. Doch diese hatten scheinbar selig geschlafen.

»Kommen Sie doch bitte zu mir nach vorne«, forderte mich Schwester Emily auf und ich humpelte etwas ungelenk auf sie zu.

»Fühlen Sie sich gut genug, um unseren jungen Freunden hier ein wenig Geschichte näherzubringen?«

Ich schluckte. Eine große Rednerin war ich beileibe nicht. Doch natürlich nickte ich. »Welches Zeitalter nehmen sie durch?«

Die Nonne lächelte breit. »Genau die richtige Frage.« Sie klatschte in die Hände und wies auf einen Jungen, der vermutlich acht Jahre alt und dennoch genauso groß war wie ich.

»Thomas, verrate Miss Blayke, was ihr bisher in Geschichte behandelt habt.«

Der Junge erhob sich, stand stramm und starrte in die Luft, scheinbar auf der Suche nach der richtigen Antwort. »Die ... ähm ... die Antike ... die Mittelmäßigkeit ...«

»Das Mittelalter«, flüsterte ihm einer seiner Mitschüler viel zu laut zu.

»Wenn du es besser weißt, fahr doch bitte fort, Brandon«, meinte die Schwester, woraufhin der zweite Junge rot anlief und sich anstelle seines Freundes erhob.

»Das Mittelalter und die Neuzeit. Wir wollten gerade mit der Zeit der Aufspaltung fortfahren.«

»Danke, Brandon«, erwiderte die Nonne und wandte sich wieder mir zu. »Die Aufspaltung also. Sie sind mit den Daten vertraut?«

»Ja.« Ich nickte erneut. Ein wenig überrumpelt stand ich einen Augenblick unschlüssig da, räusperte mich und setzte an: »Die Aufspaltung ... ähm ...« Ich schloss für einen Moment die Augen, um mich zu sammeln. Ein leises Kichern ertönte, verstummte jedoch sogleich wieder.

»Die heutige Zeit, also die Jetztzeit, hat wissenschaftliche Hintergründe. Diese Ära begann im Grunde wegen eines physikalischen Durchbruchs. Anfang des 22. Jahrhunderts war die Erde hoffnungslos überbevölkert. Der Planet konnte die Menschen nicht mehr ernähren.«

Ein Mädchen streckte die Hand hoch und ich sah Schwester Emily fragend an. Diese nickte der Kleinen aufmunternd zu. »Ja?«

»Haben die Uskrim den Menschen nicht geholfen? Sie liefern doch auch heute genug Lebensmittel.«

Ich schüttelte verwundert den Kopf. Hatten die Kinder die *Wandlung* der Sphärenbewohner noch nicht behandelt oder hatte das Mädchen nicht aufgepasst?

»Die Uskrim gab es damals noch nicht«, erklärte ich und entnahm den skeptischen Blicken einiger Kinder, dass es tatsächlich ihre erste Geschichtsstunde zu diesem Thema war.

Unwillkürlich fragte ich mich, ob ich in ihrem Alter bereits davon gewusst hätte, wenn ich meine Nase nicht ständig in Dinge gesteckt hätte, für die ich angeblich noch zu jung gewesen war. *Wahrscheinlich nicht.*

»Also ... es gab früher ausschließlich Menschen und jede Menge Tierarten, von denen die meisten inzwischen leider ausgestorben sind. Aber das ist wahrscheinlich ein anderes Thema ...«

Schwester Emily nickte mir zu und ich fuhr fort: »2140 entdeckte Derek Stine die Sphären. Er war Physiker und konnte mittels Experimenten ihre Existenz beweisen.«

»Thomas, mein Lieber, eine kurze Darlegung von dir würde mich freuen. Was sind die Sphären?«, unterbrach mich die Lehrerin.

Wieder sprang der groß gewachsene Junge, der zuvor bei seiner Aufzählung gescheitert war, hektisch auf. Diesmal wusste er jedoch, wonach sie fragte. »Die Sphären sind Existenzebenen wie die unsere. Die Erde, auf der wir leben, wird auch Muttersphäre genannt. Man kann sich die Sphären wie die Seiten eines Buches vorstellen. Sie liegen alle eng aneinander, nur durch eine dünne, unsichtbare Membran getrennt. Unsere Muttersphäre ist wie so eine Seite in diesem Buch. Wenn wir durch die Seiten davor und dahinter schlüpfen, gelangen wir also in die anliegenden Sphären.«

Thomas hielt die Luft an und setzte sich rasch wieder, seine Ohren waren vor Aufregung rot angelaufen.

»Danke, das war ... sehr anschaulich.« Schwester Emily lächelte, was den Jungen aufatmen ließ.

Auch ich musste über die Art seiner Erklärung schmunzeln, doch sie traf den Sachverhalt. »Genau. Stine bewies zwar die Existenz anderer Ebenen, konnte aber noch keinen Zugang zu den beiden Sphären erschaffen, die an unsere Muttersphäre grenzen. Die Idee, zwei Drittel der Menschheit in diesen Sphären auszusiedeln, nahm jedoch schon früh Gestalt an und so wurde über Jahre daran geforscht, wie man sie öffnen kann. Im März 2148 kam es schließlich zum ersten großen Durchbruch. Stine erlebte das leider nicht mehr, da er ein Jahr zuvor verstorben war. Es kam zum Green Impact, der die Welt ins Wanken brachte. Manche bezeichneten es als die Hebung des ersten Schleiers, der uns Einblick in die angrenzende Sphäre gewährte.«

Ein leises Raunen ging durch die Bankreihen. Der Green Impact lag nun vierundzwanzig Jahre zurück. Wir Kinder waren in der Welt, die daraus entstanden war, aufgewachsen und kannten sie nicht anders. Doch wir lebten mit der Generation, die diesen unglaublichen Umbruch miterlebt hatte. Ich warf einen Seitenblick zu Schwester Emily, deren Gesicht einen harten Zug annahm.

Ich schätzte, dass sie damals höchstens zweiundzwanzig Jahre alt gewesen sein konnte. Was mochte diese radikale Veränderung der Welt und erst die Katastrophen, die folgen sollten, bei ihr bewirkt haben?

Ich riss den Blick von ihrer verschlossenen Miene los, als ein kleines Mädchen, das in der letzten Reihe saß, mit einer Frage herausplatzte.

»Wieso heißt er Green Impact?«

»Weil eine Sphärenöffnung entstanden war. Und zwar diejenige, in die USphäre. Ihr habt sicher alle schon einmal den Nachthimmel zwischen der zweiten und dritten Stunde gesehen. Der Himmel nimmt zu dieser Zeit für einige Minuten einen leuchtenden Grünton an. Dieses Leuchten wird durch Partikel hervorgerufen, die aus der USphäre in unsere Atmosphäre strömen. Diesem Umstand verdanken wir den Namen Green Impact.«

»Ach so, danke, jetzt habe ich es verstanden.« Die Kleine lächelte und ich musste schmunzeln. Etwas sicherer geworden, machte ich weiter. »Nach dem Green Impact war unsere Muttersphäre folglich mit einer anderen Sphäre verbunden, dadurch entstand ein Ungleichgewicht. Es kam zu schweren Unwettern, die für einen Ausgleich der Masseverhältnisse sorgten. Die genauen chemischen Abläufe kann ich leider nicht erklären«, gab ich zu.

Schwester Emily rollte ein Schaubild an der Tafel auf, das die Sphären in Form dreier sich überlappender Ebenen zeigte. »Das wäre jetzt auch zu kompliziert, Miss Blayke. Aber Sie machen das sehr gut. Keine Sorge.«

»Gab es damals auch schon das Giftgas, das Brässphy... dings?«, fragte Brandon.

Ich schüttelte den Kopf. »Nein, damals waren es lediglich normale Unwetter und selbst diese hörten bald wieder auf, denn zwei Monate später gelang den Wissenschaftlern schließlich die Öffnung zur zweiten Sphäre. Die LysSphäre, die der USphäre genau entgegengesetzt liegt. Quasi die Buchseite, die sich vor der unseren befindet, wenn ich dein Beispiel aufgreifen darf.« Ich lächelte Thomas zu, der erstaunt blinzelte und ein zustimmendes »mhm« von sich gab.

»Damit lag unsere Mutterebene im Zentrum zwischen USphäre und LysSphäre und das Gleichgewicht war wieder hergestellt. Es gab keine Unwetter mehr. Die Öffnung zur LysSphäre, oder auch die Hebung des zweiten Schleiers, ist heute natürlich als der Red Impact bekannt. Ihr könnt euch sicher denken, warum.«

Alle Hände schnellten nach oben und ich musste ein Grinsen unterdrücken, als ich auf ein Mädchen wies. Trotz meines anfänglichen Unbehagens, begann mir der Unterricht Spaß zu machen.

»Weil sich der Himmel seither jeden Mittag rot färbt. Das liegt dann wohl an diesen Partikeln aus der LysSphäre, oder?«

»Richtig. Die Partikel-Entladungen hoben sich gegenseitig auf und unsere Muttersphäre blieb fürs Erste von weiteren Katastrophen verschont. Bis auf die Überbevölkerung, denn die bestand noch immer. Leider schlugen Versuche, Menschen in den Sphären anzusiedeln, fehl. Wir können die Luft dort kaum atmen und uns nur schwerlich bewegen.«

»Gut, gut, Miss Blayke, Sphärenkunde werden die Kinder ein anderes Mal erhalten. Bleiben Sie bitte bei den geschichtlichen Fakten«, unterbrach mich Schwester Emily und ich hielt inne.

»Ja, natürlich. Also ...« Ich überlegte kurz, um den Faden wieder aufzunehmen. »Man stand also vor folgendem Problem: Die Erde war nach wie vor überbevölkert und die beiden neu entdeckten Existenzebenen konnten nicht genutzt werden. Schließlich wurde die Genforschung aktiv. Es gab große Konflikte mit der Kirche.« Ich warf einen zögerlichen Blick zu der Nonne, doch sie machte keine Anstalten mich zu unterbrechen. »Diese sprach sich dagegen aus, an Menschen zu experimentieren, doch letztendlich geschah genau das. Das Ziel bestand darin, Menschen so zu verändern, dass sie in der Lage waren, in den jeweiligen Sphären zu leben. Dabei bediente man sich all der Erkenntnisse, die man aus den neuen Sphären gewonnen hatte. 2154 war die Genmanipulation erstmals erfolgreich. Man hatte ein Serum entwickelt, das aus Essenzen aller Ebenen bestand. Die Menschen, die es einnahmen, in erster Linie Freiwillige, konnten im Voraus nicht wissen, mit welcher Sphäre sie kompatibel sein würden. Es kam auf individuelle Faktoren an, die man bis heute nicht kennt. Jedenfalls veränderten sich die Menschen, die mit dem Serum behandelt wurden, entweder zu Uskrim oder zu Lysanth. Diesen Prozess nennt man einfachheitshalber *Die Wandlung*.«

»Könnte ich mich heute auch freiwillig melden und ein Uskron werden, wenn man mir dieses Serum gibt?«, fragte ein schmächtiger Junge beinahe flehentlich.

Ich schüttelte bedauernd den Kopf, konnte seinen Wunsch nur zu gut nachvollziehen. *Wer würde das nicht wollen?* »Nein, die *Wandlungen* wurden eingestellt. Alle, die damals eine solche genetische Veränderung durchliefen – zwei Drittel der Weltbevölkerung, um genau zu sein –, bezeichnen wir als Alphas. Sie waren die Ersten und soweit das ersichtlich ist, wird es keine zweite Welle geben.«

Ein Mädchen mit dicken Brillengläsern meldete sich. »Wenn man ihnen auf der Straße über den Weg läuft, kann man die Uskrim oder die widerlichen Lysanth erkennen?«

»Lisa!«, wies Schwester Emily die Kleine scharf zurecht. Das Mädchen sog erschrocken die Luft ein und starrte mit großen Augen nach vorne.

Ich hatte allerdings schon weit schlimmere Beschimpfungen für die Lysanth gehört. Schließlich waren sie für das ganze folgende Elend verantwortlich.

Nachdem ich vor Jahren gelernt hatte, welche Rolle sie in der Geschichte spielten, hatte ich mich eine Zeit lang zutiefst geschämt, ausgerechnet von einem Lys gerettet worden zu sein.

Ein irrationales Gefühl – schließlich sollte ich heilfroh sein, dass mich überhaupt jemand vor dem Ertrinken bewahrt hatte. Und letztendlich hatte dieser Junge genauso wenig Anteil an den Geschehnissen der Vergangenheit wie ich. Dieser Gedanke hatte mich irgendwann damit versöhnt. Die Tatsache, dass ich diese Schuld nie begleichen konnte, ging mir jedoch nie aus dem Sinn und ich bemühte mich, neutral zu bleiben oder mich wenigstens herauszuhalten.

Ich sah zu Lisa hinüber, deren stumme Verachtung für die Lysanth sich in ihrer finsteren Miene spiegelte. Die Ungeheuerlichkeit ihres Verbrechens schürte einen tiefen Groll gegen diese Leute. Man hatte sie als gefährlich und aggressiv eingestuft und viele sahen in ihnen sogar eine Lebensform, die man besser austilgen sollte. Vor drei Jahren hatte die Regierung sie gezwungen, sich in abgetrennten Zonen und Ballungszentren am Rande der größten Städte anzusiedeln, um sie besser überwachen zu können. Meine Mitschüler machten keinen Hehl daraus, dass sie diese Entscheidung guthießen. Der vorherrschenden Meinung nach, hatten es die Lysanth nicht besser verdient, als in diese Slums abgeschoben zu werden, in denen sich neben den Geächteten nur die Ärmsten wiederfanden.

Immer, wenn ich solchen Gesprächen lauschte, biss ich die Zähne zusammen und hielt den Mund.

Wir Waisenkinder waren nur einen Schritt davon entfernt, in genau jenen Slums zu enden.

Ich schüttelte die düsteren Gedanken ab und besann mich auf Lisas Frage. »Ich glaube, man kann sie nicht von Menschen unterscheiden.«

Schwester Emily räusperte sich hinter mir und ich drehte mich um.

»Die Uskrim und die Lysanth unterscheiden sich äußerlich nicht von uns, das stimmt, Miss Blayke. Doch sie sind wie wir alle verpflichtet, eine ID-Card mit sich zu führen. Die der Lysanth erkennen Sie an einem roten Balken am oberen Rand, die Uskrim haben einen grünen.«

»Aber ich kann doch nicht jeden nach seinem Ausweis fragen.« Die Kleine verzog enttäuscht das Gesicht.

»Selbstverständlich nicht. Nur Friedenswächter oder Sicherheitsangestellte dürfen solche Kontrollen durchführen. Doch seit die Lysanth in Zonen leben, werden sie streng überwacht.«

»Was ist mit den Daimos? Erkennt man einen Lys nicht daran?«, hakte der wissbegierige Brandon nach.

Lisa riss japsend die Augen auf, sodass ihre Brillengläser nur noch aus zwei gigantischen Iriden bestanden, und plapperte los: »Gibt es die Daimos wirklich? Ich habe gehört, es sind schreckliche Monster.«

Ich schüttelte leicht den Kopf und schenkte ihr ein beruhigendes Lächeln. Scheinbar hatte man der Kleinen Schauermärchen erzählt. Kreaturen wie Daimos gab es nicht, dafür allerdings unzählige Gerüchte darüber, die meisten einst von der Kirche angestoßen.

Da Schwester Emily nichts erwiderte, nahm ich an, sie wolle mir die Antwort überlassen, und erklärte: »Vor vier Jahren behaupteten Angehörige des Klerus, dass Uskrim und Lysanth zu seelenlosen Wesen wurden, deren Geister sie nun verfolgen würden, sogenannte Daimos. Das ist natürlich Unsinn und diente in erster Linie dazu, wieder mehr Gläubige in die Kirchen zu holen.« Ich stockte und versteifte mich. Letzteres hätte ich besser nicht laut sagen sollen. Ich warf Schwester Emily einen verunsicherten Blick zu.

Sie zeigte jedoch keine Reaktion, starrte gedankenversunken auf die Tischplatte, auf der ihre Hände ruhten, schüttelte dann blinzelnd den Kopf und wandte sich mit einem Seufzen der Klasse zu. »Wissenschaftlich ist ihre Existenz nicht erwiesen, dennoch glauben einige, dass es Daimos gibt. Was soll ich euch also antworten?«

Verblüfft hielt ich inne. *Ist sie sich etwa nicht sicher?* Wir alle starrten die Nonne schweigend an.

Schließlich räusperte sich Schwester Emily und erklärte in vollkommen ernstem Ton: »Wenn ihr euch die Frage stellt, ob etwas existiert oder nicht, solltet ihr euch stets bewusst sein, dass ihr unmöglich eine klare Antwort erhalten könnt. Es gibt einen großen Unterschied zwischen Wissen und Glauben, zwei signifikante Elemente, die unser Denken bestimmen. Allerdings vergisst man darüber hinaus leicht eine dritte Instanz. Diese nennt sich *Wahrheit* und hat leider nur in wenigen Fällen etwas mit den ersten beiden gemein.«

Ich sah sie noch immer erstaunt an, nicht sicher, was sie damit andeuten wollte oder ob es überhaupt eine Andeutung war. *Hält sie es etwa für möglich, dass Daimos existieren?*

Da drehte sie sich auf dem Absatz um und schlug die kleine Glocke an, mit der sie das Ende des Unterrichts einläutete. Sofort wurden Stühle zurückgeschoben und die Klasse erhob sich. Ich trat zwei Schritte zurück, um die Kinder vorbei zu lassen. Als alle hinaus gegangen waren, drückte mir Schwester Emily einige Schulbücher in die Hand, hob amüsiert eine Augenbraue und sagte leise: »Sie sind vertraut mit den Theorien, Miss Blayke, das ist lobenswert. Doch scheinbar haben Sie diese nie hinterfragt. Stellen Sie ein Gerücht nie als Tatsache dar, nur weil es in Ihr Weltbild passt.«

Überrascht fixierte ich sie. Offensichtlich spielte sie auf die Gerüchte über die Daimos an. *Will sie mich damit nur aufrütteln? Oder weiß sie mehr über diese Wesen?* Die Vorstellung war so ungeheuerlich, dass sie mich nicht losließ. »Schwester Emily, gestatten Sie mir noch eine Frage dazu?«

»Leider nein, kommen Sie, uns erwartet nun eine Mathestunde. Ich hoffe, Sie erweisen sich auch dort als gute Lehrerin.«

»Ich werde mich bemühen.« Enttäuscht senkte ich den Blick und bedauerte, dass die Geschichtslektion ausgerechnet jetzt vorbei war, denn nun brannte ich vor Neugier, mehr über ihre Ansichten bezüglich der Daimos zu erfahren.

Gemeinsam liefen wir über den Flur zu einer anderen Klasse. Meinen zaghaften Versuch, das Thema nochmals anzusprechen, blockte sie ab, indem sie mir den Stoff der nächsten Stunde erläuterte.

Die kalten Blicke meiner Mitschüler auf unserem Weg durch die gedrungenen Eingeweide aus Backsteingängen riefen mir in Erinnerung, dass ich am Nachmittag bei der Äbtissin einbestellt war, um ihr Urteil zu empfangen. Schwester Emily war es tatsächlich gelungen, mich für eine kurze Weile davon abzulenken.

Die Mathelektion erwies sich als Desaster. Ich war schlichtweg unfähig, der Klasse zu erklären, wie man auf die Lösung einer Gleichung kam, obwohl es mir selbst so einfach erschien.

»Aber wieso kennen Sie das Ergebnis? Beschreiben Sie den Kindern, wie Sie dorthin gelangen«, forderte mich Schwester Emily immer wieder aufs Neue auf.

Meinen lahmen Einwand, ich kenne das Ergebnis einfach, wollte sie nicht gelten lassen und half auch den Schülern herzlich wenig.

Schließlich saß ich im hinteren Teil des Klassenzimmers, starrte aus dem Fenster und wartete, dass die Zeit verging, während das bleierne Gewicht in meinem Magen immer schwerer wog. Eine Literatur- und eine Physikstunde später, in deren Verlauf ich abermals diverse Aufgaben übernahm, war es so weit.

Die dunkle Holztür zum Büro der Äbtissin schwang auf.

»Kommen Sie herein«, bat uns Mutter Tabea in besonnenem Ton.

Schwester Emily, die mich nach dem Unterricht begleitet hatte, folgte mir ins Innere. Alles sah aus wie am Vortag, nur das Licht im Raum war etwas heller und der Papierstapel, der rechts auf dem massigen Schreibtisch lag, war zugunsten des linken ein Stück geschrumpft.

»Setzen Sie sich, bitte«, forderte uns die Mutter Oberin auf.

Eine höfliche Begrüßung murmelnd, kam ich dem nach. Die Anspannung, die sich in mir angestaut hatte, ließ nicht zu, dass ich mehr herausbrachte. *Hat Silia inzwischen sagen können, was geschehen ist?* Ich versuchte in der Mimik der Äbtissin zu lesen, doch ihr zu einer schmalen Linie zusammengepresster Mund verunsicherte mich noch mehr.

»Es tut mir leid, Miss Blayke«, meinte sie sichtlich bedrückt.

Ich hielt den Atem an. Meine Kehle wurde eng. *Was tut ihr leid? Dass sie mich den Friedenswächtern überantworten würde?*

»Ungerechtfertigterweise wurden Sie in dieser Angelegenheit zu einer der Leidtragenden. Ich möchte Ihnen meinen tiefempfundenen Dank aussprechen«, erklärte sie dann. »Sie haben Miss Porter gestern das Leben gerettet.«

Ich brauchte einen Moment, um ihre Worte zu verinnerlichen. Dann sackte ich in mich zusammen, schloss die Augen. Silia würde es schaffen und Mutter Tabea kannte die Wahrheit. Ein ungeheures Gewicht fiel von mir ab.

Schwester Emily tätschelte meinen Arm und ich atmete einige Male tief durch, um mich wieder zu fangen, bemüht, den Druck hinter meinen Augen zu vertreiben.

Mutter Tabea gab mir einen Augenblick Zeit. Ihre Miene war weicher, als sie fortfuhr: »Ich bedaure sehr, dass Sie einer solchen Verleumdung ausgesetzt waren. Es ist höchste Zeit, diesen Vorfall richtigzustellen. Ich werde das heutige Abendessen zum Anlass nehmen und Ihren Mut, einer Mitschülerin in Not zu helfen, vor der gesamten Schülerschaft hervorheben. Sie haben Ihr eigenes Leben in Gefahr gebracht, um ein anderes zu retten. Eine solche Tat muss gewürdigt und belohnt werden. Ich dachte daran, Ihnen ein Privileg einzuräumen.«

Ich holte zittrig Luft. »Das ist nicht nötig«, stammelte ich, setzte mich wieder gerade auf und wischte mir fahrig übers Gesicht. Die Vorstellung, vor allen Schülern für etwas belohnt zu werden, behagte mir nicht.

»Doch, es ist nötig, und das nicht nur, um Sie vor weiteren Übergriffen zu schützen«, widersprach Mutter Tabea mit einem scharfen Blick auf mein kurzes Haar. Obwohl sie es nicht ansprach, war deutlich, dass sie von Schwester Bernadette über all meine Blessuren unterrichtet worden war.

Ich räusperte mich, überlegte fieberhaft, wie ich sie davon abhalten konnte, und platzte schließlich heraus: »Ich saß nur zufällig neben Silia, Mutter Oberin. Wenn ich eine Belohnung für etwas erhalte, das jeder andere hätte tun können, wird das nur Neid auslösen. Wahrscheinlich erginge es mir dann noch schlechter.«

Ein Lächeln breitete sich auf dem Gesicht der Leiterin aus, als hätte sie gerade etwas Entscheidendes erfahren. »Analysieren Sie etwa Ihre Kameraden?«

Meine Finger schlossen sich krampfhaft um die Stuhllehne. Es war vielmehr so, dass ich den Eindruck hatte, gerade selbst analysiert zu werden.

»Nun gut, verbleiben wir so, dass ich Ihre Tat heute Abend anerkennend erwähne. Dies zumindest ist unumgänglich, wenn Sie nicht möchten, dass man Sie weiterhin für Miss Porters Unfall verantwortlich macht.« Die Äbtissin blickte mich forschend an und ich nickte schließlich. »Darüber hinaus werde ich diejenigen zu mir einbestellen, die Sie so zugerichtet haben.«

Wieder zuckte ich innerlich zusammen. Ich konnte ihr nicht sagen, wer dahintersteckte. Cora würde zwangsläufig verraten, dass Finn in den Mädchenschlafsaal gekommen war und die Strafe dafür, egal, was der Hintergrund sein mochte, war beträchtlich. Er könnte aus dem Waisenhaus entlassen werden und jegliche Empfehlungen verlieren. Das Risiko konnte ich nicht eingehen.

»Ich bin eine Treppe hinuntergestürzt«, erklärte ich leise.

Die Lüge war so offensichtlich, dass sie der Äbtissin nicht entgehen konnte. Ich sah sie flehentlich an.

»Sie sagten eben erst, dass es Ihnen noch schlechter erginge, sollten Sie den Neid Ihrer Mitschüler wecken. Wie soll ich das verstehen? Meinen Sie, die Treppen werden dann rutschiger? Darüber hinaus hat gestern keine einzige Treppe im Haus bestürzt auf mich gewirkt.« Für einen Sekundenbruchteil zuckte einer ihrer Mundwinkel leicht nach oben.

Ich blickte sie fassungslos an. Scherzte sie etwa? »Ich ... es tut mir leid, aber mehr kann ich dazu nicht sagen.«

Mutter Tabea ging einen Schritt weiter. »Vielleicht sollte ich mit Miss Redcliff sprechen.«

»Bitte nicht!« Meine Stimme zitterte nun. Verflucht, ich war für diese Frau wie ein offenes Buch.

Schwester Emily, die mit auf dem Schoß gefalteten Händen neben mir saß, ließ mit keiner Regung erkennen, was sie von all dem hielt. Die Leiterin des Waisenhauses musterte mich eine Weile und holte schließlich tief Luft. »Sie möchten also niemanden für die Übergriffe zur Verantwortung ziehen?«

»Nein, es gab keine Übergriffe«, behauptete ich und versuchte meine Stimme fest klingen zu lassen. »Ich bin gestürzt und habe mir die Haare selbst abgeschnitten.«

Mit einem Seufzen lehnte sich die Äbtissin in ihrem hochlehnigen Sessel zurück. Das von Falten gefurchte Gesicht wirkte mit einem Mal älter. »Also gut, Miss Blayke, dann betrachten Sie meinen Verzicht auf weitere Nachforschungen in dieser Sache als

Ihre Belohnung. Sollten Sie allerdings erneut das Bedürfnis verspüren, Ihre Frisur zu ändern, möchte ich Ihnen anraten, Schwester Bernadettes Dienste in Anspruch zu nehmen. Sie hat mehr Erfahrung darin.« Wieder ein schmallippiges Lächeln, diesmal jedoch ohne jeden Spott.

»Das werde ich«, versprach ich.

»Dann kommen wir jetzt zu Ihnen, Schwester Emily. Wie war Ihr Eindruck von Miss Blayke?«

Irritiert sah ich die Nonne zu meiner Rechten an, die sich nun zu mir drehte. Ein Funkeln lag in ihren Augen, als amüsiere sie meine Verblüffung. Ich hatte angenommen, der Morgen in Gesellschaft der ehemaligen Professorin habe nur dazu gedient, mich von meinen Mitschülern fernzuhalten und zugleich zu beschäftigen.

»Miss Blayke hat außerordentliches Talent bewiesen«, eröffnete Schwester Emily. »Sie hat ohne jede Vorbereitung die jüngsten geschichtlichen Daten wiedergeben und anschaulich erklären können. Darüber hinaus hat sie ein physikalisches Experiment vorgeführt, das sie selbst zuletzt vor zwei Jahren einmal gesehen hat. Ich durfte zudem Zeuge einer wirklich beeindruckenden Rezitation von Guviers ›Ende der Zeit‹ werden.«

Verlegen wandte ich den Blick ab. Dass ich fünf Strophen aus dem schwülstigen Werk dieses Poeten hatte vortragen müssen, war gleich nach der Mathestunde der unangenehmste Part meines Morgens mit den Unterstufenklassen gewesen.

»Miss Blayke ist überdurchschnittlich intelligent. Im Bereich der Mathematik möchte ich sie fast schon als Genie bezeichnen.«

Ungläubig sah ich die Nonne an, deren ausgelassener Tonfall regelrecht beschwingt wirkte.

Gerade im Matheunterricht hatte ich gänzlich versagt und sie nicht im Geringsten unterstützen können.

»Aha. Das ist interessant. Miss Blayke, Sie konnten sich hier also besonders hervortun?«

»Nein«, haspelte ich und blinzelte irritiert.

Mutter Tabea sah mich scharf an, ehe sie erneut dieses entnervende Lächeln aufsetzte. »Hmm, können Sie mir die siebte Wurzel aus fünfundsechzig nennen?«

Ich runzelte die Stirn. »1,81546392035.«

Die Äbtissin nahm einen Stift zur Hand und verlangte, dass ich die Zahl wiederholte.

»Ist das korrekt?«, fragte sie an Schwester Emily gewandt, nachdem sie die Ziffernfolge mit einem befremdeten Gesichtsausdruck beäugt hatte.

Diese räusperte sich. »Ich müsste das nachrechnen.« Sie nahm das Blatt mit der Notiz entgegen und zog einen Taschenrechner aus ihrer Mappe.

Mit einem konsternierten Schnauben lächelte Mutter Tabea mich wieder an. »Was ich soeben hörte, spricht wohl für sich. Schwester Emily, haben Sie sich entschieden?«

Diese nickte enthusiastisch, unterbrach die Zahleneingabe und ließ den Rechner auf ihren Schoß sinken. »Allerdings.« Sie wandte sich mir zu. Ihre grauen Augen leuchteten hell im Gegenlicht des Fensters. »Miss Blayke, Sie werden in der kommenden Woche viel zu tun haben, denn Sie werden die Mittelstufen-Abschlussprüfungen ablegen.«

Mein Mund klappte auf. »Das ... das ist der Stoff des kompletten kommenden Schuljahres!« *Meint sie das ernst?* Ich hatte keinerlei Probleme dem Unterricht zu folgen, doch wie sollte ich den Stoff eines Jahres in einer Woche erlernen?

»Ganz recht, allerdings ist vieles davon nur eine vertiefte Version dessen, was Sie bereits kennen. Wir versuchen es und sobald Sie die Lücken gefüllt haben, werden Sie meinen Förderunterricht besuchen.«

Meine Augen wurden groß. Schwester Emilys Förderunterricht wurde nur den besten Schülern der Oberstufe zuteil. Einer kleinen Gruppe, für die man eine Chance auf ein Stipendium sah.

Kein Waise von Edenplace würde sich jemals einen Studienplatz leisten können. Die einzige Möglichkeit dazu bestand darin, ein Stipendium zu erhalten – ein beinahe unmögliches Ziel –, doch allein die Option weckte eine ungeahnte Hoffnung in mir. *Bei Gott, was für Luftschlösser male ich mir da aus?* Allein schon die Aussicht, die Bibliothek des Ordenshauses in vollem Umfang nutzen zu dürfen, versetzte mich in Aufregung. Die meisten Bücher, an die ich bisher gelangte, befassten sich mit sakralen Themen. Eine Vielzahl wurde schlichtweg nicht an die Mittelstufe herausgegeben.

Doch unter Schwester Emilys Obhut würden mir ganz neue Türen offenstehen. Plötzlich erschien mir nichts erstrebenswerter. Eine prickelnde Euphorie mischte sich in mein ungläubiges Staunen.

»Ich werde mein Bestes geben«, hauchte ich.

Der karge Raum versprühte mit einem Mal eine feierliche Atmosphäre. Mutter Tabea nickte mir mit einem verschmitzten Lächeln zu.

»Sehr gut, nichts anderes erwarte ich von Ihnen«, meinte Schwester Emily, die nun rasch ihren Taschenrechner bediente. Ihr Blick huschte zwischen dem Gerät und dem Notizblatt hin und her, dann stieß sie ein erheitertes Schnauben aus. »Und nun erklären Sie mir bitte, wie Sie so einfach die korrekte Lösung nennen konnten. Ich gehe davon aus, Sie haben das nicht zufällig auswendig gelernt.«

Ich schluckte. Dass mir die Zahlen und Ergebnisse gewissermaßen zuflogen, war nicht so einfach zu erklären. Eine Aufgabe zu lösen, war für mich, als lese ich einen Text, dessen Bedeutung sich mir dann erschloss. Ich konnte es schlecht in Worte fassen, versuchte es jedoch. Eine Viertelstunde später wurde ich von zwei erstaunten Schwestern entlassen.

V

»Außerdem darf ich Ihnen mitteilen, dass Silia Porter morgen bereits wieder dem Unterricht beiwohnen kann«, schloss die Äbtissin ihre formell gehaltene Ansprache.

Ein höflicher Applaus brandete auf und einige Schüler nickten mir zu, was mich unverhofft aufbaute. Nachdem Mutter Tabea gegangen war, klapperte Geschirr und Stuhlbeine wurden quietschend zurechtgerückt.

Sie hatte ihr Versprechen gehalten und den gestrigen Vorfall im Schutzraum richtiggestellt, ohne meine Tat in besonderem Maße hervorzuheben. Lediglich meine Hilfsbereitschaft hatte sie gelobt und mir im Namen des Klosters gedankt. Der Mangel an Überschwang, mit dem sie das getan hatte, hatte ihr die empörten Blicke seitens einiger Abschlussklassenschüler eingebracht.

Ich fragte mich, ob Mutter Tabea diese Reaktionen sogar absichtlich provoziert hatte. Nach dem heutigen Gespräch traute ich es ihr zu.

»Guck mal, wie Glen aus der Wäsche schaut. Er sieht ja meistens bedröppelt aus, aber jetzt ganz besonders«, raunte mir Finn zu und ich drehte mich auf dem Stuhl, um seiner Blickrichtung zu folgen.

Einige Mitschüler dort sahen betreten drein, diejenigen, die mich nur allzu schnell für schuldig gehalten hatten und nun genauso rasch vom Gegenteil überzeugt waren.

Nur wenige, darunter Cora, Simona und Selene, sahen mich grimmig und voller Missgunst an. Ein kleines Lob hatte ausgereicht, ihren Groll gegen mich anzuheizen. Doch auch anerkennende Blicke wurden mir zugeworfen. Verlegen wandte ich mich wieder zum Tisch um, wo ich Finn und Lana gegenüber saß.

»Siehst du, alles ist ins Lot gekommen. Allerdings hätte sie dir wirklich einen Orden verleihen sollen. Wenn du willst, bastle ich dir einen«, nuschelte Finn mit vollem Mund und grinste mich unter seinem Schopf schmutzig blonder Strähnen hervor an.

»Bloß nicht«, schnaubte ich.

Nachdem er sich vor Mutter Tabeas Auftritt besorgt nach meinem Zustand erkundigt und über Cora ausgelassen hatte, schien er jetzt zu seinem Optimismus zurückgefunden zu haben.

»Wieso hast du dir die Haare überhaupt geschnitten, wenn du gar keine Schuld trägst? War dir nicht klar, wie das rüberkommt?«, fragte Lana stirnrunzelnd.

Sie war ein Jahr älter als ich, jedoch fast so groß wie Finn, besaß auffällig breite Wangenknochen und tiefbraune, sanftmütige Augen. Ich kannte sie nicht allzu gut, hatte nur bemerkt, dass sie in letzter Zeit öfter neben Finn saß.

»Ich habe ihr geraten, sie zu schneiden, damit sie sie nicht immer zusammenbindet«, rettete er mich. Ich verzog den Mund zu einem stummen Lächeln.

»Was? Das war eine echt blöde Idee, Finn«, echauffierte sich Lana und warf ihr langes, braunes Haar nach hinten. »Da bist du ja mit schuld, dass alle dachten, sie wollte damit für Silias Zustand büßen. Wenn du modische Beratung suchst, komm lieber zu mir, Ruby. Ich bin zwar keine Ikone auf dem Gebiet, aber bei weitem besser als der da.« Sie schnitt eine Grimasse in Finns Richtung. »Außerdem dachte ich, dir gefallen lange Haare.«

Er blinzelte. »Ja, ähm, klar, deine gefallen mir auf jeden Fall«, nuschelte er und beugte sich rasch wieder über seinen Gemüseeintopf.

Lanas Augen blitzten freudig auf.

Ich wollte nicht an die kurzen Fransen auf meinem Kopf denken. Es schürte nur meine Wut auf Cora, für die ich kein Ventil besaß, also konzentrierte ich mich stattdessen auf Lanas heimliche Blicke in Finns Richtung. Soweit ich wusste, gab es einige Mädchen, die ihn mochten, doch wenn ich Mitspracherecht hätte, würde ich ihr meine Stimme geben.

Als die Glocke läutete und wir den lärmerfüllten Speisesaal verließen, tippte mir jemand auf die Schulter.

»Hey, du hast das klasse gemacht, Silia hatte echt Glück, dass du neben ihr gesessen hast.« Mel aus meinem Jahrgang zwinkerte mir zu. Einige weitere Kameraden schlossen sich ihr an, klopften mir anerkennend auf die Schulter oder entschuldigten sich sogar dafür, Coras gemeinem Geschwätz Glauben geschenkt zu haben.

Ich freute mich über die Gesten, hatte plötzlich das Gefühl aufrechter zu stehen. Es tat unendlich gut, nicht länger der Sündenbock zu sein. Mel wollte genau wissen, was tatsächlich im Schutzraum passiert war. Inzwischen hatten sich zehn weitere Mitschüler um mich geschart und ich kam nicht darum herum, ihre Fragen zu beantworten. Finn stand lächelnd daneben und wurde nicht müde zu betonen, dass er von Anfang an gewusst hatte, dass Cora nur Bräss von sich gab.

Nachdem sich die meisten schließlich auf den Weg zum Nachrichtenraum gemacht hatten, flüsterte ich ihm zu: »Lass uns raus gehen, ich muss dir noch etwas erzählen.«

Er zog die Augenbrauen hoch. »Ich dachte, wir sehen uns die Tagesmeldungen an, es wurde ein Interview mit Semple angekündigt.«

Ich unterdrückte ein Grinsen. »Glaub mir, das ist wichtiger.«

»Na dann«, lenkte er ein, »holen wir unsere Jacken.«

Wir schlenderten ans Westende des Gartens, der das eigentliche Kloster innerhalb der Mauern einschloss, und fanden uns an meiner Lieblingsecke ein. Ein alter Kastanienbaum, der dem Bräss und den Stürmen unerschütterlich standhielt, reckte seine ausladenden Äste über ein gepflastertes Rund. In dessen Mitte waren einmal Rosen angepflanzt worden, die die Nonnen wild wuchern ließen. Im Moment trug die Hecke keine Blüten, doch das satte Grün trotzte dem Herbst noch immer.

Während wir eine Runde über den verschlungenen Gartenpfad wanderten und uns auf einer vom Alter grauen Holzbank vor dem

Küchentrakt niederließen, lauschte Finn meinem erstaunlichen Tagesbericht.

»Dann sind wir in Zukunft beide Oberstufenschüler? Du machst mich echt fertig, ich wusste gar nicht, dass du so eine Überfliegerin bist«, staunte er.

»Das wird sich erst noch herausstellen«, bremste ich ihn ein. »Erst muss ich die Mittelstufenprüfungen bestehen.«

»Ich denke, das schaffst du. Wow, wenn Schwester Emily dich in ihren Förderkurs aufnehmen will ... Da rein zu kommen, ist nicht leicht.«

Ich musste grinsen. »Ich hätte nie mit so etwas gerechnet, gestern dachte ich noch...«

»Vergiss gestern! Schau nach vorne. Auf dich wartet die Oberstufe, gutes Essen. Meine Güte, das ist sogar das Beste daran. Dann kannst du mir endlich etwas zurückgeben. Schließlich habe ich dich jahrelang mit wertvollen Vitaminen versorgt. Kein Wunder, dass du so schlau geworden bist«, flachste er und ich lachte, woraufhin er tadelnd einen Finger hob. »Das meine ich ernst. Ich würde sagen, jeder Früchte-Nachtisch geht in Zukunft an mich.«

»Ich zahle meine Schulden in Gemüse, wir sollten bei einer Währung bleiben«, gab ich kichernd zurück. Er feixte und setzte zu einer Antwort an, als hinter mir eine abschätzige Stimme ertönte: »Blayke, das hast du ja super hingedreht.«

Ich warf den Kopf herum und erstarrte. Cora. Sie stand, die Arme vor der grauen Weste verschränkt, mitten auf dem schmalen Fußweg und spie verächtlich aus: »Die Heldin, die die kleine Miss Porter gerettet hat. Bist du jetzt stolz auf dich?«

»Das glaube ich ja nicht«, knurrte Finn und sprang auf. »Du bist wohl mit Abstand das größte Miststück, das sich in Edenplace findet. Gibst du eigentlich jemals irgendwas anderes als Lügen von dir?«

Cora kniff die dunklen Augen zusammen. »Sei lieber vorsichtig, was du sagst, Miles. Sonst erfahren bald alle, was ihr im Schlafsaal getrieben habt.«

Augenblicklich brodelte Wut in mir hoch. »Du weißt am allerbesten, was dort passiert ist«, fuhr ich sie an und erhob mich ebenfalls.

»Außerdem hast du deine Lügen doch schon verbreitet«, schnappte Finn. »Schließlich kam Schwester Claire angerannt, kaum, dass ihr verschwunden seid.«

Cora stieß ein hartes Lachen aus. »Die liebe Schwester Claire war ziemlich erpicht darauf, euch zusammen zu erwischen. Ihr zwei seid doch...«

»Glaub mir, wenn du auch nur ein weiteres Lügenmärchen erzählst, lasse ich kein gutes Haar mehr an dir«, unterbrach Finn sie brüsk. »Ich weiß von dir und Vic. Und im Gegensatz zu deiner Geschichte entspricht die der Wahrheit.«

Hastig drehte ich mich zu Finn um. Er lächelte Cora böse an. *Was hat er herausgefunden?* Mein Blick huschte zurück, als verfolge ich einen Ballwechsel. Coras bleiche Wangen verrieten, dass der Schlag gesessen hatte.

»Das ist eine Lüge«, zischte sie und stolzierte davon. Ich sah ihr nach, bis sie um die Ecke des Gebäudes verschwunden war. Noch nie hatte ich erlebt, dass sie so schnell den Rückzug antrat.

»Finn?«, fragte ich ungläubig. »Woher weißt du das über Cora?«

Offensichtlich sehr zufrieden mit sich, setzte er sich wieder und zwinkerte mir zu. »Ich habe Vic was andeuten hören, also habe ich ihn heute Mittag mal ins Gebet genommen. Sagen wir einfach: Cora ist eine intrigante Schlampe und erwartet von allen anderen, dass sie genauso schamlos und anmaßend sind. Und wenn nicht, versucht sie es möglichst so aussehen zu lassen.«

Fassungslos musterte ich ihn. »Willst du damit sagen, dass sie und Vic miteinander ...«

Er nickte bloß und ich schwieg, konnte das nicht recht glauben. Cora war erst vierzehn.

Ich ließ mich neben ihn sinken, schloss die Finger um das splittrige Holz der Sitzbank und verdrängte die Vorstellung. Sollte sie doch tun, was sie wollte, solange sie aufhörte, mich mit hineinzuziehen. Wenngleich diese Hoffnung gering war.

»Wegen gestern, Ru«, meinte Finn plötzlich verhalten. »Als wir da im Gang standen. Ich weiß, das hört sich irgendwie blöde an, aber ich will nicht, dass du das falsch verstehst. Wahrscheinlich kam das auch komisch bei dir an.«

Mit einem Mal verlegen starrte er den Stamm der alten Kastanie an und presste die Lippen zusammen.

Überrascht von dem unvermittelten Themenwechsel, sah ich ihn nur stumm an. Der Kuss am Vorabend hatte mich tatsächlich verwirrt, nur war der Tag so ereignisreich gewesen, dass ich gar nicht mehr daran gedacht hatte.

»Ich habe mir in dem Moment so große Sorgen um dich gemacht, dass ich einfach nicht nachgedacht habe. Ich meine, wir sind schließlich Freunde, richtig gute Freunde, und du bedeutest mir wahnsinnig viel.« Er blickte mich zerknirscht an. »Das soll jetzt kein dummes Gerede sein. Ich meinte das gestern völlig ernst: Ich werde immer auf dich aufpassen, weil du bist für mich ... na ja ... wie meine kleine Schwester.«

Unwillkürlich musste ich blinzeln, doch mein Blick wurde glasig.

Er musterte mich befangen. »Du heulst jetzt aber nicht, oder?«

Ich versuchte mich zusammenzureißen, schüttelte lachend und schniefend zugleich den Kopf. »Ich versuch's, versprochen.« Ich schluckte und krächzte: »Ich könnte mir keinen besseren Bruder als dich vorstellen.«

Das hatte ich ihm noch nie gesagt, einzig aus der Befürchtung heraus, er könne es als lächerlich abtun. Ich biss mir auf die Lippen, nahm sein amüsiertes Schmunzeln nur verschwommen wahr.

Mit einem warmen Lächeln griff er nach meiner Hand und drückte sie. »Na, dann ist es besiegelt.« Dann räusperte er sich umständlich und zog die Nase hoch.

»Zum Rift, wer von uns ist jetzt rührseliger?«, neckte ich ihn und rieb mir die verräterischen Spuren aus den Augenwinkeln.

»Du natürlich.« Er grinste, lachte laut und knuffte mich. »Was habe ich nur für ein Glück. Da dachte ich, ich hätte eine taffe

Schwester und kaum bist du in die Familienannalen aufgenommen, verwandelst du dich in eine Heulboje.«

»Ach was. Mir ist nur was ins Auge geflogen«, brummte ich und gab ihm einen freundlichen Klaps.

»Gleich in beide? Wie tragisch.« Er kicherte und stand auf. »Komm, gehen wir noch eine Runde.«

Wir schlenderten ein Stück in die entgegengesetzte Richtung, die Cora genommen hatte, und Finn konnte es nicht lassen, mich weiter aufzuziehen, was mir jedoch Gelegenheit gab, mich wieder zu fassen.

»Du wolltest mir vorhin noch etwas über Schwester Emily erzählen«, erinnerte er mich schließlich und mit einem geschäftigen Nicken stürzte ich mich bereitwillig auf das neue Thema.

Tatsächlich plagte mich noch immer die Neugier, denn die Nonne hatte mir nichts weiter über ihre Theorie die Daimos betreffend verraten. »Du hast Schwester Emily doch mal in Sphärenkunde gehabt. Hat sie da je mit euch über Daimos gesprochen?«

Er warf mir einen verwunderten Blick zu. Die Schatten der Rosensträucher tanzten auf seinem Gesicht, als der Wind auffrischte. Die Sonne stand bereits dicht über dem Horizont, wir würden bald nach drinnen gehen müssen.

»Daimos? Nein, wieso denn? Die sind doch nur ein Gerücht, um kleinen Kindern Angst einzujagen. Aber ganz bestimmt nichts, das wir im Unterricht behandeln.«

Verunsichert grub ich die Finger in den Stoff meiner Hose. »Sie hat nur so ernst geklungen, als sie darüber sprach.«

Finn zuckte die Schultern. »Das fände ich eher seltsam. Die Kirche hat sich doch von den Gerüchten distanziert. Die Verantwortlichen wurden sogar exkommuniziert. Was genau hat Schwester Emily denn gesagt?«

Ich lehnte mich gegen eine verwitterte Engelsstatue und starrte in das dornige Gewirr der Hecke. »Eigentlich nichts Konkretes, aber es war seltsam, als wolle sie andeuten, dass sie vielleicht doch existieren.«

»Blödsinn.«

»Vielleicht habe ich mich auch nur hineingesteigert, um mich von der bevorstehenden Urteilsverkündung abzulenken. Nervös genug war ich jedenfalls«, gab ich zu.

Er nickte und schlenderte weiter. »Das wird es wohl sein.«

»Du glaubst also nicht, dass es sie gibt.«

Er schnalzte mit der Zunge. »Ich kenne nur das alte Dogma. Demnach sollen die Lysanth und die Uskrim als Zeichen ihrer Lossagung von der Menschheit von Dämonen besessen worden sein. Ach, und eine ziemlich schaurige Schreckgeschichte fällt mir auch noch ein. Mit der kannst du Angsthasen zum Kreischen bringen. Hab ich schon mal bei Lana geschafft«, setzte er amüsiert hinzu. »Das hättest du sehen sollen. Sie hat sich danach vor jedem Schatten erschreckt. Wahrscheinlich, weil ich so ein begnadeter Geschichtenerzähler bin.«

Er bleckte die Zähne, formte Klauenhände und grollte: »Grauenhafte Höllenteufel wandeln unter uns und wer sie erblickt, hat sein Leben verwirkt.«

Ich verdrehte spöttisch die Augen. »Ich muss dich enttäuschen. Eine Karriere als Märchenonkel liegt wahrscheinlich auch nicht vor dir.«

»Du hast ja keine Ahnung.« Er spielte den Beleidigten. »Mach dir doch erst einmal ein Bild von meinem Talent. Hör dir das mal an: Mit glühenden Augen und geiferndem Maul schlich der Dämon durchs Schattendunkel, näher und näher an die Jungfrau heran.«

Ich hatte schon eine spitze Erwiderung auf der Zunge. Doch die Worte blieben mir im Halse stecken. Ein Bild nahm in meinem Kopf Gestalt an, so detailliert, als hätte ich ein solches Geschöpf tatsächlich einmal gesehen.

Gelb glimmende Augen in einer roten Fratze, gekrönt von gezackten Hornfortsätzen.

Ich starrte wie gebannt ins Leere und konnte mich einen Moment nicht rühren. Es war wie eine verschüttete Erinnerung, die schlagartig in meinem Bewusstsein auftauchte. Hatte ich einmal eine solche Abbildung gesehen oder ging meine Fantasie jetzt mit mir durch? Eine Gänsehaut auf den Armen, schüttelte ich die Vorstellung ab.

»Was hast du?«, fragte Finn. »Bekommst du jetzt etwa doch Schiss? Und das schon nach einem Satz? Wow, ich sollte doch Geschichtenerzähler werden.«

»Nein«, hauchte ich abwesend. »Aber was, wenn sie doch kein Gerücht sind?«

Er prustete. »Jetzt hör schon auf.«

Meine Gedanken überschlugen sich. Das erschreckend reale Bild in meinem Kopf, von dem ich nicht wusste, woher es kam, und Schwester Emilys Worte ließen mir keine Ruhe. *Ist es nicht vermessen, etwas auszuschließen, nur weil man keinen Beweis dafür hat?* Der Unterschied zwischen der Wahrheit und dem, was ich glaubte und wusste, ging wahrscheinlich weiter auseinander, als ich mir vorstellen konnte, genau wie die Nonne gesagt hatte. Wie ironisch, dass diese Aussage ausgerechnet von einer Ordensfrau und Wissenschaftlerin stammte.

Ich runzelte die Stirn. »Ich glaube, ich werde es erst einmal nicht ausschließen«, erklärte ich entschlossen.

Finn schüttelte verhalten den Kopf. »Meine Güte, ich will nicht wissen, wie du da oben tickst.«

»Na ja, hat nicht jedes Märchen einen wahren Kern?«, versuchte ich ihn zu überzeugen. »Und wieso sollte man die Möglichkeit, dass es Daimos gibt, einfach abtun? Was, wenn die Lysanth wirklich von Dämonen besessen sind? Sie haben den Großteil der Menschheit auf dem Gewissen, sie haben Schuld, dass die Erde ein so grässlicher Ort geworden ist.«

Finn schnaubte ungehalten. »Das hört sich trotzdem nach totalem Bräss an. Schon klar, dass die Lysanth den Rift Impact ausgelöst haben, aber wenn du so redest, hörst du dich beinahe ein wenig wie die alte Claire an. Von Dämonen besessen ... Im Ernst?«

Ich riss den Blick von den grauen Pflastersteinen hoch und sah ihn betroffen an. Das beängstigend lebendige Bild in meinem Kopf verursachte mir noch immer ein mulmiges Gefühl, doch sein Stimmungsumschwung rüttelte mich auf.

»Tut mir leid, das war nur so eine Theorie ... O Mann, das hört sich wirklich schwachsinnig an, nicht wahr?« Ich biss mir auf die Lippen. Bei allen Sphären, Schwester Claire verteufelte mich nur allzu gerne und das letzte, was ich wollte, war ein gemeinsames Hobby mit ihr.

Finn nickte, musterte mich einen Moment und lehnte sich gegen die graue Außenmauer, die wir inzwischen erreicht hatten. »Weißt du, als ich sieben war, bevor ich ins Waisenhaus kam, war mein bester Freund ein Lys. Er lebte in der Nachbarschaft. Sein Name war Harris und absolut nichts an ihm oder seiner Familie war irgendwie böse oder auch nur im Entferntesten dämonisch. Darum halte ich nicht viel von solchen Gerüchten.«

Entgeistert blieb ich vor ihm stehen. Davon hatte ich nichts gewusst. »Hast du noch Kontakt zu ihm«, fragte ich leise.

Finn ließ den Kopf sinken. »Er ist tot. Man hat ihn eines Morgens erschlagen in einem Hinterhof gefunden.«

Ich schnappte nach Luft. »Das tut mir leid.«

Der Zorn, den die Erinnerung in ihm hervorrief, ließ Finns Gesichtszüge härter erscheinen. Schließlich seufzte er. »Nein, mir tut es leid. Vergiss das einfach. Du kannst ja glauben, woran du willst. Fakten kann man schließlich nicht schönreden. Jeder kennt die Diagnosen der Lysanth-Studien. Wir haben sie eben erst wieder im Unterricht durchgenommen, als ob man da irgendeiner Auffrischung bedürfte. Vielleicht wäre Harris heute ganz anders, aber er hatte nie eine Chance.«

Ich sah erschüttert zu Boden. Dieser Junge war für Finn ein Freund gewesen, während andere nur einen verhassten Lys in ihm gesehen hatten. Ich schluckte schwer. Wenn es um die Lysanth ging, vergaß man nur allzu leicht, objektiv zu bleiben. Es war beinahe, als sei diese Wut, die alle mit sich herumschleppten, eine ansteckende Krankheit, die niemand kurieren konnte. Und offenbar war auch ich dafür anfällig.

Finn sprach weiter. »Das mag jetzt überheblich klingen, aber manchmal tue ich die Dinge, die uns die Nonnen erzählen, einfach ab. Findest du nicht, dass sie bei dem Thema oft voreingenommen sind? Allein schon die Erforschung der Sphären. Anfangs wurde sie als verwerflich abgetan, ganz zu schweigen von der *Wandlung*. Und nun wird Carwing als der große Heilsbringer verehrt.«

»Ohne Carwing gäbe es uns heute wahrscheinlich nicht«, gab ich zu bedenken.

»Ich weiß«, murmelte er.

Wir beide kannten die geschichtlichen Fakten so gut wie jeder andere.

Samuel Carwing hatte vor achtzehn Jahren als einer der führenden Wissenschaftler auf dem Gebiet der Genforschung mitgewirkt. Er hatte maßgeblich dazu beigetragen eine neue Weltordnung zu erschaffen. Hatte ein Drittel der Erdbevölkerung zu Lysanth, ein weiteres Drittel zu Uskrim gewandelt und das Problem der Überbevölkerung somit auf einen Schlag gelöst. Bald darauf waren die Alphas dazu in der Lage gewesen, die Muttersphäre mit Gütern zu beliefern. Früchte, Fisch und Fleisch aus der USphäre, Metalle und Knollengewächse aus der LysSphäre. Alle drei Ebenen waren sich gegenseitig von Nutzen gewesen. Die jahrelange Forschung schien sich endgültig ausgezahlt zu haben. Es musste ein Leben wie im Paradies gewesen sein.

Bis die große Katastrophe geschah. Der Rift Impact, der letzte und fatalste der drei Impacts. Den Lysanth hatte ihre Sphäre nicht genügt. Sie hatten den Schleier zur angrenzenden Sphäre gehoben – der GorSphäre. Das war der Wendepunkt gewesen, die Geburtsstunde des Chaos. Der Rift war entstanden. Ein Riss zu einer Existenzebene, deren feindselige Atmosphäre die unsere seither vergiftete. Das entstandene Ungleichgewicht wirkte sich unmittelbar auf die Erde aus. Der erste Rift-Influx spie einen bis dahin unbekannten giftigen Goldnebel aus und kostete über eine Milliarde Menschen das Leben. Doch die Lysanth zeigten keine Reue. Als sie erkannten, dass ihnen die GorSphäre verschlossen war, fielen sie über die Mutterebene her, um sie für sich zu beanspruchen. Befallen von einem wahnhaften Zorn, hatten sie ein weltweites Massaker ausgelöst. Einzig Samuel Carwing verdankten wir, dass die Menschen nicht völlig ausgelöscht worden waren.

»Tut mir leid, immer wenn ich an Harris denke, stößt mir das Ganze auf«, raunte Finn plötzlich. »Sicher muss man die Lysanth mit Vorsicht genießen, aber ich habe noch keinen gesehen, der so durchgeknallt ist, wie uns alle weismachen wollen.«

»Siehst du denn öfter welche?«, fragte ich zögerlich.

Nun lächelte er. »Wenn du bald Oberstufenschülerin bist, kannst du mich auf den nächsten Ausflug nach New Cisco begleiten. Dann bekommst du selbst welche zu Gesicht.«

Ich riss die Augen auf. »Ich war noch nie in der Hauptstadt. Ich war noch nie überhaupt irgendwo.«

»O verdammt, stimmt ja. Du kommst hier ja fast nie raus. Na dann, mach dich auf was gefasst.« Er lachte. »Du kennst ja nicht einmal unser verschlafenes Revlins Port richtig. O Gott, das wird echt ein Kulturschock für dich.«

Das Herz schlug mir plötzlich bis zum Hals. Seit meinem Jahre zurückliegenden Strandausflug hatte ich das Kloster nur einmal für einen Arztbesuch verlassen. Dass ich als Oberstufenschülerin gewisse Privilegien hatte, falls Mutter Tabea mir diese denn zugestand, war mir noch gar nicht in den Sinn gekommen.

Prompt begann ich, Finn über die Rechte und Pflichten der Oberstufe zu löchern, erntete jedoch nach kürzester Zeit ein gutmütiges Murren: »Du hast so dicke Augenringe, du solltest die Nacht zum Schlafen nutzen. Lass uns rein gehen, schließlich hast du eine stressige Woche vor dir.«

VI

Die folgenden drei Wochen, bestehend aus Lernen, Übungen und Prüfungen, ließen mir kaum Luft zum Atmen. Ich vergrub mich in der Bibliothek hinter einer Wand aus Büchern und las, bis mir der Kopf qualmte. Wie von Schwester Emily angekündigt, musste ich nach nur sieben Tagen die kompletten Mittelstufentests ablegen und bestand diese sogar. Anschließend gab mir die Ordensfrau Privatlektionen, um das nötige Wissen für ihre bestehende Klasse aufzuholen, worauf erneut etliche Prüfungen folgten.

Nach dem dritten Test in Mathematik ließen die Schwestern das Fach völlig außen vor. Meine Begabung, die Lösungen aus der Luft zu greifen, war ihnen unerklärlich. In Literatur, Fremdsprachen, Physik, Chemie, Sphärenkunde und Biologie drangsalierten sie mich jedoch erbarmungslos. Ich gab mein Bestes und schlussendlich wurde ich in Schwester Emilys Klasse eingeführt.

»Guten Morgen, Miss Blayke, kommen Sie herein.« Schwester Emily lächelte und winkte mich zu sich. Befangen betrat ich das kleine Klassenzimmer am Ende des Westflügels. Ich war so nervös, dass ich am Morgen keinen Bissen hinunterbekommen hatte. Unter den Blicken meiner elf neuen Mitschüler war mir mulmiger zumute als in den Prüfungen. Sie alle waren älter als ich, zwar kannte ich sie vom Sehen, doch ich hatte kaum je ein Wort mit ihnen gewechselt. Obwohl es so wenige Schüler waren, standen zwanzig Tische scheinbar wahllos verteilt im Raum, die meisten davon mit Büchern, Modellen und Werkzeugen überladen. Es kam mir vor, als hätte ich mich in ein chaotisches Atelier verirrt. Die Wände waren mit Plakaten und Schaubildern tapeziert, was beinahe beengend wirkte.

»Guten Morgen zusammen«, zwang ich mich laut zu sagen. Mein Blick blieb an einem Mädchen hängen, das mir schalkhaft zulächelte. Lana. Vor Überraschung blieb mir der Mund offen stehen. Sie hatte nie erwähnt, dass sie in Schwester Emilys Klasse war. Ich erwiderte ihr Lächeln und als sei es eine Medizin, beruhigte sich mein rumorender Magen ein wenig.

Schwester Emily legte mir eine Hand auf die Schulter. »Das ist Miss Ruby Blayke. Heißen Sie sie in unserer kleinen Runde willkommen.«

Kollektives Begrüßungsgemurmel setzte ein, ehe sich ein schwarzhaariger Junge mit Brille erhob. »Hallo Ruby, ich bin Simeon. Ich habe die fragwürdige Ehre, hier Klassensprecher zu sein. Da man diesen Sauhaufen nicht versteht, wenn alle durcheinanderreden, gehe ich mal meiner Funktion nach.« Er grinste schräg, wobei er die Nase kraus zog, und ich musste schmunzeln. »Im Namen der Förderklasse darf ich sagen: Schön, dass du bei uns bist. Falls du irgendwelche Fragen hast, kannst du immer gerne zu mir kommen.«

»Danke«, murmelte ich, wurde jedoch vom Lachen eines blonden Mädchens mit Stupsnase übertönt. Sie saß neben Simeon und lehnte sich nach vorne. »Und falls du auch Antworten möchtest, frag lieber gleich einen der anderen.«

Die übrigen grinsten, zwei Jungs in der letzten Bankreihe kicherten verhalten. Simeon stieß unbeeindruckt die Luft aus. »Banausen«, hörte ich ihn flüstern.

Meine verkrampften Schultern sanken ein Stück hinab. Beinahe hätte ich ebenfalls gelacht, hatte für einen Augenblick vergessen, dass Schwester Emily hinter mir stand. Erstaunt, dass sie niemanden zurechtwies, wandte ich mich ihr zu.

Zu meiner Überraschung lächelte sie. Nein, nicht nur sie, jeder im Raum, inklusive mir.

»Wunderbar, dann lassen Sie uns aufbrechen. Sie können sich im Laufe des Tages miteinander vertraut machen«, erklärte die Nonne und schulterte eine schwarze Tragetasche.

Alle Schüler erhoben sich und ich sah mich verblüfft um. *Aufbrechen? Wir sind doch gerade erst eingetroffen.*

»Hey, halte dich einfach an mich, Ruby. Es ist so toll, dass wir jetzt in derselben Klasse sind!« Lana stürmte begeistert auf mich zu und hakte sich bei mir ein.

»Das finde ich auch«, flüsterte ich. »Wohin gehen wir denn?«

»Wir sind meistens nur nachmittags hier«, erklärte das blonde Mädchen, das sich an meiner anderen Seite einfand. »Ich bin übrigens Eve.«

»Mach einen Bogen um Eve, wenn du keinen Ärger willst«, raunte Simeon, woraufhin sie ihn protestierend von hinten an den Schultern packte und zu schütteln versuchte. Er zog den Kopf ein und floh nach draußen, doch Eve ließ nicht locker.

»O Gott, ich glaube, die beiden lernen es nie.« Lana kicherte und zog mich zur Tür hinaus. »Wir gehen heute in die Ruinen am Steilhang. Wir untersuchen dort die Auswirkungen des Bräss auf unterschiedliche Stoffe.«

Unwillkürlich sog ich die Luft ein und versteifte mich. Damit hatte ich nicht gerechnet. »Wir ... verlassen das Klostergelände?«

»Hey, alles gut? Macht dir das etwa Angst?«, fragte Lana und runzelte die Stirn.

Ein kleines, unkontrolliertes Lachen stieg in mir auf. *Angst? Ich kann es kaum erwarten.* »Nein, alles in Ordnung«, hauchte ich.

»Bilden Sie eine ordentliche Reihe!«, verlangte Schwester Emily, die die Führung übernahm, und ehe ich mich versah, fand ich mich in einer Kolonne leise schwatzender Schüler wieder. Auf dem Korridor kamen uns einige Mädchen entgegen und ausgerechnet Coras und Selenes giftige Blicke trafen mich. Momentan ließen sie mich in Ruhe, doch das beruhigte mich wenig. Der Hass in ihren Augen schien mit jedem Tag grimmiger zu werden. Ich wich ihnen aus und verbannte sie aus meinen Gedanken.

Diesen Tag sollte mir nichts verderben. Bei Gott, ich würde Edenplace heute zum ersten Mal seit Jahren verlassen!

Zweiunddreißig Stufen, drei Flure und eine Tür später, schritt ich mit wild pochendem Herzen durch das Klostertor. Die Füße im Straßenstaub, hatte ich das Gefühl zu fliegen. Ich tat einen tiefen Atemzug und trat aus dem Schatten der Mauer, während das Grinsen auf meinem Gesicht immer breiter wurde.

»Oh, ist das süß«, kicherte Lana, die mich nicht losgelassen hatte, und ich blickte sie an. Erst jetzt ging mir auf, dass sie mich meinte.

»Ich darf zum ersten Mal raus«, erklärte ich verlegen und für eine Sekunde flackerte ein Hauch von Mitleid in ihrem Blick. Dann schritt sie jedoch noch beschwingter aus und strahlte mit mir um die Wette.

»Allerhöchste Zeit, wenn du mich fragst«, verkündete sie und wir tauchten in das Gewirr der Gassen ein. »Schau mal, dort drüben bekommt man die schönsten Armbänder und da bei Abels gibt es Kuchen mit Sahneschaum obendrauf. Riftverdammt, dafür könnte ich sterben.« Lana redete ohne Unterlass, während wir durch die belebten Straßen liefen. Eifrig folgte ich jedem ihrer Hinweise und konnte mich kaum sattsehen. Die Menschen in farbenfrohen Kleidern, die sich überall tummelten, der Lärm der Stadt, absolut alles, was ich zu Gesicht bekam, war fesselnd.

Die Straßen im Zentrum waren voller Fahrzeuge, deren Surren und Brummen allgegenwärtig war: Fahrräder, Rikschas, Elektrobahnen, hier und da sogar ein Automobil.

»He, he, aufgepasst!«, dröhnte die Stimme eines Mannes, der mit einer Kiste beladen rückwärts aus einem Laden kam und gegen mich stieß. Lana zog mich rasch aus dem Weg und ich taumelte, eine Entschuldigung nuschelnd, weiter.

Der Duft von Gebratenem erfüllte die Luft, als wir an Marktbuden vorbeikamen, und mir lief das Wasser im Mund zusammen. Nur Augenblicke später biss mir der Gestank eines grauen Qualms in die Nase, der aus einem Hinterhof quoll.

»Dass Schwester Emily ausgerechnet hier entlang gehen muss«, beschwerte sich ein schlaksiger Junge vor uns und presste sich seinen Ärmel vors Gesicht. Ich lächelte breit, nahm alle Eindrücke mit derselben Faszination in mich auf. Ich hatte eine gänzlich neue Welt betreten.

Schließlich gingen wir die steile Klippenstraße hinunter, die ich zuletzt vor sechs Jahren hinabgestiegen war, und der Anblick des Ozeans verschlug mir den Atem.

»Gehen wir auch an den Strand?«, fragte ich Lana.

»Dafür bleibt leider keine Zeit, Schwester Emily plant die Lektionen ziemlich straff. Aber vielleicht können wir am Wochenende hinunter.«

»Unbedingt.« Ich nickte euphorisch, hoffte, dass ich die Erlaubnis dazu erhielt, und warf immer wieder bewundernde Blicke auf die wogende, graugrüne Ebene, die sich bis zum Horizont erstreckte.

Während des Abstiegs konnte ich beobachten, wie das Leben allmählich aus den Straßen verschwand, zunehmender Ödnis, Verwahrlosung und schließlich dem Verfall wich. Am Rande der vom Bräss zerfressenen Stadt duckten sich niedrige, eingestürzte Häuser in den Schatten halb zerfallener Wolkenkratzer, ein Anblick, an den ich mich nur dunkel erinnerte.

»Heute werden wir hier arbeiten«, erklärte Schwester Emily und legte ihre Tasche auf einem Trümmerblock ab, der ihr offenbar als Tisch diente.

»Komm, wir holen uns Proben«, forderte mich Lana auf und ich folgte ihr ein Stück weit in die Ruinen. Der Wind, der vom Meer her wehte, riss an uns und wir kletterten vorsichtig über den Schutt. Lana kratzte Putz von einer markierten Wand in eine Phiole. Anschließend sammelte sie Zementsplitter ein, die aufgereiht darunter lagen. »Das Salfat, das sich in den Kalk gefressen hat, kann man mit einer Nitratlösung nachweisen. So können wir nachvollziehen, wie schnell und wie weit sich das Bräss in verschiedenen Baustoffen ausbreitet. Je nach Bauweise kann man dann bestimmen, ob ein Gebäude einsturzgefährdet ist«, erläuterte sie mir.

Sofort war ich Feuer und Flamme. »Kann ich auch so ein Experiment aufbauen?«

»Das wäre sehr wünschenswert«, erklang Schwester Emilys Stimme hinter mir. Ich drehte mich zu ihr um. »Den ersten Nachweistest können Sie direkt hier vornehmen, aber für eine genauere Studie nehmen Sie Proben mit.«

»Verwenden Sie Halsolfat für den Test?«, fragte ich neugierig und sie nickte anerkennend.

»Mann o Mann, du bist echt eine Überfliegerin, oder? Halsolfat. Ich habe drei Tage gebraucht, um auf die Idee zu kommen. Ab jetzt bist du in meinem Team.« Ein schelmisches Lächeln auf den Lippen, lehnte sich Lana gegen die rissige Mauer.

»Ich denke, Sie beide werden sich verstehen«, meinte Schwester Emily.

Plötzlich stieß Eve ein erschrockenes Quietschen aus. Alle Köpfe drehten sich in ihre Richtung. Das Mädchen stand an dem provisorischen Tisch. Eine kleine, blaue Gaswolke stieg davon auf. Schwester Emily schüttelte gutmütig den Kopf und ging zu ihr hinüber.

Lana gluckste leise. »Ohne Eve wäre diese Klasse stinklangweilig.«

Ich strahlte sie an und sandte ein stummes Dankgebet aus. Scheinbar hatte Lana keine Ahnung, dass sie ein Stück vom Paradies besaß. *Und ich jetzt auch.*

Zwei Wochen vergingen und ich lebte mich schnell ein, fühlte mich in meiner neuen Klasse wohler als je zuvor. Wir lernten oft draußen, philosophierten über Themen, die mir zuvor starr und unbeweglich erschienen waren, und beschäftigten uns mit praktischen Beispielen, statt nur graue Theorie zu inhalieren. Ganz nebenbei lernte ich die Umgebung von Edenplace kennen, doch wegen eines angekündigten Rift-Influx durften wir das Kloster am Wochenende nicht verlassen und so hatte ich den Strand noch nicht besuchen können. Während des Essens saß ich stets mit Finn und Lana zusammen, mit der ich mich inzwischen angefreundet hatte. Manchmal gesellte sich auch Simeon zu uns und zu meinem Leidwesen auch Cedric Archer, der Junge, der mir damals am Strand jenen schwarzen Stein weggenommen hatte.

Inzwischen war er größer als Finn, hatte eine breite Brust bekommen und wirkte mit seinem keilförmigen Kinn immer etwas einschüchternd auf mich. Meist unterhielt er sich mit Finn und ich schenkte ihm nicht viel Beachtung. Doch heute, wie auch an den letzten vier Tagen, hielt er mir am Mittagstisch einen Platz frei. Es war mir zunehmend unangenehm, genauso wie seine verstohlenen Blicke während des Essens.

»Du musst dir wegen ihm keine Sorgen machen. Cedric ist schon in Ordnung. Und falls es dir noch nicht aufgefallen ist, er mag dich echt«, erklärte Finn, nachdem ich ihm am Abend unter vier Augen anvertraut hatte, wie sehr mir Cedrics plötzliche Aufmerksamkeit widerstrebte.

Ich sah ihn skeptisch an. Wir saßen im Nachrichtenraum. Das angekündigte AquaLab-Spiel begann erst in einer halben Stunde, weshalb noch niemand außer uns hier war. Der Geruch von Bohnerwachs hing in der Luft und die zahllosen Stuhlbeine im Raum drückten kleine, runde Spuren in den frisch behandelten PVC Belag.

»Ich mag ihn trotzdem nicht. Er hat so was an sich …«

Finn zuckte nur mit den Schultern. »Was meinst du, warum er dir diesen doofen Stein damals weggenommen hat? Er wollte einfach nur deine Aufmerksamkeit und wusste nicht, dass man die besser auf nette Weise erringt. Zum Beispiel, indem man dich ächzend zurück ins Kloster schleppt.«

»Haha«, ätzte ich und warf Finn einen unwirschen Blick zu.

»Ächzend und qualvoll, sage ich nur, über Schutt und Geröll, die verdammte Klippenstraße hinauf«, setzte er noch einen drauf und tat so, als würde er unter einem schrecklichen Gewicht zusammensinken.

»Das tut nichts zur Sache.«

»Gib ihm eine Chance, er ist wirklich nett.«

Ich zog die Brauen zusammen. Finn hatte irgendwie nicht mitbekommen, was ich ihm gerade zu erklären versuchte. Allerdings hatte ich mich auch nicht sonderlich präzise ausgedrückt.

»Ich denke, er steht einfach auf Rotschöpfe.« Er lachte und wuschelte mir durchs Haar, das inzwischen einen mickrigen Zentimeter gewachsen war.

Die Angelegenheit ging mir jedoch zu nah, als dass ich mich auf sein Geflapse einlassen konnte. »Hör auf damit, okay? Ich dachte eigentlich, du hilfst mir, falls er zu anhänglich wird. Ich mag ihn einfach nicht, Finn. Ist das so schwer zu kapieren?« Meine Stimme nahm einen beinahe kläglichen Tonfall an.

Schlagartig war sein Lachen verschwunden. »Oh. Wow, ich dachte ...« Er senkte den Blick und stieß zischend die Luft zwischen den Zähnen hervor. »Ich bin wohl ein Idiot. Tut mir leid, Ru. Ich mag Cedric eigentlich und ... Ich glaube, ich habe ihm wohl irgendwie Hoffnungen gemacht. Ich mach's wieder gut, okay?«

»Wie bitte?«, stieß ich hervor. *Er hat mit Cedric über mich gesprochen?* Fassungslos sah ich ihn an, hob jedoch abwehrend eine Hand, als er zu einer Erklärung ansetzte. »Nein, nein, weißt du was? Ich will es gar nicht wissen. Und halt dich in Zukunft einfach raus, falls irgendjemand was von mir will.«

»Ru, hey, ach, komm schon ...«

Ich wartete seine Antwort nicht ab, sondern sprang auf und rauschte davon, eilte die Gänge entlang und achtete kaum auf die wenigen Schüler, die meinen Weg kreuzten.

Wäre es irgendjemand anderes als Cedric, wäre es mir vielleicht egal gewesen, vielleicht hätte ich mich sogar darüber gefreut, dass mich ein Junge mochte. *Doch warum ausgerechnet er?* Der Gedanke an ihn erfüllte mich mit einem Widerwillen, den ich mir selbst nicht erklären konnte. Und Finn machte ihm Hoffnungen? *Wie kommt er auf die Idee?* Aufgewühlt riss ich die Tür zu den Waschräumen auf, hatte kaum bemerkt, wohin mich meine Füße getragen hatten.

Die Tür schloss sich mit einem dumpfen Schlag hinter mir und ich lehnte mich schwer atmend dagegen. Mit einem unglücklichen Seufzen schritt ich in den orangerot gekachelten Raum. Vielleicht konnte ich den Ärger und die wirren Gefühle einfach ertränken.

Am nächsten Morgen war meine Wut verraucht. Ich bereute, dass ich einfach davongerannt war und wollte mich mit Finn aussprechen. Doch auf dem Weg zum Speisesaal wurde ich in Mutter Tabeas Büro gerufen.

»Schwester Emily hat mir mitgeteilt, dass Sie sich gut eingewöhnt haben und inzwischen auf demselben Stand wie Ihre Mitschüler sind. Ich gratuliere Ihnen.« Die Äbtissin lächelte begütigend.

»Dankeschön, Mutter Oberin.« Es erschien mir noch immer wie ein Wunder, wie sich alles seit meinem ersten Besuch in diesem Büro entwickelt hatte.

Mutter Tabea nahm meine Akte zur Hand und strich stirnrunzelnd etwas durch. Ich konnte erkennen, dass es der Vermerk zu meinem Sonderstatus war, und sah erstaunt zu ihr auf.

»Ich denke, das hat sich erledigt, nicht wahr, Miss Blayke? Hiermit erhalten Sie die Berechtigung, das Wochenende außerhalb von Revlins Port zu verbringen, so wie es allen Oberstufenschülern zusteht. Da Sie erst dreizehn sind, muss ich allerdings darauf bestehen, dass Sie von einer älteren Schülerin begleitet werden.«

Ich erstarrte, konnte kaum fassen, dass sie mir die Erlaubnis erteilte, hatte fest damit gerechnet, dass ich noch beinahe ein Jahr darauf warten müsste. »Wäre Lana Perkussio in Ordnung?«, fragte ich atemlos und fügte vorsichtig hinzu: »Sie ist nur ein Jahr älter.«

Die Äbtissin schmunzelte. »Seit wann haben Sie denn Probleme mit Mathematik?«

Der Streit mit Finn war augenblicklich vergessen und als ich ihn auf dem Weg zum Frühstück abfing und ihm die Neuigkeit mitteilte, war er hellauf begeistert. »Was? Das hat sie getan? Das ist ja klasse! Dann musst du morgen unbedingt nach Cisco mitkommen!«

»Morgen schon?« Ich strahlte ihn an. »O Gott, ich glaube das noch gar nicht richtig. Aber ich muss Lana noch fragen. Meinst du, sie ist einverstanden?«

Er grinste. »Klar kommt sie mit, was glaubst du denn? Ich meine, sie ist auch schon drinnen am Tisch.«

Mein Puls raste vor Aufregung und ich wollte bereits in den Speisesaal stürmen.

Doch Finn hielt mich auf. »Warte, Ru. Da ist noch eine Sache.«

Ich drehte mich wieder zu ihm um, bemerkte den zerknirschten Zug um seinen Mund.

»Es tut mir leid. Das mit Cedric«, raunte er.

Ich lächelte verhalten. »Schon gut. Ich hätte auch nicht wegrennen sollen. In dem Moment war ich ...«

»Nein, es war nicht in Ordnung von mir. Ich bin einfach davon ausgegangen, du würdest ihn mögen. Na ja, ich hab's jetzt jedenfalls kapiert. Und es tut mir echt leid.«

Ich griff nach seiner Hand. »Ist verziehen. Lass uns nicht mehr über ihn reden, okay?«

Beim Frühstück erzählte ich auch Lana von Mutter Tabeas Entscheidung und sie trug sich nur zu gern als meine Begleitperson ein. Da es in dieser Woche bereits ein Rift-Unwetter gegeben hatte, was Voraussetzung für die Ausflugs-Freigabe war, stand meiner ersten Reise nach New Cisco nichts mehr im Weg.

VII

Wir brachen am Samstag noch vor dem Morgengrauen auf. Zum ersten Mal in meinem Leben verließ ich Revlins Port.

Die vom Bräss staubigen Straßen lagen in der Frühe verlassen da. Es kam mir vor, als sei die Welt verwunschen, ein Reich, in dem jedermann schlief und kein Laut den langsam zerfallenden Ort störte. Revlins Port war arm. Die bräunliche Schutzschicht aus Mirteol war überall dünn und porös und hätte an den meisten Gebäuden längst erneuert werden müssen. Salfatbeulen blühten wie Pilzbefall auf den Fassaden.

Ein lauer Luftzug trieb uns durch die schmalen Gassen voller Unrat und flüsterte in den Gespinsten aus Wäsche, die hoch über unseren Köpfen sachte schwangen.

»Kommt, ein wenig schneller, sonst verpassen wir die Bahn«, durchbrach Finn die Stille und sprang über einige Treppenstufen eine Hohlgasse hinab.

»Wir hätten früher aufbrechen sollen«, beschwerte sich Lana hinter mir.

Ich zog das Tempo an, um mitzuhalten, musste jedoch beinahe zwei Schritte machen, wenn Finn einen tat.

Als wir aus der dunklen Gasse heraus traten, ließ ein goldenes Licht den Staub auf der breiten Straße tanzen. Die Sonne hatte sich über den Horizont geschoben und ließ den Nebel erstrahlen, der sich von der Küste herauf erstreckte.

Finn zog mich am Arm. »Weiter, sonst können wir auch hierbleiben, der nächste Zug fährt erst am Spätnachmittag.«

»Ja, entschuldige«, japste ich, wandte mich von dem Nebelmeer ab, und wir rannten die Hauptstraße entlang, auf der sich erste Menschen zeigten, die Buden und Stände für das Tagesgeschäft öffneten.

»Ich höre sie schon kommen«, rief Lana, als wir die Stufen zu den Gleisen erreichten, und tatsächlich vernahm ich jetzt auch ein leises Pfeifen und spürte eine Vibration in der Erde. Die Bahnstation bestand lediglich aus einer erhöhten Plattform mit zwei rostigen Metallbänken für Reisende. Ein Dutzend Leute wartete bereits dort oben, beladen mit Taschen und Rucksäcken.

Aufgeregt spähte ich nach dem Zug, der Revlins Port mit der Welt verband, konnte ihn jedoch noch nicht erkennen. Erst einige Sekunden später sah ich das bläuliche Blitzen der Elektrobahn.

Die Stromwerke produzierten ein Übermaß an Energie, seit es gelungen war, Kondensatoren für Blitze zu entwickeln, und so fuhren die rostzerfressenen Waggons mit lautem Kreischen und begleitet von zuckenden Elektrofingern an den Oberleitungen vor uns ein. Der Fahrtwind pfiff mir um die Beine, bildete Wirbel und ließ Müll über den Boden tanzen. Ich war versucht, mir die Ohren zuzuhalten, doch schließlich nahm ich mir ein Beispiel an Finn und Lana, die das lärmende Getöse lachend über sich ergehen ließen. Kaum hielt der Tross, stiegen wir ein.

Im Inneren war es stickig und durch die verdreckten Scheiben wirkte die langsam erwachende Welt draußen schmutziger und dunkler, als sie tatsächlich war. Das tat meiner Hochstimmung jedoch keinen Abbruch.

Finn ließ sich auf einen freien Platz fallen. Das blau gestreifte Sitzpolster war an einigen Stellen aufgerissen, gelber Schaumstoff quoll hervor. Er klopfte neben sich. »Los, du darfst bei deiner ersten Fahrt am Fenster sitzen.«

Lana grinste. »Das musst du ausnutzen, so großzügig ist er nicht immer.«

»Das glaube ich dir gerne.« Ich lachte und ließ mich auf dem Fensterplatz nieder. Kaum, dass ich saß, setzte sich das Vehikel ruckelnd in Bewegung.

Das Rattern der Räder weckte ein befremdliches Gefühl in mir, die Geschwindigkeit kam mir atemberaubend vor und ich starrte gebannt aus dem Fenster.

»Sie ist ja hin und weg«, hörte ich Lana flüstern, achtete jedoch nicht weiter auf die beiden. All meine Sinne waren auf die pfeifende, wackelnde Bahn und die Landschaft gerichtet, die draußen an uns vorbeischoss. Der Zug fuhr ins Inland in Richtung Norden. Zahllose Ruinenstädte zogen an uns vorbei, so viele verlassene Ortschaften. Ich blickte auf weite, überwucherte Ebenen, ehemalige Felder und kleine Waldstücke mit niedrigen Bäumen – viele von Blitzen niedergestreckt. Und über allem lag, trotz des Windes, eine hauchfeine Schicht von Salfatstaub. Ich kniff die Augen zusammen und lehnte die Stirn an das kühle Glas.

»Hey, ich habe euch gerade gesehen. Ihr hättet ja sagen können, dass ihr heute auch nach Cisco fahrt«, sagte jemand im Gang und ich versteifte mich auf meinem Platz.

»Hi, Cedric, ich wusste nicht, dass du dieses Wochenende schon wieder hinfahren wolltest. Geht dir nicht langsam das Geld aus?«, spöttelte Lana.

Langsam drehte ich mich um. Da stand er, eine dunkelbraune Freizeitjacke unter den Arm geklemmt und suchte meinen Blick.

»Hi, Ruby, dein erster Ausflug, oder? Cool, was?« Er wandte sich Lana zu. »Ich habe letzte Woche ein paar Überstunden gemacht und ich komme gern raus, besser als in Port zu versauern.«

Die Oberstufenschüler hatten Gelegenheit, sich bei den Nonnen oder in der Stadt mit kleinen Jobs Geld zu verdienen, um sich ihre Ausflüge zu finanzieren, denn für die Bahn oder sonstige Ausgaben in der Stadt mussten wir selbst aufkommen. Ich konnte mir gerade mal die Bahnfahrt leisten und hatte mich im Kloster mit Proviant versorgt. Da ich sie nie hatte ausgeben können, hatte ich über die Jahre einige Coins gespart, die ich als Belohnung oder zu besonderen Anlässen bekommen hatte. Bestünde nicht die Möglichkeit, in einem Schwesterkloster im südlichen Stadtteil

New Ciscos kostenlos zu übernachten, wären diese Unternehmungen unbezahlbar gewesen.

»Stimmt«, pflichtete Finn Cedric bei und warf mir einen fragenden Blick zu, als wolle er mich um Erlaubnis bitten, ihn in unsere kleine Runde aufzunehmen. Ich ging davon aus, dass er noch nicht mit ihm gesprochen hatte, und nickte resigniert.

»Ja, mein erster Ausflug«, murmelte ich.

»Was habt ihr denn vor?«, erkundigte sich Cedric und setzte sich uns gegenüber neben Lana.

Ich drehte mich wieder dem Fenster zu, um ja nichts zu verpassen.

Nachdem ihm Finn unsere Pläne aufgetischt hatte, beschloss Cedric kurzerhand, uns zu begleiten. Ich ließ mir nicht anmerken, dass es mich störte, und versuchte den Ausblick zu genießen.

Warum soll ich mir die Laune verderben lassen? Eigentlich ist Cedric doch nicht so übel, versuchte ich mich selbst zu überzeugen. Mit dem Vorsatz, meinen Widerwillen abzulegen, brachte ich mich schließlich auch in das Gespräch über Schwester Meriam ein, die, laut Cedric, viel zu viele Übungsaufgaben verlangte.

Das ständige Stampfen und Rattern der Bahn war inzwischen zu einem eintönigen Hintergrundgeräusch verkommen. Der Mittag war vorbei, wir hatten unsere Sandwichs gegessen und am Horizont kamen die ersten Ausläufer New Ciscos in Sicht. Abermals presste ich meinen Kopf gegen das Glas.

Hohe, mirteolgeschützte Türme ragten in den Himmel. Höher, als ich sie je gesehen hatte. Mit jedem Kilometer, den wir auf die Stadt zurasten, erhob sie sich weiter aus dem Boden.

Dann schälte sich der altbekannte Feuerdunst aus dem Himmel, als öffne sich dort ein rotes Auge. Langsam ergoss er sich über das Firmament, schwerfällig wie Lava, bis er ringsum den Horizont erreichte. New Cisco war so unermesslich groß, dass ich kaum glauben konnte, dass es eine einzige Metropole sein sollte. Es lag glänzend und spiegelnd hell unter dem blutroten Himmel und reflektierte die Farbe, als bestünde die Stadt aus Quecksilber.

»Wahnsinn, nicht wahr?«, wisperte Finn, der sich neben mir an die Glasscheibe beugte. »Das sind die Wolkenkratzer, dort leben die ganz Reichen, die lassen ihre Behausungen nicht verkommen. Stell dir vor, nach jedem Rift-Influx beschäftigt die Stadt eine Armada von Arbeitern, die das verdammte Salfat wieder abwäscht.«

Ich schluckte. Eine solche Arbeit musste unglaublich aufwendig sein. »Wer macht so eine Plackerei mit?«

Cedric prustete und beugte sich zu mir herüber. »Die Lysanth natürlich. Die erbärmlichen Drecksäcke sollten dankbar sein, dass sie überhaupt Arbeit bekommen.«

Ich zog die Stirn kraus. Finn presste verkniffen die Lippen aufeinander. Da er jedoch nichts dazu sagte, hielt ich es genauso und sah wieder hinaus, beobachtete das Firmament, bis das Rot wieder verblasste und den diesigen Himmel freigab. Bald darauf wurde der Zug langsamer und ich sah die ersten Bauten an uns vorbeiruckeln. Entgegen dem schönen Schein, waren die Vororte auch hier halb zerfallen und erst, als wir weiter vordrangen, wichen die Ruinen der intakten Stadt. Menschen, mehr als ich in Revlins Port je auf einem Fleck gesehen hatte, drängten sich hier auf den Wegen und Plätzen. Aus der Nähe erkannte ich, dass die Streben der Gebäude in samtigem Braungold schimmerten, was auf die hohe Qualität des Mirteols schließen ließ.

»Steigen wir hier aus?«, fragte ich, nachdem der Zug an seinem ersten Haltepunkt angekommen war.

Finn schüttelte den Kopf. »Nein, hier kommen wir heute Abend her, um zu übernachten, es sind nur zwanzig Minuten Fußmarsch bis St. Usbia. Jetzt wollen wir erst einmal weiter ins Zentrum. Du musst dir unbedingt das Tor zur USphäre ansehen.«

Ein aufgeregtes Flattern machte sich in meinem Magen breit. Nach dem Green und Red Impact waren in allen großen Städten der Erde gewaltige Tore aufgestellt worden, die den Zugang zu den Sphären permanent offen hielten, allen voran dieses in New Cisco, der Geburtsstadt der Sphärenforschung. Ich konnte es kaum erwarten, es endlich zu sehen.

Zehn Stationen weiter stiegen wir schließlich aus. Völlig überwältigt, trat ich aus dem rostigen Vehikel und setzte erstmals einen Fuß auf die sauberen Straßen von Oakland. Revlins Port war im Vergleich eine historische Präriestadt. Statt Marktständen und Straßenverkäufern lockten bunt leuchtende, meterhohe Reklametafeln die Passanten in moderne Kaufhäuser, die aussahen, als hätten sie nie die Auswirkungen des Brässphylins zu spüren bekommen. Die Menschen trugen extravagante Kleidung aus unterschiedlichsten Materialien. Ich sah Mäntel, die das Licht reflektierten, Farben, die so grell schillerten, als seien Lampen in die Stoffe eingenäht. Alles schien dazu gedacht, Aufsehen zu erregen. Selbst die Haare einiger Leute waren bunt gesträhnt.

Arbeiter in hellen Overalls, die mit Tankwagen voll Mirteol unterwegs waren, behandelten die Fassaden und gigantische Reinigungsfahrzeuge fuhren durch die Straßen. Es war unglaublich!

Schließlich nahm mich Finn an der Hand und zog mich durch das hektische Gedränge, damit ich vor lauter Schauen nicht verloren ging.

»Dort vorne ist es«, verkündete Finn, nachdem wir die Schlucht der Hochhäuser hinter uns gelassen hatten. Wir warteten an einer Ampel und er trat unruhig von einem Bein auf das andere.

Ich spähte in Richtung des Seeparks auf der anderen Straßenseite, konnte kaum fassen, dass ich mich mit jedem Schritt dem Eingang zur USphäre näherte, doch noch versperrte uns eine Unzahl Passanten die Sicht darauf.

Um einen besseren Blick bemüht, reckte ich mich ... Da packte mich plötzlich jemand von hinten am Arm. Ich zuckte zusammen, erkannte jedoch im nächsten Augenblick, dass es Cedric war, der mich angrinste.

»Fall nicht in die Sphäre, Ruby, sonst muss ich dich wieder rausfischen.«

Konsterniert entzog ich ihm meinen Arm und zwang so etwas wie ein Lächeln auf meine Lippen. »Werde ich schon nicht.«

»Falls du Angst bekommst, kannst du dich auch gerne bei mir festhalten.« Er bot mir einen Arm.

Eine Sekunde sah ich ihn verblüfft an, ehe ich den Kopf schüttelte. »N- nein, danke.«

Cedrics Blick wanderte zu meiner anderen Hand, mit der ich mich in Finns Ellenbeuge eingehakt hatte und sein Grinsen verschwand.

Zum Bräss, was will er von mir? Beinahe hatte ich den Eindruck, er meinte, ein Anrecht auf denselben vertrauten Umgang zu haben, den ich mit Finn pflegte. Unter seinem zunehmend finsteren Blick wurde mir mulmig. Doch im nächsten Moment wandte sich Cedric ab.

Finn, der nichts davon mitbekommen hatte, sagte: »Als ich zum ersten Mal hier war, hat es Bindfäden geregnet und ich konnte kaum etwas erkennen. Aber du hast Glück, heute müsste die Sicht in die Sphäre optimal sein. Vielleicht darfst du ja kurz einen Fuß durch das Tor strecken.« Letzteres setzte er mit einem spöttischen Unterton hinzu, während wir hinter einem Pulk von Menschen die Fahrbahn überquerten.

»Ja, mach dich nur über mich lustig«, erwiderte ich mit einem gespielten Grummeln und verbannte Cedrics seltsames Verhalten in die hinterste Ecke meines Verstandes.

Wir gelangten auf einen weitläufigen Platz am Ufer des Lake Merrit. Eingeschüchtert blieb ich einen Moment am Rand des Areals stehen. Das Gelände, umgeben von baumhohen Granitquadern voller Gravuren, wirkte derart beeindruckend, dass ich mich erst darauf wagte, nachdem es die anderen unbekümmert betreten hatten.

Dann sah ich es. Sprachlos hielt ich inne und eine befremdliche Ergriffenheit erfasste mich. Wie ein Riss in der Realität ragte es vor mir auf – das Sphärentor.

Langsam näherte ich mich dem riesigen Marmorpodest in der Mitte des Platzes. Vor mir thronte, wie ein Tempel, ein schmales Gebäude mit sichelförmig geschwungenem Dach. Doch was meine gesamte Aufmerksamkeit vereinnahmte, war das hohe, silbern schimmernde Eingangstor, das die Frontseite des Baus einnahm.

Tor war das falsche Wort, um es zu beschreiben, denn es gab keine Tür. Die Fläche wirkte, als sei sie mit einem feinen Netz überspannt. Ungläubig verengte ich die Augen, fixierte das sich stetig wandelnde Gewebe.

Ich kannte es nur von Bildern und Übertragungen, nun, da ich es leibhaftig vor mir sah, konnte ich den Blick kaum abwenden. Das Innere bewegte sich – es war kein Netz, sondern die hauchdünne Sphärensubstanz selbst, so filigran, dass man sie durchdringen konnte. Die Welt dahinter erstrahlte in einem hellen Smaragdlicht. Darin erkannte ich schattenhaft und wogend die Stadt. Dieselbe, die sich hier im Hintergrund fand. Die USphäre lag so nahe an unserer, dass sie diese widerspiegelte. Berge und Täler, ja selbst Gebäude waren dort eins zu eins wie auf der Erde vertreten. Doch anders als hier, ragten die Häuser dort aus einem Dschungel aus Pflanzen. Sie muteten wie Korallen und Algen an. Ich schnappte überrascht nach Luft, als ein Schwarm Fische, zumindest sahen sie so aus, über den Torplatz innerhalb der USphäre schoss und in dem seltsamen Wald verschwand. Der Anblick war unfassbar schön.

Zu gerne wäre ich einfach durch das Tor getreten. Diese Sphäre hautnah zu erleben ... Unwillkürlich ging ich einen weiteren Schritt darauf zu, als sich jemand in mein Sichtfeld schob. Ein Wachmann blickte mich streng an und rasch trat ich wieder ein Stück zurück, wurde mir jetzt erst der bewaffneten Männer in blauen Uniformen bewusst, die um das Podest standen. Die grünen Abzeichen auf den Epauletten wiesen sie als Uskrim aus – Friedenswächter, die das Tor sicherten.

Natürlich konnte ich die USphäre nicht einfach so betreten. Menschen war der Zutritt nur mit Einladung gestattet. Darüber hinaus war ein Aufenthalt für uns äußerst strapaziös, wir konnten dort höchstens vier Stunden verbringen, ehe er lebensbedrohliche Folgen nach sich zog. Die Atemluft und die Physik unterschied sich in der Sphäre extrem von der unseren. Doch ich stellte mir diese Welt sagenhaft vor. In Nachrichtenübertragungen hatte ich gesehen, wie sich die Uskrim dort bewegten, als seien sie unter

Wasser. Mit einer traumwandlerischen Eleganz schwammen sie, nein, flogen sie, und überwanden die Schwerkraft. Es musste unglaublich sein, sich dort aufzuhalten.

»Ich finde immer, es sieht aus wie ein verzaubertes Königreich«, murmelte Lana neben mir.

»Ja«, hauchte ich ergriffen.

»Das ist übrigens Carwing«, meinte Cedric plötzlich und ich wirbelte zu ihm herum. *Samuel Carwing persönlich soll hier sein?* Er lebte angeblich noch immer in dieser Stadt, beziehungsweise innerhalb der USphäre, doch ihn einfach auf der Straße anzutreffen ... Überall standen Leute in kleinen Gruppen, die bewundernd das Sphärentor anstarrten und ich sah mich suchend um, bis Cedric lachte.

»Nein, dort, ich meinte die Statue von ihm.« Er wies auf eine überlebensgroße Figur, die am Ende des Parks aufgestellt war.

»Ach so«, murmelte ich verlegen. »Gehen wir dort auch noch hin? Ich möchte mir gerne alles ansehen.«

»Klar doch, deswegen sind wir hier«, erwiderte Finn.

Nachdem ich mich schließlich von dem unvergleichlichen Anblick der Dimensionsöffnung losgerissen hatte, verließen wir den Torplatz.

Über einen breit angelegten Kiesweg gelangten wir zu der Skulptur, die nahe am Seeufer platziert war. Eine kühle Brise strich über das Wasser und ließ das gelbliche Gras am Fuß des Sockels zittern.

Der Statue nach war Carwing ein gutaussehender Mann. Man hatte ihn uniformiert und aufrecht stehend mit ernstem Blick, der in Richtung des Sphärentors wies, dargestellt. Das volle Haar fiel ihm in den Nacken, in den Händen hielt er symbolisch die Waage, das Sinnbild für Gerechtigkeit, und eine überdimensionierte Münze. Auf einer Seite prangte das Bild eines DNA-Strangs, auf der zweiten das Lamm, das seine Opferbereitschaft für die Wissenschaft darstellte.

Ich besah mir das steinerne Gesicht. Wie mochte dieser Mann, der die Menschheit vor dem Untergang gerettet hatte, wohl sein?

Lana seufzte. »Ich würde ihn zu gerne mal treffen, aber wer will das nicht? Na ja, so kleine Lichter wie wir werden das wohl nie.«

»Also ich hätte keine Lust, ihn zu treffen, ist bestimmt total arrogant«, brummte Cedric hinter mir.

Die Stimme eines Mannes, verstärkt von einem Mikrofon, tönte plötzlich so laut zu uns herüber, dass ich Lanas Erwiderung nicht verstand. »Der Mann, der Großherzigkeit, Klugheit und Ehrgeiz in sich vereint, der Mann, dem wir alles verdanken. Samuel Carwing. Sehen Sie ihn sich genau an. Die Darstellung ist naturgetreu, wenn man von Größe und Material absieht, versteht sich.« Der Herr in mintgrünem Dress, der eine Gruppe fotografierender Touristen anführte, lachte.

»O Gott, lasst uns gehen«, forderte Cedric Finn leise auf, doch dieser schüttelte mit einem Blick zu mir den Kopf.

»Warte noch kurz.«

Mit einem dankbaren Lächeln in seine Richtung lauschte ich dem Vortrag, während sich die Gruppe um das Standbild verteilte, um bestmögliche Aufnahmen davon machen zu können.

»Nachdem dieser sagenhafte Uskron den Lysanth Einhalt geboten und die Menschheit vor der endgültigen Ausrottung bewahrt hatte, ruhte er nicht. Nein! Er wollte den Dingen auf den Grund gehen. O ja! Ein Mann der Wissenschaft! Er nahm unzählige Untersuchungen an den überlebenden Lysanth vor. Er wollte ihnen helfen und fand schließlich heraus, wo die Wurzel allen Übels zu finden war«, tönte der Sprecher mit bebender Stimme und martialisch erhobener Faust.

»Ich glaube, der hat was geraucht«, flüsterte mir Lana kichernd zu und ich musste mir auf die Lippen beißen, um nicht laut zu lachen.

Glücklicherweise nahm der Mann in Grün keine Notiz von uns und fuhr fort: »Carwing bewies, dass die Lysanth einen Gendefekt besitzen, der nicht zu heilen ist.« Er biss die Zähne zusammen und starrte einen Moment zu Boden, ehe er mit einem tiefen Einatmen erneut den Platz beschallte. »Es stand somit fest! Die Lysanth sind eine sozial minderwertige Rasse, Männer und Frauen, die durch ihren Hang zu Gewalt nur mehr als Arbeitskräfte in unserer Mitte zu dulden sind. Eine Tragödie, die niemand vorhersehen konnte.«

Die Leute rundum nickten. Ich presste die Kiefer fest zusammen.

Carwings Studienergebnisse waren nach dem alles verheerenden Rift Impact öffentlich gemacht worden und besagten, dass *die Wandlung* das zentrale Nervensystem der Lysanth beeinflusst hatte. Ihr Aggressionspotenzial wuchs und hatte sie innerhalb der LysSphäre unberechenbar werden lassen. Es war ein schleichender Prozess, der bei den Alphas erst nach zwei bis drei Jahren festgestellt werden konnte, sodass niemand den Rift Impact hatte kommen sehen. Die Veröffentlichung der Befunde hatte dazu geführt, dass viele Menschen Hinrichtungen und Sanktionen forderten. Dann sorgte Carwings Rede zur gegenseitigen Fürsorge der Völker Ende 2157 für Furore. Er übernahm darin höchstselbst die Verantwortung für den Rift Impact und erklärte, dass die Lysanth nichts dafür könnten, was die Genveränderung aus ihnen gemacht hatte. Diese Einstellung verhalf ihm schließlich zur Anerkennung durch die Kirche. Einige Menschen sahen beinahe einen Heiligen in ihm.

»Dennoch hat der große Samuel Carwing zu Gunsten der Lysanth gesprochen und die armen Seelen verteidigt. Auch wir sollten seiner grenzenlosen Barmherzigkeit nacheifern und ihnen die Chance auf ein unbeschwertes Leben ermöglichen«, tönte der Mann mit dem Mikrofon, woraufhin Cedric schnaubte.

»Gehen wir jetzt?«, fragte er noch einmal und diesmal nickte ich.

»Okay, lasst uns die Stadt ansehen«, rief Finn.

Wir wühlten uns durch die überfüllten Straßen. Überall fuhren Bahnen und wimmelte es von Rädern und Elektroautos, alles wirkte modern und neu. Diese Metropole schien von einem glänzenden Lack überzogen und ich musste ganz genau hinsehen, um die Spuren des Bräss zu entdecken.

»Ist es hier überall so?«, fragte ich.

»Nein, Oakland ist der reichste Stadtteil«, erklärte Finn geduldig. »Je weiter du hier rauskommst, umso ärmlicher wird es, beinahe wie bei uns in Port. Am schlimmsten ist es drüben auf der anderen Seite der Bay Bridge. Das ehemalige San Francisco.«

Ich nickte stumm. Das erste Tor zur LysSphäre stand dort. Inzwischen war es natürlich versiegelt. Vor dem Rift Impact war dieser Bezirk angeblich der eindrucksvollste gewesen. Heute diente er als überwachte Zone für die Lysanth. All jene von ihnen, die den Rift Impact überlebt hatten und im Umkreis von zweihundert Kilometern beheimatet gewesen waren, waren gezwungen worden, sich dort anzusiedeln.

»Werden wir uns das Sphärentor dort auch ansehen?«, fragte ich leise.

Finn riss die Augen auf. »Nein, dort gehst du nicht hin, Ru. Du kannst dir das Leben dort nicht vorstellen. Dagegen ist Revlins Port ein Schlaraffenland. Es sind Slums, da werde ich dich ganz sicher nicht hinbringen.«

Betroffen sah ich zu Finn auf. Ich wollte sicher nicht als dummer Tourist dort hineinlaufen. Die Wahrscheinlichkeit, unbehelligt wieder hinauszugelangen, tendierte sicher gegen Null. Mich wurmte allerdings ein anderer Gedanke. »Woher weißt du davon? Warst du dort?«

Finn presste die Lippen zusammen und blickte zu Lana und Cedric hinüber. Sie unterhielten sich ein Stück abseits, sodass sie uns wahrscheinlich nicht hörten.

»Ja, aber sag keinem etwas davon, okay? Es ist jedenfalls kein Ort, den du sehen möchtest.« Finn blickte mir beschwörend in die Augen und ich nickte befangen. Für den Augenblick war er offensichtlich nicht bereit, mehr dazu preiszugeben.

Im Laufe des Tages brachten mich schließlich unzählige Sehenswürdigkeiten auf andere Gedanken. Wir besuchten eine Ausstellung des Fauna-Museums, wo ich die ausgestopften Exponate von Eseln, Bisons, Grizzlys, Pumas und Elchen bewunderte. Im Biologieunterricht hatten wir unzählige Dokumentationsfilme über Tiere gesehen. Es war ergreifend eines in Lebensgröße vor sich zu haben, stimmte mich zugleich aber auch traurig. *Wie mochte die Welt gewesen sein, als all diese Lebewesen sie noch bevölkert hatten?*

Als wir unsere Tour fortsetzten, zeigten mir die anderen eine Bibliothek, die einen ganzen Häuserblock einnahm, ein waschechtes Kino sowie das Oakland Stadion, in dem AquaLab-Spiele veranstaltet wurden. Leider konnten wir Letztere nur von außen ansehen. Ich wusste jedoch, dass im Inneren der kuppelförmigen Arena ein gigantischer Wassertank stand, umgeben von einer runden Tribüne für die Zuschauermengen.

Schließlich gingen wir Richtung Westen auf die Bay Bridge zu.

Es wurde bereits dämmrig, als ich bemerkte, dass die Gegend tatsächlich an Pomp und Glanz verlor. Die Salfatablagerungen auf den Gehsteigen nahmen zu, je mehr die Umgebung an Farbe und schickem Dekor einbüßte. Dennoch waren die Straßen belebt und voller Menschen. Wir warteten, bis eine der ratternden Straßenbahnen unseren Weg gekreuzt hatte, ehe wir die Seite wechselten, um zu einem kleinen Pub zu gelangen, in dem offensichtlich auch andere Jugendliche Zutritt hatten.

Ich war noch nie in einem solchen Lokal gewesen, außerdem besaß ich kein Geld, um mir etwas zu kaufen.

Mit gemischten Gefühlen hielt ich Finn am Arm fest. »Müssen wir da unbedingt rein?«, raunte ich.

Leider schien mich Cedric gehört zu haben und auch mein Problem zu kennen, denn er meinte grinsend: »Ich lade dich ein, Ruby. Ich habe genug Coins für uns beide.«

Ich schüttelte den Kopf, wollte ihm ganz sicher nichts schuldig sein. »Schon gut, ich habe keinen Durst.«

»Selbst schuld.« Er zuckte die Schultern und betrat die Kneipe, aus der Musik und Stimmengewirr drangen.

»Ob mit oder ohne Durst, wir müssen da unbedingt rein«, erklärte Finn, blieb lächelnd in der Tür stehen und winkte Lana und mich herein.

»Na komm. Es wird dir bestimmt gefallen«, versprach meine Freundin und zog mich kurzerhand mit sich.

Im Inneren war es so warm, stickig und laut, dass mich die Atmosphäre förmlich erschlug. Fast alle Sitzplätze waren belegt und beinahe jeder freie Zentimeter der Wände war mit bunten Reklametafeln bedeckt. Sie ließen nur Platz für eine Leinwand, auf der Bilder eingeblendet wurden, die für verschiedene Getränke warben. Ein dunkler Holztresen, über dem grüne Birnchen vor einer schwarzen Decke glommen, ragte bogenförmig in den Raum. Wir quetschten uns zwischen, mit Jacken behängten, Hockern durch einen schmalen Gang und wichen einer Bedienung aus, die, nebst einem neongrünen Lidschatten und schwarz bemalten Lippen, durch rosa Strähnen in ihrem Haar Aufsehen erregte. Überhaupt fielen die meisten jungen Leute durch grelle Farben auf. Es schien eine Mode zu sein, die in Revlins Port bisher nicht angekommen war und es wahrscheinlich auch nie tun würde. Als Gruppe in einheitlichem Grau fielen wir nun allerdings besonders ins Auge.

Wir setzten uns in eine Nische an einen runden Kunststofftisch, der gerade groß genug war, einige Gläser darauf abzustellen.

»Und? Wie gefällt dir Cisco bis jetzt?«, fragte Finn lautstark, damit ich ihn über dem Lärm verstehen konnte.

»Es ist unglaublich«, setzte ich an, als mich Lana mit einem Zwinkern unterbrach: »Sag ihm einfach, dass dir die Arena am besten gefallen hat, dann ist er zufrieden.«

Ich lachte und warf mich in die Brust. »Die Arena war natürlich das Prunkstück des Tages. Vor allem die Eingangstür. Sie hatte waschechte Scharniere und waren die Türgriffe etwa aus Chrom?« Finn streckte mir die Zunge heraus und Lana kicherte.

»Nein, okay«, lenkte ich ein. »Sie war selbst von außen beeindruckend. Ich wünschte, wir hätten rein dürfen. Können wir uns einmal ein Spiel live ansehen?« Das würde ich zu gerne erleben.

Sofort war Finn versöhnt. »Irgendwann einmal, ganz sicher. Ich will...«

»Der Eintritt für ein Spiel ist sündhaft teuer«, knurrte Cedric dazwischen. »Arme Schlucker wie wir werden das nur im Fernsehen anschauen können.«

»Man muss zumindest verdammt lange sparen, aber ein Match wirst du schneller sehen, als du denkst.« Finn lächelte altklug, doch ehe ich ihn fragen konnte, was er damit meinte, drängte sich die Bedienung an den Tisch und nahm unsere Bestellungen auf. Als ich abwinkte, warf sie mir einen giftigen Blick zu und Finn orderte kurzerhand eine weitere Cola.

»Die sehen das hier nicht gerne, wenn man einen Platz nimmt und dann nichts trinkt«, flüsterte er mir zu und Lana wisperte von der anderen Seite: »Trink ganz langsam, dann können wir möglichst lange bleiben.«

Ich stieß belustigt die Luft aus. So machten sie das also. Nachdem wir alle versorgt waren, nippten wir ab und zu an unseren Getränken. Das Engegefühl hatte mit der Zeit nachgelassen und allmählich genoss ich das unbekannte Ambiente. Die Cola, ebenfalls Neuland für mich, schmeckte unglaublich süß, sodass ich jeden Schluck auskostete.

Als etwas später ein AquaLab-Turnier auf der Leinwand übertragen wurde, blitzten Finns Augen freudig auf. Es war ein Match zwischen zwei Universitätsmannschaften, ausgestrahlt von einem städtischen Sender, also nichts, was wir im Waisenhaus hätten sehen können, doch wir verfolgten es gespannt.

Die Spielerinnen und Spieler tauchten, in den Augen von uns Amateuren, genauso schnell durchs Wasser wie die Profis, die wir bisher gesehen hatten. Sie lieferten sich teilweise recht harte Zweikämpfe und einem Mädchen gelang ein aufsehenerregender Point, nachdem es zwei Gegner getackelt hatte.

Ich fieberte mit. Einzig der Enigma-Spieler des Gewinnerteams war am Ende nur ein einziges Mal auf dem Bildschirm zu sehen. Er hatte seiner Mannschaft keinen einzigen Punkt eingebracht, im Gegenteil sogar Minuspunkte eingefahren, da er in der Zeit, die er zum Lösen einer Aufgabe brauchte, drei Mal Luft holen musste. Sein schmales Gesicht war puterrot, als die Kamera auf ihn schwenkte, und ich wettete, dass dies seine erste Übertragung war.

»Oh, der ist ja süß«, quietschte Lana, als die Kamera auf einen Jungen zoomte, der einem der Spieler die Hand schüttelte und ihm auf die Schulter klopfte.

»Und hier sehen wir den jungen Bruder von Cas Prenton, ebenfalls bereits ein ambitionierter Spieler seiner Schule«, posaunte der Kommentator heraus. »Wir können uns sicher darauf freuen, auch ihn bald in einer Unimannschaft zu sehen.«

»Echt? Du findest, der sieht gut aus?«, fragte Finn und Lana errötete ein wenig. »Ich finde, er sieht dir ähnlich«, flüsterte sie ihm zu, schlug sich die Hand vor den Mund und sah rasch weg.

Ich tat so, als hätte ich sie nicht gehört. Es war nicht zu übersehen, dass Lana an Finn interessiert war, obwohl er nie darauf einging. Ich hatte mir jedenfalls vorgenommen, mich da nicht einzumischen.

»Wir sollten aufbrechen«, meinte Finn unvermittelt. Wir legten unsere hart ersparten Coins zusammen, wozu ich zumindest fünf Skail beisteuern konnte, was allerdings nur einer Viertel Cola entsprach. Nachdem die Kellnerin ein karges Trinkgeld erhalten hatte, quetschten wir uns wieder zum Ausgang.

Wir nahmen den Zug in südlicher Richtung zurück und liefen zum Kloster St. Usbia, wo wir von einer mürrischen, kleinen Schwester in Empfang genommen wurden. Als gemeinsam angereiste Gästeschar brachte sie uns, ob aufgrund ihrer offenkundigen Übellaunigkeit oder Müdigkeit in einem gemeinsamen Schlafraum unter. Zwanzig einzelne Betten standen in akkuraten Abständen zueinander zwischen den leicht nach Mirteol riechenden, blanken Mauern.

Nachdem die Schwester uns mit brummiger Stimme eine gasfreie Nacht gewünscht und die Tür ins Schloss hatte fallen lassen, sah ich die anderen leicht befremdet an. Sie wirkten allerdings auch irritiert.

Plötzlich kicherte Lana. »Das ist echt noch nie passiert. Die Schwester muss total kurzsichtig sein.« Sie rannte auf eines der hinteren Betten zu.

Ich musste grinsen und nahm mir das neben ihr, während sich die Jungen sittsam an die gegenüberliegende Wand verzogen.

Lana lachte sie aus. »Ihr seid aber schüchtern.«

»Hast du nicht zugehört? Schwester Sofia hat uns eine gasfreie Nacht gewünscht. Du solltest dankbar sein«, konterte Finn und Lana prustete wieder los.

Staub wirbelte auf, als sie auf das grau karierte Bettzeug sprang. Scheinbar waren wir die ersten Gäste seit längerer Zeit.

Im angrenzenden, buttergelb gekachelten Waschraum zogen wir unsere Pyjamas an und putzten rasch unsere Zähne, damit Finn und Cedric anschließend hinein konnten. Die Fliesen hatten unzählige Sprünge, die sich wie ein zweites Muster über die verblasste Keramik zogen. In dem trüben Spiegel sah meine Haut etwas rosiger aus als sonst, was wohl daran lag, dass wir so lange draußen unterwegs gewesen waren.

»Deine Haare sind schon wieder ein Stück gewachsen«, blubberte Lana, während sie ihre Zähne schrubbte.

»Ja, stimmt, die meisten kann ich schon wieder zusammenbinden.« Nur einige Strähnen, die zu kurz waren, fielen mir noch ins Gesicht.

»Du könntest sie allerdings gut offen tragen. Es sieht viel hübscher aus.«

»Findest du?«

Sie spuckte aus, warf sich Wasser ins Gesicht und grinste mich an. »Ist nur die Frage, für wen du sie offen trägst, Finn oder Cedric?«

Ich prustete ins Waschbecken. Anschließend band ich meine Haare so fest zusammen, wie es ging, was Lana mit einem Kichern quittierte.

Zurück in dem düsteren Schlafsaal, wurde mir erst bewusst, wie kalt es in dem alten Gemäuer war, und ich schlüpfte rasch unter die leicht muffig riechende Decke.

Lana tat es mir gleich und wandte sich mir zu, während die beiden anderen sich ins Bad verzogen. »Ruby?«, flüsterte sie.

Ich zog die Decke ein Stück herab, um sie sehen zu können. »Hm?«

»Ähm, ich weiß nicht, wie ... ich wollte dich das schon länger mal fragen, weil ich kann es nicht richtig einschätzen, aber du und Finn, seid ihr irgendwie zusammen?«

Ihre braunen Augen fixierten mich bang, als bereue sie bereits, gefragt zu haben, und ich hielt die Luft an. *Das wirkt doch nicht wirklich so, oder?*

»Nein, wir sind einfach Freunde, sonst nichts«, wisperte ich zurück.

Erleichterung machte sich auf ihrem Gesicht breit. »Okay, das ist schön, also ... ist es doch, oder?«, hakte sie nach.

Einen Moment stand ich auf dem Schlauch, ehe ich begriff, worauf sie hinauswollte. »Natürlich, er ist sowas wie ein Bruder für mich, das beruht auf Gegenseitigkeit, also du musst dir da wirklich keine Gedanken machen«, versicherte ich.

Allerdings wagte ich auch nicht, ihr Hoffnungen zu machen, denn ich hatte keine Ahnung, was Finn davon hielt. Und ich würde mich ganz sicher nicht als Kupplerin versuchen, wie er das getan hatte.

»Hey, schlaft ihr schon?«, fragte Cedric, der als Erster aus dem Waschsaal zurückkehrte. Er stand mit nacktem Oberkörper da, machte keine Anstalten das Hemd überzustreifen, das er locker in der Hand hielt. Ohne es zu wollen, glitt mein Blick über seinen bloßen Brustkorb.

Er grinste, als er meine Musterung bemerkte, obgleich sie mehr der Verwunderung geschuldet war. Ich sah rasch wieder weg, zu rasch, denn sicher glaubte er nun, er mache mich verlegen.

Da ich nie im Schwimmunterricht gewesen war, war der Anblick eines Jungen in Shorts eine weitere neue Erfahrung, auf die ich in diesem Fall gerne verzichtet hätte. Selbst die AquaLab-Spieler im Fernsehen trugen stets Neoprenoberteile, sodass ich absolut unbedarft war.

»Gib doch nicht so an, Ced.« Lana lachte.

Finn kam herein, vollständig in seinen Pyjama gehüllt. »Wir sollten jetzt schlafen, morgen wird ein langer Tag«, verkündete er in recht barschem Ton und ging zum Schalter. »Ich mache gleich das Licht aus.«

Ich konnte mir keinen rechten Reim auf seine ernste Miene machen. Eben noch hatte er gescherzt und nun war er wie ausgewechselt. *Hat er sich im Bad mit Cedric gestritten?*

Lana sah ihn irritiert an, kuschelte sich dann jedoch in ihre Decke. »Na dann, gute Nacht, schlaft schön«, murmelte sie.

»Ich dachte, wir reden noch ein bisschen oder spielen Karten«, grummelte Cedric.

»Nein, es ist schon spät und wir haben morgen noch einiges geplant, bevor wir die Bahn zurück nehmen«, entgegnete Finn. »Wir können ins Trimag gehen und danach in den County Park.«

Im nächsten Augenblick klickte es und wir waren im Finsteren. Ich hörte, wie sich Finn zu seinem Bett bewegte und die Decken raschelten.

»Ein richtiger Park?«, fragte ich ins Dunkel.

»Ja, dort leben sogar einige Tiere, ist echt schön da«, flüsterte mir Lana zu. »Der Großteil ist unter einer Schutzkuppel, darum halten sich dort ein paar Blumenarten, die es im Freien nicht mehr gibt.«

»Wiesenblumen, davon hat Schwester Caroline mal erzählt«, wisperte ich.

»Bestimmt gefällt es dir«, nuschelte Lana. Offenbar schlief sie schon beinahe und so hielt ich den Mund.

Die Stille wogte um mich herum wie ein Meer. Ich lag wach, jede Müdigkeit war plötzlich von mir abgefallen. Die unzähligen Eindrücke, die mich tagsüber erschlagen hatten, ließen mir keine Ruhe. Das Leben hier schien so viel zu bieten, viel mehr, als ich mir das zwischen den Mauern von Edenplace ausgemalt hatte. Mit einem Mal konnte ich es kaum erwarten, dass der nächste Tag anbrach und ich noch mehr von dieser überwältigenden Stadt sehen konnte.

Bisher hatte ich mir mein Leben nach dem Waisenhaus genauso vorgestellt, wie ich es bislang kannte: Eine Bräss-verseuchte Umwelt, in der man sich in Kellergewölben versteckte und darum betete, nicht erschlagen oder vergiftet zu werden. Doch hier lebten die Menschen tatsächlich, sie bildeten eine Kultur, eine Gesellschaft, die trotz aller Widrigkeiten funktionierte. Und auf einmal wollte ich unbedingt ein Teil davon sein.

VIII

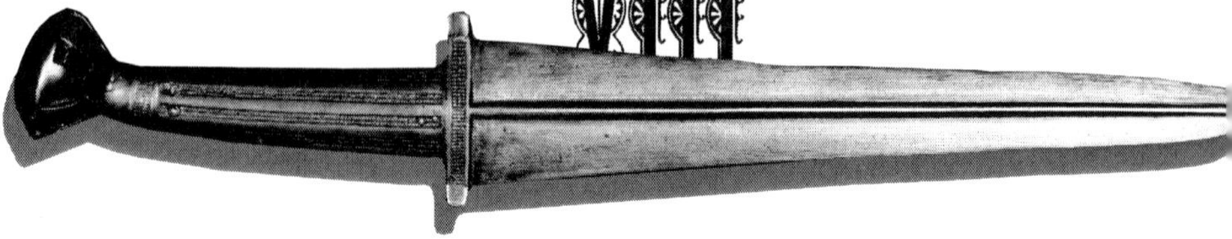

Ich starrte ins Dunkel und lauschte den ruhigen Atemzügen der anderen. Plötzlich raschelte eine Decke.

Jemand stand auf. Ich hielt die Luft an und versuchte zu orten, woher das Geräusch kam. Das leise Tappen von Füßen auf dem kalten Steinboden. Es kam eindeutig von der anderen Seite des Raumes.

Ob einer der Jungs auf die Toilette musste? Ich lauschte so angestrengt in die Finsternis, dass ich zusammenzuckte, als sich die Tür öffnete und ein dünner Lichtstrahl vom Flur hereinfiel. Finns heller Haarschopf erschien vor dem Türspalt. Er schlüpfte in seine Hose und stahl sich hinaus, schloss die Tür so behutsam, dass sie kaum zu hören war, und ließ uns in Dunkelheit zurück.

Ruckartig setzte ich mich auf. *Was hat er vor?* Ich war hellwach, die Neugier brachte mich beinahe um, und ohne weiter zu überlegen, tastete ich nach meinen Kleidern, die über dem unteren Bettpfosten hingen. So leise wie möglich zog ich mir rasch Hose und Hemd über und sprang aus dem Bett. Ich stieß mit den Füßen gegen meine ausgetretenen Turnschuhe, schnappte sie mir und machte mich auf den Weg zur Tür. Der Raum wollte kein Ende nehmen und ich wagte nicht, schneller zu laufen.

Endlich stieß ich mit den Fingern gegen die Wand und tastete mich daran entlang. *Gleich habe ich es geschafft.* Keine zwei Atemzüge später rempelte ich unsanft mit dem Knie gegen etwas. Es klapperte und lautlos fluchend versuchte ich das lärmende, wippende Ding zum Stillstand zu bringen. Ein Eimer. Ich hielt inne, doch niemand regte sich. Ich dankte Gott, dass Lana und Cedric einen so tiefen Schlaf hatten, und schlich weiter.

Endlich fand ich den Türgriff und drückte ihn nach unten. Er quietschte leise. Wieso hatte er das zuvor bei Finn nicht getan?

Schnell schlüpfte ich durch den Spalt und schloss die Tür wieder hinter mir. Ich sah mich um, war allein in dem grau gemauerten Gang. Das einzige Licht rührte von einer einsamen Glühbirne in einem quer verlaufenden Korridor und flackerte hektisch. Dieses Gemäuer ließ mich an eine uralte Burg denken, beinahe gespenstisch, ganz anders als das rote Backsteingebäude, in dem wir Waisen untergebracht waren.

Und selbst da hatte ich nur ein einziges Mal gewagt, mich zur Schlafenszeit hinauszuschleichen. Damals war ich noch keine sieben Jahre alt gewesen und hatte mich mit einem anderen Mädchen zusammengetan. Wir waren durch die Gänge gegeistert und hatten einen Heidenspaß gehabt, bis Schwester Claire uns erwischte. Eine lange, hässliche Narbe an meiner Wade zeugte noch heute von den Stockhieben, die sie verabreicht hatte.

Allerdings bezweifelte ich, dass Finn aus lauter Jux hier herumschlich und das alte Kloster erforschte.

Ich durfte keine Zeit verschwenden. Schnell schnürte ich meine Schuhe und trabte in Richtung des Ausgangs. Da dies ein Pilgerkloster war, waren die Tore nie verschlossen. Doch am Empfang saß eine Nonne, die sich auf einem kleinen Monitor etwas ansah. Ich drückte mich gegen die Wand und spähte um die Ecke.

Da entdeckte ich Finn. Er kauerte im Schatten einer Nische und beobachtete die Schwester, wartete auf einen günstigen Moment, um an ihr vorbei zu gelangen.

Was zum Teufel hat er vor? Ich wagte nicht, mich bemerkbar zu machen, denn ein untrügliches Gefühl sagte mir, dass er mich einfach zurückbringen würde.

Plötzlich erhob sich die Schwester und schlurfte zu einer Holztür mit Rundbogen. Kaum war sie dahinter verschwunden, sprintete Finn auf den Ausgang zu, war wenige Augenblicke später draußen.

Meine Schritte kamen mir viel zu laut vor und ich rechnete damit, dass mich die Aufsicht führende Schwester jeden Moment aufhalten würde, doch ich erreichte die Eingangspforte und stemmte sie auf. Sie war viel schwerer, als ich gedacht hatte, doch endlich war ich hindurch und sie schloss sich hinter mir. Ein kalter Wind pfiff die Anhöhe hinauf, auf der das Kloster thronte, und riss mir einige Strähnen aus dem Haarband. Finn hatte bereits die kurze Auffahrt hinter sich gebracht und trat durch das schwarze schmiedeeiserne Tor. Einen tiefen Atemzug nehmend, rannte ich los.

Jetzt kam alles darauf an, ihn nicht aus den Augen zu verlieren.

Die Zweige der knorrigen Büsche knackten leise im Wind, als ich das eiserne Tor passierte. Runde Straßenlampen leuchteten wie schwebende Kugeln in der Dunkelheit. Ich zog mir die Mütze meiner Jacke tief ins Gesicht und eilte Finn nach, so schnell mich meine Beine trugen.

Schon bald war mir klar, dass er die Haltestelle zum Ziel hatte, und als ich ihn dort einholte, lehnte ich mich in den tintenschwarzen Schatten eines Betonpfeilers. Finn stand einsam auf dem beleuchteten Bahnsteig und wippte mit einem Fuß, während er nach dem nächsten Zug Ausschau hielt.

Ich fröstelte in meiner dünnen Jacke und tastete in meiner Tasche nach dem Ticket, das dort Gott sei Dank verstaut war. Der Geruch des Mirteols, der dem Pfeiler anhaftete, stieg mir beißend in die Nase.

Es schien ewig zu dauern, ehe ich das leise Pfeifen der Bahn hörte.

Als sie rumpelnd einfuhr und bremste, huschte ich in einen Waggon hinter dem, in den Finn eingestiegen war. Die abgestandene Luft roch säuerlich und beinahe wurde mir schlecht, als ich die braune, halb eingetrocknete Lache entdeckte, neben der ich stand. Ein Mann, der sich einen ramponierten, löchrigen Schal halb ums Gesicht gewickelt hatte, starrte mich von einer der hinteren Sitzbänke aus blutunterlaufenen Augen an.

Ich wandte mich um, brachte etwas Abstand zwischen mich und das stinkende Zeug am Boden. Mir war nicht mehr so abenteuerlustig zumute wie noch vor einigen Minuten. Ich spähte durch die Scheiben in den vorderen Waggon. *Wo ist Finn?* Eine leise Angst streckte ihre Finger nach mir aus.

Ganz ruhig. Er konnte schließlich nicht ausgestiegen sein, er hatte sich einfach irgendwo hingesetzt und war außer Sichtweite.

Ich hielt mich an einer der Haltestangen fest und behielt den Waggon im Auge. Das Ruckeln und Kreischen der Räder kam mir nun bei Nacht bedrohlich vor. Wir fuhren lange, immer wieder stiegen vereinzelt Leute ein und aus. Ich beachtete sie nicht, in der Hoffnung, dass sie auch mich in Ruhe ließen, und versteckte mich unter meiner Kapuze. Mit jeder Haltestelle nahm meine Unruhe zu. Ich fragte mich, ob Finn einen Waggon weiter nach vorne gegangen und ausgestiegen war, ohne dass ich es bemerkt hatte. Schließlich öffnete ich die Tür und spähte in das Abteil vor mir und ... hielt die Luft an.

Dort saß er, den Kopf von mir abgewandt, denn er sprach mit einem Mädchen ihm gegenüber, dessen Hände sehr vertraut in seinen lagen. In dem Moment sah sie auf, ein schmales Gesicht unter weißblondem Haar. Ich zuckte zurück, verschwand in den Wagen, aus dem ich gekommen war, und blieb dort mit wild pochendem Herzen stehen.

Finn hat eine Freundin. Verflucht, und ich spioniere ihm hinterher wie ein dummes, kleines Kind – wie eine kleine Schwester. Ich sollte nicht hier sein. Doch jetzt war es zu spät.

Ich überlegte fieberhaft, ob ich nicht einfach aussteigen und einen Zug zurück nehmen sollte, doch ich traute mich nicht. Ich hatte zwar keine Bedenken, den Weg zu finden, schließlich waren wir bislang nur mit einer Linie gefahren, doch ich wollte hier ungern nachts allein umherirren. Andererseits wollte ich sein Date nicht stören, denn bestimmt hatte er nicht oft Gelegenheit, seine Freundin zu treffen. Ich könnte einfach unauffällig in seiner Nähe bleiben, was sollte schon passieren? Wahrscheinlich spazierten sie durch die Stadt, eine hell erleuchtete, von Menschen belebte Metropole.

Doch die Lichter draußen wurden weniger und zu meinem Schrecken stellte ich fest, dass wir nicht Richtung Oakland auf der Westseite der Bay entlangfuhren, sondern uns auf dem Festlandstreifen zum Pazifik hin befanden. Und die beiden stiegen einfach nicht aus. Die Dunkelheit drückte sich wie ein lebendiges Wesen gegen die Scheiben. Nur in der Ferne, jenseits der Bucht, glommen schwache Lampen.

Ein Schlag ging durch die Bahn.

Ich taumelte. *Ist der Zug gegen ein Hindernis gefahren?* Eine Frau neben mir mit auffallend rotem Lidschatten kicherte und sah mit einem entnervend besserwisserischen Augenaufschlag zu mir hoch. »Auf dieser Seite werden die Schienen nicht so gut gewartet, Kleine. Bist wohl in die falsche Tram gestiegen ...«

Ihr Grinsen hatte etwas Wölfisches und plötzlich war mir kalt.

Wir fuhren durch eine Ruinenstadt, unbewohntes Gebiet, das den Teil des ehemaligen San Francisco von den anderen abgrenzte. Ich fuhr geradewegs in das Gebiet der Lysanth – in die Slums.

Ich packte die Haltestange fester, meine Fingerknöchel traten weiß hervor.

»Ein guter Rat für dich, meine Hübsche. Die nächsten Stationen solltest du ignorieren und über die Bay fahren, dort wolltest du sicher hin, oder?« Die Frau zwinkerte süffisant.

Ich presste die Lippen aufeinander und brachte so etwas wie ein Nicken zustande, dann sah ich weg. Ich hoffte inständig, dass Finn und seine Freundin genau das vorhatten.

Die Frau setzte sich schließlich ein Stück weiter entfernt neben eine ältere Dame, die sie zu sich gewunken hatte. Sie flüsterten miteinander und ich war sicher, dass sie sich über mich unterhielten. Vor allem, als ich hörte: »Immer diese Kids und ihre Mutproben, sie sollten es besser wissen.«

Verängstigt ließ ich meinen Blick über die Anwesenden schweifen, von denen mich einige offen, andere verstohlen musterten. Ich kam mir vor wie ein Lamm im Raubtierkäfig. *Was habe ich mir nur dabei gedacht? Was denkt sich Finn dabei, diese Linie zu fahren? Sind das alles Lysanth?*

Ich schluckte den Kloß in meinem Hals hinunter. *Was sollen sie sonst sein? Wer fährt schon mitten in der Nacht in die Slums, außer denjenigen, die dort leben? Es gibt dort auch Menschen*, versuchte ich mich zu beruhigen, was allerdings nicht funktionierte.

Laut Schwester Claire hauste dort der Abschaum der Gesellschaft, Verbrecher und Süchtige, die sonst nirgendwo mehr untergekommen waren. Doch seit wann gab ich etwas darauf, was Schwester Claire sagte?

Als der Zug quietschend bremste, fixierte ich mit angehaltenem Atem das Sichtfenster zum nächsten Waggon. Finn und das blonde Mädchen erhoben sich und schlüpften hinaus, wie beinahe alle Fahrgäste der Bahn. Ich stöhnte innerlich auf.

Lysanth. Mein Kopf pochte, ich wandte mich zur Tür. Die beiden Frauen, die sich ebenfalls zum Ausgang begaben, warfen mir skeptische Blicke zu, einer wässrig-blau, der andere schwarz und brennend unter den roten Bögen. Ich versuchte sie zu ignorieren und mich selbstsicher zu geben.

Einen Moment blieb ich mit offenem Mund auf dem Bahnsteig stehen. Das kalte Licht der USphäre schälte sich mit einer Intensität aus dem schwarzen Himmel, die mir in den Augen brannte. Majestätisch und mit eisiger Gelassenheit legte sich der jadegrüne Schimmer über die Stadt, reckte sich bis an den Horizont und versank im Meer.

»Ein scheußlicher Anblick«, murrte jemand neben mir. Ich wusste jedoch nicht, ob er das Sphärenlicht meinte oder die Slums, denn diese sahen mehr als erschreckend aus.

Die Bahn führte nicht hinein, sondern fuhr daran vorbei, und so sah ich mich einer Trümmerlandschaft gegenüber. Der Schutt von eingestürzten Hochhäusern ragte im grünen Licht schroff in den Himmel und ließ nur schmale Gassen frei, die wie gefährliche Schluchten wirkten. Die Slums kamen mir vor wie eine kilometerlange, zerfallene Festung. Schwarzer Rauch quoll an einigen Stellen zwischen bröckelnden Betonwänden hervor, wo Obdachlose Feuer entzündet hatten. Ich hakte krampfhaft meine Finger ineinander, als der Zug hinter mir unter Getöse davon ratterte. Die Leute, die mit mir ausgestiegen waren, drängten sich vor einer Reihe Automaten und schoben ihre ID-Cards hinein. Ich schluckte schwer. Eine Registratur – Teil des Überwachungssystems der Lysanth. Bang verfolgte ich, wie sich der verwahrloste Bahnsteig leerte. Blicke durchbohrten mich, ein Mann lächelte mir auf eine Weise zu, die in mir den Drang weckte, fortzulaufen.

Hektisch blickte ich mich nach Finn um. Da entdeckte ich ihn. Er achtete auf nichts anderes als seine Freundin und ging mit ihr in eine der Gassen. Ohne zu überlegen, rannte ich hinter den beiden her. Ich würde hier nicht alleine zurückbleiben. Wenige Augenblicke später tauchte ich in die Schatten ein, doch von Finn war keine Spur zu sehen. Der Weg machte bereits nach wenigen Schritten eine Biegung.

Der Durchgang war gerade breit genug, dass zwei Menschen dicht nebeneinander laufen konnten. Scharfkantige Steinsplitter stachen aus den Trümmern heraus und ich musste mich an den rauen Wänden abstützen, um nicht dagegen zu stoßen. Es war hier so dunkel, dass ich mich mehr vorantasten musste, als dass ich etwas sah. Hoch über mir klaffte ein gezackter Riss, der den Blick auf ein sphärengrünes Stück Himmel freigab, doch das Licht weigerte sich bis nach hier unten zu dringen.

»Was machst du hier, Menschenmädchen? Willst du gefressen werden?«, flüsterte eine kratzige Stimme.

Ich schnappte nach Luft und stolperte zwei Schritte. Das Herz zersprang mir beinahe in der Brust, ich warf einen gehetzten Blick über die Schulter. Das leise Kichern einer im Dunkel kauernden Alten, die ich schlichtweg übersehen hatte, drang an mein Ohr. Mit weit aufgerissenen Augen starrte ich sie an, meinte ihr leichtes Kopfschütteln zu erahnen und drehte mich hastig weg.

Ich wünschte inständig, ich wäre im Bett liegen geblieben.

Nach einigen Schritten lichtete sich der Durchgang glücklicherweise, dafür tat sich ein anderes Problem vor mir auf: Der Weg spaltete sich und ich hatte keine Ahnung, welchen Finn genommen hatte.

Hinter mir hörte ich Schritte und stürzte vorwärts, nahm den Pfad zu meiner Rechten. Ich überlegte einen Moment, ob ich einfach auf einen der Trümmerberge hinaufklettern sollte, mir einen Überblick verschaffen. Doch die kleinsten Brocken, die meinen Weg säumten, waren sicher zwei Meter hoch und ich verwarf die Idee schnell wieder.

Finn, wo bist du? Wieder hörte ich schwere Schritte hinter mir. Panik stieg in mir hoch. War das der Mann, der mich so seltsam angelächelt hatte?

Ich rannte weiter, mein Mund war so trocken, dass ich kaum Luft bekam. Metallstreben und Rohre verliefen quer über mir zwischen den Schuttbergen und verwandelten meinen Pfad in einen lichtlosen Tunnel. Ich prallte gegen einen Vorsprung, ein Keuchen entwich mir.

Im nächsten Augenblick packte mich eine grobe Hand an der Schulter. Ich schrie auf, versuchte herumzuwirbeln, wurde jedoch zur Seite gestoßen. Schmerz züngelte durch meinen Schädel, ich war irgendwo gegen geknallt. Die fremden Finger gruben sich in den Stoff meiner Jacke.

»Was haben wir denn hier?« Ein geradezu freudiger Ausruf, dicht an meinem Ohr.

Ich riss mich los, taumelte, flog beinahe über eine verborgene Stufe. Ein Arm schlang sich um meinen Hals und plötzlich wurde ich gegen die Brust meines Angreifers gedrückt. Ich bekam keine Luft.

»Hilfe«, presste ich hervor, viel zu leise.

Wieso bin ich Finn nur gefolgt? Tränen sickerten über meine Wangen. Der Mann drehte mich zu sich herum, versetzte mir einen Stoß. Wieder fiel ich gegen die Stufen, stürzte zu Boden.

Ein Licht flammte auf, leuchtete mich an und blendete mich. Ich riss einen Arm hoch und schirmte die Augen ab. Dicke Schichten aus Bräss verklebten den Unrat um mich herum und verwandelten die einst glatten Haustrümmer in eine Albtraumlandschaft aus geschmolzenem Wachs.

»Sieh an, hast du dich verirrt, kleines Menschenmädchen?«, höhnte der Kerl.

»Hilfe!« Diesmal war mein Schrei lauter, laut genug, dass mich wahrscheinlich sämtliche Perverse, die hier noch ihr Unwesen trieben, hören konnten.

Ich schnappte nach Luft. Das tanzende Licht der Lampe nahm mir jegliche Sicht auf meinen Angreifer. Schniefend wälzte ich mich herum, kam auf die Beine. Jetzt sah ich den Weg vor mir, beleuchtet von meinem Widersacher. Ich rannte. Er setzte mir nicht nach. Die kalte Nachtluft brannte jetzt in meinen Lungen. Ich konnte entkommen! *O bitte!*

In einer Kurve schlitterte ich über Schotter, stieß gegen eine Kante. Gleißender Schmerz durchfuhr meine Hüfte, doch ich rannte weiter. Das Licht ließ nach. *Weiter! Nicht langsamer werden!*

»Finn! Hilf mir!« Der Ruf hallte zwischen den Wänden.

Ein leises Lachen hinter mir. Sämtliche Härchen in meinem Nacken stellten sich auf. Ein eisiger Schauer durchfuhr mich, als meine Umgebung wieder in Licht getaucht wurde. Ich stand vor einer Wand. Ein erstickter, verzweifelter Schrei entkam mir. Meine Finger bohrten sich in bröckligen Beton. »Nein, nein, bitte nicht«, wisperte ich atemlos, sah mich hektisch nach einer anderen Fluchtmöglichkeit um.

»O doch, willkommen an der Endstation, Kleines«, säuselte der Kerl hinter mir.

Ich drehte mich um, starrte in das Licht, erkannte lediglich die Konturen von Schultern und senkte wieder den Kopf. Ein helles Schaben ertönte. Ein Messer. Er hatte ein Messer gezogen. Jäh zitterten meine Glieder, ich konnte es nicht unterdrücken.

Ich ballte die Fäuste und biss die Zähne zusammen. Ein Geräusch, halb Wimmern, halb Knurren, drang aus meiner Kehle, die sich dick und geschwollen anfühlte. Ich würde es dem brässverfluchten Scheißkerl so schwer wie nur möglich machen.

»Hat deine Mami dir nicht beigebracht, dass kleine Mädchen zur Schlafenszeit zu Hause sein sollten?«, spottete der Drecksack.

Ich drückte mich von der Wand ab und rammte ihm meinen Ellenbogen in den Magen. Er ächzte. Ich wollte meinen Schwung nutzen, um an ihm vorbei zu kommen. Doch er packte meine Kapuze, schnürte mir fast die Luft ab.

»Selbst schuld, Kleine, jetzt wird es ungemütlich für dich«, knurrte er.

Wieder schrie ich, kämpfte wie besessen, doch er schleuderte mich einfach zu Boden. Ich trat nach ihm, er fluchte, wich aus, hob das Messer.

Dann fiel er um. Mit einem leisen Knacken erlosch die Lampe.

Schneller, als ich mich je zuvor bewegt hatte, kam ich wieder auf die Beine, starrte auf den dunklen, plötzlich bewegungslosen Schemen am Boden. Mein Atem ging stoßweise und ich zitterte, als hätte man mich in ein Eisbad gestoßen.

»Hey, ganz ruhig, ist ja gut«, sagte jemand.

Erst jetzt registrierte ich einen weiteren Schatten, noch ein Mann, nur wenige Schritte entfernt.

Hastig wich ich zurück, schniefte und rang nach Luft. *Nicht noch einer.*

»Der tut dir nichts mehr, okay?«

Endlich drang der Sinn seiner Worte zu mir durch.

Er war mir zu Hilfe gekommen, mitten in diesem Lysanth- und Verbrecher-verseuchten Labyrinth war mir jemand zu Hilfe gekommen. Ich brachte ein Nicken zustande, meine Kehle versagte mir den Dienst.

Schritte hallten durch das Trümmerfeld und da hörte ich die Stimme, die ich jetzt mehr als alle anderen hören wollte, panisch, aber unverkennbar: »Ru? Ru! Bist du das?«

Die Knie gaben unter mir nach.

»Hier sind wir!«, rief mein Retter und nur wenige Augenblicke später sah ich einen Lichtschein. Dann kam Finn um die Biegung gerannt, dicht gefolgt von dem blonden Mädchen, das eine Stablampe mit sich trug.

»Gottverdammt, Ru! Was machst du hier?«, keuchte Finn, völlig außer sich, ging neben mir in die Knie und zog mich an sich.

Ich heulte wie ein Kleinkind und er presste meinen Kopf gegen seine Brust.

»Es tut mir leid«, brachte ich irgendwann unter Schluchzen hervor, während er mich einfach nur hin und her wiegte.

»Verdammt, Ru, wieso bist du nur ... O verdammt ... verdammte Scheiße«, fluchte er leise vor sich hin. Ich war nur froh, nicht mehr allein zu sein. Es war unsäglich dumm von mir gewesen, ihm zu folgen.

Nach einer gefühlten Ewigkeit löste ich mich aus seiner Umklammerung und wischte mir über die Augen.

»Das ist also Ruby.«

Ich hob den Kopf, versuchte noch immer, mir mit den Jackenärmeln das Gesicht zu säubern. Obwohl sie allen Grund hatte, mir mit Missfallen zu begegnen, war die Stimme des Mädchens freundlich. Ihr mitleidiger Blick beschämte mich und ich bemühte mich, die Fassung wiederzugewinnen.

Finn stand auf und zog mich auf die Beine.

»Genau«, gab er seufzend zur Antwort. »Ich hätte mir jedoch sehr gewünscht, dass ihr euch heute noch nicht kennenlernt, vor allem nicht so.«

Das Mädchen kam auf mich zu und ehe ich mich versah, nahm sie mich in die Arme. Ich blieb völlig überrumpelt stehen, während sie mich an sich drückte, als wären wir alte Freunde.

»Zum Glück geht es dir gut. Du musst ja Todesangst gehabt haben«, raunte sie mir zu und ich entspannte mich ein wenig.

Sie ließ mich wieder los und lächelte besorgt. Unzählige Sommersprossen bedeckten ihre Nase und Wangen und darüber leuchteten hellblaue Augen. »Jetzt kommst du erst einmal mit. Ich denke, du brauchst etwas Warmes zu trinken und solltest dich ein wenig ausruhen.«

Ich nickte langsam, übermannt von so viel Fürsorglichkeit. »Danke.«

»Geht es dir gut? Hat der Typ dich verletzt? Tut dir irgendwas weh?«, fragte Finn. Er starrte mich an, als hätte er mich in diese Schlangengrube geschmissen.

»Mir geht es gut, er hatte keine Zeit, irgendetwas anzurichten.« Allein das Gefühl, jemand anderen zu beruhigen, half mir immens. Jetzt sah ich mich in der schwach erleuchteten Sackgasse um. Sie endete unter einer schrägen Hauswand und war somit überdacht. Der Boden war uneben von jahrealtem Bräss.

Von dem üblen Kerl, der mich angegriffen hatte, war keine Spur zu sehen.

»Wo ist er hin?«, entfuhr es mir.

»Oh, der Lys, der dir geholfen hat, hat ihn mitgenommen«, erklärte das Mädchen.

»Mitgenommen?«, echote ich.

»Ja, er meinte, dass sie den Kerl bereits seit Längerem suchen. Glaub mir, der wird niemandem mehr wehtun«, meinte sie und legte mir lächelnd eine Hand auf den Arm.

»Das ist übrigens Isa«, sagte Finn und deutete unnötigerweise auf seine Freundin.

»Hi, Isa«, antwortete ich lahm, doch sie grinste und zog mich mit sich.

»Aber ... ich meine, wo wird dieser Verbrecher hingebracht und wer war überhaupt der Mann, der mir geholfen hat?«, haspelte ich, während mich Isa mit sicheren Schritten durch die schmalen, verwinkelten Trümmergassen führte.

»Er bekommt seine Strafe, nur keine Sorge. Und der dich gerettet hat, war einer von ...« Sie stockte, plapperte dann jedoch sofort weiter, als spräche sie lediglich über ein Rezept für Getreideflocken. »Ach, einer von den Typen, die sich hier gerne als Ordnungshüter aufspielen. Ich kenne ihn nicht persönlich, aber er hat seine Sache wirklich gut gemacht, findest du nicht? Hast du Durst? Ich hätte ordentlich Durst, wenn mir sowas passiert wäre. Deine Stimme ist ganz kratzig. Es muss grauenhaft gewesen sein. Ach, du Arme. Wenn du möchtest, kannst du dich zum Schlafen hinlegen, sobald wir bei mir sind. Ich habe, glaube ich, Tee und

Mineralwasser zu Hause. Du kannst haben, was du möchtest, also, solange es Tee oder Mineralwasser ist ...« Sie lachte leise und schüttelte den Kopf. »Entschuldige, ich bin selbst etwas durch den Wind. Ich bin einfach froh, dass es dir gut geht. Finn hat mir schon viel über dich erzählt. Und es war ein Riesen-Schock, als wir dich vorhin plötzlich um Hilfe rufen hörten.«

Sie sah sich um und ich tat es ihr gleich. Finn war direkt hinter uns und warf ihr einen so innigen Blick zu, dass ich mir plötzlich sehr einsam vorkam. Die beiden teilten etwas miteinander, von dem ich ausgeschlossen war.

Wir folgten noch eine ganze Weile den verwinkelten Pfaden, die sich durch die nachtdunkle Ruinenstadt schlängelten. Isas Licht schaukelte im Takt ihrer Schritte hin und her und ließ die Schatten in ihren Nischen aufgeregt züngeln. Immer wieder entdeckte ich Unterschlüpfe und mit Stoff verhangene Höhlungen, in denen offenbar Menschen hausten – oder Lysanth. Das konnte ich nicht sagen.

Als sich der Weg plötzlich auftat, war ich überrascht, den Himmel so weit und offen zu sehen. Die Ruinen lagen, einer schroff aufragenden Gebirgsfront gleich, hinter uns. Wir standen auf einer Anhöhe, den Blick auf eine von Lichtern gesprenkelte Stadt gerichtet, die sich vor uns bis ans Meer erstreckte. Die Dunkelheit verbarg die Armut und das Elend, die sich wie ein Pilzbewuchs ausbreiteten, und so sah ich nur die Größe und bildete mir ein, den Glanz zu spüren, den diese Stadt einst besessen hatte.

»Na komm«, forderte mich Isa auf und Finn nickte mir zu.

»Den Teil von New Cisco wollte ich dir noch nicht zeigen, aber du legst es ja darauf an.« Zum ersten Mal seit dem Überfall lächelte er wieder, was mein schlechtes Gewissen ein klein wenig schrumpfen ließ.

Auf unserem Weg durch die Stadt bemerkte ich die Folgen der Abgrenzung, mit denen der Nordwestblock der Metropole geschlagen war. Das ehemalige San Francisco war seit dem Rift Impact eine Sackgasse, die Endstation für alle Gescheiterten und der einzige Ort, den man den Geächteten zugestand. Doch das reine Wissen darum oder Finns wenige Anspielungen hatten mich nicht darauf vorbereiten können.

Die einstige Golden Gate Bridge, die einmal eines der schönsten Wahrzeichen der Vereinigten Staaten gewesen sein sollte, verband die Stadt längst nicht mehr mit dem Marin County. Zerstört und verwittert, von Rost und Korrosion zerfressen, hing sie eingestürzt in den Fluten und trennte die Slums endgültig von allen ab. Ein Symbol der Schmach, des Untergangs und des Verfalls, den die Lysanth über die Menschheit gebracht hatten. Ich konnte am Horizont die schräg aufragenden Überreste der Brückenpfeiler erkennen.

»Du musst keine Angst haben. Solange ihr mit mir unterwegs seid, passiert euch nichts«, erklärte Isa leise und lenkte meine Aufmerksamkeit wieder auf die unmittelbare Umgebung.

Wir folgten einer staubigen, von Geröll und Bräss verdreckten Straße einen Hügel hinab. Die Gebäude ringsum standen leer, zerfielen wie faulende Zähne in einem maroden Gebiss. Hier lebte niemand mehr, oder vielleicht doch? Mirteol hatten diese Häuser zuletzt vor Jahren gesehen, viele wahrscheinlich nie. Allein das Betreten musste lebensgefährlich sein. Die blanken Rippen der eingestürzten Bauten stachen anklagend in den Himmel und ich klammerte mich unwillkürlich fester an Isas Arm.

Die einzigen Personen, denen wir begegneten, waren einsame Nachtschwärmer, Bettler, die am Rand der Straße saßen, die Gesichter so verhärmt, dass sie scheinbar nicht einmal die Kraft aufbrachten, sich von der Stelle zu bewegen.

»Was ist mit den Leuten hier?«, wisperte ich aus Furcht, sie könnten mich hören.

»Hierher kommen die Hoffnungslosen«, flüsterte Isa zurück.

Ein Schauer durchfuhr mich. Der nächste Influx würde sie einfach mitnehmen. Ich zitterte und Isa legte mir den Arm um die Schultern.

»Es ist hier nicht so wie bei euch. Du bist eine Waise wie Finn, aber selbst euer Edenplace hat seine Vorzüge.«

Ich gab ihr stumm recht und war dankbar, dass die Nacht vieles vor meinen Augen verbarg.

»Du musst dich erst einmal ausruhen, Ru. Wir sind bald da«, versprach Finn.

Tatsächlich erreichten wir innerhalb einer halben Stunde bewohntes Gebiet. Die Häuser machten noch immer den Eindruck, als stünden sie kurz vor dem endgültigen Zusammenbruch, waren überwuchert von Salfatkrusten, doch es gab Anzeichen, dass sie bewohnt waren. Zumindest die Stützpfeiler und tragenden Bauteile wiesen eine dünne Mirteolschicht auf. Vorhänge hingen in teilweise zerbrochenen Fenstern, vereinzelt drang Licht aus hohläugigen Löchern in den von Rissen durchzogenen Fassaden. Senken, Schutt und Müll machten den Weg in der Finsternis zu einer Herausforderung.

»Hier sind wir«, verkündete Isa schließlich und wies auf ein schäbiges kleines Haus, das sich in die lange Reihe zerrütteter Ruinen drängte.

Ich zögerte, nicht, weil ich Angst hatte, es könne über mir einstürzen, sondern weil ich ihre Gastfreundschaft kaum annehmen konnte.

»Schon gut, komm.« Sie lächelte und als mir Finn zunickte, trat ich ein.

»Die drei Zimmer hier unten stehen im Moment leer, ich habe mich oben eingerichtet. Dort hinten findest du eine Toilette«, erklärte Isa im Erdgeschoss und stieg uns voran eine knarrende Treppe hinauf. Das Licht ihrer Stablampe huschte dabei über kahle Mauern. Oben gingen von einem kurzen Flur drei Türen ab, von denen uns eine in ein Wohnzimmer mit Küchenzeile führte.

Isa knipste eine alte Metallstehlampe neben der Tür an, die unsere Schatten riesenhaft an die gegenüberliegende Wand warf. Der Raum war nur karg eingerichtet, doch sauber und Isa hatte ihm eine gewisse Behaglichkeit abgetrotzt. Auf einem kleinen Schränkchen entdeckte ich drei Fotografien, die sie und eine ältere Frau zeigten. Ein ramponiertes, grünes Sofa, auf dessen Lehne eine gemusterte Decke lag, stand an einer Wand, daneben lehnte dekorativ ein großes Stück Treibholz. Ein klappriger Esstisch mit drei Stühlen stand auf einem zerschlissenen Teppich. Alle Wände waren grau und dick mit Farbe bestrichen, sodass die unzähligen Löcher im Putz im Dämmerlicht kaum zu erkennen waren.

»Mach es dir bequem«, sagte Isa und Finn nötigte mich dazu, mich auf die Couch zu legen. Erst jetzt bemerkte ich die Aufbereitungsanlage, die auf einem Küchentresen neben einem fleckigen Kühlschrank thronte. Rohre führten aus dem Behälter nach oben und verschwanden in der Decke. Ich bestaunte den Aufbau, während Isa einen Hahn betätigte und Wasser in ein Glas schenkte, das sie mir brachte.

»Danke«, murmelte ich verlegen. »Lebst du hier alleine?«

»Ja, einer der Vorteile in der Zone: Man hat Platz ohne Ende, wenn man nicht allzu viel Wert auf Luxus legt.«

Beim Gedanken daran, dass ich bisher geglaubt hatte, in Edenplace in ärmlichen Verhältnissen aufzuwachsen, kam ich mir plötzlich unglaublich anmaßend vor. Wir hatten dort sicher nicht viele Annehmlichkeiten, doch wir besaßen alles, was wir brauchten, dazu Sicherheit und eine saubere Unterkunft. Isa hingegen musste das Beste aus dem machen, was ihr diese untergegangene Stadt bot. Und das tat sie offensichtlich mit einer gewissen Zufriedenheit.

»Es ist gar nicht so übel«, meinte Finn, der sich an den Tisch gesetzt hatte. »Außerdem kann man jederzeit raus aus den Slums.«

Bei der Vorstellung, das grauenhafte Labyrinth, in dem es vor Mördern und Verbrechern wimmelte, täglich durchqueren zu müssen, wurde mir schlecht.

Schlagartig sackte mein Magen in sich zusammen. Der Schock der vergangenen Stunden forderte seinen Tribut.

»Lass sie jetzt ein wenig schlafen. Ihr müsst ja leider in ein paar Stunden schon wieder gehen«, hörte ich Isas bekümmerte Stimme, ehe meine Augenlider zu schwer wurden, um sie offen zu halten.

IX

»Hey, wach auf, Ru. Ich dachte, du willst vielleicht noch ans Meer.«

Ich blinzelte benommen, verstand erst nicht, was Finn meinte, dann riss ich die Augen weit auf. »Ans Meer?«

»Ja, wir könnten noch dorthin gehen, bevor wir zu Lana und Ced zurückkehren. Wenn du lieber noch schlafen willst, ist das aber okay, dann bleiben wir noch hier.«

»Nein.« Schon saß ich kerzengerade auf der grünen Couch. Eine grobe, bunte Häkeldecke rutschte an mir hinunter und ich sah mich im fahlen Licht des anbrechenden Morgens um. Schatten ballten sich in den Winkeln des Zimmers, wo die Stehlampe nicht hinreichte.

Isa stand hinter Finn und sagte leise: »Das heißt wohl: Die Schlafenszeit ist vorbei.«

In dem Augenblick brachen die Ereignisse der vergangenen Nacht, einem Influx gleich, über mich herein. Einen Moment konnte ich nur reglos sitzen bleiben, darum bemüht, die grauenhaften Bilder zurückzudrängen. Der Arm um meinen Hals, das Knurren des Mannes, das Messer in seiner Hand. Bei Gott, ich war nur mit knapper Not davon gekommen! Erschüttert ließ ich den Kopf sinken.

»Wie geht es dir? Du siehst ganz schön bleich aus«, raunte Finn und setzte sich neben mich.

»Es geht schon. Beim Bräss, erinnere mich daran, in Zukunft keine so dummen Aktionen mehr zu machen.« Ich atmete tief durch und schenkte ihm ein verhaltenes Lächeln.

In seinen Augen blitzte ein echtes auf. »Ich glaube, so schnell kommst du nicht wieder auf die Idee. O Mann, jag mir bitte nie wieder so einen Schrecken ein.«

»Versprochen.«

Mein Blick huschte unstet durch das kleine ordentliche Zimmer. *Zum Rift*, ich befand mich zum ersten Mal in Cisco und verbrachte meine erste Nacht in der Lysanth-Zone.

Aufgewühlt spähte ich zu Isa hinüber. Sie kniete vor einem geöffneten Küchenschrank, das künstliche Licht schimmerte wächsern auf ihren Wangen.

Sie ist eine Lys, eine waschechte Lys. Erstmals ließ ich den Gedanken richtig zu und musterte sie. Doch ich konnte keinen Unterschied erkennen. Sie wirkte wie ein ganz normaler Mensch auf mich.

»Hier, iss etwas, das wird dir guttun«, meinte sie, kam zu mir herüber und streckte mir ein Stück Fladenbrot entgegen. Ich nahm es dankend an.

Kurz darauf traten wir den Weg zum Strand an. Trotz aller nächtlichen Schrecken hatten die wenigen Stunden Schlaf meine Lebensgeister wieder entfacht. Das helle Tageslicht und die Aussicht, ans Meer zu gehen, vertrieben die Gespenster, die mich heimsuchten.

Finn war bester Stimmung und legte seinen Arm um Isa, die ihn verträumt ansah. Ich ließ meinen Blick über die Umgebung schweifen, während meine Begleiter miteinander lachten und flüsterten. Beim Gedanken, was sie in den vergangenen Stunden wohl getan hatten, liefen meine Wangen rot an. Ich warf Finn einen raschen Blick zu. Er strahlte regelrecht, was mich mit einer stummen Freude, gleichzeitig jedoch mit einer gewissen Wehmut erfüllte.

Wieder konzentrierte ich mich auf unser Umfeld. Ich kam mir noch immer wie ein Eindringling vor, der ihnen die gemeinsame Zeit stahl.

Je näher wir dem Pazifik kamen, desto belebter wurden die Straßen. Wir durchquerten ein Gebiet, das vom Schutt freigeräumt worden war. Wie in Revlins Port drängten sich hier unzählige Verkaufsbuden und Stände nebeneinander, ein Markt, auf dem reger Betrieb herrschte, wo gefeilscht und diskutiert wurde. Nur sahen die Lysanth und Menschen hier abgerissener aus. Die Waren, die sie anboten, waren gebraucht, geflickt, manchmal sogar derart beschädigt, dass ich nicht wusste, wozu sie noch nutzen sollten.

Wohin ich auch sah, begegneten mir immer wieder grimmige Blicke, denen ich rasch auswich. Es kam mir vor, als hätten sie alle ein eingebautes Radar, das mich als Fremdkörper in ihrem Revier auswies. Als sei ich ein Feind, der plötzlich in ihrer Mitte aufgetaucht war.

Finn, der mit Isa herumturtelte, schien davon nichts zu bemerken, obwohl er genauso in Augenschein genommen wurde.

Als wir einen Stand mit geschnitzten Tierfiguren aus Treibholz passierten, blieb ich meiner inneren Unruhe zum Trotz stehen. Staunend trat ich näher. Die kleinen Wesen waren so detailliert ausgearbeitet, dass ich sie am liebsten alle einzeln begutachtet hätte. Da waren Miniaturen von Salamandern, Fischen, Raubkatzen und vielen mehr, außerdem Broschen mit stilisierten Vögeln und Schlangen, die zu kunstvollen Mustern geformt waren.

»Welches gefällt dir?«, fragte ein bärtiger Mann auf der anderen Seite der Auslage freundlich. Noch während ich aufsah, erlosch das Lächeln auf seinem Gesicht und im selben Moment packte mich Isa am Arm und zog mich weiter. »Komm, wir haben keine Zeit zum Einkaufen.«

Ich riss den Blick von den plötzlich eisigen Augen des Mannes los und stolperte ihr nach.

»Isa? Wissen die ...« Ich stockte, als sie mir einen gehetzten Blick zuwarf.

»Was?«

»Ich meine, erkennen uns die Lysanth als Menschen? Wissen sie, dass wir uns hier quasi eingeschlichen haben?«, presste ich hervor.

Sie runzelte die Stirn und Finn musterte mich amüsiert. »Du stehst wohl noch immer unter Schock von letzter Nacht. Ich würde mal sagen, du läufst mit einem Schild herum, auf dem in fetten Buchstaben *Mensch* steht.«

»Deine grauen Waisenhauskleider sind ziemlich verräterisch«, ergänzte Isa.

»Oh«, stöhnte ich und sah peinlich berührt an mir hinab. Da ich nie etwas anderes trug, hatte ich keinen Gedanken mehr daran verschwendet. Die Embleme auf den Ärmeln waren zwar recht verwaschen, dennoch weithin sichtbar und gänzlich in Grau lief hier sonst niemand herum.

Wir fuhren ein Stück mit einer Tram, wobei wir abermals verfallene Gebiete passierten. Schließlich kam der fast leere Strand in Sicht, und als wir ausstiegen und ich das Rauschen der Wellen hörte, war alles andere schlagartig vergessen.

Ergriffen blieb ich stehen, atmete die salzige Luft tief ein und ein breites Lächeln stahl sich auf meine Lippen.

Das Meer – ich war ihm zuletzt an jenem Tag so nahe gewesen, als ich beinahe darin ertrunken wäre. Ich zögerte, konnte nicht genug von dem Anblick bekommen und versuchte mir jede Einzelheit einzuprägen, dann hielt mich nichts mehr.

Grinsend zog ich mir die Schuhe von den Füßen, krempelte die Hose hoch und lief in die kühle Brandung, den Blick auf den Horizont gerichtet. Das sanfte Wogen der Wellen und die unendliche Freiheit berauschten mich. Das Wasser durchweichte meine umgeschlagenen Hosenbeine, Böen rissen an meiner Jacke. Es war wundervoll.

Schließlich warf ich einen Blick zurück. Finn und Isa standen auf einer Düne und er hob lächelnd eine Hand in meine Richtung.

»Wir laufen schon mal weiter.« Seine Stimme wurde beinahe vom Wind verschluckt.

In Hochstimmung watete ich durch die heranspülenden Wellen, während meine Begleiter über die sandigen Hügel spazierten. Außer uns war keine Seele zu sehen.

Als die beiden eine Pause einlegten, ließ ich mich mit einem Seufzen ans Ufer sinken. Feuchter Sand klebte mir an Füßen und Händen, der Wind wehte mir um die Nase, blies mir salzig durchs Haar und ich lauschte seinem Lied.

»Ruby!«

Ich sah hoch. Isa hatte gerufen. Finn winkte mich zu ihnen. Ich stand auf und erklomm, meine Schuhe in der Hand, die leichte Anhöhe, von der aus man die alte Küstenstraße sehen konnte.

»Ich muss jetzt leider zurück, du und Finn könnt dort hinten einen Pfad nehmen, der euch durch die Ruinen den Hügel hinauf zu einer alten Station führt. Die Elektrobahnen halten dort nur noch, wenn Leute am Gleis stehen, also wundert euch nicht, wenn der Bahnsteig nicht mehr benutzt aussieht.«

»Oh, ich dachte, wir gehen gemeinsam zurück.« Ich hätte sie gerne ein wenig besser kennengelernt oder ihr und Finn noch etwas Zweisamkeit gegönnt.

»Ich muss leider zur Arbeit«, sagte Isa bedauernd. »Aber ich habe mich sehr gefreut, dich endlich einmal zu treffen, auch wenn die Umstände nicht besonders schön waren. Ich hoffe, dieses Erlebnis hängt dir nicht allzu lange nach und wir sehen uns wieder.«

Ich lächelte. »Ich hoffe auch, wir sehen uns wieder. Danke für alles, Isa.«

Sie zog mich in eine Umarmung und diesmal erwiderte ich sie anstandslos. Dann verabschiedete sie sich von Finn. Ich drehte den beiden den Rücken zu und ging ein paar Schritte den Strand hinunter.

Als mir Isa zum Abschied einen Gruß zurief, erwiderte ich ihn, winkte ihr noch einmal zu und sah ihr einen Moment nach, eine einsame Gestalt auf der Düne.

Finn kam auf mich zu, hockte sich auf den Boden und zog ebenfalls seine Schuhe aus. Das Lächeln auf seinem Gesicht war wie eingraviert.

Ich ließ mich neben ihn sinken. »Tut mir wirklich leid, dass ich dir nachgegangen bin. Das war dumm.«

Er schnippte gegen meine Schulter. »Gut zu wissen, dass du auch dumme Sachen tun kannst, dafür, dass du angeblich so schlau bist«, foppte er mich, wurde dann jedoch wieder ernst. Er legte eine Hand auf meinen Arm. »Das war wirklich knapp, Ru. Ich hätte dich letzte Nacht beinahe verloren. Und das war meine Schuld.«

Ich stieß verwirrt die Luft aus. »Ich habe mich in diese Lage gebracht, Finn. Du kannst nichts dafür.«

»Na ja, ich hätte dir von Isa erzählen können, und dass ich mich mit ihr treffe, dann wäre das nicht passiert.« Er seufzte.

»Nein, es war ganz allein meine Idee, dir mitten in der Nacht zu folgen, also mach dir keine Vorwürfe, okay?« Betroffen musterte ich ihn, und als er skeptisch die Brauen zusammenzog, setzte ich hinzu: »Lass uns die Sache vergessen. Es war gedankenlos von mir.« Ich setzte einen schmerzlich-zerknirschten Gesichtsausdruck auf.

Ein Lächeln zupfte an seinem Mundwinkel und breitete sich rasch aus. »Nicht dein Lieblingsthema, was?«

Ich schüttelte den Kopf. »Darauf kannst du wetten. Lass uns einfach froh sein, dass alles glimpflich ausging.«

»Na gut«, verkündete er. »Dann ein Hoch auf die Glimpflichkeit!«

Finns wieder auflebender Überschwang vertrieb mein schlechtes Gewissen so rasch wie der Seewind die feine Gischt. »Glimpflichkeit? Gibt es das überhaupt?«

Er grinste. »Das musst du doch wissen, du bist schließlich die angehende Stipendiatin.«

Wenn dem doch nur so wäre. Ich stieß ein Schnauben aus. Es war höchste Zeit für einen Themawechsel und ich beschloss, ihn zu löchern. »Seit wann seid ihr zusammen?«

Ein versonnenes Lächeln ließ sein Gesicht aufleuchten. »Seit einem halben Jahr, ich habe sie drüben in Oakland getroffen. Und du kannst mir glauben, ich bin aus allen Wolken gefallen, als sie mir sagte, dass sie eine Lys ist.«

Ich schluckte und sah ihn forschend an.

»Es ist mir egal. Ich liebe sie und wenn sie ein Seeungeheuer wäre. Ich war noch nie so glücklich.«

Es waren nicht seine Worte oder sein Lächeln, die mich überzeugten, sondern die felsenfeste Gewissheit in seinem Blick.

Zufrieden seufzte ich. »Ich freue mich für dich.«

Mit einem Mal sprang Finn auf und lachte übermütig. »Was hältst du davon, eine Runde zu schwimmen, ehe wir zurückkehren?«

Das ließ ich mir nicht zweimal sagen. Allein schon, nochmals ein Stück ins Wasser zu waten, war eine verlockende Vorstellung.

»Na dann, los, du lahme Kröte. Wer schneller im Wasser ist!«, schrie Finn und rannte los.

Ich streifte meine Hose ab, warf Jacke und Hemd zerknüllt auf den Haufen und wetzte ihm in Unterwäsche hinterher. Finn versuchte sich im Rennen seiner Kleider zu entledigen, überschlug sich, kullerte prustend über den Strand und japste: »Verdammt, so wird das nichts!«

Das Wasser bis zu den Schenkeln, blieb ich stehen und genoss das Gefühl der kalten Wogen. Dieser lebendige Ozean war nicht im Mindesten vergleichbar mit meinen Bädern in einer Wanne.

»Los, rein mit dir!«

Finns Hände im Rücken, stolperte ich nach vorne. *Dieser Fiesling!* Ich holte Luft und tauchte ein. Meine Finger gruben sich in den sandigen Grund, ich drückte mich nach vorne. Das vertraute Gefühl, von Wasser umgeben zu sein, von einer unendlichen Weite, die mich mit ihrer stetigen Melodie einhüllte, war überwältigend.

Ich versuchte ein paar Schwimmzüge, meine Füße noch immer am Boden, kam ich recht gut vorwärts. Beinahe hätte ich gelacht, was unter Wasser eine schlechte Idee gewesen wäre. Stattdessen wagte ich es, die Augen zu öffnen. Sofort begannen sie zu brennen, doch das verschwommene, graugrüne Bild entschädigte mich: Der auf und nieder schwappende Boden, die dunklen Sandwolken, die aufstoben, wenn meine Handflächen zu dicht darüber entlang fuhren.

Reine Freude erfüllte mich, ich lauschte auf das Tosen und den Herzschlag in meinen Ohren, geriet immer tiefer hinein und ergab mich dem Schwanken der Dünung.

Irgendwann musste ich Atem holen und stieß mich vom Boden ab. Ich tauchte auf, schnappte nach Luft ... Und sah Finns entsetzte Miene.

»Ru! Verdammt!«, schrie er und paddelte auf mich zu.

Sofort versank ich wieder. Ich erreichte den Grund nicht, war zu weit hinaus geraten. Doch die Luft in meinen Lungen würde eine Weile reichen. Da packte mich Finn an einem Arm und zog mich nach oben. Ich hielt still, um ihn nicht zu behindern. Es waren nur acht Schwimmzüge, um uns weit genug zu bringen, dass ich wieder stehen konnte.

Unsanft packte er meine Schultern. »Was, verflucht noch mal, sollte das?«

»Ich, ich bin getaucht ...«, stammelte ich.

Ich hatte gedacht, er sähe mich. Offenbar hatte ich nicht weit genug gedacht.

»Ich hab dich umgeschubst und bin ein Stück rausgepaddelt und als ich mich umdrehte, warst du immer noch unter Wasser. Meine Güte, Ru, du warst so lange weg, ich dachte, du bist ertrunken, ich konnte dich nirgendwo sehen.«

Keuchend und mit weit aufgerissenen Augen starrte er mich an.

Ich brachte einen Moment keinen Ton heraus.

»Das wollte ich nicht, tut mir leid«, presste ich schwach hervor.

»O Gott, erinnere mich daran, dass ich nie wieder mit dir nach Cisco fahre, das machen meine Nerven nicht mit!« Frustriert drehte er sich um und watete an den Strand. Schlagartig fühlte ich mich elend und ging ihm nach.

Er ließ sich ohne ein weiteres Wort in den Sand neben seine Kleider fallen und starrte aufs Wasser.

Langsam, als könne jede überflüssige Bewegung eine Explosion verursachen, setzte ich mich neben ihn. Jetzt war mir kalt, die nasse Wäsche klebte an mir und der diesige Morgen besaß wenig Potenzial, uns rasch zu trocknen.

»Es tut mir leid«, flüsterte ich.

Endlich wich die Anspannung aus seiner Miene. Er stieß ein Stöhnen aus und streckte sich. »Das war keine Absicht?«

Ich schüttelte den Kopf. »Niemals.«

»Wieso bist du dann nicht eher aufgetaucht?«

Ich zuckte mit den Schultern. »Ich habe nicht darüber nachgedacht, ich fand es einfach schön, unter Wasser zu sein. Ich wusste gar nicht, dass ich schon so weit draußen war. Es tut mir wirklich leid. Ich wollte nicht, dass du dir Sorgen machst.«

Plötzlich lachte Finn, fixierte den Sand unter sich und rieb sich das Wasser von der Nase. »Ru, du kannst nicht schwimmen, verflucht!« Er schaffte es, amüsiert und zugleich frustriert zu klingen. »Wie, um Himmels willen, hast du so lange die Luft angehalten? Du sagst, du fandest es *schön*?« Das letzte Wort betonte er ungläubig. »Du hattest keine Angst zu ertrinken?« Er schüttelte fassungslos den Kopf, legte ihn in den Nacken und schloss die Augen. »Jeder verfluchte Nichtschwimmer hätte Panik bekommen, aber du ...« Er schwieg einen Moment und fixierte mich dann erneut. »Erklär mir das. Bist du in irgendeinem geheimen Schwimmteam, von dem ich nichts weiß?«

Ich blinzelte. »Nein, natürlich nicht, ich kann doch nicht einmal schwimmen, hast du doch gerade gesehen.«

»Ich habe gerade gesehen, dass du mehrere Minuten unten warst, ohne Luft zu holen. Und dann warst du völlig ruhig, als ich dich rausgezogen habe. Nichts davon passt auch nur im Entferntesten zu einem Nichtschwimmer.«

Unbewusst verkrampfte ich mich. *Er denkt, ich lüge ihn an.*

»Ich tauche in der Badewanne«, stammelte ich schließlich. »Seit Jahren, mehrmals in der Woche. Ich tauche unter und höre mir die

Stille an. Das klingt bescheuert, oder? Aber so ist es, Finn. Ehrlich, ich bin einfach gerne unter Wasser und gerade eben, da habe ich alles um mich herum vergessen, ich war einfach nur da unten und hab nicht nachgedacht, dass du nach mir suchen könntest.«

Ich verachtete, wie weinerlich ich klang, doch er musste mir einfach glauben!

Mit gerunzelter Stirn musterte er mich, ließ dann erneut den Kopf in den Nacken fallen. »Du machst mich echt fertig, Ru. Weißt du eigentlich, wie unnormal das ist?«

Erleichtert, dass seine Wut verraucht war, stieß ich ein Lachen aus. »Unnormal? Mein Verhalten oder der Umstand, dass dich etwas fertig machen kann? Was ist überhaupt *normal*?«

»Du jedenfalls nicht«, schnaubte er. »Dass du so lange die Luft anhalten kannst, meine Güte, das schafft keiner der Jungs, wenn wir im Hallenbad sind.«

»Es kam dir wahrscheinlich nur so lange vor, weil du nach mir gesucht hast«, lenkte ich ein und griff mir meine Kleidung. Mir war inzwischen so kalt, lieber nahm ich in Kauf, dass sie feucht wurde.

»Möglich. Wenn du so gerne im Wasser bist, solltest du allerdings dringend am Schwimmunterricht teilnehmen.« Plötzlich blitzten seine Augen auf. »Im Ernst, wenn wir gegen die Mädchen antreten, verlieren sie immer haushoch. Wärst du dabei, wäre so ein Match wenigstens mal eine Herausforderung.« Jetzt grinste er breit und ich schmunzelte.

»Du bist so herrlich uneigennützig.«

»Immer, weißt du doch.« Er lachte. »Dieses blöde Schwimmverbot gilt doch längst nicht mehr. Wenn du wolltest, könntest du sowieso jederzeit ins Meer springen.«

»Stimmt.« Die Vorstellung, von jetzt an jedes Wochenende verbringen zu können, wie ich wollte, war noch immer neu für mich.

Plötzlich sprengte ein Lächeln mein Gesicht. Ich würde das Meer in Zukunft sehr viel öfter sehen.

Finn rieb sich über die Beine und grummelte: »Wenn man es genau nimmt, wäre es sogar geradezu fahrlässig, dir keinen Schwimmunterricht zu geben. Das durfte ich ja gerade hautnah erleben. Wäre doch ein Argument, falls sich die Nonnen querstellen.«

Natürlich war es mir bereits durch den Kopf gegangen, danach zu fragen, doch mein Leben war im vergangenen Monat so ausgefüllt gewesen. Die Zeit hatte gefehlt und die leise Angst, man könnte es mir untersagen, hatte ihr Übriges getan.

»Ich werde fragen, aber ich glaube, das hier versuchen wir besser nicht als Argument zu nutzen.«

»Hast recht.« Er griff nach seinem Hemd.

Da blieb mein Blick wie von selbst an etwas hängen. Etwas Rotem an seinem Unterarm. »Was hast du da?«

Er drehte den Arm schnell weg. »Was meinst du?«

Eigentlich müsste er es besser wissen, als zu glauben, mich so abspeisen zu können. »Auf deinem Arm.«

Finn biss sich auf die Unterlippe und hielt mir schließlich die Unterseite hin.

Ich starrte das Tattoo an. Es war wunderschön, so detailliert und perfekt ausgearbeitet, dass es nur von einem echten Meister stammen konnte. »Wie zum Teufel konntest du dir das leisten?«, japste ich.

Eine rote Echse zeichnete sich auf seiner Haut ab, deren Schwanzende an seinem Handgelenk aufhörte, während die Schnauze in der Ellenbeuge saß. Es war kein Schattenriss, sondern sah, abgesehen von der roten Farbe, geradezu lebensecht aus. Falls es denn eine Echse mit derart langen Klauen und gefährlich blitzenden Augen gab.

»Ist Isa etwa Tätowiererin?«

Finn räusperte sich und lächelte etwas zerknirscht. »Sag es bitte niemandem, okay? Vielleicht kann ich es vor den Schwestern verstecken, bis ich raus komme.«

»Ich sage zu niemandem ein Wort, versprochen, aber woher hast du es? Hat es sehr wehgetan?«

»Nein, konnte man aushalten. Und, na ja, du hast recht, es ist von Isa.«

»Sie ist eine echte Künstlerin«, lobte ich.

Er sah mich unsicher an. »Gefällt es dir?«

»Ich finde es toll und ... irgendwie passt es zu dir.«

Ich zuckte die Schultern und musterte noch immer verblüfft die filigrane Arbeit, konnte mich kaum sattsehen an den feinen Schuppen und den ledrigen Gliedmaßen. »Aber wie willst du das beim Schwimmen geheim halten?«

»Oh, das ist das Besondere daran.« Finn grinste überlegen, strich mit der anderen Hand über die roten Linien und setzte einen konzentrierten Gesichtsausdruck auf.

Fassungslos beobachtete ich, wie die Zeichnung verblasste, bis nichts mehr davon zu sehen war. »Wie hast du das gemacht?«

Er schmunzelte. »Das ist Empharis Tinte. Sie reagiert auf den Willen. Cool, oder?«

»Das ist ... unglaublich«, stammelte ich und beugte mich näher über seinen Arm. Doch die Zeichnung blieb verschwunden. »Davon habe ich noch nie gehört.«

»Ich habe auch erst von Isa davon erfahren. Behalte es einfach für dich, okay?«

Ich nickte.

Finn sprang auf und zog sich seine Sachen über. Wir klopften den Sand von unseren Füßen und schlüpften in unsere Schuhe. Dann überquerten wir die zerrüttete Küstenstraße und nahmen die tote Zone in Angriff.

»Lana und Ced sind bestimmt schon unterwegs ins Trimag, da gibt es Frühstück, das den Namen verdient hat.« Finn lächelte und obwohl ich nicht wusste, wie ich mir auch noch ein Frühstück leisten sollte, musste ich lachen. Mit Essen konnte man ihn immer ködern.

»Wussten die beiden denn, dass du heute Nacht einen Ausflug unternimmst?«, hakte ich nach.

»Nein, ich habe einen Zettel auf mein Bett gelegt, dass ich früh aufgestanden bin und wir uns gegen zehn im Trimag treffen sollen«, erklärte er und zog schuldbewusst den Kopf ein. »Jetzt werden wir ihnen eben sagen, dass du mitgekommen bist und wir einen kleinen Ausflug zum Meer unternommen haben. Schließlich ist das nichts anderes als die Wahrheit.«

Er zwinkerte und ich lächelte gequält. »Mit ein paar unscheinbaren Auslassungen.«

Wir wanderten eine ganze Weile durch die Ruinen jenseits der Slums, ehe wir eine Bahnlinie erreichten, die den Eindruck machte, stillgelegt worden zu sein. Doch tatsächlich tuckerte nach einer Weile ein rostiger Zug mit zwei Waggons heran und brachte uns zu der Linie, mit der wir in der vergangenen Nacht gefahren waren.

Nun befanden wir uns oberhalb des unbewohnten Sperrgebiets, das ich gestern von der Bahn aus als schwarzes Niemandsland gesehen hatte. Der Anblick der vom Bräss wie zerschmolzen aussehenden Gebäude wirkte selbst bei Tageslicht unheimlich und ich wandte mich der Bay auf der gegenüberliegenden Seite zu, während wir auf die nächste Tram warteten. Eine zwanzigminütige Fahrt und eine Ausweiskontrolle später fanden wir uns in den belebten Straßen San Josés wieder.

»Was sollte das, bitteschön? Du hättest wenigstens fragen können, ob wir mitwollen. Das war total daneben«, regte sich Cedric auf, nachdem Finn ihm und Lana den zensierten Bericht unserer Unternehmung zum Besten gegeben hatte. Er bemühte sich nicht einmal leise zu sein und ließ seinem Unmut freien Lauf. »Du kannst nicht einfach mit Ruby fortrennen. Lana ist ihre Begleitperson, schon vergessen? Wenn du sowas noch mal abziehst ...« Er verstummte, ballte die Fäuste und funkelte Finn an, als habe dieser gegen einen persönlichen Ehrenkodex verstoßen.

Ein klammes Gefühl breitete sich in mir aus. Selbst die eisigen Blicke der Lysanth waren mir lieber gewesen als Cedrics Wutausbruch. Von Finn wusste ich, dass sich die Oberstufenschüler nicht ununterbrochen auf der Pelle saßen, wenn sie zusammen wegfuhren. Es war durchaus üblich, dass jeder seinen eigenen Interessen nachging. Was war also sein Problem?

Die Stimmung an unserem kleinen Bistrotisch, auf dem unser Frühstück kalt wurde, war weit unter den Nullpunkt gesunken.

»Jetzt beruhige dich doch, da ist doch nichts dabei«, versuchte Lana Cedric zu beschwichtigen.

»Ach, halt doch die Klappe!«, fuhr er sie an.

Sie schnappte nach Luft und ich wollte ihr gerade beistehen, als er einen bösen Blick auf mich abfeuerte. Mein Magen drehte sich um und ich schob meinen Shake ein Stück von mir weg. Der dunkel lasierte Tisch wackelte, als ich dagegen stieß, und unsere Getränke schwappten synchron hin und her. Befangen wandte ich den Blick ab.

Das Trimag war lediglich ein kahler Raum mit einem Dutzend Tische und einer weißen Theke. Dahinter hingen zwei große Schilder mit der Speise-Auswahl. Das Café war preisgünstig und bis auf drei weitere Gäste waren wir die einzige Kundschaft.

»Unglaublich«, murmelte Lana ungehalten und wandte sich ab.

Finn seufzte. »Tut mir leid, ich wusste nicht, dass du mitwolltest. Ich habe Ru eben schon seit Längerem versprochen, mit ihr ans Meer zu gehen, wenn sie Ausgang hat. Und ihr wisst ja, dass man ziemlich weit laufen muss. Also wollten wir euch lieber länger schlafen lassen.«

»Klar, vielen Dank und hattet ihr viel Spaß beim Schwimmen?«, fauchte Cedric.

Widerwille stieg in mir hoch. Dachte er etwa, dass Finn und ich ... Cedric war kein Stück besser als Cora. Nein, schlimmer sogar! Bei der Vorstellung, wie er sich diesen Strandausflug ausmalen mochte, nahm meine Abneigung gegen ihn ganz neue Ausmaße an.

Ich wünschte inständig, er wäre nicht dabei, wünschte, er würde mich in Ruhe lassen. Was immer er in mir zu sehen glaubte, ich wollte absolut nichts von ihm.

»Um genau zu sein, war der ganze Morgen recht nett. Bis jetzt!«, warf ich in barschem Ton ein.

Schlagartig verschwand Cedrics Wut, als hätte meine sie einfach fortgewischt. Er runzelte betreten die Stirn, sagte jedoch nichts mehr.

Ich ignorierte ihn nach Kräften, unterhielt mich mit Lana über den Park, den wir noch besichtigen wollten, und schlürfte schließlich meinen Orangen-Shake leer. Zu mehr hatte ich mich nicht einladen lassen, obgleich ich einen Bärenhunger hatte.

Als wir das kleine Café verließen, passierten wir mehrere Läden und eine Bibliothek, in die ich gerne hinein gesehen hätte, doch uns fehlte die Zeit. Also merkte ich sie mir für spätere Ausflüge vor.

Obwohl wir nicht im reichen Oakland unterwegs waren, lief uns ein Mann über den Weg, der einen leibhaftigen Hund an einer Leine ausführte. Er ging direkt an uns vorbei und wir bestaunten das Tier ehrfürchtig. Es war etwa sechzig Zentimeter groß und lief auf winzigen Pfoten. Sein kurzes, weißes Fell wies einige schwarze Flecken auf. Die dunkelbraunen Augen glänzten feucht. Beinahe wirkte das Tier besorgt und ich konnte nicht wegsehen.

»Krass, ich würde ihn zu gern mal anfassen«, flüsterte mir Lana zu.

»Ja, ein echter Hund, ich habe noch nie einen gesehen«, hauchte ich und sah dem Vierbeiner nach. Haustiere konnten sich nur wenige leisten, zumal manche beinahe ausgestorben waren. Gasmasken für Tiere zu produzieren war für die Wissenschaft zweitrangig gewesen, als die Rifts über uns kamen.

»Der beißt bestimmt.« Finn kicherte.

»Und der Typ würde es sowieso nie erlauben«, meinte Cedric mürrisch. »Was glaubt ihr, wie viele Leute ihn sonst ständig fragen würden, ob sie seinen Hund streicheln dürfen.«

Lana nickte. »Ja, schade, aber wenn ich so einen hätte, würde ich ihn auch nicht von allen anfassen lassen.«

An der Kreuzung, an der sich unsere Haltestelle befand, wimmelte es nur so von Menschen. *Bestimmt sind auch Lysanth unter ihnen.* Ich musste an Isa denken, konnte noch immer kaum fassen, dass sie eine Lys war.

Solange ihr mit mir unterwegs seid, passiert euch nichts, kamen mir ihre Worte in den Sinn. In der vergangenen Nacht hatte sie mich damit beruhigen wollen, doch was steckte dahinter? Wie feindselig waren die Lysanth uns Menschen gegenüber? Nach allem, was in den letzten zwölf Stunden passiert war, konnte ich das noch weniger beantworten.

Eine Bahn fuhr ein und brachte die Massen in Bewegung. Ein- und aussteigende Fahrgäste drängten aneinander vorbei und das Stimmengewirr nahm zu. An einem Laternenpfahl stieg ein Mann auf ein kleines Podest – eine umgedrehte Kiste. Er hielt einen langen Stab in der Hand, seine Kleidung bestand aus Lumpen, sein Gebiss war ein Gebilde aus Lücken und sein Schädel beinahe kahl.

»Sünder seid ihr und die Sündigen werden bestraft werden!«

»Weiter«, ächzte Finn.

Die krächzende Stimme fesselte jedoch unwillkürlich meine Aufmerksamkeit. Es war nicht so, dass ich dem Mann zuhören wollte, doch die Art, wie er sprach, und der inbrünstige Glaube, der aus seiner ganzen Haltung hervorging, ließen mich innehalten. Einige Leute blieben ebenfalls stehen, als hätten sie darauf gewartet, dass er das Wort ergriff.

»Wir haben uns zu weit vorgewagt, haben Gottes Schöpfung mit unserem Größenwahn verunglimpft und unsere wundervolle Erde, Gottes Geschenk an uns, der Verdammnis preisgegeben«, schrie der Mann und suchte mit blutunterlaufenen Augen die Blicke der Umstehenden. Er strahlte eine beunruhigende Intensität aus, die ich mir nicht erklären konnte.

»Die Welt ist am Ende, wir haben die Unsrigen zu frevlerischen Kreaturen gewandelt und Gottes Schöpfung mit Füßen getreten. Wir sind unrein, unwert und werden ausgelöscht vor Seinem Angesicht! Seht, wie Sein Zorn über uns kommt!« Er reckte die Arme energisch der grauen Wolkendecke entgegen. »Das Sphärenlicht hohnlacht uns, die wir es in unsere Gefilde einließen, dieses bösartige Grauen, das uns heimsucht. Wir werden untergehen. Wendet jetzt euren Blick ins Licht, findet Frieden und kehrt euch

Gott zu, wenn ihr Erbarmen finden wollt. Genesis, die Schöpfung, gepriesen sei Er für dieses Wunder! Doch wir haben es zerstört.«

Zustimmende Rufe wurden laut unter seinen Anhängern, die nun die Arme in die Luft reckten. Die Menschen ringsum reagierten unterschiedlich. Einige blieben stehen, so wie wir, andere schenkten dem Spektakel keinerlei Beachtung. Die meisten suchten unbewusst Abstand.

»Lass uns weitergehen, Ru.« Finn zog mich am Arm und erst jetzt bemerkte ich, dass mich die anderen unverwandt ansahen.

»Was ist das für ein Kerl?«, fragte ich leise, während wir an dem frenetisch predigenden Alten vorbei eilten.

»Die Schöpfung bricht in sich zusammen, das Ende ist gekommen, das Ende aller Tage! Genesis Zero wird unsere Erde auslöschen, ihr Sünder. Bekehrt euch jetzt! Ergreift die letzte Gelegenheit, eure verderbten Seelen zu läutern!«

Seine durchdringende Stimme wühlte sich unaufhaltsam durch die Menge und mir schauderte.

»Holt ihn da runter!« Eine tiefe Männerstimme.

Ich blickte mich um. Drei Uskrim, die in ihren blaugrauen Uniformen hervorstachen, bahnten sich einen Weg zwischen den begeisterten Zuhörern hindurch.

»Seht, dort kommen sie, die Teufel! Der Makel an Gottes Schöpfung!« Der Prediger wies auf die näherkommenden Friedenswächter. »Abkömmlinge Satans! Verderbt ist euer Fleisch und eure Seelen darben im Mahlstrom der Hölle!« Er hieb mit seinem Stab nach einem der Uskrim.

Dieser fing ihn jedoch ab und hielt ihn fest. »Runter mit dir, Alter!«

»Lasst den heiligen Mann in Frieden!« Empörte Rufe wurden laut, ein gurgelnder Schrei ertönte und ein zweiter Wächter riss den Prediger von seiner provisorischen Bühne.

Erschüttert wandte ich den Blick von der Szene ab. Unsere Bahn fuhr ein und wir kämpften im Gedränge darum, nicht getrennt zu werden.

Schließlich ergatterte ich einen Sitzplatz neben Finn und beobachtete durch die fleckigen Scheiben, wie der Prediger abgeführt wurde. »Was war das für ein Kerl?«, erkundigte ich mich noch einmal.

»Schenk denen keine Beachtung, wenn du sie siehst«, raunte Finn hinter vorgehaltener Hand. »Sie nennen sich *Die wahren Gläubigen*, eine Abspaltung der christlichen Kirche. Beziehungsweise denken sie, sie seien die wahre christliche Kirche, während sich alle anderen mit der Anerkennung der Sphären, der Uskrim und der Lysanth vom wahren Glauben entfernt hätten. Der Typ, den du gerade gesehen hast, war mal Bischof.«

»Was?« Ungläubig starrte ich ihn an. Ich hatte noch nie von dieser Sekte gehört.

»Sie sind der Ansicht, dass die Welt mit dem Öffnen der Sphären verdammt wurde, und seit dem Rift Impact fühlen sie sich vollends darin bestätigt. Das kam schließlich beinahe einem Weltuntergang gleich. Sie predigen, dass das Ende der Schöpfung eingeläutet ist. Die Schöpfungsgeschichte, also die Genesis, findet ihren Nullpunkt«, erläuterte er mir.

Das hörte sich an, als habe er selbst diesen Leuten schon mehr als einmal zugehört. »Genesis Zero?«, flüsterte ich.

»Genau – das Ende der Welt.« Finn nickte ernst und fügte hinzu: »Aber, wie gesagt, versuch, die Typen zu ignorieren. Manche von ihnen können echt überzeugend sein und sie haben es vor allem auf Jugendliche abgesehen, weil sie glauben, sie seien leichter zu beeinflussen. So öffentlich wie jetzt sieht man sie nur selten, du hast ja gesehen, wie schnell die Uskrim mit ihnen aufräumen. Die können sie nämlich gar nicht leiden.«

Ich nickte beklommen. In einer Welt zu leben, die bereits so kurz vor dem Abgrund gestanden hatte, gab diesen Leuten jedenfalls mehr als genug Nährboden für ihre Überzeugungen.

Der County Park war eine willkommene Ablenkung von den Geschehnissen in der Stadt. Wir spazierten unter einer halbwegs vom Bräss befreiten, milchigen Kuppel über breit angelegte Wege und bewunderten die Pflanzen, die hier dank des Schutzes noch gediehen. Viele robuste Gewächse wie Gras und etliche Baumsorten – solange sie denn von Blitzeinschlägen verschont blieben – hatten sich mit dem Sphärengas arrangiert, darunter natürlich auch Unkraut. Doch Blumen oder gar Zierpflanzen fand man in der freien Natur nicht mehr.

Die Stunden flogen dahin und kurz bevor wir am Nachmittag den Zug zurück nach Revlins Port bestiegen, zog mich Finn zur Seite und deutete Richtung Norden. »Gleich erscheint das Sphärenlicht, schau ganz genau hin. Dort, wo sich die Bucht zum Meer hin öffnet. Ich weiß nicht, ob man sie heute sehen kann. Die meisten Leute können es überhaupt nicht, keine Ahnung, woran das liegt.«

»Meinst du die Goan?«, wisperte ich atemlos.

Ich hatte bislang nur Gerüchte darüber gehört. Angeblich waren die Goan Projektionen riesenhafter Geschöpfe, die in den Sphären lebten. Man sah sie nur, während das Sphärenlicht schien und auch nur in der Nähe großer Sphärentore. Das Verschließen der Tore zur LysSphäre hatte, entgegen der allgemeinen Ansicht, zu keiner Abschwächung geführt. Zumindest, wenn man Augenzeugenberichten glaubte. Einige Leute beschrieben die Goan als Schemen am Himmel oder wie gigantische Monolithen, die aus dem Meer ragten. Manche schworen sogar, sie würden sich bewegen. Wie viel davon stimmte, war schwer zu sagen, denn nur wenige Menschen waren für die Erscheinungen empfänglich. Viele im Heim stritten sich darüber, ob es sie nun gab oder nicht, denn sie ließen sich weder auf Fotos noch auf Videos festhalten. Finn hatte mir jedoch geschworen, dass er sie gesehen hatte, und ich glaubte ihm.

Die Wolkendecke war so dicht, dass ich nicht sagen konnte, ob sich das Sphärenlicht bereits auszubreiten begann oder nicht. Wenige Herzschläge später wurde der Himmel dunkler und gab mir Gewissheit.

»Meinst du, ich kann sie sehen?«, flüsterte ich. Ich konnte mir beim besten Willen nicht vorstellen, wie die Goan aussehen mochten. Bei unserer gestrigen Anfahrt waren wir noch zu weit entfernt gewesen, um etwas erkennen zu können, doch heute, mit etwas Glück ...

»Mal sehen, ich kann sie auch nicht immer erkennen. Manchmal kommt es darauf an, wie ich den Kopf halte. Oder ich muss den Blick unscharf stellen, dann tauchen sie auf. Es ist seltsam.«

Angestrengt starrte ich den Horizont an.

»Was macht ihr da?«, fragte Cedric hinter uns.

»Wir wollen die Goan sehen«, meinte Finn nur, ohne sich zu bewegen.

Cedric lachte abschätzig. »Das ist doch Blödsinn, er will dich nur ärgern, Ruby. Es gibt diese Dinger nicht.«

Ich schüttelte den Kopf. Ich wollte sie unbedingt sehen, glaubte fest daran.

Schließlich fegte uns ein eisiger Windzug um die Nasen und die Wolken hingen bedrohlich rot und dunkel über uns. Ich blinzelte, starrte, mein Blick verschwamm, doch da wollte sich nichts Außergewöhnliches zeigen.

Bang schielte ich zu Finn hinüber. *Sieht er sie?* Doch er hatte scheinbar genauso wenig Erfolg wie ich. Wir verrenkten uns die Hälse, lehnten uns über das Bahnsteiggeländer nach vorne, sahen aus dem Augenwinkel auf das Meer hinaus.

Erst, als sich die Dunkelheit bereits verzog und die Wolken ihr gewöhnliches Grau zurückeroberten, senkte ich enttäuscht den Blick.

»Da!«, schrie Finn und ich riss den Kopf wieder hoch, erhaschte etwas Verschwommenes, das genauso gut eine Haarsträhne sein konnte, die vor meinen Augen vorbei wehte.

»Hast du es noch gesehen?«, fragte Finn und strahlte mich an.

Ich schüttelte geknickt den Kopf. »Nein, wahrscheinlich gehöre ich zu denen, die sie nicht wahrnehmen können.«

Wieder schnaubte Cedric. »Er lügt doch, er hat selbst nichts gesehen.«

»Dass wir sie nicht sehen, bedeutet nicht, dass Finn sie ebenfalls nicht sieht, Cedric«, fauchte ich ihn an. Ich hatte seine ständige Einmischung so satt!

Er funkelte mich an und knurrte: »Dann lass dich doch verarschen.«

»Entschuldige Ru, ich habe sie diesmal nur eine Sekunde lang gesehen, als ich dachte, es ginge schon nicht mehr.« Finn strich mir bedauernd über den Arm. »Vielleicht hast du den Moment nur verpasst. Probieren wir es das nächste Mal wieder aus. Es gibt echt Tage, da ist es verdammt schwer oder gar nicht möglich.«

»Okay«, meinte ich, noch immer enttäuscht.

Die Heimfahrt verging ereignislos. Jedes Wort, das ich mit Finn wechselte, hatte gereizte Blicke von Cedric zur Folge und so verging mir die Lust an einer Unterhaltung.

Es war seltsam, zurück in Revlins Port zu sein. Obwohl ich nur eine Nacht fort gewesen war, kam mir die kleine Ortschaft plötzlich fremd und uralt vor. Dieses Gefühl verflog jedoch in den kommenden Tagen. Bald vereinnahmten mich Schwester Emilys Projekte wieder.

Finn begleitete mich an den folgenden Wochenenden ans Meer, wo er versuchte, mir die grundlegenden Schwimmbewegungen beizubringen. Im Grunde beherrschte ich sie recht schnell, doch da ich mich immer wieder hinabsinken ließ, ähnelte mein Schwimmen eher einem unkoordinierten Vorwärtspaddeln. Ich ließ mich mehr von den Wellen und meinem Instinkt steuern, als irgendeine Technik anzuwenden. Allerdings stellten wir fest, dass ich beinahe drei Minuten die Luft anhalten konnte, was Finn äußerst beeindruckend fand.

Als es zu kalt wurde, um ans Meer zu gehen, sprach ich schließlich Schwester Emily auf meinen Wunsch an, den Schwimmunterricht zu besuchen. Doch die Hallenbäder waren wegen Sanierungsarbeiten geschlossen worden. Der Winter zog vorbei und meine Tauchgänge beschränkten sich einmal mehr auf abendliches Baden in der alten Wanne. Für das Meer war das nur noch ein schaler Ersatz und stimmte mich eher wehmütig, sodass ich weniger Zeit in meiner alten Zuflucht verbrachte als früher.

Ich begleitete Finn und Lana auf vier weitere Ausflüge nach New Cisco, wobei zu meinem Leidwesen auch Cedric stets mit von der Partie war. Da er wie ein Schießhund auf mich achtete und Finn seine Beziehung zu einer Lys geheim halten wollte, sah ich Isa leider nicht wieder. Dennoch genoss ich die Aufenthalte, besuchte Bibliotheken und erkundete mit Lana zwei Museen.

In den Nächten ließ ich es mir nicht nehmen, nach draußen zu gehen und im Kreuzgang von St. Usbia das Sphärenlicht zu beobachten. Einmal bildete ich mir sogar ein, in den smaragdfarbenen Schwaden einen Goan zu sehen, wenn es auch nicht mehr war als ein Schatten im schimmernden Jadegrün.

X

»Ich würde so gerne sehen, wie du neben den Zwergen im Wasser paddelst. ›So und jetzt schön mit den Füßen platschen, dass es nur so spritzt‹«, ahmte Finn Schwester Telwy nach, die den Unterricht leitete, und blieb an einer Kreuzung des Gartenwegs stehen.

Ich verzog das Gesicht zu einer Grimasse. »Gott sei Dank bist du nicht dabei.«

Die Vorstellung, als einzige »junge Dame«, wie Mutter Tabea sich ausdrückte, mit fünfundzwanzig Siebenjährigen in einem hüfthohen Becken Paddelbewegungen zu üben, war wenig verlockend. Obgleich ich mich über die Gelegenheit freute, erstmals in einem Hallenbad zu schwimmen, wo die Sicht unter Wasser sicher mehr als zwei Armlängen betrug. Das Bad alleine aufzusuchen, kam leider nicht infrage, da ich mir den Eintritt nicht leisten konnte, solange ich für Zugtickets sparen wollte.

Finn giggelte noch immer vor sich hin und ich streckte ihm die Zunge heraus.

»Wann ist es so weit?«, fragte er, nachdem sich sein Zwerchfell beruhigt hatte.

»Am Samstag.« Leider fiel der erste Schwimmkurs aufs Wochenende, sodass ich nicht mit den anderen in die Stadt fahren konnte.

Finn sah enttäuscht drein.

»Die Folgekurse sind aber wieder unter der Woche, hat Schwester Telwy gesagt. Es sei nur wegen der Neueröffnung verschoben worden.« Die Bauarbeiten hatten lange Zeit wegen Geldmangel stillgestanden, wie ich über Zeitungsberichte erfahren hatte. Doch nun waren die alten Bäder endlich saniert worden und Schwester Emily hatte mich dafür freigestellt, den Schwimmunterricht der Unterstufe zu begleiten.

»Hmm, das würde mich fast dazu verlocken, zuzuschauen.« Finn grinste schon wieder.

Da ich wusste, dass er sich kein Wiedersehen mit Isa entgehen lassen würde, nickte ich bloß lächelnd. »Aber sicher, willst du mein Cheerleader sein?« Ich lehnte mich auf den rostigen Eisenzaun, der den Garten von den Beeten abtrennte, in denen das Kloster in Ermangelung einer schützenden Kuppel nur die widerstandsfähigen Kartoffeln anpflanzte.

Finn war inzwischen siebzehn und würde in zwei Monaten das Waisenhaus verlassen. Seine Abschlussprüfungen waren gut verlaufen und er war dabei, in der Stadt nach einem Job zu suchen. Er hatte immer davon gesprochen, endlich hier rauszukommen, und schließlich würden Isa und er dann zusammenleben können.

Obwohl ich mich für ihn freute, überwog meine Trauer. Ich konnte mir Edenplace ohne Finn nicht vorstellen. Es würde eine trostlose Zeit werden, die ich nur dank Lana überstehen konnte. Jetzt den Kopf hängen zu lassen, wäre allerdings Finn gegenüber nicht fair, stattdessen sollte ich die Zeit würdigen, in der er noch hier war.

Scheinbar roch er meine Gedanken. Mit einem Lächeln stützte er sich neben mir auf das Geländer. »Bedaure, ich habe meine Pompons verlegt. Aber das wird toll, du wirst schon sehen. Und vor lauter Schwimmen wirst du gar nicht merken, dass ich nicht da bin.«

»Was du nicht sagst.«

»Ja, ich kenne dich doch, du vergisst dann alles um dich herum. Aber keine Sorge, ich vergesse dich nicht. Auch wenn ich bald hier weg bin. Außerdem wirst du mich jedes Wochenende besuchen, in Ordnung?«

Nun drückt er auch noch genau auf die Stelle, die wehtut.

»Du weißt, dass das nicht geht«, erwiderte ich leise. Für eine Zugfahrkarte musste ich schließlich zwei Wochen alle möglichen Aushilfsarbeiten erledigen.

Er schnalzte triumphierend mit der Zunge. »Ich habe dann schließlich einen Job und zahle dir die Fahrten. Also, wenn du willst«, setzte er hinzu.

»Das ist lieb von dir, Finn, aber das kannst du nicht machen, du wirst jeden Coin brauchen. Trotzdem werde ich dich so oft besuchen, wie ich kann.« Ich lächelte tapfer.

»So drastisch wird es schon nicht werden, du weißt, ich bin total sparsam«, wiegelte er ab.

Ich stieß erheitert die Luft aus. »Ich glaube, das Wort, nach dem du suchst, ist *verschwenderisch.*«

»Quatsch«, schnaubte er und stieß mich scherzhaft an, wurde jedoch sogleich wieder ernst. »Weißt du, ich hätte damals nicht gedacht, dass es mal so sein wird.«

»Was meinst du?«

»Mit dir ... dass wir wie eine Familie sind«, erklärte er stockend. »Als ich dich vor über sechs Jahren diese Steilstraße vom Meer hochgeschleppt habe, habe ich echt geflucht. Ich hielt dich für bekloppt, weil du einfach ins Wasser gesprungen bist, und obendrein warst du einfach nur sauschwer und hast mich genervt.«

Ich zog die Augenbrauen zusammen und er zuckte entschuldigend die Schultern.

»Aber dann habe ich gemerkt, wie allein du bist. Nicht auf die Art, wie wir das alle sind. Du hattest eine Mauer um dich gezogen und aus irgendeinem Grund hast du mir vertraut ... Keine Ahnung, scheinbar hast du einen schlechten Geschmack.«

Meine Kehle wurde seltsam eng.

»Da habe ich, glaube ich, beschlossen, ein Auge auf dich zu haben.«

»Warum?«, krächzte ich und fixierte den graubraunen Kies unter mir.

»Ich weiß es nicht«, erwiderte er. »Aber es war ja ganz gut, schließlich hast du dich nicht nur als nervig herausgestellt, sondern auch als ziemlich clever. Ich wäre nie so oft in den Genuss von Kuchen gekommen, wenn du kein solches Talent bewiesen hättest, welchen aus der Küche mitgehen zu lassen.«

Bei der Erinnerung entfuhr mir ein Lachen. »Du hast mich also ausgenutzt, na, vielen Dank.«

»Ein bisschen schon ... anfangs vielleicht sogar absichtlich«, gab er zu. »Aber an dem Abend, als du erwischt wurdest und Schwester Claire dich in die Finger bekam ...«

»Hast du gesagt, du hättest den Kuchen gestohlen und hättest mir lediglich ein Stück in die Hand gedrückt«, ergänzte ich.

Ich erinnerte mich lebhaft daran, wie ich starr vor Angst vor der hoch über mir aufragenden Schwester Claire gestanden und gedacht hatte, dass sie mir gleich den Kopf abreißen würde. Als sich Finn in die Bresche geworfen hatte, war er mir wie ein Held vorgekommen.

»Ich habe mich nie bei dir dafür bedankt«, murmelte ich. »Warum hast du das überhaupt gemacht? Ich hätte dich nicht verpfiffen.«

»Ich wusste, dass sie mit dir doppelt so hart ins Gericht gehen würde wie mit allen anderen und dir wahrscheinlich die Schuld für jeden Krümel in die Schuhe schieben würde, der jemals aus der Küche verschwunden ist. Ich glaube, das war der Moment, als mir erstmals klar wurde, was du mir bedeutest. Du warst nicht nur klein, nervtötend und nützlich, sondern jemand, der mir wichtig war.«

Ich sah auf. Für zwei lange Sekunden ruhte sein Blick mit einer gewissen Ernsthaftigkeit auf mir, doch der Schalk kroch ihm bereits wieder in die Augen. »Und nachdem du ein paar Zentimeter gewachsen warst, hat sich herausgestellt, dass man sich sogar richtig gut mit dir unterhalten kann.«

Ich grinste, konnte nicht anders. »Das hättest du auch schon vorher können.«

»Na ja, die Phase, als du dich so immens für Muscheln interessiert hast, war jetzt nicht so meins.«

Er lachte und ich verpasste ihm kichernd einen Klaps. Es tat gut, mit ihm hier zu sein, und nun vermisste ich ihn noch mehr, obwohl er noch gar nicht fort war.

»Du wirst mir fehlen«, flüsterte ich.

»Warum bist du denn hier?«

»Kannst du wirklich nicht schwimmen?«

»Wolltest du dich echt mal im Meer ertränken?«

Ich biss die Zähne zusammen und legte meine Tasche auf einer Bank in der nach Chlor und Chemikalien riechenden Umkleide ab. Die Schülerinnen suchten bereits an der hellblauen Wand aus Spindschränken nach ihren Schlüsselnummern.

»Beeilung Herrschaften!«, drang die Stimme der Schwester zu uns herein, was dem Geschnatter der Mädchen um mich her allerdings keinen Einhalt gebot. Zumindest hatte ich es jetzt nur noch mit elf schwatzenden Kleinen zu tun, denn die Jungen waren in der Umkleide am anderen Ende der Halle.

Die Mädchen zogen sich die Kleider vom Leib, als mir bewusst wurde, dass mir ein weiterer unangenehmer Aspekt bevorstand, über den ich bislang gar nicht nachgedacht hatte. Ich klaubte den alten Badeanzug aus meiner Stofftasche, den mir Schwester Telwy aus den Beständen des Klosters besorgt hatte – ein Kleidungsstück, das ich nie zuvor getragen hatte. Die Siebenjährigen, für die dies ebenfalls die erste Schwimmstunde war, hopsten herum und schlüpften lachend und quasselnd in ihre schwarze Montur. Zu meiner Erleichterung entdeckte ich eine Kabine, in der ich mich umziehen konnte. Kaum hatte ich den Badeanzug am Leib, wuchs mein Unbehagen jedoch noch weiter an.

Am Meer hatte ich bislang einfach ein Shirt und meine Unterwäsche getragen, das war jedoch Monate her. Seitdem hatte sich mein Körper verändert.

Der hautenge Anzug spannte sich deutlich über Rundungen, die zuvor nicht da gewesen waren. Wäre ich in einer Gruppe Gleichaltriger gewesen, hätte ich mich wahrscheinlich nicht derart unbehaglich gefühlt. Bang verließ ich die Kabine und band mir das

Haar noch einmal zu einem straffen Knoten zusammen. *Ich stehe das jetzt durch*, sagte ich mir selbst, schließlich hatte ich das hier unbedingt gewollt.

Ich trat aus der Umkleide und zu meiner Erleichterung schickte mich Schwester Telwy sofort in das Becken. Kaum befand ich mich mit den Kindern bis zum Hals in dem vom Kalk leicht trüben Wasser, fühlte ich mich wohler. Die Schwimmhalle besaß eine hohe, gewölbte Decke. Es gab ein Schwimmer- und ein Nichtschwimmerbecken. Der komplette Bau glänzte durch nagelneue, blauweiße Fliesen, die Boden und Wände überzogen.

»So, nun haltet euch am Rand fest und strampelt kräftig mit den Füßen, dass es nur so spritzt«, rief Schwester Telwy und ich musste an mich halten, nicht laut zu lachen.

Glücklicherweise entließ mich die Nonne nach einigen Minuten zum Üben in das tiefere Becken, als sie sah, dass ich die Grundübungen beherrschte. Ohne das ständige Auf und Ab von Meereswellen konnte ich mich ganz auf den Bewegungsablauf konzentrieren. Ich schwamm einundzwanzig Bahnen, langsam und etwas ungelenk zwar, doch ich schaffte es, an der Oberfläche zu bleiben.

Am Ende der Stunde stand Schwester Telwy am Beckenrand und wartete auf mich. Ich reckte die Hände nach dem grau schimmernden Betonrand, um mich festzuhalten, bedauernd, dass die Zeit bereits um war.

Gerade wollte ich mich aus dem Wasser stemmen, als die Nonne vor mir in die Hocke ging.

»Halt, Miss Blayke. Über das reine Schwimmenlernen sind Sie offensichtlich hinaus. In Zukunft werden Sie mit Ihren eigentlichen Klassenkameraden zum Schwimmunterricht gehen, das wird Sie gewiss anspornen, schnellere Fortschritte zu machen. Doch vorher würde ich gerne wissen, ob Sie sich auch trauen, unterzutauchen, denn sonst macht das wenig Sinn. In Anbetracht Ihrer Vergangenheit wäre dies schließlich nicht verwunderlich.«

Sie lächelte gutmütig und ich schluckte. Würde sie sich vor den Kopf gestoßen fühlen, wenn ich ihr das genaue Gegenteil bewies? Ich versuchte diplomatisch zu sein.

»Ich würde mich freuen. Das Tauchen macht mir nichts aus. Ich erinnere mich nicht mehr wirklich an diesen Unfall.«

»Können Sie es mir bitte einmal vorführen, ich würde mich gern überzeugen. Atmen Sie einmal tief ein, Luft anhalten und gehen Sie mit dem Kopf unter Wasser. Sie können sich am Rand festhalten.«

Ich tat wie geheißen. Unter Wasser erfasste mich augenblicklich das vertraute Gefühl von Gelöstheit. Ich öffnete die Augen und begutachtete das verschwommene Becken, das in milchigem Graublau unter mir lag. Zu gern wäre ich abgetaucht, doch ich zwang mich, am Rand zu verharren, und kam nach einer Minute wieder an die Oberfläche. Ich hoffte, dass das ausreichte, um Schwester Telwy zu überzeugen.

Sie presste die Lippen zusammen und meinte dann: »Also gut, wir werden es versuchen.«

Nach meiner Tauchdemonstration kehrte die Schwester mit den Unterstufenschülern nach Edenplace zurück, gestattete mir zu meiner großen Freude jedoch, noch zu bleiben. So tauchte ich noch eine ganze Weile durch das Becken, das mir zu dieser frühen Stunde beinahe allein gehörte. Ich teilte es nur mit zwei älteren Damen, die, miteinander plaudernd, auf und abschwammen. Irgendwann taten mir die Ohren weh, sodass ich aufhören musste. Als ich einen Arm haltsuchend auf dem Beckenrand ablegte, zuckte ich zusammen. Direkt über mir stand eine Gestalt.

»Hi, ich habe gehört, du hattest heute deinen ersten Schwimmunterricht. Dafür bist ja schon ziemlich gut.« Cedric taxierte mich. Er trug nichts weiter als Badeshorts.

Wie erstarrt blickte ich zu ihm hoch und eine Gänsehaut zog meine Arme hinauf. *Was macht er hier? Wieso ist er nicht mit den anderen nach Cisco gefahren?*

Er ging in die Knie. »Bist du fertig? Soll ich dir raus helfen?« Er legte seine Hand auf meine.

Abrupt zog ich sie weg und schüttelte den Kopf. Mit Cedric allein zu sein, zu allem Überfluss beinahe unbekleidet, gehörte nicht zu den Dingen, die auf meiner Wunschliste standen. »Nein, ich schwimme noch eine Runde.« Ich sah mich in der Halle um. Kein Mensch war mehr zu sehen. Wohin waren die beiden Damen verschwunden?

»Hört sich gut an, Lust auf ein Wettschwimmen?« Im nächsten Moment sprang er mit einem breiten Grinsen neben mir ins Wasser.

Ich kniff die Augen zu. Als sich das Spritzwasser legte, war Cedric untergetaucht. Ich drehte mich, suchte nach einem Schatten unter Wasser.

Ein Arm an meiner Taille. Ich schnappte nach Luft, ging ein Stück unter und verschluckte mich. Doch er ließ mich nicht los. Eine Sekunde später tauchten wir beide wieder auf. Mit jagendem Puls sog ich Luft ein, hustete, strampelte panisch, wollte mich aus seiner Umklammerung befreien. Seine Brust an meinem Rücken war glitschig, warm und weich. Er lachte.

Endlich brachte ich einen Ton hervor. »Lass mich los!«

Erst jetzt gab er mich frei. »Hey, alles in Ordnung? Was hast du denn? Hast du dich verschluckt? Das wollte ich nicht«, raunte er.

Entsetzt paddelte ich von ihm weg. Kaum hatte ich den Beckenrand erreicht, wirbelte ich zu ihm herum.

Seine Miene verdüsterte sich. »Das war doch nur Spaß. Wir sind doch Freunde, ich dachte, wir könnten ein wenig ... herumalbern«, brummte er.

Irritiert zog ich die Brauen zusammen. »Wir albern auch außerhalb des Wassers nicht herum, und ganz sicher nicht auf diese Weise.« Ich stemmte mich ruckartig aus dem Becken, wollte nur Abstand zwischen uns bringen. Zu meiner Erleichterung folgte er mir nicht, sondern trat nur Wasser.

Als ich draußen stand und ihn aus sicherer Entfernung anblickte, wurde ich etwas ruhiger, zumal er einen geknickten Gesichtsausdruck zeigte.

Trotzdem. Ich wollte weg.

»Ruby!«

Sein kläglicher Ruf zwang mich, innezuhalten. Unwillig drehte ich mich wieder zu ihm um. Er hielt sich nun am Rand fest und biss sich auf die Lippen. »Es tut mir leid, okay? Ich dachte, wenn wir beide mal zusammen etwas Zeit verbringen könnten, dann ...« Er stieß die Luft aus und sah mich beinahe flehentlich an.

Ein Kloß bildete sich in meinem Hals. Finns Worte kamen mir in den Sinn. *Cedric ist ein guter Kerl und er mag dich.*

Doch das wollte ich nicht. Stumm starrte ich zurück, brachte kein Wort heraus.

»Das war wohl eine blöde Idee«, fuhr er fort. »Tut mir echt leid. Ist alles wieder gut zwischen uns?«

Mein Puls hatte sich beruhigt und ich bemühte mich die Sache rational zu betrachten. *Er hat einfach nur einen Annäherungsversuch unternommen ... einen, der mich dummerweise in Panik versetzt hat, doch es ist alles gut.*

Also nickte ich und presste ein »Sicher doch« hervor. Dann hielt ich mit langen Schritten auf die Umkleide zu.

Bemüht, nicht länger an Cedrics Ausrutscher zu denken, kämpfte ich mich über den vollen Marktplatz und beäugte die ausgestellten Früchte, die aus der USphäre stammten. Sollte ich mir eine der gelben Perol-Schoten gönnen? Als ich den Preis sah, eilte ich weiter. Die zwei Coins sollte ich besser auf ein Bahnticket sparen.

Finn und Lana würden erst am nächsten Abend aus New Cisco zurückkehren und so hatte ich ein einsames Wochenende vor mir. Also beschloss ich, das Buch zu nehmen, das ich mir vor einiger Zeit ausgeliehen hatte, und mir damit ein ruhiges Plätzchen zu suchen. Es war ein beinahe zweihundert Jahre alter Science-Fiction-Roman, der von Menschen erzählte, die sich als Farmer im All ansiedelten, was ich faszinierend fand. Die Menschen, die damals gelebt hatten, hätten sicher nicht damit gerechnet, dass ihre Zukunft einmal in Sphärenebenen liegen würde.

Mein Plan ging nicht auf. Kaum traf ich im Kloster ein, teilte mir die Schwester am Empfang mit, ich solle umgehend die Äbtissin aufsuchen.

Die Tür zu ihrem Büro gab ein kaum merkliches Quietschen von sich, als ich sie schloss.

Schwester Emily saß auf einem der Stühle und lächelte mir zu. Unwillkürlich fühlte ich mich zu jenem alles verändernden Gespräch zurückversetzt, das hier mit den beiden Ordensfrauen stattgefunden hatte.

»Wie schön, dass Sie da sind. Setzen Sie sich«, sagte Mutter Tabea.

»Danke schön.« Neugierig und etwas befangen ließ ich mich neben Schwester Emily nieder.

»Sie fragen sich sicher, weshalb wir Sie einbestellt haben, und ich darf Ihnen verraten, es sind gute Neuigkeiten, Miss Blayke. Ihre Mentorin hält mich seit Ihrer Aufnahme ins Förderprogramm über Ihre Fortschritte auf dem Laufenden. Und ich muss sagen, ich bin beeindruckt.«

Nicht sicher, worauf sie hinauswollte, blieb ich einen Moment stumm. Ich hatte in den vergangenen fünf Monaten weitestgehend für Einzelprojekte recherchiert und anschließend Präsentationen gehalten. Ich hatte nichts anderes getan als meine Mitschüler.

»Ich verstehe nicht.«

Sie lächelte. »Was für eine Ironie. Nun, Schwester Emily hat einen Vorschlag, den ich höchst interessant finde, und wir sind nun sehr gespannt, was Sie dazu sagen.«

Sie nickte meiner Mentorin zu. Die großgewachsene Frau musterte mich kurz und nahm den Faden auf. »Sie haben in letzter Zeit sehr viele Referate ausgearbeitet.«

Ich nickte. »Das haben alle getan.«

»So weit ist das korrekt, Miss Blayke. Im Anschluss an diese Referate gab es Tests, von denen Sie jeden mit herausragenden Ergebnissen bestanden haben. Ihre eigenen Themengebiete haben Sie darüber hinaus so tiefgehend recherchiert, dass ich selbst einiges dazu nachlesen musste, um Ihre Thesen zu überprüfen.«

Schwester Emily hielt inne, senkte kurz den Kopf und legte langsam die Hände auf dem Schoß ineinander. »Miss Blayke, Sie haben im vergangenen Halbjahr beinahe den kompletten Stoff der Oberstufe verinnerlicht und darüber hinaus in vereinzelte Fachgebiete einen tieferen Einblick gewonnen als manche Professoren. Ich wüsste nicht, was ich Ihnen im kommenden Schuljahr noch vermitteln soll.«

Ich blickte sie stumm an. Das Grau ihrer Augen changierte im trüben Licht, das zwischen den hellblauen Vorhängen hereinfiel. Ich wusste nicht, was ich darauf sagen sollte. *Will sie andeuten, dass hier kein Platz mehr für mich ist?*

»Wir möchten Sie für ein Frühbegabten-Stipendium vorschlagen«, sagte die Mutter Oberin.

Mein Kopf fuhr zu ihr herum.

»Ist das Ihr Ernst?«

Sie nickte lächelnd. »Die Zulassungsprüfungen dafür finden im Herbst statt, mehr als genug Zeit, das Wenige zu erlernen, das Ihnen noch fehlt, und Sie gewissenhaft vorzubereiten. Sie werden im Juli vierzehn Jahre alt, nicht wahr?«

Ich nickte sprachlos, während meine Gedanken um die ungeahnten Möglichkeiten kreisten, die sich plötzlich vor mir auftaten.

»Damit fallen Sie noch ein Jahr lang in diese Kategorie. Sie müssen wissen, je älter die Anwärter sind, desto geringer ist die Chance auf dieses Stipendium. Doch es gibt nur wenige Bewerbungen, darum erachten wir es als eine großartige Chance für Sie.«

Aufgeregt erwiderte ich den Blick der Äbtissin. Es bedurfte keiner Überlegungen, ich war dazu bereit, ich würde lernen bis mir der Kopf qualmte.

»Ich werde teilnehmen«, erklärte ich strahlend und straffte mich.

»Das habe ich mir bereits gedacht, doch Sie sollten auch die Risiken kennen, Miss Blayke. Auf ein Stipendium kann man sich nur einmalig bewerben. So sehen es die Regelungen leider vor. Wenn Sie es nicht schaffen sollten, werden Sie später auch kein Regelstipendium mehr erhalten können. Also überlegen Sie es sich gut. Sie könnten stattdessen weiterhin in Edenplace bleiben, Ihren normalen Abschluss machen und bekämen von Schwester Emily die Möglichkeit, nach Ihren Interessen und mithilfe von Fachliteratur zu studieren. Anschließend wären Sie ausreichend vorbereitet, um sich für ein Regelstipendium zu bewerben.«

Ich schluckte. »Wie viele Stipendienplätze werden denn angeboten?«

Die Äbtissin räusperte sich und tippte auf ein Blatt Papier. »Für das Frühbegabten-Stipendium wird lediglich ein Platz zur Verfügung gestellt, allerdings gibt es nur circa zehn Bewerber pro Jahr. Im Gegensatz dazu gibt es zehn Plätze für Regelstipendien. Auf diese kommen allerdings beinahe tausend Bewerber. Die Bewerbungen sind auf Einzugsregionen bezogen. Da wir zum Bereich von New Cisco gehören, sind wir auf diese Vorgaben beschränkt. Die Zuteilung der Plätze erfolgt durch das Bildungsamt.«

»Die Chancen auf ein Frühbegabten-Stipendium stehen also zehn zu eins«, schlussfolgerte ich.

Schwester Emilys schwarze Kutte raschelte neben mir, als sie sich zu mir drehte. »Rein rechnerisch ja, aber die tausend Bewerber auf das Regelstipendium sind all jene Förderklassenschüler, die es schlichtweg versuchen, selbst wenn sie keine echten Aussichten haben. Darum bin ich unschlüssig, ob Sie nicht besser die langfristige Alternative wählen sollten.«

Ich nickte nachdenklich, mahnte mich zur Vernunft. »Ich werde eine Nacht über die Entscheidung schlafen.«

Insgeheim hatte ich mich bereits in die Aussichten verliebt, die mir ein so greifbar nahes Stipendium boten, doch Schwester Emily hatte recht. In Anbetracht dessen, was ich in drei Jahren noch lernen konnte, war das Risiko, meine einzige Chance bereits jetzt zu verspielen, hoch.

Aber *kann ich diese drei Jahre einfach verschenken?* Die Vorstellung, zu studieren und in New Cisco zu leben, dazu die Möglichkeit, Finn oft zu sehen ... das Bild konnte ich nicht abschütteln.

»Ein Frühbegabten-Stipendium? Herzlichen Glückwunsch!«, jubelte Finn.

»Ich habe mich bisher nur beworben«, bremste ich ihn schmunzelnd ein. Doch das schmälerte seine Begeisterung nicht. Er und Lana waren erst vor einer halben Stunde von ihrem Ausflug zurückgekehrt und wir aßen gemeinsam zu Abend. Auch Cedric saß an unserem Tisch, schenkte mir jedoch nur ein verkniffenes Lächeln. Ich hatte Mutter Tabea meine Entscheidung bereits am Morgen mitgeteilt und sie hatte sie abgesegnet.

»Trotzdem, allein dafür in Frage zu kommen, ist ja schon extrem. Wie viele Bewerber gibt es, sagtest du? Nur zehn?« Lana grinste und seufzte dann: »Da werde ich dich vor lauter Lernen gar nicht mehr zu Gesicht bekommen. Und die Bewerbung ist schon abgeschickt?«

»Ja, Mutter Tabea hat die Unterlagen gleich fertig gemacht.« Jetzt, da die Anmeldung versendet war, befielen mich leise Zweifel, doch es gab keinen Weg zurück.

»Jetzt bin ich echt eifersüchtig, dann wirst du ja früher hier raus kommen als ich«, ließ Lana mit gespielter Entrüstung verlauten.

»Nur, wenn ich den Platz bekomme«, wandte ich ein und drehte aufgewühlt den leeren Teller vor mir im Kreis.

»Du schaffst das, davon bin ich überzeugt. Ich komme mir manchmal wie eine Grundschülerin vor, wenn du deine Vorträge im Kurs hältst«, grummelte Lana gutmütig.

»Echt? Ich kann mir das gar nicht vorstellen, so hyperintelligent wirkt sie gar nicht auf mich«, scherzte Finn.

Ich grinste ihn böse an. »Weil ich so freundlich bin, mich auf dein Niveau herabzulassen, wenn ich mit dir rede.«

»Hört, hört!« Er plusterte die Backen auf, wackelte mit dem Kopf und brachte mich damit zum Lachen.

XI

Es war einer jener milden Tage, an denen der Himmel wie gemalt aussah, als die Abschlussklasse verabschiedet wurde. Die komplette Schülerschaft von Edenplace stand in kleinen Gruppen im Hof vor dem eisernen Eingangstor. Einige hatten Tränen in den Augen, schluchzten, scherzten und umarmten sich.

Finn trat mit einem gequälten Lächeln vor mich. »Ich lass' dich nicht gerne hier ... Pass auf dich auf, in Ordnung?«

»Pass du auf dich auf«, krächzte ich und versuchte angestrengt, nicht zu heulen.

Das fiel mir mit jedem Tag schwerer. Am Wochenende hatten wir unseren letzten gemeinsamen Ausflug nach Cisco unternommen. Es war schön gewesen, wir hatten viel gelacht, doch der bleischwere Klumpen in meinem Magen hatte sich immer dichter zusammengeballt, je näher der Abschied gerückt war. Einzig das beständige Lernen hatte mich in den letzten Wochen davon ablenken können.

»Hey, wenn du deinen Stipendiumsplatz hast, bist du in fünf Monaten auch in der Stadt und dann sehen wir uns jede Woche, alles klar? Du machst das, verstanden?«

Ich blinzelte und nickte. Da nahm er mich in die Arme und drückte mich. Augenblicklich heulte ich Rotz und Wasser und hielt ihn, so fest ich konnte.

»Wir sehen uns bald wieder«, versprach er mit belegter Stimme und ließ mich wieder los. Auch seine Augen waren feucht.

Bedrückt wischte ich mir die Tränen fort. »Ja, bald.«

»Ganz sicher. Wow, staubig heute«, brummte er mit einem schrägen Lächeln und rieb sich über die Augen.

Lana drängte sich neben mich. »Mach's gut, wir besuchen dich demnächst«, meinte sie salopp und reichte Finn die Hand.

»Ich freue mich drauf.«

Schließlich gab es eine formelle Verabschiedung durch die Schwestern. Mutter Tabea gratulierte den Absolventen der Abschlussklasse nochmals und entließ sie damit in die Welt. Ich beobachtete, wie Finn durch das Tor schritt, mir einen letzten Blick zuwarf und verschwand.

»Hey, ich bin ja auch noch da«, flüsterte Lana und legte mir einen Arm um die Schultern.

Ich lehnte den Kopf bei ihr an und ein paar Tränen sickerten in ihr Hemd.

»Ich werde ihn auch vermissen, man konnte ihn so wunderbar aufziehen«, meinte sie leise und ich lachte schniefend.

Nach Finns ersten drei nächtlichen Ausflügen in der Stadt hatte Lana mitbekommen, dass er sich mit einem Mädchen traf, und sich kurzerhand neu orientiert. Zumindest glaubte ich beobachtet zu haben, dass sie inzwischen Gavin nachstellte, der eine Jahrgangsstufe über ihr war.

Der Rest des Sommers war zermürbend. Ich stürzte mich mit noch größerem Eifer auf meine Aufgaben, war während der Essenspausen so müde, dass ich kaum ansprechbar war, und schlief einmal sogar über dem Abendessen ein.

Einzige Lichtblicke waren die Besuche bei Finn in Oakland und die Schwimmstunden. Diese fanden alle vierzehn Tage statt und bereiteten mir viel Spaß. Schwester Telwy ließ die Oberstufe eine vereinfachte Form von AquaLab spielen. Obwohl ich erst zum fünften Mal dabei war und mehr Zeit unter als über Wasser verbrachte, weshalb ich die richtigen Schwimmtechniken noch immer nicht ganz beherrschte, konnte ich meiner Mannschaft von Nutzen sein.

Schwester Emily nahm mich irgendwann ins Gebet und beschwor mich, feste Lernzeiten einzuhalten. Wenn ich zu müde sei, sollte ich aufs Schwimmen verzichten, bis die Aufnahmeprüfung vorbei war.

Ich gab ihr schließlich recht. In meinem Dauer-Erschöpfungszustand würde ich nicht die nötige Konzentration aufbringen, um beste Ergebnisse zu liefern. Lana unterstützte mich dabei, Ruhepausen einzuhalten, lenkte mich ab und schwärmte mir von ihren neuesten Abenteuern mit Gavin vor, mit dem sie mittlerweile das Stadium des Händchenhaltens voll ausschöpfte.

Leider drängte sich mir auch Cedric bei jeder Gelegenheit auf, bot mir an, meine Tasche oder mein Tablett zu tragen oder mir eine Arbeit abzunehmen, was ich jedes Mal ablehnte.

Ich konnte schlichtweg nicht begreifen, warum er es so sehr darauf anlegte, in meiner Nähe zu sein. Ich hatte ihm nie in irgendeiner Form zu verstehen gegeben, dass ich ihn mochte. Er war im Grunde kein übler Kerl und manchmal kam ich mir sogar schäbig vor, weil mich seine ständige Anwesenheit störte, dennoch behagte mir diese Aufmerksamkeit nicht.

Der Herbst hielt endlich Einzug, ließ das Meer in klarem Grün aufleuchten und die Blätter der alten Kastanie welk zu Boden fallen.

In der Nacht vor der Prüfung konnte ich kaum schlafen und dämmerte erst in den frühen Morgenstunden ein. Ein lautes, ohrenbetäubendes Knallen zerriss meinen Traum. Ich zuckte heftig zusammen, riss die Augen auf, wankte. Beinahe fiel ich aus dem Bett.

Ein ekelhaft glühender Schmerz raste durch mein Ohr und verwandelte sich in einen schrillen, hellen Laut. Alarmiert und benommen zugleich, versuchte ich mich zu orientieren.

»Aufstehen, nicht, dass du deine große Chance verpasst!«, höhnte Cora. Sie stand direkt vor mir, zwei Kupferdeckel in den Händen.

Ich starrte sie fassungslos an, mein Kopf dröhnte und ein Pfeifen quälte mein linkes Ohr. »Was …«, keuchte ich, biss die Zähne zusammen, da das Wort ein schmerzhaftes Knacken in meinem Ohr auslöste. Um mich herum sprangen die übrigen Mädchen aus ihren Betten.

»Bist du bescheuert, Cora?«, fuhr jemand sie an, ich konnte die Stimme jedoch nicht identifizieren.

»Ich war so freundlich, unsere kleine Überfliegerin zeitig zu wecken«, fauchte diese zurück.

»Du hast sie ja nicht mehr alle!«, empörte sich jemand anders. »Wegen dir werde ich den ganzen Tag Kopfschmerzen haben.«

»Tut mir leid, der Übereifer«, gurrte Cora und verzog entschuldigend das Gesicht.

Ich versuchte mich aufzusetzen, kämpfte gegen den Schwindel. Sog Luft ein, schloss die Augen und hielt mir die Hände über die Ohren, um das grauenhafte Rauschen zu unterdrücken. Mein Kopf fühlte sich entsetzlich taub an, als stecke Watte darin, und ich konnte die Stimmen nur auf dem rechten Ohr hören.

Hat der Knall Schäden am Innenohr verursacht? Von einer Sekunde auf die andere raste Adrenalin durch meinen Körper. Am liebsten hätte ich Cora angeschrien, gepackt, doch ich war kaum in der Lage, gerade zu sitzen.

Meine Kehle schnürte sich zusammen. Alles drehte sich und es fiel mir schwer, klar zu denken. *Heute ist meine Prüfung. Was, wenn mir diese brässverdammte Schlange gerade die Chance genommen hat, dieses Stipendium zu erhalten?*

Ein gequältes Wimmern entwich mir, ich beugte mich vor, die Hände noch immer auf die Ohren gepresst.

Dennoch vernahm ich Coras Lachen. »Fühlst du dich etwa nicht wohl, Blayke? Das ist aber schade. Zum Glück habe ich dich früh geweckt, damit du dich ausgiebig vorbereiten kannst.«

Mit gebleckten Zähnen starrte ich sie hinter einem Tränenfilm hervor an. »Du beschissene …«, knurrte ich beinahe lautlos.

Sie hob tadelnd den Finger. »Na, na, wir wollen nicht ausfallend werden. Denk an dein Karma.«

Die Verzweiflung drohte mich zu übermannen. *Tief durchatmen.* Ich musste Cora ignorieren, durfte nicht auf sie losgehen, das hätte sie wahrscheinlich gerne, damit ich von der Prüfung ausgeschlossen wurde. Den Gefallen würde ich ihr nicht tun.

Ich rang nach Luft. Was dachte ich da? Ich wusste nicht einmal, ob ich geradeaus laufen konnte. Schmerz tobte in meinem Kopf. *Er wird bestimmt bald nachlassen, genau wie das Pfeifen.* Ich durfte mich jetzt nicht in die aufkeimende Panik hineinsteigern.

»Geh weg, Redcliff, lass sie in Ruhe«, schnauzte jemand Cora an. Terra, die sich meist schroff gab, zwei Köpfe größer und zwei Jahrgänge höher war als ich, stellte sich neben mich. Ich kannte sie nicht gut, war jedoch froh über ihren Beistand.

»Alles in Ordnung, Blayke? Hat die blöde Kuh dieses Ding etwa direkt neben deinem Kopf geschlagen?«

Ich nickte leicht, was ein seltsam hohles Ploppen in meinem Ohr verursachte, und blinzelte Terra an, hasste es, dass meine Augen wässrig waren. Ich hoffte inständig, dass ich gerade überreagierte, doch die Angst nagte mit scharfen Zähnen an mir. *Ich kann nicht mein Bestes geben. Vielleicht bin ich für immer taub!*

»Geht schon«, stieß ich hervor.

Terra grunzte skeptisch und verschwand wieder aus meinem Blickfeld.

Cora verließ den Raum als Erste. Kurz darauf erschien ausgerechnet Schwester Claire für das reguläre Wecken und wirkte erstaunt darüber, alle auf den Beinen anzutreffen. Die Mädchen berichteten ihr, was Cora getan hatte, und ich war froh, dass sie nicht an mein Bett kam, sondern mich nur mit ihren kohlschwarzen Augen von der Tür her fixierte.

»Verlassen Sie den Schlafsaal, hurtig, ziehen Sie sich an. Miss Kone, Sie informieren Schwester Emily über Miss Blaykes Zustand. Sie finden sie im Frühstücksraum der Lehrerschaft.«

Zehn Minuten später stürmte Schwester Emily in den Schlafsaal. Ich hatte es inzwischen geschafft, aufzustehen. Das Dröhnen in meinem Kopf war Gott sei Dank ein wenig abgeklungen, doch das Pfeifen hielt an. Als Schwester Emily etwas sagte, legte ich den

Kopf schräg, um sie besser zu verstehen. Immerhin hörte ich sie ein wenig, was mir die Hoffnung gab, dass das Ohr nicht ganz so schlimm geschädigt war.

»Wie geht es Ihnen, Miss Blayke? Was genau ist geschehen?«, verlangte sie zu wissen, die Augen vor Bestürzung geweitet.

»Cora Redcliff hat mich geweckt«, erklärte ich bitter und berichtete ihr von dem bösartigen Streich, falls man ihn noch als solchen bezeichnen konnte.

»Wir gehen unverzüglich zu Schwester Bernadette, sie wird Sie untersuchen. Sie könnten ein Knalltrauma erlitten haben. Falls dem so ist, müssen Sie behandelt werden«, erklärte Schwester Emily.

Ich nickte beklommen und zog mich mit einer enervierenden Behäbigkeit an, da jede Bewegung eine verstörende Druckveränderung auslöste.

»Was ist mit der Prüfung?«, fragte ich ängstlich.

»Die mündliche Prüfung ist erst heute Nachmittag anberaumt. Ich habe Ihren Termin sofort nach hinten gesetzt, als mir Miss Kone von diesem ... unsäglichen Verstoß erzählte. Dann müssen Sie allerdings antreten. Es tut mir leid, Miss Blayke. Die Regelungen sind sehr streng und in dieser Hinsicht unmissverständlich.«

Ich nickte und drängte die Zornestränen zurück, die aufzusteigen drohten. *Cora, diese elende Mistschlange, verflucht soll sie sein!* »Danke, Schwester Emily.«

Sie begleitete mich auf die Krankenstation, wo Schwester Bernadette mein Ohr untersuchte, einige Hörtests durchführte und mir Infusionen setzte. Wie schlimm musste es denn sein, dass sie zu solchen Mitteln griff?

»Das fördert die Versorgung der Haarzellen im Ohr mit Sauerstoff und wirkt dem Knalltrauma entgegen. Machen Sie sich keine zu großen Sorgen, Miss Blayke. Ich denke, Ihr Innenohr hat keine bleibenden Schäden davongetragen. Wir werden eine Infusionstherapie durchführen und in spätestens sechs Wochen sind sämtliche Symptome verschwunden, hoffe ich.«

»Das hoffen Sie?«, hakte Schwester Emily nach.

»Ja, insofern es keine weiteren Verletzungen des Ohrs gab, wird es sich wieder vollständig erholen. Mehr kann ich Ihnen dazu im Moment leider nicht sagen«, gab Schwester Bernadette trocken zurück.

Ich dankte ihr und schloss die Augen, atmete auf.

»Sie sollten sich heute jedenfalls ausruhen, meiden Sie laute Plätze.«

»Ich muss heute Mittag meine Prüfung ablegen«, murmelte ich.

»Oh.«

Ich öffnete die Augen wieder und bemerkte ihren betroffenen Gesichtsausdruck. »Ich ... verstehe«, presste sie schließlich hervor und entfernte sich, um eine Kartei aus einem ihrer Schrankfächer zu holen.

Schwester Emily beugte sich über mich, ungewohnte Sorgenfalten zogen sich über ihre Stirn. Ihr Tonfall klang beschwörend. »Miss Redcliff wollte Ihre Chance auf ein Stipendium boykottieren. Sie werden es dennoch erhalten, hören Sie, Miss Blayke? Glauben Sie an sich!« Sie schenkte mir ein aufmunterndes Lächeln.

Ich nickte stumm, kämpfte gegen die Tränen an, als sie mir kurz über den Handrücken strich. Ein dumpfes Gefühl blieb zurück, nachdem sie gegangen war.

Es dauerte eine ganze Weile, ehe ich mich soweit beruhigt hatte, dass ich mich mit meiner Situation arrangieren konnte. Schwester Emily hatte recht, ich konnte es dennoch schaffen. Ich versuchte mich zu entspannen, was mir allerdings nicht gelang. Also konzentrierte ich mich, ging im Kopf diverse Sachverhalte und Themengebiete durch und stellte zu meiner Beruhigung fest, dass ich trotz der Schmerzen alles abrufen konnte.

Ich schrieb wie besessen, doch immer wieder wurden meine Gedanken träge, abgelenkt durch den Schwindel und das Pfeifen in meinem Ohr. Trotz der Anspannung fühlte ich mich matt. Doch ich ignorierte die Symptome und sammelte meine Konzentration, durchdachte Thesen und vermerkte Parallelen zu verwandten Themen. Ich überarbeitete meine Formulierungen, prüfte Zitate und Verweise und achtete obendrein auf eine leserliche Handschrift, was mir mit jeder Seite schwerer fiel. Der mathematische Part brachte schließlich etwas Entspannung. Am liebsten hätte ich die reinen Ergebnisse aufgeschrieben, die für mich klar auf der Hand lagen, doch ich musste die Lösungswege aufführen und empfand es in meinem benommenen Zustand als Herausforderung, dabei keinen Schritt auszulassen.

Schließlich waren die schriftlichen Aufgaben abgeschlossen. Ich erlaubte mir einen Moment des Aufatmens und lehnte mich zurück, während Schwester Telwy, die mich beaufsichtigt hatte, den kleinen Stapel Blätter von meinem Tisch nahm.

»Sie können jetzt etwas essen gehen. Schwester Emily wird Sie in einer Stunde zur mündlichen Prüfung begleiten.«

»Danke«, entgegnete ich und verließ den Raum.

Ich saß allein in dem gespenstisch stillen Speisesaal. Die reguläre Essenszeit war längst vorbei und alle befanden sich im Unterricht. Ich aß nicht viel, war zu aufgeregt und nutzte die Zeit fast ausschließlich, um die Augen zu schließen. Ich schluckte die zweite Schmerztablette, die mir Schwester Bernadette gegeben hatte. Tatsächlich ging es mir etwas besser, als mich meine Mentorin schließlich vor dem Lehrerzimmer in Empfang nahm.

»Die Prüfungskommission erwartet Sie bereits. Sie werden das mit Bravour meistern, ich bin mir sicher.« Schwester Emily lächelte.

Mit einem Mal fühlte ich mich ihr sehr verbunden. *Ihr liegt wirklich etwas daran, dass ich diese Prüfung bestehe.*

»Ich gebe mein Bestes. Danke ... danke für alles.«

Schwester Emily nickte mir ermutigend zu und ich erwiderte ihr Lächeln. Im Grunde hatten wir beide lange auf diesen Moment hingearbeitet.

Dann führte sie mich in eines der Schulzimmer. Es war erst vor Kurzem gereinigt worden, der Geruch nach essighaltigen Putzmitteln stach mir in die Nase. Mit den zur Seite gerückten Pulten wirkte der Raum seltsam fremd und anonym. Ein Eindruck, den die beiden Männer verstärkten, die vor dem Fenster standen. Sie drehten sich zu uns um. Im Gegenlicht konnte ich sie nur undeutlich erkennen. Erst, als sie näher traten, sah ich, dass der eine jung war, dünn und einen senfgelben Blazer trug. Der ältere war korpulent mit grauem Backenbart und kariertem Sakko, beide Brillenträger.

»Miss Blayke, nehme ich an«, dröhnte der Ältere und reichte mir die Hand. »Sind Sie aufgeregt? Das soll die Konzentration fördern, zumindest bei den meisten.« Sein Tonfall war recht nüchtern und er fixierte mich mit stechend blauen Augen über den Rand seiner Brille hinweg.

»Guten Tag, ein wenig, ja«, entgegnete ich zurückhaltend.

Der Herr stellte sich als Mr Short und seinen jüngeren Kollegen als Mr Garb vor. Dieser blinzelte befremdlich oft und gab die ganze Zeit kein Wort von sich.

Auf Schwester Emilys Anmerkung bezüglich meines am Morgen erlittenen Hörtraumas gab Short nur ein abfälliges Schmatzen von sich. »Wissen Sie, Schwester, wir haben gestern bereits eine junge Dame geprüft, die sich den Zeh verstaucht hatte, und heute Morgen einen Jungen, der so erkältet war, dass er kaum sprechen konnte. Ich kann nur hoffen, dass er mich nicht angesteckt hat, dieser Rotzlöffel.«

Er lachte, fuhr jedoch sogleich mit ernster Miene fort: »Wir prüfen die Bewerber ohne Rücksicht auf ihre gesundheitliche Verfassung. Wo brächte uns das denn hin? Sollen wir mutmaßen, welche Leistung sie erbracht hätten, wenn sie gesund gewesen wären? Sie verstehen sicher, dass wir auf so etwas keine Rücksicht nehmen können.«

»Natürlich, Mr Short, das verstehe ich. Ich wollte Sie nur über die Lage aufklären«, erwiderte die Ordensfrau mit einem falschen Lächeln.

Doch er sah sie schon nicht mehr an, sondern nahm Platz. »Gut, gut. Haben Sie vielen Dank, dann lassen Sie uns jetzt mit der Kandidatin allein.«

Sie nickte mir noch einmal zu. Ich sah ihr dankbar nach, setzte mich schließlich auf meinen Stuhl, der den beiden Prüfern gegenüber stand. Der Türriegel klackte leise in die Falle und Short musterte mich wie ein Fuchs ein Kaninchen. Zumindest kam mir dieser Vergleich aus alten Kinderbüchern in den Sinn.

Mr Garb tippte auf einem Display herum, das zweifellos dazu diente, die Prüfungsergebnisse festzuhalten. Er war demnach der Protokollant.

»Nun, Miss Blayke, vielleicht haben Sie sich bereits gewundert, dass wir nur zu zweit sind. Unsere verehrte Kollegin, Mrs Pickings, hat unglücklicherweise einen Familiennotfall und so werden Sie nur von mir geprüft. Doch ich kann Ihnen versichern, dass alles seine Gültigkeit hat.«

Ich nickte in seinen Redeschwall hinein. Tatsächlich hatte ich mich nicht erkundigen wollen, aus Angst, unhöflich zu wirken.

»Angeblich sollen Sie ein Wunderkind der Mathematik sein. Beantworten Sie mir bitte folgende Frage: Die Neptunstraße, die im Jahre 2101 durch Europa führte, hatte eine Länge von 10.140 Kilometern. Wie lang wäre sie gewesen, wenn die letzten zehn Kilometer nicht fertiggestellt worden wären?«

Ich blinzelte. *Soll das ein Scherz sein?* Doch Mr Short sah mich bitterernst an.

»Das, ähm ...« Ich räusperte mich, verschluckte gerade noch eine Entschuldigung. Das war so simpel, viel zu simpel, um ernst gemeint zu sein. Die Neptunstraße führte von Lissabon in Portugal bis nach China, wo sie ... *Aber natürlich! Es ist eine Fangfrage.*

»Wären die letzten zehn Kilometer nicht fertiggestellt worden, gäbe es keine Straße mit diesem Namen«, brachte ich rasch hervor, ehe Mr Short, der bereits skeptisch dreinsah, etwas sagen konnte.

Nun lächelte er schmallippig. »Würden Sie das kurz erläutern?«

Ich holte Luft und erklärte: »Diese Straße verband vierzehn Länder miteinander. Aus diesem Grund wurde sie nach einem Planeten benannt, der vierzehn Monde besitzt, dem Neptun. Wäre die Straße zehn Kilometer kürzer, hätte sie nie nach China hinein geführt, da die Regierung den Ausbau bis nach Peking kurzerhand unterband. Man wollte der Straße einen anderen Namen geben, doch da sie einige wenige Kilometer auf chinesischem Boden lag, blieb es bei Neptun.«

Short nickte wohlwollend und sein Kollege kritzelte Notizen auf seinen Bildschirm. »Sehr schön, dann wollen wir uns nun den ernsthaften Aufgaben widmen.«

Mein Kopf pochte, doch ich nahm alle Zahlen auf, mit denen er mich bombardierte. Ich ließ sie in meinem Kopf Form annehmen, rechnete und antwortete ihm so detailliert wie möglich.

»In Abhängigkeit von der Jahreszeit wären es 14,8 Stunden.«

»Das dreifache Gewicht würde ausreichen, um die Maximalbelastung zu überschreiten.«

»Abzüglich 4,83 Gramm ergibt sich ein idealer Kraft-Nutzen-Aufwand.«

Mr Shorts Mundwinkel gingen immer weiter nach unten, er kniff die Augen zusammen, während sein jüngerer Kollege heftig blinzelnd auf das Display einhämmerte. Nachdem ich erst einmal angefangen hatte, verlor ich meine Befangenheit. Ich leitete Ergebnisse her, ging zwei weiteren Fangfragen auf den Grund und löste einfache Aufgaben.

»Dann wenden wir uns einem Evolutionstheoretiker zu. Was halten Sie von Fiscos These zur Widernatürlichkeit der *Wandlung*?« Short lächelte väterlich.

Ich wusste nicht, was ich darauf erwidern sollte. Fisco als Evolutionstheoretiker zu bezeichnen, kam mir bereits abwegig vor. Zudem war es bislang darum gegangen, konkrete Fragen zu beantworten, doch nun wollte er meine persönliche Meinung wissen. Zu einem anderen Thema hätte das durchaus Sinn ergeben, doch er hätte mich genauso gut fragen können, was ich von Volksverhetzung hielt.

Fisco war ein Aufwiegler und Radikalist. Obwohl er kein Mitglied der Kirche war, verurteilte er *Die Wandlung* aufs Schärfste. Seine These besagte, dass die Uskrim und die Lysanth durch *Die Wandlung* jegliche Menschlichkeit verloren hätten. Er bezeichnete sie als Monster und das bereits, bevor die Lysanth den Rift Impact ausgelöst hatten. Seit mehr als sechzehn Jahren waren seine Schriften und Prognosen verschrien.

»Fisco war für seine Hasstiraden bekannt, er hat unzählige Aufstände ausgelöst, er...«

»Ich möchte nicht wissen, was Fisco getan hat, sondern wie Sie zu seinen Theorien stehen«, unterbrach mich Mr Short.

Ich besann mich, rief mir ins Gedächtnis, welche Aussagen Fisco getroffen hatte. Laut seiner Thesen verfügten die Uskrim und Lysanth über diverse Fähigkeiten, die sie uns Menschen gegenüber überlegen machen sollten. Die Uskrim stellte er dabei als schattenhafte und hinterhältige Unwesen dar, während er die Lysanth als böswillige Blender bezeichnete. Seiner Meinung nach täuschten sie allesamt nur noch vor, menschliche Empfindungen zu besitzen. Allerdings musste man bedenken, dass Fisco selbst von der *Wandlung* ausgeschlossen worden war, nachdem er sich dafür gemeldet hatte. Die Vermutung, dass er sich rächte, indem er einen Eklat auslöste, lag daher nahe.

»Ich halte diese Theorien für Unsinn«, erklärte ich geradeheraus. Ich musste an Isa denken. Sie war eine Lys, aber ganz sicher hatte sie aufrichtige Gefühle für Finn, etwas anderes zu glauben, war einfach lächerlich.

»Aha«, meinte Short nur und musterte mich wieder auf diese unheimliche Art. »Was halten Sie von der Behauptung, die Uskrim seien uns Menschen mental überlegen?«

Ich zog die Brauen zusammen. »Es sind zwar viele berühmte Wissenschaftler und Personen mit nachweislich hoher Intelligenz nach der *Wandlung* zu Uskrim geworden, doch es gibt keine schlüssigen Testate, dass ihre kognitiven Fähigkeiten darüber hinaus gesteigert wurden.«

»Dann verraten Sie mir: Sind im Gegenzug Menschen, die geistig weniger leistungsfähig waren, häufiger zu Lysanth gewandelt worden?«

Ich verkrampfte mich. *Worauf will er hinaus?* Seit dem Rift Impact gab es lediglich handfeste Studien über das hohe Aggressionspotenzial der Lysanth. Doch keine derartigen Theorien, wie

Short sie aufstellte. Mir war schleierhaft, weshalb er das tat. Wollte er sehen, ob ich die Lysanth hasste, ob ich aufgrund meines Umfelds im Glauben an ihre Boshaftigkeit aufgewachsen war? Wollte er testen, wie rational ich urteilen würde? Oder wollte er vielleicht sogar prüfen, ob ich Sympathien hegte?

An diesem Gedanken blieb ich unwillkürlich hängen. Nach welchen Kriterien wurde ich selbst beurteilt und wie stark hing das Stipendium von meiner Antwort darauf ab? Ich versuchte meine Miene so neutral wie möglich zu halten.

»Es gibt keinerlei Studien, die etwas in dieser Hinsicht bestätigen. Da ich nie persönlichen Umgang mit Sphärenbewohnern hatte, kann ich mir dazu kein Urteil erlauben.«

Der Mann gluckste leise, wobei sein Bauch unter dem grün karierten Stoff wackelte. »Sie hatten also nie Kontakt?«

Ich schüttelte den Kopf und ignorierte mein Unbehagen. *Weiß er etwa von meinem Besuch in den Slums? Wie sollte Short an derartige Informationen gelangen? Das ist unmöglich.*

Glücklicherweise ließ er es dabei bewenden. »Dennoch ist die Theorie interessant, finden Sie nicht? Wäre es keine einfache Erklärung für das unsägliche Verbrechen, das die Lysanth an der gesamten Menschheit begangen haben?«

Ich fixierte meine Hände, die sich auf meinem Schoß ineinander verknoteten. *Warum, um Himmels willen, fragt er mich solche Dinge? Hasst er die Lysanth so sehr?* An seiner Miene konnte ich nichts dergleichen ablesen.

»Ich denke nicht, dass man die Ursache für den Rift Impact an so etwas festmachen kann.« Verunsichert beobachtete ich ihn. Ich hatte mir diese Prüfung vollkommen anders vorgestellt und hoffte inständig, dass er zu anderen Themen überging.

Als hätte er meine Gedanken gehört, begann Short, mir Fragen zu Literatur und anschließend zu Physik zu stellen, die ich zu meiner Erleichterung alle beantworten konnte.

»Gut«, brummte er schließlich mit einem Blick auf seine Uhr.

Ich erlaubte mir ein wenig Entspannung und sank gegen meine Lehne, froh, dass eine der nervenaufreibendsten Stunden meines Lebens vorüber war.

»Gehen Sie schon vor, Mr Garb«, sagte er dann. »Ich möchte noch ein persönliches Wort an Miss Blayke richten.«

Der Jüngere stand wortlos auf und nickte mir zum Abschied zu.

Short lehnte sich etwas nach vorne, fixierte mich und verschränkte seine Finger ineinander. Beunruhigt blickte ich in seine wässrig blauen Augen. Plötzlich spielte ein freundlicher Ausdruck um seinen Mund – ein für mich bislang unbekannter Anblick.

»Ich will ganz ehrlich zu Ihnen sein, Miss Blayke. Ihr Wissen ist beeindruckend, wenn ich auch nicht gutheiße, dass immer wieder versucht wird, mit irgendwelchen erfundenen Verletzungen Mitleid oder Pluspunkte zu sammeln.«

Ich biss die Zähne zusammen. Es würde nichts ändern, mich zu rechtfertigen. Wie aufs Stichwort nahm das enervierende Pfeifen in meinem Ohr wieder zu.

»Ich möchte Ihnen eine letzte Aufgabe stellen, bevor ich gehe.«

»Gerne.« Ich setzte mich gerader auf.

Er steckte eine Hand in seine Sakkotasche, zog einen kleinen Gegenstand hervor und reichte ihn mir. »Sagen Sie mir, wie viel der hier wiegt.«

Ich griff nach dem flachen, schwarzen Stein. Ob er sich diese Aufgaben wohl willkürlich ausdachte? Oder wurden jedem Prüfling dieselben Fragen gestellt? Ich wog den Stein ab und betrachtete ihn skeptisch. »Ich würde sagen…«

»Na na, nicht so eilig, schließen Sie die Hand darum und lassen Sie sich etwas Zeit«, bremste mich Short.

Ich tat wie geheißen, merkte mir jedoch meine erste Einschätzung. Den Stein länger in der Hand zu halten, würde den Eindruck nur verfälschen. Er war zwar klein, doch mit der Zeit kam einem alles schwerer vor, als es tatsächlich war.

»Gut so, konzentrieren Sie sich. Haben Sie eine Ahnung, aus welchem Material er besteht?«

Ich runzelte die Stirn. Der Stein fühlte sich makellos glatt an, besaß eine perfekte ovale Form und ...

Ich hielt die Luft an.

Er pulsierte in meiner Handfläche. Aber wie konnte das sein? Ruckartig öffnete ich die Hand und riss die Augen auf.

Ein bläuliches Licht glomm im Zentrum des Steins.

Der Strand von Revlins Port. Das Mädchen im gelben Kleid. Mein Sprung ins Wasser, diesem verdammten Stein hinterher.

Ist es derselbe?

»Was ist das?«, fragte ich atemlos.

»Nun, ein Stein«, erwiderte Short trocken.

»Aber er leuchtet, er pulsiert. Das ist kein gewöhnlicher Stein«, haspelte ich. »Ich hatte schon einmal so einen. Mr Short, was hat es mit diesem Stein auf sich?«

Ich hatte seit Langem nicht mehr daran gedacht. Den Stein, falls es denn derselbe war, ausgerechnet hier und jetzt wieder in der Hand zu halten, wühlte mich so sehr auf, dass ich kaum klar denken konnte.

Shorts Miene wurde jedoch düster. »Schwester Emily hat wohl doch nicht übertrieben, als sie sagte, Sie hätten ein Trauma erlitten. Ist Ihnen schwindelig, Miss Blayke?«

Ich schüttelte entgeistert den Kopf. »Nein.« Dann wurde mir kalt. *Das kann doch nicht sein.*

Er schnaubte und musterte mich skeptisch. »Wenn Sie die Frage nicht beantworten können...«

»Ich schätze, er wiegt 3,2 Gramm«, unterbrach ich ihn rasch und hielt den Stein fest zwischen meinen Fingern. Er pochte, als schlüge ein Herz darin. Mit jedem Schlag wurde der blaue Glanz darin ein wenig intensiver. Wahrscheinlich hatte Short es nicht gesehen, weil es zu schwach war. »Aber das Material kenne ich nicht. Bitte, Mr Short, sagen Sie mir, was das ist? Sehen Sie doch!« Ich hielt den Stein so, dass dem Mann der blaue Puls unmöglich entgehen konnte.

»Ich sehe, dass Sie gerade sehr aufgeregt sind, Miss Blayke. Beruhigen Sie sich. Sie halten nichts als einen schwarzen Stein in der Hand. Im Übrigen ist es ein Turmalin.« Short zog die Mundwinkel nach unten und seufzte: »Gut, ich erkläre diese Prüfung für beendet. Wenn Sie mir bitte den Stein wiedergeben würden?«

Im ersten Moment wollte ich nicht begreifen, was er da sagte. Er glaubte, ich bildete mir das nur ein. *Brässverdammt!*

Gehetzt sah ich auf den Stein hinab, der stetig aufs Neue aufglühte.

Mr Short streckte mir die offene Hand entgegen, doch ich zögerte. Er verengte die Augen. »Miss Blayke?«

»Könnte ... könnte ich ihn behalten?«, presste ich hervor und kam mir zugleich erbärmlich vor. Es widerstrebte mir mit jeder Faser, den Stein zurückzugeben. *Hat mir mein Hörtrauma derart die Sinne vernebelt? Was, um Himmels willen, denkt der Prüfer von mir? Habe ich mir gerade selbst die Chance auf dieses Stipendium genommen?*

Shorts Züge wurden weicher. »Es tut mir leid, Miss Blayke, aber ich benötige den Turmalin für die nächsten Prüfungen. Außerdem ist er ein persönliches Erinnerungsstück. Und ich empfehle Ihnen sehr, sich den Rest des Tages hinzulegen.«

Ich schluckte, kratzte den Rest Vernunft zusammen, der mir geblieben war, und legte den Turmalin in Shorts Hand. Augenblicklich verlosch er, sah matt und gewöhnlich aus.

Der Mann steckte ihn in seine Tasche zurück.

»Das werde ich wohl tun«, sagte ich rasch. »Es tut mir sehr leid. Diese Verletzung am Ohr hat mir wohl mehr zugesetzt, als ich dachte.« Ich hoffte, Short sah das genauso und würde mir diese Entgleisung nicht negativ auslegen.

Er nickte bloß und erhob sich, während ich den irrationalen Wunsch niederkämpfte, ihm diesen verdammten Stein wieder aus der Tasche zu reißen. »Ich wünsche Ihnen alles Gute, Miss Blayke. Erholen Sie sich.« Er reichte mir die Hand.

Als wir vor die Tür traten, eilte Schwester Emily den Gang entlang auf uns zu. »Mr Garb ist bereits nach draußen gegangen. Er meinte, Sie müssten gleich weiter. Wir haben Erfrischungen für Sie vorbereitet, Mr Short. Bleibt Ihnen wirklich keine Zeit mehr?«

»Nein, tut mir leid, aber haben Sie vielen Dank, Schwester Emily. Sie haben hier eine ausgezeichnete Schülerin, muss ich sagen. Ich bin beeindruckt.« Er lächelte mir zu.

Ich bemühte mich, gelassen zu wirken, obwohl mir dieser Stein solches Kopfzerbrechen bereitete.

Mr Short verschwand um die nächste Ecke und aus meinem Leben – mitsamt dem pechschwarzen Rätsel in seiner karierten Tasche.

Ein gewinnendes Lächeln erschien auf Schwester Emilys Gesicht. »Haben Sie Hunger Miss Blayke? Mir scheint, wir können uns die Freiheit nehmen und die Erfrischungen selbst verspeisen. Es wäre eine Schande, sie verderben zu lassen.«

In dieser Nacht träumte ich. Es war ein merkwürdiger Traum, da mir zugleich bewusst war, dass ich träumte.

Ich erklomm in der Finsternis einen Berg, auf dessen Spitze ein loderndes Feuer brannte. Ich konnte nicht erkennen, wer es entzündet hatte, oder ob sich dort Leute befanden, doch ich kletterte immer weiter darauf zu, obwohl die Luft immer dünner wurde.

Endlich meinte ich, schattenhafte Gestalten im Widerschein der Flammen ausmachen zu können. Da gellte ein unmenschlicher Schrei in meinen Ohren. Berstend vor Kummer durchdrang er mich bis in jede Zelle hinein.

Entsetzt fuhr ich hoch, lauschte dem beängstigenden Nachhall. Doch Stille, Dunkelheit und die leisen Atemzüge der Schlafenden holten mich zurück nach Edenplace.

XII

Um mich herum wurde es zunehmend stiller. Gespräche rissen ab, das Scharren der Stühle und Klappern von Besteck verstummten. Ich achtete nicht weiter darauf. Meine Gedanken kreisten unablässig um die gestrige Prüfung. Selbst Lana neben mir schenkte ich kaum Beachtung.

Die Frage, ob mir mein konfuser Auftritt alles verdorben hatte, ließ mich nicht los. Ständig musste ich an Shorts konsternierten Blick denken, als ich voller Überzeugung behauptet hatte, der Stein in meiner Hand leuchte. Hatte er mich als unzureichend abgetan oder es im günstigsten Fall meinem Trauma zugeschoben? Weder Schwester Bernadette noch die Lektüre zweier Medizinbücher hatten mir bestätigen können, dass die Verletzung solche Symptome auslösen konnte. Dieser verdammte Lichtpuls war mir so real erschienen!

Ich fand keine sinnvolle Erklärung dafür und das machte mich verrückt.

Aufgeregtes Gezischel wurde laut. Lana, die mir bis eben noch gut zugeredet hatte, wandte sich um und schnappte nach Luft, was mich endgültig aus meinen Überlegungen riss. Ich drehte mich ebenfalls auf meinem Stuhl um und erstarrte.

Coras hasserfüllter Blick traf mich wie ein Schlag in den Magen.

Alle Augen waren auf sie geheftet. Ich schauderte, war unfähig mich abzuwenden. Unwillkürlich fragte ich mich, wer diese Maßnahme veranlasst hatte.

Schwester Emily selbst? Ich konnte es mir nicht vorstellen. Bei unserem gestrigen Essen hatten wir lediglich über die Prüfung gesprochen, wobei ich den Vorfall mit dem Stein unterschlagen hatte. Trotz meines verletzten Ohres hatte ich nicht ein einziges Mal an Cora gedacht und wie man mit ihr verfahren würde, hatte die Schwester mit keinem Wort erwähnt.

Nun allerdings, das Resultat ihrer Strafe vor Augen, kroch ein stachliges, kaltes Unbehagen durch meine Innereien.

Cora Redcliff war das rachsüchtigste Geschöpf, das ich kannte, und es war klar, wen sie für ihr Unglück verantwortlich machte. Die blanken Konturen ihres Schädels schimmerten fahlweiß im Gegenlicht. Nichts als feine Stoppeln erinnerten an die langen, nussbraunen Haare.

»Blayke«, rief sie und kam langsam mit funkensprühendem Blick auf mich zu.

Ich versteifte mich, blickte ihr eisern entgegen, versuchte die unterschwellige Angst auszublenden, die ihre Gegenwart jedes Mal in mir auslöste. Doch diesmal war die still brodelnde Wut, die diese Angst seit jeher begleitet hatte, stärker.

Sie hat es verdient. Nur würde sie das niemals einsehen.

Viel zu nahe blieb sie stehen. Ihre bleichen Hände umfassten meine Stuhllehne, schlossen mich zwischen ihren Armen ein, als sie sich zu mir herunter beugte. Ich roch ihren Atem und hielt die Luft an, zwang mich, unbeeindruckt zu erscheinen. Das bedauernde Lächeln auf ihrem Gesicht war eine Maske. Wozu machte sie sich die Mühe?

»Das wirst du bereuen«, zischte sie kaum hörbar. Die Worte sickerten wie Gift aus ihrem Mund.

Unsere Blicke bohrten sich ineinander. Für einige Sekunden führten wir einen stummen Machtkampf. Da blitzte etwas im Braun ihrer Iris, das mir den Atem verschlug. Ich zuckte zurück und ein gehässiges Lächeln erschien auf ihrem Gesicht.

Ein rotes Flackern tanzte in ihren Augen, loderte kurz auf und erlosch dann wieder. Ich schnappte nach Luft – *wieder eine Halluzination?*

»... mehr als nur bereuen«, hauchte sie.

Eine Gänsehaut breitete sich auf meinen Armen aus.

Beinahe hätte ich erleichtert aufgeatmet, als sie sich abrupt abwandte.

Was war das? Ich bewegte mich nicht, hörte ihre sich entfernenden Schritte, bis der vertraute Lärmpegel des Speisesaales langsam wieder anschwoll. Erst dann erlaubte ich mir, in meinem Stuhl zusammenzusacken. Ich starrte auf meinen halb geleerten Teller hinab, auf dem Reis und Möhren in einer hellen Soße schwammen. Jeglicher Appetit war mir vergangen.

»Ich nehme nicht an, dass sie sich entschuldigt hat«, flüsterte Lana.

Ich stieß zittrig die Luft aus. »Nein, ganz sicher nicht.«

»Sie ist echt eine Hexe, sie hätten sie rausschmeißen sollen, wenn du mich fragst«, grummelte meine Freundin.

Ich schnaubte. Mit *Hexe* traf sie voll ins Schwarze. Wieder sah ich diese feurigen Ringe in ihren Augen aufflammen und ballte unbewusst die Fäuste.

»Hey, ist dir nicht gut?«, fragte Lana. »Willst du noch mal auf die Krankenstation? Du bist bleich wie ein Gespenst.«

»Nein, schon gut, danke.«

»Ach, Ruby, schau nicht so. Diese blöde Kuh hat dir schlimm zugesetzt, aber sie hat endlich mal bekommen, was sie verdient. Das war längst überfällig. Und ich bin sicher, dass du die Prüfung bestanden hast.«

Ich schluckte. Ich hatte Lana alles darüber erzählt, was ihrem unerschütterlichen Optimismus jedoch nicht viel anhaben konnte.

Sie runzelte die Stirn. »Was hat Cora eben zu dir gesagt?«, forschte sie nach.

Die Glocke schlug und verkündete das Ende der Essenszeit.

»Nach dem Unterricht kotze ich mich komplett bei dir aus, versprochen.« Ich versuchte mich an einem halbherzigen Lächeln, doch Lana lachte trocken. »Solange du das nicht im wörtlichen Sinne meinst.«

»Wenn es um Cora geht, wäre mir tatsächlich danach«, gab ich zu. Wieder fröstelte ich. Ich hätte Lana am liebsten sofort erzählt, was ich eben gesehen hatte. Doch dazu brauchten wir Zeit und Ruhe.

Erst der Stein, nun Coras lodernde Augen. Solche Dinge zu sehen, war definitiv nicht normal und machte mir eine Heidenangst.

Mein schlechtes Gefühl verließ mich auch in den folgenden Tagen nicht. Die Befürchtung, meine Chancen auf das Stipendium verloren zu haben, wuchs stetig an und verwandelte mich in ein Nervenbündel. Zudem war ich stets auf der Hut vor Cora und schlief nicht gut. Meine lebhaften Träume hielten an. Immer kam ein weit entferntes Feuer darin vor, das ich nicht erreichen konnte, egal, wie sehr ich mich bemühte.

Als ich einmal mehr aus dem Schlaf fuhr, ein gellendes Kreischen aus den Fragmenten meiner Träume in den Ohren, waren es jedoch andere Geräusche, die mir einen Schauer über den Rücken jagten.

Mit geweiteten Augen lauschte ich ins Dunkel des Schlafsaals.

Ein verstohlenes Wispern und ein an den Nerven zehrendes Rascheln. Ich lag wie erstarrt. Eine Hand drückte mich rabiat in das Kissen. Eine zweite legte sich über meinen Mund. Ich wollte mich herumwerfen, da zerrte etwas an meinen Armen und Beinen. Im nächsten Moment war ich fixiert. Schlingen hielten mich fest.

»Aufgewacht, Blayke? Gerade rechtzeitig«, raunte mir Coras drohender Schatten zu.

Panik stieg in mir auf, ich rang nach Luft. Ihre Hand drückte brutal gegen meinen Kiefer und presste mir beinahe die Nase zu. Langsam rangen meine Augen der Nacht mehr Kontur ab: Coras kahler Schädel, eine böse Grimasse über mir. Auf der anderen Seite des Bettes standen ihre beiden Gehilfinnen, absurderweise die Hände wie im Gebet vor sich haltend. Sie murmelten einen unverständlichen Singsang, der monoton an- und abschwoll. Ich bäumte mich auf, versuchte zu schreien.

Wie konnten alle so tief und fest schlafen?

Mit weit aufgerissenen Augen fixierte ich meine Peinigerinnen und kämpfte gegen den unerbittlichen Griff.

»Fangt an«, zischte Cora und lächelte hölzern. »Ich sagte doch, du würdest es bereuen, und zwar bis ans Ende deines Lebens. Ich bin gespannt, wie lange das noch andauert.«

Selene vollführte eine ruckartige Bewegung. Meine Glieder wurden strammer gegen das Bett gezurrt. Simona hielt etwas Kleines, Pelziges empor.

Was zum Teufel ist das? Ich schüttelte den Kopf, sog eine wenig Luft in die Lungen. Ein Messer blitzte im schwachen Licht auf. Angst verzerrte meine erstickten Rufe.

Wollen sie mich umbringen? Sind sie derart wahnsinnig?

Mit einem schmatzenden Geräusch fuhr die Klinge in das kleine Geschöpf. Es rührte sich nicht.

Übelkeit stieg in mir auf. Etwas Dunkles tropfte auf meine Decke herab und Simona ließ ihr Opfer auf mein Bett sinken, wo ich es nicht mehr sehen konnte. Sie grinste mich mit irrem Blick an. Ein abscheulicher Gestank stieg mir in die Nase – Blut, Verwesungsgeruch.

Dann nahm Coras verzerrte Fratze mein ganzes Sichtfeld ein. Ich würgte, hielt den Atem an, wollte die Augen schließen, doch der Anblick des kalten Feuers in ihrem Blick ließ mich nicht los.

Das ist nicht real. Kann nicht real sein. Tränen rannen mir aus den Augenwinkeln und ließen das grässliche Bild verschwimmen.

»Sei dreifach verflucht, Ruby Blayke. Alles, was dir etwas bedeutet, soll zu Asche werden. Verflucht sollst du sein«, zischte Cora. Ihr Atem strich über meine Haut.

»Verflucht sollst du sein«, wiederholte Selene düster, gefolgt von ihrer psychotischen Schwester: »Verflucht sollst du sein.« Ihre Stimmen verkamen zu einem grauenhaften Zischeln in der Dunkelheit.

Blanke Angst schnürte mir die Kehle zu.

Die Vipern stimmten eine monotone Litanei an, doch keines ihrer Worte erreichte mich. Ich zitterte unter der Anspannung, meine Glieder loszureißen, starrte Cora an. Speichel glänzte auf ihren Zähnen. Das unheimliche Feuer verglomm in den Abgründen ihrer Augen, was sie kein bisschen weniger furchteinflößend machte.

»Der Tod soll dir alles nehmen«, hauchte sie lächelnd. »Diesem Fluch kannst du nicht entkommen. Ich habe ihn mit Blut bezahlt.«

Sie ist wahnsinnig, völlig durchgeknallt. Ich stieß ein ersticktes Keuchen aus. Simona kicherte boshaft. Wieder versuchte ich, Cora abzuschütteln. Und plötzlich ließ sie mich los.

»Lasst mich in Ruhe!«, stieß ich atemlos hervor, holte tief Luft und schrie meine Angst und Wut heraus: »Lass mich endlich in Ruhe!«

Schlagartig waren meine Arme und Beine wieder frei. Ich stemmte mich hoch.

Etwas raschelte, knisterte. Plötzlich kam Bewegung in den Raum.

»Was ist da los?«, hörte ich Terras ruppige Stimme.

Meine Gegnerin und die Vipern zogen sich geisterhaft schnell zurück.

Die Deckenlampen flammten auf und blendeten uns alle.

»Was beim Bräss soll das Geschrei, Blayke?«, grunzte Terra hinter mir.

Eine Hand über den Augen, starrte ich meine Bettdecke an. Sie war sauber, weder Blutflecken noch ein verendetes Tier waren darauf zu sehen.

»Hast du sie nicht mehr alle?«, raunte Cora. Sie saß in ihrem Bett und funkelte mich spöttisch an.

Noch immer war da dieser modrige Geruch! Ich fixierte das verhasste Gesicht. Ihr Mundwinkel zuckte höhnisch.

Das gab den Ausschlag. Wut flackerte siedend heiß in mir hoch. Ich warf die Decke zur Seite, sprang aus dem Bett und stürzte mich auf sie.

»Wieso tust du das? Wieso hörst du nie auf damit?« Meine Finger bohrten sich in ihre Schultern, ich drückte sie auf die Matratze, wie sie es mit mir getan hatte.

Das kurze Erschrecken auf ihren Zügen wich Belustigung, was mich endgültig ausrasten ließ.

»Du willst mir alles kaputt machen? Du willst Asche? Das kannst du haben!« Tränen verschleierten meine Sicht. Ich drückte immer fester, bis Cora gurgelnd nach Luft rang.

»Hör auf!«, schrie jemand.

Hände packten mich, zerrten an mir. Ich wollte ihr wehtun, richtig wehtun, ihr heimzahlen, was sie mir seit Jahren antat. Sie sollte dafür leiden, dass sie mich in ständiger Angst leben ließ. Ich hasste sie so unendlich, dass ich keine Worte dafür besaß.

»Lasst mich in Ruhe! Sie hat *mich* angegriffen! Sie hat mir wahrscheinlich schon mein Stipendium genommen. Sie hat ...« Ich keuchte, als man mich von ihr wegriss. Cora holte schwerfällig Luft, ihre Augen quollen aus den Höhlen.

»Bist du noch ganz bei Trost?«, fuhr mich Terra an und schob sich vor mich.

Mir war schwindelig. Jemand hielt meine Arme gepackt. Vor Zorn bebend, fixierte ich Cora. Ich atmete blanken Hass aus.

Sie starrte mich schreckensbleich an, die Hände in die weißen Laken gekrampft.

Was habe ich getan? Der ungewohnt verletzliche Ausdruck auf ihrem Gesicht ließ mich erstarren. Alle Kraft wich aus meinen Gliedern und ich taumelte rückwärts.

»Sie hätte mich fast umgebracht«, presste Cora mit erschreckend rauer Stimme hervor.

»Ich frage mich bloß, warum sie das erst jetzt versucht hat«, keifte Terra und stieß mich auf mein Bett.

Benommen blieb ich sitzen. »Nein, das wollte ich nicht«, hauchte ich.

Obwohl sie es verdient hätte, glomm ein letztes wütendes Flackern in meinen Gedanken auf. Es verging sogleich wieder, als ich die fassungslosen Blicke um mich herum registrierte.

»Holt eine Schwester«, rief Selene, während sich ihr Zwilling zu Cora setzte und ihr einen Arm um die Schultern legte.

»O Gott, was hat sie dir angetan?«, japste Simona.

Ich starrte bleich zu ihnen hinüber. Da waren nicht nur blutige Kratzer und Flecken auf Coras Schlüsselbeinen. Ihr dünner, weißer Hals war voller blauer Verfärbungen. Aber ... ich hatte sie nicht gewürgt. *Nein, das kann nicht sein. Ich habe ...*

»Brässverdammte Scheiße«, hauchte Mel und beugte sich zu Cora.

Ich starrte auf meine Finger hinab. Mir schauderte. Meine Nägel glichen roten Halbmonden. Unwillkürlich wollte ich aufspringen, das Blut abwaschen, doch meine Glieder waren wie erstarrt.

Habe ich sie gewürgt? Ich wusste es nicht, ich war völlig außer mir gewesen. *Das tote Tier, Simona mit dem Messer, Coras bösartige Verwünschung und ihr kaltes Lächeln. Dieses schreckliche Feuer in ihren Augen.*

Wie viel davon hatte ich mir nur eingebildet? Ich zitterte. Vor mir saß ein völlig verängstigtes Mädchen, dessen Blut an meinen Händen klebte.

»Was geht hier vor sich?« Mit Schwung wurde die Tür aufgerissen und eine erboste Schwester Claire richtete ihren kohlschwarzen Blick direkt auf mich.

»Sie werden das Kloster in den nächsten drei Wochen nicht verlassen, Miss Blayke. Außerdem werden Sie dreimal täglich den Küchendienst versehen. Ich hoffe, das gibt Ihnen Gelegenheit, über Ihre Tat nachzudenken.«

Betroffen starrte ich auf die gemaserte Schreibtischplatte. Mutter Tabeas Worte trafen mich wie ein Schlag ins Gesicht, nicht wegen der Strafe, die mir viel zu milde erschien, sondern wegen der Anzahl.

Drei Wochen, dreimal täglich – dreifach verflucht sollst du sein.

Ein kleiner Teil in mir wollte hysterisch auflachen.

Soll das Coras Fluch sein? Mein Hals war wie zugeschnürt. Ich glaubte nicht an Flüche und abergläubischen Humbug, doch der Angriff in der Nacht brachte meinen Puls noch immer zum Rasen. Ich hatte ihn mir nicht eingebildet, das bewiesen die verblassenden, roten Abdrücke an meinen Gelenken. Cora und ihre Spießgesellinnen hatten mich gefesselt und ihre kranke Show veranstaltet. Nur glaubte mir das niemand.

Eine kleine Stehlampe in der Ecke erleuchtete das dunkle Büro der Äbtissin. Sie trug nur einen dünnen, weißen Schleier auf dem Kopf. Er war nach hinten verrutscht, sodass ihr ergrautes Haar darunter hervorschaute. Ihr Blick war so eisig wie die nächtlichen Temperaturen.

Und ich verdiente ihren Zorn. Was immer Cora getan hatte, ich hätte sie nicht angreifen dürfen. Ich hatte die Beherrschung verloren.

»Ja, Mutter Oberin. Es tut mir leid, es wird nicht wieder vorkommen«, murmelte ich.

»Ich bin schwer enttäuscht von Ihnen. Ein tätlicher Angriff auf eine Mitschülerin ... Was haben Sie sich nur dabei gedacht?«

»Ich schlage vor, diese Sache genauer zu untersuchen«, intervenierte Schwester Emily, die neben mir stand.

»Genug davon, alle Mädchen haben bestätigt, dass Cora Redcliff sowie Simona und Selene Tarza sich in ihren Betten befanden. Es gab weder einen Tierkadaver noch ein Messer. Nirgendwo, weder innerhalb des Zimmers, noch vor den Fenstern.«

Ich atmete flach, den Blick weiterhin gesenkt. Sie hatten tatsächlich alles durchsucht, selbst im Garten war eine Schwester mit einer Taschenlampe herumgelaufen. Doch da war nichts gewesen. Ich konnte niemandem verdenken, dass sie alles nur für einen fatalen Albtraum hielten. Dennoch wusste ich, dass dem nicht so war. Cora hatte ihr unheimliches Ritual genau geplant, wenngleich sie bestimmt nicht damit gerechnet hatte, von mir angegriffen zu werden.

»Es tut mir leid«, wiederholte ich leise.

Ich wünschte, ich hätte nicht die Fassung verloren. Die Flecken auf ihrem Hals gingen mir nicht aus dem Sinn. Dass ich mich nicht erinnern konnte, wie das geschehen war, setzte mir noch mehr zu. Als wäre ich nicht ich selbst gewesen.

Lautes Scheppern hallte durch die Küche, als hinter mir jemand Besteck in die Schubkästen sortierte. Ich schrubbte einen der unzähligen Töpfe, kannte inzwischen jeden Kratzer auf dem Metall. Die Tage zogen zäh an mir vorbei. Ich war es nicht mehr gewohnt, im Kloster eingesperrt zu sein, und vermisste Finn noch mehr als sonst. Wäre Lana nicht gewesen, hätte ich es kaum ausgehalten. Wir saßen nach dem Unterricht stundenlang zusammen, vertrauten uns unsere Sorgen an oder malten uns aus, wie das Leben in New Cisco sein würde.

Sie meinte noch immer, dass es für mich schon in Kürze Realität sein würde, doch diese Hoffnung schwand mit jedem Tag.

Das Warten auf die Prüfungsergebnisse zermürbte mich und darüber hinaus folgten mir die finsteren Blicke der Vipern überallhin. Auch Cora lief mir an jeder Ecke über den Weg. Die Blessuren auf ihrer Haut waren wie eine stetige Anklage. Obwohl sie diejenige mit dem geschorenen Kopf war, schien sie sich an meiner Strafe zu ergötzen ... oder auf irgendetwas zu warten.

Ich hatte seit dem Angriff kein einziges Wort mit ihr gewechselt und doch war mir, als flüstere sie die ganze Zeit auf mich ein.

Plötzlich erklang das klagende Heulen der Sirenen. Ich schreckte aus meiner monotonen Arbeit und zog die tropfenden Hände aus dem Spülwasser.

»Rasch, geht nach unten«, befahl die Köchin.

Der Küchentrakt befand sich im Westflügel des Klosters. Von hier aus gab es eine direkte Treppe in den Kohlenkeller, von dem aus man über eine Abzweigung ans Ziel gelangte. Die Stiege war jedoch schmal und nur für wenige Leute geeignet, weshalb die Schülerschaft einen Umweg über die breite Haupttreppe gehen musste. Da dies bereits der zweite Rift-Ausbruch war, seit ich den Küchendienst versah, kannte ich den Weg. Ich wischte meine feuchten Hände ab, verließ den Raum als Letzte und trat in den Flur.

»Na, Blayke, wie ist es, verflucht zu sein?«

Erschrocken wirbelte ich herum. *Cora, natürlich.* Zornig starrte ich sie an. Im Schatten des Bogengangs, in dem sie mir aufgelauert hatte, wirkten ihre Züge weicher als sonst. Langsam schüttelte ich den Kopf, darauf gefasst, dass sie jeden Moment mit einer neuen Hinterhältigkeit auftrumpfte. »Du bist wahnsinnig, Redcliff, diesen Schwachsinn glaubst du doch selbst nicht.« Meine Stimme war rau vom langen Schweigen.

Ein hämisches Lächeln spielte um ihre Lippen. »Ach ja? Dafür, dass du nicht daran glaubst, hast du aber verdammt heftig darauf reagiert.« Sie fuhr sich mit den Fingern über die verblassten Male und roten Stellen, wo sich der Schorf gelöst hatte.

Ich schluckte. Das elegische Heulen der Sirene schwoll erneut an. Wir waren allein in diesem Trakt. *Was soll das? Was will Cora ausgerechnet jetzt von mir?* Entfernt hörte ich das Murmeln und Rumoren, der durch die Gänge drängenden Schüler. Cora regte sich nicht. Ihr unheimliches Lächeln trieb mich einen Schritt zurück.

»Du hast mich jahrelang drangsaliert. Es ist genug, Cora, hast du das noch immer nicht begriffen?«, fauchte ich.

Statt mir zu folgen, lehnte sie sich gegen die grauen Mauersteine des Flurs und versank noch tiefer im Schatten. Ein Kichern ertönte. »Ich habe dich genau da, wo ich wollte«, hauchte sie.

Ich machte einen weiteren Schritt von ihr weg.

»Dreifach verflucht, Blayke. Deine Schonzeit ist vorbei. Der Fluch wird dich treffen. Und zwar genau hier.« Theatralisch legte sie eine Hand über ihr Herz.

Die Sirene wehklagte in meinen Ohren. Ich holte tief Luft. *Glaubt sie wirklich an diesen Fluch? Sie ist eindeutig übergeschnappt. Nein, sie will mir nur Angst machen.* Zu meiner Schande gelang ihr das.

Plötzlich wurde ich mir der Stille bewusst.

Die Sirene war verklungen.

»Wir müssen sofort in den Schutzraum«, schnappte ich und drehte mich auf dem Absatz um.

Ich rannte los, doch hinter mir erklangen keine Schritte.

Hektisch drehte ich mich um. »Cora?«

Keine Antwort. *Zum Bräss, was soll das? Will sie hier oben draufgehen?*

»Cora, komm, wir müssen runter!« Verzweifelt hielt ich inne, vernahm jedoch kein Lebenszeichen von ihr. Wo war sie? War sie zurückgelaufen, um über den Speisesaal nach unten zu gehen? Das war ein riesiger Umweg. Das würde sie nicht rechtzeitig schaffen.

»Cora, du musst mit mir hier entlang. Dieser Weg ist viel kürzer!«

Fluchend machte ich kehrt und rannte zurück zum Kücheneingang, doch es war keine Spur von ihr zu sehen.

Der erste Donner grollte. Rumpelnd und schwer rollte er über die Dächer, viel lauter als unten in den Schutzräumen. Das Bräss würde nicht lange auf sich warten lassen.

Diese verdammte Hexe!

Sie musste den langen Weg genommen haben. Dann konnte ich sie nicht mehr aufhalten. Blieb nur zu hoffen, dass sie schnell genug war. Ich drehte mich zur Treppe um.

Ein Klappern und etwas, das wie ein Stöhnen klang. Mit wild pochendem Herzen blieb ich erneut stehen. Es war aus dem Speisesaal gekommen.

Wieder krachte es laut.

Ohne nachzudenken, rannte ich auf die halb geöffnete Kantinentür zu und stürmte hinein. Blitze züngelten vor den Fenstern, erhellten die scharlachroten Wolken, die sich aufwarfen wie giftige Geschwüre. Der Donner vibrierte in meiner Brust und das Licht flackerte vor meinen Augen.

Atemlos sah ich mich um, konnte jedoch niemanden entdecken. Verdammt, die Zeit lief mir davon! Cora war nicht hier. Ich musste in den Keller, sofort.

Ein dumpfes Krachen ertönte unter mir. Die Eisentüren der Schutzbunker schlossen sich. Wie ein dunkles Omen hallte es aus den klammen Kellergewölben zu mir herauf, wurde einen Herzschlag später von infernalischem Donnern verschluckt. Ich zuckte unter der Gewalt des Rifts zusammen. Das gesamte Gemäuer erbebte.

Ich war ausgesperrt. Das Brässphylin würde mir in wenigen Minuten den Garaus machen. Verzweifelt schluchzte ich auf.

Was hat Cora gesagt? Sie hat mich genau da, wo sie mich will? Keuchend blickte ich mich um, suchte fieberhaft nach einer Lösung. Ich brauchte eine Gasmaske, doch wo konnte ich eine finden? Die Schutzräume waren abgeriegelt. Niemand würde mich in dem Lärm hören und mir öffnen. Bis ich dort unten war und an die Türen hämmern konnte, würde das Bräss bereits ins Gebäude dringen.

Hat die Äbtissin eine Maske in ihrem Büro? Hastig lief ich zum Ausgang des Speisesaals. Die Fenster klapperten in ihren Rahmen. Sturmböen und Regen schlugen klatschend dagegen.

Am Treppenaufgang stoppte ich. Nein, Mutter Tabea besaß keine separate Maske. In ihrem Schrank gab es nichts als Aktenordner.

Ein Bild blitzte in meinem Kopf auf, eine unscheinbare Erinnerung. Ich hatte kaum darauf geachtet. Gestern, als ich auf dem Weg zur Küche gewesen war, um bei der Geschirrausgabe zu helfen, waren mir zwei Schüler, beladen mit Kartons, über den Weg gelaufen, zweifellos unterwegs zum Entsorgungscontainer. Aus einem dieser Kartons hatte der schwarze Riemen einer Maske herausgeschaut.

Ich atmete durch und drehte mich zu der hohen Eingangstür. Verschnörkelte Gitter saßen vor den eingelassenen Buntglasscheiben, die im Licht der Blitze unheilvoll aufflammten. Die Masken waren draußen, lagen im Container, dieser würde erst in der folgenden Woche geleert werden. Konnte ich das überleben?

Nun, wenn ich es nicht versuchte, würde ich definitiv sterben, und die Zeit spielte gegen mich.

Ich drückte die Klinke.

Der Wind nahm mich heulend in Empfang und schmetterte die Tür auf. Das Unwetter zwängte sich brüllend durch die Pforte. Der Regen überzog die Steinfliesen mit einer dünnen Wasserschicht und peitschte mich beinahe wieder nach drinnen. Die eiskalte Flut durchnässte mich innerhalb weniger Sekunden,

Donnergrollen füllte meine Ohren. Voller Entsetzen stand ich vor dem schwarzen Schlund der Türöffnung und starrte in das wilde, glutrote Auge des Sturms.

Der Rift-Influx betäubte meine Sinne, er war gewaltig und gnadenlos. Mein Herz raste. Wie konnte ich mich mitten in seinen todbringenden Kern wagen?

Allein die blanke Angst vor dem goldenen Staub, den er sogleich über die Erde ausspeien würde, trieb mich weiter, fort vom Schutz der Mauern, quer über den Hof. Ein Donnerschlag warf mich fast nieder. Der Wind zerrte an mir und ich stemmte mich dagegen. Etwas streifte meine Schulter. Ein armdicker Ast krachte neben mir zu Boden.

Ich keuchte schwer, als ich die Container erreichte. Aus dem Augenwinkel erspähte ich einen feinen, gelblichen Glanz am Himmel. *Bitte, noch nicht, noch nicht!*

Nur mit Mühe stemmte ich den breiten Deckel auf. Sofort erfassten die Böen den Unrat obenauf und rissen ihn davon. Ich blinzelte, suchte kopflos, versuchte mehr Details zu erkennen. Und da war er: der Karton, halb geöffnet, etwas Dunkles lag darin. Ich riss die Kiste heraus und fasste hinein.

Ein Maskenoberteil, die Scheibe zerbrochen, der Filter nicht mehr vorhanden. Nackte Panik kroch durch meine Glieder.

Ich werde sterben.

Mit einem wütenden Knurren, das sich rau in meine Kehle grub, riss ich mich aus der Erstarrung. Ich durfte nicht aufgeben! Es waren zwei Kartons gewesen.

Fluchend wühlte ich tiefer im Unrat. Da! Verborgen unter Scherben und Papier – die zweite Kiste! Ich streckte mich danach, erreichte sie jedoch nicht ganz. Ich sprang, hing über die Kante ... Dann hatte ich sie. Mit eiskalten Fingern zerrte ich sie an einer Ecke heraus. *O bitte Gott, lass eine funktionierende Maske darin sein!*

Im nächsten Augenblick explodierte die Welt in züngelnden, grellen Bildern. Ein Pfeifen erfüllte meine Ohren und ich flog durch die Luft. Es schien endlos zu dauern, ehe mich ein harter Schlag in den Rücken traf. Der Atem versagte mir. Alles drehte sich, nichts fühlte sich an, wie es sollte. Benommen registrierte ich den erbarmungslosen roten Himmel, der auf mich herab starrte und eine glitzernde, feine Hand nach mir ausstreckte. Dunkle Schemen, die Mauern von Edenplace, ein alter zerbeulter Blechcontainer und die im Wind schaukelnden Äste eines Baumes, tanzten am Rand meines Blickfeldes, als wollten sie den tiefen Schlund über mir einrahmen.

Meine Sicht verschwamm, mein Kopf dröhnte. Das zarte Goldgespinst näherte sich, geradezu tröstlich.

Endlich regte sich mein Verstand wieder.

Das Bräss, es war beinahe da! Ich sog schmerzhaft Luft in meine Lungen, so viel ich nur konnte, zwang mich, meinen schmerzenden Kopf zu bewegen. Dort lag sie, meine Rettung, sieben hohnlachende Meter von mir entfernt.

Mit angehaltenem Atem wälzte ich mich herum. Meine Glieder waren wie taub, ich konnte sie kaum bewegen. Ich kniff die Augen zusammen, blinzelte zwischen den Wimpern hervor. Mühsam kroch ich über den schlammigen Grund, kämpfte mich voran, konzentrierte mich auf die Luft in meinen Lungen.

Die Welt erstrahlte in einem betörend hellen Dunst. Die Regentropfen glänzten wie Engelstränen.

Ich wollte schluchzen, wollte atmen. *Gleich werde ich tot sein.*

Meine Finger krallten sich in den Grund, ich zog mich vorwärts. *Die Maske. Funktioniert sie noch? Reicht ihre Imprägnierung noch aus?*

Meine Augen begannen zu tränen, ich kniff sie zu, fühlte den Sturm auf meiner Haut. Er drückte mich zu Boden, wollte mich abdrängen, doch ich hielt meinen Kurs. Noch immer war da nichts. *Habe ich sie verfehlt?* Verzweifelt blinzelte ich. Da, nur Zentimeter vor meinen Fingerspitzen. Ich riss die Maske an mich, presste mir den schmutzverklebten Kunststoff aufs Gesicht, als mich ein Donnerschlag bis in die Knochen erbeben ließ. Am Boden zusammengekrümmt, suchte ich mit zittrigen Fingern nach dem Ventil, konnte es nicht finden.

Ist es abgebrochen? Tränen sickerten unter meinen Wimpern hervor und vermischten sich mit dem tödlichen Gas. *Beruhige dich, denk nach.*

Es war eine Tarbsen-Maske. Das Ventil war seitlich angebracht, untypisch, doch ich wusste, wie ich damit umzugehen hatte. Ein Klicken bestätigte mir, dass es umgelegt war.

Das erlösende Zischen. Gefilterte Luft drang ein, ich sog sie gierig auf, hustete, röchelte und rollte mich erschöpft auf den Rücken. Der Himmel färbte sich grau, verlor sein Flimmern, verlor sein zuckendes, gleißendes Muster. Ich sah zu, atmete und fühlte mich unglaublich klein.

XIII

Die dumpfen Erschütterungen von Schritten, fassungslose und sorgenvolle Gesichter über mir. Jemand nahm mir die Maske ab, ich wurde hineingetragen und schlief – Stunden, Tage, ich wusste es nicht.

»Wie fühlen Sie sich, Miss Blayke?«, fragte Schwester Bernadette.

Ich blinzelte. Ein kleiner Raum in der Krankenstation. Der Tag drückte trüb gegen die Fensterscheiben, schwarze Wolken ballten sich in dem engen Holzrahmen. Infusionsnadeln steckten in meinen Armen und ich fühlte mich matt, kraftlos und, um ehrlich zu sein, beschissen. Das würde ich der Schwester allerdings nicht so unverblümt sagen.

»Ich sehe schon, Sie werden noch einige Zeit mein Gast sein. Versuchen Sie gar nicht erst, aufzustehen. Gleich bekommen Sie etwas zu trinken und zu essen, also bleiben Sie noch kurz wach«, empfahl sie mir, doch ich dämmerte bereits wieder in eine dunstige Welt davon.

In den folgenden Tagen schwebte bei jedem Erwachen Schwester Bernadettes bekümmerter Gesichtsausdruck über mir, was mir mehr Bauchschmerzen verursachte als mein brummender Kopf und die tauben Glieder. Mir war schwindelig, was ich wahrscheinlich dem Stechen in meinem linken Ohr verdankte, das komplett taub zu sein schien. Ich hätte heulen können, doch selbst dazu fehlte mir die Energie. Also lag ich teilnahmslos da und starrte die vergilbte Wand an.

Endlich kam ein Tag, an dem mein Kopf etwas klarer war. Schwester Bernadette kam mit einem Infusionsbeutel in den Raum. Ich versuchte zu sprechen, wollte meine Krankenschwester fragen, was mit mir los war, doch aus meiner trockenen Kehle kam nur ein unartikuliertes Krächzen. Sie reichte mir einen Trinkhalm.

»Nicht überanstrengen. Wissen Sie noch, was passiert ist? Ein Blitz hat ganz in Ihrer Nähe eingeschlagen. Sie haben Glück, dass Sie noch leben.«

Ich erinnerte mich – *Cora, die Gasmaske aus dem Container. Beim verfluchten Bräss. Wie nah hat dieser Blitz eingeschlagen? Bin ich wirklich verflucht?*

Der Gedanke trieb durch mein Bewusstsein und krallte sich dort hartnäckig fest, obwohl ich versuchte ihn abzuschütteln.

Schwester Bernadette zupfte geschäftig an den Schläuchen herum, die neben meinem Bett an einem Ständer herabhingen, und lächelte traurig.

»Werde ich ... wieder gesund?«

Sie hielt mitten in der Bewegung inne, wandte mir dann langsam das Gesicht zu und zögerte einen Moment, ehe sie antwortete: »Ruhen Sie sich aus, Miss Blayke, das ist jetzt erst einmal am wichtigsten.« Dann eilte sie davon.

Ich starrte an die hellgraue Decke und kämpfte die Verzweiflung nieder. *Ich bin noch am Leben, immerhin hat mich der Influx nicht umgebracht.* Ein leises Schluchzen entwich mir, ich biss mir auf die Lippen. Weinen würde es nicht besser machen.

Die Tür ging erneut auf und Mutter Tabea trat ein, ebenfalls mit diesem grässlich sorgenvollen Ausdruck in den Augen, der mir das Gefühl gab, todgeweiht zu sein ... oder Schlimmeres.

»Mutter Oberin«, krächzte ich, »was ist mit mir passiert?«

»Miss Blayke, Sie können bereits wieder sprechen, das ist ja wunderbar«, meinte sie und ein Lächeln erhellte ihre düstere Miene.

Ich räusperte mich, meine Gedanken waren schwerfällig. »Konnte ich das nicht mehr?« Ich erinnerte mich nicht daran, dass jemand versucht hätte, sich mit mir zu unterhalten. Hatte ich nicht die meiste Zeit über geschlafen?

Sie schüttelte den Kopf. »Ein Arzt aus New Cisco hat Sie untersucht, er vermutete, Sie hätten intrazerebrale Blutungen erlitten. Wir wussten nicht, wie weitreichend die Folgen sein würden.«

Ich verengte die Augen. Gehirnblutungen konnten sich auf alle möglichen Körperfunktionen auswirken. »Sie wissen also nicht, ob ich wieder gesund werde?«

Sie zog einen Holzstuhl heran und setzte sich neben mein Bett. Eine Hand legte sie mir auf den Arm und schenkte mir ein zuversichtliches Lächeln. »Ich glaube, dass es ein Zeichen Gottes ist, dass Sie diesen Influx überlebt haben. Er hat noch etwas mit Ihnen vor. Und ganz egal, ob dieser Blitzschlag Sie ein Leben lang zeichnen wird, Sie bleiben immer Sie selbst.«

Ich schluckte schwer. Das waren die Worte einer Gläubigen. Worte, die Mut machen sollten, mich jedoch zutiefst erschütterten. Was bedeutete: *Für immer gezeichnet*? »Sie waren überrascht, dass ich überhaupt sprechen kann. Wie standen denn die Prognosen?«

Die Äbtissin seufzte, wandte sich zur Tür und rief: »Schwester Bernadette, wenn Sie Zeit hätten?«

Die Nonne kam eilig herein und zählte mir, nachdem die Äbtissin sie dazu aufgefordert hatte, meine Blessuren auf: »Eine leichte Verbrennung an einer Wade, hier werden Narben zurückbleiben. Das Innenohr wurde abermals geschädigt. Sie haben die ersten zwei Tage definitiv nichts gehört und konnten auch nichts sagen. Ich verstehe, ehrlich gesagt, nicht, wie Sie sich so rasch erholen konnten, denn die Infusionen allein hätten das nicht bewerkstelligen dürfen. Ob Ihr linkes Ohr wieder heilt, ist ungewiss. Ihr Trommelfell ist gerissen. Außerdem meinte Dr. Harper, Sie hätten wahrscheinlich Hirnblutungen, was man erst später mit Gewissheit sagen kann. Die Symptome sprachen dafür. Was Ihre motorischen Fähigkeiten betrifft, kann ich noch keine Rückschlüsse ziehen. Sobald Sie sich kräftig genug fühlen, kann ich einige Tests durchführen, die uns mehr Aufschluss geben.«

Ich nickte benommen angesichts so vieler schlechter Neuigkeiten. Dann erst realisierte ich die Folgen. »Was ist mit dem Stipendium? Falls ich es überhaupt bekäme ... Und werde ich mit dem Ohr wieder schwimmen dürfen? Kann ich überhaupt je wieder aufstehen?«

Panisch versuchte ich mich aufzusetzen, wollte meine Glieder dazu zwingen, zu funktionieren, doch ich konnte nur den Kopf leicht anheben. Ein Zucken lief durch meine Muskeln und meine Arme zitterten kraftlos.

Mutter Tabea drückte mich zurück. »Beruhigen Sie sich.«

Auch Schwester Bernadette lehnte sich bestürzt zu mir herunter. »O nein, Sie bleiben liegen. Sie dürfen nicht alles auf einmal wollen, Miss Blayke. Warten Sie ab, geben Sie Ihrem Körper Zeit. Wenn Sie es übertreiben, schaden Sie sich nur. Ehrlich gesagt, habe ich nicht gedacht, dass Sie je wieder ein Wort sprechen werden.«

Schlagartig wich alle Anspannung aus meinen Gliedern und ich sank in mich zusammen.

»Ihre Fragen werden sich bald klären, Miss Blayke. Seien Sie zuversichtlich. Dr. Harper wird Sie demnächst wieder untersuchen«, sagte Mutter Tabea.

Ich nickte, kämpfte gegen den Klumpen Angst, der meine Kehle eng werden ließ.

Die Äbtissin lehnte sich auf ihrem Stuhl zurück und musterte mich durchdringend. »Dürfte ich Ihnen noch eine Frage stellen, die uns allen auf der Seele brennt? Wieso waren Sie nicht im Schutzraum?«

Ich fixierte einen Punkt über der Tür. Cora hatte ihnen natürlich nichts erzählt. Also berichtete ich, was geschehen war.

Die Tests, die wir in den nächsten Tagen durchführten, waren stets kurz, um mich nicht zu ermüden. Erinnerungen wurden abgerufen und ich beantwortete einfache Fragen. Ich brauchte viel Zeit, musste mich lange konzentrieren, doch Schwester Bernadette tat meine Bedenken mit einem Schulterzucken ab. Allein die Tatsache, dass ich darüber bereits reflektiere, sei ein gutes Zeichen.

Schließlich bewegte die Nonne meine Glieder und ich musste ihr schildern, welche Stellen sich taub anfühlten oder schmerzten. Mein linkes Ohr stellte sich als komplett gehörlos heraus, dafür erholte sich das rechte wieder.

Nach dieser täglichen Prozedur fühlte ich mich jedes Mal so erschöpft, als sei ich einen Marathon gelaufen.

Als Lana schließlich die Erlaubnis erhielt, mich zu besuchen, fiel sie mir in Tränen aufgelöst um den Hals und ich war so aufgewühlt, dass Schwester Bernadette sie beinahe wieder fortgeschickt hätte. Nachdem sie uns das Versprechen abgenommen hatte, uns wie gesittete Damen zu unterhalten, gewährte sie uns jedoch eine halbe Stunde am Tag.

Von Schwester Emily, die mich ebenfalls regelmäßig besuchte, erfuhr ich, dass Cora rechtzeitig und außerdem gemeinsam mit ihren Freundinnen in den Schutzraum gekommen war. Zudem sei es ihr nicht sonderlich gut gegangen, weshalb die Zwillinge sie gestützt hatten. Dass ich noch oben gewesen war, hatte sie mit keinem Wort erwähnt.

Ich hörte meiner Mentorin ungläubig zu. Wie hatte Cora das angestellt? Ich erinnerte mich, wie sie sich in dem schattenverhangenen Gang gegen die Wand gedrückt hatte. War es ihr tatsächlich nicht gut gegangen? Wie hatte sie schnell genug hinabgelangen können? Wieso hatten Selene und Simona sie gestützt? Waren die beiden in der Nähe gewesen?

Cora musste sofort aufgebrochen sein, als ich losgerannt war, eine andere Möglichkeit sah ich nicht. Aber was hatte dann die Geräusche im Speisesaal verursacht?

Gequält fasste ich mir an den schmerzenden Kopf. Die Angst, dass ich abermals einer Einbildung aufgesessen war, ließ mich nicht los.

»Miss Redcliff sagte, sie hätte Sie nicht gesehen, Miss Blayke, und befürchtet, Sie wollten ihr dieses Unglück nun anhängen.« Schwester Emily schüttelte resigniert den Kopf. »Ich wünschte, Sie würden diese unsägliche Fehde begraben. Ich will Ihnen jetzt keine Vorhaltungen machen, doch das nimmt Ausmaße an, die alles übersteigen, was ich bislang erlebt habe.«

»Ich bemühe mich darum«, murmelte ich. Ich fühlte mich wie ausgehöhlt. Dass ich Cora angegriffen hatte, warf kein gutes Licht auf mich und es stimmte: Sie trug keine direkte Schuld an dem, was passiert war. Sie hatte schließlich nicht wissen können, dass ich umkehren und nach ihr suchen würde. *Oder doch?*

Plötzlich fröstelte mir. Wieder hörte ich ihre Worte in meinem Kopf: *Ich habe dich genau da, wo ich wollte.*

Ich schloss die Augen. *Jetzt nur nicht paranoid werden.*

Es dauerte fünf weitere Tage, ehe ich das Bett verlassen konnte. Wobei *Verlassen* zu hoch gegriffen war. Es war ein zittriges Stehen, während ich mich an einem Bettpfosten festklammerte, eine schweißtreibende Übung, die ich mir von nun an mehrmals täglich abverlangte. Trotz schlechter Prognosen klang das Taubheitsgefühl in meinen Gliedern allmählich ab.

Dr. Harper, ein Mann um die fünfzig, dessen Gesicht beinahe vollständig hinter einem grauen Vollbart versteckt war, war erstaunt über meine schnelle Genesung. Er meinte, meine motorischen Fähigkeiten würden sich mit dem Alltag wieder einstellen und einem Studium stünde wohl nichts im Weg. Er untersagte mir jedoch streng, auch nur daran zu denken, schwimmen zu gehen. Mein linkes Ohr durfte nicht mit Wasser in Berührung kommen, da dies leicht zu einer Infektion des Innenohrs führen konnte. Dr. Harper wusste nicht, ob das Trommelfell wieder heilen würde, und empfahl mir, es regelmäßig untersuchen zu lassen.

Das dunkle, abgewetzte Linoleum quietschte unter den Gummisandalen, die mir Schwester Bernadette gegeben hatte.

»Und Eve hat so einen Blödsinn geschnattert. Von wegen, du hattest Glück. Von einem Blitz getroffen zu werden sei in etwa, als hätte dich Gott mit dem kleinen Finger berührt«, erzählte Lana, während wir im dunklen Treppenschacht auf und ab wanderten, damit meine verkümmerten Muskeln ein wenig zu tun hatten.

»Nicht wirklich, oder? Ich kann die Erfahrung jedenfalls nicht weiterempfehlen.« Der scherzhafte Ton misslang und ich hielt mich schwer atmend am Geländer fest. Jede Stufe strengte mich an, meine Beine drohten allmählich nachzugeben, doch ich besaß heute ein wenig mehr Energie als am Vortag. Es war der vierte Tag meiner Treppenübungen.

»Keine Sorge, ich will es dir nicht nachmachen und auch sonst keiner. Sie reden übrigens noch immer alle über dich.«

»Na ja, ich habe damit schließlich genug Gesprächsstoff geliefert.«

Ich hatte Lana erzählt, was geschehen war, und sie glaubte mir, konnte sich jedoch auch nicht erklären, was oder wer die Geräusche im Speisesaal verursacht hatte.

»Cedric hat übrigens gefragt, ob er dich besuchen kann«, meinte sie und setzte sich auf die oberste Stufe.

»Oh ...«

»Er macht sich echt Sorgen um dich, Ruby. Wieso bist du eigentlich immer so spröde, wenn es um ihn geht?«

»Spröde?« Ich sah sie entgeistert an.

»Okay, ich sage ihm, du willst keinen Besuch. Aber wenn du ihn nicht magst, dann musst du mal mit ihm reden. Er hört sonst, glaube ich, nie auf, sich Hoffnungen zu machen.«

Ich sah bedrückt zu Boden. Cedric war der Letzte, über den ich mir im Moment Gedanken machen wollte.

»Tut mir leid, ich weiß, du hast gerade echt andere Probleme. Er nervt mich bloß die ganze Zeit. Vergiss es einfach. Apropos Besuch. Ich sollte eigentlich nichts verraten, aber bevor du dich jetzt völlig verausgabst und den Rest des Tages schläfst ...«

Schlagartig hellte sich meine Stimmung auf. »Kommt er etwa heute schon? Ich dachte, erst morgen.«

Lana lachte. »Klar, heute. Um ehrlich zu sein, wollte der Irre sofort in den nächsten Zug springen, als ich ihm davon erzählt habe. Aber ich habe ihm gesagt, es geht dir jeden Tag besser und er soll erst mal schauen, dass er frei bekommt. Nicht, dass er seinen Job verliert. Er ist doch jetzt bei Kegan Inc., dieser Fabrik, wo sie Kanister für Mirteol herstellen.«

Ich strahlte. Durch meinen Hausarrest hatte ich Finn bereits über einen Monat nicht mehr gesehen und Lana war es erst diese Woche gelungen, ihn zu kontaktieren. »Weißt du, wann genau er kommt?«

Lana grinste und kratzte sich gespielt nachdenklich am Kopf. »Er sollte eigentlich demnächst eintrudeln, wenn die Bahn keine Verspätung hat.«

Beinahe machte ich einen Hüpfer und stieg, so schnell ich konnte, die Treppe hinauf.

Lana kicherte. »Meine Güte, hätte ich gewusst, wie sehr dich das anspornt, hätte ich es dir früher gesagt.«

Obwohl ich ihn erwartet hatte, war Finns Anblick eine Überraschung. Ohne die einheitsgraue Uniform von Edenplace kam er mir älter vor, weltgewandter, obgleich er lediglich einen roten Pullover und eine blaue Hose trug. Er lächelte, doch die vertrauten Grübchen auf seinen Wangen konnten seine Beunruhigung nicht kaschieren.

»Was machst du nur für Sachen, Ru?« Mit zwei schnellen Schritten war er an meinem Bett und drückte mich an sich. »Gott, ich wünschte, ich hätte eher hier sein können.«

Ich vergrub meinen Kopf an seiner Schulter, wünschte ebenfalls, er wäre da gewesen. Zugleich war ich jedoch froh, dass er mich nicht so gesehen hatte: nichts als ein Häufchen Elend, das sich kaum rühren konnte. Er hätte sich nur noch mehr Sorgen gemacht.

»Schon gut«, murmelte ich mit einem erstickten Lächeln.

Er löste sich wieder von mir und musterte mich besorgt. »Wie konnte das überhaupt passieren?«

»Ich hoffe, du hast Zeit mitgebracht. Dann erzähle ich dir alles«, erwiderte ich.

»Klar, ich fahre erst heute Abend zurück. Als Lana mir erzählt hat, du warst in einem Influx, bin ich aus allen Wolken gefallen. Ich wollte sofort herkommen.«

»Das hat sie mir gesagt. Ich bin so froh, dass du jetzt da bist. Du glaubst gar nicht, wie trist es hier ohne dich ist.«

Ich drückte seine Hand und er gluckste: »Hier ist alles trist, Ru, egal, ob mit mir oder ohne mich.« Er beugte sich ein Stück näher, als befürchte er, Schwester Bernadette könnte ihn hören. »Weißt du, Edenplace kommt mir jetzt richtig grau und veraltet vor. Es ist einfach kein Vergleich zur Stadt. Es wird Zeit, dass du hier rauskommst.«

»Was flüstern Sie hier herum, Mr Miles?«, meinte die Nonne, die plötzlich hinter ihm in der Tür stand.

Finn fuhr ertappt herum und ich musste lächeln. Die Szene wirkte wie einstudiert.

»Tun Sie mir einen Gefallen und gehen Sie mit Miss Blayke in den Garten, sie braucht frische Luft«, forderte die Schwester mit einer aufgesetzten Ruppigkeit, die ihr niemand abkaufte.

Wir kamen dem nur allzu gerne nach. Draußen war es mild für Mitte November und wir zogen uns auf die alte Bank an der Westflanke der Klostermauer zurück. Da ich so schwach auf den Beinen war und Finn mich stützen musste, brauchten wir eine Ewigkeit für die kurze Strecke. Er hörte sich mein ganzes Leid an und ich nahm kein Blatt vor den Mund. Es war so vieles geschehen, seit wir uns zuletzt gesehen hatten.

»Schenk Cora einfach keine Beachtung mehr, sie ist ein eifersüchtiges Miststück. Und dieser ganze Unsinn mit diesem Fluch ... Die hat sie doch nicht mehr alle. Ich bin nur froh, dass du diesen Rift-Ausbruch überstanden hast, wie auch immer du das geschafft hast. Meine Güte, allein auf die Idee zu kommen, draußen in den Containern zu suchen.« Finn schnaubte und schüttelte ein weiteres Mal den Kopf. »Und mach dir keine Sorgen wegen dem Stipendium. Die nehmen dich. Schon vergessen, du bist hyperschlau.«

Sein Grinsen konnte ich nur halbherzig erwidern. »Mein Gefühl sagt mir, dass sie mich nicht nehmen.«

»Wegen diesem komischen Stein? Dann sind sie einfach nur bescheuert. Schließlich ging es dir an dem Tag nicht gut.«

»Ja, aber du warst nicht dabei. Der Prüfer hat mich angesehen, als hätte er mich schon abgehakt.«

Finn schwieg einen Moment und verschränkte die Finger auf dem Schoß. »In drei Tagen bekommst du die Antwort, oder?«

»Ja.« Sofort sackte mein Magen in sich zusammen.

»Weißt du was?« Finn setzte sich ruckartig neben mir auf und sah mich durchdringend an. »Ich habe nachgedacht. Und damit meine ich, ich habe mir wirklich lange Gedanken darüber gemacht. Du hast deinen Abschluss in der Tasche, Ru. Ich habe ein bisschen nachgeforscht und falls es wirklich nicht klappt ... Und die wären echt dumm, wenn sie dieses Stipendium jemand anderem geben ... Dann kann ich einen Antrag auf Vormundschaft stellen. Du könntest zu mir und Isa ziehen. Also ... wenn du willst.«

In meinem Kopf drehte sich plötzlich alles. Ich blickte in Finns dunkle Augen. Er würde das tatsächlich für mich tun.

»Ich meine, wenn du lieber hierbleib ...«

Ich warf mich ihm um den Hals und drückte ihn, bebte plötzlich vor Weinen und vor Lachen. »Natürlich will ich das«, schniefte ich. »Du glaubst gar nicht, was mir das bedeutet.«

»Schon gut«, brummte er und streichelte vorsichtig meinen Rücken. Ich hörte das Lächeln in seiner Stimme.

Langsam zog ich mich wieder zurück. »Aber nur, wenn euch das wirklich recht ist, Isa und dir. Ich will euch nicht zur Last fallen.«

»Ach was, du weißt doch, sie hat ein ganzes Haus für sich, du bekommst dein eigenes Zimmer. Und da du so schlau bist, bestimmt auch einen super Job, sodass du die horrende Miete bezahlen kannst.« Er zwinkerte verschmitzt.

Ich musste lachen und wischte die Tränen fort. »Ach so, du brauchst nur finanzielle Unterstützung, verstehe.«

»Nein, im Ernst. Isa würde sich auch freuen, wenn du zu uns kommst. Aber leider«, er zog die Nase kraus, »wird es nicht dazu kommen, denn du wirst ganz sicher bald dein Studium antreten. Ich glaube nicht, dass du abgelehnt wirst.«

Ich konnte nicht anders und umarmte ihn noch einmal. »Danke, Finn.« Was das Stipendium anging, war ich weit weniger optimistisch, doch in diesem Moment war das völlig gleichgültig. »Bei der Alternative bin ich gar nicht sicher, ob ich das Stipendium noch will. Vielleicht verzichte ich darauf, wenn ich es bekomme.«

Er prustete laut. »So verrückt könntest nicht einmal du sein.«

Nachdem sich Finn kurz vor dem Abendessen verabschiedet hatte, war ich in solcher Hochstimmung, dass ich Schwester Bernadette bat, heute mit den anderen im Speisesaal essen zu dürfen.

Ich war so lange in meinem Krankenzimmer alleine gewesen, dass mir der überfüllte Saal wie ein Moloch an Leben vorkam. Unzählige Blicke hefteten sich auf mich und beobachteten meine langsamen Bewegungen. Lana nahm mich am Arm. Der weiße Verband an meinem linken Bein verbarg das handtellergroße Narbengewebe, das sich auf meiner Wade gebildet hatte.

Cedric setzte sich mir gegenüber und musterte mich besorgt, allerdings auf eine Weise, als sei ich ein beschädigter Eimer, den er nach Dellen absuchte. Nachdem ich ihm zwei Mal versichert hatte, dass ich mich auf dem Weg der Besserung befand, erzählte ich von Finns Plan. Meine Begeisterung war so groß, dass mir erst gar nicht auffiel, wie gegensätzlich ihre Reaktionen ausfielen. Cedric blickte mit jeder Sekunde grimmiger drein. Lana hingegen war wie entflammt.

Als mir allerdings herausrutschte, dass Finn in den Slums lebte, brach es aus ihr hervor: »Um Himmels willen! Das kannst du doch nicht ernsthaft in Erwägung ziehen! Ich hoffe sehr, dass du das Stipendium bekommst, weil das ist echt keine Option.«

Sie beugte sich vor und redete wild auf mich ein. »Du weißt, wie gefährlich die Lysanth sind, Ruby. Du kannst nicht einfach dort hinziehen und so tun, als wäre das völlig normal. Ich bin entsetzt, dass Finn das getan hat. Aber er ist immerhin ein Junge. Und vielleicht passt ja seine Freundin irgendwie auf ihn auf. Doch du bist erst vierzehn ... ein Mädchen ... allein. Finn kann dich nicht überall hinbringen, du wärst dort auf dich gestellt. Das ist einfach nur Wahnsinn.«

Jedes weitere Wort blieb mir im Halse stecken. Lana hatte leider nicht unrecht und das dämpfte meine Euphorie gewaltig. Die Slums waren gefährlich, das konnte ich nach meinem Besuch dort schlecht leugnen.

Andererseits glaubte ich nicht, dass mir Finn dieses Angebot gemacht hätte, wenn es zu gewagt wäre. Und dieser Teil in mir weigerte sich, die Möglichkeit einfach abzutun.

»Du darfst dort auf keinen Fall hingehen«, erklärte nun auch Cedric. Seine braunen Augen hielten meinen Blick eisern fest, als wollte er mich hypnotisieren. »Die Lysanth sind Monster. Du kannst nicht mitten unter ihnen leben und darauf hoffen, dass sie dich in Ruhe lassen.«

Ich riss mich von seinem starren Blick los. »Sie sind keine Monster, sondern Lysanth«, entgegnete ich ungehalten, doch mein Widerspruch prallte an ihm ab wie an einer Mauer.

Seit ich Isa kannte, bemühte ich mich darum, die Lysanth ganz nüchtern als das zu betrachten, was sie waren: Leute, deren Gene sich von unseren unterschieden. Es widerstrebte mir, zu glauben, dass jeder Lys zwangsläufig gewissenlos und unbeherrscht sein musste, selbst wenn Carwings Studien ein anderes Bild zeichneten. Erst seine jüngsten Untersuchungen hatten ergeben, dass die als Lysanth Geborenen im Alter von siebzehn Jahren erste aggressive Schübe zeigten. Man hatte die Hoffnung gehabt, dass sie ohne Kontakt zur LysSphäre keine starken Symptome entwickeln würden. Doch offenbar wirkte sich der Gendefekt auch auf die nächste Generation aus.

Ich seufzte. Diese Art Diagnosen gab es zuhauf und sie machten, zugegebenermaßen, nicht gerade Mut. Doch wenn Finn diese Studien einfach in den Wind schlug, konnte ich das dann nicht auch tun? Mit einem gewissen Trotz sah ich auf.

Lana stöhnte. »Ruby ... Ich weiß ja nicht, wie Finn das macht, aber ...«

»Es ist ja keine beschlossene Sache«, lenkte ich ein. »Aber es wäre eine Alternative. Schließlich haben sich auch andere Menschen unter den Lysanth angesiedelt. Ich bin kein Pionier, was das angeht.«

Sie schüttelte schnaubend den Kopf. »Bei den Sphären. Ich will nicht glauben, dass es so weit kommt. Nur falls doch, denk ja nicht, dass ich dich da besuche. Du musst deinen Hintern jedes Wochenende nach Oakland bewegen.«

Ich griff erleichtert nach ihrer Hand. »Das kann ich dir versprechen.«

»Das ist doch wohl nicht dein Ernst«, blaffte Cedric und erhob sich abrupt.

Ich fuhr auf, erstarrte, als sich sein zorniger Blick direkt in meinen bohrte. »Du wirst ganz sicher nicht in die Zone ziehen. Hat dir der Blitzschlag den Verstand geraubt?«

Mein Mageninhalt verwandelte sich in eine schwere, ölige Masse.

»Ced, du weißt, dass du gerade überreagierst, oder?«, raunte ihm Lana zu.

Er ignorierte sie und stieß gepresst die Luft aus, als müsse er sich beherrschen. Endlich brach er den Blickkontakt ab. Ohne ein weiteres Wort wandte er sich um und ging davon.

Meine Schultern sackten herab.

»Was ist denn mit dem los?«, murmelte Lana.

Drei Tage später öffnete ich bang die Tür zum Büro der Äbtissin. In ihrem schwarzen Habit kam sie mir vor wie ein Unglücksbote. Den alles entscheidenden Brief hielt sie bereits in der Hand.

»Heute erfahren wir endlich, ob es sich gelohnt hat. Ich wünsche es Ihnen«, meinte sie, ohne Zeit auf eine Begrüßung zu verschwenden. »Bitte sehr, er ist an Sie adressiert.« Sie reichte mir den weiß leuchtenden Umschlag über den Schreibtisch.

»Danke.« Krampfhaft schloss ich die Finger darum. Meine Hand zitterte leicht. Dieser Brief enthielt die Antwort auf meine unmittelbare Zukunft. Ich sollte ihn einfach öffnen, doch ich konnte es nicht. Solange ich ihn verschlossen hielt, blieb mir zumindest noch Hoffnung. Die Lächerlichkeit dieser Logik war mir nur zu bewusst und dennoch ...

Mutter Tabea räusperte sich. »Sie fühlen sich wieder besser, wie ich sehe.«

»Ja, mit jedem Tag.«

»Das freut mich«, sagte sie. »Ihren Abschluss haben wir im Übrigen offiziell anerkannt. Sie können also gehen, wohin Sie möchten. Und, Miss Blayke ...«

Ich sah zu ihr auf, als sie auf die Tischplatte klopfte. »Damit meine ich auch, dass Sie bleiben können, wenn Sie das möchten. Edenplace wird Ihnen weiterhin offenstehen.«

»Danke«, murmelte ich.

Weiß sie etwa von Finns Angebot? Ich fühlte mich ein wenig schuldig, da ich in jedem Fall vorhatte, diesen Ort zu verlassen.

»Gehen Sie jetzt. Lesen Sie den Brief in Ruhe.«

Ich nickte dankbar und verließ den Raum. Das Papier war in meinem klammen Griff bereits feucht geworden. Am Treppenaufgang blieb ich stehen. Ich wollte den Brief lesen, auf der Stelle, und zugleich fürchtete ich mich davor. Es war eine Absage, ganz sicher.

Doch hier mitten im Flur wollte ich ihn keinesfalls öffnen, stellte sich also die Frage, wo ich hingehen sollte.

Nach kurzem Überlegen fiel mir der ideale Ort ein. Es würde mir einiges abverlangen, doch meine Kondition hatte sich soweit verbessert, dass ich problemlos alleine herumlaufen konnte, und so holte ich eine Jacke aus meiner Truhe im Schlafsaal und verließ das Gebäude. Ich war lange nicht mehr vor den Mauern gewesen und empfand es als befreiend, durch die Stadt zu laufen.

Der Himmel lag schiefergrau über mir. Der Markt an der Hauptstraße war in vollem Gange, Kunden stritten sich mit Händlern um Preise. Klingelnde Räder und Rikschas schoben sich zwischen dem trägen Menschenstrom hindurch. Ich bewunderte die bunten Tücher, die an einem Stand drapiert waren, und vergaß sogar einen Moment den Brief in meiner Tasche.

Erst als ich den Lärm hinter mir ließ und den steilen Weg zwischen den Ruinen zum Meer hinabstieg, kehrten meine Gedanken zu ihm zurück. Der Seewind pfiff zwischen den leerstehenden, brässbeschmierten Überresten der Häuser hindurch und trieb mir die Haare aus dem Gesicht. Ich atmete tief ein und ließ den Anblick des Ozeans auf mich wirken. Egal, was in diesem Brief stand, ich würde Revlins Port für lange Zeit nicht wiedersehen. Vielleicht sogar nie wieder.

Obwohl ich mich darauf freute, ein neues Leben zu beginnen, stimmte mich dieser Gedanke auch traurig.

Schließlich gelangte ich an jenen alten, morschen Steg, von dem ich als Siebenjährige hinabgesprungen war. *So leichtsinnig.* Ich starrte ins Wasser, das im Schatten der Planken schwarz wirkte, setzte mich und ließ die Beine über die Kante baumeln. Vorsichtig zog ich den Brief aus meiner Tasche. *Jetzt ist es so weit.*

Langsam und bedächtig öffnete ich den Umschlag und zog das einzelne, blütenweiße Blatt heraus, faltete es auf und ...

Sehr geehrte Miss Blayke,

wir bedauern sehr, Ihnen mitteilen zu müssen, dass Sie für den Stipendienplatz für Frühbegabte nicht infrage kommen.

Das drückende Gefühl in meiner Brust wurde bleischwer und obwohl ich dachte, dagegen gewappnet zu sein, kamen die Tränen. Der nächste Atemzug brannte in meiner Lunge, ich war versucht, den Brief zu zerknüllen, als sich mein Blick auf das Kleingedruckte am unteren Rand heftete.

Wir weisen Sie darauf hin, dass Sie laut Paragraph 61 b des Bildungsgesetzes von jeder weiteren Bewerbung auf ein Stipendium ausgeschlossen sind.

Tränen tropften auf das Papier. Ich ließ es los und es segelte ins Wasser hinab, schwamm eine Weile darauf, schaukelte auf den Wellen, bis es vollgesogen war und als heller Fleck im trüben Dunkel verschwand.

Ich zog die Beine an und vergrub meinen Kopf in den Händen. Ein stummer Schluchzer ließ meinen Körper erbeben und ich ergab mich für eine Weile meinem Selbstmitleid, nur die Wellen als Zeugen. Meine Hoffnungen auf dieses Stipendium waren weit größer gewesen, als ich mir selbst eingestanden hatte. Jetzt hatte ich Gewissheit. Für mich würde es nie einen Studienplatz geben.

Nach einer kleinen Ewigkeit raffte ich mich zusammen und wischte die salzigen Spuren von meinem Gesicht. Ich musste mich damit abfinden. Langsam rappelte ich mich auf und kehrte dem Sonnenuntergang, der aus dem grauen Dunst hervorlugte, den Rücken.

Während ich den steilen Hang wieder hinaufstieg, mühsam über Betonbrocken und Müllberge kletternd, drängte ich den Kummer verbissen zurück. Stattdessen dachte ich an Finn, an die Möglichkeiten, die sich mir, dank ihm, boten. Auf der Kuppe des ersten steilen Abschnitts blieb ich stehen, schöpfte Atem und legte den Kopf in den Nacken, beobachtete, wie die Wolkendecke über mir dunkler wurde. Ich war die Letzte, die über ihr Schicksal jammern durfte. Beim verfluchten Bräss, ich hatte einen Influx überlebt!

Das Leben im Waisenhaus lag hinter mir, ich würde in New Cisco wohnen, Finn und Isa jeden Tag sehen und lernen, was immer ich wollte. *Zum Rift, andere würden mich als gesegnet bezeichnen.*

Ich mochte zwar nie studieren, doch mir standen so viele andere Türen offen. Ein zaghaftes Lächeln wagte sich auf meine Lippen, als mich neue Zuversicht durchströmte, und ich setzte meinen Weg fort.

Im Kloster angekommen, winkte mich Schwester Telwy, die Dienst am Empfang hatte, mit starrem Blick zu sich. »Sie sollen auf der Stelle ins Büro der Äbtissin kommen.«

Ich stockte. Plötzlich überkam mich ein schlechtes Gewissen, den Brief fortgeschmissen zu haben. Eilig erklomm ich die Stufen und hoffte, dass Mutter Tabea das Schreiben nicht sehen wollte. Außer Atem, stützte ich mich auf das alte, lasierte Holzgeländer.

Kurz darauf klopfte ich leise an und öffnete, als das vertraute »Herein« erklang.

Obwohl es draußen bereits dunkel war, brannte kein Licht im Raum. Irritiert verharrte ich am Eingang. Die Äbtissin saß von mir abgewandt, schwarz auf schwarzem Grund, und blickte zum Fenster hinaus.

Da war noch etwas anderes im Raum. Eine bange Erwartung, die sich züngelnd und lautlos in den Ecken und Winkeln eingenistet hatte. Langsam wandte sich die Mutter Oberin mir zu. Ihr Gesicht war aschfahl, ihre Augen trüb. Einen Augenblick starrte sie mich abwesend an, als fehlten ihr die Worte.

»Es tut mir entsetzlich leid, Miss Blayke«, sagte sie leise, erhob sich und kam zögerlich auf mich zu.

Hat sie die Nachricht über meine Absage auf anderem Weg erhalten? Ist sie deshalb so betroffen? Ich wollte ihr versichern, dass es halb so schlimm für mich war ...

»Uns hat soeben die Nachricht erreicht, dass Finn Miles verstorben ist.«

Ich erstarrte. Die lauernden Schatten aus den Ecken sprangen mich an, um mich nie wieder loszulassen. Kein Ton kam über meine Lippen. Ich weigerte mich, es zu glauben, obwohl die Gewissheit unerbittlich in meinen Verstand sickerte. Meine Gedanken rasten und drehten sich doch im Kreis.

Mein Bruder, meine einzige Familie, der einzige Mensch, dem ich bedingungslos vertraute – sie log. Sie musste einfach lügen!

»Miss Blayke?« Eine Hand an meiner Schulter.

»Das ist nicht wahr.« Heiseres Flüstern.

»Bitte, Miss Blayke, es...«

»Das ist nicht wahr!«

Wut, Schmerz und Trauer ließen die Zeit danach zu einem Albtraum verschwimmen und Finns Beisetzung stach wie ein Mahnmal daraus hervor. Lanas warme Hand, die sich an meine klammerte, der klagende Gesang der Nonnen, das bleiche Holz eines schmucklosen Sarges, der in der Erde versank. Wie konnte Finns Leben so urplötzlich und sinnlos vorbei sein? Ein Lys, ein gottverdammter Lys hatte ihn umgebracht wegen ein paar Coins in seiner Tasche, hatte ihn im Dreck liegen lassen. Nichts war mehr von Bedeutung außer dieser einen grausamen Tatsache.

Oft träumte ich von seinem Tod, sah Finns leblosen Leib in einer dunklen Gasse, und wachte panisch und verschwitzt in der kleinen Kammer auf, die mir zugeteilt worden war. Ich war keine Schülerin mehr, hatte meinen Abschluss, war lediglich zu jung, um entlassen zu werden. Zu jung, zu instabil, zu apathisch, um der Welt standzuhalten. Die Schwestern mussten mich zum Essen zwingen. Dazu anhalten, aufzustehen, all die Dinge zu tun, die lebende Menschen taten.

Grauer, nichtssagender Alltag betäubte meine Sinne und ich trieb ziellos dahin, tat, was die Nonnen mir sagten, folgsam, mechanisch und gleichgültig. Mutter Tabea gab mir Bücher zu lesen. Ich starrte stundenlang auf die Seiten, ohne umzublättern. Schwester Emily redete auf mich ein, aber ihre Worte zerfielen, wurden zu leeren Hülsen. Meine Kameraden schenkten mir mitfühlende Blicke, doch irgendwann ignorierten sie mich.

Der Gedanke an Isa flammte immer wieder auf. *Ist sie bei Finn gewesen? Hat sie versucht ihm zu helfen? Trauert sie um ihn?* Ich würde es nicht erfahren, konnte keinen Kontakt zu ihr herstellen, und bei der Vorstellung, je wieder einen Fuß in die Zone zu setzen, krümmte sich alles in mir zusammen.

Einzig Lana blieb bei mir, versuchte mit mir über Finn zu reden, doch ich konnte es nicht, begrub jede Erinnerung an ihn tief in meinem Inneren.

Eines Abends, als mich Lana in meinem Zimmer besuchte, verstummte sie neben mir. Ihr lautloses Beben riss mich aus meiner Lethargie. Ihre Augen waren gerötet, ihre Wangen eingefallen. Ich konnte sie nur anstarren, sah sie zum ersten Mal seit Wochen wirklich an. Wer tröstete sie? War ich so abgestumpft? Ich hatte sie im Stich gelassen. Ein eiskaltes Band legte sich um meine Kehle. Ich riss mich aus meiner Erstarrung und nahm sie in die Arme. Wir hielten uns gegenseitig fest, sprachen kein Wort. Weinten und hörten nicht mehr auf. Ein winziger Teil von mir ertrank in dieser Flut und ich ließ ihn los.

XIV

Blind griff ich unter den rostigen Blechschrank und tastete nach zwei Schrauben, die mir heruntergefallen waren. Doch außer Staub und Dreck fand ich nichts. Fluchend ließ ich mich auf die Knie nieder und spähte in den dunklen Spalt.

Lems Werkstatt hätte dringend einer Reinigung bedurft, doch er behauptete, er könne sich nicht konzentrieren, wenn es zu sauber war. Er war ein seltsamer Kauz, doch anständig, zahlte mir ab und zu einen Bonus, wenn ich eine Maschine reparierte, die er bereits aufgegeben hatte. Die Leute brachten alle möglichen Haushaltsgeräte zu ihm und einmal hatte sogar ein Auto hier gestanden, das ich am liebsten komplett zerlegt hätte. Leider ließ mich Lem nur dabei zusehen, wie er den Motor reinigte.

»Was verloren?«, raunzte er mir über die vollgestellte Werkbank hinweg zu, die schräg sitzende, ölverschmierte Schiebermütze tief ins Gesicht gezogen. Er war zweiundvierzig Jahre alt, schmächtig, stets unrasiert und rauchte wie ein Schlot. Ich hatte ihm prophezeit, dass er eines Tages seine Werkstatt abfackeln würde, wenn er so weitermachte, doch er hatte nur mit den Schultern gezuckt und gemurmelt: »Bin ja nicht doof, Kleine, mach dir kein Kopp.«

»Nur zwei Schrauben, ich habe sie gleich wieder«, rief ich ihm zu und schnappte mir eine Metallschiene, um die Ausreißer damit hervorzuholen. Das Radio spielte uralte Musik aus dem 20. Jahrhundert, die mochte Lem am liebsten und ich hatte auch Gefallen daran gefunden. Die unzähligen Instrumente waren so vielseitig, ganz anders als die Gesänge in der Klosterkapelle.

Meine Arbeit in der leicht muffigen Halle, die mit ihren Regalen voller Werkzeuge, Ölkannen und Ersatzteile ein Mosaik aus warmen Braun-, Rost- und Silbertönen schuf, nahm fast meine ganze Zeit ein. Ich definierte mich bereits über diesen Laden, was Lana, die mich alle drei Wochen besuchte, einfach nicht verstehen konnte. Jedes Mal versuchte sie, mich aufs Neue zu überreden, nach New Cisco zu ziehen, wo sie einen Job als Kellnerin gefunden hatte. Sie schwärmte mir vom Nachtleben und von Jungs vor.

Spätestens dann schaltete ich ab. Ich *wollte* hierbleiben. Hier war ich sicher. Es gab nichts, was mir so wichtig war, dass ich befürchten musste, es wieder zu verlieren. Noch hatte ich ein Dach über dem Kopf, wenngleich ich ahnte, dass mir Mutter Tabea schon bald eröffnen würde, dass ich gehen musste. Seit ich vor einem halben Jahr siebzehn geworden war, wurde ich im Kloster lediglich geduldet.

Dafür hatte ich diesen Job, mit dem ich mir meinen Lebensunterhalt verdienen konnte. Und ich hatte meine täglichen Ausflüge ans Meer, wo ich nichts weiter tat, als auf meinem Steg zu sitzen, auf die Wellen hinauszusehen und meine Gedanken darin zu ertränken.

Der Trommelfellriss in meinem Ohr war nie vollständig verheilt. Daher war Schwimmen ein Risiko für mich, an Tauchen war gar nicht zu denken. Ich vermisste es. Vermisste vieles.

Genau wie Lana hatte Cora Revlins Port bereits vor anderthalb Jahren verlassen, das einzig Gute, das ich verzeichnen konnte. Seit Finn gestorben war, hatte sie mich weitgehend in Ruhe gelassen, dennoch war es eine Erleichterung gewesen, nicht länger ihren bohrenden Blicken ausgesetzt zu sein.

Jene Nacht, in der sie und die Vipern ihr scheußliches Ritual ausgeführt hatten, verfolgte mich noch immer in meinen Träumen. Ihre giftigen Worte hatten sich in meine Erinnerung eingebrannt.

Dreifach verflucht. Alles, was dir etwas bedeutet, soll zu Asche werden. Der Tod soll dir alles nehmen.

War es reiner Zufall gewesen, dass sich mein Leben danach in einen Albtraum verwandelt hatte? Manchmal fragte ich mich, ob Finn noch leben würde, wenn ich in dem Rift-Influx damals gestorben wäre. Ob sich der Fluch statt meinem Leben alles einverleibt hatte, das mir wichtig war.

Allem voran Finn.

»Weißt du, wenn man etwas verloren hat, kommt es meist unverhofft zu einem zurück«, grummelte Lem hinter mir.

Ich zuckte zusammen. Als seien seine Worte auf mein Leben gemünzt, statt auf ein paar alte Schrauben.

»Ja, die kriege ich bestimmt wieder«, antwortete ich und stocherte unter dem Schrank herum.

Ein leises Klirren verriet mir, dass ich sie erwischt hatte, und kurz darauf kullerten sie ans Licht. Das kleine Stromaggregat, das ich wieder zum Laufen bringen wollte, würde nicht auf seine Originalschrauben verzichten müssen.

Wie schön wäre es, wenn wirklich alles Verlorene so einfach zu einem zurückkehrte. Doch diese Weisheit – und davon kannte Lem eine Menge – bezog sich weder auf Stipendien noch auf Gesundheit und erst recht nicht auf geliebte Menschen.

Resigniert warf ich die Schrauben zu den übrigen in einen Behälter.

Es hatte mich in die Werkstatt verschlagen, als mich Schwester Emily nötigte, eine Ausbildungsstelle anzutreten. Ich sollte hinaus, Erfahrungen sammeln, meiner Niedergeschlagenheit entkommen. Und letztendlich hatten diese brässverseuchte Halle und ihr stoischer Besitzer genau das bewirkt. Erst hatte ich nur Schreibarbeiten erledigt, dann mein Interesse für die praktischen Aufgaben entdeckt. Es verschaffte mir Ruhe und irgendwann mochte ich diese Tätigkeit.

»Es ist elf Uhr, Ruby. Du wolltest heute früher gehen, schon vergessen?« Lem trottete zu mir herüber und begutachtete das zerschrammte Gehäuse des Aggregats. »Ist der neue Lüfter schon drin?«

»Klar, ich schließe nur die Klappe, dann ist er fertig.«

»Gut, dann sehen wir uns Montag wieder«, brummte er, was bei ihm einem Lob gleichkam.

Er hob eine Hand zum Abschied und schlurfte davon. Wahrscheinlich würde er sich jetzt seine Kopfhörer aufsetzen und den Rest des Tages an seinem Roller herumwerkeln.

Ich erledigte meine Arbeit, räumte meinen Platz ein wenig auf, um dem allgemeinen Chaos zu trotzen, und machte mich auf den Rückweg nach Edenplace. Es war ein sonniger Freitag und Lana wollte in einer Stunde da sein.

»Gehen Sie sich waschen, Miss Blayke, Sie sehen unmöglich aus«, begrüßte mich Schwester Meriam naserümpfend, als ich durch die Eingangspforte trat.

Der fleckige Overall, den mir Lem besorgt hatte, roch nach Öl und machte nicht viel her.

»Miss Perkussio ist bereits da. Sie ist bei Schwester Emily«, fügte die Nonne freundlicherweise hinzu.

Ich eilte, ihr einen Dank zurufend, die breite Treppe hinauf.

Das Gebäude war erstaunlich still, die Schüler saßen noch in ihren Klassenräumen, wo nur das leise Kratzen von Stiften auf Papier die kreidebestäubte Ruhe störte.

Auf dem Weg zu meiner Kammer – ich wollte mir rasch frische Kleidung holen, bevor ich in den Waschraum ging – kam ich an einem Klassenzimmer vorbei, dessen Tür nicht ganz geschlossen war. Ein Gespräch war im Gange und die Stimmen ließen mich innehalten.

»Es wäre eine riesige Chance«, meinte jemand aufgeregt.

»Das kann schon sein«, kam die bedächtige Antwort von Schwester Emily, deren Timbre unverkennbar war. »Ich denke auch, dass es einen Versuch wert wäre, so, wie Sie es beschreiben. Aber sie hat Angst.«

»Dann müssen wir ihr in den Hintern treten.« Lana. Zweifelsfrei. Ich sah förmlich, wie sie sich auf die Zunge biss, bevor sie leiser hinterher schob: »Entschuldigen Sie den Ausdruck. Ich meine nur, vielleicht könnten Sie ja nachhelfen.«

Dass sie und Schwester Emily über mich redeten, war deutlich. Und dass Lana irgendetwas im Schilde führte, das mir nicht gefallen würde, ebenso. Es war typisch für sie, Pläne für mich zu machen, und ein Teil von mir schätzte das sogar. Sie hatte mich nicht aufgegeben. Noch nicht.

Schwester Emily allerdings ... *Denkt sie wirklich, ich hätte Angst? Angst wovor?* Das traf mich härter als erwartet.

Ich gab der Tür einen Schubs. Zwei Augenpaare fixierten mich. Lana wirkte offensichtlich ertappt, während die Nonne eine nicht deutbare Miene bewahrte.

»Ich nehme an, es geht um mich«, brachte ich sachlich hervor.

»Allerdings, Miss Blayke. Schön, dass Sie zu uns stoßen.« Schwester Emily wandte mir den Kopf zu. Entgegen ihrer meist förmlichen Haltung, stand sie gegen das Pult gelehnt. Staub tanzte im Sonnenlicht um die beiden gegensätzlichen Gestalten. Durch Lanas dunkles Haar woben sich leuchtend pinke Strähnen und der mit Neonreflektorstreifen verzierte, weiße Mantel hätte keinen stärkeren Kontrast zu dem steifen Habit ihrer ehemaligen Lehrerin bilden können.

»Hi, Ruby.« Sie grinste zerknirscht und winkte mir zu.

»Hey. Und? Verrätst du mir deinen neusten Plan auch oder werde ich jetzt übergangen?«

»So ist das nicht, das weißt du genau. Du warst noch nicht da, als ich ankam, und da dachte ich, ich erzähle erst einmal Schwester Emily davon. Wenn es eine Schnapsidee wäre, hätte sie mir das bestimmt gleich ausgeredet.«

Mein Unmut verrauchte sogleich wieder. Lana machte sich Sorgen um mich. Außerdem konnte ich ihr nie lange böse sein, wenn sie mich mit diesen riesigen Rehaugen ansah. Ich sollte einfach akzeptieren, dass sie es immer wieder versuchen würde, sollte es vielleicht genießen, solange sie das noch tat.

Sie verstand nicht, warum ich hierbleiben wollte, verstand nicht, dass ... Mein Blick wanderte zu Schwester Emily. *Dass ich Angst habe.*

»Tatsächlich hat Ihre Freundin eine ungemein interessante Idee, die wirklich eine Option für Sie sein könnte. Ich rate Ihnen, sie sich anzuhören«, meinte Schwester Emily gelassen.

»Das ist nicht dein Ernst. Du weißt, dass ich dafür nicht die nötigen Voraussetzungen mitbringe.« Ich starrte Lana ungläubig über den kleinen Schreibtisch hinweg an.

Ihre Augen leuchteten unternehmungslustig auf. »Quatsch, natürlich tust du das, und wenn du ein paar kleine Mankos hast, unterschlagen wir die einfach«, widersprach sie.

»Kleine Mankos?« Ich lachte bitter. »Ich würde sagen, ich habe das größte Manko überhaupt. Ich kann nicht schwimmen und noch viel entscheidender: Ich *darf* nicht schwimmen.«

»Du kannst schwimmen, jetzt übertreib doch nicht so. Und dein Ohr kann operiert werden. Das ist ein Standard-Eingriff.«

»Ja, ich schwimme so gut wie ein Grundschüler und für so eine Operation fehlt mir das Geld.«

»Geld, das du hättest, wenn du einen Vertrag bekommst«, stichelte Lana und erntete ein Nicken von ihrer neuen Verbündeten im Habit.

»Die suchen Profischwimmer, Lana. Niemanden wie mich. Selbst wenn das klappen würde und ich wieder tauchen dürfte, ich kann von A nach B paddeln, das ist auch schon alles. Und kraulen habe ich nie gelernt.«

»Beim Tauchen krault man ja auch nicht.«

»Nein, vergiss es.« Ich schüttelte energisch den Kopf.

»Sind Sie sicher, Miss Blayke? Sie sollten die anderen Aspekte betrachten«, mischte sich Schwester Emily ein. »Wie lange können Sie die Luft anhalten? Ungefähr drei Minuten in bewegungslosem Zustand? Das ist enorm, der Durchschnittswert der meisten Spieler. Zudem haben Sie einen herausragenden Abschluss gemacht. Ich könnte, wenn Sie möchten, Ihre Punkteergebnisse der Stipendiumsprüfung heraussuchen. Diese können Sie als zusätzliches Zeugnis vorlegen. Sie haben definitiv Qualifikationen, die nicht von der Hand zu weisen sind.«

Verunsichert sah ich sie an. Sie meinte das ernst. »Mag sein, dass die Zahlen ganz gut klingen, aber spätestens im Wasser wäre offensichtlich, dass ich nichts kann«, wiegelte ich ab.

Die ganze Idee war verrückt. Ich verstand nicht, wie sich Schwester Emily darauf einlassen konnte. Wahrscheinlich legte sie es nur darauf an, dass ich aus Revlins Port herauskam, und sei es nur für den sinnlosen Versuch, einem Traum nachzujagen.

Lana beugte sich zu mir und drückte meine Hand. »Also, zum einen kannst du nicht Nichts und zum anderen kannst du das Problem leicht umgehen.«

»Ach ja?«

»Mit einem ärztlichen Attest! Du erzählst einfach von deinem Trommelfellriss. Also könntest du im Vorfeld keine praktischen Übungen zeigen.«

»Womit ich direkt ausscheiden würde.«

»Nicht unbedingt«, gab Schwester Emily zu bedenken. Sie gab sich wirklich hartnäckig. »Ich weiß, dass die Universitäten vor allem nach Spielern auf der Enigma Position suchen. Ich denke, bei Ihren Fähigkeiten würde ein Talentsucher auf eine praktische Vorführung verzichten.«

»Genau, ganz meine Meinung«, ereiferte sich Lana. »Du kannst doch die Luft noch so lange anhalten, oder verlernt man das?«

»Testen wir es einfach«, schlug Schwester Emily gut gelaunt vor und hob ihre Armbanduhr hoch. Ehe ich mir ein Gegenargument zurechtlegen konnte, zählte sie an.

Also ergab ich mich in ihr Experiment. Außerdem war ich selbst neugierig, wie lange ich noch durchhielt.

Es war seltsam, von den beiden ungleichen Frauen angestarrt zu werden, während ich versuchte meinen Puls herunterzufahren. Irgendwann schloss ich einfach die Augen, lauschte dem gespannten Schweigen und Lanas leisen Kommentaren: »Krass ... wow. Echt lange ... und langweilig. Meinen Sie, ich könnte mir noch was zu essen aus der Küche holen?«

Ich holte Luft und öffnete die Augen wieder.

Beide starrten mich mit offenen Mündern an. »Verdammt, das hätte ich jetzt nicht gedacht«, schnappte Lana.

»War es zu kurz?«, fragte ich.

»Nein, es war beeindruckend«, meinte Schwester Emily ernst.

»Davon abgesehen, dass es echt ermüdend ist, zu stoppen, wie lange jemand die Luft anhält, war es mega beeindruckend«, pflichtete meine Freundin bei. »Drei Minuten fünfundvierzig, wie um alles in der Welt machst du das? Hast du beschissen? Oder übst du täglich?«

»Nein.« Verblüfft zog ich die Stirn kraus. Mit Übung hätte ich sicher länger durchgehalten.

»Ich hätte angenommen, dass du nachgelassen hast.«

Ich zuckte die Schultern. »Ich bin ein Stück gewachsen, vielleicht habe ich mehr Lungenvolumen als früher.«

Lana lachte. »Die Unis werden sich die Finger nach dir lecken.«

Ich zog die Brauen zusammen und strich eine Strähne zurück in mein hektisch gebundenes Haarnest.

Allein die Vorstellung, studieren zu können, wühlte mich so sehr auf, dass mein Widerstand zusehends bröckelte. Dabei gab es mehr als genug Gründe, die dagegen sprachen.

Ich setzte neu an: »An einer Sache scheitert das Ganze allerdings zwangsläufig: Sie sagen, ich soll mich als AquaLab-Spielerin für ein Universitätsteam aufstellen lassen. Falls es wirklich dazu kommen sollte – und daran glaube ich nicht –, müsste ich ins Wasser und spätestens dann sieht jeder, dass ich absolut unbrauchbar bin. Alles läuft darauf hinaus. Wieso reden wir also darüber?«

»Nun, wenn Sie nicht gerne im Wasser sind, müssen wir natürlich nicht darüber sprechen. Schließlich würden Sie jeden Tag trainieren müssen. Für mich wäre das unvorstellbar, allein schon der Gedanke, untertauchen zu müssen ...« Schwester Emily schüttelte sich und ich stieß erheitert die Luft aus. Jeden Tag im Wasser zu sein, stellte ich mir geradezu paradiesisch vor.

»Wenn es Ihnen nur um Ihre Fähigkeiten geht, dann üben Sie, Miss Blayke. Sie lernen schnell.«

AquaLab spielen … Ein Teil von mir wollte einfach zustimmen, *Ja* sagen, doch was würde passieren, wenn ich mich darauf einließ? Falls dieser absurde Plan funktionieren sollte … Würde es einen neuen Fluch geben, der mir alles nahm? Benommen starrte ich auf meine Hände hinab, konnte Coras elende Worte nicht abschütteln, die mich seit Jahren fesselten wie die Stricke, mit denen sie mich festgehalten hatten.

»Wovor haben Sie Angst?«, fragte Schwester Emily unversehens.

Ich schluckte. »Ich glaube, es ist am besten, ich bleibe hier.«

»O verdammt, Ruby, du bist siebzehn. Du kannst dich nicht hier einmotten wie eine alte Schachtel. Kapier das doch endlich. Äh, Entschuldigung, das war nicht …«, verhaspelte sich Lana.

Doch die Ordensfrau pflichtete ihr bei: »Sie haben recht. Miss Blayke, hören Sie zu. Der Tod von Finn Miles hat Sie damals schwer getroffen, das wissen wir alle. Manchmal sieht es für mich so aus, als gäben Sie sich selbst die Schuld daran. Doch Sie können nichts dafür. Wir haben große Pläne mit Ihnen gehabt und vielleicht haben wir Sie damit überfordert. Das tut mir leid.«

Der Blick ihrer grauen Augen ruhte beschwörend auf mir. »Ich wünsche mir, dass Sie gut darüber nachdenken. Ihnen stehen so viele Wege offen. Vielleicht brauchten Sie diese Abgeschiedenheit und die Arbeit in Lem Bakens Werkstatt. Sie sind seither wieder aufgeblüht, haben mehr Gewicht bekommen und ich habe Sie ab und zu lächeln sehen. Doch ich glaube, es ist Zeit, dass Sie weiterziehen. Revlins Port und Edenplace sind nicht Ihre Endstation. Und es macht mir Angst, wenn Sie das glauben.«

Ich hielt die Luft an. Dass sie mich so genau beobachtet hatte, war mir nie bewusst gewesen. Ich war Gesprächen zumeist aus dem Weg gegangen, viel redete ich im Allgemeinen nicht mehr. Einzig Lana hatte mich mit ihren Besuchen aus meiner Isolation gerissen.

»Ich nehme an, ich verdanke es Ihnen, dass ich noch hier wohnen darf«, entgegnete ich erschüttert.

Sie nickte mit einem matten Lächeln. »Aber mehr als ein weiteres halbes Jahr kann ich nicht für Sie herausschlagen.«

Ich nickte stumm. Ihre Worte gaben mir zu denken. Dennoch widerstrebte es mir, nach New Cisco zu gehen. »Ich wollte nie wieder in diese Stadt fahren«, hauchte ich, den Blick zu Boden gesenkt.

»Das kann ich verstehen, doch es gibt andere Orte, andere Universitäten mit Schwimmteams, Miss Blayke, und vielleicht haben Sie dort ähnliche Optionen.«

Nur waren diese anderen Orte mindestens fünfhundert Kilometer oder weiter entfernt. Lana zu treffen, wäre dann beinahe unmöglich. Schon hörte ich sie über den Vorschlag murren.

Nein, wenn überhaupt, kam nur New Cisco infrage. Die Stadt konnte nichts für Finns Schicksal, dafür war einzig und allein ein gottverdammter Lys verantwortlich.

Und ein Fluch, schoss es mir durch den Kopf. Unwillig verscheuchte ich den Gedanken und biss die Zähne zusammen. *Wie lange will ich mich noch von dieser Vorstellung einschüchtern lassen?*

Lanas Idee war umsetzbar, das musste ich trotz aller Widrigkeiten zugeben. Allein die Vorstellung, dass es gelingen könnte, fehlte mir. Dennoch hatte sie eine Hoffnung geweckt, die ich längst glaubte begraben zu haben.

Lems neueste Weisheit kam mir in den Sinn: *Wenn man etwas verloren hat, kommt es meist unverhofft zu einem zurück.*

Wieso hat er diesen dämlichen Spruch ausgerechnet heute zum Besten gegeben?

Wenn Lanas Informationen stimmten, bestand eine reelle Chance. So unglaublich es mir auch erschien. Ich biss mir auf die Lippen. Ausgerechnet AquaLab. Mein Wissen darüber speiste sich fast ausschließlich über die Spiele, die ich im Fernsehen gesehen hatte.

Ich nestelte an den Taschensäumen meines Overalls herum. »Und das ist wirklich kein Stipendium? Du weißt, ich bin von jeglichen Stipendienplätzen ausgeschlossen.«

Lana setzte sich auf und sprudelte los: »Nein, eigentlich ist es sogar besser als ein Stipendium. Die Unis suchen zur Verstärkung ihrer Teams Spieler. Diese kaufen sie ein. Eigentlich ist das Betrug sagen viele, weil die Teams sollten ja aus den Studenten bestehen, aber sie machen es trotzdem alle, wollen ja schließlich gewinnen. Dir wird also Geld gezahlt, damit du für sie spielst, und um den schönen Schein zu wahren, wirst du außerdem als reguläre Studentin aufgenommen. Du kannst also auf deren Kosten studieren, was immer du willst. Ist das nicht cool?«

Sie strahlte und, wenngleich widerwillig, ließ ich die Vorstellung erstmals zu, begann, es mir auszumalen.

Es war eine Ewigkeit her, dass ich eine Perspektive gehabt hatte. Ich ertappte mich dabei, dass ich meine Bedenken beiseiteschob. Es würde mich nichts kosten, den Versuch zu wagen. Was mir im Weg stand, war schlichtweg meine Angst.

Und plötzlich stand mein Entschluss fest.

Ich würde diese Furcht hinunterschlucken, mich endlich dagegen wehren. Ich musste es zumindest versuchen.

»Und dieser Talentsucher …«, setzte ich an.

Lana gluckste und fuhr wie aus der Pistole geschossen fort: »Der Talentsucher, der die Ausschreibung gemacht hat, nimmt noch bis Ende der Woche Bewerbungen an, du müsstest also heute mit mir mitfahren.«

Überrumpelt starrte ich sie an. Dass es so schnell gehen würde, hatte ich nicht erwartet.

»Guck nicht so, was glaubst du, warum ich mir Verstärkung geholt habe?«, meinte sie grinsend und nickte zu der Nonne hinüber. »Also komm, sag einfach *Ja*. Du kannst erst mal bei mir wohnen.«

Ich stockte einen Moment.

»Okay.« Das Wort entschlüpfte mir, als hätte mein Mund ein Eigenleben entwickelt.

Wir sahen uns beide verdutzt an.

Lana lachte los. »Meine Güte, ich fasse es nicht. Weißt du, du bist sonst so ein Sturkopf, und jetzt? Wow, das ist klasse, ich meine … O Mann, ich bin sprachlos …«

Schwester Emily schüttelte lächelnd den Kopf und erhob sich. »Wenn das so ist, sollten wir keine Zeit verlieren. Ich hole Ihre

Zeugnisse, Miss Blayke. Sie sollten wohl Ihre Sachen packen und …«, sie räusperte sich und ließ den Blick über meinen Arbeitsoverall gleiten, »sich frisch machen.«

»Das geht so schnell.« Völlig überfahren hielt ich mich an der Stuhlkante fest. Von jetzt auf gleich mein Leben umzukrempeln, überforderte mich definitiv.

»Lass dich einfach darauf ein. Komm schon! Besser direkt ins kalte Wasser springen, als wenn du dir noch lange den Kopf darüber zerbrichst. Nachher überlegst du es dir noch anders«, redete Lana auf mich ein und zog mich am Arm hoch. »Komm, ich helfe dir packen.«

»Viel zu packen gibt es da nicht.«

»Haben Sie einen Rucksack, Miss Blayke?«, fragte Schwester Emily.

Ich schüttelte den Kopf, ich besaß nur eine Umhängetasche, da würden allerdings nicht alle meine Kleider hineinpassen.

»Ich habe einen für Sie. Treffen wir uns in einer halben Stunde in der Eingangshalle.«

»Willst du dich noch von irgendjemandem verabschieden?«, fragte Lana.

»Mutter Tabea und Lem natürlich. Ich muss ihm Bescheid sagen.«

»Mutter Tabea ist heute außer Haus«, sagte Schwester Emily. »Ich werde ihr mitteilen, was Sie vorhaben. Und ich möchte vorschlagen, dass wir sonst niemandem von Ihrem Unterfangen erzählen. Sie können uns ja demnächst besuchen und berichten, wie es gelaufen ist. Was Lem Baken betrifft. Ich komme morgen an seiner Werkstatt vorbei. Sie können mir gerne eine Nachricht für ihn mitgeben.«

»Einverstanden.« Wehmütig presste ich die Lippen aufeinander und sah meiner ehemaligen Lehrerin in die Augen. »Danke, Schwester Emily.«

»Ähm, was ist mit Cedric? Willst du dich von ihm nicht verabschieden?« Lana musterte mich unschlüssig.

Ich versteifte mich. Cedric war nach seinem Abschluss in Revlins Port geblieben, verdiente sich seinen Lebensunterhalt hier und in der Stadt mit Hausmeisterarbeiten. Er hatte zwei Blocks westlich des Klosters eine kleine Wohnung bezogen, wohin er mich mehrmals eingeladen hatte. Was ich genauso oft ablehnte.

Obwohl ich ihm offen zu verstehen gegeben hatte, dass wir nie mehr als Freunde sein würden – eine bereits hochgegriffene Bezeichnung –, war er seit Lanas Fortgang immer aufdringlicher geworden. Andauernd hatte er unter dem Vorwand, mich trösten oder mir Arbeiten abnehmen zu wollen, meine Nähe gesucht, während ich versucht hatte, ihm aus dem Weg zu gehen. Die Befürchtung, dass er nur wegen mir in Revlins Port geblieben war, drängte sich geradezu auf. Vor einem halben Jahr war es dann endgültig zu einem Bruch gekommen. Ich hatte Lana nie davon erzählt, denn ich wollte es einfach nur vergessen.

Es war während eines Rift-Influx gewesen. Cedric hatte die Masken im Oberstufenschutzraum ausgeteilt und hatte daher als Einziger eine mit Sichtfenstern besessen. Nachdem er die Warnglocke geschlagen und sich das Brässphylin im Gewölbe ausgebreitet hatte, kam er zu mir, setzte sich neben mich und berührte mich. Blind und unfähig, fortzulaufen, zog ich mich zusammen, versuchte seine Hände abzuwehren, doch er hielt mich fest, streichelte mich, meinen Rücken, meine Beine. Mich schauderte. Dann spürte ich seine Lippen auf meiner Schläfe. Ich sprang auf und riss mir die Maske vom Gesicht. Das Bräss hatte sich gerade verflüchtigt. Cedrics hungriger und zugleich enttäuschter Blick drehte mir den Magen um und erstickte die giftigen Worte, die ich ihm entgegenschleudern wollte. Ich war einfach hinausgerannt.

Seitdem hatten wir kein Wort mehr gewechselt und ich ertrug seine Anwesenheit und die musternden Blicke nur aus gebührendem Abstand.

»Nein, ich möchte mich nicht von ihm verabschieden«, erklärte ich kurzangebunden. Lana nickte bloß.

Als wir schließlich die Treppe hinunter gingen, stand Schwester Emily bereits in der Eingangshalle, einen ausgeblichenen roten Rucksack in den Händen.

»Ihre Zeugnisse sind in dem großen Fach verwahrt. Bitte sehr. Sie können ihn behalten«, sagte sie leise und übergab mir die Tasche.

»Danke, aber das kann ich nicht ...«

»Sie können und Sie werden. Hören Sie ...« Ich sah zu ihr auf. Ein Lächeln lag in ihren Augen und plötzlich wurde mir schwer ums Herz.

»Ich wünsche Ihnen alles Gute, Miss Blayke. Sie haben sich Glück verdient. Versprechen Sie mir einfach, darum zu kämpfen.«

Ich knetete den Trageriemen in den Händen und schluckte den Kloß in meinem Hals hinunter. »Das werde ich.«

Da umarmte sie mich und ich legte die Arme um sie, schloss für einen Moment die Augen.

»Danke für alles, was Sie für mich getan haben.«

»Ich bin stolz, Ihre Mentorin gewesen zu sein, Miss Blayke und nun gehen Sie. Ich möchte Sie hier nicht so bald wieder sehen.«

XV

Wir stiegen auf Höhe des alten Fremont aus, wo der Talentscout, auf den Lana aufmerksam geworden war, ein Kontor hatte. Es war unvergleichlich, wieder in der Stadt zu sein. Ich hatte vergessen, wie es gewesen war, hatte es in den vergangenen drei Jahren kleingeredet. Das bunte Menschengemenge, die hektische Betriebsamkeit, das unermüdliche Aufbegehren gegen das allgegenwärtige Bräss wirkten wie ein Lebenselixier auf mich.

Die letzten Strahlen der Abendsonne spielten auf der hauchdünnen Schicht aus Salfatablagerungen und Mirteol und verliehen der Stadt einen goldenen Anstrich. Ich sog den Anblick in mich auf. Ein Teil von mir wollte zurückrennen und in Lems Werkstatt in Maschineninnereien herumstochern, doch ich drängte diese Regung zurück. Es war Zeit, mein Leben wieder selbst in die Hand zu nehmen.

Zur Hölle mit dir und deinem Fluch, Cora!

»Na, komm schon!« Lana zog mich am Arm.

Ich lächelte ihr bang zu.

»Dort ist es, auf der anderen Straßenseite.« Lana deutete auf eine gläserne Ladenfront mit schmierigen Fensterscheiben zwischen einem Imbiss und einer Reinigung.

Wir überquerten die Fahrbahn auf halsbrecherische Weise und ich war erleichtert, den Gehsteig zu erreichen.

»Hier ist immer viel Durchfahrtsverkehr, du musst dich reinstürzen, sonst stehst du stundenlang und wartest auf eine Lücke«, erklärte sie.

»Oder wir hätten die Fußgängerbrücke dort nehmen können.« Ich wies die Straße hinauf. Leider war sie mir erst jetzt aufgefallen.

»Ach was, das dauert viel zu lange und diese Dinger zu überqueren kann echt lebensgefährlich sein«, foppte mich Lana. Sie drückte die Klinke zu dem kleinen Büro und fluchte. »Das kann doch jetzt nicht wahr sein!«

Schlagartig verließ mich meine Zuversicht. Es sollte wohl doch nicht sein. Es war bereits geschlossen. Wir kamen zu spät.

Resigniert wandte ich mich ab. »Wir haben es immerhin versucht.«

»Von wegen!«, keifte Lana und schlug scheppernd gegen die Tür. Sie wackelte erschreckend instabil in ihrem Rahmen. »He, aufmachen! Es ist noch nicht achtzehn Uhr!«

»Lana, was soll denn das? Das kannst du nicht machen!« Ich griff nach ihrem Arm und zog sie von der malträtierten Tür weg.

»Und ob ich das kann! Es ist noch Zeit und dieser Idiot kann nicht einfach früher Feierabend machen«, schimpfte sie.

Hinter ihr ging die Tür auf und in dem Spalt erschien das müde Gesicht eines jungen Mannes, der ungehalten ihren Hinterkopf fixierte. »Wer ist hier ein Idiot?«

Lana fuhr herum. Von einem Augenblick zum anderen wandelte sich ihr erboster Ausdruck zu einem blühenden Lächeln. »Hey! Danke fürs Aufmachen! Ich bin's, Lana Perkussio. Ich sagte doch, dass ich heute noch vorbeikomme. Können wir reinkommen? Danke!«

Sie schlüpfte an ihm vorbei durch den Türrahmen.

»Was? Nein, ich habe geschlossen«, murrte der Mann.

»Es ist noch nicht achtzehn Uhr«, hörte ich Lana von drinnen flöten, was ihm ein Grunzen entlockte.

Dann blickte er mich missmutig an und rieb sich die Nase. »Verdammt.«

Ich lächelte matt. »Hallo, schön, dass Sie Zeit haben.«

Er verengte die Augen, knurrte ein weiteres »Verdammt« und winkte mich hinein.

»Schön hast du es hier«, trällerte Lana, ohne den geringsten Hauch von Ironie erkennen zu lassen.

Wir traten in einen düsteren, dreckigen Hausflur, der zugleich als Sammelbecken für Staubflocken diente. Ich blieb unschlüssig stehen, nicht mehr sicher, was ich von Lanas Idee halten sollte. Setzten wir all unsere Hoffnungen auf diesen abgewrackten Typen?

Er war noch keine dreißig, hatte ein ebenmäßiges Gesicht, doch das hellbraune Haar, das am Morgen noch so etwas wie einen Seitenscheitel aufgewiesen haben mochte, hing ihm strähnig in die Stirn. Seine Kleidung – eine dunkle Anzugshose, Hemd und eine Krawatte, die wie ein Strick um seinen Hals hing – waren zerknittert. Bartstoppeln verunzierten sein Kinn.

Er verzog das Gesicht. »Wer zum Henker bist du überhaupt?«

Lana federte zu ihm herum, die Hände in die Hüften gestemmt. »Weißt du nicht mehr? Wir haben uns im Darwins unterhalten. Vor drei Tagen. Du hast mir gesagt, du suchst Schwimmer und dass du bis heute Bewerbungen annimmst.«

»O scheiße«, stieß er hervor, was mir wenig Mut machte.

Gedanklich begrub ich das ganze Vorhaben bereits. Es war eine Schnapsidee gewesen.

»Ja, jetzt erinnere ich mich an dich. Die Kellnerin, nicht wahr?«

»Genau!« Lanas Augen leuchteten auf.

Der angebliche Talentscout lehnte sich gegen die Flurwand und schüttelte stöhnend den Kopf. Schließlich brachte er so etwas wie ein Grinsen zustande, was ihm trotz seiner offensichtlichen Übermüdung einen gewissen Charme verlieh. »Hey, das war ... Sorry, Kleine. Ja, ich bin Talentscout, aber ich suche meine Leute nicht in Kneipen. Das war doch nur ...«

Er seufzte und ließ den Kopf in den Nacken fallen. »Weißt du, ich sage: ›Hey, ich bin Talentsucher‹ und in der Regel sagst du dann: ›Super, stell dir vor, ich bin ein Talent‹. Und dann ... na, du weißt schon. Ach, scheiße. Ich hätte nicht gedacht, dass du jemanden anschleppst.«

Lana verzog den Mund zu einem schrägen Lächeln. »Ich bin ja nicht auf den Kopf gefallen. Aber danke für die Ausführung. Fakt ist, ich habe meine Freundin mitgebracht, die wirklich talentiert ist. Also ... nimmst du sie in deine Kartei auf?«

Er runzelte die Stirn, griff sich dann an die Nasenwurzel, als hätte er Kopfschmerzen. »Es war ein Missverständnis, okay?«, murmelte er. »Tut mir leid, dass ihr euch die Mühe gemacht habt, aber ich habe meine Bewerber schon und, ehrlich gesagt, bin ich fertig für heute. Wenn ihr also jetzt wieder...«

»Dürfen Sie ein bestimmtes Limit an Bewerbern nicht überschreiten?«, unterbrach ich ihn und war selbst überrascht, dass ich nicht einfach klein beigab.

Er sah griesgrämig zu mir herüber. »Nein, ich habe einfach Feierabend. Außerdem ... schau dich doch an! Du bist ...«

»Na dann, gehen wir in dein Büro«, unterbrach ihn Lana fröhlich. »Tut mir leid, dass wir deinen Feierabend hinauszögern. Aber du wirst es nicht bereuen, versprochen.«

Er stöhnte erneut auf. »Du gibst nicht auf, was?«

»Nein.« Sie grinste – und in diesem Augenblick knackte sie ihn. Sein Mundwinkel zuckte leicht und etwas in seinem Blick veränderte sich.

»Na gut. Scheinbar werde ich euch vorher nicht los.« Er trottete in einen angrenzenden Raum.

Lana blickte mich triumphierend an und wedelte mit der Hand, als wolle sie mich in einen Thronsaal bitten. Ich grinste kopfschüttelnd und folgte der Einladung.

Uns erwartete ein kleines, verstaubtes Büro. Vergilbte Tapete löste sich an den Deckenkanten und bot Schlupfwinkel für Spinnen und andere Krabbeltiere. Ein Metallaktenschrank, in dem einige umgefallene Ordner lagen, und ein ramponierter Schreibtisch ließen den Raum geradezu heimelig wirken. Auf dem Pult türmte sich ein Wust aus Papierkram, zwischen dem klebrige Tassen und Krümel ein beeindruckendes Biotop schufen.

»Wie heißt er eigentlich?«, flüsterte ich Lana zu.

»Quentin Holmes«, zischte sie zurück.

»Genau, ihr könnt Quentin sagen oder Mr Holmes, ganz wie ihr wollt. Mir völlig egal«, raunzte der Mann und stieg über einen offenstehenden Karton, um hinter seinen Schreibtisch zu gelangen.

Wir blieben davor stehen, eine Sitzmöglichkeit für Besuch gab es nicht.

Mr Holmes – ich beschloss, bei der förmlichen Anrede zu bleiben – ließ sich ächzend in seinen klapprigen Bürostuhl sinken und starrte uns an wie zwei Außerirdische.

»Also gut.« Er zückte einen Stift und eine Mappe, die offensichtlich bereits beschrieben war, und sah uns erwartungsvoll an. »Name, Daten, Referenzen ...«

Ich öffnete den roten Rucksack und zog die Kladde heraus, in der meine Zeugnisse steckten, während sich der Talentsucher Lana zuwandte. »Lana, oder?«

»Richtig.« Sie lächelte.

Er beugte sich ein wenig vor. »Weißt du, ich werde ab jetzt vorsichtiger sein, was ich zu hübschen Mädchen sage. Übrigens schade, dass du nicht angebissen hast.«

Nun verlor sie doch ein wenig von ihrer Contenance. Eine feine Röte schlich sich auf ihre Wangen und sie biss sich auf die Lippen. Ich verharrte einen Moment mit meiner Mappe in der Hand. Stand sie etwa auf diesen Typen? Im nächsten Moment fing sie sich allerdings wieder und hob das Kinn.

»Ich weiß ja nicht, was du für Erfahrungen mit Kellnerinnen hast, aber ich bin nicht so leicht zu haben.«

Er lachte leise und ließ sich wieder gegen seine Lehne sinken. »So, so, gut zu wissen.«

»Hier«, unterbrach ich dieses Was-auch-immer und reichte ihm die Unterlagen.

Er klappte die Mappe auf und studierte den Inhalt.

In dem stickigen Räumchen wurde es immer stiller. Mr Holmes beugte sich dichter über die Papiere, sein Gesichtsausdruck schwankte zwischen Unglaube, Erheiterung und Faszination.

Als er schließlich aufblickte, musterte er mich skeptisch. »Sind die echt?«

»Natürlich sind die echt, was soll denn die Frage?«, brauste Lana auf.

»Die sind echt«, entgegnete ich ruhig.

Er schnaubte, sein Blick huschte durch den Raum, als taxiere er unsichtbare Zeichen in der Luft. Sein Mund verzog sich zur Andeutung eines Lächelns. Mit einem Satz sprang er auf und hielt die Mappe empor, als hätte er den Heiligen Gral gefunden.

»Das hier ist der Wahnsinn«, presste er hervor. »Das sind die Testergebnisse zu einem Frühbegabten-Stipendium. Das ist drei Jahre her. Wieso kommst du erst jetzt um die Ecke? Meine Güte, ich erinnere mich an den kleinen Scheißer, den sie damals genommen haben. War, glaube ich, ein Jahr jünger als du, kam mit dem Druck nicht klar, hat es voll verkackt.« Er lachte.

Ich presste die Lippen zusammen. Davon hatte ich nichts gewusst, allerdings tat es auch wenig zur Sache.

»Du lagst nur einen Scheißpunkt hinter ihm.« Mr Holmes grinste mit einem Blick auf das Dokument. Dann ließ er es wieder sinken und verschränkte die Arme vor der Brust.

»Ich sagte doch, sie ist ein richtiges Talent«, meinte Lana zufrieden.

»Scheiße, ja«, schnaufte er. »Da kann ich die ganzen anderen Akten in den Müll schmeißen. Allerdings ...« Er stützte sich auf seinem Schreibtisch ab. »Wie sieht es mit deinen sportlichen Fähigkeiten aus? Ich kann dich schlecht an den Mann bringen, wenn du nichts drauf hast, Intelligenzbestie hin oder her. Weil ... tut mir leid, aber du siehst nicht wie eine Sportlerin aus, viel zu dürr.«

Damit kamen wir zu dem Part, der mir Sorgen bereitete.

»Ruby kann knapp vier Minuten die Luft anhalten.« Lana preschte vor, ehe ich mir überlegen konnte, wie ich mich am diplomatischsten ausdrückte. »Sie war Captain des Schwimmteams von Edenplace.«

Beinahe wäre mir die Kinnlade hinuntergefallen. *Was soll das denn jetzt?*

Da Mr Holmes ebenfalls damit beschäftig war, seine Kinnlade an Ort und Stelle zu halten, fiel ihm mein Entsetzen nicht weiter auf.

»Beim vergorenen Bräss. Das glaube ich nicht ...« Im nächsten Moment kam Bewegung in ihn. Er hangelte seine Jacke von der Stuhllehne und kam aus seiner Nische hervor. »Dann lasst uns zur Schwimmhalle gehen. Wir machen auf der Stelle die Praxistests. Keine Sorge, falls du heute nicht so in Form bist. Ich hübsche die Zahlen gerne ein wenig auf. Ich will dich ja möglichst gewinnbringend an eine der Universitäten bringen.« Er zwinkerte mir zu.

»Das geht nicht«, presste ich hervor.

»Doch, klar, das machen alle. Im Endeffekt stehen die Bewerber damit wieder auf derselben Stufe. Die vier Minuten, schaffst du die mit oder ohne Sauerstoffvergabe?«

»Nein, ich meine, wir können keinen Praxistest machen. Ich habe einen Trommelfellriss, der erst operiert werden muss.« Besser, ich gab es unumwunden zu, alles andere machte wenig Sinn.

Mr Holmes hielt mitten in der Bewegung inne. »Nein, das ist jetzt nicht euer Ernst.« Er sah unwillig zwischen uns hin und her. »Ist das doch alles ein Fake? Hat Hank euch geschickt? Oh, dieser beschissene Schweinehund. Ich hätte es mir denken können.« Den Kopf in den Nacken werfend, fuhr er herum.

»Nein, Mr Holmes, das ist kein Fake«, erklärte ich. »Wir kennen keinen Hank und diese Zeugnisse sind echt. Das können Sie gerne überprüfen. Die Tauchzeit stimmt auch.«

Skeptisch zog er die Brauen zusammen und brummte: »Mit Sauerstoffzugabe?«

Ich schüttelte den Kopf. »Ohne.«

Seine Halsmuskeln traten hervor, er stemmte die Hände in die Seiten. Offenbar überlegte er noch immer, ob er gerade Opfer einer Täuschung wurde.

Ich sah ihn eindringlich an. »Nehmen Sie mich in Ihre Kartei auf oder nicht?«

Er musterte mich und ich hielt seinem Blick entschlossen stand. Wartete. Seine Kiefer mahlten. Mein Herz schlug einen Takt schneller. Meine Hoffnungen waren größer, als ich angenommen hatte.

»Verflucht, ich wäre ein Trottel, wenn ich dich nicht aufnehme. Na gut, machen wir die Unterlagen fertig.«

In Lanas Wohnung im dritten Stock eines Hochhauses in San José fühlte ich mich auf Anhieb wohl. Das Zimmer war winzig und wirkte mit den Möbeln, die die Wände säumten, wie eine Einbahnstraße. Doch alles war bunt und gemütlich. Vor dem Fenster befand sich eine Kochnische. Zahlreiche Blätter mit Zeichnungen klebten an den Küchenschränken. In einer weiteren Nische befand sich ein Bett, das man mit einem Vorhang vom Raum abtrennen konnte. Ich richtete mich zwischen zum Trocknen aufgehängten Kleidungsstücken auf einer schmalen Couch ein. Lana warf mir zwei Decken zu, damit ich mir ein Bett darauf machen konnte. Meine Habseligkeiten fanden ihren Platz in einem Einbauschrank, den sie nur zur Hälfte nutzte.

Nachdem uns Mr Holmes euphorisch verabschiedet hatte – laut ihm war es die beste Entscheidung meines Lebens gewesen, zu ihm zu kommen –, hatten wir in der Stadt noch etwas gegessen und waren dann zu Lana gefahren.

Meine Freundin kam mit zwei Tassen dampfenden Tees zu mir herüber und stellte sie auf einem wackligen Tischchen ab. »Cool, oder? Quentin wird dir garantiert ein super Angebot besorgen.«

»Mir bereitet das immer mehr Bauchschmerzen, wenn ich ehrlich bin.« Ich seufzte und streckte mich. Jetzt hatten wir die Sache allerdings ins Rollen gebracht. »Meinst du immer noch, es war eine gute Idee?«

»Die beste«, erklärte Lana und klatschte, als wolle sie sich selbst applaudieren.

»Ich komme mir vor wie eine Betrügerin, selbst wenn die Zahlen stimmen. Was sollte überhaupt der Blödsinn, ich wäre Captain eines Schwimmteams gewesen?«

Sie lachte. »Sag bloß, dein Gedächtnis lässt dich im Stich? Als du mal mit der Oberstufe mitgeschwommen bist, sagte Schwester

Telwy, du wärst heute Captain. Ich weiß noch, wie Terra gemurrt hat, weil sie den Posten haben wollte.«

»Beim Bräss, das war ein einziges Mal. Und das nur, damit ich auch mal einen Spielplan entwerfe und nicht nur abtauche.« Ich ließ mich nach hinten in das weiche Polster fallen. »Ich glaube, wenn dieser Mr Holmes wirklich eine Uni findet, die Interesse hat, wird das Ganze voll nach hinten losgehen.«

Lana sprang neben mich auf das Sofa und ich zog die Beine an, um ihr Platz zu machen.

»Sei nicht so pessimistisch. Hey!« Sie rüttelte an mir. »Schwester Emily hätte mich nie dabei unterstützt, wenn es nicht machbar wäre.«

»Da bin ich mir nicht so sicher, wahrscheinlich wollte sie mir nur einen Schubs geben, damit ich aus Revlins Port herauskomme.«

Lana zog die Stirn kraus und spielte an ein paar losen roten Fäden, die von dem Sofa abstanden. »Vielleicht war das mit ein Grund, das will ich gar nicht abstreiten, aber sie hätte es nicht gemacht, wenn sie keine Chance darin sähe. Und ich habe noch ein Argument für dich: Nicht nur Schwester Emily war dafür, sondern auch du. Und du neigst auch nicht gerade dazu, hirnrissige Ideen zu verfolgen.«

Sie grinste und ich lachte trocken. So ganz unrecht hatte Lana nicht. Und ja, ich wollte diese Chance wahrnehmen. Wollte Dinge zurückgewinnen, die ich lange verloren geglaubt hatte. Lems blöder Spruch hatte einen Nerv bei mir getroffen.

»Aber sei mal ehrlich, warum ausgerechnet dieser Quentin Holmes? Der machte nicht gerade einen wahnsinnig kompetenten Eindruck.«

Lana verdrehte die Augen und wurde ein wenig rot.

»Bei allen Sphären, sag bloß nicht, du hast mich dorthin geschleift, damit du einen Vorwand hast, ihn wieder zu sehen.«

»Wie bitte?« Sie gab sich schockiert, bekam allerdings noch mehr Farbe.

»So ist das also. Ich war nur dein Alibi, um bei ihm aufzukreuzen«, foppte ich sie. »Dir ging es gar nicht darum, mir zu helfen.«

Sie biss sich auf die Lippen. »Das eine schließt das andere nicht aus, oder?«

»Du bist unglaublich.«

»Aber er ist total süß, findest du nicht?«, schwärmte sie und hielt sich die Hände an die Brust.

Ich verdrehte die Augen. »Das Wort *süß* kam mir in diesem Büro nicht in den Sinn.«

»Egal, du hast ja auch einen eigenen Geschmack. Wobei ... ich habe keine Ahnung, wie der aussieht.«

»Liegt wohl daran, dass ich das selbst nicht weiß«, gab ich stoisch zurück.

Die lähmende Trauer, aus der mein Leben so lange bestanden hatte, und schließlich der Schock und der Ekel über Cedrics Übergriff hatten jeden Gedanken in dieser Richtung im Keim erstickt.

»Was meinst du, wann sich Quentin meldet?«, versuchte ich Lana von dem Thema abzulenken.

Sie strahlte und zog ihr Handy aus der Tasche. Es war ein günstiges Plastikgerät, das sie sich von ihrem ersten Lohn gekauft hatte. Damals hatte sie es mir stolz mitsamt den gespeicherten Kontakten vorgeführt – das Verwaltungsbüro von Edenplace, das Hadens, in dem sie damals gearbeitet hatte und ein Notruf.

»Bestimmt schon nächste Woche. Ist das nicht aufregend?« Verträumt blickte sie auf das matt schimmernde Display. »Jetzt habe ich seine Nummer.«

Am Wochenende zeigte mir Lana mehr von der Stadt. Ich genoss das Flair, das wimmelnde Leben, die Energie, die alles auszufüllen schien. Ein nie endender Strom von Menschen, alle in ihre Mäntel gehüllt, verstopften die Gehwege und Straßenbahnen und wir stürzten uns mitten hinein. Wir klapperten die Unis ab und Lana spekulierte, an welcher davon ich wohl studieren würde. Ich wünschte mir, ich könnte genauso optimistisch in die Zukunft schauen.

Am Sonntagabend hörte ich erstmals den Klang der Sirenen. Es war ein höllisches Konzert, nicht im Mindesten zu vergleichen mit dem einheitlich an- und abschwellenden Alarm in Revlins Port. Anlagen aus verschiedenen Stadtteilen kreierten gemeinsam eine misstönende Symphonie aus Jaulen und Kreischen.

Wir standen an einem Imbiss in der Tullstreet, Menschen drängten vorbei. Der Himmel verdunkelte sich. Hektisch hielt ich nach einem der Schilder Ausschau – roter Blitz auf gelbem Grund –, die einen Schutzraum markierten. Doch in dem plötzlichen Chaos entdeckte ich kein einziges.

»Komm mit, ich kenne den nächsten, dort war ich schon mal«, schrie Lana über den Lärm hinweg.

Jemand rempelte mich hart an und ich strauchelte. Mit Mühe folgte ich Lana durch das Gewühl. Sämtliche Fahrzeuge auf den Straßen kamen zum Stehen, die Insassen sprangen heraus und eilten zu den nächstgelegenen Unterkünften, von denen es glücklicherweise unzählige gab.

Am Himmel brauten sich tiefgraue Wolkenberge zusammen. Wir rannten auf eine kleine Rundbogentür zu, die zu einem gedrungenen Haus an einer Kreuzung gehörte. Das gelbe Schild neben dem Eingang war so verwittert, dass ich es fast übersehen hätte. Direkt hinter der Schwelle führten vier Stufen ins Dunkel hinab und ich stolperte über die erste Kante. Mindestens dreißig Leute waren bereits hier und hinter uns drängten weitere nach. Es roch muffig und abgestanden.

»Ganz nach hinten durchgehen«, meinte ein älterer Mann gelassen und drückte jedem eine feuchte Maske in die Hand. Ein Fließband lief vertikal neben ihm herunter und transportierte eine Unzahl von Gasmasken, an Haken befestigt, aus dem Obergeschoss in den Keller. Routiniert griff der Mann danach und teilte sie aus. Der Ablauf wirkte auf mich so vertraut, dass ich augenblicklich ruhiger wurde.

Lana und ich drängten uns in den dämmrigen Raum, bis wir einen Sitzplatz fanden. Wir verbrachten den Rift-Influx dicht an dicht neben Fremden eingezwängt, während ich den heftigen Donnerschlägen lauschte. Es war so dunkel in der Kammer, dass ich das Brässphylin kaum erkennen konnte. Niemand hatte ein Zeichen gegeben und ich schloss erschrocken die Augen, als ich den goldfarbenen Giftnebel registrierte.

Mit langsamen, zischenden Atemzügen sog ich die gefilterte Luft in meine Lungen, lauschte im Dunkel dem Rascheln von Kleidung und dem gedämpften Gemurmel einiger Leute. Das Donnergrollen verklang allmählich und der gleichmäßige Fluss aus Geräuschen verlieh mir Sicherheit.

»Es hat sich aufgelöst«, ertönte schließlich die ruppige Stimme des Mannes an der Tür und ich öffnete vorsichtig die Augen. Ich hatte meinen ersten Rift-Influx in New Cisco überstanden.

Die Dunkelheit verbarg mein Lächeln. Es würde nicht der letzte gewesen sein. Ich würde nicht nach Revlins Port zurückkehren.

»Kein Drängeln beim Hinausgehen, händigen Sie mir die Masken wieder aus. Eine Spende wird gern gesehen.«

Ich runzelte die Stirn und warf Lana einen fragenden Blick zu. Sie lehnte sich zu mir herüber und flüsterte: »Habe ich dir noch gar nicht erzählt, was? Die meisten öffentlichen Schutzräume werden von Freiwilligen geführt. Die werden zwar staatlich bezuschusst, aber das Geld ist knapp. Falls man also was übrig hat, zahlt man ein, zwei Coins.«

»Ach so«, murmelte ich und fischte nach meinem erschreckend flachen Portemonnaie. Ich hatte das bei Lem verdiente Geld zwar gespart, doch das Wochenende in der Stadt hatte viel davon verschlungen, zumal Lana darauf bestanden hatte, meine Garderobe aufzustocken. Eine Garderobe, die sich bei einem Vorstellungsgespräch an einer Universität sehen lassen konnte.

Ich drehte einen zerschrammten Achtel Prim zwischen den Fingern. »Reicht das?«

»Klar«, hauchte sie zurück und wir standen auf.

Draußen sah ich mich erstaunt um. Die Stadt, überzogen von bronzefarbenem Schamott, glänzte feucht. Einzelne Sonnenstrahlen, die sich wie Speere durch die rissige Wolkendecke bohrten, tauchten die Skyline in rostiges Licht. Menschen strömten scharenweise aus ihren Unterschlüpfen, eine gewaltige Ameisenarmee, jede einzelne auf dem Weg zu ihrem Ausgangspunkt.

Lana und ich wichen an die Hauswand zurück, hielten jedoch ein Stück Abstand, damit sich das oxidierende, noch klebrige Bräss nicht auf unseren Kleidern absetzte.

»Ein Wahnsinns-Anblick, oder? Ging mir die ersten Male genauso.«

»Ja, man kommt sich wie ein ganz kleines Rädchen im Getriebe vor«, entgegnete ich. Die Menschenströme, einer chaotischen, verborgenen Ordnung folgend, verzweigten sich allmählich. Zuletzt kam der Verkehr auf den Straßen wieder in Gang und der lärmende Alltag nahm unbeeindruckt seinen Lauf.

Das Brässphylin löste sich bereits auf, doch wo immer die schützenden Mirteol-Schichten zu dünn geworden waren, wurde es fest, fraß sich wieder ein Stück tiefer in Fassaden und bildete helle Flecken wie ein Pilzbewuchs.

»Wieso haben die Leute eigentlich nicht ihre eigenen Masken dabei?«, fragte ich, als wir unseren Weg fortsetzten.

»Oh, zum einen sind die Dinger unverschämt teuer«, meinte Lana und wiegte den Kopf. »Zum anderen, na ja ... Als die Schutzräume noch nicht von der Regierung gefördert wurden, besaßen viele Leute eigene Masken, was allerdings oft Überfälle provoziert hat. Ich habe mir mal alte Nachrichten in einer Archiv-Bibliothek durchgesehen. Bei jedem Unwetter kamen Menschen ums Leben, weil ihnen jemand die Atemmaske stahl. Darum ging die Organisation in staatliche Hand über. Seit Schutzräume, Gasmasken und Verwaltungspersonal gestellt werden, sind diese Anschläge fast gänzlich zurückgegangen. Klar rennen noch immer einige mit einer eigenen Maske herum. Vielleicht weil sie es cool finden oder sich wichtig vorkommen, keine Ahnung. Aber das

Risiko, wegen dem Ding überfallen zu werden, ist im Grunde höher als der Nutzen.«

Lana verzog skeptisch den Mund und setzte hinzu: »Und wer will schon ständig einen Kanister voll Imprägnierflüssigkeit mit sich herumschleppen?«

»Auch wieder wahr.«

Im Dämmerlicht machten wir uns auf den Heimweg. Die Straßen füllten sich zusehends mit grauen Lastern, auf deren Seiten das Fincher-Industries-Logo prangte. Männer in grauen Overalls mit roten Abzeichen auf den Ärmeln saßen darin. Es dauerte nicht lange und sie waren allgegenwärtig, nahmen die Stadt ein und machten sie auf ganz neue Weise lebendig, sprühten Fassaden ab und reinigten sie von dem frischen Bräss. Einige Häuser bekamen einen neuen Anstrich aus Mirteol, hastig mit großen, breiten Rollen aufgetragen.

Der Geruch der Substanz biss mir in die Nase und verflüchtigte sich in den Häuserschluchten nur langsam. Von den Dächern der Wolkenkratzer ergossen sich in breiten Kaskaden Reinigungsemulsionen. Sie verwandelte die Fronten für kurze Zeit in Flüsse, die aus dem Himmel zu strömen schienen.

»Sie haben Reservoirtanks auf den Dächern stehen, die sie nach jedem Influx über die Balustraden ablassen. Sieht schon irre aus, oder?«, meinte Lana.

»Ja, allerdings.« Wieder streifte mein Blick einen der Männer, der gerade einen Schlauch aufrollte, um ihn zu verstauen.

Ich versteifte mich. Das war kein Mensch. Für die Reinigungsarbeiten wurden fast ausschließlich Lysanth eingestellt.

Lana ergriff meine Hand und zog mich weiter. Ich hatte nicht bemerkt, dass ich stehengeblieben war.

»Ignorier sie einfach, das ist das Beste, um Ärger aus dem Weg zu gehen«, flüsterte sie.

Ich unterdrückte den Impuls, mich nochmals nach dem Mann umzusehen. Selbst wenn ich nicht vorhatte, je wieder in die Nähe der Slums zu gehen, Lysanth würde ich dennoch begegnen, wenn ich hier leben wollte. Einer von ihnen hatte Finn auf dem Gewissen, und obwohl ich wusste, dass sie nicht alle gleich waren, konnte ich das tiefe Unbehagen nicht abschütteln.

»Ich mache das jedenfalls immer so«, redete Lana weiter und hakte sich bei mir unter. »Damit bin ich bisher ganz gut gefahren. Die tun hier einfach nur ihren Job. Wenn auch gezwungenermaßen.«

»Gezwungenermaßen?«

Sie blinzelte. »Die Regierung gibt ihnen nur Lizenzen für Mirteol, wenn sie diese Arbeiten verrichten. Tun sie es nicht, verlieren sie früher oder später selbst das Dach über dem Kopf.«

Ich riss die Augen auf. »Aber, das ist ja ... Woher weißt du das?«

»In der Kneipe, in der ich früher gearbeitet habe, waren ab und zu Lysanth. Sie haben sich gerne und oft darüber beschwert. Angeblich werden sie für die Arbeit nicht einmal entlohnt, was ich mir allerdings nicht vorstellen kann. Aber egal, du solltest sie einfach machen lassen. Geh ihnen nach Möglichkeit aus dem Weg. Wenn ich mit ihnen zu tun hatte, habe ich mir immer vorgestellt, es sind Menschen. Ganz nach dem Motto: Einfach freundlich behandeln. Dann wird mich schon keiner um ...« Sie verschluckte sich. »Scheiße, das hätte ich nicht sagen sollen. Entschuldige.«

Ich senkte stumm den Kopf und verdrängte den Gedanken an Finn. »Schon gut, pass einfach auf dich auf. Sind im Darwins denn auch oft Lysanth?«

Sie schüttelte den Kopf. »Nein, das war auch ein Grund für mich, den Job zu wechseln. Das Darwins ist Lysanth-freie Zone. In Oakland sind beinahe die Hälfte aller Lokale für Lysanth gesperrt, drüben in San José nur etwa zwanzig Prozent. Du kannst mir glauben, ich hatte echt Glück, die Stelle im Darwins zu bekommen.«

Den Abend verbrachten wir in Lanas Wohnung, sahen uns auf einem Minidisplay ein AquaLab-Match an und fachsimpelten über die Spielzüge. Obwohl ich das Zusammensein mit Lana genoss, stieg Nervosität in mir auf. Würde ich wirklich die Chance erhalten, bald selbst in einem Lab-Tank zu schwimmen? Und konnte ich nur ansatzweise die Leistung bringen, die man zwangsläufig von mir erwarten würde? Angesichts der Spieler auf dem Monitor setzten mir meine Zweifel immer mehr zu.

»Ich kann mir nicht vorstellen, dass ich jemals so weit komme«, presste ich hervor, als ein Spieler mit einer gekonnten Drehung den Ball auf einen Point schmetterte.

Lana knipste unversehens den Bildschirm aus. »Finn wäre stolz auf dich. Er hätte gewollt, dass du dir deinen Traum erfüllst.«

Schlagartig wurde meine Kehle eng, doch Lana fuhr fort: »Lernen bis zum Umkippen, den Kopf ins Wasser stecken, bis dir Kiemen wachsen. Das hätte er dir auf der Stelle gewünscht. Einmal, als wir zusammen am Strand waren, meinte er, wir könnten deine Mittagsration einfach mitessen, bis du wieder auftauchst, sei sowieso längst Zeit, heimzugehen.«

Ein kratziges Lachen entwischte mir. »Er war immer so verfressen.« Hinter meinen Augen baute sich ein unangenehmer Druck auf.

Lana lächelte mit wässrigem Blick. »Allerdings, nur Gemüse konnte er nicht leiden. Vor allem Lauch und Erbsen.«

»Nur, um Spielstrategien zu entwickeln.« Meine Stimme brach beinahe und ich musste schlucken.

Lana schniefte lachend. »Ja, seine wunderbaren Erbsen-Strategien. Und du wirst jetzt die Ehre haben, sie umzusetzen.«

Ich grub meine Finger in das Sitzpolster. Unzählige Erinnerungen, die ich seit Jahren verdrängt hatte, überschwemmten mich. Erinnerungen, die zu schwer wogen, als dass ich sie ertragen konnte: Finn, der mich tröstete, weil ich mir eine Prellung zugezogen hatte. Finn, der mich lachend aufzog und meinte, meine Knochen müssten aus Blei sein, weil ich es nicht schaffte, an der Wasseroberfläche zu bleiben. Finn, der mir versicherte, dass er immer auf mich aufpassen würde ...

Ich atmete tief durch, spürte kaum, wie mir die Tränen übers Gesicht rannen. Auf einmal sprudelten die Worte aus mir heraus. Ich konnte nicht mehr aufhören zu reden. Wir erzählten uns gegenseitig Geschichten über ihn und stießen dabei immer wieder auf Kleinigkeiten, an die ich seit Langem nicht mehr gedacht hatte.

Irgendwann tat es ein bisschen weniger weh, an Finn zu denken, und als wir schließlich mit verheulten Augen da saßen, war die erdrückend schwere Last ein klein wenig leichter geworden.

XVI

Am Montag bekamen wir keinen Anruf von Mr Holmes. Während Lana arbeitete, besuchte ich ein Internetcafé, ein ehemaliges Großraumbüro, in dessen Sitznischen Computer aufgestellt waren. Ich gab meine letzten Coins aus, um zu recherchieren, und war froh, dass die Verbindung gut war. Im Kloster hatte ich während meiner Arbeiten für Schwester Emily mehrfach am Computer arbeiten dürfen und kannte mich daher gut genug aus.

Ich informierte mich über die verschiedenen Universitäten, ihre bisher eingekauften Spieler und die Unkosten für Studiengänge. Die Unterschiede waren enorm und oft war es schwer, Genaueres herauszufinden, da viele Einrichtungen nach außen abstritten, Spieler für ihre Mannschaften zu kaufen. Am Ende des Tages berichtete ich Lana geschockt von meinen neusten Erkenntnissen.

Sie verzog abschätzig den Mund. »Kostspielig ist gar kein Ausdruck. Deswegen haben wir nur eine Chance, wenn wir ein Stipendium erhalten. Ich habe mir sowieso nie Hoffnungen darauf gemacht, dafür war ich nie gut genug, aber weißt du was, ich bin zufrieden, so wie es jetzt für mich läuft.«

Der nächste Morgen gönnte mir noch einige ruhige Stunden. Dann drehte sich ein Schlüssel in Lanas Tür. Ich schreckte von meiner Lektüre auf. Meine Freundin stürzte herein, rote Flecken auf ihren Wangen. »Quentin hat angerufen. Wir treffen uns in zwei Stunden am Eingang der Beldon.«

»Was?« Ich sprang auf, mein Magen machte einen Salto. *Die Beldon? Ausgerechnet die Beldon?* Ich starrte Lana mit offenem Mund an, ehe ich nur ein weiteres Wort hervorbrachte. »Bist du sicher, dass du dich nicht verhört hast?«

Sie schnaubte erheitert. »Ich habe zweimal nachgefragt, ich glaube, er hält mich jetzt für schwerhörig.«

Ich schluckte. Die Beldon war die angesehenste Elite-Universität in New Cisco. Sie verfügte über den Top-Nachwuchs im AquaLab, war führend in den Bezirks-Wettkämpfen. Meine Güte, ein Großteil der Spieler des Staatenteams entstammte ihrer Universitätsmannschaft! Es war die einzige Uni, bei der ich nicht einmal hatte herausfinden können, ob sie überhaupt schon einmal jemanden eingekauft hatte.

»Aber die haben schon die besten Spieler«, haspelte ich.

»Na, jetzt weißt du, warum«, konterte Lana.

Ich ließ mich wieder auf das Sofa sinken. »Meine Güte, Lana, wieso ist Mr Holmes zur Beldon gegangen? Die werden mich nie nehmen. Ich wäre kein Gewinn für sie, ich bin viel zu schlecht. Bei jeder anderen Uni ...«

»Hör auf, dich selbst runter zu machen!«, unterbrach sie mich barsch. »Du bist für jedes Team ein Gewinn, Ruby. Klar, du musst einiges aufholen, aber das schaffst du. Ich sage nicht, dass es leicht wird, doch du bist eine Kämpferin und wirst es ihnen zeigen, da bin ich mir sicher.«

Angesichts dessen, wie ich die vergangenen drei Jahre verbracht hatte, nahm ich ihre Worte mehr als skeptisch auf. »Wenn die Beldon jemanden einkauft, werden sie erwarten, dass derjenige bessere Leistungen bringt als ihre Top-Spieler.«

»Ich kenne niemanden, der so ein Lungenvolumen hat wie du. Oder jemanden, der so rechnen kann oder so schnell lernt. Also bitte, heul jetzt nicht rum. Du musst dich im besten Licht präsentieren. Ist das klar?«

Ich biss mir auf die Lippen und riss mich zusammen. »Ist klar«, murmelte ich, denn eine Wahl hatte ich schließlich nicht. Dieser vermaledeite Quentin war größenwahnsinnig, hatte gleich ganz oben angefangen und zudem Erfolg gehabt. Ob er in seinem Angebot erwähnt hatte, dass ich viel zu dürr war für eine Sportlerin und erst einmal eine Operation gesponsert bekommen musste? Ich stieß die Luft aus. Nein. Warum sollte ich mir Sorgen machen? Wahrscheinlich würden sie uns nach fünf Minuten bereits wieder hinausschmeißen. Ich konnte nur hoffen, dass anschließend andere Unis Interesse zeigen würden.

Ich erhob mich, zwang mich zu einem Lächeln. »Alles klar, ich gehe schnell duschen und mache mich fertig, dann gehen wir.«

»So ist es richtig.« Lana knuffte mich, streifte ihre Schuhe ab, ließ sie mitten im Zimmer liegen und ging in ihre Kochnische. »Willst du auch noch ein Sandwich? Ich mache uns welche.«

»Nein danke, ich glaube, vor diesem Treffen bekomme ich keinen Bissen hinunter.«

Eine knappe Stunde später steckte ich in den teuersten Kleidern, die ich je besessen hatte: ein marineblauer Rock mit Blazer über einem weißen, locker fallenden Shirt. Nachdem ich mir die roten Strähnen hochgesteckt hatte, erkannte ich mich kaum wieder.

Die Beldon hatte ich am Wochenende nicht wirklich gesehen. Das große Areal mitten in Oakland wurde an den Zugängen von Sicherheitspersonal überwacht.

Wir trafen Mr Holmes am Haupteingang. Er machte heute einen passablen Eindruck, seine Kleidung saß wie angegossen, das Kinn war frisch rasiert und die dunklen Augen leuchteten tatendurstig.

»Sind Sie bereit, meine Damen?«

»Aber sicher«, flötete Lana, während ich lediglich ein Nicken zustande brachte.

Nachdem der Talentsucher einen Passierschein und unsere ID-Cards vorgezeigt hatte, wurden wir eingelassen.

Staunend trat ich durch das Tor. Kuppeln spannten sich über Grünflächen zwischen einem Netz aus Wegen, das etliche alte, eindrucksvolle Gebäude miteinander verband.

»Dann darf ich bitten.« Mr Holmes wies auf eine Fahrrad-Rikscha, die am Rand der Zufahrt für uns bereitstand.

Die kleine Kabine war sauber und besaß ein blütenweißes Sitzpolster. Lana setzte sich mir gegenüber neben ihren neuen Schwarm. Unter ihrem Mantel trug sie ein dünnes Kleid, von dem sie behauptet hatte, es sei das vornehmste Stück in ihrem Schrank. Allerdings war es auch das luftigste und sicher das aufsehenerregendste. Ruckelnd setzte sich das Gefährt in Bewegung und ich beäugte neugierig die Umgebung. Jeweils mittig unter den Kuppeln waren herrliche Rabatten angepflanzt. Solche Blumen hatte ich seit Jahren nicht mehr gesehen.

»Na? Beeindruckt?«, fragte Mr Holmes mit einem breiten Grinsen.

»Eher überwältigt«, murmelte ich. »Ich dachte, diese Pflanzen werden nur in den Parks gezogen, ich wusste nicht, dass eine ...«

Mr Holmes lachte leise. »Ich meinte, ob Sie von meiner Leistung beeindruckt sind.«

»Ihre Leistung?«

»Wissen Sie denn nicht, was ich vollbracht habe? Sie wurden an die Beldon eingeladen, Miss Blayke. Hier sind nur die Besten der Besten. Allein durch diese Einladung haben wir einen Freifahrtschein bei jeglichen anderen Universitäten. Falls es hier nichts wird, versteht sich.« Er zwinkerte, sichtlich gut gelaunt. Offenbar machte er sich keine Sorgen, doch warum sollte er auch? Er dachte, ich sei Captain eines Schwimmteams gewesen.

»Das ist toll«, entgegnete ich verhalten.

Unser Vehikel machte vor einem hellen, zweiflügeligen Gebäude halt. Ich stieg aus und blickte mit großen Augen an der Fassade hinauf. Erker, Rundbogenfenster und Säulen ragten imposant vor mir in die Höhe. Wasserspeier blickten grimmig von den Simsen herab.

Was, bei allen Sphären, habe ich hier zu suchen? Am liebsten hätte ich kehrtgemacht, stattdessen erklomm ich zögerlich die Stufen zum überdachten Haupteingang. Mr Holmes läutete. Eine vornehme Dame in dunklem Hosenanzug öffnete uns keine fünf Sekunden später und bat uns freundlich herein. Der Talentscout wechselte einige Worte mit ihr, während Lana und ich uns umsahen. Eine herrschaftliche Eingangshalle lag vor uns, mahagonifarbene Holzvertäfelungen glänzten an den Wänden und ein gemusterter Teppich in Cremetönen erstreckte sich über den kompletten Boden und sogar die Stufen einer breiten Treppe hinauf. Wie benommen folgte ich der Dame.

Wir betraten einen kleinen Raum voller Vitrinen, die mit glänzenden Pokalen gefüllt waren. Ein Sekretär stand in der Mitte auf einem reich gemusterten Läufer. Davor erwartete uns, die Arme auf dem Rücken verschränkt, ein Herr mit grauem Vollbart. Sein dunkler Anzug hatte denselben Farbton wie der seiner Kollegin.

»Guten Tag, die Herrschaften«, begrüßte er uns und reichte jedem die Hand. »Mein Name ist Tard. Ich werde vorab die Formalitäten mit Ihnen klären, ehe Sie die Direktorin und Mr Jarrings treffen.«

»Guten Tag, mein Name ist Ruby Blayke.« Ich erwiderte seinen festen Handgriff und gab mich unbeeindruckt, als er mich, die Augen zu Schlitzen verengt, musterte.

»Sie werden diese Schweigepflichtsvereinbarungen unterschreiben.« Mr Tard zog drei Formulare über den Tisch heran, jedes mehrere Seiten dick. Obenauf lagen edel aussehende, silberne Schreibstifte.

Mr Holmes und ich lasen uns den Text durch, während sich Lana direkt den Stift schnappte und ihre Unterschrift auf die letzte Seite setzte.

Mr Tard sah sie mit einer hochgezogenen Augenbraue an. »Sie wissen, was Sie da unterschrieben haben?«

»Hm?« Sie lächelte ihn unschuldig an.

»Sie sind verpflichtet, über das heutige Treffen und die Beschlüsse, die daraus resultieren, absolutes Stillschweigen zu bewahren.«

»Welches Treffen?«, fragte Lana neckisch, balancierte den Stift kurz auf einem Finger, fing ihn auf und ließ ihn in ihre Tasche gleiten.

Mr Tard räusperte sich unwillig. »Der Schreiber ist nicht als Präsent gedacht.«

»Welcher Schreiber?«

Ich musste die Zähne zusammenbeißen, um trotz der angespannten Situation nicht zu lachen. Wahrscheinlich würden wir gleich hochkant hier rausfliegen und mir wäre es nicht einmal so unrecht, doch Mr Tard reagierte nur mit einem konsternierten Blinzeln und schwieg. Ich bemerkte, wie sich Quentins Mundwinkel zu einem halben Lächeln verzog, als sein Blick kurz zu meiner Freundin huschte.

Nachdem ich den Vertrag gelesen hatte und sicher war, dass er keine versteckten Klauseln beinhaltete, unterschrieb ich ebenfalls.

Mr Tard führte uns weiter durch das Gebäude. Im oberen Stock klopfte er an eine mit floralen Schnitzereien versehene Doppeltür.

»Kommen Sie herein«, erklang eine weibliche Stimme von drinnen und er öffnete. Wir betraten ein weitläufiges Büro. Deckenstrahler und der helle Teppich, der sich offenbar fast durch das gesamte Haus zog, ließen das Zimmer warm und freundlich erscheinen. Dunkle Regale nahmen die komplette Wand hinter dem mittig thronenden Schreibpult ein. Auch hier waren etliche Pokale und Auszeichnungen ausgestellt. Das Emblem der Beldon Universität, ein weißer Stern vor drei blauen Säulen, prangte beinahe auf jedem Gegenstand.

Am Tisch saß eine zierliche Frau mit Dutt und auffallend spitzem Kinn, das sie in unsere Richtung schob. Sie trug ein braunes Kostüm mit rotem Einstecktuch. Ihr Gegenüber, ein bulliger Mann in blauem Poloshirt, ebenfalls mit dem Logo versehen, drehte sich zu uns um. Sein dunkles Haar war kurz geschoren, sein Gesicht breit und leicht gerötet, als hätte er soeben eine hitzige Diskussion geführt. Er mochte vierzig Jahre alt sein, etwas jünger als die Direktorin, die sich nun lächelnd erhob.

»Guten Tag, ich bin Mrs Ferrow. Es ist mir eine Freude, Sie kennenzulernen.« Sie trat vor ihren Schreibtisch, um jedem die Hand zu reichen.

Der Mann verschränkte demonstrativ die Arme vor der Brust, setzte einen abweisenden Gesichtsausdruck auf und blieb neben dem Pult stehen. Offensichtlich war er der Sympathieträger der

Runde. Zu meinem Bedauern verriet seine Statur, dass er ein Schwimmer war und demnach, mehr als wahrscheinlich, der zuständige Trainer.

Ich rang mir ein Lächeln ab und nickte ihm zu, was seine Laune allerdings nicht hob.

Nachdem wir uns vorgestellt hatten, bat uns Mrs Ferrow, Platz zu nehmen. »Dies ist Mr Jarrings, er ist für die Ausbildung der Spieler zuständig.« Sie wies auf den Mann, der wie ein Mahnmal neben dem Pult stehen geblieben war und dessen Blick Löcher in Wände hätte bohren können.

Mr Holmes grüßte ihn höflich, während Lana erstaunlich sittsam, die Hände im Schoß gefaltet, Mrs Ferrow ansah.

»Nun.« Die Direktorin stützte ihre Ellenbogen auf der Tischplatte ab und faltete die Finger ineinander. »Wir haben Ihre erstaunliche Bewerbung erhalten und sind sehr interessiert, Sie in unser Team aufzunehmen, Miss Blayke. Mr Holmes«, ihr Blick wanderte zu ihm, wobei sie den Kopf leicht schräg legte, »ich beglückwünsche Sie zu Ihrer Entdeckung. Wir hatten bislang noch nicht das Vergnügen. Sind Sie neu im Geschäft?«

Quentin nickte beflissen. »Durchaus und ich fühle mich geehrt, dass Sie uns eingeladen haben.«

Ihr Lächeln wurde breiter, gerade so wie die Kluft aus Dissonanzen zwischen ihr und ihrem Kollegen, der provokativ den Blick abwandte.

»Aber selbstverständlich, wie könnten wir ein solches Talent ignorieren?«, sagte die Direktorin.

Mr Jarrings verlagerte das Gewicht und schnaubte. »Bei allem Respekt, Mrs Ferrow, unser Team braucht angemessene Tanks und bessere Ingenieure, aber ganz sicher keinen Hungerhaken wie dieses Balg.«

Lana legte ihre Hand auf meinen Arm. Meine Finger schlossen sich fester um die Stuhllehne und ich zwang mich, ruhig sitzen zu bleiben. Die unmittelbare Konfrontation mit einem solchen Prachtexemplar von Snob warf mich aus der Bahn. *Schön für ihn, dass er sich jederzeit den Bauch vollschlagen kann.*

Mr Holmes räusperte sich.

»Mr Jarrings, wenn Sie weiterhin Teil dieser Verhandlung sein möchten, muss ich Sie bitten, sachlich zu bleiben«, sagte Mrs Ferrow kühl.

Der Mann stützte sich auf dem Tisch ab und brummte: »Ich sehe keinerlei Grund, unser Budget für etwas zu verschwenden, das wir nicht nötig haben. Die Beldon ist führend und wird es bleiben, dafür lege ich meine Hand ins Feuer.«

Ich funkelte seinen Hinterkopf an. »Wenn Sie mich nicht wollen, gehe ich gerne an eine andere Universität. Ich kann Ihnen aber nicht garantieren, dass die Beldon dann weiterhin die Führung einnimmt«, erklärte ich ruhig. Nun ja und ungeheuer großspurig.

Jarrings wirbelte zu mir herum, die Muskeln um seine Augen zuckten. »Auch noch vorlaut.«

»Verzeihung, meine jüngsten Vorbilder waren wenig hilfreich.«

Mr Holmes neben mir verkrampfte sich. Lana unterdrückte ganz offensichtlich ein Grinsen. *Was ist nur in mich gefahren? Wieder einmal vermassle ich mir die große Chance selbst.*

Doch es war schön, Jarrings' Gesichtszüge einen Moment entgleisen zu sehen.

Zu meiner Überraschung stieß die Direktorin ein Lachen aus. »Wie erfrischend! Miss Blayke, ich denke, Sie und Mr Jarrings sind auf einer Wellenlänge.«

Ich biss die Zähne zusammen – genau wie Jarrings. Unsere Blicke prallten aufeinander. Ich sah in dieser angeblichen Gemeinsamkeit weniger Grund zur Freude.

Sofort verdrängte ich den Gedanken. Damit würde ich mich wohl kaum auseinandersetzen müssen. Ich hatte noch Unmengen von Gelegenheiten, es zu verderben. Beispielsweise, indem ich die Tatsache auf den Tisch brachte, dass ich weder schwimmen durfte noch konnte.

»Das ist ja wunderbar«, ergriff Mr Holmes das Wort. Jarrings stieß die Luft aus, hielt jedoch den Mund und der Talentscout fuhr fort: »Sie haben sich also die Zeugnisse von Miss Blayke angesehen. Sie kennen ihre Tauchzeit. Sie müssen zugeben, die junge Dame ist ein Unikat und ihr steht zweifelsfrei eine große Zukunft bevor. Lassen Sie uns also zu den Zahlen kommen.«

Mrs Ferrow zog die Augenbrauen hoch. »Sehr direkt, Mr Holmes, das gefällt mir. Zuvor möchte ich allerdings einige Fragen an die Bewerberin richten.«

Augenblicklich drehte sich mein leerer Magen um. Ich versuchte mich zu entspannen und nickte. »Gerne, Mrs Ferrow.«

»Miss Blayke, wie aus Ihren Unterlagen hervorgeht, hätten Sie vor drei Jahren um Haaresbreite ein Stipendium erhalten. Ich bin sicher, Sie haben sich seither weitergebildet. Womit haben Sie sich in der Zwischenzeit beschäftigt? Welche Interessen verfolgen Sie und welche Studiengänge würden Sie gerne antreten?«

Ich schluckte den Klumpen hinunter, der plötzlich in meinem Hals festsaß. Ich hatte gelernt, wie man kaputte Geräte repariert, während ich mit Lem dämliche Quizfragen im Radio beantwortete. Hatte mich dafür interessiert, mich vor der Welt zu verstecken, und war darin wirklich gut geworden. Ein Umstand, den ich in diesem Moment hasste. Was hätte ich nicht alles tun können? Die Bibliotheken von New Cisco leer lesen ...

Doch dafür war ich nicht bereit gewesen, das wusste ich nur zu gut. Verschüttet unter einer Lawine aus Trauer und Angst, hatte ich mich selbst aufgegeben.

Und nun saß ich hier, unverhofft und völlig unvorbereitet.

»Seien Sie nicht verlegen, heraus damit!«, bohrte Mrs Ferrow nach.

Alles, wollte ich sagen. *Ich will gerne alles studieren.* Ich hatte keine Ahnung, auf was ich mich spezialisieren sollte. Ich hatte mir in den vergangenen drei Tagen den Kopf zerbrochen, wie ich meine nicht vorhandenen Schwimmkünste anpreisen sollte, nicht darüber, was ich studieren könnte. Dieses Luxusproblem hätte ich mir erst zu Gemüte geführt, wenn es so weit war.

»Ich weiß es nicht«, antwortete ich wahrheitsgemäß, ignorierte den abschätzigen Ton, den Jarrings von sich gab, und stammelte:

»Ich habe mir bislang keine Gedanken über eine Fachrichtung gemacht. Ich hatte nicht angenommen, überhaupt je zu studieren.«

»Sie haben sich demnach auf das Schwimmen konzentriert?«, hakte die Direktorin nach.

Ich sah zu Boden und schwieg. Eine ehrliche Antwort der Marke: *Seit drei Jahren meide ich jedes Gewässer* würde unweigerlich den Rausschmiss nach sich ziehen.

Jarrings rettete mich glücklicherweise vor einer unmittelbaren Antwort. »Sie hat sich noch nicht einmal Gedanken über ein Studienfach gemacht? Das zeigt doch, wie fehl am Platz sie hier ist. Wenn sie nur halb so intelligent wäre, wie sie behauptet, hätte sie sich längt über diverse Fachrichtungen informiert. Schließlich ist es der absolut naheliegendste Schritt, sich bei den Universitäten als Spielerin anzubieten, wenn man tatsächlich solche Talente mitbringt. Mir erscheint das dubios.«

Wieder trafen sich unsere Blicke und diesmal sah ich weg.

»Gut, dass Sie es ansprechen. Das wundert mich nämlich ebenso«, sagte die Direktorin.

Ich merkte auf. So uneinig sie sich auf den ersten Blick waren, so sehr schienen ihre Worte aufeinander abgestimmt zu sein.

»Das hat durchaus seine Gründe«, ging Mr Holmes endlich dazwischen. »Miss Blayke hat einen Werdegang als Spielerin bisher nicht in Betracht gezogen, da sie einen Trommelfellriss erlitten hat. Wie Sie sich denken können, ist eine Operation nicht für jedermann ohne weiteres erschwinglich. Wenn Sie allerdings in sie investieren, werden Sie einen unvergleichlichen Gewinn machen.«

Ich hielt den Atem an. Quentins Taktik bestand offenbar darin, mit der Tür ins Haus zu fallen.

Jarrings riss die Augen auf. »Das ist doch wohl ein Scherz, oder? Sie wollen uns eine Spielerin mit Tauchverbot andrehen und unterschlagen das in ihrer Bewerbung? Mr Holmes, Sie werden es in Ihrem Beruf nicht weit bringen.«

»Beruhigen Sie sich«, intervenierte die Direktorin, während sich Quentins Fingerknöchel weiß färbten.

Doch Jarrings stemmte die Hände in die Hüften und machte sich weiter Luft: »Das ist doch eine unglaubliche Zeitverschwendung. Ich fasse es nicht. Ein zerstörtes Trommelfell! Mrs Ferrow, wir wären wohl am besten beraten, den Herrschaften den Ausgang zu zeigen.«

Ein schmerzhaft hohles Gefühl machte sich in meiner Brust breit. Das war es. Mein erster Anlauf war von vornherein zum Scheitern verurteilt. Immerhin blieb mir die kleine Hoffnung, dass es an einer anderen Uni besser laufen würde.

»Seit wann schwimmen Sie nicht mehr?«, fragte Mrs Ferrow und brachte ihren fluchenden Kollegen damit abrupt zum Schweigen.

Mein Kopf ruckte zu ihr hoch. Dass sie mir überhaupt noch eine Frage stellte! »Seit drei Jahren.«

»Das ist eine lange Zeit.« Sie runzelte die Stirn.

Ihr Kollege stieß nur ein höhnisches Lachen aus.

Mrs Ferrow jedoch setzte ein Lächeln auf. »Aber ich möchte Sie schwimmen sehen.«

Mein Mund klappte auf, genau wie der von Jarrings.

»Wie bitte?«, stammelte er. »Das ist doch wohl nicht Ihr Ernst? Drei Jahre! Damit ist sie raus. Schauen Sie sich das Mädchen doch an! Sie ist keine Sportlerin. Haut und Knochen, mehr nicht.«

»Das Essen im Waisenhaus wurde streng rationiert, Mr Jarrings. Es tut mir leid, dass Ihren Anforderungen nicht Genüge getan wurde«, entgegnete Lana so höflich, als teile sie dem Sphärenvorsitzenden persönlich beim Bankett mit, dass der Senf alle war.

Er grunzte. »Das ist doch eine Farce. Sie ist keine Schwimmerin, da hilft auch kein langer Atem.«

Ich schluckte meine Bedenken hinunter und legte all meine Überzeugung in meine Stimme. »Mag sein, dass ich keine perfekte Schwimmerin bin, doch ich bringe das Potenzial mit. Und glauben Sie mir, ich bin bereit, zu trainieren, bis ich umfalle. Talente, die man nicht einfach erlernen kann, bringe ich mit. Ich werde ein Gewinn für die Beldon-Mannschaft sein, wenn Sie mir die Chance dazu bieten. Das versichere ich Ihnen.«

Jarrings machte eine wegwerfende Handbewegung. »Bis zum Umfallen? Das dürfte nicht lange dauern.«

Meine Wortwahl verfluchend, bereitete ich mich auf eine endgültige Abfuhr vor.

Mrs Ferrow warf nüchtern ein: »Sie haben bislang im Kloster Edenplace in Revlins Port gelebt.« Sie ließ den Finger über das Blatt wandern, das vor ihr lag.

»Richtig, Miss Blayke ist eine Waise«, ergänzte Mr Holmes. Er legte die Fingerspitzen aneinander. »Wenn ich das so bemerken darf, bedeutet das einen weiteren Vorteil für Sie.«

Unschlüssig drehte ich den Kopf in seine Richtung. *Worauf will er damit hinaus?*

»Bedenken Sie die Medienpublicity, die das für Sie einbringen würde. Eine Waise aus der untersten Gesellschaftsschicht, die sich an der renommiertesten Universität des Staates etabliert.« Mr Holmes lächelte selbstzufrieden und ich hätte ihm am liebsten einen Boxhieb verpasst. Das hatten wir nicht abgesprochen. Ich wollte mich nicht derart verschachern lassen, allerdings schien genau das sein Plan zu sein.

»So gehen wir nicht vor, Mr Holmes«, ernüchterte ihn die Direktorin jedoch und ich wandte mich wieder ihr zu, erleichtert, dass sie dem sogleich Einhalt gebot. »Andere Universitäten kaufen Spieler, das wissen wir alle. Die Beldon tut das auch, doch wir gehen nicht damit hausieren. Das liegt nicht etwa daran, dass wir diesen Umstand verheimlichen wollen. Wir pochen auf Diskretion und lassen Sie eine Schweigepflichtserklärung unterschreiben, weil wir unsere Studenten schützen möchten. Wenn wir uns für Sie entscheiden, Miss Blayke, werden Sie als reguläre Studentin aufgenommen. Bezüglich Ihrer Vergangenheit werden wir leider ein wenig von der Wahrheit abweichen müssen. Da Stipendien öffentlich bekanntgegeben werden, können wir nicht behaupten, Sie hätten ein solches erhalten. Deshalb werden wir erklären, Sie stammten aus Utah. Ich schlage das nicht vor, weil wir uns in irgendeiner Hinsicht für Ihren Hintergrund schämen. Im Gegenteil, ich bewundere einen solchen Werdegang.«

Die Direktorin sah mich eindringlich an. Ein Prickeln durchfuhr mich. *Sie meint das ernst. Sie will mir wirklich diese Chance geben.*

»Die Aufmerksamkeit der Presse, die gekaufte Spieler auf sich ziehen, wirkt sich oft nachteilig auf diese aus«, erklärte sie weiter. »Und einem solchen Druck möchten wir unsere Studenten nicht aussetzen. Zudem kommt es oftmals zu Konflikten im Team, was einem guten Zusammenspiel abträglich ist. Wir möchten ein angenehmes und förderliches Umfeld bieten. Wenn Sie also dazu bereit sind, gewisse Vereinbarungen einzuhalten, starten Sie unter denselben Voraussetzungen wie alle übrigen Hochschüler. Das bedeutet für Sie: ein finanzierter Studienplatz und eine Unterkunft auf dem Gelände. Im Gegenzug erwarten wir Ihre Bestleistungen beim Spiel.«

Ich schluckte trocken, konnte noch immer nicht fassen, dass sie mir tatsächlich ein Angebot machte. Über meine Vergangenheit zu lügen, war mir im ersten Moment falsch vorgekommen, doch ihre Argumentation war schlüssig.

Ich warf Mr Jarrings einen kurzen Blick zu. Er war garantiert nicht der einzige Snob hier und ich konnte gerne darauf verzichten, schon aufgrund meiner Herkunft als Außenseiterin abgestempelt zu werden. Und auf Medienpublicity hatte ich es ganz sicher nicht abgesehen. Ich könnte lernen, was immer ich wollte, könnte endlich wieder schwimmen!

Hoffnung flatterte in meinem Magen auf. »Ich bin dazu bereit«, erklärte ich und fing ein warmes Lächeln von Lana auf.

Ich hätte eine Zukunft vor mir, wie ich sie mir einmal vor Jahren ausgemalt hatte und ... Ich bremste mich. Besser nicht zu Höhenflügen ansetzen, schließlich kam zwangsläufig ein Praxistest auf mich zu, von dem ich nicht wusste, wie ich ihn bestehen sollte.

»Sehr gut«, Mrs Ferrow nickte.

Jarrings schnaubte: »Unglaublich. Überlegen Sie es sich besser zweimal. Hatten wir nicht vor Kurzem eine Diskussion über das Budget der Sportabteilung? Ich erkläre mich nicht einverstanden, für diese Bewerberin in Vorleistung zu gehen, nur weil sie sich eine Operation erschleichen will.«

Mrs Ferrow hob eine Hand. »Lassen Sie das meine Sorge sein.« Sie drückte einen Knopf an ihrem Telefon und hielt sich den Hörer ans Ohr. »Hallo Kyle, haben Sie morgen noch einen Termin frei? ... Sehr schön, ich informiere Sie später. Vielen Dank.« Sie legte wieder auf und fixierte mich. »Miss Blayke, können Sie sich morgen um acht Uhr im House of Science auf dem Universitätsgelände melden? Es befindet sich dreihundert Meter von hier den Timesway hinunter.«

Erstaunt blinzelte ich, nicht sicher, ob ich richtig verstand. »Ja, ich werde da sein«, stammelte ich.

»Dr. Kyle Morten ist unser Sportmediziner. Er gehört zu den Besten. Trommelfellrisse heilen zwar meist von allein, daher ist es keine Standard-Operation, doch er hat bereits Erfahrung damit. Er wird Sie sich morgen ansehen.«

Jarrings schüttelte grummelnd den Kopf, verschonte uns jedoch mit weiteren Ausbrüchen.

Ein ungeahntes Glücksgefühl stieg in mir auf. Diese Frau hatte gerade entschieden, mir ein unendlich wertvolles Geschenk zu machen. Ich würde wieder tauchen dürfen!

Das Lächeln auf meinem Gesicht war echt und ließ sich nicht einmal von Jarrings' Groll vertreiben. »Vielen Dank, Mrs Ferrow.«

»Gut, nun wollen wir aber wirklich zu den Zahlen kommen«, verkündete sie.

»Wäre es in Ordnung, wenn ich gehe? Scheinbar ist meine Meinung nicht gefragt und ich habe Besseres zu tun.«

»Sicher doch, Mr Jarrings. Ich wünsche Ihnen noch einen angenehmen Tag«, erwiderte sie ungerührt.

Der Trainer stapfte geräuschvoll auf den Ausgang zu. An der Tür drehte er sich nochmals um. »Falls Sie tatsächlich einen Vertrag mit dieser Göre aufsetzen, vergessen Sie nicht, eine Probezeit einzufügen. Eine möglichst lange, wenn ich bitten darf.«

»Das soll mir recht sein.«

Er verließ den Raum, der sogleich ein wenig freundlicher wirkte.

Mrs Ferrow lächelte. »Er ist ein herausragender Trainer. Ich hoffe, Sie werden Gelegenheit haben, seine Qualitäten zu erkennen.«

Ich schluckte und lächelte zurück. Darum konnte ich nur beten. Meine derzeitige Euphorie erstickte diese Sorge allerdings im Keim.

»Ich freue mich, dass wir ins Geschäft kommen«, verkündete Quentin gut gelaunt und setzte sich straffer auf.

»Mich auch, Mr Holmes. Nun, Miss Blayke, wie gesagt, handhaben wir es so, dass Sie als reguläre Studentin angenommen werden. Das bedeutet, Sie zahlen die vollen Studiengebühren. Um Ihnen das zu ermöglichen, zahlen wir Ihnen den nötigen Betrag aus. Wir werden vertraglich die daraus resultierenden gegenseitigen Verpflichtungen festhalten.«

Sie zog einen Bogen Papier aus einer Schublade ihres Schreibtisches und reichte uns zwei Exemplare herüber.

Mein Talentscout griff sofort danach und vertiefte sich in den Text. Ich tat es ihm gleich, ließ Lana jedoch mitlesen, die sich neugierig über die eng beschriebenen Seiten beugte. Im Wesentlichen sagte der Vertrag aus, dass mir die Universität die Mittel stellen musste, damit ich mir ein Studium leisten konnte. Ich verpflichtete mich im Gegenzug, dieses Studium anzutreten und meinen Fokus auf die sportlichen Komponenten zu richten. Eine Probezeit von vier Monaten gewährleistete beiden Parteien, von dem Vertrag zurückzutreten.

»In Anbetracht Ihrer zusätzlichen Ausgaben für eine Operation, möchte ich Ihnen folgendes Angebot machen«, die Direktorin schob mir ein gefaltetes Blatt über den Tisch zu, das ich zögerlich an mich nahm.

Ich faltete es auf und erstarrte.

Überhaupt je so viel Geld zu besitzen, hatte ich mir nie im Leben ausgemalt.

»Beim brässverda...«, keuchte Lana leise.

Überwältigt von dem ungeheuren Betrag, öffnete ich den Mund, um meine Zustimmung zu geben. Da schrillte ein Alarmsignal in meinem Hinterkopf. Ich hatte die Zahlen der Beldon recherchiert und sie war mit Abstand die teuerste Universität, an die ich hatte geraten können. Ich wusste, wie viel ein Trimester kostete. Zudem war eine Wohnung auf dem Campus oder in der Nähe eine fast ebenso teure Investition. Aus einigen Foren wusste ich, dass man für eine Operation am Innenohr bei einem guten Chirurgen mit fünf- bis sechstausend Coins rechnen musste.

Das war im Vergleich zu den Studiengebühren eine kleine Ausgabe, wenngleich ich wahrscheinlich drei Jahre dafür hätte sparen müssen.

Ich legte das Stück Papier schweren Herzens wieder auf den Tisch. »Es ist sicher in Ihrem Interesse, dass ich mich voll und ganz auf das Training und mein Studium konzentrieren kann. Ich werde eine Unterkunft bezahlen und mich einrichten müssen. Darüber hinaus benötige ich eine komplette Grundausstattung, nicht nur, was Lernmaterial angeht, sondern auch Kleidung. Ich möchte nicht dreist erscheinen, Mrs Ferrow, doch alles, was ich besitze, passt in eine Tasche«, schob ich schnell nach. *O Gott, ich muss wahnsinnig sein.* »Die alltäglichen Ausgaben dürfen ebenfalls nicht vergessen werden. Ich brauche Geld für Lebensmittel, ich habe gelesen, dass selbst die Kantine eine separate Gebühr erhebt. Außerdem muss ich Mr Holmes einen Vermittlungsbonus von zwanzig Prozent meiner ersten Jahreszahlung entrichten. Wenn Ihnen daran gelegen ist, mir einen Start wie jedem anderen Studenten zu ermöglichen ... Wenn Sie möchten, dass ich als Regelstudentin angesehen werde, muss ich Sie darum ersuchen, das Angebot zu erhöhen.« Ich schlug die Augen nieder, ehe ich hervorpresste: »Daher kann ich dieses Angebot unmöglich annehmen.«

Lana und Mr Holmes sogen beide die Luft ein. Dumm, vielleicht war ich gerade entsetzlich dumm, doch die Zahlen standen mir klar vor Augen. Ich würde trotz des hohen Betrags von Anfang an Schulden machen, die sich immer weiter anhäuften.

»Sehr gut, Miss Blayke, ich freue mich, dass Sie diesen Test bestanden haben. Sie scheinen die Investition wert zu sein. Wären Sie mit dem doppelten Betrag einverstanden?«

Ich riss den Kopf hoch. *Ein Test?*

»Wie bitte?«, haspelte Lana, während Quentin so laut schluckte, dass sein Adamsapfel hüpfte.

»Der doppelte Betrag?«, wiederholte ich ungläubig. »Sicher.«

»Sehr schön, dann trage ich ihn hier ein. Ich brauche Ihre ID-Nummer und Ihre Bankkarte.«

»Oh, ich habe keine Bankkarte, ich ...« Ich sammelte meine Gedanken. »Ich werde noch heute ein Konto eröffnen und Ihnen die Daten morgen geben, wenn das in Ordnung ist.«

»Das wäre vortrefflich«, verkündete die Direktorin und machte sich daran, weitere Eintragungen in dem Vertrag vorzunehmen.

Als sie fertig war, sahen wir die Ergänzungen noch einmal durch und schließlich nahm ich ein weiteres Mal an diesem Tag einen silbernen Schreibstift zur Hand und setzte meine Unterschrift auf ein Blatt Papier. Es war ein Gefühl, als begänne mein ganzes Dasein in einer unaufhaltsamen Maschinerie zu rotieren.

»Zwanzig Prozent?«, japste Mr Holmes, nachdem wir das Gelände der Beldon Universität verlassen hatten.

Ich grinste. »In unserem Vertrag stehen zehn, tut mir leid, das hatte ich ganz vergessen.«

»Du willst mich betrügen?«

»Im Gegenteil, ich habe Ihre zehn Prozent soeben verdoppelt, wenn ich mich recht entsinne«, foppte ich ihn.

»Allerdings, Quentin, du solltest dich bedanken.« Lana lachte und hüpfte neben mir her. »Meine Güte, Ruby, du bist bald Studentin an der Beldon. Das ist der Wahnsinn! Und was machst du mit dem ganzen Geld?«

»Na ja, dazu muss ich die Probezeit überstehen. Dieser Mr Jarrings wird es mir garantiert nicht leicht machen und, ehrlich gesagt, schätze ich meine Chancen nicht sonderlich hoch ein«, brummte ich. »Aber er war so grässlich, ich musste ihm einfach Kontra geben.«

»Ja, das war nicht so schlau«, erklärte Quentin kopfschüttelnd, während Lana zugleich rief: »Das war super!«

Ich lachte laut auf.

Der Talentscout grinste Lana an, dann mich und meinte: »Wie dem auch sei, ich glaube, du kannst es schaffen. Und jetzt lasst uns etwas essen gehen. Ich lade euch ein.«

XVII

Ein Windstoß ließ den Saum meines Mantels und meine offenen Haare flattern. Regenwolken ballten sich am Himmel und stülpten eine vorzeitige Dämmerung über den Tag. Ich zog den Kragen gegen die Kälte hoch. Der Straßenlärm rumorte zwischen den hohen Gebäuden und ich schlenderte den belebten Weg von einer Haltestelle in San José zum Darwins entlang. Ich war am vergangenen Freitag einmal mit Lana dort gewesen und da sie heute Nachmittag Dienst an der Theke hatte, wollte ich sie überraschen. Eigentlich hätte sie mich später vom House of Science abgeholt. Nachdem ich die letzte Nacht dort unter Beobachtung hatte verbringen müssen, fühlte ich mich heute jedoch gut genug, um mich alleine auf den Heimweg zu machen.

Der gestrige Tag war unglaublich gewesen und ich schwebte beinahe vor Freude. Vorsichtig fasste ich an mein linkes Ohr, das unter einem dünnen Gazeverband steckte, und ein breites Lächeln legte sich auf meine Lippen. *Ich werde wieder tauchen. Ich werde studieren.* Mein ganzes Leben hatte sich in kürzester Zeit um hundertachtzig Grad gedreht. Es kam mir vor, als hätte sich Lems Weisheit in eine sich selbst erfüllende Prophezeiung verwandelt.

Dr. Morten, den ich letzte Woche erstmals bei der Voruntersuchung getroffen hatte, hatte mich freundlich empfangen. Er war ein herzlicher Mann um die fünfzig, dessen Untersuchungszimmer voller Familienbilder hing. Nachdem ich mir einen türkisfarbenen Umhang übergezogen und eine Haube über die Haare gestülpt hatte, bekam ich eine örtliche Betäubung. Es war alles so rasch und unkompliziert vonstattengegangen. Als wäre nichts weiter dabei, hatte mich Dr. Morten innerhalb einer Stunde von einer Bürde befreit, von der ich gedacht hatte, ich würde sie für immer tragen.

Ich bog im Strom der Passanten in die Nitthamstreet ab. Ein breiter Fahrstreifen für Räder verlief neben dem Gehsteig und eine farbenfrohe Kolonne aus Velos glitt wie ein Fischschwarm an mir vorüber. Zu meiner Linken reihte sich eine Ladenfront an die nächste. Mitten auf dem Gehweg fuhr ein mannshohes Reinigungsfahrzeug, das den Boden vom letzten Bräss befreite. Die Kompressoren dröhnten und die Abluft brachte kleine Glöckchen und anderen Plunder, die in einer der Auslagen hingen, wild zum Klingeln. Ich wich zur Seite aus und kämpfte mich durch das Gedränge des Engpasses. Ein mir entgegenkommender Mann rempelte mich an.

Verflucht. Ich taumelte zur Seite und blieb, an die Fassade einer Hauswand gestützt, stehen. Leichter Schwindel setzte mir zu. Ein Verkaufsständer voller Regenschirme bot mir Deckung vor den vorbeiströmenden Menschen und ich verharrte für einige Atemzüge. Da fiel mein Blick nach unten. Dort schimmerte etwas. Die Augen zu Schlitzen verengt, beugte ich mich hinab. *Das kann doch nicht wahr sein.* Ein Grinsen zupfte an meinem Mundwinkel. Ich griff nach der kleinen, verrosteten Schraube, die sich in einer schmalen Spalte zwischen Wand und Pflaster verkeilt hatte, und begutachtete sie – ein Déjà-vu. Als würde Lem mit dem Zaunpfahl winken und rufen: Siehst du, alles kommt zu einem zurück. *Was er wohl dazu sagen würde?* Schmunzelnd ließ ich die Schraube in meine Jackentasche fallen. *Vielleicht bringt sie mir ja Glück.* Davon konnte ich bald sicher mehr als genug brauchen.

Jarrings bestand auf eine Schwimmprobe, was der Norm entsprach. Sobald mir Dr. Morten erlauben würde zu tauchen und ich dem Trainer mein mangelhaftes Können demonstrierte, stand es ihm leider frei, mich abzulehnen. Meine Hoffnung bestand darin, dass die Direktorin anwesend sein würde und Mitspracherecht hatte. Außerdem hoffte ich, dass mir Dr. Morten eine kleine

Frist einräumte, ehe er meine Schwimmerlaubnis offiziell machte, sodass ich Gelegenheit hatte, vorher zu üben. Der Arzt war sehr entgegenkommend gewesen und ich hoffte, dass er Verständnis für meine Lage hatte.

Allein bei dem Gedanken, wieder tauchen zu dürfen, nahm die Aufregung, die seit Tagen in mir rumorte, zu. Die Vorstellung, mich endlich unter Wasser zu befinden, eingeschlossen in kühle Schwerelosigkeit ... Ich vermisste dieses Gefühl so sehr!

Die Zeit, bis es so weit war, würde bestimmt verfliegen, denn in drei Tagen durfte ich mein Regelstudium an der Beldon antreten. Ich hatte beschlossen, mich auf die Naturwissenschaften zu konzentrieren und mich für Kurse in Mathematik, Biochemie und Sphärenphysik eingetragen. In einem zweiten Gespräch mit Mrs Ferrow hatte diese gesagt, ich hätte mir ein wenig viel vorgenommen, doch ich wollte die Chance nutzen, so viel wie möglich zu lernen, ehe das Probeschwimmen stattfand.

Schließlich erreichte ich das Ende des Blocks und damit das Darwins, das mit seiner rot gestrichenen Holzfassade und einer ausladenden Fensterfront hervorstach. Ein Türsteher prüfte meinen Ausweis und ließ mich dann hinein. Als ich die Kneipe betrat, war es, als würde ich durch eine Wärmewand dringen. Sofort zog ich die Hände aus den Taschen und knöpfte meinen Mantel auf. Vor mir lag ein großer, heller Schankraum, in dem es nach Holzpolitur roch. Jeder Tisch war ein Unikat, kein Möbelstück passte zum anderen. Insgesamt waren nur neun Gäste anwesend, unterhielten sich, lasen oder starrten Löcher in die Luft. Es war angenehm ruhig.

Lana stand hinter einer langen, schwarzen Theke, die die komplette Rückseite des Raumes einnahm. Hinter ihr türmten sich Regale, beladen mit Gläsern und Flaschen, ein Sammelsurium dunkler und honigfarben glänzender Flüssigkeiten. Der Luftzug, den ich hereingelassen hatte, zupfte an den bunten Strähnen meiner Freundin und sie sah auf.

Ihre Augen weiteten sich. »Hey, was machst du denn hier? Ich hätte dich doch abgeholt! Lief alles gut?« Sie rief so laut, als gehörte ihr der Laden, und zwei der Männer am Tresen drehten sich sogar um.

Ich achtete nicht weiter darauf und ging breit grinsend zu ihr hinüber. »Es hat alles geklappt. Nach einer knappen Stunde war es schon vorbei.« Ich nahm mir einen der freien Plätze mittig der Theke und drapierte meinen Mantel über einen Hocker. »Und mir geht es gut. Ich wollte nicht, dass du heute Abend noch durch die halbe Stadt fahren musst. Außerdem habe ich es nicht länger dort ausgehalten«, fügte ich flüsternd hinzu. Krankenbetten gehörten definitiv nicht zu meinen Lieblingsorten.

Lana feixte. »Kann ich verstehen. So, jetzt erzähl mal! Was wurde da genau gemacht?« Geschäftig wischte sie mit einem Tuch über die mattschwarze Oberfläche des Tresens, obwohl diese das nicht nötig hatte.

Plötzlich kitzelte mich ein warmes Prickeln im Nacken. Es war so intensiv, dass ich es nicht ignorieren konnte. Ich schloss kurz die Augen, ließ den Kopf sinken und drehte ihn leicht. *Eine Nachwirkung der Operation?* Ein Schwindelgefühl hatte mir Dr. Morten prophezeit, doch von so etwas hatte er nicht gesprochen. Vielleicht lag es auch nur an der Wärme hier drin.

»Kann es sein, dass ihr die Heizung ein bisschen zu weit aufgedreht habt?«, fragte ich Lana neckend.

Sie stöhnte genervt. »Jetzt lenk nicht ab, außerdem mag ich es warm. Also sag schon: Wie war es? Wann darfst du ins Wasser?« Ehe ich etwas sagen konnte, wandte sie sich einem Gast neben mir zu. »Alles in Ordnung? Kann ich dir noch etwas bringen?«

»Vorerst nicht, danke«, antwortete er.

Ich erhaschte einen flüchtigen Blick auf sein Profil, ehe er sich abwandte. Der Mann saß drei Plätze von mir entfernt. Er war jung, sicher nur wenige Jahre älter als ich, trug Jeans und ein blaues Sweatshirt. Das dunkelbraune Haar war auf wenige Millimeter gekürzt, wie Schwimmer es meist trugen. Seiner Statur nach konnte er durchaus einer sein.

»Hey«, raunte Lana.

Ich blinzelte und wandte mich wieder ihr zu. Sie hob eine Augenbraue.

Ich räusperte mich. »Der Arzt meinte, einen Monat muss ich in jedem Fall warten. Erst wenn er grünes Licht gibt, kann es losgehen.«

»Das ist doch super. Ein Monat geht schnell vorbei.« Lana strahlte. »Und wie lief das gestern ab? Meine Güte, durftest du heute auch wirklich alleine gehen?«

Ich lächelte. »Ja, sicher. Mir war gestern Abend nur ein wenig schlecht, das war schon alles. Bei der Tympanoplastik wurden...«

»Bei der Tümp- was?«, unterbrach mich Lana stirnrunzelnd.

»So nennt man den Eingriff. Ein bisschen Gewebeentnahme, ein paar Schnitte ...«

Sie verzog angeekelt das Gesicht. »O hör auf! Gib mir eine zensierte Version!«

»Lana, ich hätt' gern noch eins!«, rief ein, seine Flasche schwenkender, Mann am anderen Ende der Theke und sie seufzte.

»Bin gleich wieder da.«

Ich beobachtete, wie sie mehrere Gäste bediente, die, vom Durst des anderen angesteckt, Nachschub verlangten. Dabei streifte mein Blick den Kerl neben mir und blieb erneut an ihm hängen, als würde er ihn magisch anziehen. Er hatte die Arme auf dem Tresen verschränkt und fixierte einen Punkt darauf, als sei er in Gedanken weit fort. Eine helle Narbe zog sich über seine Schläfe hinauf bis zum Haaransatz.

In dem Moment wandte er den Kopf in meine Richtung. Ertappt drehte ich mich weg. Viel zu schnell, die Haare schwangen mir verräterisch über die Schulter. Mein Herz wummerte plötzlich. *Verdammt. Was mache ich denn?* Ich verhielt mich lächerlich.

Es dauerte eine Weile, ehe Lana mit einer Flasche Sodawasser zu mir zurückkehrte. Sie schenkte mir ein Glas voll ein.

»Danke, ich dachte schon, du willst mich verdursten lassen«, foppte ich sie.

Sie stieß die Luft aus und beugte sich zu mir herüber. »Sag das nicht so laut, sonst pflichten dir ein paar Leute hier noch bei. Ich bin nämlich eine wahnsinnig schlechte Kellnerin, das ist meiner Chefin nur zum Glück noch nicht aufgefallen.« Sie zwinkerte und nickte dann zu meinem verbundenen Ohr. »Tut es eigentlich noch weh?«

»Nein, es fühlt sich nur komisch an und ab und zu höre ich Geräusche, wenn ich den Kiefer bewege. Das soll in ein paar Tagen aber vergehen.« Vorsichtig massierte ich meine Kiefergelenke. Selbst jetzt hatte ich dieses Knacken gehört.

Schon rief wieder jemand nach Lana und sie drehte sich mit einer entschuldigenden Grimasse um. »Sorry, nicht der beste Ort für Unterhaltungen. Dabei ist jetzt noch nicht mal viel los.«

Als ich ihr nachsah, bemerkte ich, dass der Platz drei Hocker weiter nun leer war. Ich presste die Lippen zusammen und drehte mein Glas in der Hand. Schließlich nahm ich einige Schlucke von dem Wasser, stellte es wieder ab und ließ meinen drehbaren Sitz zum Schankraum hin rotieren. Unvermittelt hielt ich inne.

Der Mann, der eben noch neben mir gesessen hatte, stand mit dem Rücken zu mir in der Nähe des Ausgangs.

Ich beobachtete, wie er etwas vom Boden aufhob, und verengte die Augen. Was war das?

Als hätte er meinen Blick in seinem Rücken gespürt, drehte er sich um und sah mich direkt an.

Unwillkürlich versteifte ich mich. Nun hatte er mich wieder ertappt! *Wieso starre ich ihn auch ständig an?* Für zwei Sekunden hielt er meinen Blick fest, dann kam er geradewegs auf mich zu. Mein Herz geriet ins Stolpern. Ich sah weg, tat so, als interessiere mich die Sammlung alter Werbeschilder an der Wand. *Kommt er tatsächlich zu mir herüber? Oder geht er zu seinem Platz zurück?* Ich fixierte den Boden, als stünde die Antwort dort auf den Fliesen geschrieben. Falls er doch ...

»Entschuldige.« Seine ruhige Stimme erstickte jeden weiteren Gedanken. Der Fremde trat neben mich an die Bar. Breite Schultern erschienen in meinem Sichtfeld und ich sah an der hochgewachsenen Gestalt hinauf. Wahrscheinlich überragte er mich um einen ganzen Kopf, wenn ich von diesem Hocker hinunterstieg.

Dann kreuzten sich unsere Blicke. Augen von einem so klaren Blau, wie ich sie nie zuvor gesehen hatte, nahmen mich ins Visier. Er musterte mich, als gelte es, ein Rätsel zu lösen. Ein Flattern in meinem Magen machte mir zu Schaffen. *Verdammtes Sodawasser.*

»Ich glaube, die hast du verloren.«

Erst jetzt bemerkte ich, dass er mir etwas entgegenhielt. Eine Schraube. Verblüfft starrte ich den metallenen Stift an, dessen verschrammter Kopf zwischen seinen Fingerspitzen hervorschaute. Zweifellos die, die ich vorher aufgelesen hatte.

»Oh ... ja, ich ... vielen Dank.« Zögernd nahm ich sie entgegen, erleichtert, meine Aufmerksamkeit auf etwas anderes richten zu können. Das Metall fühlte sich warm an.

Eben verloren und schon wieder gefunden. Als besäße das winzige Ding einen eigenen Willen. Der Gedanke entlockte mir ein Lächeln.

Ich barg die Schraube in einer Hand und mein Blick fand wieder den meines Gegenübers. Das warme Leuchten in seinen Augen brachte mich aus dem Gleichgewicht.

»Vielleicht hätte ich sie behalten sollen. Scheinbar ist unter dem Rost pures Artenium«, zog er mich auf, doch da war kein Spott in seinen Augen. Nur dieses verdammte Eisblau, umgeben von Ringen aus Kobalt, das mich schwindeln ließ. *Dr. Morten hat mit den Nachwirkungen wohl nicht übertrieben.*

»Das wäre schön, aber es ist nur eine Art Glücksbringer.«

»Und? Funktioniert er?«, fragte er und lehnte sich gegen den Tresen.

Wenn er das tut, dann auf eine ganz andere Weise, als ich dachte.

»Er ist noch in der Probephase«, gab ich lächelnd zurück, ehe mir aufging, wie sich das für ihn anhören mochte. *Ein plumper Flirtversuch? Um Himmels willen!* Ich biss mir auf die Lippen.

Plötzlich stand Lana auf der anderen Seite der Bar zwischen uns. »Hey, alles klar?«

»Ja, alles klar«, murmelte ich.

Mein Gegenüber räusperte sich und rieb sich über den Nacken, zeigte mit einem Mal einen zerknirschten Gesichtsausdruck. »Es war vorhin schwer zu überhören und ich wollte ganz sicher nicht lauschen. Aber ... stimmt das? Hattest du einen Trommelfellriss?«

Er hat uns zugehört? In Gedanken überschlug ich, was Lana und ich gesagt hatten. »Ja, ich wurde gestern operiert«, antwortete ich zögerlich.

»Ein Kollege von mir hatte auch einen und musste sich operieren lassen«, erklärte der Fremde.

»Bestimmt ein Tauchunfall, oder?« Lana lehnte sich über den Tresen, ihre Augenbrauen schnellten nach oben.

»Genau. Er wollte in der Bay tauchen.« Er wandte sich ihr zu und erneut fiel mir die Narbe an seiner Schläfe auf. Sie war so blass, dass sie wahrscheinlich schon älter war und ich fragte mich, woher sie stammte. Dann huschte mein Blick weiter, über die geraden dunklen Brauen und den kräftigen Kiefer. Er hatte ein markantes Gesicht. Ich verengte die Augen zu Schlitzen, versuchte den wild pochenden Herzschlag zu ignorieren, der mir plötzlich zusetzte. Irgendetwas an ihm kam mir so vertraut vor. *Aber das ist unsinnig.*

»Bei dir auch?«, fragte er mich und wandte sich wieder mir zu.

Ich blinzelte, brauchte einen Augenblick, um den Faden aufzunehmen. »Nein ... es gab einen Blitzeinschlag in der Nähe.«

»Einen Blitzeinschlag?« Er zog die Brauen zusammen und ich meinte, eine gewisse Erschütterung aus seiner Stimme herauszuhören. »Du warst während eines Influx draußen?«

Ich nickte nur vage und wich seinem Blick aus. Die Erinnerung an diesen Albtraum war das Letzte, was ich aufleben lassen wollte.

Doch Lana schien anderer Ansicht zu sein und antwortete für mich: »Sie hat einen Rift-Ausbruch im Freien überlebt, ja, war aber eine knappe Sache.«

Ich biss die Zähne zusammen. Einen Moment herrschte Schweigen. Ich rechnete bereits mit einer Flut an Fragen, wie es dazu gekommen war, wie schrecklich es gewesen sein musste.

»Gut, dass du es überstanden hast.« Seine Stimme klang weicher als zuvor.

Keine Fragen? Erstaunt blickte ich auf. Ein sanfter Ausdruck lag in seinen Augen und das Flattern in meinem Magen verstärkte sich.

»Bei meinem Kollegen ist der Riss jedenfalls gut verheilt«, meinte er dann. »Heute hat er keine Beschwerden mehr, nur anfangs ein Taubheitsgefühl.«

»Das habe ich auch ein wenig«, erwiderte ich. »Kann er denn wieder problemlos tauchen?«

»Ja, er behauptet, seither könne er den Druckausgleich sogar im Schlaf machen.« Ein Lächeln spielte um seine Lippen und wieder überfiel mich dieses Gefühl, ihn zu kennen.

»Siehst du, du musst dir gar keine Sorgen machen«, flötete Lana.

»Nein, sicher kannst du bald wieder abtauchen.«

So wie er es sagte, klang es wie eine Gewissheit, und die Freude darüber, bald wieder ins Wasser zu dürfen, brach erneut wie eine Welle über mich herein. Sein Lächeln vertiefte sich und ich konnte nicht anders, als es zu erwidern.

»Du schwimmst doch, oder?« Er senkte den Kopf ein wenig.

Unsicher, was ich darauf antworten sollte, entfuhr mir ein schnaubendes Lachen. Es gab nichts, was ich mir mehr wünschte, und nichts, was ich in den vergangenen Jahren weniger getan hatte. »Sagen wir so, ich habe vor, es zu lernen.«

Lana lachte und schüttelte den Kopf.

Plötzlich spürte ich wieder dieses warme Prickeln im Nacken, diesmal wanderte es allerdings meinen ganzen Rücken hinab. Was war das bloß? Genauso schnell wie zuvor verschwand das Gefühl jedoch wieder.

Mein Gegenüber runzelte die Stirn und sein Blick schweifte zu der Wanduhr über den Regalen. Abrupt richtete er sich auf. »Es tut mir leid. Ich muss los. Kann ich bitte zahlen?«

Er fischte ein Portemonnaie aus seiner Tasche und wandte sich Lana zu, die ihn einen Moment anblinzelte, dann nickte. »Natürlich.«

Er sah zu, wie sie die Rechnung erstellte. In mir regte sich eine leise Enttäuschung darüber, dass er bereits ging. Unschlüssig rieb ich mir über die Stirn.

Das leise Klimpern von Coins erklang – Lana hatte abkassiert. Der Fremde drehte sich noch einmal zu mir. »Dann alles Gute.«

»Danke.« Ich blickte zu ihm auf und einen Moment lang verharrte er, als wolle er noch etwas sagen. Ich schloss die Finger fester um die Schraube in meiner Hand, ertappte mich bei dem törichten Wunsch, ihn wiederzusehen. Ich hoffte, er würde zumindest seinen Namen verraten.

Doch er lächelte nur. Zu meiner Verwunderung wirkte es bedauernd. Dann wandte er sich ab.

Ich sah ihm nach, als er durch eine unscheinbare Tür neben der Garderobe trat und in dem Gang dahinter verschwand.

Im selben Augenblick flog die Tür zur Küche auf. »Lana! Schnell! Du musst mir helfen!«, erklang eine aufgeregte Frauenstimme.

»Bei allen Sphären«, stöhnte meine Freundin und drehte sich auf dem Absatz um.

Nun saß ich alleine da, den Blick auf den pechschwarzen Tresen geheftet. Mit gerunzelter Stirn drehte ich das Glas vor mir im Kreis. Es hinterließ einen runden Wasserabdruck auf dem Holz. Ich biss auf meine Unterlippe. *Dieses Gefühl, ihn zu kennen.* Es ließ sich einfach nicht abschütteln. Und es kam mir so vor, als verwandele es sich mit jeder Sekunde mehr in einen unverdaulichen Klumpen, der mir schwer im Magen lag.

Erneut huschte mein Blick zu der Tür, durch die er verschwunden war. Nach dem Schild, das darüber hing, befanden sich dort ein Billardraum sowie die Toiletten. Die Küchentür war noch immer geschlossen und von Lana keine Spur.

Vielleicht kam er noch einmal durch den Schankraum zurück. Dann ... *O verflucht! Warum hake ich das nicht einfach ab? Dieses seltsame Gefühl ist nicht echt! Kann es nicht sein!*

Ich stützte den Kopf in die Hände, fixierte die Tropfen Kondenswasser, die sich auf meinem Glas gebildet hatten. *Und wenn doch? Woher sollte ich ihn kennen?*

Ich stieß ein frustriertes Schnauben aus und stand auf. *Beim Bräss, ich muss sowieso zur Toilette.*

Den Blick starr auf die Klinke gerichtet, als könnte sie mich anspringen, ging ich auf die Tür zu. Sollte der Zufall entscheiden, ob ich ihm noch einmal über den Weg lief. Diesmal würde ich ihn fragen, wie er hieß. Zum Rift, ich wollte herausfinden, warum er mich so aus der Bahn warf. Ich biss die Zähne zusammen, versuchte meinen inneren Aufruhr niederzuringen und öffnete.

Ein schmutzig-gelber Flur nahm mich auf und kaum war die Tür hinter mir zugefallen, hörte ich Schritte. *Ist er das?* Augenblicklich schlug mir das Herz bis zum Hals. *Verdammt, was mache ich hier? Das ist einfach nur albern!* Jetzt konnte ich allerdings schlecht umkehren. Beinahe hoffte ich, dass es jemand anderes wäre. Angespannt bog ich um die Ecke.

Ein Mann kam mir entgegen. Damit waren die Gemeinsamkeiten mit demjenigen, den ich erwartet hatte, allerdings aufgebraucht. Es war ein älterer, beleibter Herr, der nicht so recht in das Bild passte, das ich vom Darwins hatte. Der Anzug, den er am Leib trug, hob ihn zu sehr von den übrigen Gästen ab. In dem engen Korridor trat der Mann höflich in eine Türnische, um mich durchzulassen.

Ich ging an ihm vorbei und spürte erneut dieses warme Prickeln im Nacken. Irritiert rieb ich mit einer Hand darüber. *Sollte mir das Sorgen machen? Besser, ich spreche Dr. Morten darauf an.* Als ich die nächste Biegung erreichte, hörte ich den Mann hinter mir nach Luft schnappen. Ich wirbelte herum. Er war am Türrahmen zusammengesunken und musste sich abstützen, um nicht zu fallen.

Alarmiert kam ich auf ihn zu. »Geht es Ihnen nicht gut?«

Noch immer nach Atem ringend, hob er abwehrend eine Hand. »Schon gut. Ich bin nur umgeknickt«, brummte er, krümmte sich jedoch.

»Soll ich Ihnen helfen?«, fragte ich. Er machte auf mich den Eindruck, als könnte er jeden Moment zusammenbrechen. Doch er raffte sich wieder auf und mit einem knurrigen Kommentar ging er hinkend davon, ohne mich auch nur eines Blickes zu würdigen.

Verwundert sah ich ihm nach. Erst als ich hörte, wie sich die Tür zum Gastraum öffnete, folgte ich weiter dem Flur. Der Billardraum, auf den ich meine Hoffnung gesetzt hatte, stellte sich als abgesperrt heraus. Ich legte einen Zwischenstopp bei den Toiletten ein. Schließlich entdeckte ich, dass das Darwins über einen zweiten Ausgang verfügte, der nur von innen zu öffnen war und in eine Nebenstraße führte. Ernüchtert kehrte ich um. Letztendlich sollte ich froh sein, dass er verschwunden war, denn was immer ich mir da eingebildet hatte, es war einseitig gewesen.

Zurück im Gastraum setzte ich mich wieder auf meinen Platz. Lana war scheinbar noch immer in der Küche. Drei Hocker weiter saß nun ausgerechnet der griesgrämige Mann mit dem verstauchten Knöchel. Es war ihm nicht anzumerken, ob er noch Schmerzen hatte, und da er mich ignorierte, hielt ich es genauso.

Langsam ließ ich meinen Hocker kreiseln und den Blick durch den Raum schweifen.

»Hältst du nach jemandem Ausschau?«, fragte Lana hinter mir.

Ich ruckte zu ihr herum.

»Und ist es rein zufällig der Typ von eben?« Sie zog eine Braue hoch.

»Nein, ach was. Etwas an ihm war seltsam, findest du nicht?«, wiegelte ich ab und hoffte, dass sie mir einfach beipflichtete. Dass ich ihn noch einmal hatte abpassen wollen, war mir bereits unangenehm genug.

Lana kicherte. »Wenn du mit *seltsam* meinst, dass er verboten gut aussah, gebe ich dir recht.«

Ich schnaubte verdrossen. Darauf, dass ich ihr zustimmte, konnte sie lange warten. »Ach Lana, dir gefällt doch fast jeder.«

»Das ist doch sehr übertrieben, würde ich sagen.« Sie verzog das Gesicht, dann grinste sie schelmisch. »Er ist jedenfalls vorhin in Richtung Toilette. Vielleicht waren die Tacos nicht so gut.«

Obwohl der Scherz miserabel war, entwischte mir ein Lachen – vielleicht auch gerade deswegen.

»Du fandest den Typen also grässlich. Okay. Ist notiert«, raunte sie gutmütig.

Ich holte tief Luft und stieß sie wieder aus. »Na gut. Ich gebe zu, er hatte etwas an sich«, rutschte es mir heraus.

»Wusste ich es doch!« Ihre Augen blitzten auf. »So habe ich dich nämlich noch nie gesehen. Außerdem schien der Kerl ganz versessen auf dich zu sein.«

Unversehens versteifte ich mich und zog die Brauen zusammen. *Versessen?* »Das stimmt doch gar nicht.«

»Doch, ich dachte eigentlich, er stellt sich zumindest mal vor oder gibt dir seine Nummer«, widersprach Lana. »Irgendwas in der Art. Hey, geben wir einfach den Tacos die Schuld, in Ordnung?«

Ich hielt den Blick gesenkt, wusste nicht, was ich darauf erwidern sollte.

Ein Luftzug ließ mich frösteln und ich hörte das Scharren von Schritten hinter mir. Die Eingangstür hatte sich geöffnet, meine Freundin musste wieder ihrer Arbeit nachgehen und ich blieb erneut allein mit meinen Gedanken.

Lana übertrieb. Außerdem hatte sie nicht mitbekommen, dass er mir nur etwas aufgehoben hatte. Nur leider hing mir dieser Eindruck von Vertrautheit noch immer nach. *Es war beinahe, als …* Ich hielt die Luft an. Ein ähnliches und doch ganz anderes Gefühl hatte ich bislang nur bei Finn gehabt.

Ich schüttelte den Kopf, drängte jeden weiteren Gedanken daran mit aller Macht zurück. Am besten vergaß ich das Ganze. Morgen würde ich nicht mehr daran denken. AquaLab, das Studium, die Beldon, das alles sprengte mein Leben schließlich bereits. Ein Lächeln schlich sich auf meine Lippen und ich strich über das verbundene Ohr. Nicht mehr lange und mein größter Wunsch würde sich erfüllen.

»Ruby, hier, für dich, geht aufs Haus. Martha hat eben einen Pie vorbeigebracht. Sie macht den besten«, verkündete Lana. Sie setzte mir einen Teller mit einem Kuchenstück vor. Es war mit Streuseln verziert und duftete köstlich.

Ich blinzelte überrascht und mein Lächeln wurde breiter. »Danke, weißt du, wie lange ich keinen Kuchen mehr gegessen habe?«

»Keine Ahnung. Wenn ich mich recht an den Speiseplan in Edenplace erinnere, dürfte das Jahre her sein.« Sie schmunzelte.

»Da könntest du richtig liegen.« Ich nahm die Gabel zur Hand und kostete den ersten Bissen voll aus. Die gezuckerten Apfelstücke zergingen fast auf meiner Zunge.

»Wo waren wir vorhin stehen geblieben?«, fragte Lana.

»Du wolltest mir erzählen, ob du schon entschieden hast, wo du hin möchtest. Immerhin hattest du einen ganzen Tag Zeit zu überlegen, während ich bei Dr. Morten war.« Ich zwinkerte ihr zu. Lanas Augen leuchteten auf und sie schnappte sofort nach dem Köder. Alle anderen Themen waren augenblicklich vergessen.

»Ich kann mich irgendwie nicht entscheiden, können wir die Vor- und Nachteile noch einmal zusammen durchgehen?«, bat sie und legte den Kopf schräg, als böte ihr das einen neuen Blickwinkel.

»Klar.« Ich spießte ein weiteres Stück Pie auf die Gabel.

Über die Hälfte des Geldes, das ich von der Beldon erhielt, würde zwar in die Studiengebühren, die Miete und andere Unkosten fließen, doch ich hielt meine Ausgaben so gering wie möglich. Es erschien mir noch immer wie ein Wunder, plötzlich über so viel Geld zu verfügen, doch ich versuchte es schlichtweg als Zahl zu betrachten, mit der ich kalkulieren konnte.

Indem ich mir eine Wohnung außerhalb des Campus suchte, sparte ich viel ein. Und so blieb letztendlich genug Geld, um für Lana die Gebühren einer kleinen Uni zahlen zu können, was ich ihr regelrecht hatte aufdrängen müssen.

Als sie sich endlich bereit erklärte, das Geld anzunehmen, war sie beinahe ausgeflippt vor Freude. Ich wollte mich nicht an der

Beldon bereichern und es kam mir nur richtig vor, dass auch Lana davon profitierte. Ohne ihre Hartnäckigkeit wäre ich schließlich gar nicht hier.

Da ich das Geld für das erste Trimester auch dann behalten konnte, wenn Jarrings mich wieder hinauswarf, konnte sich Lana einschreiben, ohne, dass wir plötzlich in Schulden erstickten.

»Wir schauen uns die Broschüren der Unis heute Abend an, wenn du willst«, schlug ich vor. »Morgen habe ich übrigens einen Termin, um ein WG-Zimmer anzusehen. Dann hast du deine Couch bald wieder für dich.«

»Du kannst so lange bleiben, wie du willst. Ich weiß sowieso nicht, wie ich dir danken soll. Wenn das mit dem Studienplatz klappt ... O mein Gott, das wäre unglaublich.«

»Das klappt auf jeden Fall.« Ich schnitt eine Grimasse. »Die Frage ist nur, wie lange. Dieser Trainer wird garantiert die erste Gelegenheit nutzen, um mich rauszuschmeißen.«

»Dann ist er selbst schuld und du kommst ganz schnell woanders unter«, erklärte Lana zuversichtlich.

»Ich hoffe es«, murmelte ich und steckte mir das letzte Stück Kuchen in den Mund. »Der ist so gut.«

»Ich wünschte, ich könnte das auch noch so genießen«, meinte Lana, die mich, das Kinn abstützend, beobachtete.

»Iss einfach ein Jahr lang keinen, dann klappt das«, witzelte ich.

»Keine Chance.«

Kaum hatte ich den letzten Krümel vertilgt, wurde es schlagartig voll in der Kneipe. Der Geräuschpegel schwoll an, als sich die Leute lautstark begrüßten. Die Feierabendzeit war angebrochen und viele Arbeiter kamen, um sich ein Bier zu gönnen. Im Grunde herrschte eine angenehme Atmosphäre, doch mit meinem frisch operierten Ohr fühlte ich mich zunehmend unwohl.

»Ich bin in einer Stunde hier fertig, ab jetzt ist hier die Hölle los. Du brauchst sicher Ruhe, oder? Treffen wir uns später bei mir«, rief Lana.

»Ja, bis nachher.« Ich nickte ihr zu, nahm meinen Mantel von dem Hocker, der sogleich von jemandem in Beschlag genommen wurde, und drückte mich zwischen zwei Männern, die den Eingang blockierten, hindurch nach draußen.

XVIII

Als Lana von der Arbeit kam, aßen wir zusammen einen Kartoffel-Auflauf, den ich vorbereitet hatte, und sie erzählte freudestrahlend, dass Quentin noch vorbeigekommen war.

»Ich weiß nie so richtig, wie ich ihn einschätzen soll …«, gab ich zu.

»Er ist ein Welpe, nur weiß er das nicht.« Lana lachte und leckte ihre Gabel ab.

»Was soll das denn heißen?«

»Er braucht Streicheleinheiten und jemanden, der ihm sagt, wo es langgeht.« Sie grinste.

»Und dieser jemand bist du?«

»Natürlich. Jedenfalls ist er immer noch völlig aus dem Häuschen wegen der hohen Provision. Er will sich ein besser gelegenes Büro suchen.«

»Er sollte besser lernen, wie man es sauber hält«, scherzte ich.

»Du sagst es.«

Nachdem wir gemeinsam den Abwasch erledigt hatten, gingen wir noch einmal einige Studienangebote durch, die sich Lana bei den kleineren Unis durchgesehen hatte.

»Also ich tendiere zu Geographie … oder doch eher Geschichte?«

»Du hast ja noch ein wenig Zeit«, meinte ich.

»Ja, ich werde mir in den nächsten Tagen intensiv den Kopf zerbrechen«, brummte Lana und beugte sich über die Infomappe der Linford-University, die derzeit ihr Favorit war.

Plötzlich schnellte ihr Kopf hoch und sie sah mich mit großen Augen an. »Du siehst übrigens wieder locker aus. Trotzdem kommst du nicht drum herum. Hat dir der Typ heute nun den Kopf verdreht oder nicht? Immerhin hast du gesagt, er hatte was. Und aus deinem Mund will das schon was heißen. Ich meine, ehrlich ... ich dachte immer, du wärst resistent gegen jeglichen Charme.«

Ich seufzte resigniert. Ich hätte mir denken können, dass sie es nicht vergessen hatte.

»Ich fand es jedenfalls doof, dass er einfach gegangen ist. Aber mach dir nichts draus. An der Uni wirst du dich wahrscheinlich vor netten Kerlen kaum retten können.« Sie grinste verschmitzt.

Ich verdrehte die Augen. »Hör doch auf.«

»Ja, so kenne ich dich. Jungs lassen dich normalerweise völlig kalt.« Lana hob das Kinn und musterte mich abschätzend. »Da stellt sich nur die Frage, was an dem so anders war. Verrätst du es mir?«

»Ich weiß auch nicht«, wiegelte ich ab.

»Ach, komm schon, versuch es in Worte zu fassen. Meistens merkt man dann, dass es einen ganz banalen Grund hat. Zum Beispiel hat sich mal einer, mit dem ich mich getroffen habe, ständig an die Nase getippt. Das mochte ich, dabei hat es mich bloß an Schwester Telwy erinnert, die das beim Gutenachtgeschichten-Erzählen in der Unterstufe getan hat. Verrückt, oder?«

Ich lachte. »Das ist jetzt nicht dein Ernst?«

»Doch.«

»Und sie hat euch Geschichten erzählt? Wie unfair! Das gab es bei uns nicht.«

»Du lenkst schon wieder ab. Was hat dir an ihm gefallen?«

Ich wich ihrem Blick aus.

»Jetzt sag schon.«

Schließlich gab ich mir einen Ruck und erzählte Lana von den merkwürdigen Eindrücken, die mir selbst jetzt noch nachhingen, spielte sie jedoch herunter.

»Er kam dir also bekannt vor«, brummte sie. »Hm. Mir nicht. Und an den Kerl hätte ich mich erinnert. Vielleicht stehst du einfach nur auf ihn.«

Ich schnaubte, verdrängte die Erinnerungen an den Nachmittag.

Lana kicherte. »Er stand zumindest auf dich, sonst hätte er dich nicht angesprochen.«

»So war das doch gar nicht«, erklärte ich. »Er hat mir nur eine Schraube aufgehoben, die ich verloren habe.«

»Was denn für eine Schraube?«

»Eine, die ich auf der Straße gefunden habe.«

»Wieso hebst du eine Schraube von der Straße auf?« Lana zog verständnislos die Stirn kraus.

Als sie mich immer weiter löcherte, erzählte ich ihr schließlich von Lem und seiner Prophezeiung.

Meine Freundin starrte mich mit offenem Mund an. »Das hätte ich nun nicht erwartet. Das heißt also, du bist mit mir nach Cisco gefahren, weil Lem Baken gesagt hat, alles Verlorene kommt zu einem zurück?«

Ich schluckte. »Nicht wirklich, obwohl es mir noch immer wie ein verrückter Zufall vorkommt. Schließlich bist du direkt danach mit deiner Idee aufgetaucht. Vielleicht war Lems Spruch der Stupser in die richtige Richtung.«

»Ein Stupser? Dann war Coras elende Verwünschung damals ein Stupser in die falsche Richtung? Ich meine, das ist doch alles derselbe abergläubische Unsinn.«

Ich hielt einen Moment den Atem an. *Cora und ihr verdammter Fluch.* »Ja, du hast wohl recht«, presste ich hervor. »Aber was damals passiert ist … hat mich einfach fertig gemacht. Diese Sinnestäuschungen, der schwarze Stein, Coras Augen … Ganz ehrlich, ich bekomme heute noch eine Gänsehaut, wenn ich an dieses Flackern in ihrem Blick denke. Da ist es vielleicht ganz normal, wenn man ein wenig paranoid wird, oder?« Ich sah Lana verzagt an.

Sie lächelte sanft. »Ja, falls dich das beruhigt: Ich kann es nachvollziehen. Damals sind viele entsetzliche Dinge passiert und ich will nichts davon kleinreden. Du glaubst nicht, wie froh ich bin, dass du jetzt hier bist. Aber eines bereitet mir trotzdem Sorgen. Du misst diesem Fluchkram und diesem Orakelspruch ziemlich viel Bedeutung bei, oder?«

Ich senkte betroffen den Blick.

»Ich meine, du machst ziemlich viele Dinge daran fest«, fuhr sie fort. »Schließlich hast du die letzten Jahre genug Angst davor gehabt, dass ich dich nicht aus Revlins Port herausbekommen habe.«

Ein flaues Gefühl überkam mich. Nüchtern betrachtet warf das kein gutes Licht auf meinen Geisteszustand. »Du hast recht und Schwester Emily auch. Ich habe mich vor lauter Angst verkrochen.« Ich hob den Kopf und strich mir eine Haarsträhne hinter den Gazeverband. Mein Blick glitt über die Kisten, die sich an den Wänden und auf Lanas kleinem Tisch türmten. Mein neues Leben war darin verpackt und wartete darauf, herausgelassen zu werden.

Ich setzte ein entschlossenes Lächeln auf. »Ich bin auch froh, dass ich jetzt hier bin und ich verspreche dir, ich habe nicht vor zurückzugehen. Das Verkriechen hat ein Ende.«

»Wie heißt es so schön mit der Selbsterkenntnis und so?« Lana zog grinsend eine Braue hoch. »Aber ich bin froh, dass du mit mir darüber redest. Ich bin immer für dich da, egal, um was es geht, das weißt du, oder?«

»Ich weiß, danke, Lana«, flüsterte ich und drückte ihre Hand.

Da wurde ihr Lächeln breiter. »In einer Hinsicht erlaube ich dir allerdings ein wenig Aberglaube. Ich bin nämlich überzeugt, dass einem das Leben etliche Gelegenheiten schenkt. Dieser Lem scheint ein echt schlauer Mann zu sein.«

Ich schmunzelte. »Ich werde es ihm ausrichten.« Heute Abend wollte ich sowieso noch einen Brief an Schwester Emily und Mutter Tabea schreiben, um sie über die neuesten Entwicklungen auf dem Laufenden zu halten. Eine Nachricht für Lem, der sich bestimmt über Lanas lobende Worte amüsieren würde, sollte auch seinen Platz finden.

»Na ja, und immerhin weiß ich jetzt endlich, was dein Typ ist. Damit hat diese Schrauben-Sache auch etwas Gutes«, erklärte Lana. »Und glaube mir, du wirst schneller einen Freund finden, als dir lieb ist.«

Ich ließ mich rücklings auf die rote Couch fallen und sah an die Decke hinauf. Darauf hatte ich es nun wirklich nicht abgesehen. Es gab viel zu viele andere Dinge, die mich beschäftigten. Dennoch ließ mich die Erinnerung an diesen Fremden nicht los.

Lana wippte neben mir auf und ab und plapperte: »Willst du einen Schwimmer als Freund, wie den aus der Kneipe? Der war garantiert Schwimmer, bei der Figur.«

»Lana«, knurrte ich.

Doch sie schwadronierte weiter: »Ich dachte ja immer, du stehst mehr auf den hübschen, zierlichen Typ, aber da habe ich mich wohl geirrt. Wenn man einen Influx überlebt hat, will man scheinbar eher einen Kerl wie ein Haus, robust und massiv.« Sie kicherte. »Sorry, blöder Vergleich. Er sah wirklich gut aus. Da kann man nichts sagen. Dunkle Haare und blaue Augen – tolle Kombi. Und dazu dieses Gesicht, männlich und irgendwie frech, wenn er gelacht hat. Also sollte ich ihn im Darwins wiedersehen, schnappe ich ihn mir und quetsche seine Nummer aus ihm raus. Nachdem ich ihn auf Herz und Nieren überprüft habe, versteht sich ... also, wenn du willst ... Ich mache das für dich. Ehrlich! Er war ja schon heiß, also sag einfach ...«

»Lana!« Ich setzte mich ruckartig auf.

»Ja?« Sie blinzelte verschmitzt.

»Hör jetzt auf. Lass uns die Sache vergessen. Außerdem arbeitest du bald nicht mehr im Darwins.«

»Oh, stimmt ja, bald bin ich Studentin.« Sie lachte euphorisch und ließ das Thema zu meiner Erleichterung fallen. »Bist du schon aufgeregt wegen morgen?«

Ich nickte. »Extrem. Summonstreet 24, Wohnung 7A. Vielleicht ist das bald meine Adresse.«

»Kann schon sein. Siebter Stock. Na, da hoffe ich, dass der Aufzug funktioniert. Ich drücke dir jedenfalls die Daumen, dass du eine tolle Wohnung und eine passable Mitbewohnerin bekommst. So wunderbar wie ich kann sie zwar nicht sein ... aber vielleicht hast du ja Glück.«

Sie grinste und ich tat es ihr gleich. »Du kannst es sicher kaum abwarten, deine vier Wände wieder für dich zu haben.«

Mit gespielter Entrüstung riss Lana den Mund auf. »Wie kommst du denn nur darauf?«

»Hallo, komm rein, du musst Ruby sein. Schön dich kennenzulernen.« Das Mädchen, das mir die Tür öffnete, lächelte so breit, dass sich Grübchen in ihren Wangen bildeten. Sie trug einen orangefarbenen Samt-Jumpsuit und hatte die dickste Löwenmähne auf dem Kopf, die ich je gesehen hatte. Das krause, sonnengelbe Haar bauschte sich um ihren Kopf und endete auf Schulterhöhe, was ihr ausgezeichnet stand.

»Ich bin Tiff.« Sie reichte mir eine mokkafarbene Hand und zog mich einfach hinein, als ich sie ergriff. Überrumpelt blickte ich mich in dem breiten, mit Schuhen vollgestellten Gang um. An einer Garderobe hingen mindestens zehn Jacken und sämtliche Wände waren bunt bemalt. Ich ertrank in einem Wirrwarr aus Wellenlinien und Kreisformen, die wie riesige Seifenblasen anmuteten. Die Farbe Orange dominierte alle anderen. Als sei das nicht genug, klebten überall Plakate, auf denen Musiker mit Instrumenten posierten. Ich litt unter spontaner Reizüberflutung.

»Hi, vielen Dank, dass ich mir die Wohnung ansehen darf«, erwiderte ich.

»Aber sicher doch. Was hast du so vorzuweisen? Magst du laute Musik, hörst du sie vor allem gerne nachts? Ich hoffe, du bevorzugst Punk. Wäschst du gerne Geschirr? Hast du Angst vor Keimen?«

Irritiert zog ich die Brauen zusammen. So hatte ich mir das nicht vorgestellt. »Ähm, soll ich die Schuhe ausziehen?«, fragte ich zur Sicherheit.

Sie lachte, zog dabei die Nase kraus.

Erst jetzt bemerkte ich eine weitere Person, die mit verschränkten Armen vor einer offenen Tür stand. Sie war kleiner als ich, gänzlich in Schwarz gekleidet, trug das lange, ebenfalls schwarze Haar offen und blickte mich missmutig an. »Kannst sie gleich anlassen«, murrte sie.

»Ach was.« Tiff lächelte warm. »Zieh sie aus, fühl dich wie zu Hause, aber fass bloß nichts an.«

Sie deutete einmal um sich herum.

Während ich meine halbhohen Stiefel abstreifte, bemerkte die farbenfrohe Tiff: »Das ist übrigens Eloy, meine Mitbewohnerin. Sie haust hier schon länger als ich. Ihr Zimmer befindet sich unmittelbar hinter ihr. Betritt nie die verbotene Zone ... So, das wäre erledigt. Du bist gewarnt.«

»In meinem Zimmer hat niemand etwas verloren außer mir«, schnauzte das Mädchen in Schwarz liebenswürdig.

Ich nickte ihr zu. »Hallo Eloy, schön, dich kennenzulernen.«

»Ganz meinerseits«, ätzte sie, drehte sich um und verschwand, die Türe zuschlagend, in ihrem Reich.

Tiff beugte sich verschwörerisch grinsend zu mir herab. Sie war einen ganzen Kopf größer als ich. »Könntest du bitte, bevor du gehst, lautstark verkünden, dass du Opern liebst und bei jeder Gelegenheit singst?«

Entgeistert klappte ich den Mund auf. Sie zwinkerte und zog mich wieder mit sich. »Komm.«

Wir gelangten in eine Küche, die im Vergleich zum Flur wie eine sterile Operationsbasis wirkte. Töpfe und Pfannen hingen spiegelnd blank vor einer blauen Glasplatte, die komplette Küchenzeile glänzte klinisch rein. Ein alter, gebeizter Holzboden ließ den Raum mit dem weißen Esstisch dennoch einladend wirken.

»Das ist die Küche, aber sicher hast du dir das schon gedacht. Langweilig ... komm weiter!«

»Ähm ... ja ... ich meine, nein, sie gefällt mir. Wie hoch wäre denn die Miete? Wieso Operngesang? Und wie war das mit dem nichts Anfassen?«, stammelte ich und stolperte Tiff nach.

Zurück im Flur, passierten wir die verbotene Zone und Tiff stieß zwei weitere Türen auf. »Warte, warte! Schau dir erst den Rest an, bevor du mir eine Gesangsprobe gibst!«, erklärte sie lauthals und setzte dann in normaler Lautstärke hinzu: »Hier ist übrigens die Dusche und hier eine Toilette. Es gibt nur eine. Das ist scheiße.«

»Solange sie nicht so riecht ...«

Ihr Kopf fuhr zu mir herum, ihre Haare wippten, dann kicherte sie. »Der war schlecht.«

»Das war kein Witz«, konterte ich.

»Alles klar, wenn du willst, darfst du einziehen.«

Ein wenig überfordert, setzte ich ein hilfloses Lächeln auf. »Darf ich erst das freie Zimmer sehen?«

»Ach, stimmt, da war ja noch was«, tönte Tiff und fasste sich an den Kopf. Mit langen Schritten ging sie ans hintere Ende des Gangs, wo ein wildes, rot-gelb-oranges Strichmuster die Wand einnahm, und öffnete eine weiße Tür. Die einzige, an der kein Poster prangte.

»Bitte sehr!« Tiff wies strahlend hinein. »Ist das kleinste, deshalb ist es noch frei. Wahrscheinlich willst du es nicht haben. Die letzte, die es sich ansah, meinte, sie bekäme nicht einmal die Hälfte ihrer Möbel unter, ganz zu schweigen von ihren Kleidern.«

Ich spähte um die Türkante und machte große Augen. Die Kammer in Edenplace hätte zehn Mal hier hinein gepasst. Ein breites Doppelfenster gab die Sicht auf das Häusermeer von Oakland frei.

Langsam durchquerte ich das Zimmer mit den unberührten weißen Wänden und sah hinaus. Einzelne Sonnenstrahlen stahlen sich durch die Wolken und tupften die Dächer der Hochhäuser in hellen Silbertönen.

Tiffs oranger Anzug tauchte neben mir auf. Sie lehnte sich lässig gegen die Fensterbank. »Ich weiß, echt winzig, aber du hast einen Vorteil. Es ist das einzige Zimmer auf der Westseite, du hast also die schönere Aussicht, wobei schön ja Ansichtssache ist. Wie findest du mein Outfit? Eloy sagte, es sei ein Angriff auf die Sehnerven.«

Ich lachte. »Ich finde, es steht dir. Und das Zimmer gefällt mir auch. Was kostet es? Du hast mir außerdem noch nicht verraten, was ich nicht anfassen darf.«

»Oh, so viele Fragen auf einmal«, stöhnte sie. »Ich leide unter Konzentrationsschwäche musst du wissen. Ja ...« Sie grübelte.

»Anfassen kannst du eigentlich alles. Ich sage nur Eloy immer, sie soll nichts anfassen, also Wände, Deko, vor allem nicht meine Buddhas. Ich habe versucht, sie auf diese Weise rauszuekeln, hat aber leider nicht geklappt.«

»Buddhas?«

»Ach, die hast du ja noch gar nicht gesehen. Stehen im Chillou-traum.«

»Den kenne ich noch nicht ... hoffe ich jedenfalls.«

»Bingo, dann komm mal mit, den wollte ich bis zum Schluss aufheben, mein Supertrumpf.«

Während wir abermals den irrsinnig bunten Gang durchquerten, erzählte sie weiter: »Die Miete kostet dich eintausendsiebenhundert Coins im Monat. Das beinhaltet dein Zimmer und die Nutzung der gemeinsamen Räume. Heizkosten, Wasser und Reinigungsdienst sind inbegriffen.«

»Reinigungsdienst?«, fragte ich verwundert.

»Ja klar, glaubst du, irgendjemand von uns kann putzen? Du etwa?« Tiff zog irritiert die Brauen zusammen, dann klappte sie den Mund auf. »O Gott, bist du die Neue im Schwimmteam?«

»Ähm, ja ... also ich hoffe es zumindest, aber woher weißt du das? Und was hat das mit Putzen zu tun?«

Wir kamen in ein blau und grün gestaltetes Wohnzimmer, das doppelt so groß war wie der Raum, den ich beziehen sollte. Da sich zwei überdimensionierte, goldene Buddhastatuen an den Wänden gegenübersaßen, war das ganz gut so.

Tiff ließ sich auf die federnde, weiße Couch fallen, die eine Seite einnahm. »Ich habe Jarrings so was sagen hören. Er ist ein Prolet. Also, keine Sorge, er hat es nicht herumposaunt, aber ich habe zufällig gehört, wie er sich bei Dr. Morten über die kleine Blayke ausgekotzt hat. Hah!« Sie stieß ein Lachen aus. »Das bist dann wohl du. O Mann, und ich blicke es erst jetzt. Wenn ich mich recht entsinne, nannte er dich ein vorlautes Landei, eine arme Schluckerin und einen brässverfluchten Schmarotzer ... und einen Haifisch. Dem Tonfall nach war das allerdings nicht auf deine Schwimmkünste bezogen.«

Sie biss sich auf die Lippen und musterte mich neugierig. So genau hatte ich es gar nicht wissen wollen. Tiffs Konzentrationsschwäche schien sich jedenfalls nicht auf Beleidigungen zu beziehen.

»Du bist also eingekauft.« Sie schüttelte erheitert den Kopf.

Ich druckste herum. »Das Problem ist, ich darf eigentlich nicht darüber reden. Ich musste eine Geheimhaltungsklausel unterschreiben. Eigentlich soll niemand meinen Hintergrund kennen. Deswegen ...« Ich verzog den Mund zu einem zerknirschten Lächeln.

»Wow, dann halte ich natürlich die Klappe, versprochen.« Tiff hob ihre geschlossene Faust vors Herz, was immer das bedeuten mochte.

»Danke«, erwiderte ich. »Also, ich würde jedenfalls gerne einziehen, wenn du nichts gegen Landeier hast, aber ich weiß nicht, wie lange ich hier wohnen werde. Ich muss erst einmal Jarrings' Schwimmprobe bestehen. Und da habe ich kein gutes Gefühl, jetzt erst recht nicht mehr.«

»O ja, kann ich verstehen. Er gewinnt echt keinen Umgänglichkeitspreis. Aber ich finde es toll, dass du einziehen möchtest. Du glaubst gar nicht, wie schwer es ist, eine Mitbewohnerin zu finden. Eloy vergrault sie einfach jedes Mal. Ich habe ihr schon gesagt, sie soll in ihrem Zimmer bleiben, aber nichts da.« Verständnislos für so viel Uneinsichtigkeit, verzog sie das Gesicht.

»Davon lasse ich mich nicht abschrecken«, erklärte ich lächelnd. »Aber entscheidet sie denn nicht mit, ob ich einziehen kann?«

Tiff gluckste: »Eloy ist froh, wenn ich das übernehme, dann muss sie sich um nichts kümmern. Na dann, ich lege beim knurrigen Jarrings ein gutes Wort für dich ein.« Sie schob mir ein paar Blätter herüber, die auf dem länglichen Tischchen bereitlagen und sich als Mietvertrag entpuppten.

Ich griff nach dem Stift daneben. »Danke dir. Das ist nett, meinst du denn, er ...«

»Ob er auf mich hört?« Tiff lachte. »Na, das nicht unbedingt. Aber ich habe keine Skrupel, ihn ein wenig zu erpressen. Vielleicht bekomme ich sonst vor dem nächsten großen Spiel Migräne.« Gequält hielt sie sich eine Hand an die Stirn.

»Du kannst ihn erpressen? Auf welcher Position spielst du?«, entgeistert zog ich die Stirn kraus.

»Bei Goans Eiern, du bist wirklich ein Landei. Das müssen wir schnell ändern. Du solltest dich besser auskennen, wenn du in dieses Team willst, Ru.«

Ich stockte. Seit Finn hatte mich niemand mehr so genannt und ich hätte angenommen, dass es mich stören würde, doch ... Es war in Ordnung.

»Für mich kam das alles recht überraschend«, meinte ich verlegen. »Würdest du mir ein wenig über die Mannschaft erzählen?«

»Na, dann fangen wir doch mit mir an«, erklärte sie mit einem feixenden Grinsen. »Ich bin Captain des Teams.«

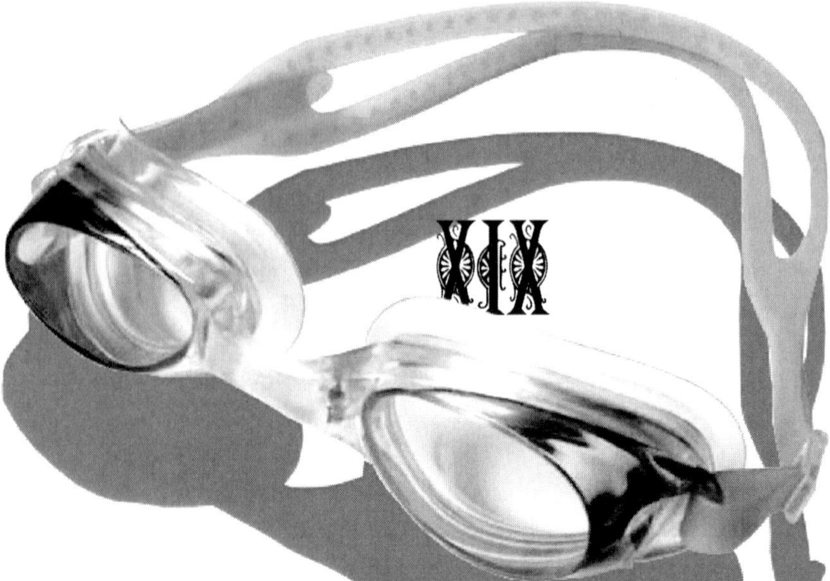

XIX

Gänsehaut überzog meinen Körper und mein Magen schlug Saltos. Das Wort *Nervosität* gewann ganz neue Ausmaße. Mir war kalt, was ich jedoch mehr meinem Kreislauf als der Temperatur zuschrieb.

Ich trug einen schlichten Badeanzug, da ich noch nicht gewagt hatte, mir ein Neoprenshorty zuzulegen. In ein Handtuch gewickelt, saß ich auf einer beheizten Steinbank am Rand des Beckens, in dem ich soeben einige Runden geschwommen war, um mich warm zu machen. Leider dauerte die Pause zu lange. Mit bangem Blick verfolgte ich das Gespräch zwischen Jarrings und Mrs Ferrow, die auf der gegenüberliegenden Beckenseite standen.

Ihre Stimmen hallten leicht unter dem hohen Kuppeldach. Ihre Worte konnte ich nicht verstehen, doch ihre Mienen ermutigten mich nicht. Seine war düster, wie nicht anders zu erwarten. Die Direktorin der Beldon blickte allerdings ebenfalls verkniffen drein.

Obwohl ich seit drei Tagen wieder schwimmen durfte, hatten mich meine Übungen lediglich frustriert. Ich war keine Schwimmbewegungen mehr gewohnt und bekam nach dem ersten Tag einen solchen Muskelkater, dass jede Bewegung schmerzte. Ein ekelhafter Krampf in meiner linken Wade machte mir außerdem zu schaffen. Wahrscheinlich hätte ich es lassen und erst heute zum ersten Mal wieder ins Wasser steigen sollen. Eine bessere Figur hätte ich dann jedoch auch nicht gemacht.

Tiff hatte mir in dem Monat unseres gemeinsamen WG-Lebens allerhand über Spielzüge und Strategien der Mannschaft beigebracht. Außerdem hatte sie mir Tipps gegeben, wie ich am besten mit Jarrings' Launen umgehen sollte. »Stell ihn dir in einem Hawaiihemd vor und bleib immer lässig. Ich nenne es Hyper-Suggestion. Sobald sich die Urlaubsstimmung auf ihn überträgt, wird er ganz locker«, hatte sie erklärt und dabei grinsend ein imaginäres Cocktailglas geschwenkt.

»Ich kann mir nicht vorstellen, dass das funktioniert«, hatte ich eingelenkt.

Tiff hatte die Schultern gezuckt. »Ich habe es einmal probiert und es hat fast geklappt. Leider musste ich dann vorzeitig abbrechen, weil er mich so derb angeschnauzt hat. Was aber immer gut läuft, ist, wenn du dich militärisch verhältst, keine Miene verziehst. Immer nur: Ja, Coach. Nein, Coach. Obwohl ... das Nein lässt du besser weg.«

Da ihre übrigen Ratschläge noch verrückter anmuteten, genau wie Tiff selbst, würde ich lieber nicht darauf zurückgreifen.

Sie war ein Unikat und obwohl ich nicht immer ganz schlau aus ihr wurde, mochte ich sie sehr. Inzwischen hatte ich ihr auch erzählt, woher ich tatsächlich kam. Ich wollte ihr nicht die Studentin aus Utah vorspielen, zumal sie wusste, dass ich eingekauft worden war.

Am Samstag war sie mit mir schwimmen gegangen und hatte die Hände über dem Kopf zusammengeschlagen, als sie sah, wie unbeholfen ich durchs Wasser paddelte.

»Du machst mir echt Sorgen, Ru. Ich hoffe, du spielst mir gerade den sterbenden Schwan vor, sonst ist das eine haarsträubende Vorstellung«, hatte sie gerufen.

Der Umgang mit dem Sgatt war gänzlich neu für mich gewesen. Der AquaLab-Ball war leicht oval, ein Gestänge voller Hohlräume, und erinnerte an einen Rippenkäfig. Die Membran, die sich über die einzelnen Rippen zog, war gummiartig, gab ein wenig nach und war in mehrere Kammern aufgeteilt, die mit Salz-, Süßwasser und Luft gefüllt waren. Mittels einer feinen Steuerung passte sich der Ball an den jeweiligen Tiefendruck an. Auf diese Weise schwebte er im Wasser, solange ihn niemand anstieß. Meine Versuche, Tiff den Sgatt zuzupassen, hatte sie immerhin kommentarlos abgenickt. Ich vermutete, dass sie sich jegliche Bemerkung darüber aus purem Mitleid erspart hatte. Einzig meine Tauchzeit hatte sie beeindruckt.

Am darauffolgenden Tag hatte mich Lana begleitet und mir gut zugeredet, obwohl ich ihr versichert hatte, sie könne bei ihren Büchern bleiben. Inzwischen hatte sie im Darwins gekündigt und ihr Studium an der Linford angetreten. Doch sie hatte darauf bestanden, mir zu helfen.

Einen dritten Tag Übungszeit hatte ich gewonnen, da wir das Probeschwimmen wegen eines Rift-Influx aufschieben mussten, den ich frierend und bibbernd in einer Kelleranlage der öffentlichen Bäder zugebracht hatte.

Jetzt erwartete ich mein Urteil. Ich war mir wie eine Stümperin vorgekommen, während mir Mrs Ferrow und Jarrings mit steinernen Mienen beim Bahnenschwimmen zugesehen hatten.

Mein Zopf klebte mir feucht am Rücken, die Nässe wob sich durch mein Handtuch. Die Halle am Ostende des Campus war riesig und beherbergte neben zwei großen Becken drei AquaLab-Tanks. Es war das erste Mal, dass ich diese gigantischen Tauchbecken live sah und sie beeindruckten mich enorm.

Laut einer Uni-Broschüre, die ich bei meinem zweiten Gespräch mit Mrs Ferrow eingesteckt hatte, besaß die Beldon eines der ersten Glasbecken, die für Übungswettkämpfe gebaut worden waren. Ich vermutete, dabei handelte es sich um den Container im hinteren Areal der Halle, der mit einem großen A gekennzeichnet war. Die beiden anderen, logischerweise B und C, hatte die Beldon als ausgemusterte Wettkampfbecken aus dem Stadion von Oakland übernommen. Diese waren ein wenig größer und verfügten angeblich über variable Innenwände, die man neu ausrichten konnte.

Das gläserne Becken, das mir am nächsten war, erhob sich sieben Meter hoch und maß acht Meter im Durchmesser. Im Inneren war es mit seinen verwinkelten Kammern und Schächten einem dreidimensionalen Labyrinth nachempfunden. Ich musterte den Tank genauer, um mich abzulenken. Es ein Labyrinth zu nennen, mochte im ersten Moment übertrieben erscheinen, denn das Gebilde war trotz allem recht übersichtlich. Sobald man sich zwischen den gläsernen Wänden unter Wasser befand, dürfte es allerdings eine größere Herausforderung darstellen, sich zu orientieren.

Zur Sicherheit der Spieler waren die Innenwände mit blau lumineszierenden Farbbändern markiert, damit man nicht dagegen schwamm. Dennoch wusste ich, dass es hin und wieder zu Unfällen dieser Art kam.

Tiff hatte müde gelächelt, als sie hörte, wie sehr ich mich darauf freute, in einen dieser Tanks zu steigen. »Da kannst du dich auf eine Überraschung gefasst machen. Es wird absolut nicht so sein, wie du es dir vorstellst.«

Nun war ich allerdings nicht sicher, ob sie mich für das Probeschwimmen überhaupt hinein ließen.

»Miss Blayke, wenn Sie bitte herüberkommen!«, riss mich Mrs Ferrow aus meinen Gedanken.

Sie winkte und ich erhob mich mit einem flauen Gefühl. Meine Muskeln protestierten. Mit dem stillen Vorsatz, meine Blessuren zu ignorieren, ging ich um das Becken herum.

Jarrings musterte mich, als sei ich eine Fliege in seinem Kaffee.

Mit aller Willenskraft brachte ich ein verkrampftes Lächeln in seine Richtung zustande.

»Gut, Miss Blayke, wir beginnen nun mit der Beurteilung«, erklärte Mrs Ferrow. »Mrs Plaskin hat Ihnen die Sicherheitshinweise zu den Tanks erläutert?«

Ich nickte. »Ja, sie hat mir alles erklärt.«

Mrs Plaskin, die für alles Organisatorische zuständig war, hatte mich heute in Empfang genommen, mir die Schwimmhalle gezeigt und mich über die Regeln und Sicherheitsvorkehrungen in ihrem Heiligtum informiert.

Dank ihr wusste ich nun nicht nur darüber Bescheid, wo sich die Umkleiden, die Toiletten und sogar die Aufbereitungsbecken befanden. Nein, sie ging ihrer Berufung äußerst gewissenhaft nach und so kannte ich jetzt sämtliche Positionen der Atemregler innerhalb der Tanks und wusste sogar über einige ihrer Macken Bescheid. So spie einer im unteren Bereich von Tank C, einem Spieler erst einmal zwei Ladungen Wasser entgegen, wenn man nicht mehr genug Luft übrig hatte, ihn auszublasen. Es war also von Vorteil, stets mit genügend Restluft an eine Station zu schwimmen, sonst musste man damit rechnen, einen ordentlichen Schluck zu trinken, ehe man an den Sauerstoff gelangte.

Mrs Ferrow deutete auf den größten AquaLab-Container. »Sie werden in Tank C hier vorne tauchen. Ah, da kommt auch schon Miss Hebs.«

Ein Mädchen mit kurzen, schwarz und feuerwehrrot leuchtenden Haaren kam vom Eingang der Umkleidekabinen herüber. Die Farben waren scharf voneinander abgetrennt und nahmen je eine Kopfhälfte ein. Dazu trug sie einen blauen Neoprenanzug. Die sportliche Figur verriet, dass sie eine von Jarrings' Spielerinnen war.

»Sie wird mit Ihnen den Tank abschwimmen, um Sie damit vertraut zu machen. Anschließend werden Sie einige Würfe mit ihr austauschen. Zum Schluss möchten wir Sie auf der Enigma Position sehen. Wir haben im unteren Block ein Rätsel für Sie erstellt. Bevor Sie damit anfangen, sollten Sie einmal auftauchen, denn dafür wird die Zeit separat gestoppt. Lösen Sie es schnellstmöglich und kommen Sie anschließend wieder an die Oberfläche. Sind Sie bereit?«

»Ja«, erwiderte ich etwas steif und wandte mich Miss Hebs zu, die uns inzwischen erreicht hatte.

Jarrings ließ es sich nicht nehmen, abschätzig zu seufzen, und klatschte in die Hände. »Dann los, ich würde den Tag gerne noch für etwas Sinnvolles nutzen.«

Die Kurzhaarige grinste trotz der harschen Worte, nickte mir zu und ich folgte ihr zu dem Tank. Mit jedem Schritt erschien er mir wuchtiger.

Eine eiserne Einstiegstreppe klammerte sich wie ein Fremdkörper an die Außenwand. Darunter stand ein Gestell voller Sgatts und das Mädchen schnappte sich einen der Bälle. Ich wollte sie nach ihrem Vornamen fragen, doch meine Kehle war wie zugeschnürt.

Sie zwinkerte mir zu. »Keine Sorge, ich werde nett sein. Tiff hat mir gesagt, dass du es mit den Würfen noch nicht so drauf hast.«

Ich unterdrückte ein Stöhnen und brachte nur ein gehauchtes »Danke« hervor.

Dann erklomm ich hinter ihr die kalten Stufen. Das Gitter drückte sich in meine bloßen Fußsohlen. Als wir schließlich sieben Meter weit oben standen, die Halle und das im Licht flackernde Wasser unter uns, fühlte ich mich zum ersten Mal unwohl bei dem Gedanken, hinabzutauchen.

»Ein kleiner Tipp: Vergiss einfach, dass dir jemand zusieht«, flüsterte meine Begleiterin und ich schenkte ihr ein dankbares Lächeln. Mit einem grazilen Sprung tauchte sie ab. Das Wasser kräuselte sich, ihre Gestalt verschwamm unter der Oberfläche zu einem dunklen Schemen.

»Auf, auf!«, schrie Jarrings.

Hektisch legte ich mein Handtuch ab, hängte es über das Geländer und stülpte mir meine Taucherbrille über.

»Was soll das denn?«, hörte ich Mrs Ferrow sagen, ehe ich Hebs hinterher sprang.

Kühles, seidenweiches Nass umspülte meine Glieder und augenblicklich fühlte ich mich wohler. Einen Moment lang überließ ich mich dem leichten Schwanken des Wassers, das sich träge zwischen die Wände des Tanks drückte.

Ich orientierte mich und musste feststellen, dass Tiff nicht übertrieben hatte. Innerhalb des Labs wirkte alles größer, die blauen Lichtstreifen, die auf den Glaswänden durch mein Sichtfeld zogen, boten nur unzulänglich Hilfestellung. Eher trugen sie zu meiner

Verwirrung bei. Ich konnte nicht genau einschätzen, wie weit sie entfernt waren, und da sich mehrere hintereinander schichteten, entstand eine merkwürdige Sinnestäuschung, als befänden sich die Wände in ständiger Bewegung.

Ich drehte mich um und fand Hebs, die zu mir aufblickte. Beinahe regungslos hing sie im Wasser. Im Gegensatz zu mir trug sie keine Brille. Deshalb wohl Mrs Ferrows ungläubiger Ausruf: Die Direktorin hatte angenommen, ich trüge Caps, wie es bei Spielern üblich war, harte Kontaktlinsen, die für eine glasklare Sicht unter Wasser sorgten.

Natürlich besaß ich keine. Sie waren derart teuer, dass ich sie mir erst zum nächsten Trimester würde leisten können, falls ich dann überhaupt noch welche benötigte. Außerdem hatte mir Tiff erklärt, man brauche eine längere Eingewöhnungszeit, da sie das Auge anfangs stark irritierten.

Selbst meine neue Brille war ungewohnt und offenbarte bereits ihre Nachteile: Noch während ich nach unten schwamm, wurde meine Sicht trübe, weil die Scheiben beschlugen.

Prompt begannen meine Ohren zu schmerzen. Ich hielt mir die Nase zu und machte einen Druckausgleich. Schlagartig verschwand der Schmerz. Allerdings erkannte ich trotz meiner eingeschränkten Sicht den fassungslosen Ausdruck in den Augen meiner Partnerin. Sie schüttelte den Kopf und wies mit dem Daumen nach oben, das Signal zum Auftauchen. Im nächsten Moment stieg sie an die Oberfläche und ich folgte ihr beklommen. War die Prüfung vorbei, ehe sie angefangen hatte?

»Gib mal die Brille her«, forderte Hebs, kaum, dass ich aufgetaucht war, fasste danach und zog sie mir über den Kopf.

»Ich habe keine Caps.«

»Ist mir aufgefallen«, murmelte sie, spuckte in meine Brille und wischte darin herum. Dann schwenkte sie das Plastikgestell einmal aus und reichte es mir wieder. »Hier, das sollte helfen. Das nächste Mal, wenn du deine Caps verlierst, hol dir gleich neue. Wie kann man zu einem Vorstellungsschwimmen ohne Caps kommen? Das ist echt unglaublich.«

Ich schluckte einen Kommentar hinunter, da fuhr sie nochmals zu mir herum. »Und mach gefälligst einen richtigen Druckausgleich. Legst du es darauf an, dass dich Jarrings sofort rausschmeißt?« Mit einem weiteren ungläubigen Kopfschütteln tauchte sie ab.

Ich fühlte mich elender denn je, doch ich holte tief Luft und ruderte ihr nach. Tiff und ich hatten am Wochenende den professionellen Druckausgleich geübt, doch es hatte einfach nicht funktionieren wollen. Ich musste mir die Nase zuhalten und die Backen aufblasen wie ein blutiger Anfänger – der ich schlussendlich war.

Also tat ich genau das und versuchte mich dabei zumindest so zu wenden, dass es für Jarrings und Mrs Ferrow nicht allzu offensichtlich war.

Hebs hatte mich offenbar bereits abgeschrieben, ihre Miene ähnelte immer mehr der ihres Trainers, dennoch ging sie ihrer Aufgabe gewissenhaft nach. Wir schwammen den gesamten Tank ab, sie wies mich mit Händen und Füßen auf gefährliche Ecken oder hervorstehende Wölbungen hin, die ich erst auf den zweiten Blick erkannte, und zeigte mir alle Atemstationen. Der Tank verfügte über mehr Gänge, als von außen ersichtlich gewesen war, doch ich erlangte bald einen Überblick.

Im untersten Bereich, den man durch zwei übereinander versetzte Räume und einen schmalen Durchlass erreichte, befand sich die sogenannte Kajüte, die Rätselkammer. Dort gab es keine Sauerstoffstation. Der Spieler auf der Enigma Position, die mir zugedacht war, konnte hier Punkte für das Team holen, indem er Knobeleien löste. Außerhalb der Kajüte wurde er allerdings voll in das Match involviert, egal, auf welcher Position er offiziell aufgestellt war. Es würde also keinesfalls ausreichen, gut in Denksportaufgaben zu sein.

Ich folgte Hebs in einen der größeren Tankräume und sie forderte mich auf, an einer Station Luft zu holen. Ich schüttelte den Kopf, da ich noch ein wenig durchhalten konnte, woraufhin sie leicht mit den Schultern zuckte.

Als sie ihren Mund an die Station presste und einige Atemzüge nahm, stiegen schillernde Luftblasen auf. Ich wartete, bis sie fertig war, dann versuchte ich es ebenfalls. Erst stieß ich Luft aus, um das Wasser aus dem Mundstück zu pusten. Zu meiner Erleichterung funktionierte es ohne böse Überraschungen.

Ich holte tief Luft. Es war ein merkwürdiges Gefühl, unter Wasser zu atmen. Ich nahm, Hebs' Vorbild folgend, mehrere Züge, ehe ich mich ihr wieder zuwandte. Sie hatte inzwischen den roten AquaLab-Ball zur Hand genommen und war auf Abstand gegangen.

Es war so weit. Die erste offizielle Demonstration meiner Unfähigkeit stand bevor.

Ich nickte Hebs zu, dankbar, dass zumindest meine Sicht klar war, und sie holte aus. Der Sgatt schnellte mit einem ordentlichen Tempo auf mich zu.

Ich schaffte es gerade noch, ihn zu fangen, als ich mich mit zwei hastigen Beinschlägen ein Stück zur Seite trieb.

Hebs nickte mir anerkennend zu und deutete auf eine schwarze Zielscheibe, die hinter ihr auf einer der Außenwände des Tanks schimmerte. Ich sollte versuchen, einen Point zu machen.

Allerdings steuerte ich bei meiner Ausholbewegung zu stark gegen und der Wurf geriet zu weit nach rechts. Meine Partnerin fing den Ball ohne sichtbare Probleme ab. Was die Geschwindigkeit betraf, hatte mein Wurf nicht annähernd an ihren herangereicht. Ich fluchte in mich hinein, sammelte dann alle Konzentration und fokussierte sie einzig auf die folgenden Ballwechsel. Einige gingen für meine Verhältnisse recht passabel vonstatten – andere weniger.

Meine Zuversicht schrumpfte in sich zusammen. Selbst das Wort *miserabel* musste nach Jarrings' Ansicht noch zu gut sein, um meine Leistung zu beschreiben.

Ich blendete die beiden Gestalten jenseits der Tankwand aus, so gut es mir möglich war, doch das änderte wenig an meiner Nervosität. Als eine Ballrippe schmerzhaft an meinen Fingern abprallte, biss ich wütend die Zähne zusammen und schwamm dem Ei, das knappe zwei Meter entfernt zum Stillstand kam, nur halbherzig nach.

Wieder herumrudernd, sah ich, dass Hebs zu einem Atemregler tauchte, und hielt inne, um auf sie zu warten.

Da registrierte ich Jarrings. Sein mürrisches Gesicht tauchte wie ein dunkles Omen vor der Scheibe auf, direkt neben dem Fadenkreuz des Points. Er trat so nahe heran, dass seine Züge scharf hervortraten. Sein verächtlicher Blick brannte sich wie Säure in mich. *Brässverdammt!* Ich konnte ihn unmöglich ignorieren, wenn ich mich ihm Auge in Auge gegenüber sah.

Meine Partnerin ging erneut auf Position. Ich packte den Ball fester und glitt durchs Wasser auf sie zu. Sie wich mir aus und riss unschlüssig die Augen auf, doch es war mir gleich, was sie von der Aktion hielt.

Mein panisches Bestreben, Jarrings' finsterem Blick nicht mehr unmittelbar zu begegnen, ließ mich jegliche frisch trainierte Schwimmbewegung vergessen. Intuitiv warf ich mich um die eigene Achse, deutete Hebs an, mit mir die Positionen zu tauschen.

Zu meiner Erleichterung ging sie darauf ein. Ich schleuderte ihr den Sgatt über eine Unterarmbewegung entgegen, glich meinen Auftrieb aus und bekam sogar etwas mehr Geschwindigkeit. Die Wurfbewegung war unüblich, bestimmt dilettantisch, dennoch – oder vielleicht gerade deshalb – gelang es mir dieses eine Mal, einen Point zu landen.

Ich riss erstaunt die Augen auf, ein feines Prickeln durchfuhr mich, hielt jedoch nur wenige Sekunden an. Ich besann mich wieder auf die Übungen, die mir Tiff gezeigt hatte, jetzt, da ich den Trainer in meinem Rücken ignorieren konnte. Nach drei weiteren raschen Ballwechseln musste ich jedoch selbst an die Atemstation.

Ein forderndes Klopfen ließ uns nach draußen spähen. Mrs Ferrow hatte sich zu ihrem Coach gesellt und deutete uns mit erhobenem Daumen an, aufzutauchen.

Bis wir durch die Kammern hinauf geschwommen waren, erwartete uns die Direktorin bereits auf der Plattform am Rande des Tanks. Ihre Miene war unergründlich, als sie sich zu uns hinab beugte. »Miss Hebs, haben Sie vielen Dank. Sie können jetzt herauskommen. Miss Blayke, Sie können sich noch einen Augenblick ausruhen. Die Rätselkammer finden Sie problemlos wieder, oder?«

Der bittere Zug um ihren Mund, der desillusionierte Blick – sie dachte bereits darüber nach, wie sie mir die Abfuhr nachher möglichst schonend beibringen würde. Mein Hals schnürte sich zusammen. Dieser Plan war von vornherein zum Scheitern verurteilt gewesen. Ich war einfach keine Schwimmerin, war es nie gewesen.

Ich presste ein »Ja« hervor.

»Dann wünsche ich Ihnen viel Erfolg mit dem Rätsel.« Ihre Lippen verzogen sich zu einem unechten Lächeln, ehe sie sich wieder an den Abstieg machte.

Hebs schwang sich elegant auf den Beckenrand hinauf und drehte sich noch in der Hocke zu mir um. Der Blick ihrer eisblauen Augen drückte Bedauern aus. »Tut mir echt leid. Jarrings kann echt ein Arsch sein«, flüsterte sie mir zu. »Wenn er jemanden raus haben will, geht er über Leichen. Ich wünsche dir trotzdem alles Gute. Vielleicht sehen wir uns ja mal wieder.«

Ich nickte beklommen. *Das war es also.*

Ein tiefer Atemzug und ich tauchte ab. Ich wollte nicht länger warten, wollte keine mitleidigen Blicke – und am wenigsten den selbstgefälligen dieses Trainers.

Ich ließ mich sinken und verwünschte die Brille, in die eine kleine Menge Wasser eingedrungen war, das jetzt am unteren Rand meines Sichtfeldes schwappte. Den Bauch voll stachliger Enttäuschung, ruderte ich nach unten. Die Brille trug keine Schuld, das wusste ich selbst. Hätte ich Caps oder eine gute Ausrüstung, wären die Übungen genauso ausgefallen. Ich verdankte diese Farce allein meinen übersteigerten Hoffnungen.

Drei Mal musste ich einen Druckausgleich vornehmen, einen zum Trotz direkt vor Jarrings, was ihm sicher Anlass genug gab, mich rauszuschmeißen. Als ich mich von ihm wegdrehte, überfiel mich eine beinahe wohltuende Gleichmütigkeit. Die Angst, zu versagen, war plötzlich fort, denn das hatte ich offensichtlich bereits hinter mir. Einzig die Bekanntgabe stand noch aus.

Ich überließ mich der sanften Zirkulation, die das Wasser in diesem Glasgefängnis zum Leben erweckte.

Einen Umweg nehmend, glitt ich durch einen schmalen Gang und strich mit den Fingern über das Glas. *Das hier fühlt sich so richtig an. Als würde ich hierher gehören.* Mit einer Rotationsbewegung nahm ich eine Kurve und gelangte in die Kajüte.

Mit raschen Blicken erfasste ich die Aufgaben, die für mich vorbereitet waren. Auf einem Monitor, der direkt vor der Außenwand platziert war, prangte ein Text. Darunter, auf meiner Seite der Glaswand, leuchtete eine wasserfeste Bedienschaltfläche mit Tastatur. Am Boden lag ein Steckpuzzle aus sieben Teilen, dessen abgerundete und ineinander verdrehten Formen eine Kugel ergeben sollten, wenn man sie richtig zusammensetzte.

Ich schwamm darauf zu und nahm die ersten zwei Formen zur Hand. Ich liebte solche Rätsel. Ein schmales Lächeln erschien auf meinem Gesicht. Es wäre doch gelacht, wenn ich das nicht in Rekordzeit schaffte. *Schauen Sie her, Jarrings.* Schnell erfasste ich, wie sie zusammengehörten, und vergewisserte mich mit einem Blick auf die übrigen Segmente.

Da stutzte ich. Ein Fragment besaß einen viereckigen Fortsatz, der im Inneren der Kugel saß. Allerdings konnte ich dafür keinen Hohlraum erkennen.

Ich überprüfte die Formen genauer, ließ sie verunsichert sinken. Vielleicht übersah ich etwas ... Doch wenn ich richtig lag, war dieses Puzzle nicht zu lösen und ich würde lediglich meine Zeit verschwenden. Also ließ ich die Stücke fallen und schwamm auf den Bildschirm zu, auf dem vier Zahlenfolgen, drei davon mit hinten angestellten Lösungen standen.

Nur ergaben diese Lösungen keinerlei Sinn. Ich sah den Zusammenhang nicht. Ich überschlug etliche Möglichkeiten im Kopf, doch mir fiel nichts ein. Langsam setzte eine leise Panik ein, unabhängig davon, dass ich diese Prüfung bereits abgeschrieben hatte.

Ich war der Meinung gewesen, dieser Part sei der Einzige, in dem ich glänzen konnte, stattdessen stellte ich mich als noch erbärmlicher heraus.

Meine Lungen protestierten allmählich. Ich überlegte, zu dem Puzzle zurückzukehren, als mir die kleine Bildunterschrift auf dem Screen ins Auge sprang. Sie war auf Deutsch, nicht auf Englisch.

WIE VIEL*E*?, stand dort, mit diesem falschen kursiven E am Ende. *Ist das Absicht?*

Und plötzlich begriff ich: Es war keine Rechnung, es war eine verdammte Scherzknobelei!

Ich ging die drei Zahlenfolgen durch. Auf Deutsch ausgesprochen, waren darin exakt so viele *E* enthalten, wie in der Lösung standen. Rasch tippte ich die korrekte Anzahl in das leere Feld der letzten Nummernfolge.

Es leuchtete grün auf.

Inzwischen brauchte ich dringend Luft, stieß mich von der Glaswand ab und tauchte aus der Kammer, direkt an die nächste Station. Anschließend drehte ich mich zu meinen Zuschauern um.

Nein, zu meiner Zuschauerin. Mrs Ferrow wartete alleine mit verschränkten Armen vor dem Tank auf mich. Ich hatte so lange gebraucht, dass Jarrings es nicht einmal für nötig empfunden hatte, sich den Schluss meiner Prüfung anzusehen.

Ich sollte froh sein, dass er fort war, doch es führte mir nur vor Augen, wie schlecht ich abgeschnitten hatte.

Die Luft war erstaunlich warm auf meiner Haut, als ich aus dem Wasser kletterte. Dennoch wickelte ich das weiße Handtuch fest um mich. Die Direktorin erwartete mich mit gefurchter Stirn am Rand des Schwimmbeckens.

Ein beklemmendes Gefühl schnürte mir die Brust zusammen. *Hält sie mich nun für eine gemeine Betrügerin?* Sie hatte in mich investiert und ich hatte ihr dafür nichts als Geld und Zeit gestohlen. »Es tut mir leid, dass ich Sie enttäuscht habe, Mrs Ferrow. Ich …«

Sie winkte ab und ihre Sorgenfalten glätteten sich. »Seien Sie nicht zu streng mit sich selbst, Miss Blayke.«

Wahrscheinlich war sie erleichtert darüber, dass ich bereits wusste, was auf mich zukam. »Ich entschuldige mich für Mr Jarrings. Er hätte nicht einfach gehen sollen. Ich möchte Ihnen sagen, dass ich sehr viel Potenzial in Ihnen sehe. Sie mögen noch nicht so weit sein und auch nicht die Richtige für dieses Team, doch ich bin zuversichtlich, dass Sie es noch weit bringen werden.«

Ein Lächeln festigte sich um ihre Mundwinkel.

Schweren Herzens nickte ich. »Vielen Dank, dass Sie mir eine Chance gegeben haben, Mrs Ferrow.«

Wir reichten uns die Hände.

»Das habe ich gerne getan. Ich wünsche Ihnen alles Gute für Ihre Zukunft.«

»Danke«, erwiderte ich.

»Ich hoffe, ich werde noch von Ihnen hören, Miss Blayke.« Mrs Ferrow nickte mir ein letztes Mal zu, ehe sie ging.

Ich sah ihr einen Augenblick nach, dann wandte ich mich zu den Umkleiden.

In Gedanken bereitete ich mich auf mein Gespräch mit Lana und Tiff vor, die versprochen hatten, draußen auf mich zu warten. Beinahe wünschte ich, sie wären nicht gekommen. Mein bevorstehender Auszug drückte meine Stimmung noch weiter. *Ich werde Tiff vermissen, ihre morgendlichen Kaffee-Exzesse, die Wohnung mit ihren kreischend bunten Farben.* Selbst Eloys verdrießliche Miene würde mir fehlen.

»Stopp!« Nackte Füße trommelten über den Fliesenboden. Im ersten Moment erkannte ich die Stimme nicht, doch dann stürmte Hebs, die noch immer ihr Schwimmoutfit trug, aus einer Seitentür. »Halt, warten Sie noch kurz! Mr Jarrings ist auf dem Weg hierher«, keuchte sie.

Unschlüssig blieb ich stehen, nicht sicher, ob sie mich oder die Direktorin meinte.

»Wieso das?«, fragte Mrs Ferrow.

»Na, die Rätselprüfung«, schnaufte die Schwimmerin. »Sie hat sie bestanden.«

Ich verzog das Gesicht. Auf Jarrings' Hohn hätte ich gerne verzichten können.

»Ich weiß, Miss Hebs. Das allein ist allerdings kein Indikator für unsere Entscheidung«, erwiderte die Direktorin.

»Oh ... aber ... ich dachte ...« Hebs riss die Augen weit auf.

»Nun, dann warten wir eben kurz auf Mr Jarrings, wenn er sich schon die Mühe macht, herzukommen«, erklärte Mrs Ferrow ein wenig ungehalten. Es war offensichtlich, dass sie wenig Lust verspürte, sich die Kritik des Trainers noch einmal zu Gemüte zu führen.

Es dauerte nur wenige Sekunden, ehe seine Schritte erklangen und er aus derselben Tür trat wie Hebs zuvor. Er sah mich mit unwillig zusammengezogenen Brauen an. »Ich habe mir eben die Ergebnisse angesehen«, knurrte er.

Mrs Ferrow räusperte sich. »Ja, ich habe Miss Blayke bereits mitgeteilt, dass wir leider von einer Aufnahme absehen müssen. Sie können also ...«

Jarrings blaffte mich an: »Wieso haben Sie das Puzzle nicht gelöst? Sie haben es gleich wieder fallen lassen. War das bereits zu schwer für Sie?«

»Da ist er gegangen«, zischelte mir Hebs zu und erntete einen erbosten Blick ihres Coachs.

Ich schluckte. »Das Puzzle hätte einen Ball ergeben sollen, allerdings befand sich an einem Bauteil ein überzähliger Winkel. Ich hätte es nicht zusammensetzen können.«

»Holen Sie das Ding aus dem Wasser und bringen Sie es her«, verlangte Jarrings und Hebs rannte auf der Stelle los.

An einem Tisch im Schaltraum fügte ich den Kugelwürfel vor aller Augen zusammen und es war tatsächlich so: Das letzte

Segment ließ sich nicht einsetzen. Jarrings versuchte es selbst und grunzte ungehalten, als er zu derselben Erkenntnis gelangte.

Hebs grinste mich an, doch angesichts der drückenden Stimmung wagte ich nicht, mir Hoffnungen zu machen.

»Nun, das ist beeindruckend … und dennoch«, erklärte Mrs Ferrow bedauernd. »Sie haben für ein Logikrätsel, für das im Normalfall zwanzig Sekunden veranschlagt werden, eine Minute fünfzehn gebraucht. Daher ändert sich leider nichts an unserer Entscheidung.«

Jarrings rieb sich seufzend über die Stirn und fluchte unverständlich vor sich hin, ehe er aufsah und die Direktorin fixierte. »Es tut mir leid, Ihnen widersprechen zu müssen, aber das ändert alles.«

Zwischen Mrs Ferrows Augenbrauen entstand eine tiefe Falte. Mein Herz setzte einen Schlag aus.

Der Trainer wandte sich mir zu und streckte mir seine breite Pranke über den Tisch entgegen. »Willkommen in meinem Team, Miss Blayke.«

XX

»O Gott, ich kann es nicht glauben. Du bist im Team! Du hast es geschafft!« Lana fiel mir um den Hals, während Tiff applaudierte.

Mir schwindelte und das Grinsen auf meinem Gesicht ließ sich nicht mehr abstellen. Ich konnte selbst kaum fassen, was eben in dieser Halle passiert war.

»Das hättet ihr sehen müssen!«, rief Hebs feixend. Sie stand, in ein grünes Wickelkleid gehüllt, neben Tiff, die Hände über den Kopf gereckt. »Als ihr Jarrings die Hand geschüttelt hat, wurden ihre Augen immer größer! Ich dachte, sie hebt jeden Moment ab! Zum Rift, das hätte man aufnehmen müssen!«

»Ich dachte, er tut es jeden Moment als Scherz ab«, stammelte ich. Meine Beine zitterten und ich hielt mich an Lana fest, die mit mir um die Wette strahlte.

»Jarrings weiß nicht einmal, was ein Scherz ist.« Tiff grinste.

Ich sog die Luft ein, verschluckte mich an einem Lachen und hielt mir die Hände vors Gesicht. »Ich bin im Team! O Gott! O Gott, das ist unglaublich!« Ich schniefte und lachte gleichzeitig.

»Unglaublich trifft es«, prustete Hebs und riss mich im nächsten Moment in eine Umarmung. »Aber jetzt noch mal richtig! Willkommen in der Familie. Du darfst mich übrigens Charlie nennen.«

»Schön dich kennenzulernen, Charlie«, japste ich, an ihre Brust gepresst. »Du bist verdammt kräftig.«

Tiff schnaubte und zog ihre Kameradin wieder von mir fort. »Dann sind wir mal offiziell. Ru kennst du ja nun. Und das ist Lana.«

Da mich meine Freundin bereits mehrfach in der neuen Wohnung besucht hatte, kannten Tiff und sie sich bereits.

»Hey!« Lana streckte Charlie eine Hand entgegen. Die riss auch sie in ihre Arme, woraufhin meine Freundin laut ächzte.

»Übertreib doch nicht immer so«, stichelte Tiff und Charlie legte ihr einen Arm um die Schultern. »Und last but not least: Darf ich vorstellen? Charlie, die beste Defense, die man sich wünschen kann«, fuhr meine Mitbewohnerin fort.

»Dann danke, dass du einen Point reingelassen hast.« Ich zwinkerte Charlie zu.

Sie riss den Mund auf. »Den habe ich nicht absichtlich durchgelassen!«

»Wie bitte? Ru hat einen Point gegen dich gelandet? Zum Rift, da muss ich meine Meinung über dich noch mal überdenken.«

Charlie knuffte Tiff. »Sie hatte Glück. Aber egal. Ihr geht feiern, nehme ich an. Ich komme mit«, erklärte sie mit einem wölfischen Grinsen.

»Aber es ist Dienstag, morgen früh ist doch...«, setzte Lana an, nur um sogleich unterbrochen zu werden.

»Ein Wochentag ist wie jeder andere, davon sollte man sich nicht einschränken lassen. Wir müssen Rus Einstand feiern. Kümmern wir uns morgen früh um die Sorgen von morgen früh«, rief Tiff und zwinkerte ihrer Kameradin zu.

»Ganz recht! Lebt im Augenblick, das sagte schon ... wie hieß der Kerl?« Charlie verzog grübelnd das Gesicht.

»Ich habe das auch schon gesagt, aber du darfst mich zitieren«, meinte Tiff bescheiden.

Ich lachte, noch immer sprachlos.

»Ich habe morgen eine Vorlesung, aber klar, ich komme mit«, erklärte Lana. »Das werde ich mir doch nicht entgehen lassen.«

Das Heliax`House war trotz des Wochentages gut besucht. Rote und grüne Leuchtstoffröhren zierten beinahe alle Kanten des Lokals, auch Stufen und Möbel. Es wirkte nicht unbedingt anheimelnd, doch ich verfocht die Theorie, dass das allgegenwärtige Leuchten als Orientierungshilfe für alkoholisierte Gäste diente.

»Das soll doch wohl ein Witz sein.« Charlie schwenkte lachend ihr Glas und bekam einen Schluckauf. »Wenn du was getrunken hättest, wüsstest du, dass die Lichter anfangen zu tanzen. Das hilft nicht die Bohne.«

Da ich als einzige noch keine achtzehn war und der Alkoholausschank streng kontrolliert wurde, beobachtete ich amüsiert, wie die Schamgrenze meiner Begleiterinnen allmählich sank. Meine neuen Teamkolleginnen stimmten die Hymne der Beldon an und Lana klatschte kichernd mit, unfähig den Takt zu halten. Charlie wurde nicht müde von Jarrings heutigem Auftritt zu erzählen, der in jeder neuen Version der Geschichte verblüffter aus der Wäsche sah. Langsam hatte ich den Eindruck, dass wir zwei verschiedenen Jarrings gegenübergesessen hatten. Dennoch konnte Tiff nicht genug davon hören und ihrerseits nicht oft genug betonen, dass ein Wunder geschehen sein müsse.

»Hör nicht auf sie«, kicherte Lana, die ein Glas Sekt erhob. »Ich habe von Anfang an gewusst, dass du es schaffst, obwohl ich kaum fassen kann, dass du es geschafft hast ...«

Tiff beugte sich kopfschüttelnd über ihre dritte Portion Meeresfrüchte. »Er hat dir tatsächlich ein ausgemustertes Rätsel aufgetischt, ich fasse es nicht. Da wollte er wohl auf Nummer sicher gehen, dass er dich hochkant rausschmeißen kann.«

»Eigentlich hatte er das schon erreicht«, erklärte ich. »Er hätte einfach schweigen können.«

»Er hätte nicht mehr ruhig schlafen können, wenn er dich hätte gehen lassen«, konterte Charlie, während ein Kellner zwei weitere Gläser brachte, die Tiff geordert hatte.

Ich zog die Stirn kraus. »Meinst du etwa, er hätte ein schlechtes Gewissen bekommen?«

»Nein, um Himmels willen.« Tiff gackerte. »Wir hätten ihn nicht schlafen lassen. Wir hätten nachts vor seiner Hütte gestanden und einen telawischen Trauergesang abgehalten. Der ist echt nervtötend, musst du wissen, allein schon der Refrain. Und das Beste ist, Eloy hätte ihn auf ihrer Oboe begleitet, weil sie total darauf abfährt.«

Bei der Vorstellung gluckste sie vor sich hin und ich schnaubte ungläubig.

Lana beugte sich vor und hakte nach: »Was meintest du mit ausgemustertem Rätsel? Das habe ich nicht so richtig mitbekommen.«

»Ach, genau, die waren einige Male bei Turnierspielen im Einsatz und wurden nie gelöst. Ich meine, klar, so, wie du es beschreibst, hört es sich nicht extrem schwer an, aber man muss so viele Möglichkeiten durchdenken. Unter den Umständen und dem Zeitdruck ist es einfach nicht zu knacken, trotzdem hast du es geschafft und das nach dem Fiasko mit diesem Puzzle«, erklärte Tiff. Mit einem Mal wirkte sie erstaunlich nüchtern.

»Das mit dem Puzzle war nicht so wild. Ich habe es ja gleich sein lassen«, wiegelte ich ab.

Lana und Charlie schütteten ungefragt den halben Inhalt ihrer Gläser in meines, das ich soeben geleert hatte, während Tiff den Moralapostel spielte: »Lasst das Kind, sie ist noch nicht volljährig. Außerdem zählen wir auf ihren Verstand. Wenn ihr jetzt anfangt, ihre Gehirnzellen zu vernichten, zerstören wir die wichtigste Ressource der Beldon.«

Charlie kicherte und schrie: »Auf die Beldon, auf unsere Neue!«

An diesem Abend hatte ich den ersten Rausch meines Lebens.

»Zu spät, ich erwarte Pünktlichkeit von meinen Schwimmern«, begrüßte mich Jarrings mit düsterem Blick.

Auf die Uhr an seinem Handgelenk spähend, sah ich, dass ich zwei Minuten zu früh war, sagte jedoch nichts dazu. Ich wollte ihm schließlich nicht die gute Laune verderben.

Er schnippte in Richtung eines Stuhls und ich setzte mich. Jarrings' ureigenes Reich glänzte mit seinen schneeweißen Wänden und aschgrauem Boden durch völlige Abstinenz von Wärme und Behaglichkeit. Unmengen goldener Pokale funkelten in den Regalen.

Er hatte mich auf Punkt neun Uhr morgens einbestellt. Meine erste Erfahrung mit Alkohol hatte mir beachtliche Kopfschmerzen eingebracht und obwohl der Abend lustig gewesen war, schwor ich mir, in Zukunft darauf zu verzichten. Im Gegensatz zu meiner Mitbewohnerin, die einiges mehr getrunken hatte, war ich glimpflich davongekommen. Tiff hatte um drei Uhr morgens, sehr zum Verdruss von Eloy, die Imitation einer Rockband aus dem vergangenen Jahrhundert zum Besten gegeben. Heute hatte sie behauptet, sie könne unmöglich innerhalb der nächsten drei Tage wieder aufstehen.

Jarrings tigerte hinter seinem leer gefegten Schreibtisch auf und ab. »Glauben Sie ja nicht, dass Sie sich irgendetwas herausnehmen können!«

»Ja, Mr Jarrings.«

»Für Sie heißt das Coach«, blaffte er und verschränkte die Arme. Ich fragte mich, ob er früher Abwehrspieler gewesen war, und musste ein Grinsen unterdrücken.

»Ich wüsste nicht, was daran lustig sein sollte«, brummte er. »Wenn Sie meinen, dass es Grund zur Freude sei, Teil dieses Teams geworden zu sein, muss ich Sie enttäuschen. Sie sind ein Klumpen Ton, Sie sind geradezu nervtötend unbrauchbar.«

Er sog hörbar die Luft ein. »Aber, bei Gott, ich werde ein Kunstwerk aus Ihnen formen und wenn es das Letzte ist, was ich tue. Das wird kein Zuckerschlecken, Blayke. Das bedeutet einen brässverdammten Riesenhaufen an Arbeit. Verflucht viel Arbeit für Sie und verteufelt viel Arbeit für mich. Und Sie können mir glauben, ich freue mich nicht darauf. Allerdings wird es mir im Vergleich zu Ihnen wie eine Party vorkommen. Sie werden es bitter bereuen, aber wenn ich mit Ihnen fertig bin ...«

Plötzlich erschien so etwas wie ein Grinsen auf seinem Gesicht. Zu gerne hätte ich das mulmige Gefühl, das sich in meinen Eingeweiden ausbreitete, dem Restalkohol zugeschrieben.

Jarrings klatschte die Hände auf die Tischplatte und beugte sich nach vorne. »Sie haben Einzeltraining. Ich kann Sie erst mit der

Mannschaft schwimmen lassen, wenn Sie auch schwimmen können. Sonst zerreißen die Sie in der Luft.«

Ich schluckte schwer. Das hörte sich an, als wolle er mich einem Rudel Wölfe vorwerfen.

»Ja ... Coach«, entgegnete ich dennoch mit fester Stimme, darauf bedacht, mich nicht einschüchtern zu lassen.

Jarrings grunzte zufrieden. »Was Sie da gestern gezeigt haben, war zweifellos das grässlichste Schauspiel, das ich je gesehen habe. Sie wissen nicht, wie man sich im Wasser richtig bewegt. Selbst ein zusammengeknoteter Krake würde mehr Elan ausstrahlen. Es war eine Zumutung ... Und wissen Sie, was am schlimmsten war? Erst, als Sie aufgaben, habe ich erstmals so etwas wie Potenzial bei Ihnen gesehen. Da sind Sie ein paar Momente getaucht, als wären Sie da unten zu Hause.« Er schnaufte abfällig. »Was stimmt nicht mit Ihnen?«

Ich war sprachlos.

»Wie dem auch sei, wir werden das aus Ihnen herausholen und vielleicht bekommen Sie es dann auch hin, einen Ball zu halten, ohne dass Ihnen die Hand abfällt.«

Mit diesen Worten und einer wegwerfenden Geste entließ er mich – und mein persönlicher Albtraum begann.

In den folgenden Wochen lernte ich, was es bedeutete, auf dem Zahnfleisch zu gehen. Jarrings ließ mich schwimmen bis zur Erschöpfung. Dabei gönnte er mir nicht einmal die leise Freude, das Innenleben der Tanks zu erkunden. Er hetzte mich die Becken hinauf und hinunter. *Konditionsaufbau* nannte er das stumpfsinnige Paddeln, das an meinen Kräften zehrte, bis ich meinte unterzugehen.

Abends fiel ich todmüde ins Bett. Ich bemerkte nur am Rande, dass mich Lana mehrmals besuchte, jede Form von Kommunikation überforderte mich.

Tiff, deren Essensrationen ich bislang immer bestaunt hatte, stand ich bald in nichts mehr nach. Gemeinsam vertilgten wir Töpfe voll Pasta, von denen ich früher gedacht hätte, sie würden für sechs Personen reichen. Eloys geringschätzigen Blicken, wenn sie uns beim Essen sah, schenkte ich keine Beachtung.

Die Caps vergrößerten mein Elend. Als mir Jarrings das Etui in die Hand gedrückt hatte, hatte ich mich zuerst gefreut. Doch schon das Einsetzen, bei dem mich Charlie anleitete, und das folgende Training hatten sich als qualvolle Angelegenheit entpuppt. Meine Augen brannten unter den Schalen, deren harte Ränder unter meinen Lidern kratzten. Auch nachdem ich die Linsen herausgenommen hatte, tränten sie noch stundenlang.

Nach zwei Tagen hatte ich eine Bindehautentzündung. Jarrings ließ mir von Dr. Morten Tropfen verschreiben, mit denen ich sogleich weiterschwimmen durfte. Die Caps blieben mir für den Rest der Woche erspart, was allerdings nur bedeutete, dass die Tortur anschließend von neuem begann. Mit jedem Tag fühlte ich mich erbärmlicher. Meine Muskeln waren eine einzige schmerzende Masse.

Doch ich war nicht die Einzige, die sich verausgabte. Auch mein Coach gab sein Bestes, meine Moral mit Drohungen und Beleidigungen aufrecht zu erhalten.

»Sie sind langsamer als eine tote Schnecke! Tempo! Die Zeit läuft ab! Ich lasse Sie die doppelte Strecke schwimmen! Vielleicht spornt Sie das ja ein wenig an!«

Ich kämpfte, ich zwang mich weiterzumachen, obwohl jede Faser meines Körper danach schrie, aufzuhören. Müdigkeit war alles, was mir blieb. Ich war nicht einmal mehr in der Lage, die Vorlesungen zu besuchen, die ich während meines ersten Monats an der Beldon regelrecht inhaliert hatte.

Zu meinem Leidwesen behielt Jarrings recht – obwohl ich das nie für möglich gehalten hätte: Ich bereute es, hier gelandet zu sein. Tagtäglich hatte ich ein komplettes Schwimmbecken ganz allein für mich – und ich verfluchte es.

Quentin Holmes, der mich einmal besuchte, sparte nicht mit Sprüchen und nutzlosen Weisheiten: »Du siehst entsetzlich aus, aber so ist das nun mal, wenn man in Form gebracht wird. Ich denke, das Eisen ist im Feuer.« Sein dummes Lachen quittierte ich mit Zähneknirschen.

Tiff belächelte mich nur, wenn ich ihr mein Leid klagte. »Was du bis jetzt gemacht hast, war lediglich ein Spaziergang, Ru. Der stressige Part kommt erst noch.«

Hätte ich ihr geglaubt, hätte ich aufgegeben.

Eine weitere endlos scheinende Woche verging und ich hatte den Eindruck, mit jedem Tag schlechter zu werden. Jarrings' Ausfälle wurden immer farbiger, ihm tat die Übung offensichtlich gut.

Allmählich kroch die Angst in mir hoch. Meine Tauchzeit wurde kürzer, die Bahnenzeit länger, meine Bewegungen erlahmten und meine Konzentration sank.

Jarrings ging zu neuen Trainingseinheiten über. Ich lernte zu kraulen, bis ich glaubte, meine Schultergelenke müssten abfaulen. Ich musste Wendemanöver im freien Wasser und am Beckenrand ausführen, bis der Bewegungsablauf zu einem Automatismus wurde. Darüber hinaus ließ er mich den Druckausgleich üben, was mir ein klein wenig Entspannung einbrachte, da ich dazu lediglich abtauchen musste.

»Wenn ich noch einmal sehe, wie Sie sich die Nase zuhalten, schmeiße ich Sie aus dem Team und wenn es mitten in einem verdammten Bezirksspiel ist«, schrie der Coach, sobald ich auftauchte, obwohl meine Hände weit weg von meiner Nase gewesen waren. Offenbar hatte er Nachholbedarf in Sachen Anschnauzen, da er das nicht tun konnte, solange ich unter Wasser war.

Am Ende der dritten Woche geschah es.

Ich wendete bereits zum fünften Mal am Beckenrand, als ich die Veränderung bemerkte. Die Schwere, die meine Arme sonst nach unten zog, blieb aus. Mein Herz pumpte wild, doch nicht vor Anstrengung, obwohl ich zügig schwamm. Der Grund schoss förmlich unter mir dahin. Und ... es machte mir Spaß. Ich beschleunigte meinen Rhythmus. Mein Atem ging noch immer ruhig. *Noch schneller.* Die langen geschmeidigen Bewegungen kosteten mich kaum Mühe.

Es war, als hätte jemand meinen Energiehaushalt von Sparbetrieb auf Vollgas umgestellt. Meine dauermüden Muskeln waren wie ausgewechselt. Ich tauchte ab, drehte mich. Über mir flackerte das Licht wie ein funkelndes Aquarell auf der Wasseroberfläche. Ich hatte das Gefühl, zu fliegen.

Als ich wieder auftauchte, bemerkte ich, dass Tiff und Charlie die Halle betreten hatten.

»Sie sind ja doch kein verdammter Stein, Blayke!«, blaffte der Coach. »Scheinbar trägt das Training endlich Früchte. Ich hatte schon daran gezweifelt. Inzwischen schwimmen Sie so grazil wie eine Boje!«

Mit rotem Kopf beendete ich meine letzte Runde und hielt mich am Rand fest.

Charlie grinste über beide Backen, ging vor mir in die Hocke und flüsterte: »So glücklich habe ich ihn ja schon lange nicht mehr gesehen. Ich glaube, er mag dich.«

Ich zog spöttisch eine Braue hoch. »Jarrings und glücklich? Manchmal zweifle ich daran, ob wir im selben Universum leben.«

Sie lachte leise. »Nein, im Ernst, siehst du das denn nicht? Wenn er so verbissen die Augen zusammenkneift. Schau ... so wie jetzt.« Sie linste zum Trainer und kicherte. »Er will ja gar nicht mehr aufhören. Siehst du?«

»Ja, ich sehe es«, sagte ich schnell, bevor sie seine Aufmerksamkeit erregen konnte.

Endlich wandte sich Charlie wieder zu mir um. »In ihm tobt die pure Euphorie. Er weiß nur nicht, wie er sie herauslassen soll.«

Die Vorstellung brachte mich zum Schmunzeln, da bellte uns der vor Euphorie platzende Trainer an: »Hebs! Ich sehe von hier aus, dass Sie gerade nur Stuss von sich geben. Hören Sie auf, Blayke abzulenken und tun Sie etwas Sinnvolles!«

»Woher ...?«

»Woher ich das weiß? Nicht Ihr Ernst, oder? Geben Sie je etwas anderes von sich?«

Damit Jarrings nicht sah, wie meine Mundwinkel zuckten, ließ ich mich tiefer ins Wasser sinken.

»Blayke, wenn Sie schon wieder in der Lage sind, Unsinn zu denken, wird es Zeit, Sie endlich zu fordern. Ihre Schonzeit ist vorbei. Nächste Woche kommen Sie ins Haifischbecken.«

Charlie strahlte und zischelte: »Jeyh! Das wird spaßig.«

An diesem Abend machte ich mich alleine auf den Heimweg. Obwohl ich erst seit zwei Monaten in New Cisco lebte, kam es mir bereits vertraut vor. Ich konnte mir nicht mehr vorstellen, nach Revlins Port zurückzukehren. Genauso wenig, wie ich mir zuvor hatte vorstellen können, es zu verlassen.

Es dämmerte, als ich in die ruhige Straße einbog, in der unsere Wohnung lag. Die rote Haustür leuchtete mir entgegen. Nur selten waren hier Menschen unterwegs. Lysanth sah man nur nach einem Influx, wenn sie die Fassaden vom Bräss reinigten, und einen Uskron hatte ich hier noch gar nicht gesehen, zumindest keinen als solchen Ersichtlichen. Die Friedenswächter patrouillierten fast ausschließlich auf den öffentlichen Plätzen in Oakland sowie in der Nähe des Sphärentors. Dennoch hatte ich den Eindruck gewonnen, dass sie stets sehr schnell zur Stelle waren, wenn sie gebraucht wurden. Natürlich war nicht jeder Friedenswächter automatisch ein Uskron, doch da sie den größten Teil der verbliebenen Bevölkerung ausmachten, stellten sie beinahe neunzig Prozent der Ordnungshüter.

»Ruby?«

Die kratzige Stimme ließ mich innehalten. Gänsehaut kroch mir über die Arme, als ich mich zu einer der dunklen Gassen zwischen den Häuserschluchten umdrehte.

Das bleiche, schmale Gesicht mit der vorspringenden Nase, das sich aus den Schatten herausschälte, gehörte eindeutig Cedric Archer. Das dunkle Haar hing ihm strähnig ins Gesicht und überschattete seine Augen. Ein mit Flecken übersätes Hemd hing an ihm herab, konnte nicht verbergen, wie ausgemergelt er war.

»Was machst du hier, Cedric?«, fragte ich tonlos.

Langsam kam er auf mich zu. »Ich habe dich gesucht.«

Unwillkürlich verkrampfte ich mich, presste meine Tasche, einem Schutzschild gleich, enger an mich und wich einen Schritt zurück. »Ich wüsste nicht, was wir uns zu sagen hätten.«

Ein Lächeln zupfte an seinem Mundwinkel. »Ruby, ich bin so froh, dich endlich gefunden zu haben. Du ahnst ja nicht, wie schwer es war, dich in dieser riftverfluchten Stadt aufzutreiben. Niemand wollte mir sagen, wohin du plötzlich verschwunden bist. Du hättest nie fortgehen dürfen. Du gehörst nicht hierher. Ich bin gekommen, um dich zurückzuholen ... nach Revlins Port.«

Seine Stimme fuhr rau über meine angespannten Nerven. *Was zum Teufel ist in ihn gefahren?* Zittrig wich ich einen weiteren Schritt zurück.

Cedric kam unbeirrt näher. »Das hier ist doch nichts für dich.« Er deutete fahrig mit einer Hand um sich herum. Der stechende Geruch seines Schweißes drang mir in die Nase. Stumpfe, rostbraune Augen blickten mich unter gefurchten Brauen hervor an – strahlten eine eiserne Kompromisslosigkeit aus.

Ist er verrückt geworden? »Du bist der Letzte, der weiß, wo ich hingehöre«, knurrte ich, hörte mich mutiger an, als ich war.

Cedric schüttelte den Kopf und streckte eine Hand nach mir aus.

Ich wirbelte herum. Er machte einen Satz nach vorne und bekam den Gurt meiner Tasche zu fassen. Mit einem Ruck zerrte er mich zurück.

Der Riemen straffte sich um meinen Oberkörper, ich schnappte nach Luft. Cedrics Arm schlang sich um meinen Bauch und zog mich scheinbar mühelos an sich. Mein Puls raste. Es war wie im Hallenbad in Revlins Port, wie in den Kellergewölben des Klosters.

»Nein«, japste ich und riss meinen Arm los, versuchte seine Hand wegzuschlagen und wand mich, doch er war viel kräftiger, als ich angenommen hatte.

»Du verstehst das nicht«, raunte er mir ins Ohr.

Ich schmeckte seinen Atem, musste beinahe würgen, holte tief Luft und schrie, so laut ich konnte: »Lass mich los! Hilfe!«

»Ruby, hör auf, bitte, glaub mir einfach. Du musst mit mir zurückkommen. In New Cisco ist es zu gefährlich für dich.« Cedrics Stimme überschlug sich beinahe.

Endlich gelang es mir, einen Treffer mit dem Ellenbogen zu landen. Er stieß ein dumpfes Ächzen aus.

Keuchend riss ich mich los, taumelte einige Schritte weg, geriet ins Stolpern, meine Beine wollten kaum gehorchen. Ich drehte mich halb zu Cedric um, einen Arm erhoben, als könne ich ihn so auf Abstand halten.

»Hey, lass sie in Frieden!« Eine schwarzhaarige Frau stürmte aus einem Hauseingang.

Ich hatte sie schon zweimal in der Straße gesehen. Schluchzend holte ich Luft. Mein Arm sank herab.

»Ich tue ihr nichts.« Cedric hob die Hände.

»Lass mich in Ruhe, Cedric. Verschwinde von hier«, fuhr ich ihn atemlos an. Der Schock pochte noch immer ein wildes Tremolo in meinem Schädel.

»Ich will nur auf dich aufpassen«, flüsterte er, die Augen flehentlich aufgerissen.

Fassungslos fixierte ich ihn. *Wie kommt er auf diese Idee?*

»Mir scheint, die junge Dame braucht jemanden, der sie vor dir beschützt«, polterte die Nachbarin und trat neben mich.

Cedric fletschte die Zähne und knurrte: »Schon gut, ich gehe.«

»Wenn ich deine Visage noch mal hier sehe, kannst du was erleben«, grollte die Frau.

»Danke für Ihre Hilfe«, hauchte ich in ihre Richtung.

Cedric ging rückwärts, den Blick unverwandt auf mich geheftet. »Das ist die falsche Entscheidung, Ruby. Du musst zurückkehren!«

In seiner Stimme lag eine so eisige Überzeugung, dass mich ein Frösteln durchfuhr.

»Verschwinde!«, zischte ich.

Nachdem er um die nächste Ecke gebogen war, sackte ich förmlich in mich zusammen. Ein grauenhaft stechendes Prickeln lief über meinen ganzen Körper und wollte nicht mehr nachlassen.

»Alles in Ordnung mit Ihnen?«, fragte die Nachbarin.

Ich nickte ihr verhalten zu. »Ja ... es ist nichts passiert. Vielen Dank.«

»Gerne. So ein Gesocks muss man gleich in seine Schranken weisen. Unglaublich ...« Sie musterte mich nochmals. »Passen Sie auf sich auf.«

Mit zittrigen Beinen erklomm ich die Treppe zur Wohnung, wollte mich nur noch unter die Dusche stellen und jede Erinnerung an Cedric von mir abwaschen.

In den folgenden Tagen ging ich stets in Tiffs Begleitung zur Uni, doch mein ehemaliger Mitschüler tauchte kein weiteres Mal auf.

»Ist sie eingekauft worden?«, flüsterte jemand.

Ich hielt hinter dem Türrahmen der Umkleide inne.

»Nein, Tiff hat gesagt, sie ist regulär drin. Hast du gewusst, dass sie sogar in ihrer WG untergekommen ist?«, raunte eine weitere Stimme.

Ich überlegte, ob ich mich ein Stück zurückziehen sollte. Welchen ersten Eindruck würde es machen, wenn mich meine Teamkameraden gleich beim Lauschen erwischten?

»Sie soll für die Enigma Position aufgestellt werden, habe ich gehört.«

»Furchtbar, oder? Wir haben schon zwei Spitzenleute auf der Position. Außerdem finde ich, Jarrings könnte uns ruhig mal ein bisschen mehr Informationen liefern.«

Schritte hinter mir verhinderten einen Rückzug, also trat ich ein.

»Hi.« Ich lächelte den beiden Mädchen zu.

Eine hatte halblanges, blond gewelltes Haar, die andere trug ihres lang, glatt und topfpflanzengrün.

»Mein Name ist Ruby, ich freue mich, euch kennenzulernen.«

Die Blonde lächelte und kam, mir eine Hand entgegenstreckend, auf mich zu. »Hey, ich bin Marge, wir warten schon lange darauf, dass du zu uns stößt. Du bist dieses Semester der einzige Neuzugang und ein reichlich verspäteter noch dazu. Stimmt es, dass du Einzeltraining bekommen hast?«

»Ja, ähm, ich musste erst wieder in Form kommen. Ich hatte eine Verletzung und konnte lange nicht schwimmen«, sagte ich und griff auf die mit Jarrings vereinbarte Erklärung zurück.

»Ich dachte schon, du wärst so schlecht, dass dich der Coach vor uns verstecken will«, meinte die Grünhaarige.

»Ach was, als ob Jarrings irgendjemanden aufnehmen würde, den er nicht absolut überzeugend findet. Das ist übrigens Cynthia. Sie spielt auch auf der Enigma Position.« Marge deutete auf ihre Kollegin, die mir einen giftigen Blick zuwarf.

Während die beiden tratschten und Marge mir hin und wieder Fragen stellte, füllte sich die Umkleide. Tiff, Charlie und ein neues Gesicht: Dora, eine robuste Erscheinung mit ebenso kurzem Haar wie Charlie, das so bunt war, dass ich die Farben nicht auseinanderhalten konnte. Sie begrüßte mich, als wären wir alte Freunde, die sich jahrelang nicht gesehen hatten.

In der Schwimmhalle erwartete uns schließlich der Rest des Teams. Die fünf Jungen, wie wir in Neoprenshortys, waren bereits an der Einstiegstreppe zu Tank A versammelt.

Mein Blick blieb an einem von ihnen hängen und etwas in mir zog sich krampfhaft zusammen. Ich hatte ihn einmal im Fernsehen gesehen, als er nach einem Spiel, die Hand seines Bruders schüttelnd, eingeblendet worden war. Er war damals noch kein Uni-Spieler gewesen, was sich inzwischen offenbar geändert hatte.

Lion Prenton, der eine fatale Ähnlichkeit mit Finn besaß.

»Komm, ich stelle dir alle vor«, meinte Tiff und zog mich weiter.

Ich hatte nicht bemerkt, dass ich stehen geblieben war, versuchte den leisen Schmerz abzuschütteln, den der Anblick dieses Jungen in mir auslöste. Es war unsinnig. Er war nicht Finn, sah ihm lediglich ähnlich. Sein Gesicht war schmaler und kantiger, sein Haar etwas heller, doch er hatte dieselben dunklen Augen.

Während ich weitere Hände schüttelte, versuchte ich meine Befangenheit zu verbergen.

Lion beachtete mich ohnehin kaum. Kiran und Marc, beides Abwehrspieler, die wie zwei Sunny Boys auf mich wirkten, zwinkerten mir zu. Balthasar, ein großer, kräftiger Kerl, der im Angriff spielte, lächelte freundlich, während mich Yu, ein asiatischer Junge, taxierte, als wolle er mein Potenzial scannen. Er trug die Haare etwas länger als die übrigen und einige Fransen hingen ihm frech ins Gesicht. Von Tiff wusste ich, dass er auch ab und zu auf der Enigma Position spielte.

Ich konnte nun jedem Gesicht einen Namen zuordnen, war jedoch unsicher, als Jarrings kam und die Nachnamen aufzählte.

»So, dann ins Wasser mit Ihnen! Sie nicht, Blayke, Sie sehen zu.«

»Aber ...«

Der Trainer wedelte in Richtung der beheizten Steinbank und ich setzte mich. Die Mannschaft tauchte ins Becken ab und ich beneidete sie, wie sie hinter den gläsernen Wänden durchs Wasser pflügten. Jarrings nahm neben mir Platz. Es war eigenartig, mit ihm draußen zu sitzen. *Schon wieder ein Sonderstatus.* Dabei hatte ich gehofft, endlich ein Teil dieses Teams zu werden.

Ich schluckte schwer und zog mein Handtuch enger um mich. »Sie sagten, ich sei bereit für den Tank. Werde ich...«

»Sagte ich das? Wenn ich zitiert werden will, werde ich Dichter!«, schnauzte Jarrings. Meine Kehle wurde eng und ich wünschte, ich hätte den Mund gehalten. »Glauben Sie mir, Sie wollen nicht dort hinein, Blayke. Noch nicht. Na los, schauen Sie zu!«

»Ja, Coach.« Ich biss die Zähne zusammen und beobachtete die Mannschaft beim Aufwärmen, während mir immer kälter wurde.

»Sehen Sie, wie Hebs den Ball abfängt? Sie hält sich immer leicht abseits und wiegt den Gegner in Sicherheit. Carlton lernt es wohl nie«, stöhnte Jarrings und riss die Hände hoch. Ich glaubte, zu erkennen, wen er mit Carlton meinte, versuchte den Hinweisen des Coachs zu folgen und allmählich erschlossen sich mir die Finten, die sich hinter vielen Bewegungsabläufen verbargen. Als die ersten Spielzug- und Tacklingübungen begannen, war jegliche Enttäuschung darüber, hier draußen zu sitzen, verflogen. Wie gebannt beobachtete ich das Team.

Cynthia griff Dora immer wieder geschickt an und das Mädchen landete keinen einzigen Treffer. Lion und Tiff passten sich den Sgatt so perfekt zu, dass keiner der anderen eine Chance hatte, ihn den beiden abzunehmen.

Ich entdeckte unzählige kleine Eigenheiten. Balt zog seine rechte Schulter immer leicht nach vorne, kurz bevor er einen Richtungswechsel antäuschte. Marges Kehrtwenden waren derart schnell, dass sie sich damit sogar aus einem Hakengriff befreien konnte. Und es gab versteckte Zeichen, mit denen sich die Schwimmer verständigten.

Hätte mich Jarrings in das Lab gelassen, ohne dass ich wenigstens wusste, was auf mich zukam, wäre ich kläglich untergegangen.

»So, jetzt gehört der Tank Ihnen.« Der Coach stand auf.

»Wie bitte?« Ich blinzelte.

Mit verdrießlicher Miene schüttelte er den Kopf. »Rein mit Ihnen, zum Bräss.«

Ich sprang auf und legte das Handtuch zur Seite.

»Aufwärmen, dann schwimmen Sie das Lab ab. Es geht auf Zeit!«, rief Jarrings und schlug zwei Mal gegen das Glas des Tanks, um den anderen das Zeichen zum Auftauchen zu geben.

Ich war so gefesselt gewesen, dass ich gar nicht bemerkt hatte, dass deren Trainingszeit bereits vorbei war. Rasch erklomm ich die kalte Eisentreppe. Das Herz klopfte mir bis zum Hals. Das letzte Mal, als ich hier hinauf gestiegen war, hatte meine Prüfung vor mir gelegen.

Auf der oberen Plattform stieg das Team aus dem Becken.

»Na, ist dir kalt geworden da draußen? Auf der Bank sitzen ist echt scheiße, oder?«, fragte Marc und hievte sich auf den Rand. Er bekam einen Stoß von Tiff und fiel wieder ins Wasser zurück.

»He!«

»Du saßt drei Wochen auf der Bank, Marc. Ich kann mir kaum vorstellen, dass jemand deinen Rekord bricht«, spöttelte Tiff.

Marc spritzte einen Schwall Wasser nach ihr. Ich drückte mich ans Geländer, um die Spieler durchzulassen.

Dora grinste mich an und hob den Daumen. »Viel Spaß, Ruby!«

»Danke.« Ich lächelte breit, konnte es kaum erwarten. Nach der Degradierung von vorhin freute ich mich nun umso mehr.

Kiran zwinkerte mir erneut zu, als er an mir vorbeikam, und Cynthia, die ihm eine Hand auf den Arm legte, warf mir einen weiteren finsteren Blick zu.

Charlie lehnte sich neben mir an die Brüstung und boxte leicht gegen meine Schulter. »Hey! Ich habe auf Acht gesetzt. Also streng dich an! Ich denke, das könntest du schaffen. Ich war übrigens eine Vier.« Sie grinste und sprang dann an mir vorbei die Stufen hinab.

»Wie bitte?« Unschlüssig drehte ich mich zu ihr um, doch sie war schon beinahe unten.

Nun war nur noch Tiff bei mir auf der Plattform. »Wir haben Wetten am Laufen, wie viele Tage dich Jarrings auf der Bank sitzen lässt, bevor du mit uns trainierst«, klärte sie mich auf.

Ich stieß erleichtert die Luft aus. »Also ist das normal.«

»Jepp, zumindest bei den meisten.« Sie tätschelte mit einem süffisanten Grinsen ihre eigene Schulter.

»Und was hast du geschätzt?«, fragte ich.

Sie lachte. »Irgendwas zwischen zwei und zehn.«

»Wollen Sie da oben Moos ansetzen?«, schrie der Coach ungehalten.

Tiff streckte eine Hand in Richtung Wasser aus. »Bitte sehr. Gib dein Bestes!«

Ich lächelte ihr zu, holte Luft und sprang hinein. Blaue Lichtbänder flogen an mir vorbei und ich rauschte hinab, immer weiter nach unten. *Der Tank! Endlich!* Mein Herz trommelte wild vor Freude. Daran änderte auch Jarrings düstere Miene nichts, die vor der Scheibe auftauchte. Übermütig wirbelte ich um die eigene

Achse, grinste und ließ einen Schwall Luftblasen aus meinem Mund steigen. Ich war genau da, wo ich sein wollte.

Der Rest der Woche verging wie im Flug. Täglich kam ich eine Stunde früher, um Bahnen zu schwimmen. Anschließend saß ich neben Jarrings. Ich lernte durch das Beobachten meiner Kameraden weit mehr, als ich vermutet hatte, und traute mir bald eine profunde Einschätzung der Stärken und Schwächen meiner Teammitglieder zu. Jarrings' Erläuterungen wurden immer detaillierter und ab und zu tat ich ihm meine Meinung kund, was er mit einem Grunzen quittierte. Inzwischen fühlte ich mich sogar wohl in seiner Gesellschaft. Am Nachmittag absolvierte ich mein Einzeltraining im Tank. Ich gewöhnte mich an den erhöhten Druck, arbeitete an meiner Geschwindigkeit, versuchte mich an verschiedenen Methoden, schnellstmöglich um Kanten und Kurven zu gelangen. Bald fühlte ich mich im Tank vollkommen zu Hause.

Sieben Trainingstage später war es so weit: Jarrings schickte mich mit den anderen ins Lab. Obwohl ich sie lange beobachtet hatte, verging mir bei dem ersten gemeinsamem Spiel Hören und Sehen. Im Wasser glich der Ablauf einer wilden Schlacht, über die ich kaum einen Überblick bekam. Ich hatte Mühe, dem Ball zu folgen, konnte kaum einschätzen, welche Spielzüge die anderen anstrebten oder von mir verlangten, und bei einem Probematch verwechselte ich sogar ein gegnerisches Teammitglied mit einem meiner Mannschaft. Schnell war offensichtlich, dass ich eine blutige Anfängerin war.

Cynthia sparte nicht mit spitzen Bemerkungen. Lion fragte ganz offen, was ich hier verloren hatte, während mich Marge, Dora und Balt skeptisch musterten. Beinahe wünschte ich, ich hätte noch ein paar Tage länger zusehen können.

Bis auf Tiff und Charlie, war es einzig Kiran, der mit mir an meinen Würfen arbeitete und mich immer wieder ermunterte.

Erst als mich Jarrings in die Kajüte schickte, verstummten die Bemerkungen. Ich löste die Rätsel in Rekordzeit. Zudem reichte mein Atem meist für beide Aufgaben aus. Mit jedem Tag gemeinsamen Trainings funktionierte das Zusammenspiel besser. Dora klopfte mir auf die Schulter, nachdem wir unser erstes internes Match gewannen, und Balt begrüßte mich am nächsten Morgen mit einem Lächeln. Marc begann mich abzuklatschen, so wie er es bei den anderen tat, wenn seine Gruppe einen Point landete. Es waren Kleinigkeiten, doch sie veränderten alles für mich. Ich wurde ein Teil des Teams. Nur mein Verhältnis zu Cynthia verbesserte sich nicht.

Es litt noch mehr, als mich Kiran nach der ersten Trainingswoche vor den Umkleiden abfing. Er lud mich zum Essen ein, hatte jedoch ein denkbar ungünstiges Timing. Cynthia stand nur wenige Schritte hinter ihm und feuerte tödliche Blicke auf mich ab, während ihre Knöchel weiß hervortraten.

Ich lehnte die Einladung ab. Tiff hatte mich bereits geimpft und mir vehement davon abgeraten, mich mit einem Teamkollegen einzulassen. Sie hatte schon oft genug erlebt, wie viele Spannungen das verursachte, was andere jedoch nicht davon abhielt. Ihr genervter Seitenblick auf Cynthia und Kiran hatte diesbezüglich Bände gesprochen.

»Hey, du hast ihn tatsächlich abblitzen lassen. Da bist du seit mir die Erste«, meinte Tiff anerkennend, als wir später die Umkleide verließen.

»Klar, du hast ja recht mit dem, was du gesagt hast«, erwiderte ich. Unbewusst blickte ich über die Schulter, doch Cynthia war nicht zu sehen. Trotz ihrer Feindseligkeit bemitleidete ich sie ein wenig, denn offenbar hing sie noch immer an ihrem Ex-Freund. Man konnte sich schließlich nicht aussuchen, in wen man sich verliebte.

Unwillkürlich musste ich an den Kerl aus dem Darwins denken und ein merkwürdiges Gefühl, das ich nicht benennen konnte, wallte in mir auf. Wäre er in dieser Mannschaft und hätte mich zum Essen eingeladen, hätte ich wohl nicht *Nein* gesagt, ganz gleich, wie vehement mir Tiff davon abgeraten hätte. *Ob er sich überhaupt an unsere Begegnung erinnert?*

Ich stieß ein verlegenes Schnauben aus. Wieso dachte ich überhaupt daran? Das lag über zwei Monate zurück.

»Was ist?«, fragte Tiff und ich war froh, dass sie nicht wusste, wohin mich meine Gedanken trugen. »Nichts ... Ich gehe nachher noch etwas zu Essen kaufen. Soll ich dir etwas mitbringen?«

»Hm, wenn du schon fragst, eine Dose Curry wäre super.«

Die folgenden Wochen zogen an mir vorbei wie helle Lichtstreifen. Eine regelmäßige Wiederholung aus Vorlesungen, Trainingseinheiten und Treffen mit Lana, die mir von der Linford und ihren Verabredungen mit Quentin vorschwärmte.

Gemeinsam mit Tiff besuchte ich drei Studentenfeiern, von denen ich sie jedes Mal leicht angetrunken wieder nach Hause brachte. Von Cedric fehlte weiterhin jede Spur und schließlich verlor ich den Argwohn wieder, mit dem ich nach seinem Auftauchen jede dunkle Gasse passiert hatte. Wahrscheinlich war er nach Revlins Port zurückgekehrt.

Es fanden zwei öffentliche Turniere gegen externe Mannschaften statt, doch Jarrings hielt mich nach wie vor heraus, obwohl ich glaubte, inzwischen so weit zu sein.

Selbst Tiff, deren kritisches Auge Jarrings' in nichts nachstand, wie ich fand, war dieser Meinung.

Also nahm ich all meinen Mut zusammen und sprach ihn darauf an.

Er setzte sein gefürchtetes Haifischlächeln auf. »Warum Sie nicht mitspielen dürfen, wenn es darauf ankommt, Blayke? Nun, das ist ganz einfach. Ich bin Trainer. Ich will Siege! Was ich nicht will, sind Skandale. Betrunkene Schwimmer, die ihren Sieg feiern und dabei irgendwo versumpfen. Ich weiß, wie es da draußen zugeht, Blayke. Das ist trauriger Alltag. Mit diesem Bräss muss ich mich notgedrungen herumschlagen. Was ich auf gar keinen Fall will, sind minderjährige, betrunkene Spieler. Die Presse stürzt sich auf jedes neue Gesicht wie Aasgeier. Die würden Sie zerreißen, ehe Sie Ihr nettes Lächeln zusammenbasteln können. Sie wären ein gefundenes Fressen für die, selbst wenn Sie nur an einem Getränk nippen oder zu nah neben einem Raucher stehen. Ich habe genug von diesen Hyänen lesen müssen, um diese drei Tanks damit zu füllen. Und darum sind Sie unter Verschluss, bis Sie achtzehn sind. Ist das klar?«

Ich sah ihn mit großen Augen an, ein flaues Gefühl im Magen. Über den Einfluss der Presse hatte ich diesbezüglich nie nachgedacht, ein Aspekt, den ich offenbar grob unterschätzt hatte. »Verstanden, Coach.« *Achtzehn also. Noch genau ein Monat.*

Er grunzte und drehte ab wie ein Hecht, der davon schwamm, um das nächste Opfer zu suchen, nach dem er schnappen konnte.

XXI

»Irgendwelche speziellen Wünsche?« Marge legte ihre Hand auf meine Schulter. Wenn es etwas zu feiern gab, war sie genauso schnell zur Stelle wie ihre beste Freundin Charlie.

»Du hast morgen, nicht wahr? Nicht, dass ich das jetzt durcheinanderbringe«, fragte Charlie. Ihre dunkel geschminkten Augen blitzten freudig. Das schwarz-rote Haar war inzwischen fingerlang und zu kleinen Stacheln frisiert.

Das halbe Jahr an der Beldon hatte mich neben vielem anderen etwas Essenzielles gelehrt: Wer das Privileg von Reichtum genoss, war kein besserer oder schlechterer Mensch als ein Waisenkind aus Revlins Port. Es gab hier ebenso viel Freundschaft und Missgunst wie in Edenplace. Die Menschen hatten lediglich eine andere Sicht auf die Dinge und eine andere Schnittmenge von Problemen, mit denen sie sich beschäftigten. Oft waren diese weniger existentiell.

Eine der banal erscheinenden Herausforderungen eines Schwimmers bestand beispielsweise darin, in der Öffentlichkeit aufzufallen. Was gar nicht so einfach war, wenn das jeder tat. Obgleich Jarrings die Presse verdammte, lebte AquaLab nämlich von der Aufmerksamkeit der Medien. Charlie hatte mich schon einige Male gedrängt, meine Haare zu färben, doch ich konnte mich nicht dazu durchringen. Das Rot fiel meiner Meinung nach bereits genug auf, wenn auch nicht unbedingt im Wasser.

»Ja, erst morgen«, antwortete ich. Der Sommerabend war mild und Oakland wimmelte vor Leben.

Marge, die mit ihren blonden Locken wie ein Engel wirkte, hakte sich bei mir unter. »Na, dann machen wir uns einen schönen Abend und um Mitternacht gehen wir ins Rocks. Die lassen dich nämlich erst dort rein, wenn das richtige Datum auf deiner ID-Card steht. Was hältst du davon, wenn wir vorher einen Film ansehen? Ich meine, sie bringen heute wieder einen dieser alten Action-Klassiker aus dem letzten Jahrhundert, als noch überall Autos herumfuhren.«

»Ich mag lieber welche mit Tieren«, nörgelte Charlie und quietschte plötzlich verzückt. »Habt ihr mal Bambi gesehen? Zum Rift, war das putzig!«

»Ein Zeichentrickfilm? Ich dachte, du wärst schon volljährig«, foppte Marge sie und wandte sich wieder an mich. »Es ist dein Geburtstag, Blayke, was willst du sehen?«

»Wir können einfach in ein Café gehen«, schlug ich vor. Nachdem ich Quentins satte Provision gezahlt hatte, musste ich auf mein Budget achten. Die Anschaffung zweier Neoprenanzüge und einer, laut Jarrings, dringend erforderlichen Ersatzpackung Caps hatten mich beinahe in den Ruin getrieben. Glücklicherweise waren das einmalige Ausgaben. Aber fürs nächste Trimester hatte ich mir vorgenommen, einen Notgroschen anzulegen.

Im aktuellen hatte ich einige teure Werke kaufen müssen, die Professoren auf ihre Leselisten gesetzt hatten. Als sich auch Lana mehrere Bücher anschaffen musste und überlegte, wieder zu kellnern, hatte ich ihr das nötige Geld angeboten.

Leider ging derzeit eine Sommergrippe um, die sie und Tiff förmlich von den Füßen gerissen hatte, weshalb beide heute nicht mit von der Partie waren. Aus diesem Grund hatte ich vorgehabt, einige Runden im Tank zu schwimmen, doch Tiff hatte wild protestiert, Charlie und Marge auf den Plan gerufen und verlangt, dass ich mich amüsieren ging. Offensichtlich verlor sie ihre unbändige Energie nicht einmal dann, wenn sie hustend und schniefend im Bett lag. Mit einer Tasse Tee in der Hand, inmitten eines Nestes aus limettengrüner Bettwäsche thronend, hatte sie mich in ihrem Zimmer empfangen und eingenordet.

»Du wirst nur einmal achtzehn, Ru. In diesem Becken kannst du jeden Tag herumpaddeln, aber deinen Geburtstag musst du feiern. Das ist nicht verhandelbar. Ich empfehle dir, viel Spaß zu haben, sonst bin ich echt sauer auf dich. Und jetzt hau ab, sonst stecke ich dich noch an«, hatte sie zwischen zwei Hustensalven verkündet und mich wieder aus ihrem Zimmer gewedelt.

Marge grinste. »Ich lade dich ein, Blayke, der komplette Abend geht auf mich.«

»Ich ... weiß nicht, ob ich das annehmen kann«, haspelte ich.

»Ich glaube kaum, dass du die Bar leer trinken willst, oder?« Sie zwinkerte.

Es war mir nach wie vor unangenehm, mir Geld zu leihen oder es gar ohne Gegenleistung anzunehmen.

»Na, komm schon, sag *Ja*, Ruby. Sonst sitzen wir bis Mitternacht nüchtern in einer Kneipe und müssen uns anhören, wie Marge über Jarrings lästert.« Charlie lachte, wofür sie einen ordentlichen Knuff gegen die Schulter von der plötzlich weniger engelsgleichen Angriffsspielerin erhielt.

»Hast du seine neuen Flipflops gesehen? Die sind ja unterirdisch.«

Ich musste grinsen. Schließlich ließ ich mich überreden, zumal die Vorstellung, einen richtigen Kinosaal zu sehen, reizvoll war.

Filmproduktionen gab es heutzutage kaum noch, darum wurden fast ausschließlich Filme aus dem letzten Jahrhundert gezeigt. Obwohl die meisten der Unterhaltung dienten, sahen viele Leute darin auch eine Form der Dokumentation. Es waren Aufnahmen, die eine heile Welt zeigten. Eine Erde, die beinahe überall besiedelt gewesen war, die keine Impacts und deren Auswirkungen kannte – ein nahezu intaktes Ökosystem. Wenn ich mir mit Lana auf ihrem kleinen Bildschirm etwas angesehen hatte, waren meine Gedanken immer in jene Vergangenheit abgeschweift. Es musste wundervoll gewesen sein, damals zu leben, sich frei in der Natur bewegen zu können, Tiere und Pflanzen zu bewundern und keine Angst vor den Rift-Ausbrüchen haben zu müssen.

Es dämmerte, als wir die Usia-Promenade hinab liefen, die uns von der Beldon in die Innenstadt führte. Das Kino lag mitten in der Fußgängerzone.

Nachdem mir Tiff einen schwarzen Rock aus ihrer Garderobe aufgedrängt hatte – ihrer Meinung nach besaß ich nichts zum Anziehen, das eines achtzehnten Geburtstags würdig wäre –, hatte ich mich erst etwas unwohl gefühlt. Doch dank der warmen Temperaturen fiel das kurze Kleidungsstück nicht allzu sehr auf. Davon abgesehen machte ich neben Charlie und Marge sowieso einen recht dezenten Eindruck.

Das Kino, dessen Glasfront seit dem Rift-Influx am Morgen bereits wieder auf Hochglanz poliert war, erhob sich wie ein Turm aus Spiegeln an der von Lärm erfüllten Straße. Ich warf einen Blick auf die Gebäudefront und hielt inne. Genau hier hatten wir gestanden, als ich New Cisco das erste Mal besucht hatte. Das war über viereinhalb Jahre her. Damals hatte Finn die Plakate bewundert und gemeint, irgendwann würden wir uns dort drinnen einmal gemeinsam einen Film ansehen.

Ich wünschte, er wäre jetzt hier.

»Hey, alles klar bei dir?«, fragte Charlie und nahm mich am Arm.

»Ja, alles in Ordnung.« Ich lächelte ihr zu, was vielleicht etwas hölzern ausfiel, und ließ mich ins Innere ziehen.

»Ein Action-Film läuft«, verkündete Marge, die sich bereits an der Kasse informiert hatte. »Es ist allerdings der fünfte Teil. Macht nichts, oder? Der Kartenverkäufer meinte, es ist egal, ob man die Vorgänger kennt.«

»Ist mir recht«, meinte Charlie fröhlich.

»Mir auch«, erklärte ich und Marge zahlte für uns alle.

Es war eine Erfahrung für sich, einen Film auf einer riesigen Leinwand zu erleben. Umgeben von Soundeffekten, fühlte ich mich beinahe, als sei ich Teil der Szenen.

Als wir das Kino nach der Vorstellung verließen, war ich in Gedanken noch immer in den wilden Verfolgungsjagden gefangen.

»Der war richtig cool, wir sollten uns die ersten Teile bei Gelegenheit einmal ansehen, was meint ihr?«, fragte Charlie.

»Warum nicht? Der Kartenverkäufer sagte mir eben, wenn uns Teil fünf gefallen hat, müssten wir vom ersten *Die Hard* begeistert sein. Das sei der einzig Wahre. Bist du dabei, Blayke?«

»Klar und danke nochmals für die Einladung. Ich will dir aber wirklich nicht den Rest des Abends auf der Tasche liegen, Marge.«

»Quatsch, meine Güte, mein Dad legt mir den Abend aus, wenn ich ihn einmal nett anlächele, also mach dir deswegen keine Gedanken.« Sie klimperte mit den Wimpern.

Draußen war es inzwischen dunkel, ein kühler Wind wehte von der Bay herauf und ich zog fröstelnd meine dünne Jacke enger um mich.

»Wir müssen noch über eine Stunde totschlagen, ehe wir ins Rocks können«, jammerte Charlie.

Weil die anderen ebenfalls froren, gingen wir kurz entschlossen in ein kleines Bistro gegenüber dem Kino. Leise Klaviermusik perlte uns entgegen, als wir durch die verglaste Tür traten und in einen Raum mit zarten Creme- und Blautönen gelangten. Für meinen Geschmack war es etwas zu edel und beim Studieren der sündhaft teuren Getränkekarte wurde mir unwohl, auch wenn Marge beteuerte, dass es ihr nichts ausmachte, uns einzuladen.

Ich wählte das Günstigste, das darauf zu finden war. Marge lachte allerdings, als ich meine Bestellung aufgab, und orderte stattdessen Latte Miciani für uns alle und eine Schale Kekse mit Dip.

Nachdem ich kurz die Toilette aufgesucht hatte, sahen mir meine Teamkolleginnen mit gespannter Erwartung entgegen. Ich musterte sie skeptisch und setzte mich ihnen gegenüber. »Ihr schaut, als hättet ihr gerade etwas ausgeheckt, muss ich mir Sorgen machen?«

»Ach was, nur das übliche«, winkte Charlie ab.

Marge grinste so breit, als hätte sie ein süßes Häppchen zum Nachtisch entdeckt, und beugte sich über den Tisch, auf dem bereits unsere Tassen standen. »Jetzt gibt es kein Entrinnen mehr für dich, Blayke. Ich will endlich ein bisschen was Interessantes über dich erfahren. Erzähl doch mal. Gab es einen heißen Typen, wo du herkommst?« Ihre Augen leuchteten sensationslüstern.

Ich lächelte sie möglichst unschuldig an. Eigentlich hätte ich mir denken können, dass sie das Thema Jungs früher oder später auf den Tisch bringen würde. Wäre nur Lana hier, dann könnte ich mich entspannt zurücklehnen und es den beiden überlassen, sich die Münder fusslig zu reden.

»Nein«, gab ich zur Antwort.

»Nein?« Vor Unglaube machte sie große Augen. »Ach komm, sei nicht so verstockt. Ich, zum Beispiel, war schon mit Orphan Kimsey zusammen, na ja, nur zwei Monate, er musste dann auf die *Stellings* wechseln. Außerdem hatte ich mal was mit Cliff Beal aus dem StateTeam, als er noch auf der Beldon war, und mit Luke Bonders aus der Neunten.« Sie grinste, als seien ihre Eroberungen Trophäen, die sie in einer Vitrine zur Schau stellen konnte. »Und Charlie war schon...«

»Hey, das erzähle ich selbst«, bremste diese sie aus. »Aber jetzt bist erst mal du dran. Rück schon damit raus. Wir müssen ja nicht seinen Namen kennen. Nicht jeder hat es auf Berühmtheiten abgesehen wie unsere Miss Etepetete hier.«

Marge warf theatralisch das lange Haar nach hinten und erklärte: »Wer sagt denn, dass sie es nicht auf mich abgesehen hatten?«

Ich ließ mich erheitert zurücksinken und trank ein paar Schlucke, doch Charlie gab nicht auf: »Jetzt sag schon. Du zierst dich so ... War es etwa eine Romanze? Ach komm. Einer meiner Exfreunde hieß Torben Nock. Kennt kein Mensch, na und? Er war süß, wenn sich am Schluss auch herausgestellt hat, dass er ein Idiot war.«

Dachte sie wirklich, ich genierte mich, weil ich keinen berühmten Namen vorzuweisen hatte? *Wie würden sie wohl reagieren, wenn sie die Wahrheit erfahren?* Ich druckste herum, gab es dann jedoch auf. Was machte es schon aus?

»Ich war ... noch nie mit jemandem zusammen.«

Fassungslos starrte Marge mich an. »Das glaub ich ja nicht, du bist noch Jungfrau?« Sie schnaubte, legte mir jedoch beschwichtigend eine Hand auf den Arm. »Tut mir leid, sowas hat einfach Seltenheitswert.«

»Gibt es wenigstens jemanden, auf den du stehst?«, hakte Charlie nach.

»Nein, eigentlich nicht«, versuchte ich mich herauszuwinden.

Doch die beiden wollten sich damit nicht abspeisen lassen. »Du kommst nicht drum herum. Ich seh' es dir an, dass es da jemanden gibt«, zog mich Marge auf.

Ich stieß die Luft aus. Vielleicht würden sie es gut sein lassen, wenn ich ihnen einen Namen nannte. »Ich finde Lion Prenton ganz nett.«

Obwohl wir bislang keine drei Worte im Training gewechselt hatten, ertappte ich mich immer wieder dabei, wie ich ihn beobachtete und Gemeinsamkeiten mit Finn entdeckte. Es waren nicht nur die Statur und seine Augen, sondern die Art, wie Lion lächelte, selbst wenn er das nicht oft tat.

Charlie prustete los. »Ganz nett ...«, giggelte sie und schlug mit der flachen Hand auf den Tisch.

Marge grinste schief. »Prenton? Das hätte ich jetzt nicht vermutet, Blayke.«

»Ich sagte nur, dass ich ihn nett finde, nicht, dass ich mit ihm zusammenkommen will.«

»Du stehst also auf Prenton, interessant.« Marge zog die Brauen hoch.

»Ich finde ihn nett, das ist ein Unterschied«, wiegelte ich ab und seufzte. »Tut mir leid, ich habe eben nichts zu bieten, wenn ihr wilde Geschichten hören wollt.« Schnell trank ich einen weiteren Schluck von meinem Latte.

»Du bist wirklich unglaublich. Es gibt also keinen Ex und alles, was dir einfällt, ist, dass du den größten Snob an der Beldon nett findest.« Marge lachte ungläubig.

Ich verzog das Gesicht. War Prenton ein Snob? Darüber dachte ich nie nach, denn im Grunde hatte ich wenig mit ihm zu tun. Er war ein Teamkollege. Nun konnte ich allerdings schlecht zurückrudern, und dass er mich an einen verstorbenen Freund erinnerte, wollte ich sicher nicht zur Sprache bringen.

Ich schüttelte den Kopf und ein leichtes Schwindelgefühl erfasste mich. Ich kniff die Augen zusammen, hatte plötzlich den Eindruck, die Welt sei in Watte gepackt. Ich versuchte das Gefühl loszuwerden, es gelang mir jedoch nicht.

Argwöhnisch sah ich auf meine fast leere Tasse hinab. Der cremige Geschmack wurde von etwas Süßem begleitet.

»Was habt ihr da rein getan?«, fragte ich geradeheraus.

Marge kicherte. »Nur einen Schuss Whisky. Haben wir uns auch gegönnt.« Sie zwinkerte.

»Nur einen Schuss? Bei mir schwankt gerade alles.«

»Oh. Man spürt ihn ziemlich schnell, wenn man nichts gewohnt ist. Sorry.« Sie grinste albern.

»Ich habe ihr gesagt, sie soll dich vorher fragen«, raunte Charlie schuldbewusst.

»Ach was! Tiff sagte doch, sie rührt kaum etwas an, wo bliebe denn da der Spaß?«

»Tiff hat euch dazu angestiftet?« Ich blickte sie verwundert an. Marge nickte, Charlie schüttelte den Kopf. »Auch egal«, seufzte ich, »an meinem Geburtstag kann ich wohl eine Ausnahme machen.«

Tatsächlich machte es mir gar nichts aus, allerdings konnte ich nicht sagen, ob das bereits an Marges Schuss lag.

»Na ja, dein Verhör hat sich trotzdem als ziemlich langweilig herausgestellt. Der nette Prenton, pf ... Gib uns wenigstens ein kleines Häppchen. Mit wem hast du schon rumgeknutscht?«, bohrte Charlie weiter.

»Wenn du uns das verrätst, lassen wir dich in Ruhe, versprochen.« Marge kicherte.

Mit gar niemandem. Unwillkürlich dachte ich an Finn, an jenen Abend im Flur von Edenplace, als er mich auf die Stirn geküsst hatte. Der erste Kuss, den ich je erhalten hatte. Dann rasten meine Gedanken ungehindert weiter. Ein Kuss auf meine Schläfe, gierig und abstoßend, den sich Cedric im Schutzraum herausgenommen hatte. Weder von dem einen noch dem anderen würde ich erzählen.

»Das kam auch noch nie vor«, kam es aus meinem Mund, ehe ich es verhindern konnte.

»Wie bitte? Du hast noch nie jemanden geküsst?«, schnappte Charlie und ihr Mund klappte auf.

»Ja, das ist doch nicht schlimm«, gab ich unbeeindruckt zurück. Zumindest hatte der Whisky auch meine Verlegenheit fortgespült.

»O. Mein. Gott«, intonierte Marge und sah mich schockiert an. »Da hast du aber verdammtes Glück, dass du heute Abend mit uns ausgehst.«

»Wieso?« Ich sah sie perplex an.

»Um dem Fluch zu entgehen, natürlich«, schnaubte sie und sah dabei ausnahmsweise ernst drein.

Bei dem Wort stellten sich augenblicklich meine Nackenhärchen auf.

»Zum Rift, du hast recht, der Fluch ist so kurz davor, dir das Leben zu vermiesen«, wisperte Charlie. Ihre Wangen wurden bleich, als sei sie tatsächlich zutiefst bestürzt.

Ich bemühte mich ein gutmütiges Lächeln aufzusetzen. »Natürlich ... und welcher schlimme Fluch soll mich treffen?«

»Soll er eben nicht, du kannst es noch verhindern«, haspelte Charlie und nestelte an einer ihrer roten Stacheln herum.

»Hör zu, Ruby.« Marge beugte sich näher zu mir. Sie schien mich mit ihren grünen Augen hypnotisieren zu wollen. Es irritierte mich, dass sie plötzlich meinen Vornamen benutzte.

»Jemand, der ungeküsst achtzehn wird, hat für den Rest seines Lebens Pech mit seinen Beziehungen.«

Das entlockte mir nun doch ein Schmunzeln. »Ja, klar, und das wisst ihr, weil ihr Buch darüber führt.«

»Nein wirklich, es ist so. Jeder, von dem wir wissen, dass er vor seinem Achtzehnten niemanden geküsst hat, blieb danach ewig Single oder hatte einen echt schlechten Riecher bei der Partnerwahl.«

»Das ist doch Blödsinn«, schnaubte ich und rührte kopfschüttelnd in meiner Tasse, in der ein Rest Schaum vor sich hin knisterte.

»Blödsinn oder nicht, nur weil du es nicht glaubst, heißt es nicht, dass es nicht stimmt. Also, Ruby, wir haben eine Mission. Du hast noch circa eine Stunde Zeit, jemanden zu küssen. Danach ist es zu spät.«

Diesmal musste ich laut lachen. Das ging nun wirklich zu weit.

»Du willst das Risiko nicht wirklich eingehen, oder? Es ist ja schon fast wie Schicksal, dass wir das heute noch rausgefunden haben«, kommentierte Charlie mein Gelächter.

»Wir möchten zahlen!«, rief Marge energisch nach der Bedienung.

»He, Moment mal. Vergesst es, lasst uns einfach gemütlich hier sitzen bleiben und das Thema wechseln«, versuchte ich sie zu bremsen.

»Auf keinen Fall, lass uns das angehen. Glaub mir, du wirst uns ewig dankbar sein«, erklärte Marge.

Draußen auf der Straße hakte sie sich bei mir unter. Ich konnte noch immer nicht recht fassen, dass sich die beiden einen derartigen Scherz mit mir erlauben wollten.

»Hört mal, ich will das nicht. Das mit dem Fluch ist purer Bräss. So etwas gibt es nicht und außerdem küsst man nicht einfach irgendjemanden mit der Begründung: *Entschuldigung, ich muss das vor Mitternacht noch erledigen.*«

Die beiden nickten.

»Stimmt, hört sich doof an ... Die Begründung solltest du unbedingt weglassen«, meint Marge trocken und ich stöhnte auf.

»Los, gehen wir, schau dich nach potenziellen Kandidaten um«, meinte Charlie lächelnd und zog mich vorwärts.

»Ich mache da nicht mit«, erklärte ich, was die beiden allerdings nicht kümmerte.

»Wir wollen dir nur helfen. Es geht nicht darum, wer es ist, es geht um dein Karma, Blayke. Du hast nur noch jetzt die Chance, es zum Guten zu wenden.«

»Klar«, murmelte ich.

Wir steuerten auf den Pioneer-Place zu, wo trotz der späten Stunde reichlich Betrieb herrschte. In einer Zugangsstraße setzten wir uns auf eine niedrige Mauer und beobachteten die Trams, die alle paar Minuten an der Haltestelle einfuhren. Direkt an der Station befand sich eine Bude, wo gebrannte Nüsse verkauft wurden, deren Geruch zu uns herüberwehte. Pärchen, Gruppen, Leute jedes Alters strömten vorbei.

Plötzlich hatte ich einen Kloß im Hals. *Was, wenn doch etwas dran ist?* Würde ich nie Hand in Hand mit jemandem hier entlang gehen? Was, wenn mein Karma sich wirklich daran ausrichtete? *Oh, verfluchter Bräss, was denke ich da?* Ich ließ mich doch nicht von Charlies und Marges Geschwätz einlullen! Hätten sie nur nicht angefangen, von einem gottverdammten Fluch zu sprechen. Doch ein altbekanntes Unbehagen rumorte in mir und wollte sich nicht vertreiben lassen.

»Siehst du schon jemanden, der infrage kommt?« Charlie stieß mich aufmunternd an, während sie sich selbst interessiert umblickte, als stünden wir an einem Büffet.

»Das ist idiotisch«, entgegnete ich verstockt.

»Idiotisch oder nicht, es könnte dich retten. In einer knappen Stunde ist es zu spät, vergiss das nicht. Und schaden kann es definitiv nicht«, meinte Marge ungerührt.

Widerwillig gab ich ihr recht, obwohl mir gleichzeitig bewusst war, dass ich mich nie darauf einlassen würde, wenn ich ganz nüchtern wäre. »Also gut«, seufzte ich.

Marge sah mich eine Sekunde mit offenem Mund an. Dann grinste sie. »So ist es richtig, Blayke. Hier ...« Sie kramte in ihrer kleinen, gelben Plastikhandtasche und reichte mir einen silbern schimmernden Flachmann.

»Nicht im Ernst!«

»Ein Schluck Mut hilft bei der Umsetzung.« Sie schlenkerte die Flasche vor mir hin und her.

Ich griff zögerlich danach, nahm jedoch nur einen kleinen Schluck. Er brannte auf meiner Zunge und zog eine heiße Spur meine Kehle hinab.

»Besser?«, fragte Marge und setzte den Flachmann ebenfalls an, bevor sie ihn an ihre Freundin weiterreichte.

Langsam fragte ich mich, ob es eine gute Idee gewesen war, mit ihnen loszuziehen. Ob Tiff eine Ahnung gehabt hatte, wie schräg dieser Abend laufen würde?

»Nur unwesentlich«, erwiderte ich gequält.

»Wow, schon halb zwölf«, meinte Charlie mit einem Blick auf ihr Mobiltelefon.

»Dann sollten wir jetzt schleunigst jemanden aussuchen, der Mut geht allmählich zur Neige«, meinte Marge erheitert.

»Ähm, ich suche jemanden aus, nur damit das geklärt ist«, rief ich den beiden ins Gedächtnis. Nicht, dass sie glaubten, sie würden auch noch bestimmen, wen das Los traf. Bei der Aussicht wurde mir mulmig.

Plötzlich kam mir ein weiteres Problem in den Sinn. Ich konnte nicht einfach irgendjemanden küssen, ohne ihn vorher zu fragen. Was, wenn derjenige das gar nicht wollte? Die Vorstellung, zu handeln wie Cedric, erfüllte mich augenblicklich mit Widerwillen.

Ich schluckte. »Vergesst es, das ist mir doch zu doof.« Ich wollte aufstehen, doch die beiden hielten ihre Arme fest mit meinen verschränkt. Ich fühlte mich, als säße ich zwischen zwei Unken gefangen.

Marge sah mich beschwörend an. »Du ziehst das jetzt durch, komm schon.«

»Was ist, wenn der, den ich aussuche, das gar nicht will?«

Charlie gluckste. »Das ist jetzt nicht dein Ernst, oder?«

Ich runzelte die Stirn. »Doch, natürlich. Versetz dich doch selbst in die Lage. Du willst nicht diejenige sein, die plötzlich von irgendeinem Mann übertölpelt und geküsst wird, nur weil der einem erfundenen Fluch entgehen will.«

»Oh, Blayke, wie naiv bist du eigentlich? Wir reden hier von Männern. Die würden Schlange stehen, wenn du ihnen anbietest, sie zu küssen. Allerdings wäre das echt unterirdisch. Stell dir mal vor, wie das rüberkäme. Also such dir einfach einen aus und bring es hinter dich.«

Entsetzt starrte ich Marge an. Sah sie Männer tatsächlich so?

Nachdem sie zehn weitere Minuten auf mich eingeredet hatten und das Wort *Fluch* noch einige Male gefallen war, hatten sie mich schließlich überredet zu bleiben. Zumal sich der Alkohol allmählich als wohltuende Gelassenheit in mir ausbreitete. Ich ließ meinen Blick schweifen, hatte jedoch an jedem Jungen, der ungefähr in unserem Alter sein mochte, etwas auszusetzen.

»Was ist mit denen? Die sind von der Walting-Uni«, seufzte Marge nach einer weiteren Viertelstunde und deutete auf eine Dreiergruppe, die sich auf der anderen Straßenseite ein Stück neben dem Budenwagen platziert hatte. Alle trugen die gleiche grüne Jacke mit dem Emblem ihrer Universität.

»Hm.« Ich musterte sie unentschlossen. Wie sollte man eine derartige Entscheidung nur aufgrund einer kurzen Beobachtung treffen?

Der in der Mitte war blond und hatte ein schmales, freundliches Gesicht. Wenn er lachte, bildeten sich Grübchen auf seinen Wangen. Seine beiden Freunde schloss ich spontan aus, der eine schaute ständig grimmig drein und der andere wirkte mir mit seinem blau gemusterten Stirnband etwas zu verwegen.

»Der in der Mitte vielleicht.«

»Halleluja!«, jubelte Charlie und schubste mich. »Dann mach mal, du hast nämlich nur noch fünf Minuten.«

»Was?«, schnappte ich. Ich hatte angenommen, wenigstens noch eine Viertelstunde zu haben. »Aber ... ich muss ihn doch erst mal ansprechen und fragen, ob...«

»Papperlapapp! Du gehst hin und küsst ihn einfach, du hast keine Zeit für irgendwelchen Small Talk. Dazu wird sich sowieso keine Gelegenheit ergeben, glaub mir. Jetzt oder nie, Blayke, wir drücken dir die Daumen!« Marge hielt ihre Fäuste hoch und Charlie grinste verwegen.

Mein Magen drehte sich herum. Ich machte einen unbeholfenen Schritt in Richtung Straße. Eine Bahn fuhr gerade heran und verschaffte mir eine kurze Pause. Ich sah zu, wie die hell erleuchteten Waggons vor mir hielten. Es dauerte nur eine knappe halbe Minute, ehe sich das ratternde Gefährt weiter durch die Fahrrinne schob. Mehrere Leute waren gegenüber ausgestiegen und verteilten sich. Zwei Frauen, mit Einkaufstaschen beladen, begaben sich in Richtung des Pioneer-Place, eine davon mit einem kleinen Jungen im Schlepptau. Zwei Teenager, ein älterer Herr, zuletzt ein breit gebauter, beleibter Kerl, den ich nur von hinten sah, da er sich an den Tresen des Getränkestands lehnte, um etwas zu kaufen.

Ich stand noch immer starr da. Das Herz klopfte mir gegen die Rippen.

»Mach schon, Ruby. Du hast nur noch zwei Minuten«, hörte ich Charlie raunen und schloss kurz die Augen. Dann setzte ich mich in Bewegung.

Der Wind riss an meinem kurzen Rock und ich strich ihn nach unten. Ich fixierte den blonden Jungen. Unsere Blicke trafen sich. Ein unbehagliches Gefühl machte sich in mir breit und ich musste mich zu jedem Schritt zwingen. Als ich auf Höhe der Verkaufsbude anlangte, grinste der Junge auf einmal, als wüsste er genau, was ich vorhatte.

Wie gelähmt hielt ich inne.

Ich wollte das nicht tun. Es war unsinnig und ergab nicht den geringsten Sinn. *Einfach umdrehen.*

Jemand schrie auf.

Mein Kopf fuhr herum. Ein Mann, die Augen weit aufgerissen, sprintete vom Pioneer-Place in unsere Straße. Beinahe stieß er mit einer der voll beladenen Frauen zusammen, die ihn laut beschimpfte. Die drei Jungen sprangen gerade noch einen Schritt zurück.

Auch ich wich in Richtung der Bude aus. Doch der Mann hielt geradewegs auf mich zu, als wolle er zwischen mir und der Bude hindurchpreschen. Zu spät versuchte ich ein weiteres Mal auszuweichen, als er bereits mit eingezogenem Kopf gegen mich prallte.

Die Wucht riss mich herum wie eine Strohpuppe und fegte mich um. Einen Moment blieb mir die Luft weg. Plötzlich lag ich am Boden. Ich schnappte nach Atem. Mein Kopf drehte sich und meine linke Seite tat weh.

»'Tschuldigung«, keuchte der Mann, er taumelte, machte einen ungelenken Hüpfer, als überlege er anzuhalten, doch im nächsten Augenblick sah ich nur noch seine Absätze davonfliegen.

Noch mehr Stiefelklappern ertönte. Die drei Jungen lachten laut, höchstwahrscheinlich über mein Missgeschick, und auf einmal kam ich mir unglaublich dumm vor. *Was mache ich hier überhaupt?*

»Haltet ihn!«, schrie ein uniformierter Uskron. Ich keuchte erschrocken, als drei Friedenswächter, ohne mich zu beachten, an mir vorbei stoben.

»Idioten«, brummte der Mann, der an der Bude auf seine Bestellung gewartet hatte. Er kniete sich neben mir auf den Boden und reichte mir eine Hand. »Geht es dir gut?«

Ich hob den Kopf und konnte ihn einen Augenblick nur wie paralysiert anstarren. Er sah genauso aus, wie bei unserem letzten Zusammentreffen im Darwins – groß und breitschultrig. Dass ich ihn zuvor für korpulent gehalten hatte, lag lediglich an der Jacke, die ihm einige Nummern zu groß war. Die dunklen Haare waren noch immer kurz geschoren. Kiefer und Wangen bildeten klare Linien, doch es waren seine Augen, die meinen Blick festhielten – so blau und klar wie der von der Sonne verbrannte Himmel.

Ich blinzelte einmal, bemerkte, dass ich ihn anstarrte. *Was ist nur mit mir los? Wegen einem Schluck Whisky?*

Die strahlend hellen Augen verengten sich kritisch. »Hast du dir den Kopf verletzt?«

»Nein«, presste ich mit ausgetrockneter Kehle hervor.

Er erkennt mich nicht wieder, schoss es mir durch den Kopf und eine leise Enttäuschung durchfuhr mich.

»Komm, ich helfe dir hoch.«

Ich schluckte, griff reflexartig nach seiner Hand.

Als er mich aus meiner unliebsamen Position am Boden auf die Knie hochzog, tat ich es einfach.

Ich wusste nicht warum. Vielleicht hatte ich mir doch den Kopf angeschlagen. Vielleicht war es das Erste, was mir einfiel, um zu verhindern, dass er mich abermals vergaß.

Was immer der Grund dafür war, ich tat es.

Meine Lippen trafen sachte auf seine und ich schloss die Augen. Ein leichter Schwindel erfasste mich, als treibe ich unter Wasser, schwerelos, orientierungslos.

Ich spürte nur diese Berührung, nachgiebig und weich und ... Wärme flutete durch meine Wangen und rann in meinen Körper hinab. Wie zur Antwort bewegten sich seine Lippen – eine zärtliche Erwiderung.

Überrascht von den Empfindungen und meinem eigenen Wagemut, schreckte ich zurück und blinzelte ihn bestürzt an, als sei er derjenige gewesen, der mich überrumpelt hatte. *Was ist nur in mich gefahren?* Mir war plötzlich so heiß, als brenne eine Esse in meinem Brustkorb.

Verblüfft fixierte er mich und sofort überkam mich Scham.

»Danke«, stammelte ich unbeholfen, mehr, um überhaupt etwas zu sagen. Für was dankte ich ihm gerade? Seine Hilfe oder den Kuss?

Ich sprang atemlos auf, ehe er etwas sagen konnte. Mit langen Schritten ging ich über die Straße. Plötzlich spürte ich den Alkohol deutlich, er ließ die Welt heller leuchten, verwischte ihre Konturen und sang ein Lied von meiner Torheit.

Ich eilte davon, einen brennenden Kuss wie Diebesgut auf meinen Lippen.

Nur knapp wich ich einem Radfahrer aus. Mir war schwindelig, mein eigener Herzschlag dröhnte mir in den Ohren. Das Geläut der Fahrradklingel und ihr schimpfender Besitzer gingen daneben beinahe unter, als drängen die Geräusche wie unter Wasser zu mir. Ich wagte nicht, mich umzudrehen, aus Angst vor seiner Reaktion, wie immer sie aussehen mochte, und verfluchte mich innerlich.

Beschämt sah ich Charlie und Marge entgegen. Einziger Lichtblick dieser Aktion war, dass die beiden mir mit einer gewissen

Anerkennung zunickten und ich einen nicht existierenden Fluch abgewandt hatte. *Bei Gott, was für ein Abend!*

Die Glocken einer der Kathedralen läuteten und verkündeten den neuen Tag – ich war achtzehn geworden.

Meine Teamkameradinnen umarmten mich.

»Herzlichen Glückwunsch zum Geburtstag.« Charlie kicherte.

»Und zu deinem ersten Kuss«, setzte Marge hinzu.

»Gehen wir bitte«, raunte ich und lief los.

Mein erster Kuss. Das war mein erster Kuss. So hätte das nicht laufen sollen. Nicht derart unromantisch, nicht derart anonym ...

Doch daran trug ich allein die Schuld. Ich hatte mich darauf eingelassen und obwohl die Umstände nicht gewesen waren, wie ich sie mir ausgemalt hätte, war ein kleiner Teil von mir doch froh. Froh, dass ausgerechnet er es gewesen war, selbst wenn ich rein gar nichts über ihn wusste.

Charlie und Marge redeten auf mich ein, doch ich war so aufgewühlt, dass ich mich nicht auf ihre Worte konzentrieren konnte.

Bevor wir das Ende der Straße erreichten, wagte ich einen Blick zurück.

Er stand noch an derselben Stelle und sah mich direkt an.

Augenblicklich stieg Hitze in meine Wangen. Ich spürte noch immer die Berührung seiner Lippen auf meinen. Ich hatte das wirklich getan, war ihm so nah gewesen. Ein unruhiges, warmes Flackern brandete durch meinen Brustkorb und ich holte zittrig Luft, sah wieder weg.

»Er schaut dir nach«, gluckste Charlie. Sie klopfte mir auf die Schulter, als sei das etwas, worauf ich stolz sein konnte.

Was sollte er auch sonst tun? Jemandem, der sich derart durchgeknallt aufführte, würde ich auch nachsehen, um sicherzugehen, dass er verschwand. Ich sah zu Boden.

Wir bogen auf den Pioneer-Place ein und waren außer Sichtweite.

»Du hast es echt getan, hätte ich nie gedacht«, japste Charlie nun. »Leider habe ich dagegen gewettet.«

»Ihr habt gewettet?« Ein beklemmendes Gefühl kroch in mir hoch und ich musterte sie verstört.

»Nicht so richtig, es war nur so dahergesagt«, nuschelte sie kleinlaut.

»Du schuldest mir trotzdem zwanzig Coins.« Marge lachte und fügte an mich gewandt hinzu: »Sei nicht sauer, im Grunde bist du die Gewinnerin. Der Fluch ist gebannt!« Sie legte mir einen Arm um die Schulter.

Charlie drehte sich einmal um die eigene Achse, als wolle sie sich bereits aufs Tanzen einstimmen. »Dein Plan, den Blonden zu küssen, ging ja ganz schön daneben.« Sie grinste breit. »Ich dachte schon, ich hätte gewonnen, als dich dieser Irre umgerannt hat.«

»Das hat echt wehgetan«, erklärte ich, in der Hoffnung, damit das Thema zu wechseln. Es reichte mir bereits, dass sich die Szene in meinem Kopf immer aufs Neue abspielte.

»Wir wollten schon rüberkommen, als du am Boden lagst, aber der Typ, der dir aufgeholfen hat, war ja sowas von süß«, meinte Marge aufgedreht. »Mit dem hattest du richtig Glück. Wäre sein Outfit nicht so armselig gewesen, wäre ich in Versuchung gekommen.«

Ich blinzelte. Die Vorstellung, wie Marge sich an ihn heranmachte, widerstrebte mir unwillkürlich.

»Du bist so ein Snob«, erklärte Charlie.

»Nein, ich habe Niveau«, konterte Marge.

»So umwerfend war der nun auch nicht, eher ein bisschen grobknochig.«

»Okay, kein klassischer Schönling, aber kernig. Ich dachte, darauf stehst du. Mich hat er an den Kerl in dem Film vorhin erinnert«, quasselte Marge weiter.

»Ach, der Sohn von dem anderen, stimmt, dem sah er wirklich ein wenig ähnlich.«

Ich runzelte die Stirn, konnte meine Gedanken kaum zusammenhalten.

»Sag mal, Ruby, was hast du am Schluss eigentlich zu ihm gesagt? Hast du dich bei ihm entschuldigt?« Charlie beugte sich in meine Richtung.

Bestürzt fuhr ich zu ihr herum. *Hätte ich das etwa tun sollen?* »Nein, ich habe mich bedankt.«

Nun prustete Marge los. »O Gott, das ist ja noch schlimmer!«

Ich blieb stehen. Das Brennen in meiner Brust war zu einem hohlen Gefühl abgeklungen. Wie hatte ich nur so naiv sein können? Ich hätte mich nie auf die Sache einlassen dürfen.

»Lach nicht darüber!«, fuhr Charlie sie an. »Macht doch nichts, dem läufst du sicher nicht wieder über den Weg.«

Plötzlich war mir nicht mehr danach, mit den beiden tanzen zu gehen. In mir tobte ein Chaos, das ich nicht verstand und dem ich gerne Einhalt geboten hätte – allein und in Ruhe.

»Ich glaube, es ist besser, wenn ich nach Hause gehe. Diese Grippe hat mich wohl doch erwischt.«

»Auf keinen Fall, jetzt kommt doch erst die Überraschung, Ruby«, rief Charlie und fasste meine Hand.

»Verrate nichts!«, zischelte Marge, doch ihre Freundin schüttelte den Kopf.

»Ach komm, ist doch jetzt egal.«

»Was denn?«, fragte ich irritiert.

Charlie hüpfte wie ein kleines Mädchen und jubelte: »Wir sollen dir alles Gute vom Coach ausrichten!«

Konsterniert zog ich die Stirn in Falten. Damit hatte ich als Letztes gerechnet. »Das ist die Überraschung? Gratuliert er sonst nie jemandem zum Geburtstag?«

So, wie ich Jarrings einschätzte, kam das vielleicht sogar einer freundlichen Sonderbehandlung gleich.

»Nein, äh, doch, aber wir dürfen dir in seinem Namen ausrichten, dass du nächste Woche dein erstes Auswärtsspiel hast«, verkündete Marge strahlend.

»Was?«, keuchte ich.

Das war nun wirklich eine Neuigkeit, die mich von den Füßen riss, nur auf eine nettere Art als vorhin.

»Ist das nicht super? Wir spielen im Stadion gegen die Mannschaft der Quanos-University«, jubelte Charlie. »Und vorher gehen wir zu einem Probetraining in die Arena, damit wir uns den neuen Tank ansehen können.«

Ich riss die Augen auf, hatte so lange darauf gewartet! Das tagtägliche Training und die Übungsspiele hatten inzwischen eine solche Routine erreicht, dass ich es kaum erwarten konnte, an einem richtigen Spiel teilzunehmen.

»O Gott, das Stadion! Das ist unglaublich! Wie ist es dort?« Ich versuchte mir das Lab vorzustellen, die Tribünen, das Publikum, und Aufregung machte sich in mir breit. Ich hoffte inständig, dass ich Jarrings und Mrs Ferrow endlich beweisen konnte, dass sie nicht umsonst in mich investiert hatten.

Auf dem Weg ins Rocks löcherte ich meine Kameradinnen mit Fragen. Nicht zuletzt, weil es mir ein wenig dabei half, mich von meinem peinlichen Intermezzo abzulenken. Sie erzählten mir ausführlich von ihren ersten öffentlichen Spielen – stadtinterne Matches, die in der Regel von mehreren hundert Zuschauern besucht wurden.

Die Aussicht, in wenigen Tagen vor den Augen so vieler zu spielen, jagte ein nervöses Kribbeln durch meine Glieder, gleichzeitig wünschte ich, es wäre schon so weit.

Im Rocks erwartete mich eine weitere Überraschung: Der Rest des Teams hatte sich eingefunden, zumindest alle, die nicht krank im Bett lagen. Dora eilte mir grinsend entgegen und schloss mich in die Arme. Sie und die anderen gratulierten mir strahlend und stimmten unter Charlies Führung sogar ein Ständchen für mich an. Ich war völlig überwältigt. Marc drückte mir ein Getränk in die Hand und erzählte mir Anekdoten über die letzten Turnierspiele, was Kiran zu überbieten versuchte. Schließlich zog mich Marge auf die Tanzfläche, wo sich Lion, Cynthia und Yu unter die anderen Gäste des Rocks gemischt hatten. Balt, der behauptete, er hätte zwei linke Füße, überredete mich später zu einem Dartspiel. Es war mit Abstand die schönste Feier, die ich je hatte. Dass es zugleich die Erste war, verschwieg ich geflissentlich.

Selbst Lion ließ sich zu einem kurzen Plausch mit mir herab. Heute fiel es mir jedoch schwer, ihm meine ganze Aufmerksamkeit zu schenken, denn obwohl ich es vermeiden wollte, kehrten meine Gedanken immer wieder zu einem gestohlenen Kuss zurück.

In dieser Nacht träumte ich nicht vom AquaLab, das seit Wochen meine Gedanken beherrschte, sondern von einem Feuer. Es loderte auf der Spitze eines Berges vor einem nachtschwarzen Himmel. Als der Weg immer steiler wurde, musste ich klettern und allmählich ging mir die Kraft aus. Da erschien ein Mann mit hellen, blauen Augen vor mir. Er reichte mir die Hand, um mir weiterzuhelfen. Plötzlich fiel Asche vom Himmel. In dunklen Flocken rieselte sie herab, wurde immer dichter, wirbelte ungestüm um mich herum und nahm mir die Sicht. Ich verlor den Mann aus den Augen und einen Wimpernschlag später stand ich allein inmitten des Aschesturms.

Panik legte sich mit tausend Fingerspitzen auf meinen Körper und riss mich abrupt aus dem Traum heraus.

Atemlos und von einer namenlosen Angst erfüllt fand ich mich in meinem morgendämmrigen Zimmer wieder, die Decke um meine Brust gewickelt. Lange noch spürte ich die Berührung von Ascheflocken auf meiner Haut – kühl und klamm.

XXII

Mit weit aufgerissenen Augen drehte ich mich im Kreis, bewunderte die Eingangshalle des Oaklandstadions. Jede einzelne Oberfläche in diesem gigantischen Foyer spiegelte das Licht. Der schwarz polierte Boden, die gläsernen, blaugrauen Wände, die sich in luftiger Höhe zu einem kunstvollen Gebilde aus Mosaikplatten zusammenfügten – düster und zugleich lichtdurchflutet. Mystisch klingende Walgesänge füllten den Raum, als sei ich auf dem Grund des Ozeans. *Es ist umwerfend.*

»Mach den Mund wieder zu, Landei.« Tiff lachte und lief, ihre Sporttasche geschultert, an mir vorbei.

Den Hals noch immer nach oben verrenkt, folgte ich ihr.

»Komm schon, ich bin gleich dran und will mich nicht verspäten. Im Stadion versteht Jarrings keinen Spaß«, drängte sie.

Also riss ich den Blick von den Stahlverstrebungen hoch über mir los und beschleunigte meine Schritte. »Ist mir entgangen, dass er das sonst tut«, spöttelte ich.

Tiff hielt mir eine Tür auf, über der auf schwarz lasiertem Grund *U1* stand. Sie grinste. »Lass das nur nicht Charlie hören. Sie liebt seinen Humor abgöttisch.«

Ich schnitt eine Grimasse und folgte ihr einen Gang hinunter, saugte jedes Detail in mich auf, obwohl der sterile, breite Korridor mit seinen grauen Wänden und dem beigen Teppichboden wenig aufsehenerregend war. Wie viele berühmte Spieler mussten hier schon entlang gegangen sein?

Tiff hustete in ihren Ärmel und ich musterte sie skeptisch. »Bist du sicher, dass du schon wieder tauchen solltest? Du bist immer noch krank.«

»Ach was, ich bestimme allein, wann ich gesund bin. Wer sich zu lange ausruht, erntet keine Lorbeeren«, wiegelte sie ab.

Wir betraten eine Umkleide, in der es so penetrant nach Chlor und Reinigungsmitteln roch, dass sie sofort wieder husten musste.

»Hey, Tiff! Jarrings ist mit den anderen schon rein, du bist echt spät dran!«, rief Marge, die, bereits in ihrem Shorty, auf einer der Bänke saß.

Neben ihr mühten sich Charlie und Cynthia in ihre Neoprenanzüge. Tiff fluchte ausgiebig, warf ihre Tasche auf eine Bank und zog sich schneller um, als menschenmöglich sein dürfte. Ich hatte mich lediglich meiner Jacke und der Schuhe entledigt, als sie bereits abgehetzt den Reißverschluss ihres neongelben Anzugs hochzog.

»Bis gleich«, keuchte sie und rannte, ein Handtuch in der Hand, zur Tür hinaus.

»Wow, das war ein neuer Rekord. Vielleicht hätte ich ihr sagen sollen, dass sie erst beim zweiten Durchgang dran ist.« Charlie schnitt eine Grimasse.

Ich zog vorwurfsvoll die Stirn kraus. *Arme Tiff. Sie so zu hetzen.* Jarrings würde uns heute Rennen gegeneinander schwimmen lassen, um seine endgültige Spielaufstellung festzulegen, was uns alle unter Druck setzte. Ich hatte in der vergangenen Nacht vor Aufregung kaum schlafen können. *Werde ich spielen dürfen oder nur auf der Bank sitzen?* Charlies großartige Ankündigung hatte sich leider nur darauf bezogen, dass ich dabei sein würde. Eine aktive Spieler-Position musste ich mir erst verdienen. Sollte es heute noch einen Influx geben – was sehr wahrscheinlich war –, würde das Auftaktspiel bereits morgen stattfinden. Ich atmete tief durch und packte meinen Anzug aus. Ich musste mein absolut Bestes geben, wenn ich eine Chance gegen die anderen haben wollte. Ich würde erst mit der dritten Gruppe starten und gegen Marge, Cynthia und Marc antreten. Charlie würde in dieser ersten Runde als Schiedsrichterin fungieren. Daher hatte ich noch Zeit. Genug Zeit, um mir das Stadion anzusehen. Ich zog mich um, setzte die Caps ein und schnappte mir mein Handtuch.

»Hey, willst du auch eins?«, rief Charlie mir nach und hielt mir etwas entgegen, das wie ein eingewickeltes Konfekt aussah.

»Was ist das?«, fragte ich.

Marge stieß ein schnaubendes Gackern aus. »Das lockert die Glieder, du schwimmst dann garantiert besser.« Sie zwinkerte. »Zum Essen solltest du allerdings hierbleiben.«

Cynthia nahm es Charlie aus der Hand, wickelte es aus und steckte es sich in den Mund. Dabei warf sie mir einen abschätzigen Blick zu.

»Nein danke, ich gehe mir den Tank ansehen«, entgegnete ich.

Charlie nickte. »Klar, du warst noch nie hier, oder? Einfach den Schildern folgen. Dann bis gleich.«

Ich grinste aufgedreht und machte mich auf den Weg, passierte zwei Quergänge und gelangte schließlich an einen Treppenaufgang, der zur Schwimmerbühne und zum Konsolenbau führte.

Den Namen verdankte der Bau dem Umstand, dass er das Podest für den Tank bildete. Von diesem Zentrum aus wurde das komplette Lab gesteuert, von der Wasseraufbereitung bis zur Elektronik. Ich musste mich gegen die Tür stemmen, damit sie aufging, und betrat einen langen Flur, von dem in regelmäßigen Abständen kurze Gänge nach links abzweigten.

Die Tür fiel leise hinter mir zu und ich blieb wie erstarrt stehen. *Nein, das kann nicht wahr sein.* Wie groß war die Wahrscheinlichkeit, dass ich ihm ausgerechnet hier und jetzt wieder begegnete? Fassungslos starrte ich den Mann an, der sich auf halber Höhe des Korridors über einen Computer beugte. Mein Herz setzte einen Schlag aus.

Ich konnte keinen klaren Gedanken fassen, folgte meinem ersten Impuls. Mit zwei hastigen Schritten flüchtete ich in einen der Seitengänge.

Ich hatte ihn geküsst und war dann weggerannt. Hatte versucht ihn aus meinen Gedanken zu verbannen. *Warum um alles in der*

Welt ist er jetzt hier? Ich sank mit dem Rücken gegen die Wand, versuchte mich zu beruhigen. Dann spähte ich flach atmend um die Ecke. Er hatte mich nicht bemerkt, stand vor einem Systemkasten voll blinkender Armaturen, wahrscheinlich einem der Hauptrechner. Die Arbeitsnische bot gerade genug Platz für einen schmalen Tisch, auf dem er einen Laptop angeschlossen hatte. Er trug einen grauen Overall und schien völlig versunken in seiner Aufgabe. Ich presste die Kiefer aufeinander, spürte meinen Herzschlag bis in die Schläfen klopfen. Da bewegte er sich und ich zog schnell den Kopf wieder ein.

»O verdammt.« Ich schloss für einen Moment die Augen und kämpfte die Panik nieder. *Also gut, konzentrier dich. Was für Optionen habe ich?* Ich könnte einfach an ihm vorbeilaufen. Vielleicht würde er mir gar keine Beachtung schenken. Mein Magen krampfte sich zusammen. *Beim Bräss! Nein, ich gehe zurück. Durch dieselbe Tür, durch die ich gekommen bin.* Es musste noch einen anderen Weg zum Tank geben. Ich schluckte schwer und sah zu Boden. *Oder die dritte Möglichkeit.*

Jetzt hatte ich die einmalige Gelegenheit, mich bei ihm zu entschuldigen. *Wegrennen wäre leichter, natürlich, doch will ich das überhaupt?* Ich hielt den Atem an, ballte vor Anspannung die Fäuste. Zum Rift, was war nur mit mir los? Ich wollte, dass er wusste, dass es mir leidtat. Dass ich so etwas normalerweise niemals tun würde. *Aber wieso ist mir das so wichtig?* Wieso stellte dieser Mann jedes Mal, wenn ich ihn traf, all meine Empfindungen auf den Kopf?

Unruhig machte ich einen Schritt nach vorne, hatte meine Entscheidung im Grunde schon getroffen. Ich atmete noch einmal tief durch, sammelte mich. *Also los …*

Direkt vor mir trat jemand um die Ecke. Ich fuhr zusammen. Im ersten Augenblick war ich überzeugt, er sei es. Doch es war ein älterer Sicherheitsbeamter, der vor mir stehen blieb. Ein Wachmann namens Fridden, wie ich dem Schild an seiner Uniform entnahm.

»Hallo«, sagte er verwundert.

Das Quäntchen Mut, das ich gerade zusammengerafft hatte, fiel in sich zusammen. *Warum ausgerechnet jetzt?*

»Hallo«, murmelte ich und hoffte, dass er weiterging.

Stattdessen warf er einen kritischen Blick auf den Mann, der mich so in Aufruhr versetzte, und meinte: »Kann ich Ihnen helfen? Kennen Sie den Mann dort? Hat er sie belästigt?«

Ich versteifte mich. Zum Bräss, so, wie ich hier stand, musste er ja etwas in dieser Art annehmen. Ich fluchte in mich hinein.

»Nein, so ist das nicht. Ich kenne ihn nicht. Können Sie mir sagen, ob ich auch über einen anderen Weg zum Tank komme?«, versuchte ich ihn zu beschwichtigen.

»Gehören Sie denn zu dem Team?«

Ich nickte leicht. »Ja, ich bin in der Beldon-Mannschaft.«

»Dann müssen Sie diesen Flur entlang bis zum Aufzug«, erklärte er und deutete in Richtung meines Problems.

Ich sank in mich zusammen. »Okay ... danke«, presste ich hervor. Ich würde das also durchziehen und einfach hoffen, dass der Wachmann wieder ging und nicht auf die ritterliche Idee kam, mich zu begleiten.

Mein Magen krampfte sich noch mehr zusammen und ich legte eine Hand darauf.

Mr Fridden räusperte sich. »Sie haben mich doch angelogen, Miss. Sie kennen diesen Mann. Hat er Ihnen etwas getan? Sagen Sie es nur! So etwas wird hier nicht toleriert. Der Kerl wird rausgeschmissen, schneller als er schauen kann.«

Ich spürte, wie mir das Blut aus dem Gesicht wich. *Wieso versteifte er sich so sehr auf diese Idee?* »Nein, bitte! Hören Sie, ich habe ihn schon mal getroffen, ja. Das war allerdings unter ... sehr seltsamen Umständen. Es wäre mir einfach wahnsinnig unangenehm, ihm wieder über den Weg zu laufen. Das ist alles. Er hat nichts Falsches getan.«

»Seltsame Umstände?«, wiederholte er und schwieg dann eine Weile, als müsse er darüber nachdenken. Bang beobachtete ich ihn.

»Also gut«, meinte er schließlich. »Wenn das so ist. Ich kann den Techniker in den Maschinenraum schicken, dann können Sie vorbei.«

»Danke, das ist unglaublich nett von Ihnen«, flüsterte ich und in dem Moment überwog meine Erleichterung alles andere. Ich lehnte mich gegen die Wand und lauschte darauf, wie sich Mr Fridden entfernte und seinen Kollegen bat, in einem der Konsolenbauräume nach dem Rechten zu sehen.

Schließlich gab er mir Entwarnung und ich eilte durch den nun freien Gang auf ihn zu.

»Vielen Dank«, sagte ich noch einmal.

Da ging hinter uns die Tür zur Umkleide auf. »Ruby! Ich dachte, du bist schon bei den anderen. Hast du dich verlaufen?«, rief Charlie und stiefelte auf mich zu. Sie beachtete den Sicherheitsmann kaum und hakte sich bei mir ein.

»Komm schon«, murmelte sie und zog mich durch die nächste Tür, die das Herzstück des Konsolenbaus vom Bühnenraum abtrennte.

Ich warf einen hektischen Blick zurück, doch die Tür fiel bereits zu.

Das Herz schlug mir noch immer bis zum Hals. Nervös verschränkte ich die Arme vor der Brust.

»Alles in Ordnung? Bist total aufgeregt, was?« Charlie lachte und drückte einen Knopf neben der Tür. Das Surren eines Hydraulikaufzugs ertönte. In der Mitte der Kammer waren zwei runde Plattformen von vier Metern Durchmesser aufgebaut, die wie Hebebühnen funktionierten.

»Und wie«, bestätigte ich. Nur setzte mir der Schock von eben weit mehr zu.

»Hey, das wird schon, heute sehen uns höchstens eine Handvoll Leute zu«, meinte meine Freundin beruhigend.

Ich nickte, hoffte nur, dass er nicht darunter war. Oder hoffte es doch? Meine Gefühle tanzten einen wilden Reigen, den ich kaum zu fassen bekam.

Ich schämte mich für mein Verhalten am Wochenende. Er musste mich für unglaublich dumm halten. Schlimmer noch: für dreist oder verrückt oder, noch bedenklicher, für ein leichtes Mädchen.

Ich verstand nicht mehr, wie um alles in der Welt ich auf die Idee gekommen war, ihn zu küssen. Damit er mich nicht vergaß! Allein der Gedanke war doch irrsinnig. Wahrscheinlich hatte ich aber Erfolg gehabt. Ich würde auf ewig die Irre sein, die Fremde auf der Straße küsste.

Reuevoll ließ ich den Kopf hängen, während einer der Aufzüge im Schneckentempo zu uns herabfuhr.

Nun war die Chance, mich zu entschuldigen, vertan.

»Wow, bist du redselig, wenn du nervös bist. Da können wir uns ja auf die Spielsaison freuen«, foppte mich Charlie und hüpfte auf die Plattform, bevor sie zum Stillstand gekommen war.

Ich stieg zu ihr hinauf und nuschelte eine Entschuldigung. »Ich bin immerhin zum ersten Mal im Stadion. Bestimmt gewöhnt man sich daran, oder?«

»Hm, vielleicht, manche tun das nie. Dora kotzt vor jedem Spiel.« Charlie stieß ein hämisches Lachen aus.

Ich zog skeptisch die Augenbrauen zusammen.

»Wirklich!« Sie grinste versonnen und stellte sich breitbeinig, die Hände auf den Hüften, das Kinn emporgereckt, in Positur. »Das kannst du dir gleich angewöhnen. Nicht das Kotzen, das Posieren. Stell dich adrett hin. Wenn wir beim Auftaktspiel nach oben fahren, werden dich tausende Leute sehen. Nicht nur als kleines Pünktchen inmitten der Arena, sondern auch auf den Großleinwänden.«

Ich schluckte. Diese Aussicht ließ mein jüngstes Erlebnis ein wenig in den Hintergrund rücken.

»Dora macht das im Grunde ganz clever. Lieber vorher kotzen als in dem Augenblick, wenn du da oben auftauchst.«

»Ist das schon mal jemandem passiert?«, fragte ich und legte den Kopf in den Nacken, bestaunte die Kuppeldecke in dem kreisrunden Ausschnitt über mir.

»Öhm ... bestimmt.«

»Also nicht.«

Sie schnitt eine Grimasse. »Du willst jedenfalls nicht die Erste sein.«

Damit hatte sie definitiv recht.

»Hebs, Blayke, wo ist Pellment?«, bellte uns Jarrings entgegen, ehe wir Gelegenheit hatten, die Plattform zu verlassen. »Sie sind gleich dran. Beim Bräss, wie ich Unpünktlichkeit hasse! Ich will Bestleistungen sehen, verstanden? Keine Schnarchveranstaltung wie im Training. Was soll überhaupt das Getrödel auf diesem Asthmatiker-Deckel? Sind Sie schon fußlahm? Zu faul die Treppe zu benutzen?«

»Ich wollte Blayke den Aufzug zeigen, nicht, dass sie ihn beim Spiel zum ersten Mal nutzt und ihr schlecht wird«, meinte Charlie ungeniert.

Zum Dank, dass sie mich als ihre Ausrede benutzte, verpasste ich ihr einen leichten Rippenstoß.

»Schwafeln Sie keinen Dreck, Hebs, den brässverdammten Auftritt gehen wir zum Schluss durch. Das wissen Sie genau«, knurrte Jarrings in gewohnt heiterer Stimmung und scheuchte uns mit einer ungeduldigen Handbewegung fort.

Ich drehte mich überwältigt einmal um die eigene Achse. Das Stadion war gigantisch und erhob sich wie ein Dom über unseren Köpfen. Riesige Stahlspeichen hielten das gläserne Kuppeldach, liefen sternförmig aufeinander zu. Zwanzig Meter breite Leinwände hingen, auf alle Seiten ausgerichtet, hoch über mir. Die Tribünen erstreckten sich ringsum wie Rippenbögen und erweckten den Eindruck, wir stünden inmitten eines überdimensionalen Thoraxes. Hier und da saßen vereinzelte Zuschauer. Der Tank war um einige Meter größer als die Übungscontainer der Beldon. Ich kam mir so winzig vor wie eine Ameise vor einem Wasserglas.

Ehrfürchtig trat ich näher und berührte das kalte Panzerglas, das eine kristallklare Sicht ins Innere ermöglichte.

»Der ist brandneu, wurde extra für diese Spielsaison aufgebaut. Da ist mehr Technik verbaut als in den Vorgängern«, murmelte jemand hinter mir.

Ich sah auf. Kiran gesellte sich zu mir.

»Ich bin gespannt darauf«, entgegnete ich und wandte mich wieder dem Tank zu, versuchte das Labyrinth darin zu erkennen, was dank der verschiedenfarbigen Leuchtbänder leichter war als erwartet.

Wir hatten den Aufbau anhand von Plänen studiert. Jarrings hatte uns auf allerhand Details hingewiesen. Unterschiedlich gekennzeichnete Innen- und Außenwände, außerdem bewegliche Platten, die über das Pointsystem gesteuert wurden. Es war ausgeklügelt und wenn wir es richtig nutzten, wäre es vorteilhaft für unsere Spielzüge. Beinahe war ich enttäuscht, dass ich auf der Enigma Position weniger Ballkontakt haben würde.

»Du hast zwei Konkurrenten, Ruby. Meinst du, du setzt dich durch?«, fragte Kiran.

»Ich gebe keine Prognosen, sondern einfach mein Bestes«, gab ich zurück.

Er grinste. »Ich wünsche dir auf alle Fälle Glück. Du hast es dir verdient.«

»Danke.«

»Dort hinten ist übrigens eine der Rätselkammern.« Er deutete auf einen dunkler erscheinenden Quader. Die Kajüten waren von innen verspiegelt, sodass der Spieler nicht hinaussehen konnte. Da ich während des Matches keine Zeit hatte, die Umgebung zu betrachten, war mir dieser Aspekt herrlich egal. Angeblich sollte die Neuerung interessante Effekte ermöglichen, um die jedoch ein Geheimnis gemacht wurde. Selbst Jarrings hatte nichts darüber in Erfahrung bringen können.

»Gruppe 3! Rein mit Ihnen! Es ist ein Rennen, vergessen Sie das nicht. Keine Rundschau, kein Erkundungstauchgang, warten Sie auf mein Zeichen.«

»Na dann«, meinte Kiran.

Mit flauem Gefühl erklomm ich, gefolgt von Marc, die Treppe. Oben angekommen, gesellte ich mich zu Marge und Charlie, die miteinander plapperten. Cynthia streckte bereits die Beine ins Wasser. Mein Blick flog noch einmal über die Zuschauerränge. Obwohl ich wusste, dass es unwahrscheinlich war, hielt ich nach einer ganz bestimmten Person Ausschau. Dass *er* sich in unmittelbarer Nähe befand, konnte ich trotz aller Aufregung nicht verdrängen, doch natürlich war der Techniker nicht unter den Zuschauern.

Das Wasser unter mir geriet in Bewegung, als unsere Vorgängergruppe auftauchte.

Auch Tiff streckte gerade den Kopf hinaus. Sie sah blass aus.

»Alles in Ordnung?«, fragte ich, als sie sich aus dem Becken hievte.

»Ich bin eindeutig noch nicht in Form, aber das wird schon. Allerdings glaube ich kaum, dass mich Jarrings nach dieser Leistung für das Spiel aufstellt.«

»Mach dir nichts draus, Captain, du bist trotzdem die Beste.« Marge zwinkerte ihr zu.

»Fertig!«, schrie der Coach von unten und ich fokussierte meine Aufmerksamkeit auf die unmittelbare Herausforderung. Ich senkte den Blick, machte mich absprungbereit und versuchte alles andere auszublenden.

»Los!«

Wie Sprungfedern katapultierten wir uns in das Becken. Kühles Wasser nahm mich auf und schlagartig war die Welt eine andere. Sich im dreidimensionalen Raum zu bewegen, war inzwischen wie selbstverständlich. Cynthia und Marc tauchten neben mir hinab, eine Spur tausender Luftblasen hinter sich herziehend. Eine gläserne Landschaft breitete sich unter mir aus. Ich nutzte noch immer meinen Schwung und stürzte mich senkrecht nach unten. Mein Körper vollführte ganz von alleine eine stromlinienförmige Bewegung, die mich schnell vorantrieb.

Der Druckausgleich geschah wie von selbst. Ich konzentrierte mich einzig darauf, Tiefe zu gewinnen, keine der Wände zu übersehen und möglichst wendig um die Kurven zu kommen, ohne an Geschwindigkeit zu verlieren. Cynthia streifte mein Bein, als sie sich nach rechts wandte, um einen anderen Weg zu nehmen und drückte es dabei ein wenig zur Seite. Ich schenkte ihr keine Beachtung. Das Manöver dürfte sie mehr ausgebremst haben als mich.

Eine gelb leuchtende Glaskante tauchte vor mir auf und ich streckte die Hände danach aus, passte sie genau ab. Die Caps glichen die Verzerrung aus. *Die Qual hat sich gelohnt.*

Ich glitt um die erste Biegung und gelangte in einen weit ausladenden Gang. Auf dieser Geraden war ich alleine und zwang mich, alles zu geben. Das Herz hämmerte mir gegen die Rippen. Dieser Sprint würde mich einiges an Atem kosten.

Wieder nahm ich eine Kurve, diesmal an der Außenwand, um eine der Markierungen zu berühren. Im nächsten Hohlraum kam mir Marc auf seiner Route entgegen. Sein grimmiges Gesicht ließ mich nichts Gutes ahnen und ich machte einen leichten Bogen um ihn herum.

Da, ein zweiter Schatten! Ich drehte den Kopf. Cynthia tauchte aus einem Tunnel schräg über mir auf.

Im nächsten Moment wurde ich herumgewirbelt. Ihr Ellenbogen hakte sich unter meinen. Mit dem Rücken prallte ich gegen das Glas. Ihr Knie landete in meinem Magen. Ich keuchte, Luftblasen stiegen auf. Ich ignorierte das Stechen in meinem Bauch, streckte mich, um den Krampf zu lösen, der sich anbahnte, und warf mich mit einer Rolle nach vorne. Damit brachte ich Cynthia aus dem Konzept, löste mich aus dem Hakengriff und stieß mich von der Glasfront ab.

Wütend klatschte ich an die nächste Markierung, versuchte meinen Puls gleichmäßig zu halten und dennoch rasch zu schwimmen.

Sie hatte mich gefoult. Ein Foul, das niemand gesehen hatte, denn der Kniestoß hatte mich in der Drehung getroffen. Tackling gehörte zum Spiel. Es war sogar erwünscht, dass sich die Kontrahenten gegenseitig angriffen. Verletzt werden sollte allerdings niemand. Einhaken mit Knien und Ellenbogen war erlaubt, jemanden mit den Händen festzuhalten oder einzuklemmen, untersagt. Dieses Miststück hatte mir die Luft aus den Lungen treiben wollen!

Verbissen nahm ich die letzte Kammer in Angriff, kreuzte Marges Route. Sie hing mit einem verkniffenen Gesichtsausdruck an einer Wand und winkte mich hektisch weiter. Irritiert flog ich an ihr vorbei. Was war passiert? Sie war eigentlich eine der Schnellsten.

Mit raschen Paddelschlägen schoss ich auf die Oberfläche zu. Wasser spritzte auf, ich schnappte nach Luft. Marc neben mir atmete schwer, war schon vor mir aufgetaucht.

Er grinste. »Gut gemacht, Blayke. Wirst du jeden Monat schneller oder meine ich das nur?«

»Schnell? Wenn Sie noch langsamer schwimmen, wachsen Korallen zwischen Ihren Zehen«, blaffte Jarrings. Er stand direkt über uns.

Cynthia und Marge tauchten gemeinsam mit Charlie auf und der Coach wandte sich auf seine unverblümte Art an uns.

»Das war auf dem Niveau einer Miesmuschel. Mir tun die Augen weh vom Zuschauen.« Er stöhnte und erhob beide Hände, um zu einer seiner Schimpftiraden anzusetzen. »Zu allem Überfluss befinden wir uns in einem unorganisierten Sauhaufen von Stadion, in dem die Verwaltung es offenbar nicht schafft, ihre Probleme eigenständig zu regeln. Eigentlich soll ein Testtaucher diese Aufgabe übernehmen, doch der gute Mann ließ verlauten, er sei *indisponiert*. Das muss man sich erst einmal vorstellen! Ich weiß nicht einmal, was dieses Wort bedeuten soll. Atemregler Vier wurde angeblich gerade repariert und muss getestet werden. Und raten Sie mal, wer das nun übernehmen darf? Wer von Ihnen traut sich diese Mammutaufgabe zu?«

»Ich mache das ganz bestimmt nicht«, ereiferte sich Cynthia und drehte sich weg.

»Ich muss Marge helfen, sie hat sich gestoßen«, erklärte Charlie.

»Das tun Miesmuscheln auch«, knurrte der Coach.

Ehe ich etwas sagen konnte, meldete sich Marc. »Ich kann es machen.«

Er erntete einen unwirschen Blick. »Und dann? Wollen Sie dem Techniker melden, welche Farbe der Schlauch hat? Jeder mit einem Hauch Feingefühl wäre besser geeignet. Sie übernehmen das, Blayke.« Er fixierte mich einen Moment.

»In Ordnung.« Einen Regler zu testen, war nicht weiter schwer, in Lems Werkstatt hatte ich oft genug welche repariert, um zu wissen, worauf es ankam.

»Dann hurtig. Runter mit Ihnen. Sie alle haben noch einige Minuten, den Tank zu erkunden. Gruppe 1 ist gleich wieder an der Reihe. Dann schalten wir diesen verdammten Kasten an. Mal sehen, wie Sie mit der Lichtershow klarkommen.«

Mit einem tiefen Atemzug tauchte ich zu Station Vier hinab, die ganz unten angebracht war.

Er, der Techniker, stand direkt vor mir.

Ich verschluckte mich beinahe vor Schreck.

Sein eisblauer Blick traf mich, kühl wie Gletscherwasser. Zugleich kroch mir eine allzu bekannte Hitze in die Wangen. Einen Moment sahen wir uns nur an. Dann brach er den Bann, wandte sich dem Coach zu.

Beim verfluchten Bräss, er war derjenige, der diese Testergebnisse brauchte! *Natürlich.*

Mein Magen rotierte unvermittelt und ich besann mich mit Mühe auf meine Aufgabe.

Ich versuchte ihn nicht zu beachten, griff nach dem Regler, blies das Wasser ab und nahm einen Atemzug. Nach zwei Luftlöchern funktionierte er tadellos. Ich bildete mit Daumen und Zeigefinger einen Kreis.

Der Coach klopfte sich mit einem Finger auf die Handfläche. Ich sollte eine Minute testen. Also nickte ich, ließ mich treiben, atmete und sah überall hin, nur nicht nach draußen. Ich zählte die Sekunden, mit der Zeit strömte die Luft leichter aus.

Nach einer halben Minute huschte mein Blick zu ihm. Erleichtert stellte ich fest, dass er und Jarrings im Gespräch waren. Wer, um Himmels willen, war in der Lage, sich nett mit dem Coach zu unterhalten? Und lachte Jarrings etwa gerade?

Sie hatten beinahe dieselbe Statur, wie mir nun auffiel. Neben dem Trainer wirkte normalerweise jeder wie eine halbe Portion.

Einige meiner Teamkameraden hatten sich ein Stück abseits bei den Mannschaftsbänken eingefunden.

Yu, Balt, Kiran und Lion, die zur ersten Gruppe gehörten, erhoben sich nun und machten Dehnübungen, als sich Jarrings zu mir umdrehte und nickte.

Rasch ließ ich den Regler los und stieß mich nach hinten, froh, ein wenig Abstand zu gewinnen. Ich musste mich beruhigen. Das würde ganz unspektakulär ablaufen.

Ich nutzte die verbliebene Zeit, um mir den Tank genauer anzusehen, doch meine Nervosität nahm mit jeder Minute zu. Gleich würde ich ihm gegenüberstehen.

Schließlich kam das Zeichen zum Auftauchen. Als ich mich gemeinsam mit meiner Truppe aus dem Wasser zog, stürzten sich die vier Jungs aus Gruppe 1 bereits mit einem Ball hinein. Der Geruch nach Chlor stach mir nun intensiver in die Nase. Wellen schwappten über meine Beine und ich blieb einen kurzen Moment am Rand sitzen.

»Ist das da unten etwa der Typ vom Pioneer-Place?«, zischelte Charlie entgeistert und ließ sich neben mich fallen.

Keine Sekunde später klatschte Marge, die ihre Prellung offenbar überwunden hatte, zu meiner anderen Seite auf das Gitter. »Sag schon, haben wir recht?«

»Wäre möglich«, krächzte ich.

Marge lachte leise. »Wow, ist das peinlich. Hoffentlich hat er dich nicht erkannt.«

Ich krampfte meine Hände um die Absprungkante. Diese Wahrscheinlichkeit war gleich Null, denn obwohl da kein Zeichen eines Wiedererkennens gewesen war: Diesmal hatte er mich erkannt. Daran hatte ich keinen Zweifel.

»Blayke, kommen Sie runter! Der Techniker hat nicht ewig Zeit«, erklang die dröhnende Stimme des Trainers.

Sofort beschleunigte sich mein Herzschlag wieder. Ich erhob mich und tauschte einen bangen Blick mit Charlie. Das Wasser troff warm durch meinen Anzug hindurch und verstärkte das Gefühl, dass mir gerade alles entglitt. Langsam ging ich die Stufen hinunter zu meinem Coach und dem Mann, dessen Anwesenheit allein ausreichte, ein Nervenbündel aus mir zu machen. Was dachte er nur von mir?

»Mr Liras, das ist Miss Blayke. Sie gehört Ihnen«, brummte Jarrings.

Ich schluckte schwer. Liras war also sein Name. Ich hätte nicht damit gerechnet, ihn ausgerechnet durch den Coach zu erfahren.

»Hi, danke für deine Hilfe«, begrüßte er mich und seltsamerweise beruhigte mich der Klang seiner Stimme ein wenig. »Tut mir leid, das dauert auch nicht lange. Aber es ist nötig, damit ich diese Sache abhaken kann.« Sein Blick huschte über mein Gesicht, als könne er dort Antworten finden.

Meinte er den Regler oder meinen Überfall auf ihn? »Kein Problem«, murmelte ich.

»Dieser *Test* ... Ist er für dich gelaufen wie erwartet?«

Ich stockte. *Für mich?* Er war derjenige, der Erwartungen an diesen Test gehabt hatte. *Nein.* Sein forschender Blick ... Er spielte auf das Wochenende an. Schlagartig stieg mir die Hitze zu Kopf und ich hoffte inständig, dass es nicht weithin sichtbar war. Der blöde Regler interessierte ihn kein Stück.

»Nein ... Wie erwartet lief eigentlich gar nichts«, presste ich hervor. Ich wünschte, Jarrings ginge woanders hin, damit ...

»Nicht wie erwartet? Was haben Sie denn vermutet, Blayke? Dass Seifenblasen herauskommen?«, blaffte dieser prompt.

Liras verschränkte die Arme vor der Brust und schien ein Lachen zu unterdrücken, was ich ihm nicht einmal verdenken konnte. Doch er fasste sich sofort wieder und neigte den Kopf ein wenig, als er erneut meinen Blick suchte. Ein unbehagliches Flattern breitete sich in meinem Magen aus. Worauf lief dieses Gespräch eigentlich hinaus?

»Was lief denn anders als erwartet?«

Ich beschloss, beim offensichtlichen Thema zu bleiben. »Es … gab zwei Aussetzer zu Beginn. Wahrscheinlich, weil der Regler schon seit Längerem funktionsuntüchtig war. Dabei können sich Wassereinschlüsse bilden. Der Atemwiderstand hat sich im Laufe der Zeit verringert.«

Er musterte mich mit einer gewissen Anerkennung und meinte: »Ehrlich gesagt, ist die Atemstation seit … Freitagabend defekt. Ich mache mir also schon eine Weile Gedanken darüber. Könntest du mir noch Details dazu nennen?«

Sein intensiver Blick machte es mir plötzlich schwer, klar zu denken. Er machte lediglich Anspielungen, er wollte mich nicht bloßstellen. Außerdem war es wieder da: dieses Gefühl, so unvermittelt wie im Darwins.

Unschlüssig erwiderte ich seinen Blick, in dem jetzt eine leise Erheiterung aufblitzte. Der Wunsch, mich ihm zu erklären, wurde drängender.

Wenn ich jetzt nicht die Gelegenheit ergriff, würde sich kaum eine weitere ergeben.

Ehe mich der Mut wieder verließ, wandte ich mich an Jarrings und bemühte mich, meine Stimme fest klingen zu lassen. »Coach, ich werde Mr Liras kurz begleiten, wenn das okay ist. Mir sind noch einige Punkte aufgefallen, die korrigiert werden müssen, dann könnte er die Feinjustierung direkt am Hauptrechner machen.«

Einen kurzen Moment zog Liras die Brauen zusammen, wirkte erstaunt. Hatte er nicht genau das gewollt? Es schien, als halte er die Luft an, während er mich fünf Herzschläge lang unverwandt musterte.

»Meinetwegen. Sie sind sowieso erst in zwanzig Minuten wieder dran. Nehmen Sie sich ein Handtuch mit, Blayke«, grunzte mein Trainer, ohne den Blick vom Tank abzuwenden.

»Gut.« Benommen von der unverhofften Wendung, ging ich zu den Bänken.

Charlie säuselte mir zu: »Viel Spaß.«

»Wohl eher nicht«, murmelte ich und kehrte zurück, während ich mir notdürftig Gesicht, Haare und Hände abtrocknete.

Liras nickte mir mit undeutbarer Miene zu. »Wir müssen nur die Treppe hinunter.«

Ich folgte ihm schweigend. Meine Gedanken jagten panisch im Kreis.

»Ich wollte dich nicht in Verlegenheit bringen«, meinte er, als wir außer Hörweite der Mannschaft durch den Aufzugsraum gingen.

Erstaunt blickte ich auf, doch er setzte seinen Weg fort.

»Das hast du nicht ... Ich meine: Das habe ich wohl selbst erledigt.«

Er hielt mir die schwere Trenntür auf, die uns in den Flur führte, an dessen entgegengesetztem Ende ich mich vorhin noch versteckt hatte.

»Da wären wir.« Er deutete auf eine Nische voller Kontrolllämpchen, in der sich der Systemkasten des Tanks vom Boden bis zur Decke erhob.

Ich rechnete damit, dass er mich nun zur Rede stellen würde, und wartete beklommen, während er seinen Laptop aufklappte und einige Tasten anschlug. Zwischen den gelben Wänden schwappte eine angespannte Stille, wie eine Suppe, die niemand essen wollte.

Verdammt, was denke ich für einen Unsinn?

Schließlich wandte er sich mir zu und ich hielt mich in banger Erwartung an meinem Handtuch fest.

»Ehrlich gesagt, hast du mich überrascht.«

»Überrascht?«, stammelte ich.

»Ich dachte, du wimmelst mich ab. Stattdessen kommst du mit mir.«

»Oh ... ich denke, ich bin dir eine Erklärung schuldig«, entgegnete ich zaghaft und sah den Gang hinunter.

Die merkwürdige Vertrautheit, die er trotz der Anspannung in mir auslöste, verwirrte mich. Ich musste das jetzt hinter mich bringen, ehe irgendetwas dazwischen kam. Aufgewühlt fixierte ich einen Punkt auf dem blau gemaserten Boden und begann einfach, obwohl ich keine Ahnung hatte, wie. »Am vergangenen Freitag, als wir uns in der Stadt trafen ... Was da passiert ist, war keine Absicht. Ich verstehe selbst nicht, was in mich gefahren ist. Das hört sich idiotisch an, ich weiß. Aber was ich getan habe, tut mir ehrlich leid. Es war nicht okay.«

Ich holte tief Luft, ehe ich fortfuhr: »Du denkst wahrscheinlich das Allerschlimmste von mir, aber ich überfalle sonst keine Leute auf der Straße. So etwas würde ich nie tun. Ich meine, bis auf dieses eine Mal. Verdammt ... Was ich sagen will, ist, ich habe so etwas nie zuvor gemacht. Nicht, dass ich vorhätte, damit weiter zu machen. Jedenfalls ... bitte ich um Entschuldigung dafür. Ich hatte kein Recht dazu.«

Ich wagte einen kurzen Blick, doch er sah mich nur aufmerksam an, was meine Nervosität nicht linderte. »Außerdem möchte ich mich dafür bedanken, dass du mir aufgeholfen hast. Das hättest du schließlich nicht tun müssen«, fügte ich kleinlaut hinzu.

Er schwieg weiter. Hatte ich seine Anspielungen falsch interpretiert? »O Gott, interessiert dich das überhaupt? Du willst nur die Testergebnisse wissen, oder? Bei Atemregler Nummer Vier musst du im Grunde nur den Atemwiderstand um eine halbe Stufe erhöhen. Die Aussetzer waren meiner Meinung nach nur eine Nachwirkung des Defekts. Er funktioniert wieder einwandfrei. Bei Regler Eins könnte man den Widerstand allerdings um zwei Stufen herunterdrehen ... also, falls du Zeit dafür hast. Ich will dir ja nicht vorschreiben, was du zu tun hast. Mir ist es völlig egal, ob der Widerstand ein wenig erhöht ist, Hauptsache, man bekommt Luft. Es tut mir leid, eigentlich rede ich nicht so viel, aber ich bin furchtbar nervös ... und ... das wollte ich jetzt gar nicht sagen. Aber egal, das ist sowieso schwer zu übersehen.«

Er stand mit verschränkten Armen locker gegen den Tisch gelehnt. Stille Erheiterung brachte seine Augen zum Leuchten.

»Jedenfalls ... wollte ich, dass du weißt: Es tut mir aufrichtig leid, dass ich dich geküsst habe«, flüsterte ich.

Er senkte den Kopf, ein schräges Lächeln auf seinen Lippen, und sah dann erneut zu mir auf. »Schade.«

Minimal kürzer als mein Monolog. Ich schluckte einmal, wusste nicht, wie ich darauf reagieren sollte.

Er sagte nichts weiter und ich meinte für einen Wimpernschlag, Unsicherheit in seinem Blick flackern zu sehen. Es lag auch etwas Weiches darin, das mich aus dem Gleichgewicht brachte. Ein Kribbeln lief durch meine Glieder, das ich nur zu gerne dem klammen Neopren zugeschoben hätte.

»Du ... findest das schade?«

Er stieß die Luft aus und biss sich auf die Unterlippe. »Es ist wenig schmeichelhaft, so etwas zu hören, aber ich komme darüber hinweg.«

»Oh.« Ich riss meinen Blick von ihm los, als mich die simple Ernüchterung traf. *Habe ich eine andere Antwort erwartet?* Ich kannte ihn doch überhaupt nicht. Ich sollte mich besser auf das Wesentliche konzentrieren.

»Nimmst du meine Entschuldigung an?«, fragte ich zögernd.

»Du musst dich für nichts entschuldigen ... außer vielleicht dafür, dass du dich einfach aus dem Staub gemacht hast. Eigentlich wollte ich dich nämlich fragen, ob deine Verletzung gut verheilt ist. Aber das hat sich wohl erübrigt.«

»Verletzung?« Ich war so überrumpelt, dass ich erst einen Moment später schaltete. »Der Trommelfellriss? Du hast mich wiedererkannt? Ich dachte, du wüsstest nicht mehr, wer ich bin«, stammelte ich.

Er lachte leise. »Ich ... habe ein gutes Gedächtnis für Gesichter. Übrigens, falls du dir deswegen Sorgen machst, ich erzähle es nicht weiter.«

Beim Bräss. Ich hatte bislang keinen Gedanken daran verschwendet, dass er es herumerzählen könnte. »Danke.«

»Außerdem denke ich nicht das Allerschlimmste über dich ... Obwohl, eine Sache wäre da ...«

Meine Kehle wurde plötzlich eng. »Was denn?«

»Du spielst allen Ernstes für die Beldon?«

Ich hatte mit allem Möglichen gerechnet, doch nicht damit. Ein Laut, der irgendwo zwischen Lachen und Schnauben angesiedelt war, kam mir über die Lippen. »Sie sind nur halb so schlimm, wie man sagt.«

Er lächelte und mit einem Mal fiel der letzte Rest des lähmenden Drucks von mir ab. Er verurteilte mich nicht, hatte mich in keine Schublade gesteckt, wie ich befürchtet hatte.

»Wenn du mir eine Frage gestattest: Ich würde, trotz deinem schlechten Uni-Geschmack, gerne wissen, warum du mich überfallen hast.«

Ich presste verlegen die Lippen zusammen, ehe ich erwiderte: »Da haben wohl mehrere Faktoren eine Rolle gespielt.«

»Und die wären?«

»Am maßgeblichsten waren definitiv eine Gehirnwäsche, eine Portion Aberglaube und ein ordentlicher Schluck Mut in meinem Kaffee.«

Er grinste kurz. »Whisky?«

Ich riss die Augen auf und presste das Handtuch vor meine Brust. »Hat man das etwa ...?«

Er räusperte sich und drehte sich zu dem Laptop um. »Ich sollte die Anpassungen vornehmen, ehe ich sie wieder vergesse.« Seine Stimme klang rau. Er beugte sich über den Tisch, seine Rückenmuskulatur zeichnete sich unter dem Stoff ab.

Ich sah zu Boden und versuchte meinen hämmernden Herzschlag zu beruhigen. Was war nur los mit mir? In Gedanken sah ich Lanas amüsiertes Gesicht vor mir, hörte sie trällern: *Du stehst offensichtlich auf ihn.*

Frustriert stieß ich die Luft aus. Nun ließ ich mich bereits von meinem Unterbewusstsein aufziehen! Beklommen beobachtete ich, wie er Einstellungen in einem Programm vornahm. Machte ich mir wirklich Hoffnungen, er könne mich fragen, ob wir in Kontakt blieben? Das Kribbeln in meinem Magen war Antwort genug.

Liras wandte sich mir wieder zu. »Dann wären wir fertig. Danke für deine Hilfe.«

»Gerne«, erwiderte ich, blieb jedoch unschlüssig stehen. *Wenn ich jetzt gehe, war es das.* Ich schluckte schwer, holte tief Luft und wagte einen letzten Vorstoß. »Wie heißt du eigentlich?«

Sein Kiefer spannte sich unvermittelt an und er zögerte einen Augenblick, ehe er antwortete. »Liras reicht völlig.«

Ich versuchte mir meine Enttäuschung nicht anmerken zu lassen. *Nur Liras also.* Beim Bräss, wie kam ich überhaupt auf die Idee, unsere Bekanntschaft könnte ihn in irgendeiner Weise interessieren? Das hatte sie schon im Darwins nicht getan.

In diesem Moment wurde die Tür zum Aufzug geöffnet und ich hörte Tiff rufen: »Ru, der Coach meint, du sollst dich nicht verplappern. Du hast schließlich nur einen Atemregler getestet und nicht den ganzen Tank.«

»Wir sind gerade fertig«, rief ihr Liras zu, ohne den Blick von mir abzuwenden. Mit einem Mal lag ein Ausdruck in seinen Augen, den ich nicht deuten konnte.

Tiff schlenderte in unsere Richtung und ich zwang mich, mich zu ihr umzudrehen. Ihr blonder Löwenschopf bauschte sich um ihr Gesicht. Welcher Laune der Natur ihr Haar auch immer folgte, es trocknete stets innerhalb von Minuten.

»Sorry. Ru könnte auch einen vierzigseitigen Aufsatz über das Einlegen von Caps schreiben.« Tiff grinste.

»Mir ist schon aufgefallen, dass sie zu ausufernden Beschreibungen neigt«, antwortete Liras. Das warme Lächeln in seinen Augen traf mich unvorbereitet und unversehens überschwemmte mich wieder dieses inzwischen allzu bekannte Gefühl. *Wieso zum Teufel kommst du mir so vertraut vor?* Aufgewühlt krampfte ich die Finger um mein Handtuch und versuchte mich dagegen abzuschotten.

»Sie hat es hoffentlich nicht mit den Details übertrieben«, sagte Tiff. »Weißt du, wenn sie etwas macht, dann gibt sie hundert Prozent. Wahrscheinlich hast du dir schon überlegt, wie du sie zu deiner persönlichen Testtaucherin machen kannst.«

Ich warf ihr einen irritierten Blick zu. Was beim Rift sollte das?

»Eine Beldon als Testtaucherin? Vorher friert die Hölle zu«, erwiderte er spöttisch.

Tiff lachte. »Stimmt! Es gibt Dinge, die sind unmöglich, auch wenn man auf den ersten Blick meint, sie würden harmonieren.« Sie zwinkerte und legte mir eine Hand auf die Schulter.

»Ganz meine Meinung«, raunte Liras und klappte seinen Laptop zu.

»Können wir, Ru? Heute ist schließlich dein erster Tag im Stadion. Da hätte Jarrings auch jemand anderen diesen Test machen lassen können.«

»Das war schon okay«, erklärte ich.

»Ansichtssache«, entgegnete sie und wandte sich erneut zu Liras um. »Ich hoffe, dein Testtaucher ist bald wieder gesund.«

»Das hoffe ich auch. Nochmals danke für deine Hilfe, Ruby. Und viel Glück bei dem Spiel.«

Ich stockte, als ich meinen Namen aus seinem Mund hörte. »Danke.«

»Na dann, ein bisschen Glück können wir brauchen.« Tiff nickte ihm zu und zog mich dann in Richtung des Bühnenraums. »Jarrings hat mir nämlich gesagt, er stellt mich wegen dieser doofen Erkältung nicht auf. Da müssen sich die anderen echt ins Zeug legen.«

Als wir durch die Tür traten, sah ich noch einmal über die Schulter. Liras widmete sich bereits wieder seiner Arbeit. Im nächsten Moment hob er jedoch den Kopf und ehe die Tür zwischen uns zufiel, verhakten sich für die Dauer eines Wimpernschlags unsere Blicke ineinander.

XXIII

Zum zweiten Mal heute verließ ich diesen Flur im Schlepptau einer Teamkameradin. Und zum zweiten Mal tobte ein Gefühlschaos in mir.

Resigniert folgte ich Tiff die geriffelten Metallstufen hinauf. Beinahe wäre ich in sie hineingelaufen. Sie war unvermittelt vor mir stehengeblieben.

»Diesen Kerl hast du also geküsst, weil Marge mit ihrer behämmerten Fluch-Theorie bei dir ankam?«

»Genau.«

»Na ja, du hättest es schlechter treffen können. Aber jetzt mal im Ernst, Ru. Komm bloß nicht auf die Idee, dich mit ihm zu verabreden.«

Ich lachte trocken. »Die Gefahr besteht nicht, dazu müsste ich wenigstens seinen Namen kennen.«

Sie runzelte die Stirn. »Wie jetzt? Der Kerl hat dich quasi mit Blicken verschlungen. Er wollte sich nicht mit dir treffen?«

Das schreckliche Flattern machte sich wieder in meinen Eingeweiden breit, war diesmal kaum zu ertragen. »Keine Ahnung, was du gesehen hast, aber er hat nicht einmal eine Andeutung gemacht.«

Sie schnaubte und legte mir eine Hand auf die Schulter. »Na, wenn das so ist. Aber gut, als ich ihn mir eben vorgenommen habe, schien er zu wissen, wo sein Platz ist.«

»Das war übrigens völlig unnötig«, regte ich mich auf.

Sie stieß ein bellendes Lachen aus. »Wenn du wüsstest. Ich habe da meine Erfahrungen. Und glaub mir einfach: Lass dich nie mit irgendeinem Angestellten ein. Du gehörst jetzt zur Elite, Ru.«

Mit zusammengezogenen Brauen musterte ich sie. Bislang hatte ich angenommen, sie zähle nicht zu der anmaßenden Sorte Beldon-Student. In diesem Augenblick konnte ich Liras' Abneigung nur allzu gut nachvollziehen. »Das ist verdammt überheblich, Tiff.«

Sie seufzte. »O Mann, ja, war nicht so gemeint. Ich will nur auf dich aufpassen. Du verstehst noch nicht, wie das Spiel läuft. Für dich fängt es jetzt erst richtig an. Du wirst in der Öffentlichkeit stehen und ich habe schon einige Spielerinnen und Spieler gesehen, die aufgegeben haben, weil sie wegen irgendwelcher Lappalien in der Presse zerrissen wurden. Schlechte Publicity ist zwar auch Publicity, aber sie ist schwer zu verdauen. Und eine Schwimmerin, die irgendeinen dahergelaufenen Techniker datet ...« Sie schüttelte skeptisch den Kopf. »Das wäre ein gefundenes Fressen für einige Medienfuzzis. Du musst dich jetzt aufs Schwimmen konzentrieren. Wenn du dich ins Zeug legst, stellt dich Jarrings für das Auftaktspiel auf. Dein erstes öffentliches Turnier! Das ist der Startschuss für deine Karriere. Das Letzte, was du jetzt brauchst, sind irgendwelche Ablenkungen.«

Ich biss die Zähne zusammen. Da hatte sie allerdings recht. Ich sollte die Sache abhaken. Nun ja ... eine andere Option blieb mir schließlich gar nicht. Es wäre definitiv das Beste, wenn ich Liras nicht mehr über den Weg liefe. Was immer er in mir auslöste, brachte mich nur durcheinander. Ich schluckte das leise Bedauern hinunter.

Immerhin hatte ich mich bei ihm entschuldigen können.

»Und? Ging es heiß her da unten?« Marge streckte sich auf der Sitzbank aus. Hinter ihr verausgabte sich Gruppe 2 unter Jarrings' wachsamem Blick. Auch Tiff hatte sich wieder ins Wasser gestürzt.

Ich schüttelte den Kopf. »Ich habe ihm erklärt, was an dem Atemregler korrigiert werden muss und mich bei ihm entschuldigt. Das war alles.«

»Oh, wie langweilig«, blökte Charlie.

Marge schlug die Beine übereinander. »Nein, gut so. Ich will mich ja nicht selbst loben, aber ich habe es gleich gesagt, als ich sein Outfit am Freitag sah. Und seht, was er ist: nichts weiter als ein Hydro-Techniker. Absolut unter unserem Niveau.«

Ich presste die Lippen aufeinander. Wenn Marge wüsste, woher ich kam, würde sie mich vermutlich nicht einmal mit einer Kneifzange anfassen. »Weißt du, mir ist es egal, aus welcher Schicht jemand kommt, ob er reich oder bekannt ist. Von mir aus könnte er ein Flohdompteur sein.«

»Igitt, wie kommst du denn darauf?« Marge verzog angeekelt das Gesicht. »Außerdem solltest du dich nicht auf reich *oder* bekannt beschränken, wenn, dann bitte beides.«

Ich zog die Stirn kraus.

»Wie auch immer«, sprang Charlie ein, ehe ich etwas erwidern konnte. »Der Kerl ist weder das eine noch das andere. Also verschwendet nicht euren Atem. Immerhin wissen wir jetzt, dass er kein Lys ist. Die werden hier nämlich nicht beschäftigt. Hast du dir eigentlich gar keine Sorgen deswegen gemacht, Ruby? Ich meine ja bloß, wäre ja möglich gewesen. Wir haben am Wochenende nichts gesagt, wollten dir ja nicht die Feier verderben. Aber jetzt bin ich doch beruhigt.« Sie stieß lächelnd die Luft zwischen den Zähnen hervor.

Ich schnaubte. Seit Finns Tod hatte ich selbst nichts mehr für die Lysanth übrig. Dass ich in Liras' Fall bereits Gewissheit besessen hatte, behielt ich jedoch für mich, denn ich wollte den beiden nicht von der Begegnung im Darwins erzählen.

»Stimmt, so hat die Sache wenigstens etwas Gutes«, sagte Marge. »Auch wenn es peinlich war, dem Kerl noch mal über den Weg zu laufen. Sieh es als glückliche Fügung.« Sie schürzte die Lippen. »Na ja, wenn man das Glück nennen will. Ein Techniker ist schließlich trotzdem unterste Schublade.«

Ich ließ den Kopf sinken, sagte nichts mehr dazu, obwohl sich Marge und Charlie weiter darüber ausließen. Würde ich ihre Ansichten irgendwann teilen? Ich konnte es mir nicht vorstellen. Wahrscheinlich sollte ich froh sein, dass sich Liras nicht für mich interessierte.

Lautes Platschen erklang und wir sahen auf, als Gruppe 2 triefend nass die Treppe zum Tank hinab stapfte.

»Gruppe 3! Hoch mit Ihnen«, schrie Jarrings und drehte sich zu uns um. »Mein Gott, bin ich froh, dass ich AquaLab-Trainer bin und Sie unter Wasser nicht schnattern können, sonst müsste ich das den ganzen Tag ertragen!« Er scheuchte uns in den Tank wie eine Schar Gänse.

Ich beeilte mich, hinein zu kommen, froh, mich endlich auf etwas anderes konzentrieren zu können. Ich wollte nicht länger über Liras nachdenken und kaum war ich im Wasser, gelang mir das sogar.

Das Training verlief recht gut und da der Coach jede unserer Bewegungen genauestens unter die Lupe nahm, gab ich mir die größte Mühe. Mittels einer vertikalen Drehbewegung, die mir Marge gezeigt hatte, konnte ich einen ihrer Bälle abwehren, was mir noch nie gelungen war. Jarrings' späterer Kommentar dazu war nur halb so bissig, wie er hätte sein können, was Charlie und Tiff genug Anlass gab, mir hinter seinem Rücken lautlos zuzujubeln. Außerdem konnten sich meine Pässe sehen lassen und obendrein ging ein Point auf mein Konto.

Der letzte Part des Trainingstages führte mich in die Kajüte. In dem beengten Innenraum war ich von Spiegeln umgeben. Ich sah mein eigenes Abbild hundertfach um mich herum. Im Halbdunkel des Raumes kamen mir die Bewegungen unheimlich vor. Der Eindruck verstärkte sich immens, als die Türplatte vor die schmale Öffnung glitt und es noch dunkler wurde. Leises Unbehagen stieg in mir auf und rasch stieß ich mit dem Fuß gegen die Tür, um zu prüfen, ob sie sich problemlos wieder öffnen ließ. Die sachte Berührung reichte bereits aus. Ich musste also vorsichtig sein, um den Mechanismus nicht versehentlich auszulösen, was während eines Spiels mein Aufgeben signalisieren würde. Abermals glitt sie zu.

Im nächsten Augenblick blendete mich ein greller Blitz. Ich zuckte zurück, kniff die Augen zusammen. Beinahe hätte ich mich verschluckt. *Was war das?* Obwohl meine Augen fest geschlossen waren, tanzten Lichtstreifen über meine Netzhaut. Ich blinzelte. Mit zu Schlitzen verengten Augen drehte ich mich um mich selbst. Ich schwebte inmitten eines Lasergewitters, konnte die Wände kaum mehr ausmachen. Der Raum hatte sich in eine endlose Weite verwandelt, die von farbigen, flackernden Lichtspeeren durchbohrt wurde.

Die Enigma Position erschien mir mit einem Mal nicht mehr besonders erstrebenswert. *Brässverdammt! Wo ist die Tür?* Schwach leuchtende, kreisende Tresorräder drehten sich ringsum, doch nur eines davon war echt, markierte die Öffnung. *Zum Rift.* Ich schloss kurz die Augen, versuchte mich innerlich abzuschotten. Dann konzentrierte ich mich auf die Konsolen, griff nach der Tastatur, doch meine Finger stießen auf hartes Glas. *Eine Täuschung.*

Schließlich fand ich sie. Der Monitor leuchtete vor mir auf und neben mir wurde eine Arbeitsfläche in Licht getaucht. Das scheußliche Blitzlicht tauchte mein Umfeld weiter in ein verwirrendes Netz aus Linien, doch jetzt fand ich mich zurecht. Das nächste Mal würde ich sofort zur Tastatur schwimmen.

Schließlich erklang ein heller Ton im Wasser, der mir anzeigte, dass die Trainingszeit zu Ende war. Ein leichter Stoß an die Tür ließ sie aufgleiten. Zeitgleich erstarb das Lichtinferno, was den Tank vor mir dunkler erscheinen ließ.

Mit langsamen, gleichmäßigen Bewegungen stieg ich an die Oberfläche, vorbei an Regler Vier, der mir ins Auge fiel, obwohl ich noch immer Lichtpunkte vor mir tanzen sah.

»Hey, wie war die Kajüte? Ich habe sie vorhin von außen gesehen, als Yu sie untersucht hat. Das ist ja schlimmer als in jeder Tanzbar«, schnaufte Charlie, kaum dass sie den Kopf aus dem Wasser streckte.

»Es ist gewöhnungsbedürftig, um es freundlich auszudrücken.«

»Diese Kajüten sind absolut kein Problem, dir fehlt einfach die Erfahrung, Blayke«, spottete Cynthia, die neben mir aufgetaucht war.

»Beeilt euch, der Coach will jetzt damit rausrücken, wen er für das Turnier aufstellt«, brummte Marc, der bereits aus dem Tank gestiegen war.

Kurz darauf saßen wir wie Orgelpfeifen auf den beheizten Mannschaftsbänken und beäugten Jarrings, der rastlos vor uns auf und ab lief.

»Was soll ich da sagen?«, knurrte er. »Das kann nur ein Desaster werden. Wir bekommen das Auftaktspiel der Saison und ich bringe einen Haufen Schrimps mit. Was war das heute? AquaLab ist eine Sportart und keine Versammlung für Bewegungslegastheniker!«

Ich verkrampfte mich auf meinem Platz.

»Alles gut. Seine Standardansprache, mach dir keine Sorgen«, wisperte mir Tiff zu.

Der Coach warf einen stechenden Blick in ihre Richtung und blieb stehen. »Ich habe mich für fünf Spieler entschieden. Die fünf, die mir am wenigsten die Schamesröte ins Gesicht treiben.«

»Bitte, bitte, bitte«, hauchte Marge atemlos.

»Prenton und Lewis als Striker.«

Ein unterdrücktes, triumphierendes Grunzen war aus der Richtung der Jungs zu hören, was bei Jarrings ein resigniertes Kopfschütteln auslöste.

»Nicht weil Sie so umwerfend waren, sondern weil die Erstbesetzung krank ist. Beim Bräss! Hebs und Naseto als Defense und auf der Enigma: Blayke.«

Ruckartig setzte ich mich aufrecht hin. Ich würde tatsächlich spielen, vielleicht morgen schon. Das Auftaktspiel! Ich hatte bis heute noch nie ein Stadion von innen gesehen und würde bei meinem nächsten Besuch hier vor einem Publikum antreten.

Knisternde Aufregung fuhr mir durch die Adern. Da wurde ich gegen Tiff gerempelt, Charlie umarmte mich stürmisch, mit einem annähernd lautlosen Kreischen, das sich anhörte wie ein Wecker, den man unter einem Berg Decken vergraben hatte.

»Das wird so genial, das wird so genial«, schnurrte sie.

»Herzlichen Glückwunsch, Ru.« Tiff zwinkerte und knuffte mich von der anderen Seite.

Mein Herz hämmerte und ein Grinsen erschien auf meinem Gesicht. »Ich kann das noch gar nicht glauben, o Gott ...« Ich lachte.

»Ich auch nicht!«, schnauzte Jarrings. »Ich erwarte, dass Sie alle in bester Verfassung und ausgeruht sind. Die Betonung liegt auf ausgeruht, Prenton, haben Sie mich gehört?«

»Ja, Coach«, bellte Lion.

Angeblich war er einmal nach einer durchzechten Nacht zu einem Spiel erschienen, was einen Tobsuchtsanfall von Seiten des Trainers und einen zweimonatigen Spielausschluss für ihn bedeutet hatte.

Tiff erhob sich. »Los, gehen wir, das muss gefei ...«

»Wenn Sie gerade *gefeiert* sagen wollten, lade ich Sie zu meinem nächsten Geburtstag ein, Samasi – als Ausschank! Damit Sie sich an den Job gewöhnen, den Sie für den Rest Ihres Lebens ausüben werden.« Jarrings' Blick brannte ein Loch in Tiffs schönen Neoprenanzug, was sie jedoch nicht zu stören schien.

»Ich wollte nur ausdrücken, dass wir noch daran feilen werden, um dann früh ins Bett zu gehen, Coach.«

Er grunzte nur und entließ uns.

Gemeinsam eilten wir durch den breiten Gang, in dem ich mich vor zwei Stunden noch mit Liras unterhalten hatte. Obwohl ich aufgekratzt und inmitten triefender, quasselnder Teamkameraden unterwegs war, schweifte mein Blick zu der Nische mit dem Systemkasten. Der Tisch war wieder ordentlich darin verstaut und Liras längst fort.

Am Abend besuchte mich Lana, die mir noch zum Geburtstag gratulieren wollte. Sie war noch ein wenig blass um die Nase, hatte sich von ihrer Erkältung allerdings schon wieder recht gut erholt.

Wir saßen auf dem Boden in meinem Zimmer, aßen Pizza und erzählten uns, was in der vergangenen Woche alles passiert war. Ausnahmsweise war ich diejenige, die mehr zu berichten hatte.

Lana war völlig aus dem Häuschen, als ich ihr von meinen Begegnungen mit Liras erzählte. Nachdem ich ihr unsere heutige Unterhaltung geschildert hatte, zog sie jedoch kritisch die Stirn kraus.

»Er hat dir nicht mal seinen Vornamen gesagt? Na ja, dann ist er selbst schuld.«

Ich seufzte, biss ein weiteres Stück von meiner Margherita ab und zuckte mit den Schultern.

Lana musterte mich verkniffen, ehe sie aufmunternd hinterher schob: »Vielleicht hat er aber nur einen megapeinlichen Namen ... und ist außerdem total schüchtern.«

Ich wollte protestieren, brachte mit vollem Mund jedoch nur ein dumpfes Brummen zustande. Sie hatte ein Faible dafür, alles schönzureden. In dem Moment hörte ich jemanden hinter mir lachen und drehte mich um.

Tiff lehnte mit einem dampfenden Becher Kaffee in der Hand gegen den Türrahmen. »Der war garantiert nicht schüchtern. Wenn er gewollt hätte, hätte er unsere kleine Ru mit einem Fingerschnippen erobern können. Du solltest dir echt ein dickeres Fell zulegen.«

»Jetzt übertreib nicht so«, murrte ich, hastig den Bissen hinunterschluckend.

Lana prustete. »Sie hat ein so dickes Fell, dass da normalerweise gar nichts durchkommt. Ehrlich, das hat mir in der Vergangenheit schon Sorgen bereitet.«

Tiff verzog grübelnd das Gesicht. »Jetzt, da du es sagst. Hast recht. Kiran beißt sich seit Monaten die Zähne an ihr aus.«

»Tut er nicht«, schnappte ich.

»Siehst du, sie merkt es nicht einmal«, kommentierte Lana.

Tiff nickte gönnerhaft. »Ich nehme alles zurück. Du hast das dickste Fell, das ich je gesehen habe.«

Lana kicherte.

»Wie schmeichelhaft«, knurrte ich.

Tiff ließ sich in die blauen Decken auf meinem Bett fallen, da es außer dem Holzstuhl vor meinem Schreibpult keine Sitzgelegenheiten gab. Das einzige weitere Möbelstück bestand in einer Kommode, in die all meine Kleidungsstücke passten, daher bot der Raum viel Platz, um beispielsweise Saltos zu schlagen, sollte irgendjemand Lust dazu verspüren.

Ich gab zu, dass mein Domizil äußerst karg wirkte, dennoch liebte ich es, ganz besonders den riesigen Teppich, den mir Tiff vermacht hatte. Selbstverständlich war er knallbunt, sie hatte ihn aus ihrem Zimmer verbannt, angeblich, weil ihr das Gelb zu blass war. Mit der Erklärung, sie könne mir keinen Besuch abstatten, solange meine vier Wände das Barometer ihrer Trostlos-Skala sprengten, hatte sie mich davon überzeugt, das flusige Wollteil anzunehmen.

»Neues Thema«, verkündete sie nun und zog ihre Beine an. »Bist du bereit, ein paar Dinge über die Quanos zu erfahren, die wirklich interessant sind?«

Ich merkte auf. Die Quanos waren unsere Gegner und Jarrings hatte uns bereits gebrieft. Wir hatten uns sogar die Aufnahme eines Spiels von ihnen angesehen. Davon abgesehen war mir jeder Themenwechsel willkommen.

»Klar.«

»Okay, weil bisher kennst du nur den offiziellen Schrott.«

Ich zog die Beine an und lehnte mich nach hinten, ein aufmunterndes Grinsen auf den Lippen. »Dann leg los.«

»Ich hole mir noch einen Kaffee«, erklärte Lana und streckte die Beine.

Sie war eben durch die Tür, als ein lautes Heulen erklang.

Ich schreckte auf.

»Oh! Dann ist es ja morgen doch schon so weit.« Tiffs Augen blitzten auf.

Ich straffte mich, hatte so spät am Abend nicht mehr mit einem Influx gerechnet, doch die Regelungen waren eindeutig. Das Auftaktspiel war für den ersten Tag nach dem nächsten Rift-

Ausbruch angekündigt. Das galt selbst, wenn die Sirenen ihr schauriges Lied erst eine Minute vor Mitternacht anstimmten.

Lana kam eilig wieder herein und sammelte ihre Sachen zusammen. »Dann gehe ich gleich, wenn der Rift vorbei ist, es ist sowieso schon später geworden, als ich dachte. O Mann. Dann wünsche ich euch viel Glück morgen. Ich habe gehofft, das Spiel findet erst in zwei Tagen statt. Ich wäre so gerne dabei gewesen, wenn du dein erstes Turnier hast.«

»Dein Referat ist wichtiger«, versuchte ich sie aufzumuntern und mir meine Enttäuschung nicht anmerken zu lassen. Außerdem wusste ich, wie aufgeregt Lana wegen ihres Vortrags bei Professor Podderly war. Sie musste unbedingt eine gute Note in dem Kurs erhalten.

Tiff lachte: »Es wird noch so viele Turniere geben, dass sie dir zu den Ohren herausquellen werden.«

»Wenn es dir zu spät ist, kannst du hier übernachten«, bot ich Lana an, doch sie schüttelte den Kopf.

»Ich muss morgen früh raus. Und du solltest auch gut ausgeschlafen sein. Außerdem habe ich Angst vor eurer Mitbewohnerin. Als ich das letzte Mal hier übernachtet habe und sie mich beim Frühstück gesehen hat, kam mir der Verdacht, sie will Häppchen aus mir machen.«

»Dass Eloy so was gedacht haben könnte, will ich nicht abstreiten«, entgegnete ich mit einem trockenen Lächeln.

Hastig schlüpften wir in unsere Schuhe und machten uns auf den Weg in den Keller. Das Gebäude, mit seinen ungefähr fünfzig Bewohnern, besaß einen eigenen Schutzraum, der für hundertachtzig Personen ausgelegt war. Die Mieter aus den Nachbargebäuden und eine Handvoll Passanten von der Straße drängten bereits herein.

Der Rift-Influx fiel weniger stark aus als sonst oder ich schenkte ihm lediglich weniger Beachtung, da mir zu viel durch den Kopf ging.

Nachdem es überstanden war und sich Lana verabschiedet hatte, saß ich noch eine halbe Stunde mit Tiff zusammen. Wie angekündigt erfuhr ich noch einige nützliche Details über die Spieler der Quanos. Zu meiner Erleichterung sprach sie das Thema *neue Bekanntschaften* nicht mehr an. Scheinbar hatte ich mich diesbezüglich erfolgreich gleichmütig gezeigt.

Als ich im Bett lag, gelang es mir jedoch nicht länger, Liras gänzlich aus meinen Gedanken zu verbannen. Immer wieder dachte ich an unser Gespräch und dieses verdammte Lächeln.

Ich kämpfte mich einen nachtdunklen Hang hinauf. Mein Atem ging schwer. Hoch über mir flackerte ein Feuer. Der Wind riss an mir, drohte mich in den Abgrund zu reißen und schien mir die Kraft auszusaugen. Zitternd klammerte ich mich an den Fels, stürzte auf die Knie. *Es ist zu weit. Ich schaffe es nicht.* Plötzlich war *er* da. Liras. Er wollte mir aufhelfen. Ascheflocken begannen herab zu trudeln. Ich griff nach seiner Hand, ehe mir das treibende Grau die Sicht nahm. Der Sturm pfiff mir in den Ohren und graue Monotonie schloss mich ein. Doch ich spürte seinen Griff, kräftig und beruhigend.

»Bist du sicher, dass du dort hinauf willst?«, hörte ich seine warme Stimme.

Ja. Ich wusste nicht weshalb, nur, dass es ungeheuer wichtig war, an dieses Feuer zu gelangen.

»Dann bringe ich dich dorthin«, versprach er.

XXIV

Das Stadion war ein anderer Ort als am Vortag. Gefüllt mit unzähligen Menschen, die auf den Rängen standen und applaudierten, verwandelte es sich in einen tosenden, lebenden Kokon aus Farben und Lärm. Stimmen wurden zu einer allgegenwärtigen Brandung, mischten sich mit Jubel und Pfiffen und bildeten eine unvergleichliche Geräuschkulisse.

Meine Beine zitterten, als uns der Aufzug zum brüllenden Maul des Stadions hob, bis uns die akustische Bestie aus Begeisterung und Euphorie verschlang. Die runde Plattform kam mit einem kaum merklichen Rucken zum Stehen. Mein Puls jagte. Langsam ließ ich den Blick über das brüllende Meer aus Menschen schweifen. Zeitgleich mit uns erschien auf dem zweiten Podest das Team der Quanos, die meine Kameraden ein Stockwerk tiefer mit feindseligen Blicken bedacht hatten.

Ich vermied es, zu ihnen hinüber zu sehen, was angesichts der überwältigenden Atmosphäre nicht schwierig war.

Die Tribünen waren nicht einmal gänzlich gefüllt, doch laut Tiff waren weit mehr Zuschauer erschienen als zu einem herkömmlichen Universitätsspiel. Die lange Turnierpause und die Neugier auf das neue Tanksystem lockten viele Bürger in die Arena. Nur in den vordersten Reihen erkannte ich gespannte und lachende Gesichter, während diejenigen, die weit entfernt saßen, nur als ovale Formen erkennbar waren – eine anonyme Masse bunter Punkte.

Unwillkürlich fragte ich mich, ob Liras irgendwo in der Menge war und zusah.

»Hey, winken«, zischelte mir Marge zu, die Zähne zu einem Lächeln gebleckt.

Ruckartig hob ich eine Hand, winkte und kam mir dabei schrecklich unbeholfen vor. Ich wandte mich halb zu meinen Teamkameraden um, damit ich nicht verpasste, wann das Programm weiterging.

Keinen Moment zu früh, schon senkten sie die Hände wieder und begaben sich zu den Bänken. Ich gliederte mich, wie am Vortag geübt, hinter Yu ein. Es waren nicht mehr als zehn Schritte, dennoch befürchtete ich, meine Beine könnten jeden Moment nachgeben.

Wie, um Himmels willen, sollte ich gleich schwimmen, wenn mir meine Muskeln jetzt schon den Dienst verweigerten?

Vor den Bänken angekommen, stellten wir uns in einer Reihe auf. Jarrings wirkte in der offiziellen Beldon-Jacke noch massiger als in seiner legeren Trainerkluft.

Doch auch wir machten offenbar Eindruck – Eine Riege heller Gestalten in einheitlichen Anzügen, so glänzend, dass sie wie poliert wirkten.

Am Morgen hatte jeder von uns ein Saisontrikot für die Halbjahresspiele erhalten. Im Gegensatz zu den Trainingsshortys waren diese etwas dünner und an den Oberschenkeln eine Handbreit kürzer. Die Beschichtung war spiegelglatt und schneeweiß. Auf dem Rücken prangte groß das Emblem der Beldon, drei blaue Säulen hinter einem weißen Stern, dessen Konturen mit dem Hintergrund verschmolzen. Auf der rechten Schulter war die Oakland Flagge, ein grüner Baum, aufgedruckt, während auf der linken die kalifornische mit Stern und Bär zu sehen war. Unter dem rechten Schlüsselbein und über den Schulterblättern leuchteten unsere Namen, warfen das Licht der Scheinwerfer zurück.

Mein Blick glitt nach oben und von vier Seiten starrte mir mein eigenes Gesicht auf zwanzig Meter vergrößert entgegen. Für eine

Sekunde war ich wie gelähmt. Schnell ließ ich den Blick wieder nach vorne huschen.

»Nie direkt in die Kameras sehen, nicht auf die Monitore glotzen! Sie sind Spieler! Wenn Sie nicht gerade Ihr Bestes im Tank geben, schauen Sie entschlossen geradeaus. Nicht wie überrumpelte Fischköpfe nach oben, als hätte man Sie gerade aus dem Wasser gezogen, um Sie in eine Pfanne zu hauen!« So in etwa hatte Jarrings' einprägsame Anweisung zu dem Thema gelautet.

Mein Herz donnerte gegen meine Rippen. Aus dem Augenwinkel erkannte ich, dass die Kamera noch immer in Großaufnahme auf mich zoomte. *Los, such dir jemand anderen.* Zumindest fiel es mir weitaus leichter, ernst geradeaus zu blicken, als lächelnd und winkend in die johlende Menge. Ich versuchte meine Nerven zu beruhigen, mich abzulenken, schwamm in Gedanken bereits die Winkel des Tanks ab.

Ein Raunen ging durch die Menge. Die Türen zur Ehrenloge öffneten sich. Eine Handvoll Gestalten trat auf die Plattform hinaus, die eine perfekte Sicht auf den Tank bot.

Obwohl ich auf die Entfernung nicht viel sehen konnte, glitt mein Blick kurz hinüber.

»Geradeaus schauen, Ruby, lass dich nicht ablenken. Zum Auftaktspiel kommen öfter ein paar Uskrim, das ist nichts Besonderes«, zischelte Charlie.

Uskrim? Die interessieren sich erst für die Staatenspiele und nicht für kleine Uniwettkämpfe der Urban-Liga.

Ich hätte zu gerne gewusst, wer sich aus der USphäre hierher verirrt hatte.

Plötzlich erstickte ein dröhnender Laut alle anderen Geräusche und brachte die Anwesenden beinahe zur Ruhe.

»AquaLab-Sommer 2177! Wir begrüßen Sie zum ersten Spiel der neuen Saison! Bestaunen Sie ein revolutionäres Tanksystem mit noch nie da gewesenen Effekten.« Die Lautsprecherstimme brandete ohrenbetäubend über uns hinweg. Erneut jubelte die Menge.

Kaum hatte sich der Geräuschpegel ein wenig gelegt, ließ sich der Sprecher lautstark über die Vorzüge des neuen Modells aus.

Tausende Menschen lauschten, genauso wie die Uskrim, und garantiert waren auch unzählige Lysanth unter den Zuschauern. AquaLab war einst ihr Sport gewesen. Sie hatten ihn gegründet und etabliert. Als man nach dem Rift Impact ihr wahres Naturell erkannt hatte, waren sie jedoch von den Spielen ausgeschlossen worden.

Ich fixierte den Tank. *Konzentrier dich auf das, was vor dir liegt.* Die Quanos hatten sich uns gegenüber aufgestellt. Ihre Anzüge in Silbergrau, ähnlich aufgemacht wie unsere, zeigten einen stilisierten Vogel vor einem gelben Kreis auf der Brust.

»Begrüßen Sie mit uns die Spieler, denen die Ehre zuteilwird, diesen eindrucksvollen Tank mit ihrem ersten Saisonmatch einzuweihen. Die Beldon mit ihrem hoch dekorierten Trainer Cameron Jarrings!«

Das Publikum brach in donnernden Jubel aus, als sein Name fiel, was der Coach lediglich mit einem Wink seiner Hand zur Kenntnis nahm. Als aktiver Spieler war er berühmt gewesen, doch das Ausmaß seiner Beliebtheit hatte ich bislang nicht gekannt.

»Die zweite Mannschaft des Tages sind die Quanos mit ihrem geschätzten Trainer Robert Bowl!«

Wieder brandete Applaus auf, weniger euphorisch wie mir schien, dafür nahm ihn der Handküsse werfende Trainer weit freudiger entgegen.

»Wir wollen Sie nicht länger warten lassen, Ladies and Gentlemen, die Spieler begeben sich jetzt auf ihre Positionen!«

Jarrings klatschte in die Hände und wir stellten uns auf. Ich bildete das Schlusslicht, was mir ganz recht war. So lief ich den anderen nach und konnte wenig falsch machen.

Mit den vom Coach gewünschten entschlossenen Mienen standen wir auf der kleinen Hebebühne, die uns zum Tank hinauf brachte und zu meinem Leidwesen kein Geländer besaß. Prompt kam ich ganz am Rand ins Kippeln, als sich das Ding in Bewegung setzte. Yu rettete mich, indem er sich unterhakte. Vielleicht bildete ich es mir ein, doch ich meinte, ein kollektives Lachen in dem Dröhnen und Rauschen der Menge wahrzunehmen.

»Es wird besser, sobald es losgeht«, raunte Yu, ohne die Lippen zu bewegen.

»Danke«, hauchte ich ebenso verhalten und ignorierte die Menge – das gewaltige schlagende Herz dieses zum Leben erwachten Torsos.

Endlich erreichten wir die Kante. Lion wechselte elegant auf den Rand des Tanks, wir folgten nahtlos, nahmen auf einer Seite der schimmernden Wasserfläche Aufstellung, während sich die Quanos uns gegenüber platzierten. Ganz außen stand ein Mädchen, dessen blaues, langes Haar, wie meines zu einem Zopf geflochten war. Auf ihrem Anzug prangte der Name Hatch – meine Kontrahentin. Die gegnerische Enigma musterte mich prüfend.

Mein Puls klopfte bis in meinen Kiefer hinauf. Ich beugte mich nach vorne und wartete auf das Signal.

Ein dröhnender Laut ertönte. Drei: Ich spannte mich an, ging ein Stück weiter in die Hocke. Zwei: Den Blick auf einen Punkt im Wasser geheftet, machte ich mich bereit, im letzten Moment holte ich Schwung und schnellte nach vorne. Eins.

Wasser rauschte in meinen Ohren. Für einen Moment verbarg mich eine Kaskade aus sprudelnden Luftblasen vor den Blicken der Zuschauer. Wie ein Pfeil schoss ich hinab.

Der Ball, der mitten im Becken trieb, war mehr als zwei Schwimmzüge entfernt. Eine Hand griff danach, doch mein Ziel war die Kajüte. Wie ein Fisch wand ich mich durch einen schräg abfallenden Schacht. Wir hatten vereinbart, dass ich mich ausschließlich um das Lösen der Aufgaben kümmern sollte.

Die ersten Rätsel, in beiden Kammern dieselben, waren in der Regel leicht, brachten allerdings nur einen erbärmlichen Punkt. Mein Blick flog kurz zu meiner Kontrahentin. Sie steuerte die zweite Kajüte an.

Ohne nochmals Luft zu holen, wie es eigentlich üblich war, tauchte ich direkt in die verspiegelte Zelle. Die Platte vor dem Eingang glitt zu, isolierte mich von den anderen und die Lichtershow begann. Ein Flechtwerk aus Laserstrahlen hüllte mich in ein permanent die Form wechselndes Gitternetz.

Meine Hände zitterten leicht, als ich die Antwort auf die einfache Denkaufgabe eintippte, eine Sekunde später bekam ich grünes Licht. Ein leiser Gong verkündete, dass die Anzeige der Arena einen Punkt für unser Team geschaltet hatte. Zumindest hoffte ich, dass es unser Punkt war.

Der Bildschirm wurde schwarz und ich drehte mich um die eigene Achse. Grüne Strahlen tanzten vor meinen Augen und ich kniff sie einen Moment zusammen. Das zweite Rätsel in Form eines Puzzles lag in mattblau lumineszierenden Bruchstücken auf einer erhöhten Fläche. Ich ruderte tiefer hinab, schob mich näher und stemmte die Beine gegen die Decke, um nicht gegen den Auftrieb ankämpfen zu müssen.

Rasch erfasste ich, dass die Einzelteile eine Pyramide ergeben mussten, und setzte sie zusammen.

Doch es erklang kein Signalton.

Verwirrt lauschte ich, auch die Tür war nicht aufgeglitten. Allmählich brauchte ich Sauerstoff. *Wieso kommt kein Signal?* Ich drehte die Pyramide in der Hand. Die kreiselnden Lichter ließen den Raum in absurden Winkeln erscheinen. Meine Lungen protestierten jetzt vehement. *Verdammt, ich brauche Luft.* Verzweifelt drehte ich mich zur Tür, wollte das Puzzlemodell absetzen. Da fiel mir etwas ins Auge. Ein unscheinbares Quadrat zeichnete sich mitten auf dem Tisch ab.

Feine Linien waren auf der Oberfläche eingraviert und zeigten an, wo die Pyramide ihren Platz finden sollte. Ich setzte sie darauf ab und endlich erklang das erlösende Geräusch.

Die Lichter erloschen, die Tür glitt auf und ich stieß mich aus der engen Kabine, griff nach dem Atemregler, der nur eine Körperlänge entfernt war, und sog frische Luft in meine Lungen. Ich nahm drei Atemzüge. Dann wandte ich mich wieder um, riss die Augen auf.

Hatch! Die gegnerische Enigma befand sich vor der Kajüte, die bereits für Runde zwei offen stand. Sie machte jedoch keine Anstalten hinein zu schwimmen ... sondern wartete auf mich.

Ihr blauer Zopf trieb hinter ihr wie der Arm eines Oktopus. Ein grimmiges Lächeln lag auf ihren Lippen.

Tiff hatte mich am Abend zuvor gewarnt, dass dieses Mädchen lieber eine Defense als eine Enigma wäre. Es hatte ihr offenbar nicht gefallen, dass ich ihr eine Strafzeit eingebracht hatte, als ihre Rätsel abgebrochen worden waren.

Ich fluchte innerlich, stieß mich ab und rauschte in Richtung der zweiten Kammer davon. Ich würde eindeutig den Kürzeren ziehen, wenn ich mich auf einen Kampf einließ.

Ein zweiter Spieler der Quanos kam mir entgegen und sein Blick verriet deutlich, dass er meinen Weg nicht zufällig kreuzte. Ich versuchte ihm auszuweichen, doch er war zu schnell, drückte mich mit den Unterarmen Richtung Boden, wo ich mich notgedrungen abfangen musste.

Sich unter mein Knie einhakend, drehte er mich schwungvoll zur anderen Seite, wo mich Hatch zu fassen bekam und abermals herumwarf. Ich verlor die Orientierung, sah für einen Augenblick nur noch wirbelnde Streifen und Luftblasen. Kein Foul, keine unerlaubten Tricks und dennoch spielte sie mit mir wie mit einem Wollknäuel.

Ich versuchte ihren Arm abzulenken, doch Hatch riss mich stattdessen mit dem Fußgelenk ein Stück weiter in ihre Richtung. Ihr Kamerad paddelte davon, während sie mich mit gekonnten Hakengriffen davon abhielt fort zu schwimmen.

Wütend suchte ich nach einer Lücke, um auszubrechen. Doch jedes Mal blockierte sie meinen Fluchtweg.

Diese Form der Auseinandersetzung hatte ich im Training stets vernachlässigt. Auch hatten mich die anderen nie derart in die Mangel genommen. Was brachte ich meiner Mannschaft, wenn ich bereits an einem kleinen Gefecht scheiterte?

Als mich Hatch abermals zu sich herumschleuderte, drehte ich mich nicht weg. Ich schob meinen Ellenbogen unter ihren

Oberarm und stieß mich so kräftig ab, dass ich ihren Schwung mit nutzte und sie dabei zur Seite wirbelte.

Den Aufschlag ihres Knöchels an der harten Glaswand hörte ich sogar unter Wasser. Ihr Gesicht verzog sich schmerzhaft, ehe sie mich anfunkelte. Ich riss die Augen auf. *Habe ich sie verletzt?* Sie stieß sich in meine Richtung. Bevor sie mich jedoch greifen konnte, gelang es mir, endlich den Abstand zu ihr zu vergrößern.

Doch ich brauchte Luft, schwamm zurück zu der Station, an der ich kurz zuvor gewesen war, und holte Atem. Kaum, dass ich den Regler fallen ließ, donnerte mir etwas in den Rücken. Ich prallte gegen das Panzerglas. Schmerz explodierte zwischen meinen Rippen.

Ein gellender Pfiff schrillte in meinen Ohren. Luftblasen trieben aus meinem Mund und suchten ihren Weg in die Freiheit. Ich tastete nach dem Regler, taumelte herum, als mich Hatch zur Seite drückte. Sie griff, ihr Bein schonend, nach dem Atemregler, den ich so dringend benötigte. Ich riss mich zusammen, stieß mich von der Wand ab, ignorierte das Stechen in meinem Rücken. Ein weiterer Schwimmer der Quanos kam auf mich zu.

Meine Lungen protestierten, panisch gab ich ihm das Zeichen, dass ich Luft brauchte. Beinahe befürchtete ich, er würde mich dennoch aufhalten, doch er ließ mich vorbei. Gerade noch rechtzeitig gelangte ich an die nächstgelegene Station.

Jeder Atemzug brannte sich durch meine Luftröhre und für einige Sekunden war ich nicht sicher, ob ich mich wieder ins Spiel wagen oder um einen Austausch bitten sollte. Ich schloss die Augen. Was würde Jarrings tun, wenn ich nach der ersten Schwierigkeit aufgab?

Ich hatte gewusst, dass AquaLab kein Sport für Zartbesaitete war, und was ich soeben erlebt hatte, war für die Zuschauer wahrscheinlich nicht einmal erwähnenswert. In Übertragungen hatte ich weit härtere Schlagabtausche beobachtet, dabei das Geschick der Spieler bewundert. Sie am eigenen Leib zu erleben, war etwas gänzlich anderes.

Eine Berührung an der Schulter ließ mich auffahren. *Ein Glück, nur Balt.* Er formte einen Kreis mit Daumen und Zeigefinger. Ich erwiderte die Geste automatisch. *Alles okay.* Und das gab den Ausschlag.

Ein rascher Rundumblick und ich löste mich von der Atemstation, schwamm, einem Pulk Spieler ausweichend, die sich um den Ball stritten, in die zweite Kammer.

Hatch hatte sich offenbar in der anderen verbarrikadiert und hatte einen deutlichen Vorsprung. Mit zwei kurzen Blicken registrierte ich, dass meine Gegnerin das Monitorrätsel bereits gelöst hatte, da dieser schwarz war. Also widmete ich meine Aufmerksamkeit der praktischen Aufgabe. Ein neuer Kasten war aus der Bodenvertiefung gefahren und offenbarte eine Ansammlung langer und kurzer Schläuche, die ein Stecksystem bildeten. Stellte sich nur die Frage, was ich damit anstellen sollte.

Wieder entdeckte ich eine Grundform auf dem Boden der Schale, die ein verschlungenes Knotenmuster zeigte, und ich begriff. Ich suchte nach dem passenden Gegenstück für einen der roten Schläuche.

Da drang ein heulender Laut an meine Ohren.

Was ist das? Es klang fremdartig und unheimlich unter Wasser. Das war kein Spielsignal.

Der Schock durchfuhr mich wie ein Stromschlag.

Wie war das möglich? Schlagartig erlosch das flackernde Licht um mich herum und ich war in Dunkelheit gehüllt, trieb eine Sekunde wie erstarrt in der Leere und lauschte dem klagenden Ton, der alles durchdrang. Hektisch drehte ich mich um, versuchte auszumachen, wo die verdammte Tür war. Ich tastete die Wände ab, hatte plötzlich jegliche Orientierung verloren.

Noch hatte ich genügend Luft, doch würde sich das verfluchte Ding öffnen, wenn der Tank abgeschaltet war? Ruhig bleiben. Systematisch klopfte ich die Wände ab. Mein Herz machte einen Sprung, als die Platte zur Seite fuhr und Licht ins Innere meines stockdunklen Gefängnisses drang. Hektisch griff ich nach dem Rahmen und zog mich hinaus. Ein Blick nach oben: Alle meine

Teamkollegen kletterten bereits aus dem Tank und ich folgte ihnen eilig.

Ein stummes Entsetzen fraß sich in meine Brust. Wie konnte das sein? Der letzte Rift-Influx war keine siebzehn Stunden her.

Als gäbe er mir eine höhnische Antwort, züngelte ein greller Blitz über die gläserne Kuppel und tauchte alles in ein gespenstisches Licht. Das Wasser wirkte auf einmal grau und prickelte auf meinen nackten Armen und Beinen, als heiße es den Influx willkommen.

Ich tauchte auf. Der Lärm außerhalb des Tanks überflutete mich, als hätte jemand Watte aus meinen Ohren entfernt. Der Tumult hatte nichts mit dem vorherigen gemein.

Sämtliche Lichter waren erloschen und Dunkelheit senkte sich über das Chaos, als bräche die Nacht herein. Die Warnsirenen der Stadt und die des Stadions heulten erbarmungslos. Menschen schrien und stolperten die Tribünen hinunter, drängten auf die Schutzräume zu, die darunter lagen. Der nächste Blitz tauchte alles in fahlweißes Licht. Die Treppen waren viel zu schmal. Die Leute wurden gegen die Geländer gepresst. Ich hörte ein Kind schreien.

Die Aufbauten ächzten und schepperten unter dem Stampfen so vieler entsetzter Menschen. Schwarze Wolken quollen wie Atompilze aus dem Himmel auf uns zu, als stünde das Firmament darüber in Flammen. Wahrscheinlich brannte sich das Sphärenrot gerade von einem Horizont zum anderen. Meine Kameraden hetzten die letzten Stufen hinunter, während ich mich aus dem Wasser hievte.

»Vorwärts, in Raum Eins bei der Loge. Beeilen Sie sich!«, hörte ich Jarrings' Bassstimme aus dem Chaos heraus.

Ich kam auf die Beine, griff nach dem nassen Geländer und hastete hinunter.

Ein Donnerschlag ließ das Gebäude erzittern. Betäubt sah ich auf und ein Frösteln durchfuhr mich. Blanke Schwärze schien sich gegen die Oberlichter zu drücken.

»Blayke, verdammt, wo bleiben Sie!«

Jemand packte mich am Arm, riss mich weiter. Ich schnappte nach Luft. *Der Coach!* Er zog mich in Richtung des Schachtes. Der Schutzraum, auf den wir zurannten, war innerhalb der Abgrenzung. Nur Spieler und Gäste der Loge fanden dort Zutritt.

Ein Mann hinter der Absperrung wedelte mit den Armen. Er winkte die Leute in einen freien Bunker. Jarrings schleifte mich weiter in einen engen Raum mit kleinen Panzerglasfenstern. Er war beinahe bis zum Bersten voll.

Ich hatte noch nie eine derart katastrophale Evakuierung gesehen. Wenn die Gefahr eines Influx bestand, fanden generell keine Spiele statt. Es waren zu viele Menschen auf zu engem Raum, als dass man sie gefahrlos in die Schutzräume führen konnte.

Durch die offene Tür beobachtete ich, neben meine Kameraden gedrängt, wie Leute stürzten und sich überschlugen. Doch sie halfen sich gegenseitig, drängten weiter und bald waren nur noch wenige außerhalb der Schutzräume.

»Hier, die Masken, gebt sie weiter«, rief jemand im hinteren Teil des beengten Raums, in dessen Innerem wir wie Sardinen standen.

Bang verfolgte ich, wie eine schwarze Halbmaske nach der anderen weiter gereicht wurde.

»Sind es genug?«, hörte ich die vor Angst schrille Stimme eines Mädchens.

»Nein, bildet Paare, immer zwei zusammen, ihr müsst sie teilen. Verflucht, ihr wisst schließlich, wie man die Luft anhält«, knurrte ein Mann. Ich vermutete, dass es Bowl, der Trainer der Quanos war.

Meine Sicht verschwamm. Was war mit den Menschen in den übrigen Bunkern? Hatten sie ebenfalls zu wenig Masken?

»Scheiße! Hatch ist noch draußen!«, schrie jemand neben mir.

Mein Kopf zuckte herum und ich keuchte, als ich das Mädchen mit den blauen Haaren entdeckte, das sich hinkend auf uns zu schleppte.

Das ist meine Schuld! Ehe ich einen weiteren Gedanken verschwendete, rannte ich hinaus. Ich musste ihr in den Schutzbunker helfen.

»Beim Bräss, Blayke, bleiben Sie…« Jarrings' Schrei wurde von einem Donnerschlag verschlungen.

»Halten Sie die Tür auf, wir sind gleich da!«, rief ich und hetzte auf Hatch zu.

Das Licht flackerte über den feuchten Fliesenboden, Wasser spritzte unter meinen Füßen. Blitze teilten den Himmel.

»Das geht nicht, sie schließt automatisch!«

Ich warf einen Blick über die Schulter, erhaschte eine Bewegung. *Bei Gott.* Die verdammte Tür schloss sich. Ein Krachen hallte durch das Gewölbe, als alle Bolzen gleichzeitig einschnappten.

Ich strauchelte, brach beinahe zusammen. Keuchend drehte ich mich zu Hatch um, die mich mit weit aufgerissenen Augen anstarrte.

Ihr Gesicht war ein Abbild aus Schrecken und Qual, Augen und Mund tiefschwarze Löcher.

»Wir sterben, wir werden sterben«, murmelte sie.

Lähmendes Grauen erfasste mich. Mir war, als griffen eisige Finger nach mir und drückten mir langsam und unerbittlich die Luft ab. Wir waren ausgesperrt, hatten keine Masken, keinerlei Schutz vor dem tödlichen Gas.

Da schoss mein Blick zum Tank hinüber. Nein, beim Bräss, eine kleine Chance hatten wir.

»Komm mit«, brüllte ich, fasste ihren Arm und zog sie mit mir.

»Lass mich in Ruhe!«, schrie sie hysterisch. Rotz und Wasser liefen ihr über das Gesicht. Sie schlug meine Hand weg.

Beinahe wäre ich ausgerutscht. »Wir können es überleben, aber du musst in diesen verdammten Tank steigen und mir folgen, verstanden?«, fuhr ich sie an.

Ein Ruck ging durch ihren Körper, sie riss die Augen auf, dann setzte sie sich in Bewegung.

»Soll ich dir helfen?«, fragte ich, doch sie schüttelte den Kopf. Ihre Antwort hörte ich im infernalischen Tosen des Rift-Influx nicht.

Also rannte ich los, es blieb nicht viel Zeit.

Die verfluchten Atemstationen waren lediglich über ein Druckluftsystem nach draußen verbunden, damit das Wasser nicht abfließen konnte. Das tödliche Bräss würde uns darüber also genauso erreichen. Doch wenn die Grundkonstruktion dieser Regler denen ähnelte, die ich früher repariert hatte, gab es vielleicht eine Chance, zu überleben.

Die Welt um mich zerbarst. Das Krachen war so laut, dass es mich zu Boden schleuderte. Hart stürzte ich auf die Stufen. Glassplitter regneten auf mich herab. Schützend riss ich die Hände über den Kopf. Aus dem Augenwinkel registrierte ich etwas Großes, Massiges. Hell und flackernd brach sich das Licht darin, während es herabstürzte. Dann bebte die Halle.

Die gewaltige Stahlstrebe schlug in eine der Tribünen ein, zerbrach die armdicken Planken wie Streichhölzer und fuhr in einem Regen aus Splittern direkt auf das Dach eines Bunkers.

Ich rang nach Luft, blickte mich entsetzt um. Das Kuppeldach war zerstört. Die eisernen Rippen, ein Schattenriss vor dem grell aufleuchtenden Himmel. Hatch lag zitternd auf den Knien, den Kopf eingezogen. Jetzt schaute sie zaghaft hervor. Eiskalte Regentropfen trafen mich, wie Gischt, die der Wind herab peitschte. Ein hohles Pfeifen mischte sich unter die schaurige Kakofonie des Unwetters. *Ich muss weiter!*

Es kam beinahe einer Erlösung gleich, als ich mich ins Wasser fallen ließ. Das Brüllen des Gewitters verkam zu einem dumpfen Rauschen, doch meine Anspannung wuchs. Das Bräss würde nicht mehr lange auf sich warten lassen. So schnell ich konnte, tauchte ich in die Kammer hinab, die ich vor wenigen Minuten erst verlassen hatte. Wie ein gähnend schwarzes Loch lag sie vor mir.

Ich musste mich anstrengen, um etwas darin auszumachen. Ich tastete nach dem Rand der Arbeitsplatte. Schemen kristallisierten sich aus dem Dunkel. *Nein, nein, nein!* Die Klappe hatte sich geschlossen! Nackte Panik stieg in mir hoch. Ich brauchte die Schläuche darin. Nur damit konnten wir das Gas überleben. Verzweifelt zerrte ich an den Kanten, doch das verfluchte Ding bewegte sich keinen Millimeter.

Plötzlich wurde es noch finsterer in der Kammer und ich drehte mich um. Hatch trieb im Eingang.

Zwei lange Schlauchteile lagen, zuvor achtlos von mir fallengelassen, in der Nische neben ihren Beinen.

Ja! Ich paddelte auf sie zu, griff nach den beiden Stücken und bedeutete Hatch, sie miteinander zu verschrauben.

Sie folgte meiner Anweisung und ich drängte mich wieder durch den schmalen Spalt nach draußen. Die Atemstation hing nur einen Meter vom Eingang der Kajüte entfernt. Ich blies das Wasser aus und holte ein letztes Mal Luft, bevor ich nach dem Kontaktstift darin suchte. Wenn diese Atemregler keinen besaßen, würden wir keine Gelegenheit mehr haben, nach einer anderen Lösung zu suchen. Dann würden wir in diesem Tank unser Ende finden.

Bitte Gott, steh uns bei, flehte ich und tastete in der Öffnung herum.

Das Herz schlug mir gegen die Rippen, als wolle es ein letztes Mal zeigen, was es konnte. Ich presste die Augen zusammen, fand nichts, riss mir die Haut auf, tastete weiter ... und da war er.

Ein winziger Stift, der verhinderte, dass das Druckventil weiterarbeitete und unkontrolliert Luft in den Tank blies, solange niemand den Regler nutzte. Ich musste ihn lediglich abbrechen.

Mein Finger schmerzte, doch ich drückte mit aller Kraft gegen den dünnen Sicherungsbolzen. Er bohrte sich mir in die Haut und trieb mir Tränen in die Augen. Verzweifelt zog ich meine Hand wieder heraus.

Hatch drängte mich beiseite. Bleich funkelte sie mich an, nahm einen Atemzug und suchte erneut meinen Blick. Ich zeigte ihr meinen Finger, von dem kleine, rote Schlieren aufstiegen, und deutete hektisch auf das Mundstück. Scheinbar verstand sie, tastete nach dem Stift.

Sie hatte längere Finger als ich. Vier unendliche Sekunden später brach ein Luftstrom aus dem Mundstück hervor. Fahrig angelte ich nach dem Schlauch, den sie zusammengesteckt und unter ihren Arm geklemmt hatte. Ich hielt ihn an das Mundstück und dichtete den Übergang mit meiner Hand ab, so gut es ging.

Hatch schaltete sofort und hielt das andere Ende in die dunkle Kajüte hinein. In einer Wolke aus weißen Blasen stieg der Großteil der Luft darin empor, fing sich an der Decke, dem einzigen Ort innerhalb des Tanks, an dem die Luft nicht nach oben entweichen konnte.

War das Bräss bereits hier? Ich konnte in der Dunkelheit vor dem Tank nichts erkennen.

Dann erhellte eine neue Salve von Blitzen das Gewölbe. Von dem goldgelben Puder war nichts zu sehen. Ich hielt die Augen offen, drückte meine Faust fester zusammen und spähte in das leiser werdende Unwetter hinauf.

Es mochte eine halbe Minute sein, die uns geschenkt wurde, bis ich das feine gelbliche Schimmern erkannte.

Mit einem Ruck riss ich den Schlauch von dem Atemregler, schwamm auf Hatch zu, die im Eingang der Kajüte auf mich wartete. Wir beobachteten, wie das tödliche Gas, von der Pumpe eingesogen, ins Wasser quoll. In schwefelfarbenen Wolken stieg es auf und floh wieder an die Oberfläche. Mir war eiskalt, ich wandte mich um, reckte den Kopf an die Decke der Kammer. Die Luftschicht, die sich dort gebildet hatte, reichte mir bis ans Kinn. Wenn nicht noch einer dieser verdammten Stahlträger direkt auf uns herunter donnerte, konnten wir das hier überleben.

Das Bräss drang nur langsam in das dicke Panzerglas ein, wob sich seelenruhig durch das Material und versah es mit einem goldenen, todbringenden Schimmer, der sich träge auf uns zuschob, immer näher an unseren kleinen Luftspeicher. Einzig der Umstand, dass sich die Kammer nicht direkt an einer Außenwand befand, verschaffte uns Zeit.

Eine Hand legte sich auf meine Schulter und ich drehte mich um. Hatch blickte mich verzweifelt an und ich hätte schwören können, dass sie genauso heulte wie ich. Sie griff nach meiner Hand und ich erwiderte den Druck. Wir warteten und wenige Sekunden, bevor die Sphärensubstanz uns erreichen würde, holten wir ein letztes Mal Luft. Dann tauchten wir ab.

Ich zählte meine Herzschläge, sah zu, wie sich das Gas über uns ausbreitete. Ich betete, schloss die Augen und hoffte darauf, dass die Luft in unseren Lungen reichen würde.

Mein Puls schlug dröhnend und viel zu schnell und die Verzweiflung bohrte ihre Krallen tiefer in mir fest. Ich würde nicht mehr lange durchhalten.

Plötzlich zog Hatch an meiner Hand und ich öffnete die Augen. Sie wies nach oben und ich stieß ein lautloses Dankgebet aus.

Allmählich erhellte graues Licht unsere Kammer. Der goldfarbene Puder über unseren Köpfen verglomm zu fadenscheinigem Gelb und legte sich schließlich ölig auf dem Wasser ab. Bald würde er sich auflösen.

Wir streckten die Köpfe nach oben und holten gierig Luft. Keuchen und Prusten füllten den kleinen Hohlraum.

Urplötzlich fand ich mich in einer rauen Umarmung wieder und schluchzte auf, als die angestaute Todesangst von mir abfiel.

»Du hast uns gerettet, Blayke.« Hatch schniefte. »Du bist als Einzige da raus, um mir zu helfen, o verdammt, ich dachte, wir gehen drauf.« Ihre Stimme hallte dumpf.

»Ich bin doch schuld, dass du verletzt bist, ich hätte …«

Hatch lachte hysterisch. »Verletzt? Ich verletze mich bei jedem Spiel. Du hättest gar nichts tun müssen. Stattdessen hast du mich gerettet!« Sie drückte meine Hände. »Danke!«

Mein Blick verschwamm so sehr, dass ich ihr Lächeln kaum sehen konnte.

»Lass uns auftauchen«, flüsterte ich.

Gemeinsam schwammen wir nach oben, sogen die kühle Luft ein. Grau und schwer hing die Wolkendecke über der zerborstenen Kuppel.

Das laute Knallen von Füßen auf Metallstufen erklang. Tiffs ängstliches Gesicht erschien über mir. Ihre Augen weiteten sich.

»Ru! O mein Gott!« Sie keuchte, war mit zwei Schritten im Wasser und drückte mich fest an sich. Ein Beben lief durch ihren Körper oder durch meinen, ich wusste es nicht. Und als hätte ich sämtliche Kraft aufgebraucht, hing ich plötzlich heulend in ihren Armen, füllte den Tank mit weiteren Tränen.

Schließlich kletterten wir aus dem Container. Es war, als stünde ich neben mir. Das zerstörte Stadion unter uns war bedeckt von einer öligen Schicht aus Bräss, Trümmern und Scherben – ein Bild des Chaos, gezeichnet von einer Naturgewalt.

»Um Himmels willen, sind Sie wahnsinnig?«, brüllte Jarrings. Er stürzte die Stufen hinauf und schloss mich in eine Atemnot fördernde Umarmung.

Das brachte mich schneller zur Besinnung als tausend nette Worte.

Sofort schob er mich wieder auf Armeslänge von sich und begutachtete mich. »Geht es Ihnen gut, Blayke?«, blaffte er mit einem besorgten Unterton.

»Ja, wir leben noch«, erwiderte ich mit brüchiger Stimme, fühlte mich jedoch, als könnte ich jeden Moment zusammenklappen.

»Wagen Sie es ja nicht, je wieder so eine Dummheit zu begehen!«, schnauzte er mit einem Hauch Anerkennung.

Zu unserer Linken schluchzte jemand laut auf. Zwei von Hatchs Teamkameraden und ihr Trainer hatten sich um sie versammelt. Unter den Tribünen strömten Besucher aus den Bunkern heraus. Der Schutzraum unter dem herabgestürzten Stahlträger hatte Gott sei Dank gehalten. Hunderte versammelten sich an der Absperrung, riefen und weinten. Stadionangestellte versuchten Ordnung zu schaffen und gaben Anweisungen.

»Einen Verbandskasten!«, rief Bowl plötzlich und ich sah alarmiert zu Hatch hinüber. Ihre bloßen Füße waren voller Schnittwunden. Zum Rift, sie war noch auf dem Hallenboden gewesen, als die Glassplitter herabgeregnet waren. Ich schluckte schwer, mein Blick schoss zu Tiff zurück. Sie trug ein Paar Sandalen, die ihr offenkundig zu groß waren. Die Schwimmer standen mit bleichen Gesichtern vor dem Schutzraum und starrten zu uns herüber, konnten mit ihren bloßen Füßen nicht über die Scherben gehen.

»Bringen Sie uns Verbandsmaterial!«, rief Jarrings einem jungen Mann zu, der auf den Tank zueilte.

»O Gott, das habe ich gar nicht gesehen!« Tiff starrte meine Arme an und kaum sah ich die vielen kleinen Schnitte, begannen sie zu brennen.

»Sieht nicht bedenklich aus, der an Ihrem Fuß dürfte am schlimmsten sein«, brummte der Coach.

Als Hatch und ich verarztet wurden, kam Bowl zu uns herüber. »Ihre Spielerin hat Miss Hatch das Leben gerettet! Bei allen Sphären, ich dachte, wir müssten heute mit zwei Totenbahren hier hinaus gehen. Sie haben eine Heldin im Team, Jarrings.« Dann kam er auf mich zu und ergriff meine Hand. »Danke, Miss Blayke. Das werde ich Ihnen nie vergessen.«

Der zutiefst betroffene Ausdruck in seinen braunen Augen schnürte mir die Kehle zusammen. »Ich ... habe nur ...«

»Die dort, siehst du, sie ist rausgerannt, um ihr zu helfen«, hörte ich jemanden hinter der Absperrung rufen.

Ich presste die Kiefer aufeinander. Ich war keine Heldin, ich war schuld daran, dass Hatch verletzt worden und nicht rechtzeitig in den Bunker gelangt war, selbst wenn sie das abtat.

»Allerdings, das war eine unglaubliche Tat, selbst wenn ich Sie dafür schütteln könnte«, knurrte Jarrings.

Es war das erste richtige Lob aus dem Mund meines Coachs. Die Umstände, unter denen ich es erhielt, ließen mich jedoch hoffen, dass es auch das letzte war.

XXV

Es war kalt. Das war hier unten allerdings nicht anders zu erwarten. Verstört sah ich an meinen nackten Armen hinab. Ich trug nur ein dünnes, graues Hemd und eine zerschlissene Hose, war barfuß. *Warum habe ich keine Jacke mitgenommen, keine Schuhe?* Ich sollte nach oben gehen, doch die verwinkelten Gänge schienen ein Eigenleben entwickelt zu haben, sich zu einem Labyrinth auszudehnen, das stetig wuchs. Wasserlachen bildeten sich auf dem Kellerboden. Was war hier los? Wo waren die Schwestern? Ich legte die Arme um mich und ging zögernd ein paar Schritte durch den klammen Flur. Meine Sohlen verursachten nicht den geringsten Laut, weder auf dem nackten Steinboden, noch wenn ich durch Pfützen watete. Der Modergeruch wurde stärker. Ein Hauch von Verwesung, süß und schwer.

»Wo bist du?« Ein Flüstern, ganz nah.

Ich wirbelte herum, starrte ins Zwielicht des Korridors. Schatten rankten sich über die dunklen Mauersteine. Ein Luftzug. Etwas knallte. Ich warf mich herum.

»Gefunden, Blayke! Du hättest dich besser verstecken sollen.« Coras Gesicht direkt vor mir. Flammen in ihren Augen. Eine Hand gegen die Mauer gepresst, um mir den Weg abzuschneiden.

Ich schnappte nach Luft. *Nein!* Mein Mund formte Worte, doch meine Stimme versagte.

»Bemüh dich nicht. Tote können nicht sprechen.« Ein messerscharfes Lächeln zog Coras Mundwinkel in die Breite. Ihre Haut schimmerte wächsern. Da, eine Bewegung, hauchfein wie Nebel.

Die Dunkelheit kroch von den Wänden, materialisiere sich zwischen Coras Fingern zu spiegelglattem Eisen. *Eine Klinge.* Das blanke Metall reflektierte einen Himmel, der nicht da war – Blitze und blutgetränkte Wolken.

Kalter Schweiß brach mir aus. Ich wich zurück, warf mich herum, rannte. Der Flur verschwamm vor meinen Augen. Pures Entsetzen toste durch meine Adern.

»Sei dreifach verflucht, Blayke!« Ein Zischen hinter mir.

Mein Herz hämmerte. *Schneller, ich muss hier fort!*

»Du kannst nicht entkommen! Ich habe ihn mit Blut bezahlt.« Urplötzlich stand Cora vor mir. Beinahe wäre ich in sie hineingerannt, kam keuchend und schlitternd zum Stehen. Steinsplitter bohrten sich in meine Fußsohlen.

Sie streckte mir die Hände entgegen, die trotz des grauen Dämmerlichts rot glänzten. »Schau.« Sie deutete zur Seite, wo ein breiter Riss zwischen den Mauersteinen klaffte.

Ich taumelte zurück. Tiefschwarze Nacht drängte sich durch den Spalt, als wolle sie nach mir greifen. Dann sah ich das Flackern, weit entfernt, mitten in der Schwärze – ein Feuer.

»Du wirst niemals dorthin gelangen«, flüsterte Cora und beugte sich näher.

Mein Körper war wie gelähmt, mein Herz zersprang beinahe. Ihre Stimme legte sich wie Frost auf meine Haut.

»Der Tod soll dir alles nehmen. Alles!«

Ihre blutigen Finger streiften meine Wange. Ich schauderte, schreckte hoch.

»Nein!« Endlich kam ein Schrei über meine Lippen. Mein Atem ging schwer und ich sah mich hektisch um. *Mein Zimmer. Gott sei Dank.* Fahles Morgenlicht fiel durch das Fenster herein. Zitternd saß ich im Bett und wischte mir über die Wange, wischte die Berührung ab, die sich so echt angefühlt hatte. Beklemmung schnürte mir den Brustkorb zusammen. *Verdammte Albträume.* Langsam stieg ich aus dem Bett, ich war nassgeschwitzt und fror. Mein Puls ging viel zu schnell. Ich schlüpfte in meine Hausschuhe und lief ins Bad, meinte noch immer Coras Stimme in meinem Kopf zu hören.

Es war das dritte Mal. Drei Mal schon hatte mich dieser Albtraum aus dem Schlaf gerissen. In jeder Nacht, die seit dem Rift-Ausbruch vergangen war. *Dreifach verflucht.* Ich rieb mir über die Arme, schaltete das Licht ein und stellte die Dusche an, musste mich aufwärmen, wach werden.

Das heiße Wasser strömte wohltuend an mir hinab und ich versuchte meine Gedanken zu klären, die tiefe Bedrückung zu vertreiben. Doch in mir hatte sich eine unergründliche Angst festgefressen. *Was, wenn dieser Fluch wirklich existiert? Wenn er mir schon einmal alles genommen hat?* Wie viele Menschen überlebten einen Rift-Ausbruch außerhalb eines Schutzraums und ohne Maske? Einer von hundert? Wie viele überlebten einen weiteren? Ich war dem Tod ein zweites Mal von der Schippe gesprungen. *Wird er sich dafür erneut das Leben eines anderen Menschen nehmen?* Ich biss die Zähne zusammen. Das Wasser troff mir übers Kinn.

Finn ist nicht deswegen gestorben. Ich bin nicht verflucht. Das ist Unsinn, vollkommener Unsinn! Niemand wird sterben, weil ich überlebt habe.

Ich hasste diese irrationale Furcht, hasste es, wie sehr ich ihr ausgeliefert war. Ich hatte mit Lana darüber gesprochen. Das hatte geholfen, doch jeder Albtraum gab der Angst neue Nahrung. Diese Furcht ließ sich selbst am Tag nie ganz vertreiben, folgte mir verstohlen wie ein Schatten im Dämmerlicht.

Es ist einfach zu viel gewesen. Der Influx, die vielen Opfer, der Schock und die verdammte Presse.

Obwohl es nach dem Rift-Ausbruch mehr als genug wichtige Dinge zu berichten gab, hatten es einige Reporter darauf abgesehen, mich ins Rampenlicht zu zerren. Wir waren nach der Katastrophe kaum die Treppen vom Tank hinabgestiegen, als sich ein Kamerateam auf mich gestürzt hatte. Ein Reporter von einem städtischen Sender hatte mich mit Fragen überfallen, statt sich nach den Verletzten zu erkundigen.

Acht Menschen waren von den Tribünen gestürzt. Schwer verletzt hatte man sie in die Bunker getragen. Ein Mann war im Schutzraum kollabiert. Er und eine Frau waren am Tag nach dem Influx in einem Hospiz gestorben. Als hätte Bowl es heraufbeschworen, hatte er recht behalten. *Zwei Totenbahren und unzählige Verletzte.* Wie durch ein Wunder war an dem Tag selbst niemand im Stadion ums Leben gekommen.

Als Tiff und ich schließlich nach Hause gekommen waren, war Lana bereits hier gewesen. In Tränen aufgelöst, war sie mir um den Hals gefallen. Sie und Eloy hatten die Schreckensnachrichten vor dem Fernseher verfolgt.

Zwei Flugzeugunglücke, ein entgleister Zug und fünf in Katastrophen endende Evakuierungen auf anderen Großveranstaltungen, allein in den Vereinigten Staaten. Jeder Influx forderte Opfer. Doch dieser hatte zu viele Menschen unvorbereitet getroffen. Nicht zuletzt gab es zahllose Tote, die erst später gefunden wurden. Die Liste der Opfer wurde jeden Tag länger.

Lana und ich hatten völlig aufgelöst in Edenplace angerufen und aufgeatmet, als uns Mutter Tabea versichert hatte, dass dort nichts passiert war. Die meisten Menschen hatten den Influx wie jeden anderen überstanden. Die Panik im Stadion war für mich jedoch noch so präsent, dass es mir noch immer unwirklich erschien, wie nahtlos und unbeeindruckt das Leben weiterging.

In ein Handtuch gewickelt, tappte ich zurück in mein Zimmer. Es war erst halb sechs Uhr morgens. Doch nichts lag mir ferner, als mich noch einmal hinzulegen. Die Gefahr zu träumen war zu groß.

Ich zog mich an und fuhr meinen Rechner hoch. An meiner Hausarbeit in Biochemie zu arbeiten, würde mich ablenken.

Einen Moment blieb der Mauszeiger über dem Icon des Internetbrowsers hängen. *Die Liste.* Ich biss mir so fest auf die Unterlippe, dass es weh tat. Ich sollte es lassen. Es wühlte mich nur auf. Ein weiterer Blick auf die Uhr hielt mich schließlich davon ab. Um diese Zeit wären die Listen sowieso noch nicht aktualisiert.

Ich vergrub mich in meine Arbeit.

»Hey, es gibt Neuigkeiten, komm schnell rüber!« Tiff riss mich aus meinen Recherchen.

Ich drehte mich zu ihr um. Es war inzwischen kurz vor neun und sie steckte noch in ihrem Pyjama. »Wenn du die Theorie von Gardener meinst, die kam gestern Abend schon«, sagte ich.

»Nein, ganz aktuell! Los, beeil dich!«, drängte sie und tippelte hin und her.

Ich sprang auf. »Gibt es etwa Ergebnisse?«

»Wenn ja, willst du sie nicht verpassen!« Tiff verschwand um die Ecke.

Rasch folgte ich ihr in den gemeinsamen Wohnraum, hoffte inständig, dass man endlich auf die Ursache gestoßen war. Eloy saß in einen schwarzen Frottiermantel gewickelt auf der Couch und schaltete das Programm lauter. Tiff und ich ließen uns neben ihr nieder.

Sondersendung stand in roten Lettern am oberen Bildschirmrand. Ein Nachrichtensprecher, ein älterer Herr mit Brille, blickte ernst in die Kamera. »Verehrte Bürger der Sphären«, setzte er an. »Soeben erreichten uns Neuigkeiten aus dem Institute of Science. Die Frage, die die Welt beschäftigt.«

»Riftverdammt, haben sie es endlich rausgefunden?«, japste Eloy.

»Sht.« Tiff wedelte mit der Hand.

Ich sah wie gebannt auf den Monitor. *Hat sich die letzte Theorie etwa bewahrheitet?*

»Wie konnten zwei Rift-Influx so dicht hintereinander auftreten?«, erklang die getragene Stimme des Mannes aus den Lautsprechern. »Führende Wissenschaftler der Mutter- und der USphäre haben nun die Ursache aufgedeckt. Ich übergebe das Wort an Sarah Hunning, die Leiterin der nationalen Forschungsgruppe.«

Eine blonde Frau mit Ausweis am Revers wurde eingeblendet. Das Licht um sie wirkte grünlich. Die Aufnahme musste aus der USphäre stammen. Im Hintergrund befand sich ein Laborraum, in dem mehrere Leute in blauen Uniformen an Tischen arbeiteten. Ich verengte die Augen und beugte mich ein Stück nach vorn.

War das Samuel Carwing? Falls ja, hatte ich nicht gewusst, dass sich der Genforscher an den Untersuchungen beteiligte.

»Vielen Dank, Mr Franklin«, ergriff die Wissenschaftlerin das Wort. »Es ist mir eine große Ehre, diese Nachricht übermitteln zu dürfen. Sehr geehrte Bürger der Sphären. Das Institute of Science gibt Entwarnung. Die Gardener Theorie wurde bestätigt. Wir konnten zu hundert Prozent verifizieren, dass sich Sphärenpartikel in einer Höhe von dreißig Kilometern innerhalb der Stratosphäre gesammelt haben.«

Ein Schaubild wurde eingespielt, auf dem ein Punkt, ungefähr mittig der Ozonschicht, markiert war.

»Ich dachte, das wäre eher unwahrscheinlich«, murmelte Tiff.

»Ja ... Dreißig Kilometer.« Ich runzelte die Stirn. Normalerweise sammelten sich die Sphärenpartikel knapp über der Troposphäre, ungefähr fünfzehn Kilometer näher an der Erdoberfläche. Dass sie sich in dieser Schicht halten konnten, war unfassbar.

Die Frau fuhr fort: »Die herkömmlichen Messdrohnen, die wesentlich tiefer positioniert sind, konnten daher keine Warnungen senden. Unsere Untersuchungen zeigten, dass sich die Partikel in größerer Höhe wesentlich langsamer sammeln. Diese Entwicklung ist neu und wird von nun an kontrolliert. Jüngsten Tests zufolge, werden wir alle drei bis vier Monate mit einem zusätzlichen Rift-Ausbruch konfrontiert werden. Präventiv wurden Drohnen in unterschiedlichsten Höhen der Stratosphäre platziert. Ein weiteres Unglück diesen Ausmaßes wird nicht wieder vorkommen.«

Ich sank gegen die Lehne, atmete auf. Dass die Ursache so schnell erkannt und obendrein eine effektive Gegenmaßnahme getroffen worden war, war mehr, als ich zu hoffen gewagt hatte.

»Gott sei Dank!«, stöhnte Tiff und zog die Beine an.

Der Nachrichtensprecher erschien wieder im Bild, ein zuversichtliches Lächeln auf dem Gesicht. »Vielen Dank für Ihre Erläuterung, Mrs Hunning. Eine großartige Neuigkeit, die der Menschheit Erleichterung und neuen Aufschwung schenkt. Dieser unvorhersehbare Rift-Ausbruch hat zu viele unschuldige Opfer gefordert. Doch wir stehen füreinander ein. Wir werden uns stets gegen den Rift behaupten. Dies waren NCK-News. Schalten Sie wieder ein.«

»Ich hatte wirklich Schiss, wieder ins Stadion zu gehen«, murmelte Tiff und schüttelte matt den Kopf.

»Da bist du nicht die Einzige. Und dabei sind wir ja glimpflich davongekommen«, erwiderte ich und lächelte traurig.

Eloy schaltete den Fernseher leiser. »Glimpflich ist gut! Das Oaklandstadion war quasi eine Todesfalle und trotzdem war es das einzige Stadion im Land ohne Opfer.« Sie schnaubte. »Fast schon mysteriös, oder? Na ja, ich setze auch weiterhin keinen Fuß in so einen Schuppen.« Sie sah mit verkniffener Miene zu mir herüber. »Und im Ernst, ich verstehe nicht, wie du da die Nerven behalten hast.«

Ich wich ihrem Blick aus. Davon konnte keine Rede sein. Meine Nerven lagen noch immer blank.

Eloy winkte mit einer Hand zum Fernseher. »O Mann, sie bringen schon wieder das Video von dir.«

Resigniert stieß ich die Luft aus, hatte plötzlich einen bitteren Geschmack im Mund. »Wieso hören sie nicht endlich auf, das zu zeigen?«

Irgendjemand hatte aus einem der Schutzbunker heraus aufgenommen, wie Hatch und ich in den Tank geflohen waren. Geistesabwesend starrte ich auf den Bildschirm. Das Brüllen des Influx – nur ein wütendes Rauschen im Hintergrund. Wild flackernd brach die Aufnahme ab, als die gläserne Decke und Regenschauer über uns niedergingen. Ich blinzelte. Ein Bild von mir wurde eingeblendet, eben dem Tank entstiegen. Ein breiter Schriftzug prangte darüber: *Wie ein Phönix aus der Asche.* Meine Kehle wurde eng. Die Zeitungen hatten diese verdammte Headline in die Welt gesetzt und schlachteten die Geschichte seitdem aus.

Ich wandte mich ab, wollte es nicht länger sehen.

»Schalt doch um, Eloy«, meinte Tiff.

Die schnalzte mit der Zunge. »Wenn ihr es nicht sehen wollt, geht raus. Ich sehe mir nämlich weiter die Nachrichten an.«

Ich stand auf.

Tiff erhob sich ebenfalls. »Du bist so einfühlsam wie ein Kaktus, Eloy.«

»Danke, ich nehme das als Kompliment!«, blökte diese ihr hinterher, als wir in den Gang traten.

»Mach dir keine Gedanken deswegen, Ru. Bald reden alle nur noch von der Entwarnung. Dann ist diese Aufnahme passé.« Ein Grinsen erschien auf Tiffs Gesicht. »Davon mal abgesehen, kannst du stolz darauf sein. Mit so einem Image hat, glaube ich, noch keiner seine Karriere gestartet.«

Ich seufzte. »Die hätte ich lieber anders gestartet.«

»Kann ich mir vorstellen«, erwiderte sie. »Die Pressefritzen sind ja im Moment hinter dir her wie die Aasgeier. Ich weiß nicht mal, ob ich mit dir tauschen wollte, und das will was heißen. Kommst du nachher eigentlich mit zur Uni?«

»Ja, Dr. Morten wollte sich die Schnittwunde am Fuß noch einmal ansehen. Ich hoffe, ich darf heute wieder ins Wasser.«

Tiff nickte. »Das wäre super. Marc meinte gestern, er hofft, du hast keine Wasser-Phobie entwickelt.«

Ich rang mir ein Lächeln ab. »Sicher nicht.« Im Gegenteil, ich vermisste das Training und das Tauchen.

»Alles klar, dann gehen wir in zehn Minuten, ich ziehe mich noch schnell um.« Tiff rannte ins Bad und ich ging in mein Zimmer, um noch einige Bücher einzupacken.

Als ich den Rechner abschalten wollte, blieb mein Blick erneut an dem Browser-Icon hängen. *Verdammt.* Ich ließ mich auf den Stuhl sinken. *Die Liste.* Es würde mir keine Ruhe lassen, wenn ich nicht nachsah.

Ich öffnete die Seite, auf der die Influx-Opfer aufgeführt wurden. *Bitte, sei nicht dabei.* Zögerlich scrollte ich zu den Namen mit L. Drei neue waren seit gestern hinzugekommen.

Mein Finger blieb in der Luft hängen. Ich starrte auf den Namen vor mir, weiß auf blauem Grund.

Liros, Alaric. Mein Atem stockte.

Liros, nicht Liras, versuchte ich mich zu beruhigen. *Oder habe ich mich verhört?* Es klang fast gleich. Übelkeit stieg in mir auf. Hektisch tippte ich den Namen in die Suchleiste, die Hoffnung, auf ein Profil zu stoßen, war gering, doch vielleicht ...

Ein Fenster öffnete sich. Die Website eines Unternehmens.

Alaric Liros, Elektroingenieur, stand in einer Mitarbeiterliste. Langsam wanderte der Mauszeiger zu der Profildatei. *Bitte, nicht er.* Die File sprang auf und zeigte das lächelnde Gesicht eines Mannes. Eines Fremden.

Ich atmete tief ein, schloss die Augen und ließ den Kopf hängen.

Die Buchstaben vor meinen Augen verschwammen. Ich hatte kein einziges Wort gelesen. Ich schob die Notizen beiseite, in die ich mich, in der Hoffnung auf Zerstreuung, vergraben hatte. Die Bibliothek der Beldon war erfüllt von sachten Geräuschen, raschelnden Seiten, heimlichem Gewisper und dem Geruch alter Folianten. Ich war gerne hier, doch heute gelang es mir nicht, mich zu konzentrieren.

Eine Woche war vergangen, seit das Institute of Science die offizielle Entwarnung ausgesprochen hatte. Zu meiner großen Erleichterung waren keine neuen Namen auf der *Liste* aufgetaucht und auch die Albträume hatten nachgelassen. So hatte mich der Alltag, schneller als vermutet, wieder eingeholt. Vielleicht war es aber auch umgekehrt und ich hatte mich ins Training und das Studium gestürzt, um mich auf andere Gedanken zu bringen. Nur die Reporter machten es mir noch immer schwer, das Geschehen hinter mir zu lassen, weshalb ich mich meist auf dem Campus aufhielt, wo sie keinen Zutritt hatten.

Ich ließ den Blick durch die altehrwürdige Halle schweifen: die kleine Insel voller Lesetische und gesenkter Häupter, auf die ich mich geflüchtet hatte, umgeben von einem Wald aus Büchern. Das Licht, das aus hohen Bogenfenstern herein fiel, verlieh dem Mosaikboden einen sanften Schimmer – ein raffiniertes Muster aus kobaltblauen und von Türkis bis Weiß changierenden Dreiecken.

Ein labyrinthisches Reich aus Wissen, Pergament und Staub lockte mich mit der Hoffnung, mich darin zu verlaufen.

Ich war versucht, aufzustehen und einfach ziellos durch die verwinkelten Gänge zu wandern. Da tauchte eine bekannte Gestalt zwischen den Regalen auf.

Tiff hielt eilig auf mich zu. »Hier hast du dich verkrochen, hast du dein Handy abgeschaltet? Ich suche dich schon seit einer Stunde.« Sie knallte die Hände auf den Tisch, was uns erboste Blicke von Kommilitonen an den anderen Pulten einbrachte.

Ich zog die Brauen zusammen. Unser Training war erst am Nachmittag angesetzt, meine Vorlesungen an diesem Morgen waren abgesagt worden, da Professor Gilder krank geworden war.

»Entschuldige, ja, hier drinnen schalte ich es immer ab«, flüsterte ich, erhob mich und packte meine Bücher zusammen.

»Jarrings hat dich einbestellt, und zwar im Büro der Direktorin. Zum Rift, du solltest längst dort sein. Wenn er sich bloß nicht einfallen lässt, mir die Schuld zu geben.«

»Bei Mrs Ferrow? Wieso das denn?«

Die Direktorin hatte mich bereits vor drei Tagen zu sich eingeladen – unsere erste Begegnung seit Monaten – und mir erklärt, wie beeindruckt sie von meiner Rettungsaktion war.

»Keine Ahnung, du hast doch nichts angestellt, oder?«, raunte Tiff.

»Nicht, dass ich wüsste.« Beunruhigt folgte ich ihr durch das Foyer.

Auf dem Weg zum Verwaltungsgebäude liefen wir quer durch eine der überdachten Grünanlagen und Tiff zählte mir ihre Vermutungen auf. »Vielleicht wollen sie dir eine Medaille für besondere Verdienste überreichen.«

»Unwahrscheinlich«, brummte ich.

»Oder Jarrings will dich vor Mrs Ferrow rund machen, weil …«

Ein Blitzlicht flammte auf und ich riss den Kopf herum.

Ein Fotograf kam über die Wiese auf uns zu. Er schoss weitere Bilder.

»Brässverdammt, nicht schon wieder! Wie kommt der hier überhaupt rein?« Tiff stemmte die Hände in die Hüften und blieb stehen.

Ich drehte mich weg und lief weiter, hatte es so satt.

»Warten Sie doch, Miss Blayke!«, schrie der Mann.

»Hey, schaffen Sie den Kerl hier raus!«, hörte ich Tiff rufen.

Ein Wachmann vor dem Hauptgebäude setzte sich in Bewegung.

»Sind Sie wirklich die Heldin, für die Sie alle halten?«, schrie mir der Fotograf hinterher.

Von wegen Heldin. Ich knirschte mit den Zähnen, lief schneller.

»Raus mit Ihnen!«, schnappte der Wachmann.

»He, lassen Sie mich los. Miss Blayke! Hätten Sie Miss Hatch auch gerettet, wenn Sie gewusst hätten, dass Sie nicht rechtzeitig in den Bunker gelangen?«

Mein Magen zog sich zusammen.

»Ignorier ihn einfach!« Tiff holte mich ein und wir eilten auf das Verwaltungsgebäude zu, während der Eindringling den Wachmann wüst beschimpfte.

Die Tür des Hauptgebäudes wurde geöffnet, ehe wir die Stufen ganz erklommen hatten, und Mr Tard ließ uns herein. Im Flur hörten wir das Fluchen des Fotografen kaum noch.

»Danke, Mr Tard«, presste ich hervor.

»Gerne doch. Sie werden oben erwartet«, entgegnete der Sekretär so ruhig, als wäre gar nichts geschehen. Dann verschwand er in seinem Büro.

»Alles in Ordnung?«, zischelte Tiff.

Ich nickte, doch meine Schläfen pochten und ich setzte mich auf eine Treppenstufe, musste mich kurz fangen. Die Reporter, die mich in den letzten Tagen auf der Straße abgepasst hatten, hatten mich mit Schmeicheleien ködern wollen. Hatten mich eine Heldin genannt, egal, wie oft ich es abtat. Dieser jedoch hatte einen Nerv getroffen und genau die Frage gestellt, die mir selbst nicht aus dem Kopf ging. *Hätte ich Hatch geholfen oder wäre ich feige im Schutzraum geblieben?*

Das stumme Brodeln in meiner Brust wuchs zu einem grollenden Untier an, das mich als erbärmlich beschimpfte. Mein Verstand sagte mir, dass es schlicht und einfach dumm gewesen war, hinaus zu rennen. Dennoch wusste ich es nicht mit Sicherheit. Mein schlechtes Gewissen hätte mich vielleicht hinausgetrieben, doch daran war nichts Tapferes, nichts Edles.

Ganz sicher wollte ich nicht, dass die Presse weiter darauf herumritt, egal, wie sie meine Tat darstellen mochte.

»Hey, vergiss diesen Fotografen einfach. Der wollte nur provozieren.« Tiff setzte sich neben mich.

Ich holte tief Luft. Dieser Kerl war mir im Grunde egal. »Die Sache ist nur: Ich weiß nicht, ob ich Hatch gerettet hätte. Ich dachte, wir sind wieder im Schutzraum, ehe sich die Türen schließen«, murmelte ich.

Meine Freundin strich mir über den Arm. »Und das ist überhaupt nicht schlimm. Es macht deine Tat kein bisschen weniger bedeutsam. Es ist eben so eine typische beknackte Reporterfrage, auf die du dir eine Antwort überlegen solltest. Denn irgendwann wird sie dir wieder jemand stellen.«

Ich zog gequält die Stirn kraus. »Ich soll mir also irgendeine pressetaugliche Antwort zurechtlegen.«

»Wenn du willst, helfe ich dir dabei.« Tiff setzte zu einem süffisanten Grinsen an. »Vielleicht fällt dir die Antwort auf diese Frage ja leichter: Stell dir vor, ich wäre mit einem Hinkefuß da draußen gewesen und das ohne dein Verschulden. Wärst du mir auch zu Hilfe gekommen?«

Ich stieß ein Schnauben aus und streckte ihr die Zunge heraus. »Wahrscheinlich nicht, ich hätte dein Zimmer haben können.«

Sie lachte gackernd und gab mir einen Schubs.

Mrs Ferrow und Jarrings saßen an einem kleinen Besprechungstisch am Fenster, die Vormittagssonne warf helle Sprenkel auf ihre Kleidung. In seinem Trainingsanzug und den Flipflops wirkte der Trainer unwesentlich fehlplatziert.

»Miss Blayke, man konnte Sie also endlich ausfindig machen. Ich hoffe, dieses spontane Meeting kommt Ihnen nicht ungelegen.« Die Direktorin erhob sich und kam lächelnd auf mich zu.

»Aber nein. Es tut mir leid, Tiff ... Miss Samasi hat mich eben erst in der Bibliothek gefunden.«

»Wissen Sie nicht, wozu es Mobilgeräte gibt, Blayke?«, meldete sich Jarrings ruppig zu Wort.

Er hatte nach seiner erstaunlichen Fürsorge rasch wieder zu seiner mürrischen Gereiztheit zurückgefunden. Tiff und Charlie hatten mich aufgezogen und ein großes Blatt mit der Aufschrift *Hier lebt das einzige menschliche Wesen, das der Coach je umarmt hat* an meine Zimmertür geklebt. Obgleich das nicht stimmte, jedenfalls hoffte ich das für Jarrings, hatte es mich ein wenig aufgeheitert.

»Ich musste es dort leider abschalten«, antwortete ich, woraufhin er mit der Zunge schnalzte und den Kopf schüttelte.

Ich fragte mich, wie ich ihn je als einschüchternd hatte empfinden können. Tatsächlich mochte ich ihn inzwischen gerne, mitsamt seinem Beleidigungen produzierenden Gehirn.

Mein verstecktes Schmunzeln erstickte im Keim, als mir aufging, was das bedeuten mochte. Jarrings war mir auf eine verschrobene Art tatsächlich wichtig. Konnte der Fluch ihn dann treffen? Bang schloss ich die Hände um den Griff meiner Tasche, während mir Mrs Ferrow einen Platz anbot. Ich musste aufhören, ständig an diese Verwünschung zu denken. Es war blanker Unsinn und zehrte lediglich an meinen Nerven.

»Wir haben wunderbare Neuigkeiten«, verkündete die Direktorin, nachdem wir uns gesetzt hatten. »Uns wurde ein Angebot unterbreitet, das es so seit Jahren nicht gegeben hat. Da es in unmittelbarem Zusammenhang mit Ihnen steht, wollten wir das allerdings zuvor mit Ihnen besprechen.«

»Nicht, dass Sie Mitspracherecht hätten, sehen Sie es als freundliche Information an«, blaffte der Coach.

»Was für ein Angebot?«

Mrs Ferrow setzte sich gerader auf, das strahlende Lächeln auf ihrem Gesicht wirkte beinahe euphorisch. »Stellen Sie sich vor:

Die San Beldora, eine Universität in der USphäre, hat uns ein Freundschaftsspiel vorgeschlagen. Ihre einzige Voraussetzung ist Ihre Aufstellung als Spielerin. Ist das nicht fantastisch?«

»Ein Spiel gegen eine Uskrim-Mannschaft?«, hauchte ich ungläubig.

»Das verspricht ein Medienspektakel zu werden, eines, das unserer Einrichtung viel positive Aufmerksamkeit einbringen wird. Das Spiel soll bereits in fünf Tagen, beziehungsweise direkt nach dem nächsten Rift-Ausbruch stattfinden.«

»So bald schon?«, entfuhr es mir. *Dafür bin ich längst nicht bereit!* Unsicher sah ich zu Jarrings hinüber.

»Je eher, desto ...« Er stockte und zog die Brauen zusammen, die Falten auf seiner Stirn vertieften sich. »Ach, vergessen Sie das. Es geht eben nicht anders. Dass Sie mehr Training bräuchten, sieht selbst ein Blinder. Aber wir haben schließlich noch weitere Spieler im Team«, knurrte er.

»Seien Sie nicht immer so pessimistisch, Mr Jarrings«, merkte die Direktorin an.

»Aber es stimmt, ich ... bin nicht wirklich gut«, brach es aus mir hervor. Eine Tatsache, die ich seit dem Turnierspiel gegen die Quanos nicht länger abtun konnte.

Zuvor hatte ich angenommen, mich auf ein gutes Niveau gesteigert zu haben. Längere Tauchzeit, intuitives Zusammenspiel und ein effektiver Schwimmstil, auf den ich sogar stolz gewesen war. Die Auseinandersetzung mit einer gegnerischen Mannschaft hatte mir jedoch vor Augen geführt, dass all das überhaupt nichts brachte, dass ich als Enigma nichts taugte, solange mich meine Kontrahenten mit Leichtigkeit aufhalten konnten.

AquaLab war kein reines Strategiespiel, es war im wahrsten Sinne des Wortes ein Wettkampf, bei dem es nicht selten zu Verletzungen kam, die man jedoch nicht zeigte, wenn es sich vermeiden ließ.

»Was reden Sie denn? Sie sind eine wertvolle Bereicherung für das Team«, wehrte Mrs Ferrow meinen Einwand ab.

»Zumindest könnten Sie das mal sein«, grunzte der Coach.

»Ich habe bisher nur an einem Spiel teilgenommen«, erklärte ich. »Nein, nicht einmal das, ein halbes. Ich habe keinerlei Erfahrung. Ich habe mich von Hatch und ihrem Teamkollegen in die Mangel nehmen lassen.« Ich sah Jarrings an und mir wurde noch unwohler. »Ich war dem Team nicht von Nutzen, Coach. Ich habe uns lächerliche drei Punkte gebracht, nichts weiter.«

Er verschränkte die Arme vor der Brust und kniff die Augen zusammen. »Glauben Sie, ich habe Sie aufgestellt, weil ich der Meinung war, Sie seien schon bereit dazu?«

Ich schluckte.

Er stieß Luft zwischen den Zähnen aus. »Für den Stand, auf dem Sie momentan sind, haben Sie sich recht gut geschlagen, Blayke, also jammern Sie nicht herum. Sie sind nach wie vor eine blutige Anfängerin. Meine Güte, als Sie hier ankamen, waren Sie kaum mehr als ein ersaufender Welpe. Was Sie bislang trainiert haben, ist die reine Funktion des Spiels: Regeln, Taktik und Effizienz. Ein paar Talente haben Sie glücklicherweise auch im Gepäck«, fügte er schnaufend hinzu. »Aber das ist es nicht, was diesen Sport ausmacht. Es geht um die Auseinandersetzung, um das Gefecht. Ich habe Sie nur in dieses Spiel geschmissen, damit Sie eine erste Ahnung davon bekommen.«

Ich verengte die Augen. »Wenn Sie wussten, wie schlecht ich bei einer direkten Auseinandersetzung bin, wieso haben Sie mich das Tackling nicht öfter üben lassen?«

Er lachte. »Sie gelten als Ausnahmetalent, schon vergessen? Ohne Ausnahme das Jämmerlichste, was ich je unter Wasser gesehen habe. Ich konnte wohl kaum die Mannschaft auf Sie loslassen, ehe Sie überhaupt Vorwärts- von Rückwärts-Paddeln unterscheiden konnten. Sie wären sang- und klanglos untergegangen. Wahrscheinlich hätten Sie nach dem ersten Tackling das Handtuch geschmissen.«

Ernüchtert musste ich mir eingestehen, dass er damit wahrscheinlich richtig lag.

Jarrings beugte sich nach vorne, die Unterarme auf den Tisch gestützt. »Es ist ganz einfach, Blayke. Ich lasse meine neuen Spieler immer ihre ersten richtigen Tackling-Erfahrungen mit gegnerischen Teams machen. Das fördert den Zusammenhalt der eigenen Mannschaft. Würden Sie zuallererst von ihren eigenen Kollegen derart vorgeführt werden, wie die Quanos es getan haben, entstünden nur Feindseligkeiten. Das habe ich schon zur Genüge bei anderen Teams beobachtet. Doch jetzt wissen Sie, was Sie erwartet. Jetzt nehmen Sie es Ihren Kameraden nicht mehr krumm, wenn sie Sie in die Enge treiben.«

Er machte eine Pause, ehe er grinste. »Das hoffe ich jedenfalls. Und was das Spiel gegen die Quanos betrifft: Die drei lächerlichen Punkte haben Sie derart schnell geholt, dass Sie als Bedrohung angesehen wurden, sonst wären die nicht so rasch gegen Sie vorgegangen.« Er zuckte die Schultern und ließ sich wieder gegen seine Lehne zurückfallen. »Sehen Sie es als Kompliment.«

Ich schnaubte und verkniff mir ein Lächeln. Seine Strategie machte Sinn.

»Aber kommen wir auf das Spiel mit der San Beldora zurück.« Mrs Ferrow tippte mit einem Kugelschreiber auf die vor ihr liegende Mappe. »Turniere gegen Uskrim Mannschaften finden heutzutage eigentlich nur noch ab der Bezirksliga statt. Für die Urban-Liga betreiben sie keinen derartigen Aufwand. Ein Grund mehr, diese Möglichkeit wahrzunehmen. Dieses Match wird landesweit übertragen werden.«

Landesweit? Nervös presste ich meine Hände zusammen. Als ich den Vertrag mit ihr unterschrieben hatte, war mir klar gewesen, dass eine Zukunft als Spielerin genau darauf abzielte, doch das ging alles zu schnell. Wie Jarrings gerade gesagt hatte, war ich eine blutige Anfängerin. Allein die Vorstellung gegen ein Team der USphäre anzutreten, war beängstigend.

»Es ist ein Spiel wie jedes andere«, erklärte der Coach. »Sie blenden die Kameras aus, die Spieler sind auch nur Studenten. Nun ja, die Uskrim sind, was ihre Schwimmtechnik betrifft, natürlich extrem gut. Schließlich tun sie in ihrer Sphäre nichts anderes. Dafür fehlt es den meisten an Lungenvolumen, wenn sie unseren Sauerstoff nicht gewohnt sind. Es wird also ein faires Spiel sein«, grunzte der Trainer.

»Und eines, welches das Ansehen unserer Universität mehrt«, setzte die Direktorin stolz hinzu.

»Und ich soll aufgestellt werden, weil mein Gesicht jeden Tag in den Nachrichten zu sehen ist«, stellte ich nüchtern fest. Ich hätte gerne mehr Zeit gehabt. Zeit, um dieses Rift-Unwetter zu vergessen. Zeit, um eine bessere Spielerin zu werden. Stattdessen schienen mich die Ereignisse in einen Strudel zu ziehen.

»Natürlich. Ich nehme doch an, dass das ihre Beweggründe sind«, stimmt mir Mrs Ferrow zu. »Ihr couragiertes Auftreten während des Rift-Ausbruchs hat viele Menschen beeindruckt. So offenbar auch einige Uskrim, die von Ihrer neuen Bekanntheit profitieren möchten.«

Ich nickte. *Nein* sagen konnte ich schließlich nicht. Davon abgesehen ... Wollte ich das denn? *Es ist ein Schritt nach vorne.* Ganz sicher ein übereilter, dennoch zupfte die Aufregung an mir. »Also gut.«

Mrs Ferrow hob das Kinn. »Wunderbar, ich werde unsere Zusage offiziell machen.«

»Finden Sie sich in der Schwimmhalle ein. Wir werden das Training heute um eine Stunde verlängern. Ein wenig können wir Ihr Tackling in den kommenden Tagen vielleicht noch aufpolieren«, murrte Jarrings mit der Andeutung eines Lächelns.

Es dauerte schließlich acht Tage, ehe das Spiel stattfinden sollte. Acht Tage harten Trainings. Jarrings ließ uns in kurzen Etappen antreten, um uns nicht zu verausgaben, dennoch setzten mir die Einheiten zu. Yu und Charlie, beide auf der Defense Position, hatten zur Aufgabe, mich in der direkten Auseinandersetzung zu unterweisen. Sie fingen mich ab, spielten mit mir und hatten offenbar Spaß daran, mich von meinem Ziel abzubringen. Dabei lernte ich eine ganze Bandbreite von Manövern kennen. Manchmal griffen sie gleichzeitig an und ich erkannte, dass sie dabei gut aufeinander eingespielt waren. Ich hatte nicht die geringste Chance.

Nach dem Training war ich wie gerädert und konnte etliche neue blaue Flecken aufweisen.

Zwei der Nachmittage verbrachten wir im Stadion, in dem die letzten Reparaturen vorgenommen wurden. Ein Kran ragte über dem neuen Dach auf und etliche Monteure arbeiteten an den Tribünen. Der unvorhergesehene Influx hatte dem Stadion viel Kritik eingebracht und in den vergangenen Wochen zu kostspieligen Umbau- und Sicherheitsmaßnahmen geführt.

Ich nahm erst an, unsere Besuche dienten dazu, uns weiter mit dem Tank vertraut zu machen. Doch auf Lions Frage, weshalb wir Sondertrainingseinheiten in der Arena erhielten, schnaubte der Coach lediglich: »Ich kann Sie gerne während des nächsten Influx in den Tank stecken, Prenton, vielleicht fällt Ihnen dann eine Antwort ein.«

Mehr hatte er nicht dazu gesagt und mich auch nicht angesehen, worüber ich froh gewesen war.

Obwohl ich schreckliche Erinnerungen mit meinem letzten Aufenthalt in diesem Becken verband, fiel es mir nicht so schwer, erneut hineinzutauchen, wie Jarrings vielleicht angenommen hatte. Dank dieses Wassercontainers war ich schließlich noch am Leben. Außerdem hatte ich Jahre an einem Ort gelebt, an dem ich einem verdammten Influx mitten in sein glutrotes Auge geblickt hatte. Vielleicht hatte mich das abgehärtet.

Dennoch war ich froh über die Gelegenheit, diesen Ort mit frischen und harmlosen Erinnerungen zu füllen.

Jedes Mal sah ich mich auch nach Liras um, doch zu meiner Erleichterung und meinem Bedauern begegnete ich ihm nicht wieder.

XXVI

»Du wirst besser, Ru«, meinte Tiff am Abend vor dem Spiel.

»Ach ja? Den Eindruck habe ich nicht. Ich habe es heute nicht einmal in die Kajüte geschafft.« Ich warf mir meine Sporttasche über den Rücken.

Nach dem Rift-Influx am Vormittag, hatten wir in der Beldon Schwimmhalle ein recht lockeres Training abgehalten. Jarrings hatte sogar jemanden einbestellt, der im Anschluss mentale Entspannungsübungen mit uns durchführte. Er selbst verabschiedete sich, als wir uns daran versuchten, unsere innere Mitte zu finden. Charlie hatte grinsend geflüstert: »Der es am nötigsten hätte, macht die Fliege.«

Obwohl ich mit den Anweisungen wenig hatte anfangen können, hatte ich mich bemüht, doch von seelischer Gelassenheit war ich weit entfernt.

Tiff grub die Hände in die Taschen ihrer Jacke, während sie neben mir her nach Hause trottete. »Wenn Yu und Charlie dich zeitgleich in die Mangel nehmen, kannst du nicht viel tun, aber da hat kaum jemand eine Chance. Allerdings mussten sie heute schon beide Arme einsetzen und ordentlich gegenrudern. Du machst es ihnen nicht leicht. Also glaub mir gefälligst, wenn ich sage, dass du besser wirst. Und beim Spiel morgen bist du ja nicht allein. Wir helfen dir, wenn du in die Bredouille gerätst.«

»Darauf verlasse ich mich.«

»Bloß nicht zu sehr, wir werden schließlich auch beschäftigt sein.« Sie grinste und zog eine Braue hoch.

Wir bogen in unsere Straße ein. Obwohl einige Menschen unterwegs waren, fiel mir der Mann, der gegen eine Hauswand lehnte, sofort ins Auge. Abrupt blieb ich stehen.

»Was ist?«, fragte Tiff.

»Den kenne ich.«

Sie blickte sich um. »Deiner Miene zufolge ist das kein Grund zur Freude.«

Es war nicht schwer zu erraten, wen ich meinte, da er uns direkt ansah. Langsam löste er sich von der Wand und kam auf uns zu.

»Nein, allerdings nicht ... Was willst du hier? Ich habe gesagt, du sollst mich in Ruhe lassen«, setzte ich lauter hinzu.

Cedrics entschlossener Gesichtsausdruck legte allerdings nahe, dass ihm das herzlich egal war. Er hatte zugenommen, seit ich ihn das letzte Mal gesehen hatte.

»Hi, Ruby«, rief er. Seine Stimme klang herausfordernd.

Froh, dass ich nicht allein war, stellte ich mich ihm mutiger entgegen, als es sonst der Fall gewesen wäre. »Wieso bist du hier, Cedric?«

»Ich warte schon seit Stunden. Hör mir einfach zu, ja?«

»Wer ist der Kerl?«, erkundigte sich Tiff.

»Er ist aus Edenplace.«

»*Wir* sind aus Edenplace«, schnappte er und blieb endlich, einen knappen Meter von mir entfernt, stehen. Seine braunen Augen brannten sich in meine, als wolle er mich hypnotisieren. »Du darfst bei diesem Spiel morgen nicht antreten, hast du verstanden? Das wäre ein Fehler.«

»Wie ist der denn drauf?«, echauffierte sich meine Freundin und zog die Stirn kraus.

»Verschwinde und kümmere dich um deine eigenen Angelegenheiten«, knurrte ich.

»Das *ist* meine Angelegenheit. Bitte, du musst auf mich hören. Vergiss New Cisco. Dein Leben hier hat doch keine Substanz.«

Keine Substanz? Was weiß er denn schon?

Aufgebracht wollte ich ihn einfach stehen lassen. Er machte einen Schritt auf mich zu und packte mich am Arm. Seine Finger quetschten meine Haut und ich war sicher, die Anzahl meiner Blutergüsse nahm gerade zu.

»Lass mich los!« Instinktiv wandte ich eine Hebelbewegung an, die ich in den letzten Tagen verinnerlicht hatte. Tatsächlich löste sich seine Hand.

Sein Blick wurde flehentlich, was ich genauso beängstigend fand wie sein herrisches Auftreten. »Komm mit mir. Ich verspreche, du wirst es nicht bereuen. Ach, was rede ich? Du hast gar keine Wahl. Du musst mit mir zurückkommen. Ich will dir etwas ...«

»Verdammt, bist du schwer von Begriff? Lass sie in Frieden«, fuhr Tiff dazwischen, rempelte ihn an und nahm mich am Arm.

»Halt du dich da raus, verdammt!«, knurrte Cedric. »Das ist der falsche Weg, Ruby. Du musst mit mir kommen. Zwing mich nicht, zu anderen Maßnahmen zu greifen!«

Tiff hielt ihm den Mittelfinger entgegen und zog mich fort.

Andere Maßnahmen? Ich zwang mich, wegzusehen, zwang mich, das tiefe Unbehagen, das dornig in meinem Magen wucherte, auszublenden.

»Verschwinde einfach«, fauchte ich.

»Hau ab oder wir rufen die Friedenswächter«, schnauzte Tiff und beschleunigte ihren Schritt, als sei er ihr ebenfalls nicht geheuer.

Ich hörte ihn nicht mehr, doch ein kaltes Prickeln im Nacken ließ mich erahnen, dass er noch immer da stand und uns nach sah.

»Was für ein Freak«, schimpfte Tiff, nachdem wir endlich in den Hausflur getreten und die Tür hinter uns ins Schloss gedrückt hatten. Wild hämmerte sie auf den Rufknopf des Lifts.

Ich ließ mich gegen die Wand sinken, fühlte mich, als hätte mir Cedric jede Energie geraubt. »Er war schon das zweite Mal hier«, hauchte ich.

»Was? Davon hast du nichts erzählt. Was ist das für einer? Wart ihr zusammen? Der ist ja besessen von dir. Hast du den irren Blick gesehen? Ich traue dem glatt zu, dass er dich in ein Labor schleifen und sezieren will. Bei den Eiern der Goan, der Typ verursacht ja Gänsehaut.«

»Hör auf. Er ist ... o Gott ... ich habe keine Ahnung, was er eigentlich von mir will. Er war früher schon aufdringlich, aber nie so unheimlich. Und ich hatte natürlich nichts mit ihm.«

»Kein Wunder, so, wie der auftritt«, blaffte Tiff, schauderte und trat in den Aufzug. »Wenn der noch mal auftaucht, rufen wir wirklich die Wächter, okay? Ich will keinen kranken Stalker vor meiner Haustür.«

»Einverstanden«, antwortete ich beklommen.

Das Oaklandstadion hatte sich in einen brodelnden Kessel verwandelt. Der menschliche Orkan aus Applaus, skandierten Rufen, gellenden Pfiffen und stampfenden Füßen, die die Tribünen erbeben ließen, war ohrenbetäubend. Mit erhobenen, ineinander greifenden Händen standen wir vor dem Tank und ließen den Jubel über uns hinweg branden. Mein Herz trommelte wild, das Neopren klebte warm an mir und Wasser rann aus meinem langen Zopf über meinen Rücken.

Ich blickte ungläubig und atemlos in die tosende Menge. Das Wasser im Tank schlug winzige Wellen, so sehr bebte die Halle.

»Wir haben gewonnen, ich glaube es noch immer nicht, wir haben gewonnen, Ruby!« Charlies Stimme überschlug sich. Breit grinsend stand sie neben mir und genoss sichtlich den wummernden Takt, den das einzelne Wort aus tausenden Kehlen formte: »BEL-DON, BEL-DON, BEL-DON!«

Allmählich breitete sich ein Lächeln auf meinem Gesicht aus. Das Spiel war sagenhaft verlaufen. Die Mannschaft der San Beldora war ein harter Gegner gewesen, doch in den letzten zwei Minuten hatten wir den entscheidenden Punkt landen können.

Die Spieler in Dunkelblau reihten sich uns gegenüber auf. Sie wirkten trotz der Niederlage gefasst, als sie unsere Reihe abschritten und jedem die Hand reichten.

»Glückwunsch«, raunte einer der Striker und grinste schalkhaft, als er meine Hand schüttelte. Scheinbar machte es Grey, dem Captain des Teams, nicht viel aus, verloren zu haben. Verblüfft über so viel Frohsinn, musterte ich ihn. Mit einem Zwinkern schritt er weiter und gratulierte Charlie.

Die Menge tobte noch immer und ich war überwältigt von der Atmosphäre. Erst, als der Stadionsprecher die allgemeine Aufmerksamkeit an sich riss, glätteten sich die Wogen allmählich. Er sprach den Uskrim seinen Dank für ihr Kommen und dieses phänomenale Spiel aus.

Schließlich fassten wir uns alle nochmals an den Händen, stießen sie in die Luft.

Das Hochgefühl war berauschend. Nachdem das letzte Spiel in einem lebensbedrohlichen Desaster geendet hatte, hätte es keinen größeren Kontrast als diesen ruhmreichen Abgang geben können.

Ich bewegte mich wie in Trance vom Tank hinab und auf die runde Aufzugplattform. Erst als wir in den darunter liegenden Raum fuhren und sich die Öffnung über unseren Köpfen schloss, holte mich die Realität wieder ein. Wir fielen uns um den Hals, klatschten uns ab und grinsten um die Wette, während die Geräuschkulisse gedämpft zu uns herunter drang.

Die Uskrim, die bald die Heimreise antreten würden, mischten sich unter uns.

»Hey, war das wirklich dein erstes Spiel?« Jemand tippte mir an die Schulter und ich drehte mich zu Grey um.

»Ja, zumindest das Erste, das ich zu Ende gespielt habe.« Ich lächelte, als er fassungslos den Kopf schüttelte.

»Unglaublich, dann will ich nicht wissen, wie du spielst, wenn du Routine bekommst.« Ein vorwitziges Grinsen blitzte auf. Er war einen halben Kopf größer als ich und hatte leicht schräg stehende, grüne Augen. Das schlohweiß gefärbte Haar stand ihm fransig in die Stirn.

»Danke, aber da überschätzt du mich. Außerdem haben wir nur knapp gewonnen und so viel habe ich nicht dazu beitragen«, spielte ich sein Lob herunter.

»Wow, du scheinst wirklich zu denken, Bescheidenheit sei eine Tugend, ganz wie in der Übertragung.« Er sah mich schmunzelnd an und nickte dann. »Du siehst in natura übrigens noch hübscher aus als in den Nachrichten.«

Ich starrte ihn eine Sekunde lang perplex an. Mit einem Kompliment dieser Art hatte ich nicht gerechnet. Und ich hatte mit Komplimenten ungefähr so viel Erfahrung wie mit Turnierspielen.

Sein Grinsen wurde breiter.

»Äh ... danke. War das eigentlich euer erster Ausflug in die Muttersphäre?«, wechselte ich das Thema.

»Für die meisten, ja. Ich bin heute zum dritten Mal hier. So langsam merke ich aber, dass mir die Puste ausgeht.« Er klopfte sich auf die Brust.

»Das muss schwierig sein. Der Sauerstoff hier lässt euch kurzatmig werden, oder?« *Nicht gerade die beste Voraussetzung für einen sportlichen Wettkampf.*

»Ja, aber mit der Zeit gewöhnt man sich daran. Diejenigen, die hier als Friedenswächter arbeiten, haben keine Probleme mehr damit. Sie halten es fünf bis sieben Stunden in der Muttersphäre aus.« Er verzog das Gesicht und trat gespielt angestrengt von einem Bein aufs andere. »Ehrlich gesagt, die Schwerkraft hier macht mir mehr zu schaffen. Da war es im Wasser angenehmer.«

Mein Blick huschte zu seinen Füßen. *Wahrscheinlich steht er fast nie auf festem Grund.* »Ihr müsst euch hier vorkommen, als hättet ihr Gewichte an den Beinen.« Während des Matches hatte ich feststellen können, dass sich die Uskrim im Wasser mit einer Grazilität bewegten, die unsere bei Weitem übertraf. Nun allerdings schienen sie tatsächlich etwas schwerfälliger.

Er wollte gerade etwas erwidern, als jemand in die Hände klatschte und rief: »Ich bitte um Ihre Aufmerksamkeit! Mr Jarrings, wenn Sie zu uns kommen würden!«

Wir drehten uns zu dem Trainer der San Beldora um, neben dem sich ein älterer Herr, wahrscheinlich ebenfalls ein Uskron, eingefunden hatte. Unser Coach ging auf die beiden zu und reichte ihnen die Hand.

Der Ältere ergriff das Wort: »Geschätzte Spieler der Beldon und der San Beldora Universitäten, ich möchte Ihnen auch im Namen der Urban Liga der USphäre für diesen Wettkampf danken. Es war ein spannendes Aufeinandertreffen und, wie ich finde, eine wertvolle Gelegenheit, den Kontakt zwischen den Sphären zu vertiefen. Daher möchte ich Ihnen die jüngste Entscheidung der Aqua-Lab-Wettkampfleitung nicht vorenthalten. In Zukunft soll ein regelmäßiger Austausch unserer Studenten stattfinden, sodass Sie die Möglichkeit haben, sich miteinander zu messen.«

Ein kollektives Jubeln und Klatschen brandete durch den Raum, durchsetzt von einigen freudigen Quietschern. Tiff schnappte, eine Hand an die Stirn pressend, nach Luft. Ich konnte kaum erfassen, was das für uns bedeutete.

»Außerdem«, der Trainer der San Beldora reckte eine Hand nach oben, woraufhin schnell wieder eine gespannte Stille eintrat, »... möchten wir Sie, Mr Jarrings, mitsamt Ihrer Mannschaft zu einem Freundschaftsspiel in die Sphäre einladen.«

Mir blieb der Mund offen stehen. Ein aufgeregtes Kreischen ertönte hinter mir, gefolgt von noch lauteren Rufen und Beifallsbekundungen. *Wir werden die USphäre betreten? Das ist unfassbar.* Diese Ehre erhielten normalerweise nur ranghohe Geschäftsleute, Politiker oder Berühmtheiten, keine einfache Uni-Mannschaft.

Die Jungs klatschten sich ab, Marge, Charlie und sogar Cynthia hüpften quietschend. Tiff grinste breit und fiel mir in die Arme.

»Die USphäre, ich glaube das nicht.« Meine Stimme rutschte einige Oktaven in die Höhe und wir hibbelten aufgedreht herum.

»Das ist der absolute Wahnsinn!« Tiff riss die Hände in die Luft. »Alles nur wegen deiner Rettungsaktion. O Mann, ich hätte nie gedacht, dass ich dir mal sagen würde, es wäre eine scheißgute Idee, da raus zu rennen und Hatchs Arsch zu retten.«

»Das liegt ganz sicher nicht daran«, nuschelte ich ernüchtert.

»Aber es war der Auslöser, Ru.«

»Vielen Dank, Mr Dennison. Wir nehmen die Einladung gerne an und fühlen uns geehrt«, antwortete Jarrings und wandte sich an uns: »Herrschaften, hören Sie auf, sich wie eine Horde Affen aufzuführen. Gehen Sie sich umziehen, wir finden uns in einer halben Stunde zur Abschlussbesprechung in Konferenzraum B ein.«

Charlie lachte und trippelte zu uns herüber. »Er freut sich ja wie Bolle, unser Coach, hey, ist das nicht krass? Ich glaube es kaum. Die USphäre!« Sie schlang mir kurz die Arme um den Hals und tänzelte wieder zurück zu Marge, die im Gespräch mit einem Uskron war.

Grey, der sich eben mit Lion unterhalten hatte, drehte sich zu uns um. »Sieht so aus, als sähen wir uns bald wieder. Bis dann, Blayke.« Er tippte sich mit zwei Fingern vor die Stirn und verließ, gefolgt von seiner Mannschaft, den Raum.

»Der ist süß, also meinen Segen hast du«, kicherte Tiff und legte mir ihren Arm um die Schulter.

»Ach komm, er ist ein Uskron«, entgegnete ich und sah ihm nach.

»Ja, eben, ein Grund mehr. Wenn ich mir jemanden angeln wollte, dann ja wohl einen Uskron.«

Jarrings' Kommando folgend, gingen wir in Richtung der Umkleiden.

»Sag bloß? Du weißt aber schon, dass sie nur ein paar Stunden aus ihrer Sphäre können und du nur etwa vier in ihrer durchhältst?«

Tiff schnaubte und streckte mir die Zunge heraus. »Ist das nicht ideal für eine Beziehung?«

Ich stieß ein Lachen aus. Was hatte ich erwartet? Tiff hatte in fast allem andere Vorstellungen als ein gewöhnlicher Erdenbürger.

Während sie mir die Vorzüge einer sphärenübergreifenden Beziehung schmackhaft zu machen versuchte, blickte ich im Vorbeigehen in jede Abzweigung des Konsolenbaus, doch jeder der kurzen Gänge war leer, die Türen verschlossen.

»Beim Bräss, hätte ich gewusst, dass Besprechungsraum B eine Höllendimension ist, hätte ich keinen Fuß hier rein gesetzt«, flüsterte Charlie, nachdem uns der Coach zehn Minuten lang vorgehalten hatte, wie grauenerregend unsere Spielzüge gewesen waren.

Nun senkte Jarrings den Kopf, rieb sich die Stirn und fuhr widerwillig fort: »Gut, ich weiß, ich werde es sicher gleich bereuen. Dennoch ...« Er seufzte, stützte sich auf dem grünen Pult ab, das mir nach seiner aufbrausenden Tirade beinahe wie eine Sicherheitsbarriere zwischen uns erschien, und sah jedem von uns in die Augen. »Sie haben mich heute trotz Ihres dilettantischen Auftritts stolz gemacht, Ihr Coach zu sein.«

Ich blinzelte. Lion, der vor mir saß, erstarrte förmlich. Das Lob hing wie ein Fremdkörper im Raum, den alle sprachlos anstarrten, unsicher, was sie damit anfangen sollten.

»Sind Sie eingeschlafen?«, bellte Jarrings, nachdem einige Sekunden keine Reaktion erfolgte.

Damit brach er den Bann.

Charlie fasste sich an die Brust. »O mein Gott, das ist der schönste Augenblick in meinem Leben«, piepste sie.

Jarrings stieß ein ruppiges Knurren aus und fuhr sie an: »Danke, Hebs, niemand könnte mich besser daran erinnern, so etwas künftig zu unterlassen, wie Sie.«

»Wir sind auch froh, Sie als Coach zu haben«, nuschelte Balt, der verdächtig danach aussah, als müsse er die Tränen zurückhalten.

Jarrings warf die Arme in die Luft. »Beim Bräss, das ist ja grässlich. Verschwinden Sie. Das nächste Mal will ich bessere Leistungen sehen. Bevor ich es vergesse, die Uskrim geben der Presse gleich bekannt, dass Sie in die USphäre eingeladen wurden. Ich rate Ihnen also, das Gebäude zügig zu verlassen, ehe die Reporter noch mehr Blut lecken. Feiern Sie nicht zu wild und saufen Sie nicht alle Ihre verbliebenen Gehirnzellen tot.« Er stampfte aus dem Zimmer.

Balt hauchte ein »Danke, Coach«, während sich Marc mit weit aufgerissenem Mund zu uns umdrehte, pures Erstaunen in den Augen. »Ist heute ein Tag der Wunder oder so was?«

Die Tür fiel ins Schloss, nachdem ein letztes genervtes Aufstöhnen des Coachs zu uns hereingedrungen war.

»Hat das jemand von euch aufgenommen, weil ich glaube es nicht«, stieß Marge hervor.

»Hätte jemand sein Handy auf ihn draufgehalten, wäre es jetzt Schrott. Du erinnerst dich, dass er Cynthias Gerät mal in der Faust zerbröselt hat?«, rief Kiran.

»Er liebt uns«, kreischte Charlie und sprang auf.

»Er ist stolz, das ist ein Unterschied. Und wenn er dich jetzt sähe, würde er es sofort zurücknehmen.« Dora lachte und tätschelte Balts Schulter, der vor Rührung die Hände vors Gesicht geschlagen hatte.

»Oh, ich bin so glücklich!«, hauchte Charlie, den Blick an die Decke gerichtet, als himmle sie einen unsichtbaren Jarrings-Schrein an.

»Er hat echt noch nie jemanden gelobt?«, flüsterte ich Tiff fassungslos zu.

Sie schüttelte den Kopf. »Du kennst ihn doch. Eine Beschimpfung weniger ist schon Lob genug.«

»Stimmt, das war eine Premiere! Und Ruby, du hast klasse gespielt. Ohne deine Punkte hätten wir es nicht geschafft!«, meinte Marge und klopfte mir auf die Schulter.

»Allerdings, das war spitze«, Yu grinste mich an.

»Nur weil du und Tiff mir geholfen habt, als sie mich vor der Kajüte aufgehalten haben«, erklärte ich.

»Wir sind einfach ein tolles Team, dank dem Coach!«, schniefte Balt.

»Hey, hey, hört mal her. Wir haben heute echt einen Wahnsinns-Auftritt hingelegt und ihr wisst, was das bedeutet! Das ist ein Grund zum Feiern!«, rief Tiff und sprang auf einen Stuhl.

»Wir sind dabei, Captain!« Die Jungs grölten, die Mädchen johlten und ich stimmte lauthals mit ein.

Tiff klatschte, bis wir uns wieder beruhigt hatten. »Genau! Das haben wir uns verdient. Heute Nacht machen wir einen drauf. Wir treffen uns im Crafters!«

Mit Pfiffen und zustimmenden Rufen machten alle ihrer Begeisterung Luft. »Zum Crafters!«, riefen Lion und Marc.

Tiff zwinkerte. »Spätestens um zehn an der Bar! Wir heben die Gläser! Passt auf, dass euch niemand folgt.«

»Wieso ins Crafters? Sonst hältst du doch nichts von solchen Läden?«, fragte ich Tiff auf dem Weg zum Ausgang. Sie besuchte sonst nur exklusive Locations. Ich wusste lediglich, dass das Crafters eine in die Jahre gekommene Tanzbar war.

»Zum einen ist es Tradition, dass wir nach einem Sieg zusammen feiern gehen. Einfach nur die Mannschaft, das wird toll«, erklärte Tiff. »Meine Güte, so viel Grund, einen draufzumachen, hatten wir noch nie. Ein Sieg gegen eine Uskrim-Mannschaft, der obendrein landesweit übertragen wurde. Und eine Einladung in die USphäre. Mit dem Privileg hatte ich erst gerechnet, wenn ich siebzig bin und als die bestgekleidete AquaLab-Spielerin der Sphären ausgezeichnet werde.« Sie grinste und schnippte gegen eine der neongrünen Blumenattrappen auf ihrer Weste. »Vorausgesetzt, die Welt erkennt endlich, was wahres Modebewusstsein ist.«

»Ich weiß nicht, ob ihnen ein halbes Jahrhundert dafür reicht«, neckte ich sie.

Sie lachte und warf ihre Löwenmähne nach hinten. »Da könntest du recht haben. Aber zum Crafters ... Das Problem ist: Sobald du erst mal im Rampenlicht stehst, denkt die Presse, du gehörst ihr und sie dürften dein Privatleben auseinandernehmen. Tja, aber wem sage ich das? Da wir aber nicht wollen, dass unsere nächtlichen Eskapaden morgen in der Zeitung stehen, feiern wir an einem Ort, wo uns niemand vermutet. Das Crafters ist nicht unbedingt schick, stimmt schon, aber dort wird heute eine Party steigen, habe ich gehört. Die Belegschaft des Stadions macht dort einen drauf, weil sie nach der heutigen Übertragung öffentlich wieder gut dastehen.«

»Klingt plausibel, und von der Presse habe ich ehrlich gesagt genug.«

Tiff lächelte. »Na ja, nach einem Spiel gehört das einfach dazu. Du wirst sehen, so schlimm wird es nicht. Bisher hatten sie es auf dich allein abgesehen. Du hast quasi gleich die Hardcore Variante zu schmecken bekommen. Dagegen wird dir das heute wie ein Spaziergang vorkommen. Schließlich haben sie jetzt zwei ganze Mannschaften im Fokus«, meinte Tiff. »Und hier kommt es nur auf die richtige Taktik an. Genau wie im Spiel, Ru. Du solltest ihnen nicht grundsätzlich aus dem Weg gehen. Gib ihnen genug, damit sie zufrieden sind und sie ziehen wieder ab.«

Damit öffnete sie die dunkel verglaste Eingangstür des Stadions und ich blinzelte, als ein Blitzlichtgewitter auf uns niederging. Intuitiv hielt ich eine Hand vor die Augen. Tiff lächelte strahlend und winkte den Fotografen zu, also zwang ich mich, es ihr gleich zu tun.

»Captain Samasi, sind Sie zufrieden mit dem Sieg Ihres Teams?«, rief eine Brünette. In dem allgemeinen Tumult war sie kaum zu verstehen.

Auch meinen Namen hörte ich einige Male, doch es waren zu viele Menschen, als dass ich mich auf eine Frage hätte einlassen können. Zumindest schienen sie noch nicht über die Einladung in die USphäre informiert zu sein und wir sollten verschwinden, ehe sich das änderte.

»Komm schon, nicht stehen bleiben«, zischte Tiff und ich folgte ihr mühsam durch den Pulk aus Kameras und Reportern. Ich war erleichtert, als wir die Menge hinter uns ließen, doch selbst auf der Straße rannten uns zwei Männer nach, die in Rekordzeit Fragen herunter ratterten.

Tiff winkte freundlich und zugleich energisch ab. »Wir stehen Ihnen gerne für einen separaten Interviewtermin zur Verfügung, aber nun fehlt uns leider die Zeit.«

Als der Lärmpegel hinter uns erneut anschwoll, gaben die beiden auf und eilten zurück. Offenbar verließ die Uskrim-Mannschaft soeben das Stadion.

Ich seufzte. »Gut, das war tatsächlich nicht ganz so schlimm wie erwartet. Trotzdem könnte ich gerne darauf verzichten.«

Tiff grinste. »Genau wie Jarrings. Er hat sich irgendwo anders rausgeschlichen. Dieser alte Haudegen. Ich wüsste zu gerne, welches Schlupfloch er kennt.«

Ich lachte. »Ich frage ihn demnächst mal.«

XXVII

Das Crafters glich einer Höhle. Die schwarzen Wände schienen das Licht zu absorbieren und in der Dunkelheit verbargen sich unzählige verwinkelte Nischen. Es gab zwei Ebenen, ein Parterre mit einer Tanzfläche und ein von einer Balustrade gesäumtes Geschoss, von dem aus man hinab schauen konnte.

Soweit ich es durch den Dunst einer Nebelmaschine erkannte, wanden sich drei Metalltreppen dort hinauf. Auf beiden Stockwerken gab es Bars, deren brechend volle Regale, rot und orange angestrahlt, in der dunklen Halle wie Herdfeuer glühten. Helle, kaltweiße Deckenspots glommen über uns, in dem Versuch, das sternengespickte Firmament nachzustellen. Wegen der Enge und dem dröhnenden Sound fühlte ich mich jedoch vielmehr in eine von Glühwürmchen erhellte Felsenschlucht versetzt.

Ich trug eine lange Jeans, womit ich Tiffs Missachtung auf mich gezogen hatte. Doch die Nachtluft war so schneidend, dass sie mich zu nichts anderem hatte überreden können. Tiff hatte sich natürlich nicht vom Wetter beeindrucken lassen: Ein goldenes, rückenfreies Top fiel vorn über ihren kurzen Rock, dazu trug sie hohe Stilettos. Immerhin kam ich mir in meinen hohen Schuhen nicht noch kleiner vor als sonst. Allerdings war ich keine Absätze gewohnt und würde damit unmöglich tanzen können. Ich verzeichnete es bereits als Erfolg, ohne zu Stolpern durch die Menge zu laufen.

Tiff hatte mich nicht nur zum Kauf dieser Todeswerkzeuge überredet, sondern mir darüber hinaus ein geschnürtes Top aufgedrängt. »Ich gehe doch nicht alleine rückenfrei«, hatte sie verkündet und so zierten lediglich fünf schwarze Bänder meine Rückansicht, während zwei dünne Spaghettiträger dafür sorgten, dass der kärgliche Rest Stoff an Ort und Stelle blieb. Einige Strähnen meines Haares hatte ich am Hinterkopf zusammengesteckt, sodass sie mir frei über den Rücken fielen und ich mir nicht ganz so nackt vorkam.

Wir drängten uns zwischen den Gästen zu der Bar im Erdgeschoss durch, wo unsere Teammitglieder bereits versammelt waren. Lion, Balt und Dora hatten sich einen Platz am Tresen gesichert, während die anderen um sie herumstanden. Sie begrüßten uns lautstark und drückten uns Flaschen in die Hand.

»Auf unseren Sieg, auf unser Team, auf unseren Captain!«, rief Marge über die Musik hinweg und wir stießen miteinander an. Dem Grinsen auf ihren Gesichtern nach zu schließen, waren sie über ihr erstes Getränk bereits hinaus.

Charlie und Marge lachten laut über einen Witz, den Marc zum Besten gab. Unwillkürlich fühlte ich mich zu unserem letzten gemeinsamen Abend zurückversetzt, der nur drei Wochen zurücklag, und schüttelte das Bild von Liras ab, das mir dabei in den Sinn kam.

»Auf euch, die besten Spieler, die die Beldon je hatte«, schrie Tiff und reckte ihre Flasche in die Höhe.

Ich prostete ihr zu und ließ den Blick über meine Kameraden schweifen. Sogar Cynthia strahlte ausnahmsweise, was wohl der Tatsache geschuldet war, dass Kiran einen Arm um sie gelegt hatte. Offenbar hatten sich die beiden wieder zusammengerauft.

Dora, Balt und Yu begaben sich auf die Tanzfläche, wo sie offensichtlich Spaß hatten. Sie wiegten sich hin und her, lachten und klatschten, als Yu eine gekonnte Pirouette drehte. Ein weiteres Mal verfluchte ich mein Schuhwerk, denn die Musik war mitreißend. Ein uralter Rocksong, dessen Titel ich nicht kannte, dröhnte zwischen den schwarzen Wänden, die Leute bewegten sich im Takt des Basses. Ich wippte mit dem Fuß, unterhielt mich mit Marc und beobachtete Marge und Charlie bei einem lächerlichen Trinkspiel, das Charlie offenbar mit Absicht verlor.

Nach dem ersten Bier hielt ich mich von weiterem Alkohol fern. Der Pulsschlag des Nachtlebens nahm mich in Beschlag.

Schließlich ließ ich meine Schuhe irgendwo am Rand liegen, tanzte ausgelassen mit Tiff und Yu inmitten der Menge und hoffte, dass Marge ein Auge auf mein Eigentum hatte. Im Crafters wurden heute ausschließlich alte Songs gespielt, darunter Punk und Metal, wie mir Tiff mitteilte. Sie war in Sachen Musik ein wandelndes Lexikon und kannte die Namen der meisten Bands und Musiker, deren hämmernde Gitarrenriffs und heroische Klänge aus den Boxen donnerten.

Zudem war Tiffs Plan aufgegangen. Hier trieb sich kein einziger Fotograf herum, der es auf uns abgesehen hätte.

Plötzlich wurde es still, das letzte Lied verklang und das Geläut einer Kirchenglocke setzte ein. Grinsend sah ich meine Freundin an. Den Song kannte ich, er dröhnte oft genug aus ihrem Zimmer – *Hells Bells* von AC/DC. Tiff erwiderte mein Grinsen und begann zu Yus Erheiterung, ein Luftgitarrensolo zu spielen. Lachend schrien wir den Text mit, warfen uns in Pose und ließen die Haare fliegen. Als die letzten Töne verklangen, waren wir völlig außer Atem und Tiff legte Yu und mir die Arme um den Hals.

»Oh, ich liebe es!«, schrie sie.

»Sag bloß, du wusstest, dass sie den spielen?«

Sie zuckte die Schultern, kräuselte jedoch schelmisch die Nase, was Antwort genug war. Offensichtlich verbrachte sie ihr Nachtleben doch nicht ausschließlich in noblen Diskotheken.

»Ihr seid beide total irre.« Yu lachte.

»Wer hat sich denn mit seiner Luftgitarre fast am Boden gewälzt?«, konterte ich kichernd.

»Was? Ich habe mir nur den Schnürsenkel binden müssen«, witzelte er und wippte bereits zum Takt des nächsten Liedes.

Erhitzt und aufgedreht tanzten wir weiter, eine Weile schlossen sich uns Marge, Charlie und Balt an, ehe sie sich wieder von der Bar locken ließen.

Irgendwann sah ich mich genötigt, eine Pause einzulegen. Ein kleines, grün leuchtendes Schild verwies auf einen dunklen, kaum sichtbaren Gang, der zu den Toiletten führte.

Ich gab Tiff Bescheid, dass ich kurz weg sein würde.

»Alles klar, ich gehe mal vor die Tür, einen Moment durchatmen«, meinte sie mit roten Wangen und fächelte sich Luft zu.

»Okay, ich komme nach.« Ich machte mich auf den Weg zwischen den Tanzenden hindurch.

Am Rand der Fläche musste ich mich durch eine Mauer Schaulustiger kämpfen, fand meine Schuhe, die einsam unter einem Barhocker standen – von Marge und den anderen fehlte jede Spur –, und suchte die Toilette auf.

Kaum dass die Tür hinter mir ins Schloss krachte, war nur noch der wummernde Bass zu hören, der die Türscharniere vibrieren ließ.

Als ich die Hände wusch, sah mir mein beängstigend bleiches Spiegelbild entgegen. Das indirekte Neonlicht schluckte jegliche Farbe, selbst das Rot meiner Haare ähnelte eher einem stumpfen Braun.

Zwei weitere Mädchen, genauso farblos wie ich, traten an die breite Spiegelfront. Die beiden hatten sich auf dem WC lauthals über den viel zu aufreizenden Kleidungsstil einer Dritten ausgelassen. In Anbetracht der Tatsache, dass sie selbst beinahe nichts trugen, fragte ich mich, wie die Besagte wohl unterwegs war. Ein schräger Blick streifte mich unter einer Schicht Eyeliner hervor.

Ich suchte mir meinen Weg durch den beinahe stockdunklen Gang zurück, vorbei an knutschenden Pärchen und Typen, die ihnen dabei zusahen.

Einer fuhr mit der Hand durch mein Haar. »Hey, Süße, bleib doch hier«, lallte er.

Ich beschleunigte meinen Schritt, soweit das mit hohen Schuhen und slalomlaufend möglich war.

Kaum wurde ich von der dröhnenden, höhlenartigen Halle aufgenommen, fasste mich jemand am Arm und zog mich zur Seite.

Ich schnappte nach Luft, zuckte zurück, doch er hielt mich fest gepackt, ein kalter, harter Glanz in seinen Augen.

»Lass mich los!«, fuhr ich ihn an.

Cedric. Dieser Irre musste uns ins Crafters gefolgt sein. Adrenalin schoss in meine Adern.

Er raunte mir ins Ohr: »Ich habe dir gesagt, dass du den falschen Weg eingeschlagen hast, Ruby. Du wirst jetzt mit mir kommen. Ich werde kein weiteres Mal versagen.«

Versagen? Was redet er da?

Ich riss an meinem Arm, versuchte abermals, einen Hebel anzuwenden, doch diesmal gelang es mir nicht. Eisern hielt er mich fest und zog mich noch enger an seinen Körper, sodass ich keine Bewegungsfreiheit mehr besaß. Ich versteifte mich. Der stechende Geruch seines Schweißes ließ Übelkeit in mir aufsteigen.

»Lass mich sofort los!« Wut und Abscheu rasten durch mich hindurch, ich spannte mich an, schüttelte mich, wehrte mich wie besessen.

»Oder was? Deine Freunde sind alle rausgegangen, du bist allein«, flüsterte er, sein Kinn an meiner Schläfe.

Schmerz zuckte durch meine Arme, wo sich seine Finger unbarmherzig in meine Haut gruben. Mit aller Kraft drückte ich mich von ihm weg, doch Cedric war stark. Mit einem Ruck nahm er mir den winzigen Abstand, den ich erkämpft hatte.

»Du Arschloch, ich bin nicht alleine hier. Lass mich auf der Stelle los, sonst wirst du es bereuen.« Ich warf den Kopf herum, suchte nach den anderen, konnte sie jedoch nirgendwo entdecken. Tiff stand jetzt wahrscheinlich vor der Tür und genoss den kühlen Wind von der Bay.

Ich schrie, mein Puls trommelte panisch gegen meine Rippen.

»Selbst, wenn sie hier wären, du gehörst nicht zu ihnen, Ruby. Begreif das endlich. Es kümmert sie nicht, was mit dir passiert.

Mich aber schon.« Sein Atem an meiner Wange. Seine Unterlippe streifte über meine Haut.

Angeekelt riss ich den Kopf zurück. Kalte Angst wand sich durch meine Eingeweide. Für alle Umstehenden mochte es so aussehen, als umarme er mich. Ein Wimmern drang aus meiner Kehle. »Du bist doch krank.«

»Hör mir jetzt zu«, raunte er mir ins Ohr, quetschte mir fast die Luft ab.

Meine Beine zitterten, mein Blick huschte panisch umher. Doch bis auf schemenhafte, im Rhythmus der Musik zuckende Gestalten konnte ich niemanden sehen. Niemand schenkte uns Beachtung.

»Du wirst mich jetzt begleiten und keinen Fluchtversuch unternehmen. Es ist zu deinem eigenen Besten. Ich werde dir alles erklären. Außerdem habe ich etwas für dich. Ein Geschenk, das ich dir schon längst hätte geben sollen.«

Cedrics triumphierendes Lächeln registrierte ich nur am Rande. Ich konnte kaum noch klar denken. Er könnte mich einfach zum Hinterausgang hinauszerren, ohne dass es jemand mitbekam. Mein Blick wanderte zu der Balustrade des ersten Stocks hinauf.

Und da sah ich ihn. Wie die Antwort auf meinen Hilfeschrei.

Liras stand am Geländer, die Hände um die oberste Stange gelegt. Jeder Muskel in seinem Körper war angespannt und er starrte mich direkt an.

»Ich bin nicht allein, Cedric, mein Freund ist gerade gekommen. Ich rate dir, mich ganz schnell loszulassen, denn er ist ziemlich eifersüchtig«, knurrte ich.

Er lachte nur leise. »Du hast keinen Freund. Glaubst du denn, ich wüsste nicht alles über dich?«

»Dann schau mal dort hoch«, fauchte ich, wand mich abermals, erreichte jedoch nur, dass ich noch weniger Luft bekam.

Cedric folgte meiner Blickrichtung und zu meiner Erleichterung beobachtete uns Liras noch immer. Seine Brauen zogen sich finster zusammen, als er Cedric fixierte.

Die stahlharte Umarmung, in der ich gefangen war, wurde ein wenig schwächer. Ich nutzte den Moment und stemmte meine Arme mit aller Kraft gegen seine Rippen, schaffte es endlich, seinen erdrückenden Griff zu sprengen.

»Du Arschloch«, keuchte ich und wich vor ihm zurück.

»Nein, verdammt. Du lügst doch«, knurrte Cedric und wollte mich erneut packen, doch sein Blick schweifte nach oben ab und er griff daneben. Ich wich aus, taumelte weiter zurück, stieß gegen jemanden. Kopflos drehte ich mich um und floh. Hielt auf die Treppe ins Obergeschoss zu. Ein gehetzter Blick zur Balustrade: Liras stand nicht mehr dort.

Angst rauschte wie eine Woge durch meine Glieder. Cedric würde nicht locker lassen. Er hatte meine Lüge bereits durchschaut und würde das schneller bestätigt sehen, als mir lieb war. Doch mir blieb nichts anderes übrig, als die Stufen hinaufzustürmen, in der Hoffnung, mich dort oben verstecken zu können.

Kaum hatte ich den oberen Treppenabsatz erreicht, hielt mich jemand an der Schulter fest. Entsetzt warf ich mich herum, die Augen weit aufgerissen.

Liras hob beruhigend beide Hände. *Gott sei Dank!* Ich atmete auf. Grenzenlose Erleichterung erfasste mich.

Sein besorgter Blick ruhte auf mir, ein leuchtendes Hellblau, das trotz des Dämmerlichts zwischen seinen dunklen Wimpern hervorstach.

Mein Blick erfasste Cedric, der unten an der Treppe stehen geblieben war. Er ließ mich keine Sekunde aus den Augen.

Liras trat einen Schritt näher, damit ich ihn trotz der lauten Musik hören konnte. »Ist mit dir alles in Ordnung? Hat dir der Kerl etwas getan?« Obwohl seine Stimme ruhig klang, meinte ich, einen drohenden Unterton herauszuhören.

Ich ballte die Fäuste und biss die Zähne zusammen, bemüht, meinen Herzschlag zu verlangsamen, doch er hämmerte weiter, als sei ich noch immer auf der Flucht.

Liras ist hier, er ist mir entgegengekommen, er wird mir helfen, wenn ich ihn darum bitte.

Ich erwiderte seinen Blick und trat etwas näher. Cedric beobachtete mich und er sollte meine Lüge schlucken. Der Bass des Songs hämmerte wild und ich reckte mich ein wenig, damit ich nicht schreien musste.

»Ich weiß, das ist viel verlangt, aber würdest du mir bitte helfen?«, presste ich hervor.

»Natürlich«, antwortete er sofort und seine dunkle Stimme sandte ein Prickeln über meine Haut.

Ich verfluchte mein wild schlagendes Herz, das, so ungern ich das zugab, nun seinetwegen Kapriolen schlug. Jemand ging hinter mir vorbei, bahnte sich einen Weg zwischen den Leuten hindurch und schob mich dabei näher an Liras heran. Ich stütze mich haltsuchend mit einer Hand an ihm ab. Wie zur Antwort fasste er nach meinem Arm, eine behutsame Berührung, die in hartem Gegensatz zu Cedrics grobem Griff stand. Meine Hand lag einen Moment auf seiner Brust, die sich unter dem dünnen, weißen Shirt warm und fest anfühlte. Benommen hielt ich inne, bildete mir ein, seinen donnernden Herzschlag zu spüren.

Endlich fasste ich mich wieder, nahm die Hand fort. »Er ... der Kerl dort unten hat ...« Ich stockte, war nicht sicher, was genau ich ihm über Cedric sagen sollte.

»Was?« Er klang angespannt.

»Ich kenne ihn von früher, er wurde schon einmal handgreiflich«, stieß ich hervor.

Liras' Augen verengten sich zu Schlitzen. »Hast du ihn angezeigt?«

Ich schüttelte den Kopf, kam mir plötzlich naiv vor.

»Ein Stalker?« Er warf Cedric einen eisigen Blick zu.

Die Härchen auf meinen Armen stellten sich auf. »Ja, sieht so aus ... Ich ... ich habe behauptet, du wärst ... mein Freund. Erst da hat er mich losgelassen.« Beklommen sah ich zu ihm auf. »Tut mir leid, mir fiel nichts Besseres ein.«

Zu meiner Überraschung zuckte sein Mundwinkel einen Moment nach oben. »Wenn du meinst, das würde ihn vertreiben.«

Ich schluckte schwer und nickte, erleichtert, dass er mich nicht wie eine Spinnerin behandelte. Schließlich drängte ich mich ihm schon zum zweiten Mal auf.

»Also gut. Einen Versuch ist es wohl wert.«

Ehe ich mich versah, legte er mir einen Arm um die Taille. Beinahe wäre ich vor der Berührung zurückgezuckt. Doch das Unbehagen blieb aus. Seine Nähe fühlte sich ... erschreckend gut an.

Liras zog mich behutsam näher, sodass sich unsere Hüften berührten. Blanke Nervosität rauschte durch meine Adern, löste die Angst, die mir eben noch zugesetzt hatte, schlichtweg in Nichts auf.

»Wenn dein Freund Stalker nicht leiden kann ...«, raunte er mir zu, ballte die andere Hand zur Faust und schüttelte sie in Cedrics Richtung.

Dessen Augen weiteten sich. Vielleicht lag es daran, dass mich Liras völlig überrumpelt hatte oder die gesamte Situation derart gestellt wirkte – was mich unvermittelt mit Bedauern erfüllte –, aber mir entschlüpfte ein stummes Lachen.

War es damit getan? Würde sich Cedric jetzt davonmachen und mich in Ruhe lassen? Würde Liras anschließend verschwinden, wie er das immer tat? Etwas in mir zog sich bei dem Gedanken krampfhaft zusammen.

»Was?«, fragte Liras.

»Ich ... es war nur ... entschuldige, ich wollte nicht lachen.« Ich sah zu ihm auf und als er plötzlich lächelte, überschwemmte mich erneut dieses fremdartige Gefühl von Vertrautheit.

»Okay, das war auch etwas albern, aber ...« Er hielt inne, sein Blick wurde ernst. Ein ungestümes Flattern tobte in meinem Bauch. Ich wusste nicht, was ich tun sollte, wollte nur nicht, dass er einfach wieder ging.

Abrupt wandte sich Liras ab, löste den Bann und sah zu Cedric hinab. Enttäuscht tat ich es ihm gleich, bemüht, meine Atmung zu normalisieren.

Cedric lehnte, die Hände vor dem Körper verschränkt, an der Wand und schüttelte hämisch grinsend den Kopf.

Ein Schauder durchfuhr mich.

Liras streichelte wie unbewusst mit der Hand über meine Hüfte, als wolle er mich beruhigen.

Nein. Was immer ich hier tat, es konnte nicht richtig sein. Das Ganze ging mir viel zu sehr unter die Haut.

»Es sieht nicht so aus, als ob er uns das abkauft«, sagte Liras nüchtern.

Verzweifelt ballte ich meine Hände zu Fäusten.

»Wie dringend willst du ihn loswerden?«, fragte er plötzlich.

»Unbedingt«, hauchte ich, ohne zu überlegen. Ehe ich genauer darüber nachdenken konnte, was er damit meinte, beugte er sich ein Stück näher.

Sein Mund war so dicht an meinem Ohr, dass sich meine Nackenhärchen aufstellten. »Vertraust du mir?«

Wieder reagierte ich, ohne zu überlegen. Ein tonloses *Ja* kam über meine Lippen. Obwohl ich es nicht erklären konnte, das tat ich.

»Dann spiel mit.« Sein dunkles Flüstern glich einer Herausforderung.

Mitspielen? Tue ich das nicht bereits?

Sanft drehte er mich zu sich und seine Hände wanderten über meinen Rücken. Überrascht schnappte ich nach Luft. Seine Fingerspitzen, heiß zwischen den Bändern auf meiner Haut. Er sah nicht auf, hielt den Kopf gesenkt. Mein hektischer Atem dicht an seiner Kehle konnte ihm unmöglich entgehen. Beinahe berührten sich unsere Wangen. Meine Empfindungen überschlugen sich und ich schloss die Augen.

Sein Geruch nach Meer und Salz hüllte mich ein und eine glühende Hitze breitete sich in mir aus, obwohl ich wusste, dass es nur Show war, ein Spiel, einzig inszeniert, um Cedric loszuwerden.

Unversehens lag Liras' Mund an meinem Hals und seine Lippen liebkosten meine Haut. Ich vergaß zu atmen. Seine Berührungen ließen Schauer über meine Haut rasen. Ich meinte zu verglühen.

Intuitiv legte ich den Kopf schräg, bot ihm meinen Hals dar, und plötzlich gab es keinen Abstand mehr zwischen uns. Er schmolz dahin wie Eis in der Sonne. Ein zittriger Atemzug füllte meine Lungen, als sich unsere Körper berührten. Meine Hände legten sich wie von alleine um ihn, erst nur sachte, dann, als bräuchte ich den Kontakt zum Atmen, schmiegte ich mich enger an ihn. Seine Lippen hinterließen kalte und zugleich glühende Spuren auf meinem Hals und sein Brustkorb hob sich schwer.

Irgendwo in meinem Hinterkopf wusste ich, dass ich zu weit ging, dass ich viel zu heftig auf ihn reagierte. Liras hatte schon bei unserer ersten Begegnung eine Wirkung auf mich gehabt, der ich mich nicht entziehen konnte. Ich sollte dem ein Ende bereiten, bevor er mich völlig um den Verstand brachte. Doch ich tat nichts dergleichen, wollte nicht, dass er aufhörte.

Plötzlich hob er den Kopf. Ich hielt die Augen geschlossen, spürte seine Bewegungen, das Heben und Senken seines Brustkorbs, seine Arme, die um mich lagen, so vorsichtig, als hielte er etwas Wertvolles. Ich wollte mich noch einen winzigen Moment dieser Illusion hingeben.

Das alles ist nicht echt. Aber warum will ich dann nirgendwo anders sein? Ich holte tief Luft – Zeit, sich der Wahrheit zu stellen – und öffnete die Augen.

Liras erwiderte meinen Blick und ich verharrte wie gebannt, versank in diesem samtigen Blau. Ein wehmütiger Ausdruck flackerte darin und mein Herz machte einen Sprung. *Kann das wirklich gespielt sein? Oder geht es ihm genauso?* Die Hoffnung war schwindelerregend, stieg mir augenblicklich zu Kopf. Kaum merklich hob ich das Kinn.

Für einige Sekunden zögerte er, dann beugte er sich langsam zu mir herab.

Mein Herz raste. Ich schloss die Augen. Ein elektrisierendes Prickeln flutete durch meinen Körper, seine Lippen auf meinen.

Ich konnte keinen klaren Gedanken mehr fassen. Meine Finger glitten über seinen Rücken und ich schmiegte mich an ihn, ging unter in der Hitze seines Mundes. Seine Hände fuhren zärtlich über meine Taille und jede seiner Berührungen besaß eine Hingabe, die mich alles andere vergessen ließ. Da waren nur noch er und die versengende Glut, die mich ausfüllte. Meine Empfindungen fuhren in einem wilden Karussell, kreiselten inmitten eines Feuerwerks, und ich verlor mich darin. Verlor meine Zweifel und den Boden unter den Füßen. *Das hier ist echt. Wie könnte es etwas anderes sein?* Wir küssten uns mit einem Hunger, der mir den Atem verschlug.

Als er sich auf einmal von mir löste, brauchte ich einen Moment, um mich zu fangen. Sein Blick wirkte besorgt, als sei er nicht sicher, ob er zu weit gegangen war.

Ja, es ging viel zu schnell! Es überschlug sich, wie sich alles überschlug, wenn ich ihn traf, allem voran meine Gefühle, die wie eine Horde glückstaumelnder Narren über mich herfielen. *Doch wie kann das falsch sein?*

Ein Lächeln stahl sich auf meine Lippen und für einen Herzschlag glaubte ich, es auch in seinen Augen zu sehen. Doch im nächsten Moment huschte sein Blick hinter mich und er zog mich ein Stück mit sich, weg von der Balustrade. Seine Gesichtszüge verhärteten sich, doch er ließ mich nicht los. *Ist Cedric dort?* Ich wollte mich nicht umdrehen, wollte ihn nicht sehen.

»Ist ... alles in Ordnung?«, fragte ich, nicht sicher, ob mich Liras über die verklingenden Takte des Liedes hinweg hören konnte.

Er nickte. »Ja, und bei dir?«

»Ich denke schon.« Ich schluckte und senkte den Blick, konnte das schnelle Schlagen seines Pulses an seinem Hals erkennen, so nah, dass ich ihn einfach hätte berühren können. Ich gab der Versuchung nach, lehnte den Kopf gegen seine Brust. Seine Arme legten sich ein klein wenig fester um mich und seine Wange streifte mein Haar.

Ob er weiß, dass er gerade mein Herz in der Hand hält? Der sonderbare Eindruck, ihn zu kennen, überwältigte mich. Ich wollte nicht länger, dass es nur ein haltloses Gefühl war, wollte alles über ihn erfahren, wollte mich mit ihm verabreden. Wollte, dass es immer so war. Die Vorstellung jagte eine Traube von Schmetterlingen durch meinen Bauch.

Da erhaschte ich aus dem Augenwinkel eine Bewegung zu meinen Füßen. Seltsam, als würde ein Schal über den Boden geschleift. Ich wollte über meine Schulter hinab sehen.

»Ruby?«

»Ja?«, meine Stimme klang belegt, als ich zu Liras aufsah.

Einen Moment lang musterte er mich eindringlich. Doch statt etwas zu sagen, riss er den Blick von mir los und starrte mit zusammengezogenen Brauen die Treppe hinab.

»Dein Stalker ist fort«, sagte er leise und Erleichterung erfasste mich. »Er hat uns das Theater wohl abgekauft. Dann können wir jetzt endlich damit aufhören.«

Mein Atem setzte aus.

Theater? Es war wie ein Stoß über die Brüstung. Ich befand mich im freien Fall, gelähmt vor Schock, unfähig zu begreifen. Dann folgte der Aufschlag.

Das riesige, bunte Lügengebäude, das ich über mir aufgebaut hatte, fiel in sich zusammen und zermalmte mich.

Liras' Blick war noch immer nach unten gerichtet, seine Miene so ausdruckslos, als hätten wir lediglich ein Händeschütteln ausgetauscht. Ich versuchte Luft zu bekommen. Langsam wandte er sich mir wieder zu und ein paar endlose Sekunden konnte ich ihn nur anstarren, wollte es nicht wahrhaben. Ich suchte in seinen Augen nach irgendeiner Gefühlsregung, doch da war nichts.

Ein Zittern lief durch meinen Körper und endlich riss ich mich aus der Erstarrung. Ruckartig wich ich zurück. Er machte keine Anstalten mich aufzuhalten.

Mein eigener Herzschlag dröhnte mir in den Ohren und ich konnte ihn nicht länger ansehen. Mechanisch blickte ich Richtung Erdgeschoss und kämpfte gegen die Übelkeit, die in mir aufstieg. Flach atmend bemühte ich mich, die Fassung zu wahren.

Cedric war fort. Nichts anderes hatte Liras mit seinem *Schauspiel* erreichen wollen.

Irgendwie gelang es mir, Worte hervorzuwürgen und so zu tun, als sei alles in Ordnung. »Ja, er ist fort. Danke für ... deine Hilfe.«

Ein scheußlicher Schmerz wühlte sich durch meinen Brustkorb und ich wandte mich ab. Meine Beine, bleischwer und steif, drohten unter mir einzuknicken, doch sie trugen mich noch. Das mussten sie, denn ich wollte weg, nur weg von ihm.

XXVIII

Wie benommen bahnte ich mir einen Weg zwischen feiernden und tanzenden Leuten hindurch und steuerte auf den Ausgang zu. Ich konnte nicht einmal sagen, wie ich die Treppe hinabgestiegen war. Mein Sichtfeld verschwamm und ich blinzelte die aufsteigenden Tränen fort.

Wie unglaublich dumm ich gewesen war! Warum, beim Bräss, hatte ich mich darauf eingelassen?

Bitterkeit und abgrundtiefe Enttäuschung tobten in mir. Das Gefühl, benutzt worden zu sein. Dafür hasste ich ihn, wollte ihn hassen.

Vertraust du mir?

Liras‘ Worte klangen mir noch in den Ohren. Nur hatte er nicht von dem unbegründeten und absolut fehlgeleiteten Vertrauen gesprochen, das ich verspürt hatte. Lediglich von dem simplen Vertrauen darauf, dass er sich mir nicht genauso aufdrängen würde wie Cedric.

Wie konnte ich so blind sein? Ich schniefte, wischte mir über das Gesicht und verfluchte seine Wirkung auf mich.

»Hier bitte, es ist eine Blaue.« Ich drückte der Frau an der Garderobe meinen Chip in die Hand und kurz darauf reichte sie mir mit einem skeptischen Blick meine Jacke über den Tresen.

Der Bass eines neu einsetzenden Liedes pochte bis in meine Eingeweide, verstärkte die Übelkeit und trieb mich hinaus. Ich wollte nur fort von hier.

Die Nachtluft empfing mich, kalt und belebend. Ich sog sie tief in die Lungen und atmete ein paar Mal durch, bemüht, mich zu beruhigen. Tiff stand mit Yu und Marc ein paar Meter weiter, eines von mehreren Grüppchen vor dem Crafters. Sie waren in eine Unterhaltung vertieft, lachten leise und hatten mich noch nicht bemerkt.

Doch ich konnte ihnen jetzt nicht gegenüberstehen. Im Schatten des Türvorsprungs lehnte ich mich an die Wand.

Ein Frösteln durchfuhr mich und ich legte die Arme um mich. Arme, die ich eben noch um Liras geschlungen hatte. Bei der Erinnerung an seine Nähe und die Wärme seines Körpers zitterte ich noch mehr, an dieses Gefühl, von dem ich mir gewünscht hatte, es möge ewig andauern. Der hohle Schmerz unter meinen Rippen pochte. Liras *hat mir etwas vorgemacht. Er hat nur mit mir gespielt.* Zorn flackerte in mir auf, doch er loderte nur kurz, fachte nichts an, verglomm wieder. *Hat er das denn wirklich? Ist es nicht viel mehr so, dass ich mir selbst etwas vorgemacht habe?*

Ich war diejenige gewesen, die ihn darum gebeten hatte, meinen Freund zu mimen. *Ich* hatte zugestimmt, als er mich dazu aufforderte, mitzuspielen. Dass er damit irrationale Hoffnungen in mir geweckt hatte, war allein mein Problem.

Vielleicht hatte er es auch darauf angelegt. Vielleicht war es seine Revanche für den Kuss, den ich ihm gestohlen hatte.

Vielleicht.

Ich biss die Zähne zusammen, wünschte, ich wäre vorhin einfach mit Tiff nach draußen gegangen. Doch dafür war es zu spät.

Wäre nur Cedric nie aufgetaucht! Ein unbändiger Zorn auf ihn kochte in mir hoch.

Verdammt. Hektisch sah ich mich um, doch von ihm war keine Spur zu sehen. Wenigstens schien das *Theater* seinen eigentlichen Zweck erfüllt zu haben.

Ich klammerte mich an die Wut. Sie half mir aufrecht stehen zu bleiben.

Jemand tippte mich an und ich zuckte zusammen.

»Ru, wieso sagst du denn nichts? Du warst ja ganz schön lange auf der Toilette«, sagte Tiff.

»Lange Schlange«, entgegnete ich so gefasst wie möglich und hoffte, dass sie mir nichts ansah. Im Moment wollte ich nicht darüber reden, was passiert war.

»Hey, was ist los? Du siehst fertig aus.«

Ich wich ihrem Blick aus. »Ich bin nur wahnsinnig müde. Ich gehe nach Hause, kommst du mit?«

Sie schnitt eine bedauernde Grimasse. »O nein, nicht heute. Wir feiern mindestens bis die Sonne aufgeht und wollen dann an die Bay. Komm schon, du wirst bestimmt schnell wieder munter.«

Sie grinste, doch mich würde niemand mehr ins Crafters bekommen. Die Vorstellung, *ihm* erneut zu begegnen, war zu abschreckend. Ich fühlte mich bereits elend genug. »Nein, wirklich nicht, mir geht es nicht gut. Aber ich wünsche euch noch viel Spaß.«

»Sicher? Ich meine, das wäre echt schade, das ist schließlich unsere erste große Teamfeier.«

»Ich weiß, tut mir leid.« Ich presste kurz die Lippen zusammen. »Die nächste Haltestelle war dort vorne, oder?« Ich deutete die spärlich erhellte Straße hinauf. Das Crafters befand sich in einem Industriegebiet, umgeben von hohen Hallen und lichtlosen Höfen. Es war nach zwei Uhr morgens, nur vereinzelte Nachtschwärmer waren unterwegs.

»Ach Ru, wir müssen wirklich an deiner Ausdauer arbeiten«, frotzelte Tiff.

»Nächstes Mal, okay?«

Sie nickte zerknirscht. »Also gut. Ja, gleich dort vorne rechts ist sie, sollen wir dich hinbringen?«

Ich rang mir ein Lächeln ab und schüttelte den Kopf. »Nein, schon gut, habt noch viel Spaß.« Ich umarmte sie zum Abschied.

»Gehst du etwa schon?«, rief Marc und kam mit Yu zu uns herüber.

»Mir geht es nicht so gut, ich verabschiede mich besser«, erklärte ich nochmals.

»Das ist doof, aber ja, du siehst irgendwie krank aus«, meinte Marc. »Vielleicht einen Virus eingefangen? Gute Besserung. Dann sehen wir uns Montag, hoffe ich.«

Yu streckte mir einen nach oben gerichteten Daumen entgegen. »Ja, erhol dich. Du hast übrigens einen super Tanzstil, das müssen wir wiederholen.«

»Nicht annähernd so gut wie deiner, danke, bis dann.« Erneut rang ich mir ein Lächeln ab und machte mich auf den Weg. Ich schritt zügig aus, damit mir warm wurde, eilte von einem Lichtkegel zum nächsten, kreuzte den Weg einiger bummelnder Leute und leicht schwankender Passanten.

Da bewegte sich ein Schatten am Boden, reckte sich nach mir. Ich zuckte zusammen, wich aus.

»Mädchen! Kehr dich dem wahren Glauben zu.« Die kratzige Stimme eines Mannes. »Verschließ dich nicht davor. Sonst wirst du in der Hölle brennen. Genesis Zero ist nah!«

Erschrocken stolperte ich von der zerlumpten Gestalt weg, eilte auf die heller erleuchtete Querstraße zu.

Nur zwanzig Meter vor der Haltestelle rauschte eine Tram an mir vorbei und meine Haare flatterten auf. Quietschend kam sie zum Halten und ich rannte, um sie noch zu erwischen. Wenige Stationen weiter stieg ich bereits wieder aus. Nun trennten mich noch zwei Blocks von daheim.

Die Straßen waren hier beinahe leer, nur hin und wieder fuhren Fahrzeuge an mir vorbei, deren summende Elektro- und knatternde Benzinmotoren sich mit der stetigen Geräuschkulisse der Stadt vermischten. Motten tanzten lautlos in den Lichtkegeln der Laternen.

In zehn Minuten würde ich endlich unter der Dusche stehen und die Spuren der Nacht von mir abwaschen können, wenn auch nicht die Erinnerungen daran. Beim Gedanken an Liras kämpfte ich erneut gegen die Tränen an. Wie hatte ich mich selbst so täuschen können? Mir einbilden können, er empfinde auch nur annähernd dasselbe? Blinzelnd biss ich die Zähne zusammen, schritt mit gesenktem Kopf weiter aus und kramte in meiner Jackentasche nach dem Schlüssel.

Da. Schritte hinter mir.

Schritte, die sich beschleunigten.

Schlagartig ging mein Puls in die Höhe. Ich riss den Kopf herum. »Scheiße.«

Beim Bräss, dieser verfluchte Dreckskerl hatte mich verfolgt. Ich wirbelte herum und rannte. *Es ist nicht mehr weit!*

Meine Füße knallten so hart auf das Pflaster, dass meine Fußsohlen brannten. Die Straße flog förmlich an mir vorbei. Trotz der verdammten Schuhe war ich schnell, doch Cedrics Beine waren wesentlich länger als meine. Falls er nicht stürzte, würde er mich auf diese Distanz zweifellos einholen. Ich keuchte, hörte, wie er aufschloss, nahm seinen rauen Atem wahr.

»Ruby!«, rief er und ich legte jedes Quäntchen Kraft in meinen Spurt. Zu langsam! Selbst der Wind schien sich gegen mich verschworen zu haben, blies mir hämisch ins Gesicht, als wolle er mich in Cedrics Arme treiben.

Mein Puls raste. Hier war niemand, der mir helfen würde.

Der Atem brannte kalt meine Kehle hinab. Finger schlossen sich wie Klauen um meine Schulter. Ich geriet ins Taumeln, stolperte, kam schräg mit dem Fuß auf und prallte gegen die Fassade zu meiner rechten. Schmerz raste durch meinen Oberkörper und Cedric packte mich erneut, zog mich hoch, ehe ich ganz zu Boden gehen konnte.

»Lass mich los! Hilf ...«

Seine behandschuhte Hand presste sich auf meinen Mund. Er zog mich eng an sich, sodass ich mit dem Rücken gegen seine Brust gedrückt wurde, und zischelte: »Sei still. Ich sagte doch, ich werde kein weiteres Mal versagen.«

Nacktes Grauen kroch auf dünnen Spinnenbeinen mein Rückgrat hinauf, als er mich in eine schmale, düstere Gasse zerrte. Sein Griff lockerte sich keinen Deut, obwohl ich mich nach Kräften wehrte. Mein Herz sprang mir beinahe aus der Brust, als sich die

Angst kalt und bitter darum zusammenschloss und es zu zerquetschen drohte.

Was, zum Teufel, hat dieser Irre mit mir vor?

»Cedric, du ...« Meine Worte drangen nur als unverständliches Gestammel unter dem spröden Handschuh hervor. Ein beißender, widerwärtiger Geschmack legte sich auf meine Zunge.

Ich ließ mich mit meinem ganzen Gewicht fallen, doch Cedric zog mich noch enger gegen seine Brust. Hektisch sog ich Luft durch die Nase ein, hatte das Gefühl zu ersticken, hyperventilierte.

Da drückte er mich mit seinem vollen Gewicht gegen die Hauswand. Schwindel erfasste mich, meine Wange schrammte über den Stein. Dunkelheit floss uns aus der Gasse entgegen und pulsierte im Takt meines Herzschlags, der mir in den Ohren dröhnte. *Was geschieht hier?*

Ich wollte die Benommenheit von mir abschütteln. Da schlug Cedric zu und mein Kopf knallte gegen die Mauer. Für einen Moment drehte sich alles. Ich blinzelte heftig, kämpfte um mein Bewusstsein. Nur langsam ließ das Schwanken wieder nach. Cedric tastete in seiner Jacke nach etwas. Ich riss mich herum, wollte in seine Hand beißen, doch augenblicklich wurde mir übel. Das war nicht nur der Geruch von altem ranzigem Leder, er hatte den Handschuh mit irgendetwas behandelt.

Ich presste die Lippen zusammen, versuchte, nicht noch mehr von der Substanz aufzunehmen. Cedrics Griff verstärkte sich, er knurrte und quetschte meinen Mund so zusammen, dass mir die Tränen in die Augen schossen. Ich stieß ein Gurgeln aus, trat nach ihm. Er fluchte leise. Schmerz flutete durch meine Kniekehlen und ich ging stöhnend zu Boden.

Ich rollte mich zusammen und Cedric beugte sich über mich, als wolle er mich verschnüren wie ein Päckchen. Sein Mund war nahe an meinem Ohr. »Hör jetzt genau zu, Ruby. Wenn du dich nicht sträubst, wird es viel einfacher für dich. Du kannst mir nicht entkommen. Und ich will dir nicht wehtun, verstanden? Im Gegenteil, ich bin der Einzige, der dich retten kann. Also hör verdammt noch mal auf, dich zu wehren!«

Die letzten Worte presste er knurrend hervor, während ich mich wand und seine Umklammerung aufzusprengen versuchte. Sein anderer Arm presste sich gegen meinen Hals und ich schnappte panisch nach Luft.

»Du glaubst mir nicht. Das ist verständlich, aber, verflucht noch mal, was denkst du denn, wer früher so viele von Coras Angriffen auf dich im Keim erstickt hat? Wie viele schief gingen, ohne dass du auch nur etwas davon mitbekommen hast? Ich war das. Ich habe dich vor allem bewahrt.«

Ich riss den Kopf zur Seite, als er noch näher kam. *Du bist doch wahnsinnig*, wollte ich brüllen, doch er presste mir noch immer mit eisernem Griff den Mund zu. Das alles ergab keinen Sinn.

»Wieso hast du mich immer abgelehnt, Ruby? Ich habe dir nie etwas getan«, wisperte er und klang dabei auf verstörende Weise vorwurfsvoll.

Schaudernd zog ich die Schultern hoch, presste die Augen zu, versuchte flach zu atmen. Grobkörnige Salfatreste bohrten sich gegen meine Knie.

»Hier!« Das Wort, laut und triumphierend, durchschnitt den Nebel, der sich um mich zu bilden begann, und ich öffnete die Augen wieder.

Cedric hielt mir seine Linke vors Gesicht. In der offenen Handfläche lag, rund und beinahe unsichtbar auf dem schwarzen Leder, ein Stein, flach und ebenmäßig.

Fassungslos riss ich die Augen auf. *Wie ist das möglich?*

»Als Zeichen meiner Aufrichtigkeit.«

Ich zitterte unwillkürlich und konnte nur diesen Stein anstarren. *Ist es derselbe, den er vor Jahren ins Meer geschleudert hat?*

»Ein Geschenk für dich«, flüsterte er. Seine Lippen berührten mein Ohr und ich zuckte zurück, soweit es mir in meiner kauernden Position möglich war.

»Er ist ganz allein für dich bestimmt.« Cedrics Worte woben sich wie Schlangen in meinen Gehörgang und ließen mich erstarren.

Was weiß er über diesen Stein?

»Nimm ihn«, bot er an und ließ mir gerade so viel Spielraum, dass ich meinen Unterarm heben konnte.

Ich holte röchelnd Luft, verschluckte mich beinahe an dem abscheulichen Geschmack in meinem Rachen, versuchte seine Hand von meinem Mund abzuschütteln.

Er kicherte. »Noch nicht, erst musst du begreifen, dass wir auf derselben Seite stehen.«

Meine Glieder waren mit einem Mal eiskalt, doch ich streckte die Finger nach dem schwarzen Kiesel aus. Ich schloss sie fest darum zusammen und schnappte nach Luft. Der Stein pulsierte in meiner Hand.

Das ist unmöglich. Ich öffnete die Faust wieder und da sah ich es: Ein blauer, rascher Puls glühte im Inneren auf, exakt im selben Takt mit meinem eigenen Herzschlag.

»Gut so, jetzt gib ihn mir zurück, ich verwahre ihn für dich«, raunte Cedric und hielt mir seine Hand hin.

Mit einem Ruck warf ich mich herum, traf ihn mit dem Ellenbogen am Kiefer. Er stieß mit der Schulter gegen die Hausfassade. Im nächsten Moment riss er mich mühelos empor und schleuderte mich herum, als sei ich eine Puppe. Die Luft wurde mir aus den Lungen gepresst und Cedric entriss mir den Stein. *Nicht! Ich darf ihn nicht wieder verlieren!* Ich trat nach Cedric, zielte diesmal genauer.

Er stöhnte auf und verlegte sich darauf, mich einfach festzuhalten. »Gleich wird es besser, gleich ... Du wirst schlafen und dann wird alles gut. Keine Sorge. Ich werde mich gut um dich kümmern«, murmelte er.

Ich stemmte mich wie besessen gegen seine Arme, doch meine Glieder wurden immer schwerer.

»Ja, zappel ein wenig, dann wirkt es schneller.«

Meine Angst machte es mir unmöglich, einen Ausweg zu finden. *Was hat er vor? Wieso, beim Bräss, tut er mir das an?* Ich würgte, Tränen liefen mir über die Wangen.

Ein Schrei. Ich zog den Kopf ein. *Was* ... Cedric taumelte rückwärts, riss mich mit. Wieder schrie er auf. Ich keuchte, wehrte mich heftiger.

Und plötzlich war ich frei. Er schnappte nach Luft, riss die Arme empor. »Verschwinde! O Gott, steh mir bei! Was ist das?« Seine Stimme senkte sich zu einem Wimmern.

Ich prallte hart auf den Boden. Meine Knie brannten, obwohl sich mein Körper seltsam taub anfühlte. Ich blinzelte die Tränen aus den Augen und fixierte meinen Peiniger, der blindwütig nach etwas zu schlagen schien.

Doch niemand war hier. Wir waren allein in dieser gottverdammten Gasse.

Ich rappelte mich auf. Wenn sich Cedric diesen Augenblick aussuchte, um wahnsinnig zu werden, würde ich mir die Chance nicht entgehen lassen.

Ich drückte mich an ihm vorbei. Zu meiner Erleichterung schenkte er mir für den Moment keinerlei Beachtung. Ich musste aus dieser Gasse gelangen! Meine Füße wollten mir kaum gehorchen und mein Gleichgewichtssinn spielte verrückt.

Cedric wirbelte zu mir herum, doch statt wieder nach mir zu greifen, wich er keuchend ins Dunkel zurück.

Ein grausiges Prickeln fuhr über meinen Nacken und ich floh, gehetzt von Cedrics Furcht, biss die Zähne zusammen, stützte mich an der Hauswand ab, um nicht zu fallen.

Es war nicht mehr weit, doch plötzlich war ich nicht einmal mehr sicher, in welche Richtung ich ging. Trotzdem zwang ich meine Beine, sich zu bewegen. *Weiter.* Ich taumelte um eine Ecke, versuchte meinen Puls herunterzufahren, stellte mir vor zu tauchen und hielt einige Sekunden die Luft an.

Es wirkte ... mein Kopf wurde ein wenig klarer. Wenn ich ruhig genug blieb, würde ich es bis nach Hause schaffen, ganz sicher. Schritt für Schritt kämpfte ich mich voran und lauschte meinem Herzschlag, dessen dumpfes Trommeln beinahe jedes andere Geräusch überdeckte. Dennoch bildete ich mir ein, Schreie zu hören – und etwas anderes, Beängstigendes, ein Rauschen und Grollen.

Ich schluckte und wankte weiter, ignorierte die blutigen Abdrücke, die ich an der Hauswand hinterließ. *Es ist nicht mehr weit.* Doch das Schwindelgefühl nahm zu.

»Ruby!«

Klirrende Kälte lähmte meine Glieder. Cedric war wieder zu Sinnen gekommen. Er durfte mich nicht erwischen, nicht jetzt, da ich so kurz davor war, ihm zu entkommen! Ich konnte bereits den Eingang des Hauses sehen, die rote Tür, leuchtend wie ein Signalfeuer, nur auf der anderen Straßenseite und doch unendlich weit entfernt.

Ich drehte den Kopf, wäre beinahe gestürzt.

Da war niemand. Cedric hatte mich noch nicht entdeckt. Schutzsuchend presste ich mich in die Nische eines Hauseingangs zu meiner Rechten, bemüht bei Bewusstsein zu bleiben und auf meinen Verfolger zu lauschen.

Meine Knie zitterten, kalter Schweiß brach mir aus und ich stieß gegen etwas Raues.

Mein Blick glitt nach unten. Eine Holzlatte stand in die Türnische gelehnt, als hätte sie dort auf mich gewartet. Langsam griff ich danach, hob sie hoch.

Cedrics Schritte waren jetzt deutlich zu hören, näherten sich unaufhaltsam. Meine Arme bebten unter dem Gewicht und ich biss die Zähne zusammen, damit sie nicht klapperten.

»Ruby?«

Die Stimme war jetzt ganz nah. Sein Schatten tauchte im Licht einer Straßenlaterne auf und ich holte aus.

XXIX

Langsam öffnete ich die Augen. Schreckliche Traumbilder von Flammen, Aschewolken und Ungeheuern krallten sich in mein Bewusstsein. Ich blinzelte benommen in die Helligkeit.

Die Uhr auf meinem Nachttisch zeigte 09.23 Uhr. Die Fenster spiegelten sich in Form zweier heller Rechtecke im Display des grauen Weckers wider. Daneben lag mein angelesenes Buch über Sphärengeschichte, die rechte Ecke unschön gestaucht, weil es mir heruntergefallen war. Hinter meiner Stirn tobten grässliche Kopfschmerzen, ich fühlte mich elend und ...

Schlagartig versteifte ich mich. *Wie bin ich hierhergekommen?*

Ich drehte den Kopf, was meine Schläfen noch heftiger zum Pochen brachte und musste die Lider schließen, als mir trübes Tageslicht direkt in die Augen stach. Die Stille war massiv, drohte mich zu erdrücken.

Tausend Gedanken rasten durch meinen Kopf und kollidierten mit den Bruchstücken der vergangenen Nacht. Cedrics Übergriff, der blau leuchtende Stein, meine Flucht.

Stöhnend krümmte ich mich. *Was ist dann passiert?* Ich versuchte mich zu konzentrieren, doch meine letzten Erinnerungen verschwammen ineinander.

Wie viel von alledem ist tatsächlich geschehen? Habe ich diesen Turmalin wirklich in der Hand gehalten?

Ich biss die Kiefer so fest zusammen, dass es wehtat. Das Verlustgefühl, das in mir tobte, schrie mir ein eindeutiges *Ja* entgegen. Doch ich hatte auch gesehen, wie die Dunkelheit auf mich zugeflossen war. Ich stand unter dem Einfluss einer Betäubung oder eines Giftes. Der ekelerregende Geschmack lag mir noch immer auf der Zunge.

Der Sturm aus Gedankenfetzen wuchs sich zu einem Zyklon aus, je mehr ich ihn zu beruhigen versuchte. Und immer wieder drängte sich ein weiterer Gedanke in den Vordergrund. Die demütigende Begegnung mit Liras. Ich wollte nicht an ihn denken, verbannte ihn aus meinem Kopf, so gut ich nur konnte.

Mühsam stemmte ich mich hoch, zwang meine Muskeln, mir zu gehorchen, doch meine Arme knickten ein und ich fiel wieder zurück. Mein Schädel drohte zu zerspringen und ich musste einen Moment innehalten, ehe ich einen weiteren Versuch unternahm. Endlich kam ich in eine aufrechte Position, konnte über die Bettkante hinaussehen und blieb wie angewurzelt sitzen.

Mein Zimmer war gespickt mit Scherben. Scherben, so fein, dass sie den Boden mit einer glitzernden Schicht aus Glas bedeckten. Ich blickte an die Zimmerdecke hinauf. Aus den Gewindesockeln der Lampen standen nur noch wenige zackige Splitter der Leuchtstoffröhren heraus. Erst jetzt stieg mir der Gestank verschmorter Kabel in die Nase.

Was zum Rift ist hier passiert? Verstört sah ich mich um, mein Blick blieb an der niedrigen Kommode am anderen Rand des Splittersees hängen. Gänsehaut breitete sich über meinen Nacken aus. Nicht wegen des unscheinbaren Möbelstücks selbst, sondern wegen der Momentaufnahmen, die plötzlich vor meinem geistigen Auge aufblitzten.

Sie gehörten nicht hierher, glichen viel eher Fragmenten aus einem Albtraum: *Rauchschwaden tränken die Luft, ein Grollen vibriert in einem Brustkorb, so tief, dass es mir die Eingeweide umdreht. Zwei lumineszierende Augen in der Dunkelheit, ein vor Zorn brennender Blick wie geschmolzenes Gold. Ein langes Maul voll nadelspitzer Fangzähne, umringt von scharfkantigen Zacken und schwarz glänzenden Schuppen. Nur Zentimeter von mir entfernt, bereit, zuzuschnappen.*

Ich meinte, den heißen Atemhauch der Bestie auf meinem Gesicht zu spüren. Vor meinem inneren Auge formte sich ein

Wesen voll wild brodelnder Energie. Fremdartig und angsteinflößend.

Mein Atem beschleunigte sich. Was war das? Ein Traum, den mein betäubter Verstand aus der Versenkung holte? Schwer schluckend kniff ich die Lider zu, doch die grauenvollen Bilder und das Gefühl einer Bedrohung ließen sich nicht abschütteln, waren wie Druckstellen auf der Haut. Was zum Teufel hatte mir Cedric verabreicht? Es war, als sei ich dieser Kreatur leibhaftig begegnet, als hätte mich dieser hasserfüllte Blick wirklich durchbohrt. Ich riss die Augen wieder auf.

Dort auf diesem verfluchten Möbelstück glaubte ich, Nachbilder der echsenartigen Gestalt zu sehen. Ihr obsidianschwarzer Leib wand sich hin und her.

Meine Glieder zitterten. Ich hielt das Kissen fest, als sei es ein Anker, der mir die Gewissheit verlieh, wach zu sein. Eine Träne bahnte sich ihren Weg über meine brennende Wange. Fahrig wischte ich sie weg, zuckte bei meiner eigenen Berührung zusammen. Die unschöne Bekanntschaft mit einer rauen Hausfassade kam mir wieder in den Sinn. *Cedric, dieser kranke Mistkerl!*

Ich arbeitete mich zur Bettkante vor. Der Schmerz in meinen Gliedern trieb die Schreckensbilder endlich zurück, doch dahinter lauerte höhnische Leere. *Wieso erinnere ich mich nicht? Wie bin ich nach Hause gekommen?* Aufgewühlt versuchte ich aufzustehen. Ich musste Eloy befragen, vielleicht hatte sie in der Nacht irgendetwas mitbekommen, doch ich war kaum in der Lage mich auf den Beinen zu halten. Jeder einzelne Muskel in meinem Körper protestierte. Schließlich ließ ich mich matt zurücksinken.

Das Gift zirkulierte noch immer durch meinen Blutkreislauf und meine Nervenbahnen schienen zu vibrieren.

Mit zusammengebissenen Zähnen starrte ich die Tür an, als verbärgen sich alle Antworten auf meine Fragen dahinter.

Da hörte ich Stimmen im Flur, blinzelte, und die Umrisse der Möbel nahmen wieder scharfe Konturen an.

Im nächsten Augenblick wurde meine Zimmertür aufgerissen und Tiff stürmte herein, gefolgt von Eloy. Der Anblick der beiden erfüllte mich unwillkürlich mit Erleichterung. Sie brachten Bewegung, Geräusche und Leben in den Raum, der bis eben noch von meinen persönlichen Dämonen beherrscht worden war.

Tiff trug noch immer ihr goldenes Top, das sie am Vorabend ins Crafters ausgeführt hatte, offenbar war sie eben erst nach Hause gekommen.

»Stimmt das? Du hast einen Lys hier angeschleppt?«, platzte sie heraus und sah sich dann erschrocken in dem Scherbenhaufen um, in den sich mein Zimmer verwandelt hatte. »Was ist denn hier passiert?«

Ein Lys? »Wi ... wie bitte?« Schneller, als ich es für möglich gehalten hatte, kam ich in eine sitzende Position, doch alles schwankte um mich herum.

Als sich Tiff wieder zu mir drehte, erblasste sie und hastete zu mir. »Um Himmels willen, was ist los mit dir? Du siehst ja furchtbar aus!«

»Sie hat sich vollaufen lassen und dann einen dreckigen Lys hier reingelassen«, keifte Eloy hinter ihr. »Was soll schon mit ihr los sein, außer, dass sie komplett durchgeknallt ist?«

»Ach, halt die Klappe, sie hat fast keinen Tropfen angerührt«, blaffte Tiff, ohne mich aus den Augen zu lassen.

Meine Gedanken rotierten.

»Ist das wahr?«, bohrte meine Freundin nach. »Ein Lys hat dich so zugerichtet? Zum Rift mit diesem Abschaum! Man sollte sie alle in ihrer Zone einbuchten und nie wieder rauslassen.«

»Nein, das war kein Lys«, stammelte ich und versuchte meine verworrenen Gedanken zu ordnen.

»Heute Nacht hast du aber etwas anderes behauptet«, bellte Eloy und verschränkte die Arme vor der Brust.

Was meint sie? Verwirrt starrte ich sie an. Cedric hatte mir das angetan und er war ganz sicher kein Lys. »Warst du gestern...«, setzte ich an, doch Tiff japste und beugte sich näher zu mir. »Bei Gott, Ru, sag doch endlich, was passiert ist! Deine Wange ist ganz blau und geschwollen.«

Widerwillig riss ich den Blick von Eloy los. »Ich wurde auf dem Heimweg überfallen«, presste ich hervor. »Erinnerst du dich an den Kerl, Cedric, der uns vor zwei Tagen vor dem Haus aufgelauert hat?«

»O Scheiße«, hauchte Tiff und griff sich an die Brust, »diesen grusligen Typen vergisst man nicht so schnell.«

Ich erzählte ihr von seinem Angriff und von dem Betäubungsmittel, ohne ein Wort über blau glimmende Steine zu verlieren.

»Bei allen Sphären, Ru, wir müssen diesen Irren anzeigen«, flüsterte Tiff.

Ich nickte nur erschöpft.

»Und was ist hier passiert?«

»Ich habe keine Ahnung«, murmelte ich und fixierte erneut Eloy, die mir hoffentlich würde mehr verraten können. »Hast du gesehen, wie ich heimgekommen bin, oder weißt du, was hier passiert ist? Ich erinnere mich an nichts nach dem Überfall.«

Sie gab ein abschätziges Schnauben von sich und zwirbelte eine ihrer pechschwarzen Haarsträhnen. »Klar, du warst ja auch weggetreten. Echt super, du lässt dich ausknocken und von irgendeinem zwielichtigen Kerl heimschleppen, und ich darf das ganze Chaos ausbaden, das hier abgeht.«

Tiff wirbelte so schnell zu ihr herum, dass sich ihre Mähne wie eine Wolke um ihren Kopf bauschte. »Verdammt, jetzt sag schon, was du mitbekommen hast! Ru wurde überfallen, da ist jede Info wichtig.«

Die Augen zu Schlitzen verengt, knirschte Eloy mit den Zähnen. *Wird sie jetzt auf dem Absatz kehrtmachen und davon marschieren?* Ich hatte schon einige Male erlebt, wie sie sich hinter wütendem Schweigen verbarrikadierte.

Doch zu meiner Erleichterung antwortete sie: »Er hat mir keinen Namen genannt, wenn du das meinst. Sagte nur, er wäre ein Freund von dir.« Sie funkelte mich an, als hätte *ich* sie angefahren, und zuckte dann mit den Schultern. »Ich dachte erst, er wäre aus eurem Schwimmteam, aber wie die Typen aus eurer Mannschaft aussehen, weiß ich eigentlich. Ist schließlich der einzige

Grund, sich diese bescheuerten Spiele anzusehen. Der Kerl gestern Nacht kam mir nicht bekannt vor.«

»Wie sah er aus?« Meine Zunge klebte mir am Gaumen.

Eloys Augenbrauen zogen sich zusammen, als müsse sie sich genau konzentrieren: »Groß, hat ziemlich finster geschaut ... kurze, dunkle Haare ... blaue Augen.«

»Du Blindfisch hast mitten in der Nacht seine Augenfarbe erkannt?«, schnappte Tiff. »Vor Kurzem wusstest du nicht einmal, welche Farbe mein neues Kleid hat, das ich überall gesucht habe. Dabei lag es zwischen deinen Sachen.«

Eloy schnaubte ungehalten. »Sei froh, dass ich mich erinnere. Sie waren eben auffällig.«

Das Herz klopfte mir plötzlich bis zum Hals und widerstreitende Gefühle stiegen in mir auf. *Liras? Ist das möglich?* Ungläubig schüttelte ich den Kopf. *Nach dem, was im* Crafters *passiert ist?*

»Wegen dir habe ich jedenfalls fast einen Herzinfarkt bekommen. Du hast den Typen angesehen, als hätte er dir etwas angetan. Und dann hast du ihn einen dreckigen Lys genannt.«

Ich erstarrte. *Wieso hätte ich das tun sollen? Und wieso weiß ich nichts davon, wenn ich angeblich wach war?* Ich riss mich zusammen. »Also war ich doch bei Bewusstsein?«

»Das war ein Höllenlärm, als alle Lichter in der Wohnung explodiert sind. Da bist sogar du kurz wach geworden. Aber stimmt, so ganz alle Zacken in der Krone hattest du wohl nicht. Trotzdem hast du dich ziemlich klar ausgedrückt.«

Ich verkrampfte mich, konnte mich beim besten Willen nicht entsinnen. Doch ein unbestimmtes Gefühl wollte keinen Zweifel daran lassen, dass es Liras gewesen war. *Oder wünsche ich mir das nur?* Mir kam jedenfalls nur eine Erklärung in den Sinn, weshalb ich ihn als Lys hätte bezeichnen sollen – die albtraumhafte Drachengestalt. *Ich habe halluziniert, habe mir diese Wahnvorstellung in meinem betäubten Zustand als Daimos erklärt.*

Ich wandte den Blick ab. Nur am Rande hörte ich, wie sich Tiff aufregte: »Was? Explodiert? In der ganzen Wohnung? Etwa auch in meinem Zimmer?«

»Keine Ahnung, soweit ich weiß, blieb nur die Küche unbeschadet, aber bei mir, im Flur und im Chilloutraum hat es alle Birnen erwischt.«

»Aber warum? Das ist doch nicht normal!«

»Was weiß ich? Bin ich Elektrikerin? Heute Mittag soll der Hausmeister vorbeikommen. Die ganzen bescheuerten Scherben habe übrigens *ich* zusammengefegt. Du könntest dich also ruhig mal bedanken. Und wo setzt du überhaupt deine Prioritäten? Wir leben jetzt in einer lysverseuchten Bude. Weißt du, was ich für einen Schock davongetragen habe?«

Ich holte tief Luft. »Das war kein Lys. Ich habe letzte Nacht fantasiert, habe jede Menge wirre Sachen gesehen. Tut mir leid, wenn dich mein Gerede erschreckt hat.«

Sie verzog das Gesicht. »Erschreckt? Ich dachte, der Typ plündert uns gleich aus.«

»Jetzt mal halblang, beruhige dich, Eloy«, mischte sich Tiff ein. »Fest steht, der Kerl hat niemanden ausgeplündert. Hast du vielleicht eine Ahnung, wer es gewesen ist, Ru?«

Benommen schüttelte ich den Kopf, war im Moment noch nicht bereit, von meiner Begegnung mit Liras zu erzählen. Außerdem verdaute ich noch immer die Vorstellung, dass er hier gewesen war. Liras – hier, in meinem Zimmer.

»Du hast also wirklich keinen Schimmer, wer dieser angebliche *Freund* war? Für einen Fremden war er nämlich irgendwie ...« Eloy zog die Stirn kraus, ehe sie resigniert schnaufte. »Ach, keine Ahnung.«

Ich blieb stumm, ganz im Gegensatz zu meinem Herz, das immer lauter hämmerte, sodass es jeder hören musste.

Eloy stieß abfällig Luft aus. »Na, kann mir auch egal sein. Ich habe ihn jedenfalls zum Teufel gejagt.«

Ich reagierte nur mit einem vagen Kopfnicken, den Blick abwesend auf meine Bettdecke gerichtet.

Tiff ergriff schließlich die Initiative. »Okay, wie dem auch sei. Ich rufe jetzt erst einmal Dr. Morten an, er muss sich dich ansehen. Du siehst richtig beschissen aus, ganz ehrlich. Vielleicht hat er was, damit du schneller wieder auf die Beine kommst. Außerdem fege ich die Scherben hier weg und du bleibst schön liegen. Du brauchst jetzt nur Schlaf und nichts anderes, verstanden? Hol mal den Besen, Eloy. Mach dir keine Sorgen, Ru, ich kümmere mich um alles. Auch wegen der Anzeige. O Mann, Jarrings hat übrigens angekündigt, dass wir bereits in einer Woche in die USphäre dürfen. Ich hoffe, das muntert dich auf. Du musst schnell wieder in Ordnung kommen, hörst du?«

Sie machte sich, meine Einwände ignorierend, an die Arbeit, brachte mir ein kühles Tuch und Tee ans Bett und redete dabei ohne Unterlass weiter. Fünfzehn Minuten später lag ich alleine da, frische Kleider am Leib und umnebelt von Kräuterduft und ätherischen Ölen, was meine Nerven ein wenig beruhigte.

Obwohl ich todmüde war und mein Kopf schmerzte, drehten sich meine Gedanken unentwegt im Kreis. Cedric, dessen Beweggründe vollkommen undurchsichtig waren, hatte all das ausgelöst. Wieso wollte er mich unbedingt aus New Cisco fortschaffen? Die Erinnerung an seinen Überfall jagte mir kalte Schauer über den Rücken, doch das helle Tageslicht und die vertraute Umgebung milderten den Schrecken und die Albtraumbilder ab. Doch Liras war mir in jeder Hinsicht ein Rätsel. Eines, das nicht mit Logik zu ergründen war. Schon allein, was ich fühlte, entbehrte jeglicher Vernunft.

Du hast ihn angesehen, als hätte er dir etwas angetan, hatte Eloy gesagt und sie hatte recht, wenngleich auf andere Weise, als sie es sich vorstellte.

Ich knüllte die Decke in meinen Fäusten zusammen. Was wusste ich denn über ihn?

Das Einzige, was ich über Liras sagen konnte, war, dass er etwas in mir auslöste, dem ich nicht gewachsen war. Ich konnte diesen Moment im Crafters nicht vergessen, dachte beinahe sehnsüchtig daran zurück. Und das schmerzte am meisten. Dieses brässverfluchte, irrationale Gefühl, das sich ungebeten in mir eingenistet hatte.

Gequält presste ich das feuchte Tuch gegen meine fiebrige Stirn und schloss die Augen. Versuchte das Gefühl zu ersticken. Unbestreitbar real waren schließlich auch seine harschen Worte. Doch warum war Liras plötzlich wieder da gewesen? War das eine Art Spiel für ihn, bloße Hilfsbereitschaft oder hatte er ... einen anderen Grund?

Diese riftverdammte Hoffnung war einfach da. Obwohl er gestern alles getan hatte, sie totzuschlagen, klammerte sie sich erneut an mir fest. Ich wagte nicht einmal, sie in Worte zu fassen. Ich verfluchte sie, doch sie wucherte wie ein Geschwür und setzte mir mehr zu als der Turm aus Fragen, der sich schwindelerregend vor mir aufbaute.

»Ru, wach auf, es ist wichtig. Hey« Eine Hand an meiner Schulter rüttelte mich leicht.

Verschlafen blinzelte ich. Es war noch immer hell. Tiff saß auf meiner Bettkante und hielt mir das Telefon hin. Ihr neongrüner, mit Häkelblumen besetzter Strickpulli leuchtete grell vor meinen Augen.

»Für dich, eine Schwester Emily oder so.«

Sofort setzte ich mich auf, wankte, fasste mir an die Stirn. Allerdings fühlte ich mich wesentlich besser als am Morgen. Meine Glieder taten zwar noch weh, doch die bleierne Schwere war gewichen. Selbst meine Kopfschmerzen hatten sich in Luft aufgelöst.

»Danke«, krächzte ich, schluckte zweimal, um meine ausgetrockneten Stimmbänder zu befeuchten, und nahm das Telefon entgegen. *Wenn mich Schwester Emily anruft, dann sicherlich aus keinem freudigen Anlass.*

»Hallo?«

»Hallo, Miss Blayke. Endlich erreiche ich Sie. Ich habe Sie bereits mehrfach auf Ihrem Mobilgerät angerufen. Geht es Ihnen gut?«, hörte ich die aufgeregte Stimme meiner ehemaligen Lehrerin.

Ich warf einen Blick auf mein Handy, das auf dem Nachttisch lag. Der Akku war offenbar leer. »Hallo, Schwester Emily, einigermaßen gut, ja, entschuldigen Sie, um was geht es?«

Ein erleichtertes Seufzen drang aus der Leitung. »Zwei Friedenswächter waren heute Morgen in Edenplace. Sie haben uns berichtet, dass Cedric Archer in New Cisco festgenommen wurde.«

»Heute Morgen? Aber ...« Verwirrt sah ich zu Tiff auf, die hektisch mit den Händen wedelte. »Du hast mehr als einen ganzen Tag geschlafen, Ru. Erinnerst du dich nicht? Ich habe dich immer kurz wecken müssen, damit du was trinkst.«

Was? Ich blinzelte zu meinem Wecker hinüber. Es war kurz nach dreizehn Uhr. Am Montag! Noch immer taumelig vom Schlaf, nickte ich und wiederholte Schwester Emilys Botschaft, damit Tiff es auch mitbekam. »Cedric wurde festgenommen. Das ist gut.«

Tiff riss die Augen auf. »Das ging aber schnell. Nur komisch, dass wir noch nicht informiert wurden.«

Gleichzeitig fragte Schwester Emily entgeistert: »Sie wussten, dass er gesucht wird?«

»Ja«, sagte ich, an beide gerichtet. »Meine Mitbewohnerin, Miss Samasi, hat in meinem Namen Anzeige gegen ihn erstattet.«

»Bei Gottes Gnade!« Schwester Emilys Stimme wurde lauter, blechern. »Das erklärt einiges. Es geht Ihnen wirklich gut? Was ist geschehen?«

Ich schilderte ihr Cedrics Überfall in knappen Worten. Schwester Emily lauschte so aufmerksam, dass ich zwischenzeitlich nicht sicher war, ob sie noch am Apparat war. Dann verlangte sie von mir, zu beschreiben, wie das Betäubungsmittel gerochen hatte, und ich zwang mehr und mehr Einzelheiten dieser verdammten Nacht aus meinem Gedächtnis.

»Bitte erschrecken Sie jetzt nicht«, sagte die Nonne.

Unwillkürlich schlossen sich meine Finger fester um das Mobilgerät. *Nicht erschrecken? Was bei den Sphären kommt jetzt?*

»Das alles steht offensichtlich in unmittelbarem Zusammenhang mit dem, was ich Ihnen jetzt sage. Aber der Reihe nach, hören Sie zu.«

»Gut«, brachte ich mit rauer Kehle hervor und starrte konzentriert einen Punkt am Boden an.

»Wie gesagt, zwei Uskrim von der Friedenswacht waren im Waisenhaus. Sie haben Cedric Archers Hintergrund geprüft und uns einige Fragen über ihn gestellt, da er nach wie vor als Angestellter in Edenplace gemeldet war. Anschließend habe ich die Wächter zu seiner Wohnung in Revlins Port geführt. Was ich dort gesehen habe, hat mich so in Aufruhr versetzt, dass ich Sie umgehend anrufen musste.«

Wie gebannt lauschte ich Schwester Emilys Stimme, bemerkte nur aus dem Augenwinkel, dass Tiff aufstand und von einem Bein aufs andere trat.

»Die Friedenswächter haben Dokumente in Mr Archers Wohnung gefunden. Briefe und Fotografien, alle mit demselben Motiv, alle an dieselbe Person adressiert. An Sie, Miss Blayke.«

Der Hörer in meiner Hand zitterte. Die Vorstellung, welche Ausmaße sein Wahn angenommen hatte, verankerte den Schrecken noch tiefer in mir. »Haben sie noch irgendetwas entdeckt?«, krächzte ich.

»Mehr weiß ich leider nicht, man hat mich allzu schnell hinauskomplimentiert. Der Umstand, dass Mr Archer Sie angegriffen hat, zeigt allerdings, wie prekär dieser Sachverhalt ist. Hören Sie: Ich werde morgen Mittag in New Cisco eintreffen. Die Friedenswacht hat mich vorgeladen, um Mr Archers Identität zu bestätigen. Sicher werden Sie ebenfalls von den Wächtern kontaktiert, um einige Fragen zu beantworten. Da Sie unmittelbar involviert sind, möchte ich Ihnen anbieten, mich zu der Gegenüberstellung zu begleiten. Wenn Sie wollen ... ich kann natürlich auch verstehen, wenn Sie das nicht möchten.«

Ich spürte meinen Puls bis in die Halsschlagader pochen und meine Eingeweide verknoteten sich bei der Aussicht, ihm gegenüberzutreten.

Doch ich wollte Antworten. »Nennen Sie mir Zeit und Ort, ich werde da sein.«

»Der Typ war ja ein richtiger Psychopath. Und er hatte lauter Fotos von dir? O Gott. Da hattest du ja einen richtig widerlichen Stalker, Ru. Ich hoffe, es war dein erster und letzter.« Tiff tigerte in ihrem langen Wiesenpullover, unter dem gerade noch der Saum eines Rockes hervorschaute, auf dem Teppich hin und her. »Sorry übrigens, dass ich dich wecken musste. Wenn diese Schwester Emily nicht so darauf gedrängt hätte, dich zu sprechen, hätte ich dich schlafen lassen. Wobei, jetzt bin ich froh, dass sie so penetrant war. Dr. Morten meinte, wir sollen dir einfach genug zu trinken geben und dich sonst in Ruhe lassen. Außer natürlich, wenn es einen Influx gibt. Er hat sogar extra so einen Klapprollstuhl dagelassen, für alle Fälle.« Sie deutete auf ein schwarzes Gestell aus Metall und Stoffbahnen mit kleinen Rädchen an den Füßen. Der Rollstuhl lehnte zusammengefaltet gegen meinen alten Holzschreibtisch und war mir bisher gar nicht aufgefallen.

»Dr. Morten war hier?«, fragte ich verblüfft.

»Ja, klar. Er ist gestern gleich noch hergekommen. Aber du hast dich ja ziemlich schnell wieder ins Traumland verabschiedet. Er meinte – genau wie ich übrigens –, dass du vor allem Schlaf brauchst, hat dir aber noch die Schürfwunden auf der Wange und an den Händen desinfiziert und mit Salbe eingerieben. Dein linkes Bein ist übrigens auch fett blau. Dieser Cedric Archer ist ein brässverdammtes Arschloch. Gott sei Dank konntest du abhauen. Du hattest unverschämtes Glück, dass dir jemand geholfen und dich hergebracht hat. Wenn dir doch wieder einfällt, wer das war, gib mir Bescheid. Ich schicke ihm Blumen.«

Tiff beugte sich nach unten, um einen Fleck auf ihrem Schuh zu untersuchen und ich schnaubte resigniert.

Wie sie wohl reagiert, wenn sie wüsste, wer dieses Präsent erhalten würde? Ich erinnerte mich nur zu gut daran, wie sie Liras im Konsolenbau auf ihre unverblümte Weise in die Schranken gewiesen hatte, obwohl gar kein Anlass dazu bestanden hatte.

Doch … mich bei ihm bedanken? Allein die Vorstellung, ihm, nach allem was passiert war, erneut gegenüberzutreten, versetzte alles in mir in Aufruhr.

»Ah, außerdem hat dir Dr. Morten eine Spritze gegeben«, platzte meine Freundin heraus, richtete sich wieder auf und schüttelte sich mit angeekelter Miene. »Ich hasse diese Dinger, ich konnte gar nicht hinschauen.«

»Wieso eine Spritze?« Wenn wir nur nicht mehr über das Thema *unbekannter Helfer* sprachen!

»So was darfst du mich nicht fragen. Vielleicht gegen diese Betäubung oder damit dir im Schlaf Kiemen wachsen. Bei Dr. Morten würde ich Letzteres nicht ausschließen.«

Ich musste schmunzeln und sie klopfte grinsend auf die blau gemusterte Bettdecke.

»Lana war im Übrigen gestern auch noch da. Sie hat sich mächtig Sorgen gemacht und hat zwei geschlagene Stunden neben deinem Bett gehockt. Du solltest sie mal anrufen.«

Sofort bekam ich einen Kloß im Hals. *Wäre sie nur jetzt hier!* »Werde ich gleich tun.«

Tiff ließ sich seufzend auf die Bettkante fallen. »Und um dich auf den allerneusten Stand zu bringen: Wir haben jetzt in der ganzen Wohnung neue Birnen. Supersoftes Licht, im Chilloutraum kann man es sogar auf Blau und Lila umstellen. Das ist zwar irgendwie cool, passt aber leider gar nicht zu meinem Teint. Und wer hat es ausgesucht? Eloy natürlich. Immerhin sieht ihre Haut darin auch nach verschimmeltem Milchbrei aus. Deswegen befolge stets unser neues Gesetz: Bediene nie den unteren Schalter, außer, dir ist nach Horror zumute.« Sie schnitt eine Grimasse.

Mein Blick wanderte zur Zimmerdecke, wo eine Handvoll neuer Glaskolben in den Fassungen steckten. »Alles klar, kein Horror. Davon hatte ich in letzter Zeit echt genug. Ähm, aber heißt das, der Hausmeister war hier? Während ich geschlafen habe?« Allmählich bekam ich den Eindruck, mein Zimmer verwandelte sich in ein Bahngleis, bei so viel Durchgangsverkehr.

Tiff winkte ab. »Quatsch, Eloy und ich haben die ausgetauscht. Sie hat dabei übrigens geflucht wie Jarrings in seinen besten Tagen und du bist trotzdem nicht aufgewacht. Das will schon was heißen. Hier.« Mit einem Lächeln reichte sie mir erneut das Telefon, das in eine Falte der Bettdecke gerutscht war, und ging hinaus.

Lana konnte ich leider nicht erreichen, wahrscheinlich war sie in einer Vorlesung. Also sprach ich ihr eine Nachricht auf den AB, damit sie wusste, dass es mir gut ging und ich mich am nächsten Morgen mit Schwester Emily treffen würde.

Obwohl ich über siebenundzwanzig Stunden geschlafen hatte, brauchte sich meine Energie innerhalb kürzester Zeit wieder auf. Nachdem ich mich unter die Dusche geschleppt und etwas gegessen hatte, legte ich mich wieder ins Bett. Die Neuigkeiten aus Edenplace ließen mir keine Ruhe. Warum zum Teufel war Cedric derart besessen von mir? Was stand in diesen Briefen? Woher hatte er den schwarzen Stein? Wieso hatte er ihn mir wiedergegeben, wenn auch nur für wenige Momente? Wusste er, was es damit auf sich hatte, oder spielte sich alles nur in meinem Kopf ab? Frustriert stieß ich die Luft aus und schloss die Augen. *Als gäbe es nicht bereits genug Fragen.*

Ich packte eine dünne Weste und meinen Geldbeutel in meine Tasche, bereit, zu meinem Treffen mit Schwester Emily aufzubrechen. Die Friedenswacht hatte sich, ganz wie die Nonne vermutet hatte, noch am Vortag nach mir erkundigt.

Meine Tür wurde einen Spalt breit geöffnet und ein brauner Haarschopf mit pinken Strähnen erschien in der Lücke. Lana spähte herein und stürmte auf mich zu. »Ruby, o Gott, wie geht es dir? Ich habe deine Nachricht bekommen, aber als ich gestern Abend zurückgerufen habe, meinte Tiff, du schläfst schon wieder.«

Sie umarmte mich so heftig, dass ich gegen den Tisch taumelte, förmlich eingewickelt in ihre sandfarbenen Fledermausärmel.

Ich unterdrückte ein Stöhnen, doch schon riss sie die Arme wieder zurück. »O verdammt! Entschuldige! Du hast ja überall Prellungen.«

»Nein, ach was. Es geht schon. Du musst dir keine Sorgen mehr machen«, beschwichtigte ich sie. »Danke, dass du hier warst.«

»Aber natürlich«, schniefte Lana und wischte sich mit einem Taschentuch die Augenwinkel. »Dieser verdammte Cedric. Das hätte ich nie von ihm gedacht. Er war ja immer schon komisch. Aber das! Beim Bräss, Ruby, es tut mir so leid.«

»Ich habe ihm das auch nicht zugetraut«, flüsterte ich.

Lanas verstörter Blick heftete sich auf die Blessur in meinem Gesicht, die sich trotz einer Puderschicht dunkel abhob. »Und er hat dich ganz schön übel zugerichtet. Oh, ich könnte ihn ...« Die Stimme versagte ihr und sie ballte vor Wut die Fäuste.

»Schon gut, jetzt sitzt er hinter Gittern. Ich bin einfach nur dankbar, dass ich davongekommen und nicht in irgendeinem Kellerloch aufgewacht bin.«

»Zum Rift, das darf ich mir gar nicht vorstellen! Ich hoffe, sie sperren ihn lange weg. Du gehst jetzt mit Schwester Emily zur Wache, nicht wahr? Ich komme mit.«

Zum ersten Mal seit zwei Tagen legte sich ein echtes Lächeln auf meine Lippen. »Danke. Ich bin froh, wenn du dabei bist.«

»Wo sollte ich sonst sein? Außerdem wirst du mir ganz genau erzählen müssen, was passiert ist. Eines kannst du mir glauben, Tiffs Kauderwelsch zu folgen, ist ein Ding der Unmöglichkeit.«

Ich schulterte meinen roten Rucksack und schmunzelte. »Wusstest du, dass man mit einem ihrer Kuchenrezepte Backsteine herstellen kann? Ich glaube, sie hat ein Chemieexperiment und einen alten Poesiespruch hineingemixt. Leider geht es darin um ziemlich viel Salz.«

Lana lachte.

Ich klaubte meine Turnschuhe aus dem überfüllten Regal in unserem schreiend bunten Flur. »Hast du was dagegen, wenn wir ein paar Blocks laufen? Ich brauche dringend wieder Bewegung. Und du bekommst einen Exklusivbericht.«

»Kein Problem, solange du nichts auslässt.«

Auf dem Weg durch die zunehmend dichter bevölkerten Straßen, hakte sich Lana bei mir ein. Mehr als einmal versteifte sie sich, während ich mir all die Schrecken von der Seele redete. Obwohl ich Tiff vertraute, war es etwas anderes, mit Lana darüber zu sprechen. Sie kannte Cedric genauso gut wie ich, wusste, wie er sich in Edenplace verhalten hatte, und ihr konnte ich auch von dem blau pulsierenden Stein erzählen. Die Vorstellung, Cedric nachher gegenüberzustehen, machte mich schrecklich nervös und mit jedem Schritt, inmitten von Verkehrs- und Baustellenlärm, rückte dieser Moment näher.

Wir trafen eine halbe Stunde zu früh vor der Friedenswacht ein, die in einem dreistöckigen, roten Backsteingebäude untergebracht war. Auf der anderen Straßenseite befand sich zwischen zwei Häusern, überschattet von einem knorrigen, kleinen Baum, eine niedrige Steinbalustrade, die den Gehsteig von einem verwilderten Grundstück abgrenzte. Da wir keine Lust hatten, in einem überfüllten Besucherzimmer zu sitzen, beschlossen wir, dort auf Schwester Emily zu warten.

»Von hier aus sehen wir, wenn sie eintrifft«, meinte Lana, zog die Beine auf der hüfthohen Mauer nach oben und stützte sich auf ihren Knien ab. Ich tat es ihr gleich, froh, mein schmerzendes Bein wieder entlasten zu können.

In dieser Querstraße waren weniger Fußgänger unterwegs, als in der Kelton-Avenue, in die sie mündete, sodass wir, bis auf den Straßenlärm, ungestört waren. Ich fuhr mit meiner Geschichte fort und Lana hörte mit düsterem Blick zu.

»Dann habe ich diese Holzlatte gefunden und an mehr erinnere ich mich nicht.«

»Dieser ekelhafte Mistkerl«, machte sich Lana Luft. »Du glaubst nicht, wie froh ich bin, dass dir jemand geholfen hat. Wenn Tiff doch noch herausfindet, wer das war, und ihm Blumen schickt, lege ich eine Schachtel Pralinen obendrauf.«

Irritiert sah ich auf. »Tiff sucht nach ihm?«

»Sie hat zumindest ein bisschen herumgefragt, aber das hat bisher nichts ergeben.« Lana zuckte die Achseln.

»Und das wird es auch nicht«, murmelte ich und setzte dann lauter hinzu: »Die Geschichte geht nämlich noch weiter.«

»Wie bitte?« Lanas Kopf schnellte herum. »Wie meinst du das?«

»Das erzähle ich dir, wenn wir mehr Ruhe haben.«

»Das glaube ich ja nicht! Du weißt, wer es war! Rück sofort damit raus.« Sie klatschte die Hände auf die Mauer.

»Tut mir leid, ich werde es dir erzählen, aber bitte nicht hier, mitten in der Stadt. Ich habe dafür im Moment einfach keinen Kopf.« Ich schenkte ihr ein schwaches Lächeln.

»Aber von Cedric und diesem ominösen Stein kannst du mir hier erzählen? Beim Rift, *diese* Geschichte macht mich schon völlig fertig. Wie schlimm muss dann erst der Rest sein, wenn du dafür *mehr Ruhe* brauchst.« Die letzten Worte betonte sie besonders und schüttelte fassungslos den Kopf. Dann klappte ihr Mund auf und ihre Augen weiteten sich. »Beim Bräss! Es ist dieser Kerl. Wie war der Name? Liras, nicht wahr?«

Ich schloss die Augen und stöhnte innerlich auf. »Ja«, presste ich hervor.

Lana lachte trocken. »Was frage ich überhaupt? Er ist der einzige Kerl, der dir bisher irgendeine Reaktion entlockt hat.«

»Na, dann weißt du es jetzt. Er hat mich nach Hause gebracht. Aber ich erinnere mich nicht daran. Ich habe nur Eloys Beschreibung, die auf ihn passt und na ja, wer sollte es sonst sein?«

»Okaaay.« Lana zog das Wort entnervend in die Länge und musterte mich, als könne sie meine Gedanken extrahieren. »Aber wieso willst du nicht darüber reden? Ich meine, müsstest du dich nicht freuen? Ähm ... o Mann, das hört sich total blöd an, wie ich es sage. Also versteh mich nicht falsch. Klar, das war natürlich eine entsetzliche Nacht und kein Grund, sich zu freuen. Es ist nur ... Du warst ziemlich geknickt, als du dachtest, er interessiert sich nicht für dich. Aber jetzt ... Hey, er hat dir geholfen, als es darauf ankam, er hat dich sogar nach Hause gebracht. Warum machst du also ein Gesicht, als hättest du eben das letzte Kapitel Genesis aufgeschlagen?«

Ich versuchte den Kloß hinunterzuwürgen, der sich in meinem Hals bildete. »Weil die Geschichte nicht nur ein Ende hat, sondern auch einen Anfang, und der ist einfach nur übel. Leider kann ich mich an den überaus gut erinnern.«

»Oh ... Erzähl.«

Ihr sanfter Tonfall löste meinen Widerstand. Die ersten Worte kamen mir nur stockend über die Lippen, doch dann sprudelte alles aus mir heraus. Der Damm, der mein Gefühlschaos in Schach gehalten hatte, brach. Lana erfuhr alles, was im Crafters passiert war. Selbst vor meinen Albträumen, Trugbildern von Drachen und konfusen Gedanken blieb sie nicht verschont.

Meine Freundin hörte aufmerksam zu und seufzte schließlich schwer. »Du denkst ziemlich viel darüber nach, oder?«

Ich schloss die Finger um meine angewinkelten Beine und betrachtete die Furchen auf der bröckelnden Mauer. »Ja, trotzdem werde ich einfach nicht schlau aus ihm.«

Da lachte sie unvermittelt auf und ich hob verwundert den Kopf.

»Du wirst nicht schlau aus ihm? Natürlich nicht! Meine Güte, Ruby, du hast wirklich ein viel zu analytisches Gehirn. Er ist doch keine Gleichung, die du lösen sollst. Außerdem weißt du kaum etwas über ihn.«

Ich stöhnte auf. »Ja, das ist es doch gerade. Ich weiß gar nichts. Und alles, was ihn betrifft, widerspricht sich.« Meine Stimme wurde dünner. »Du glaubst gar nicht, wie gerne ich ihn einfach hassen würde. Aber ich habe ihm gesagt, dass ich mitspielen würde, ich war diejenige, die ihn küssen wollte. Er hat gezögert ... und je länger ich darüber nachdenke, umso sicherer bin ich, dass er es eigentlich gar nicht wollte. Ich habe mir das alles selbst eingebrockt. Und obwohl ich davongerannt bin und ihn in dem Moment wirklich gehasst habe, hat mich dieser verdammte Dreckskerl nach Hause gebracht. Nur warum?«

Ich blinzelte, kämpfte gegen den Druck hinter meinen Augen. *Warum hat sich Liras' Nähe so gut angefühlt, wenn nichts davon echt gewesen ist?*

»Also, eine Sache kann ich dir mit Sicherheit sagen«, erwiderte Lana nüchtern.

»Und die wäre?«

»Du hast dich in ihn verknallt.«

Mir war, als rolle sich eine krallenbewehrte Echse in meinem Magen zusammen und zerquetsche dabei alle umliegenden Organe. »Wenn sich Verliebtsein so anfühlt, verzichte ich lieber darauf.«

»Schon mal daran gedacht, dir Luft zu machen?«, fragte Lana unvermittelt.

»Wie denn?«

»Na, so!« Sie warf den Kopf in den Nacken und riss die Arme empor, als wolle sie irgendein höheres Wesen zur Verantwortung ziehen. »VERBRÄSST NOCH MAL! So ein dämlicher Vollidiot!«

Ich zuckte zusammen – dann musste ich lachen. Lanas theatralisch verzweifelte Miene, die verdutzen Blicke einiger Friedenswächter auf der anderen Straßenseite ... Auf einmal war das Lachen da, brach voll und laut aus meiner Kehle heraus. Es tat unglaublich gut.

Lana stimmte mit ein und kichernd beobachteten wir, wie die uniformierten Wachen mit skeptischen Mienen weiterzogen.

Der Gedanke an Liras tat mehr weh, als ich wahrhaben wollte, und auch mein verdammtes Zwerchfell tat jetzt weh, doch mir war ein klein wenig leichter zumute.

Lana grinste. »Hätte ich gewusst, dass du so leicht aufzumuntern bist, hätte ich das früher gemacht.«

»Ja, verbrässt noch mal.« Ich schnaubte.

Sie schüttelte gespielt vorwurfsvoll den Kopf. »Aber jetzt mal Klartext. Du bist eine Schwarzmalerin, das weißt du hoffentlich. Du musst die Dinge auch mal aus einer anderen Perspektive betrachten. Schau mal, vielleicht ist er dir deshalb gefolgt, weil er sich entschuldigen wollte. Dann ist dieser dämliche Cedric mit seiner furchtbaren Knockout-Droge aufgetaucht. Du hast diese doofen Drachen-Halluzinationen bekommen, und als du Liras dann als Lys bezeichnet hast und Eloy – die übrigens die einzige unheimliche Person bei dir zu Hause ist – anfing zu kreischen, da ist er abgezogen. Also ich wäre schwer beleidigt, wenn du mich als Lys beschimpfst.«

Lana grinste halbherzig und ich verzog den Mund zu einem Lächeln. »Und du bist unverbesserlich optimistisch, Lana.«

Sie zuckte mit den Schultern. »Schon möglich, aber das ist bei weitem besser als dein Pessimismus. Wer sagt, dass ich falsch liege? Was den Rest angeht, habe ich aber keine Ahnung. Einerseits hat er sich wie ein totaler Arsch aufgeführt, andererseits hat er dir geholfen.«

Ich stieß ein hölzernes Lachen aus. »Ja, geholfen ... Ich habe einmal mein Leben für die verdammte Cora Redcliff aufs Spiel gesetzt. Das war eine rein moralische Entscheidung. Bei ihm war es sicher nichts anderes. Egal, wie du es drehst und wendest, Lana, seine Abfuhr im Crafters war eindeutig.«

Sie schnaufte und zog die Augenbrauen hoch. »Dann hast du dich zumindest in einen moralisch vertretbaren Kerl verliebt. Und bevor du jetzt wieder jammerst, hör zu: Das hat auch etwas Gutes. Das bedeutet nämlich, du kannst aufhören, dir den Kopf zu zerbrechen. Stell ihn einfach zur Rede. Was hast du zu verlieren? Frag ihn, warum er so ein fieser Klotz war. Finde heraus, warum er dir geholfen hat und was genau passiert ist. Du erinnerst dich nicht. Das ist mehr als Grund genug, mit ihm zu reden. Weißt du, normale Leute machen das so. Sie stellen Fragen und lösen nicht einfach alle Probleme im Alleingang in ihrem Kopf. Das funktioniert in solchen Fällen nämlich nicht.«

»Ich weiß«, murmelte ich leise. Letztendlich war es die einzige Möglichkeit, um Antworten zu bekommen. Doch ich hatte Angst davor. Angst, weil ich nicht einschätzen konnte, wie ich auf ihn reagieren würde. Meine letzte Erinnerung an ihn lag mir noch immer wie ein Eisklumpen im Magen und ich wollte nicht, dass er bemerkte, wie sehr mich seine Worte verletzt hatten. Am Ende würde ich jedoch nicht darum herum kommen. *Was soll im schlimmsten Fall passieren? Eine weitere Abfuhr?* Diesmal wäre ich darauf gefasst. Doch ich würde noch ein wenig Zeit brauchen, zumindest genug Zeit, damit dieser gefrorene Klumpen antauen konnte. »Du hast recht. Ich werde ihn einfach fragen.«

»Natürlich habe ich recht! Das ist ja auch ein exzellenter Rat. Du darfst mich mit *Weises Orakel* ansprechen«, foppte mich Lana.

Ich sah den schwarzen Habit einer Nonne an der Kreuzung auftauchen und erhob mich langsam. »Über den Titel müssen wir noch mal reden. Schwester Emily kommt.«

»Okay, dann lassen wir das Thema vorerst ruhen.«

»Vorerst?«

»Glaubst du etwa, meine Orakelsprüche sind schon aufgebraucht? Vertrau mir, dieser Liras fordert sie geradezu heraus.«

Ich quittierte das mit einem leisen Stöhnen. Es gab weiß Gott genügend andere Dinge, mit denen ich mich beschäftigen sollte. Allen voran Cedric Archer. *Mal sehen, wie gut ich darin bin, ihn zur Rede zu stellen.*

Ein Mann, für den ein Kuss nichts weiter als eine Theaterrequisite war, sollte ganz unten auf meiner Liste stehen.

XXX

»Miss Blayke, ich bin so froh, dass Sie wohlauf sind. Wie schön, auch Ihr Gesicht wieder zu sehen, Miss Perkussio«, begrüßte uns Schwester Emily und reichte uns die Hand.

»Hallo Schwester Emily.« In dem halben Jahr, das seit unserem letzten Treffen vergangen war, hatten wir lediglich einige Briefe gewechselt, doch sie kam mir unverändert vor, wie ein unerschütterliches Urgestein. Einzig ihr Gesicht, umrahmt von dem schwarzen Schleier, wirkte etwas blasser als gewohnt.

»Es ist schön, Sie wiederzutreffen. Wäre nur toll, wenn die Umstände andere wären«, meinte Lana.

»Allerdings, da gebe ich Ihnen recht. Wie geht es Ihnen, Miss Blayke? Es ist unfassbar, was Mr Archer getan hat. Aber lassen Sie uns weiter gehen, die Bahn hatte einen Defekt und ich musste zwei Mal umsteigen, daher bin ich etwas spät.«

Mit einem Blick auf mein Handy stellte ich fest, dass wir nur noch drei Minuten hatten. »Ja, natürlich. Mir geht es bereits viel besser, danke. Ich bin nur etwas angespannt.«

»Es wäre seltsam, wenn dem nicht so wäre«, erklärte die Nonne und musterte mich mit ihren schiefergrauen Augen. »Ich wurde in meinem Leben selbst einmal Opfer eines Überfalls. Solche Erinnerungen prägen uns, ob wir es wollen oder nicht.«

Ich schluckte schwer. Dieser kleine Einblick in ihr Privatleben ernüchterte mich. Schwester Emily war für mich immer eine Vertrauensperson gewesen, ich hatte den Eindruck gehabt, eine gewisse Bindung zu ihr zu haben. Vielleicht war sie für mich sogar das, was einer Mutter am nächsten kam. Nie hatte ich darüber nachgedacht, wie wenig ich eigentlich über sie wusste.

»Das ... das tut mir leid«, murmelte ich.

Ihre Lippen verzogen sich zu einem traurigen Lächeln. »Das muss es nicht. Ich bin übrigens als Stellvertretung für Mutter Tabea hier. Ursprünglich wurde sie vorgeladen.«

»Oh, ist sie denn krank?«, fragte Lana.

»Nein, es geht ihr gut, aber ich habe darauf bestanden, das hier zu übernehmen«, erklärte sie, während wir die vier Stufen zum Eingang des Wachtgebäudes hinaufstiegen. Die Ausdünstungen der letzten Mirteolbehandlung stachen mir in die Nase.

»Außerdem habe ich eventuell noch etwas mit Ihnen zu besprechen. Haben Sie nach dieser Angelegenheit noch Zeit für einen Kaffee?«, fragte die Schwester.

»Kaffee geht immer.« Lana strahlte und ich pflichtete ihr bei. Allerdings stolperte ich über ihre Formulierung. *Sie hat* eventuell *etwas zu besprechen?* Schwester Emily gehörte zu der Art Person, die sich jede Aussage genau überlegte. Wovon also hing dieses *Eventuell* ab? Zu gerne wollte ich sie danach fragen, doch jetzt war keine Zeit.

Wir betraten ein weitläufiges Foyer. Zwei Männer und eine Frau, in den blauen Uniformen der Friedenswacht, nahmen uns direkt an der Tür in Empfang. »Guten Tag, Ihre Ausweise bitte, Ihre Taschen händigen Sie an meinen Kollegen aus«, sagte der ältere der beiden Herren.

Wir befolgten seine Anweisungen. Anschließend durchsuchte uns die Wächterin, deren Haare in einem dunklen Violett gefärbt waren, nach versteckten Waffen. Anhand ihrer Schulterstücke konnte ich erkennen, dass sie ein Mensch war. Bei ihren Kollegen handelte es sich, den grünen Streifen an den Epauletten nach zu urteilen, um Uskrim. Ich ließ meinen Blick durch den Raum schweifen.

Hinter einem Bürotresen saßen vier Männer, drei von ihnen hantierten mit ihren Unterlagen, während uns der vierte mit steinerner Miene musterte. Ein grau gefliester Boden ließ den gestauchten Raum noch karger wirken. Bis auf eine Handvoll grün gepolsterter Stühle vor grün gestrichenen Wänden gab es wenig zu sehen. Einige großformatig aufgehängte Schilder hingen an den Wänden. Bei den meisten handelte es sich um Verbote und Vorschriften, sowie eine Anzeige, auf der in großen, blauen Lettern: *Wir wachen über Sie! Ihr Garant für Schutz und Ordnung,* stand.

Während mich die Wächterin abtastete, fragte ich mich, wie oft sie wohl auf Messer oder sonstige unerlaubte Mitbringsel stieß. Allein durch die Behandlung fühlte ich mich beinahe selbst wie eine Verbrecherin!

Der zweite Wächter entleerte unsere Taschen in drei Plastikwannen und nahm den Inhalt systematisch unter die Lupe.

»Ähm, bitte seien Sie vorsichtig, das darf nicht zerknittern«, japste Lana, als er wenig behutsam eine Mappe aus ihrer Tasche riss.

Er antwortete nicht einmal.

»Gut«, meinte die Wächterin schließlich und nickte uns zu. »Hier, nehmen Sie Ihre Ausweise bitte wieder an sich. Ihre Taschen erhalten Sie zurück, wenn Sie gehen.«

»Danke.« Ich steckte meine ID-Card in meine Hosentasche.

»Schwester Emily, Mr Yelik wird Sie nun zu dem Arrestanten führen. Ihre Begleiterinnen können so lange im Wartesaal Platz nehmen.« Die Wächterin deutete auf eine verglaste Tür zu unserer Rechten.

»Oh, da liegt ein Irrtum vor«, meinte meine ehemalige Lehrerin freundlich. »Diese junge Dame wird mich begleiten. Sie ist diejenige, die überfallen wurde.«

Die Brauen der Friedenswächterin zogen sich kurz zusammen. »Einen Moment, bitte.« Sie eilte mit hallenden Schritten an den Tresen und zischelte ihrem Kollegen, der uns seit unserem Eintreten nicht aus den Augen gelassen hatte, etwas zu.

Er erhob sich mit einem Lächeln, das so unecht wirkte, als hätte er es mit Reißzwecken in seinem Gesicht fixiert. »Wenn Sie bitte zu mir kommen würden!« Der Uskron war breit und groß wie ein

Schrank, hatte eine fleischige Nase, auf der eine wuchtige Brille thronte, und lichtes, blondes Haar. Er taxierte mich, als sei ich eine geladene Waffe, die jeden Moment losgehen konnte. Mit einem flauen Gefühl trat ich näher und war erleichtert, als er sich der Ordensfrau zuwandte.

»Schwester Emily. Unsere Vorschriften sind äußerst streng. Wir haben eine Vorladung einzig auf Ihren Namen und daher bedauere ich, Ihnen mitteilen zu müssen, dass niemand sonst Zugang zu Mr Archers Zelle erhält.«

»Mein Besuch wurde angekündigt«, warf ich ein.

Der Wächter zog eine Augenbraue hoch. »Sie sind also tatsächlich Miss Blayke, die AquaLab-Spielerin, die den Rift-Influx in einem Tank überlebt hat«, brummte er. Bei ihm hörte sich das nicht an, als sei es etwas Gutes. »Sie sind angemeldet, das ist wahr, allerdings nicht zu einer Gegenüberstellung, sondern um einige Fragen zu klären.«

Meine Hoffnung schrumpfte in sich zusammen. Ich würde also keine Antworten von Cedric erhalten. Einen Moment überlegte ich, Schwester Emily zu fragen, ob sie ihn auf blau leuchtende Steine ansprechen könnte. *Würde sie mich für verrückt halten?*

Statt sich zu fügen, seufzte die Nonne jedoch und sagte gelassen: »Mr Yelik, ich danke Ihnen für die Information. Doch bezüglich der Gesetzeslage muss ich Sie leider korrigieren. Der Erstatter der Anzeige ist in jedem Fall berechtigt, den Arrestanten aufzusuchen. Da ich in meiner Eigenschaft als Geistliche noch einige Verpflichtungen habe, möchte ich Sie bitten, die Formalitäten rasch zu erledigen. Denn vielmehr verhält es sich so, dass ich Miss Blayke begleite und nicht umgekehrt.«

Mr Yeliks Lächeln versteifte sich. Lana stupste mich zwinkernd an und ich zollte Schwester Emily im Stillen Respekt.

Der Wächter stieß den Atem aus und seine Mundwinkel gewannen die für sie offenbar typisch mürrische Form zurück. »Kommen Sie mit in mein Büro«, grunzte er und ging, eine Mappe in der Hand, uns voraus in eine kleine Kammer. Sonnenlicht fiel zwischen staubigen Gardinen herein und schuf als einzigen Raumschmuck ein Schattenmuster des Spitzenstoffs an der Wand.

Mr Yelik ging um einen grauen Schreibtisch herum, auf dem ein Computer stand, nahm eine der beschrifteten Kisten aus einem Metallregal und legte sie zusammen mit der Mappe vor uns ab.

»Geben Sie mir bitte nochmals Ihren Ausweis«, forderte er und ich reichte ihn ihm über den Tisch. Der Mann musterte ihn kritisch, setzte sich und ließ seine Finger über die Tastatur fliegen. Anschließend war er eine Weile in seine Lektüre vertieft.

Schwester Emily setzte sich unaufgefordert auf den einzigen Stuhl auf unserer Seite des Tisches.

»Nun«, sagte Mr Yelik schließlich, »Mr Archer wird wohl auf Ihren Besuch verzichten müssen, Miss Blayke, denn es liegt überhaupt keine Anzeige gegen ihn vor.«

Lana schnaufte ungläubig und ich zog die Stirn kraus.

»Wie bitte? Nein, meine Mitbewohnerin, Miss Samasi, hat die Anzeige aufgegeben. Ich war nach dem Überfall außer Gefecht gesetzt. Ich dachte, Mr Archer wurde aufgrund der Anzeige festgenommen.« Ich versuchte meinen Ärger nicht durchdringen zu lassen.

Wieder traf mich sein stechender Blick. »Eine Miss Samasi also?« Ich nickte und er beugte sich erneut über seinen Computer. »Aha, tatsächlich. Nun, eine Zuordnung dieser Anzeige, in der Ihr Name übrigens nicht vorkommt, ist noch nicht erfolgt, da Miss Samasi nach einem Frederic Acher sucht. Aber gut. Zu Ihrer Information: Wir haben Mr Archer deshalb in unserem Gewahrsam, weil er sich uns vor zwei Tagen gestellt hat. Er befand sich in einem Zustand größter Verwirrung. Der Verdacht auf Drogen liegt nahe, konnte bislang jedoch nicht bestätigt werden. Aus seinen Aussagen ging hervor, dass er jemanden überfallen hat, jedoch nicht, wen. Gut, dass dieser Punkt nun geklärt ist.«

Er seufzte, tippte und schob zwei Formulare über den Tisch. »Hier benötige ich Ihre Unterschrift, wenn Sie Mr Archer aufsuchen möchten.« Er holte einen Stift aus einer Schublade und streckte ihn mir entgegen.

Die blanke, grüne Metallhülse des Kugelschreibers lag ungewöhnlich schwer in meiner Hand. Nachdem ich fertig war, gab ich ihm das unhandliche Schreibgerät rasch wieder zurück.

»Was haben Sie da?«, blaffte Mr Yelik und griff nach meiner Hand, drehte die Innenfläche nach oben. Überrumpelt von der rüden Behandlung, ließ ich es einfach geschehen. Er starrte meine verschorfte Handfläche an.

Ich hielt ihm auch die andere hin. »Das sind ein paar der Erinnerungen an meine Begegnung mit Mr Archer«, sagte ich eisig.

Schwester Emily tippte mit dem Fuß auf den Boden. »Steht unserem Besuch nun noch etwas im Wege?«

Der Wächter beachtete sie nicht, sondern hielt mein Handgelenk weiter fest, nahm den Stift zu Hilfe, um meine Finger aufzubiegen und sich die Wunden genauer anzusehen. »Gab es einen Kampf?«, fragte er tonlos.

»Ich habe mich gewehrt und schließlich konnte ich fliehen.«

»Hat Ihnen jemand geholfen?«

»Nein, ich bin geflohen und wurde kurz darauf ohnmächtig. Als ich aufwachte, war ich zu Hause. Mehr weiß ich nicht.« Alles andere waren Mutmaßungen und ich wollte dieses Gespräch ungern in die Länge ziehen.

»Sie haben in dieser Nacht nichts und niemanden gesehen?«

Allein meine Entrüstung hielt mich davon ab, unter seinem scharfen Blick zu wanken. »Doch, leider. Cedric Archer.«

Endlich ließ mich Mr Yelik los und nickte missmutig. Lana blickte ihn verstört an, blieb jedoch stumm.

Der Mann räusperte sich und öffnete den Deckel der Kiste. Sorgsamer, als ich es ihm zugetraut hätte, nahm er drei Fotos heraus und drapierte sie vor uns auf dem Tisch. »Haben Sie das schon einmal gesehen?«

Ich erbleichte, konnte den Blick nicht von den Bildern abwenden. Lana zog scharf die Luft ein.

Ein Foto zeigte mich in Revlins Port beim Überqueren einer Straße. Ich trug den Arbeitsoverall aus Lems Werkstatt, offenbar auf dem Heimweg. Das zweite zeigte mich mit meinem Rucksack auf dem Universitätsgelände. Es musste von außerhalb des Zauns geknipst worden sein, denn ein Stück Maschendraht zierte eine Ecke. Das Dritte war im öffentlichen Hallenbad aufgenommen worden und zeigte mich und Tiff, an dem Wochenende, als ich meine ersten Schwimmversuche gemacht hatte.

Krampfhaft verhakte ich meine Finger ineinander. Es war etwas gänzlich anderes, die Beweise für Cedrics Wahn zu sehen, statt nur davon zu hören, und die Vorstellung, wie er diese Bilder in seinem Zimmer aufhängte, jagte ein ekelhaftes Prickeln meinen Rücken hinauf.

»Wo sind die anderen?«, fragte Schwester Emily, die aufgestanden war.

»Die anderen?«

»Ich habe die Friedenswächter in seine Wohnung gebracht, Mr Yelik. Es gab genug Bilder, um diesen ganzen Karton zu füllen.«

Ich schauderte und wünschte fast, es lieber nicht zu wissen.

»Wir haben eine kleine Auswahl für Miss Blayke vorbereitet. Das ist Standard, Schwester Emily.«

Sie räusperte sich. »Gut ... sicher ...«

Mr Yelik förderte weitere Stücke aus Cedrics Besitz zutage. Ein zusammengefaltetes Blatt, auf dessen Front in arabesk verschnörkelten Buchstaben mein Name prangte.

Hat Cedric das geschrieben? Bei der Vorstellung, wie er sich an meinem Namen verkünstelte, wurde mir schlecht.

Offenbar ging Lana Ähnliches durch den Kopf. »Er war ja richtig fanatisch«, flüsterte sie.

Der Wächter faltete das Papier auseinander. Statt eines Briefes, stand nur ein einziger Satz darauf, in einer geschwungenen Handschrift: *›Manchmal weiß ich nicht mehr, ob du der Weg zu meinem Ziel bist oder das Ziel selbst.‹*

Bin ich damit gemeint? Was soll das?

»Sagt Ihnen das etwas? Haben Sie je einen Brief von Mr Archer erhalten?«, fragte Mr Yelik.

»Nein«, presste ich schwach hervor.

Ein schwarzer Handschuh klatschte auf das Blatt. Mit einem leisen Keuchen trat ich einen Schritt zurück.

»Erkennen Sie den?«

»Ja.«

»Woher?«

»Er trug solche Handschuhe, als er mich angegriffen hat. Das Betäubungsmittel war darauf.« Selbst jetzt konnte ich den beißenden Geschmack wieder in der Kehle spüren.

Abermals griff Mr Yelik in den Karton. Mit einem Knall fiel ein schwarzer Stein auf die Platte, wackelte kurz und blieb dann ruhig liegen.

Mir stockte der Atem. *Der Turmalin! Greifbar nah!*

»Nun, ich hatte nicht vermutet, dass ausgerechnet dieser Stein eine Reaktion bei Ihnen auslöst«, brummte Mr Yelik.

Meine Starre abschüttelnd, trat ich wieder nach vorne. »Er hat mir diesen Stein gegeben. Er ... er sagte, er sei ein Zeichen seiner *Aufrichtigkeit.* Darf ich?«, fragte ich bang und griff danach, ehe der Mann ablehnen konnte. Ich schloss meine Hand um den Turmalin, wollte ihn nicht noch einmal zurückgeben. Ich würde ...

Erstaunt hob ich ihn höher. Da war nichts – keine Verbindung, kein Puls. Nichts geschah. Ich drückte, konzentrierte mich, doch er blieb ein spiegelglatter Kiesel.

Die Enttäuschung traf mich mit voller Wucht. Ich war überzeugt gewesen, dass er leuchten würde. Stattdessen lag er schwarz und kalt auf meiner Haut – ein gewöhnlicher Stein.

Und plötzlich erkannte ich den Zusammenhang: Drei Mal war es nun passiert, die Gesetzmäßigkeit drängte sich förmlich auf. Ich hatte es mir immer nur eingebildet. Jedes einzelne Mal. Dabei war die Erklärung so einfach. Immer, wenn ich dieses absurde Phänomen zu sehen geglaubt hatte, stand ich unter dem Einfluss irgendeiner Substanz: Das erste Mal Schmerztabletten wegen zwei gebrochener Finger. Beim zweiten Mal wegen eines Hörtraumas. Und Cedrics Gift hatte die dritte Halluzination ausgelöst. Fassungslos beäugte ich den verfluchten Stein. *Ist das die Lösung des Rätsels?*

»Wie darf ich das verstehen, Miss Blayke? Mr Archer hat Sie überfallen, um Ihnen seine Aufrichtigkeit zu demonstrieren?« Mr Yeliks Stimme riss mich aus meinen Gedanken, vermochte es jedoch nicht, meinen Blick von dem matten Turmalin zu lösen.

»Nein, er hat mir diesen Stein weggenommen, als wir noch Kinder waren. Ich wusste nicht, dass er ihn noch besaß. Ich war völlig überrascht ... ganz ehrlich, ich weiß nicht, was er damit bezweckt hat, ich weiß nicht, wie krank er ist oder was in seinem Kopf vorgeht und ich will es auch gar nicht wissen«, krächzte ich und ließ die Hand sinken. »Kann ich ... ihn behalten?«

Ich war mir nicht einmal sicher, warum ich danach fragte. Vielleicht, um den Stein selbst wegschmeißen zu können. *Dieses elende Ding hat mir nichts als Unglück gebracht, mich jahrelang zwischen den Klostermauern eingesperrt, mir die Chance auf ein Stipendium genommen und nun? Das dritte Mal?* Wie sehr ich diese Zahl hasste! Ich wünschte, Cedric hätte diesen verdammten Stein im Meer gelassen.

Lana beugte sich näher heran. »Glaubst du, das ist derselbe?«

Ich zuckte die Schultern. »Keine Ahnung, im Grunde sieht doch ein Stein aus wie der andere.«

Ich fing Schwester Emilys Blick auf, die Nonne wirkte beinahe wie eine unbeteiligte Zuschauerin.

»Leider nein. Es handelt sich um ein Beweisstück«, antwortete Mr Yelik.

»Was beweist es denn?«, hakte Lana forsch nach.

»Das wird sich noch herausstellen. Gab es vor diesem weitere Übergriffe?«

Ich legte den Stein ab, ließ die Fingerspitzen auf der Tischplatte verharren. Im Gegensatz zu den anderen drei Malen, als er scheinbar zum Leben erwacht war, machte es mir diesmal nicht so viel aus, ihn loszulassen. Vielleicht war es besser so.

»Ja, Mr Archer hat mir zwei Mal vor meiner Wohnung aufgelauert. Außerdem ...« Ich stockte, starrte auf die verschnörkelte Schrift auf dem Briefbogen und schauderte.

»Sie müssen das jetzt nicht offenlegen, Miss Blayke«, kam mir Schwester Emily zu Hilfe.

»Hier«, tönte Mr Yelik barsch und reichte mir erneut ein Formular. »Schreiben Sie sämtliche Vorkommnisse auf, wenn Sie zu Hause sind, und senden es anschließend an die Wacht. Ihre Aussagen werden dann in diesen Fall aufgenommen.«

»In Ordnung.« Froh über die Rettung, nahm ich das Blatt entgegen.

»Gut, dann folgen Sie mir jetzt. Sie werden derweil im Wartezimmer Platz nehmen, junge Dame«, richtete Mr Yelik das Wort erstmals an Lana.

»Nichts anderes habe ich erwartet. Vergesst mich bloß nicht, wenn ihr geht«, scherzte sie und wir verließen das Büro.

»Kannst du das hier so lange nehmen?«, fragte ich und reichte ihr das Formular.

»Klar und ... Ist alles in Ordnung? Wegen diesem Stein, meine ich«, zischelte sie.

»Ja, es war nichts, es war ein ganz normaler Stein.«

Sie nickte verständnisvoll und strich mir aufmunternd über den Arm. »Du schaffst das. Bald hast du es hinter dir.«

Ich rang mir ein Lächeln ab. »Danke, bis gleich.«

»Hier entlang«, forderte uns Mr Yelik nachdrücklich auf.

Schwester Emily und ich stiegen hinter ihm zwei Stockwerke nach unten, wo es merklich kühler wurde. Ich bereute bereits, meine Weste nicht übergezogen zu haben.

»Da wir die Gefangenen unmöglich bei jedem Rift-Influx evakuieren können, sind die Zellen im Tiefgeschoss untergebracht und gleichzeitig Teil eines Schutzraumkomplexes«, tönte der Friedenswächter, als sei er ein Reiseführer. Der von Neonröhren erhellte Korridor ließ mich mit seinen dunklen, gemauerten Wänden an einen frühzeitlichen Geheimgang denken. Schwester Emily glitt wie ein großer, schwarzer Schatten vor mir her und ich rieb mir fröstelnd die Arme. Die dicken Mauern hielten jede Sommerwärme zuverlässig aus diesen Katakomben fern.

Schließlich hielten wir vor der achten Tür einer Abzweigung, die als »Trakt 2b« ausgeschildert war. Mr Yelik warf einen Blick durch ein kleines Sichtfenster auf Augenhöhe und zog einen Schlüssel hervor, mit dem er uns aufschloss.

Er trat als Erster ein, füllte mit seinem massigen Körper die gesamte Öffnung, sodass ich, bis auf die düsteren Steinwände und eine flimmernde, leise surrende Lampe an der Decke nichts erkennen konnte. Das hektische Flackern verstärkte meine Nervosität. Für einen Wimpernschlag erlosch sie ganz, ließ die Zelle in undurchdringlicher Schwärze versinken. Unbehaglich bohrte ich die Fingernägel in meine Handballen.

Die Arme vor der Brust verschränkt, stellte sich der Friedenswächter vor uns auf, warf einen Blick über die Schulter. »Die Identifizierung wird gemäß Paragraph 73 protokolliert«, erklärte er, trat zur Seite und wir folgten ihm in die kleine Kammer.

Augenblicklich stieg mir der scharfe Geruch nach Urin in die Nase und ich hielt die Luft an, musste das Bedürfnis niederkämpfen, sofort kehrtzumachen. Cedric lag, eine fadenscheinige Decke bis über die Hüften hinaufgezogen, auf einem schmalen Bett. Die dünne, gelbe Plastikmatratze ließ seine Haut noch fahler wirken. Mit weit aufgerissenen, geröteten Augen starrte er an die Decke, blinzelte kein einziges Mal. Hätte sich sein Rumpf nicht gehoben und gesenkt, hätte ich ihn für tot gehalten. Blutergüsse zogen sich wie eine dunkle Maske unter seinen Augen entlang, seine Nase war geschwollen, blau und grün verfärbt. *Habe ich sie ihm gebrochen?*

Ein Schauer jagte mir über den Rücken, Abscheu und Mitleid rangen in mir miteinander und ich konnte den Blick nicht von der Gestalt abwenden. Schweiß rann ihm über die Schläfen in das strähnige Haar. Selbst sein braunes, dünnes Hemd klebte, trotz der Kälte, an seiner Haut.

Ein Ruck ging durch seinen Körper, als erfasse ihn ein unheimliches Eigenleben. Seine Arme zuckten und sein Mund bewegte sich. Unzusammenhängende Wortfetzen krochen ihm von den Lippen.

»Dich ... gebung ... das Einzige ... bitte ... spreche es ...«

Mir war plötzlich eiskalt. Schwester Emily ging einen Schritt auf ihn zu, als sei sie nicht ganz sicher, ob es sich tatsächlich um Cedric handelte. Ihre schwarze Gestalt verschmolz mit der Dunkelheit, als die verdammte Lampe erneut ausging, nur um dann noch aufgeregter zu flackern. Schwindel erfasste mich. Unsere Schatten bewegten sich ohne unser Zutun, reckten die Arme, verrenkten die Hälse, obwohl wir beinahe bewegungslos dastanden. Fröstelnd blinzelte ich und konzentrierte mich auf die Schwester.

»Mr Archer?« Ihre Stimme war leise, dennoch erzeugte sie einen bizarren Hall zwischen den nackten Wänden.

Er reagierte nicht, bewegte nur leicht den Kopf, als verwirre es ihn, eine andere Stimme als die seine zu hören.

»Wieso ist er nicht ansprechbar?« Die Nonne drehte sich mit zu Schlitzen verengten Augen zu Mr Yelik um.

Der sah ausdruckslos von dem grünen Klemmbrett in seiner Hand auf. »Mr Archer stellte sich als Gefahr für sich selbst heraus, sodass wir ihn ruhigstellen mussten.«

Eine Gefahr für sich selbst? Das beißende Unbehagen in meinen Eingeweiden nahm zu, dennoch trat ich näher. Und als wolle jemand, dass ich Cedrics erbarmungswürdigen Zustand in allen Einzelheiten sah, brannte das Licht nun beinahe gleichmäßig. Eines von Cedrics Augen war rot angelaufen. Sämtliche Adern darin waren geplatzt.

Für einen Moment huschte sein Blick zu mir und er verkrampfte sich. Sein Gesicht rötete sich, die Halsmuskeln traten hervor, schwollen regelrecht an, und seine Augen quollen ein Stück aus den Höhlen.

Ruckartig blieb ich stehen.

»Ich verspreche es«, stieß er undeutlich hervor, als richte er die Worte direkt an mich.

Wieder tanzten die Bilder jener Nacht vor meinen Augen. *Die Holzlatte in meiner Hand.* Ich wollte ausholen, hatte ausgeholt – zugeschlagen. *Was ist dann passiert?* Das ekelhafte Knacken von Knochen klang mir in den Ohren. War er zu Boden gegangen?

Hatte ich ihm den Schädel gebrochen, eine Gehirnerschütterung ausgelöst?

Ich zwang mich, den Mund zu öffnen, musste danach fragen. »Wie stark sind seine Verletzungen?«

Mr Yelik räusperte sich. »Seine Nase ist gebrochen, das ist alles. Es sieht schlimmer aus, als es ist.«

»Aber sein Zustand, er war vorher nicht ...« Ich zuckte zusammen, als mich Schwester Emily am Arm berührte.

»Das ist nur das Sedativum, Miss Blayke.«

Langsam nickte ich. *Nur ein gebrochenes Nasenbein.* Egal, was er mir angetan hatte, die Vorstellung, ihn mit dieser verfluchten Holzlatte für immer gezeichnet zu haben, war mir unerträglich.

»Es handelt sich um Cedric Archer. Ich bestätige seine Identität«, erklärte die Nonne scheinbar ungerührt.

»Danke für Ihre Mühe, dann folgen Sie mir jetzt bitte wieder zurück.«

»Nicht so schnell, Mr Yelik«, bremste sie ihn. »Als seine Beichtmutter und nicht zuletzt als sein ehemaliger Vormund werde ich diese Zelle erst verlassen, wenn ich mit Mr Archer gebetet habe.«

»Das entspricht nicht den Vorschriften. Außerdem ist er sediert, Schwester, das ist ...«

»Gottes Beistand ist für diesen jungen Mann nun wichtiger denn je. Ich werde sein Seelenheil nicht von bürokratischen Vorschriften abhängig machen. Er wird mich hören, dessen bin ich mir sicher, und es wird ihm Halt geben.«

Mr Yelik grunzte, schluckte unter ihrem durchdringenden Blick jedoch jeglichen Kommentar hinunter und nickte unwillig. »Sie haben zehn Minuten.«

Er ging hinaus. Das Klacken der sich schließenden Tür besaß einen ernüchternden Beiklang. So viele Fragen brannten mir auf der Seele, doch Cedrics Zustand würde keine Antworten zulassen. Beklommen beobachtete ich Schwester Emily, die, die Hände im Gebet gefaltet, vor dem schmalen Bett stand. Wieder murmelte Cedric leise vor sich hin, kaum laut genug, um das entnervende Summen der defekten Lampe zu übertönen. Ich biss die Zähne fest aufeinander, versuchte meinen Widerwillen hinunterzuschlucken. Am liebsten wäre ich aus dieser verdammten Zelle hinausgerannt und hätte Cedric so weit wie möglich hinter mir gelassen.

»Entschuldigen Sie, ich werde...«

»Kommen Sie, wir haben nicht viel Zeit«, unterbrach mich Schwester Emily und drehte sich halb zu mir um. Ihre Augen blitzten herausfordernd und ich trat unschlüssig neben sie.

»Was meinen Sie?«

»Es sollte wirken. Ich kenne mich mit Sedativa aus. Seiner Pupillenweite und den Schweißausbrüchen zufolge hat man ihm Plentaxid verabreicht, erst vor etwa einer halben Stunde. Wären Sie so freundlich, ihm den Mund zu öffnen, die Kiefermuskeln sollten sowieso gelockert sein.« Sie sprach, als doziere sie vor einer Studentin, während sie geschäftig an ihrem linken Arm herumnestelte.

»W ... Wie bitte?« Entgeistert starrte ich die Ordensfrau an, doch sie nickte nur ungeduldig in Cedrics Richtung.

»Ich, ähm ... j ... ja« Ich riss mich zusammen und folgte ihrer Anleitung, wie damals im Waisenhaus. *Die Schülerin tut, was die Lehrerin vorgibt.* Es widerstrebte mir, doch was immer sie vorhatte, ich vertraute dieser Frau und jetzt war kaum der richtige Zeitpunkt, eine Diskussion vom Zaun zu brechen.

Widerwillig legte ich die Finger an Cedrics Wangen. Seine Haut fühlte sich wächsern und kühl an. Ich presste meine Lippen zusammen, versuchte den Gestank zu ignorieren, den er verströmte, und zwang mich fester zuzugreifen. Tatsächlich konnte ich seinen Kiefer nach unten ziehen. Schwester Emily hob den Arm – offenbar hatte sie die Naht am Saum ihres Ärmels geöffnet, als ich davon ausging, sie würde beten – und schüttete ein helles Pulver in Cedrics Mund.

Ich hielt den Atem an.

Ein Zucken ging durch seinen Leib. Ich riss die Hände weg, wich zurück. Im nächsten Augenblick schnellte er keuchend nach oben, als habe sich eine Sprungfeder in seinem Inneren gelöst.

Sein heftiges Würgen und Röcheln erfüllten die Kammer, entsetzlich laut. Er krümmte sich, das Haar fiel ihm ins Gesicht.

Er ist nirgendwo fixiert! Angst kroch in mir hoch. Cedrics Körper bebte. Wie würde er reagieren, wenn er den Schock überwunden hatte? Es kostete mich Mühe, stehen zu bleiben.

»Ich grüße Sie, Mr Archer. Leider hält dieser kleine Schock nicht lange an, darum bitte ich Sie, unsere Fragen rasch zu beantworten.« Die Nonne sprach seelenruhig und brachte sogar ein freundliches Lächeln zustande, das mir einen weiteren Schauer über den Rücken jagte. Sie hatte genau gewusst, was geschehen würde. Was, um Himmels willen, hatte sie vor Edenplace für ein Leben geführt?

»Was? Ich ... Wo bin ich?« Cedrics Hände zuckten unkontrolliert und es schien ihm schwerzufallen, den Kopf in unsere Richtung zu drehen. Als er mich erkannte, riss er die Augen auf. »Nein! Nein, nicht du. Geh weg.« Er kauerte sich ans hintere Ende seines Bettes, raffte die dünne Decke an den Körper, als hätte *er* Angst vor *mir*. »Bitte, ich will nicht, dass er mich in deiner Nähe sieht«, stammelte er und wischte sich fahrig Speichel vom Kinn.

Ich verharrte stocksteif. Sein Anfall in jener Gasse stand mir noch genau vor Augen.

Er befand sich in einem Zustand größter Verwirrung, hatte Yelik gesagt. *Fantasiert er noch immer?*

»Es tut mir leid«, meinte Schwester Emily. »Mehr kann ich in der Kürze der Zeit nicht tun. Wir haben etwa fünf Minuten, ehe die Wirkung nachlässt.«

In meinem Kopf drehte sich alles. *Was passiert hier? Breche ich gerade wirklich gemeinsam mit einer Nonne das Gesetz?*

»Sie sind im Gefängnis, Mr Archer. Sie haben sich freiwillig hierher begeben. Konzentrieren Sie sich und antworten Sie mir. Wieso haben Sie sich gestellt?« Die Ordensfrau ragte wie eine schwarze Säule vor Cedric auf.

Er wand sich auf der Pritsche. »Schwester Emily ... sind Sie das? Bitte, helfen Sie mir. Bitte, um meiner Seele willen. Ich ... ich habe etwas Schreckliches getan. Ich ... muss Buße tun.« Seine

Worte gingen beinahe in einem Schluchzen unter. Tränen rannen ihm über die Wangen.

Erschüttert schloss ich die Arme um mich, mein Schatten ballte sich zu einem bleiernen Knoten.

»Mir scheint, Sie sind auf dem richtigen Weg, um Buße zu tun. Haben Sie Ihre Verbrechen gestanden?«

Er senkte den Kopf in die Hände. »Nein. Doch. Fast alles, ich werde es tun, ich muss es tun, nur bitte, beten Sie für meine Seele. Ich will nicht in der Hölle landen.« Sein heiseres Flüstern verursachte mir eine Gänsehaut.

»Wie kommen Sie darauf, Sie hätten das verdient?«

Cedric hob den Kopf, sein Gesicht eine leidvolle Maske, und sah mich direkt an. »Wegen ihr ... Ruby, es tut mir so leid. Ich wollte dir nie wehtun. Ich schwöre, ich werde es nie wieder tun, ich werde alle Regeln brechen. Nur bitte, geh!«

Fassungslos wich ich einen Schritt zurück. *Die Regeln brechen? Was für Regeln?*

»Glaub mir, ich will ganz sicher nicht hier sein. Aber du schuldest mir Antworten«, presste ich mit rauer Stimme hervor.

Er schüttelte nur den Kopf.

»Was haben Sie den Friedenswächtern erzählt, Mr Archer?«, setzte die Nonne ihre Befragung fort.

Er holte einige Male tief Luft, ehe er antwortete: »Dass sie mich beschützen müssen.«

»Beschützen? Vor wem?«

»Vor mir, vor dem, was ich tue. Vor *ihm*.« Sein haltloses Stammeln wurde von den blanken Mauern zurückgeworfen.

»Ihm? Wer ist das?«, hakte Schwester Emily nach.

Cedric keuchte und starrte ins Leere. Der Schweiß lief ihm nun in Bächen über die Schläfen hinab. »Vor ... vor dem Leibhaftigen. Er ... er will sich meine Seele holen.«

»Haben Sie ihn gesehen?«, fragte die Nonne.

Mein Kopf schnellte zu ihr herum. *Ist das ihr Ernst? Glaubt sie so fest an Gott, dass ihr die Vorstellung, Cedric könne den Teufel gesehen haben, plausibel erscheint?*

Er krümmte sich zusammen, bebte am ganzen Leib.

Schwester Emily legte ihm eine Hand auf den Rücken. »Beruhigen Sie sich, Sie können sich mir anvertrauen.«

Da ertönten Schritte vom Gang und die Nonne fuhr herum. »Dieser Mann hat offenbar kein Zeitempfinden. Das Mittel wird noch etwa zwei Minuten wirken, Miss Blayke. Ich versuche, Mr Yelik aufzuhalten. Kommen Sie rasch nach.« Sie warf mir einen verschwörerischen Blick zu. Als seien wir Komplizen in einem abstrusen Schmierentheater, nur dass ich auf der Bühne stand, ohne das Stück zu kennen.

Noch ehe die Tür hinter ihr zufiel, wirbelte ich zu Cedric herum. Mein Puls raste und ich konnte kaum einen klaren Gedanken fassen. Ich versuchte mich zu konzentrieren, doch auf das hier war ich nicht vorbereitet gewesen.

Die marmorierten Blutergüsse zeichneten scharfe Konturen auf seine Züge, der Blick seiner dunklen Augen war nun fest auf mich gerichtet. *Zwei bodenlose Abgründe.*

Das Licht verglomm und ich erstarrte in der Finsternis. Als es wieder aufleuchtete, hatte sich Cedric keinen Millimeter bewegt, dennoch kam es mir vor, als krümmte sich der Raum um uns. *Spürt er meine Angst?*

»Cedric?« Meine Stimme zitterte. Ich wollte ihn fragen, weshalb er mir nachstellte, wieso er mich nicht einfach in Frieden lassen konnte, brachte jedoch kein weiteres Wort hervor.

»Ich rühre dich nicht an«, flüsterte er. Die Worte waren so dünn, dass sie sich mit der Kälte in der Zelle verwoben und ich nicht sicher war, sie gehört zu haben. Seine Finger schlossen sich zu Fäusten. »Bitte, ich verspreche es. Ich weiß nicht, was ich sonst tun soll.«

»Was...«, setzte ich an, doch er redete einfach weiter, den Blick auf seine Hände gerichtet.

»Ich bin dein Beschützer. Bei mir wärst du am sichersten. Du hättest in Revlins Port bleiben sollen. Ich hätte auf dich aufgepasst. Stattdessen entfernst du dich immer weiter ...« Seine Stimme wurde energischer, lauter. Unvermittelt riss er den Kopf hoch und schnellte nach vorne. »Aber das darfst du nicht!«

Ich taumelte rückwärts.

Er fixierte mich so entschlossen, als wolle er mich mit seinem Blick bannen und mir drehte sich der Magen um. »Du darfst nicht in Cisco bleiben. Du darfst nicht. Hörst du? Und auf keinen Fall ... niemals darfst du in die USphäre. Das wäre dein Ende. Du würdest alles verlieren. Alles!«

Ich versteifte mich. »Wie kommst du darauf?«

Sein Brustkorb spannte sich unter heftigen Atemzügen. Er knurrte: »Kapier es doch. Du musst nur tun, was ich sage, dann geht es dir gut. Hast du verstanden? Das ist alles, was du wissen musst.«

»Was ich wissen muss, bestimme ich selbst«, fuhr ich ihn an, das wilde Hämmern in meiner Brust ignorierend.

Cedric heftete seinen Blick auf den fadenscheinigen Bezug aus grauem Leinen. »Ich habe mich immer an die Regeln gehalten. Es war doch nur dieses eine Mal«, murmelte er abwesend.

»Regeln? Cedric, über was für Regeln sprichst du? Was meinst du damit?«

»Ich werde sie brechen«, hauchte er und spannte den Kiefer an, als wolle er die Worte in seinem Mund einsperren. Sein Kopf schwenkte herum, als habe er die Orientierung verloren. Ließ Schwester Emilys Mittel nach?

Cedric hustete und sank ein Stück in sich zusammen. »Ich wollte immer nur das Richtige tun. Aber ich war nicht gut genug.«

Verzweiflung machte sich in mir breit. »Dann tu jetzt das Richtige. Antworte mir!« Meine Hände schmerzten vor Anspannung.

Er beugte sich zitternd nach vorne und stieß ein gequältes Stöhnen aus, gedämpft von der Decke.

Ich wagte einen Schritt auf ihn zu, packte den Pfosten des Bettgestells, wollte Cedric am liebsten schütteln, wagte jedoch nicht, ihn zu berühren. »Sag mir wenigstens, was es mit dem Stein auf sich hat. Hast du gesehen, wie er ... geleuchtet hat?«

»Geleuchtet?« Cedrics Brauen zogen sich zusammen und ein hysterisches Lachen quälte sich aus seiner Kehle. »Du stehst dem Leibhaftigen gegenüber und fragst mich nach einem dummen Stein?«

Ein kaltes Prickeln durchlief mich. *Wieso habe ich vorher nicht darauf geachtet?* Da war es, das Puzzleteil, das ich ignoriert hatte, obwohl ich es bereits unzählige Male in den Händen gehalten hatte.

Ich wollte zumindest diese eine Antwort von ihm. »Cedric, was hast du gesehen, als du mich angegriffen hast? Wovor hast du dich in dieser Gasse so gefürchtet?«

Seine Augen weiteten sich. Nackte Angst stand darin. »Du warst doch da ... Du hast es doch auch gesehen. Das Ungeheuer.«

Fröstelnd holte ich Luft, meine Kehle war staubtrocken. »Wie hat das Ungeheuer ausgesehen?«

XXXI

Das warme Sonnenlicht war wie ein Lebenselixier, das ich, einer Verdurstenden gleich, in mich aufsog. Nachdem uns Mr Yelik ins Foyer geführt hatte, war ich einfach hinaus gerannt, ohne auf Schwester Emily und Lana zu warten. Doch die Kälte, die mir bis ins Mark gedrungen war, konnte ich nicht abschütteln. Cedrics letzte Worte hatten mir den Boden unter den Füßen weggezogen.

Schlotternd blieb ich auf dem Gehsteig stehen und schloss die Augen, versuchte all die Dinge, die ich wusste, in Einklang zu bringen, suchte nach Ausschlussmöglichkeiten, nach alternativen Auslegungen. Zurück blieben nur weitere Fragen und eine einzige Antwort. Eine Antwort, die mir wie ein zentnerschwerer Backstein im Magen lag.

»Hey, alles gut bei dir? Du bist kreideweiß im Gesicht«, meinte Lana. Ich zuckte zusammen, hatte sie nicht kommen hören. »Wow, so schreckhaft?«

»Entschuldige. Ich bin völlig durcheinander.«

Sie reichte mir meine Tasche und ich zog meine blaue Weste heraus.

»Ich denke, wir lassen sie ein wenig in Ruhe. Sie hat einiges zu verdauen, Miss Perkussio«, meinte Schwester Emily begütigend und trat zu uns.

Ich warf ihr einen Seitenblick zu. *Wer ist diese Frau eigentlich?* »Vielleicht können Sie mir beim Verdauen helfen, indem Sie mir einige Fragen beantworten.« Meine Stimme klang noch immer zittrig.

Sie hängte sich ihre braune Ledertasche um und lächelte trocken. »Ein paar davon, sicher. Vergessen Sie nicht, ich habe nur Zeit auf einen Kaffee.«

Lana sah uns perplex an und löcherte schließlich Schwester Emily, während wir auf dem Weg zur nächsten Haltestelle nach einem Café Ausschau hielten. Die Nonne gab nur wenig Auskunft, doch ich konnte mich sowieso kaum konzentrieren. All meine Gedanken kreisten um die Wahrheit, die Cedric aufgedeckt hatte.

»Oh, das ist hübsch, lasst uns dort etwas trinken«, rief Lana am Ende der Straße. Da bereits früher Nachmittag war, saßen nicht wenige Gäste auf der Sonnenseite vor dem Laden. Die mit sphärengrünen Deckchen belegten Tische waren mit bunten Gestecken geziert. Zu Lanas Enttäuschung bestand die Nonne darauf, einen der Schattenplätze im Hinterhof zu nehmen, der von grauen Mauern und Topfpflanzen eingefasst war. Kein einziger der kleinen, eckigen Tische war besetzt, dennoch wählte sie den, der am weitesten vom Eingang entfernt war. Die Bedienung, eine ältere Dame in blauer Livree, nahm unsere Bestellung freundlich entgegen, obwohl wir ihr mit der Platzwahl einen Umweg abverlangten.

Als wir alle einen dampfenden Kaffee vor uns hatten, schloss ich fröstelnd die Hände um meine heiße Tasse, auf deren emaillierter Oberfläche orange- und gelbfarbene Punkte ineinander liefen. In dem Hof herrschte ein stetiger Durchzug und ich wünschte, wir hätten uns ebenfalls in die Sonne setzen können. Doch es war offensichtlich, dass Schwester Emily keine ungebetenen Zuhörer wollte.

Lana, die zwischen der Nonne und mir Platz genommen hatte, hielt mein Schweigen nicht länger aus. »Also gut. Genug jetzt, ich sehe dir doch an, dass du gerade wieder etwas in dich hineinfrisst. Was ist da drinnen passiert? Sag schon!«

Ich schüttelte leicht den Kopf, war noch nicht bereit. »Das war wie eine andere Dimension da unten. Diese Zelle ... Du kannst dir das nicht vorstellen. Dagegen ist dieser Hof eine Wohlfühl-Oase.«

»Echt jetzt? So gemütlich finde ich es hier nämlich nicht«, grummelte Lana.

»Es war äußerst unerquicklich«, stimmte mir Schwester Emily zu und stützte sich mit den Ellenbogen auf dem Tisch ab, gänzlich untypisch für sie – wie so vieles heute. »Kaum zu glauben, dass diese Zelle nur etwa vierhundert Meter von uns entfernt ist.«

»Eher vierhundertfünfundzwanzig«, presste ich hervor.

»O Gott, ich sitze mit zwei Nerds am Tisch«, klagte Lana.

Schwester Emilys Lachen riss mich ein Stück aus meiner Zerfahrenheit heraus. »Wie dem auch sei, bald werden Sie tatsächlich eine andere Dimension kennenlernen, Miss Blayke, und ich verspreche Ihnen, das ist eine unbeschreibliche Erfahrung. Ich hoffe, Sie werden diesen furchtbaren Überfall darüber schneller hinter sich lassen können.«

Mein Hals war wie zugeschnürt. *Wie kann sie sich so unbedarft geben?*

»O ja, die USphäre«, seufzte Lana. »Ich wäre so gerne dabei.«

Die USphäre. Ich verkrampfte mich, Cedrics heiseres Flüstern in meinen Ohren. *Das wäre dein Ende. Du würdest alles verlieren.*

Was, beim Bräss, hatte ihn dazu verleitet, so etwas zu sagen? Seine Besessenheit, sein blutunterlaufener Blick, jeder einzelne Satz, der ihm über die Lippen gekommen war, gingen mir nicht aus dem Kopf.

Ich würgte die Worte förmlich hervor. »Als Sie die Zelle verlassen haben, hat Cedric etwas gesagt, das ... Ich weiß nicht, ob er mir gedroht oder mich gewarnt hat.«

Schlagartig änderte sich die Stimmung am Tisch, Schwester Emilys Gesicht wirkte wie versteinert.

»Was hat er gesagt?«, fragte sie leise.

Ich schilderte Cedrics Ausbruch. Lana ballte die Fäuste und die Nonne lehnte über den Tisch und griff nach meiner Hand. »Machen Sie sich wegen der USphäre keine Sorgen.«

Ich schüttelte kaum merklich den Kopf. »Das tue ich nicht, nicht wirklich. Ich weiß, dass es unsinnig ist, trotzdem hängt es mir nach.«

Schwester Emily schenkte mir ein besorgtes Lächeln. »Er ist obsessiv. Er ist auf eine krankhafte Weise auf Sie fixiert. Ich verstehe zwar die Hintergründe nicht, doch scheinbar hält er sich selbst für eine Art Schutzengel und wollte Sie um jeden Preis in seiner Nähe wissen. Ich denke, daher betrachtete er alles als Gefahr, was Sie von ihm entfernt.« Sie drückte beruhigend meine Hand und setzte hinzu: »Ich bedaure so sehr, dass wir es nie bemerkt haben. Ich wünschte, Sie hätten mich um Hilfe gebeten, als das Ganze anfing.«

»Es war nie annähernd so schlimm wie dieser Angriff, nur einmal, da ...« Ich brach ab, räusperte mich. »Es ist längst vorbei, und jetzt ... Ich denke, er wird mich nicht noch einmal belästigen.«

Zumindest in dieser Hinsicht *wollte* ich ihm Glauben schenken.

»Das hoffe ich. Fürs Erste ist er zumindest weggesperrt.«

»Also, meiner Meinung nach ist er komplett irre«, schnappte Lana. »Hat er dir wirklich gesagt, du dürftest nicht in die USphäre? Der spinnt wohl. Das ist doch der Karriereschritt schlechthin im AquaLab.«

Ich schabte unruhig mit den Fingern über die Tischdecke. Es war, wie Schwester Emily sagte. Cedric war krank. Und wenn er mir tausendmal prophezeite, ich würde alles verlieren. Ich würde mir das Leben nie wieder von einer irrationalen Angst zerstören lassen.

»Ich hoffe auf jeden Fall für Sie, dass Sie Ihren Aufenthalt in der USphäre genießen können«, meinte Schwester Emily und sank gegen die Rückenlehne ihres Stuhls.

»Waren Sie mal dort?«, fragte Lana.

Ehe die Nonne etwas erwidern konnte, platzte ich mit einer anderen Frage heraus, hielt es nicht länger aus, so zu tun, als wäre in dieser Zelle alles ganz normal abgelaufen. »Warum sind Sie wirklich hier, Schwester Emily? Es ging Ihnen nicht um die Identifizierung. Woher wussten Sie, dass Cedric sediert sein würde?«

»Wie bitte? Er war sediert?«, stotterte Lana.

»Das ist ein sehr abrupter Themenwechsel«, meinte die Ordensfrau und zog eine Augenbraue hoch, wirkte jedoch nicht erbost.

»Sie sagten, Sie haben nur Zeit für einen Kaffee, und der ist bereits halb leer«, entgegnete ich.

»Äh, kann man sich mit sedierten Leuten unterhalten?«, nuschelte Lana.

»Ein stichhaltiges Argument, Miss Blayke.« Die Nonne schmunzelte und schwenkte ihre Tasse.

»Hallo? Sagt mir jetzt auch mal jemand was?«, posaunte meine Freundin.

»Schwester Emily hat Mr Yelik abgewimmelt und Cedric ein Pulver verabreicht, das sie hineingeschmuggelt hat. Nur deshalb war es uns möglich, mit ihm zu reden.«

»Was? Aber ... aber, Schwester Emily? Soll das ein Witz sein?« Lana starrte unsere ehemalige Lehrerin entgeistert an.

Die schüttelte begütigend den Kopf. »Nein, es stimmt, was Miss Blayke sagt. Und ich muss Sie beide bitten, Stillschweigen darüber zu bewahren.«

Lana blinzelte einige Male. »Äh, okay. Sind Sie eine Geheimagentin oder so was?«

Die Nonne lächelte verhalten. »Nein, natürlich nicht. Und Sie haben recht, Miss Blayke. Es ging mir nicht darum, Mr Archer zu identifizieren. Für den Moment reicht es, wenn Sie wissen, dass ich die Uskrim im Verdacht hatte, etwas verschleiern zu wollen. Und dem musste ich auf den Grund gehen.«

»Wieso das denn?«, haspelte Lana.

Ich musterte Schwester Emily aufmerksam. Würde sie meinen Verdacht bestätigen?

»Die Wächter, die nach Edenplace kamen«, erklärte die Ordensfrau ruhig. »Normalerweise überlassen die Uskrim solche Aufgaben ihren Delegierten, deshalb war das bereits verdächtig. Als Sie, Miss Blayke, mir dann berichteten, wie Sie in der Nacht entkommen konnten, war ich ziemlich sicher, dass die Uskrim etwas unter den Tisch kehren wollen. In solchen Fällen werden Inhaftierte oft sediert. Da ich aber Antworten von Mr Archer haben wollte, rüstete ich mich präventiv mit zwei Aufputschmitteln aus, je nachdem, mit welchem Neuroleptikum er behandelt worden war.«

»Und was haben Sie herausgefunden? Wollten die Friedenswächter etwas verschleiern?«, hakte Lana nach.

»Ja, ich denke schon, doch leider wurde ich von Mr Yelik unterbrochen. Darum muss ich Ihnen jetzt eine Frage stellen, Miss Blayke. Sie mag sich seltsam anhören, ist aber überaus wichtig. Haben Sie in der Nacht, als Mr Archer Sie angriff, irgendetwas Befremdliches gesehen?«

Unwillkürlich zog sich alles in mir zusammen. Ich lag also richtig mit meiner Vermutung. Schwester Emily griff das Thema zwar nur mit Samthandschuhen auf, dennoch wischte sie mit dieser Frage meinen letzten Zweifel davon.

Etwas Befremdliches ... Würde ich innerlich nicht immer noch wie Espenlaub zittern, hätte ich vielleicht gelacht.

»Wenn Sie damit einen Daimos meinen, dann: Ja.« Ich erstickte beinahe an dem Wort.

Schwester Emily erstarrte für einen Moment.

Lana schnappte nach Luft. Ihr Kopf ruckte zwischen uns hin und her. »Scheiße, du meinst diesen Drachen? Aber den hast du dir doch nur eingebildet.«

»Das dachte ich, ja. Habe ich recht, Schwester Emily? Wollten Sie herausfinden, ob Cedric einen Daimos gesehen hat?« Ich machte eine Pause, doch sie sagte nichts, hielt mich nur mit ihrem schiefergrauen Blick fest und nickte dann kaum merklich. »Ich habe es erst begriffen, als Sie die Zelle schon verlassen hatten. Ich dachte erst, Sie fragen ihn wirklich nach dem Teufel.« Ein steifes Lachen entkam mir. »Er hat einen gesehen. Er hat es mir beschrieben. Das Wesen, das ich für einen Albtraum gehalten habe.«

Ich wandte mich meiner Freundin zu. »Es war wirklich da, Lana. Es war keine Einbildung. Es war ... in meinem Zimmer.« Noch immer konnte ich kaum fassen, dass es tatsächlich existierte. Rein theoretisch hatte ich die Möglichkeit, dass es diese Wesen gab, nie abgestritten. Doch an die Existenz von etwas zu glauben und damit konfrontiert zu werden, waren zwei grundverschiedene Dinge.

Lana schüttelte fassungslos den Kopf. »Das glaube ich ja nicht. Daimos gibt es also wirklich? O mein Gott. Aber dann ... das würde ja heißen, dass ... o scheiße ... Liras ist ein Lys?«, platzte sie heraus.

»Wer ist Liras?«, erkundigte sich Schwester Emily.

»Der Kerl, in den sie verknallt ist.«

»Lana«, rief ich halbherzig.

»Oh, ich ... ich dachte, wir sind gerade schonungslos ehrlich«, murmelte sie kleinlaut.

»Ach Gott, Sie kennen also den Mann, der Ihnen geholfen hat? Ich dachte ...« Die Nonne verstummte, schüttelte den Kopf, trank in einem Zug ihren Kaffee leer und setzte den Becher mit einem Klirren ab. »Das gibt noch eine Tasse, ich denke, ich werde einen späteren Zug zurück nehmen.«

Ich atmete gepresst aus. Obwohl sie nun heraus war, hämmerte die Wahrheit noch immer gnadenlos in meinem Kopf. Doch ich wollte mich ihr nicht stellen. Noch nicht. Ehe die beiden ein weiteres Wort über Liras verlieren konnten, lehnte ich mich über den Tisch und fixierte die Ordensfrau. »Sie wissen über die Daimos Bescheid. Sie wussten schon immer, dass es sie gibt, nicht wahr?«

»Es tut mir leid, Miss Blayke. Ich habe mich einmal dazu verleiten lassen, ein wenig zu offen über dieses Thema zu reden, nicht wahr?« Ihr Mundwinkel zuckte und sie senkte den Blick. »Ich erinnere mich, dass es Sie damals schon beschäftigt hat. Aber ich konnte Ihnen nichts darüber sagen.«

»Wieso nicht?«

»Die Existenz der Daimos wird totgeschwiegen. Es ist nicht gesund, offen über sie zu reden, erst recht nicht mit einer Gruppe Halbwüchsiger.« Schwester Emily lächelte bekümmert.

»Das meinen Sie nicht ernst, oder? Die Uskrim halten so etwas vor der ganzen Welt geheim? Und ... die Lysanth ...« Lana stockte.

Die Nonne presste für einen Moment die Lippen aufeinander, ehe sie antwortete: »Glauben Sie mir, Geheimnisse umgeben die Uskrim und Lysanth wie uns die Luft zum Atmen.«

Ich schluckte schwer, hatte wieder dieses grauenerregende Geschöpf vor Augen, über das ich rein gar nichts wusste, außer, dass es existierte. »Was genau ist ein Daimos? Ein Dämon?«

Die Ordensfrau musterte mich eindringlich und beugte sich dann nach vorne. »Folgendes werde ich Ihnen sagen, denn ich möchte Sie schützen. Und Ihr Schutz ist der wahre Grund, weshalb ich hergekommen bin. Die Wahrscheinlichkeit, dass Mr Archer einen Daimos gesehen hat, erschien mir sehr hoch. Sie sehen, wo er gelandet ist. Nicht der Überfall auf Sie, Miss Blayke, war ausschlaggebend. Er liegt sediert in einer Zelle, weil er eines dieser Geschöpfe gesehen und darüber geredet hat. Höchstwahrscheinlich war es konfuses Zeug, doch das reicht den Uskrim, um ihn aus dem Verkehr zu ziehen. Ich gehe davon aus, dass man ihn einer Gehirnwäsche unterziehen wird.«

Ein kalter Schauer durchfuhr mich und ich zog meine Weste enger um mich.

»Aber wieso? Warum halten sie das geheim?«, wisperte Lana, als befürchte sie bereits, jemand könnte uns belauschen.

»Aus Angst, Miss Perkussio. Geschehen nicht die meisten schlimmen Dinge aus Angst? Aber das ist ein anderes Thema, das ich jetzt nicht mit Ihnen diskutieren möchte. Wichtig ist nur, dass Sie wissen, wie gefährlich es ist, darüber zu sprechen. Behalten Sie es für sich! Es gibt überall Leute, die Bescheid wissen, doch sie würden es nie zugeben. Auch ich bin nicht berechtigt, Ihnen Informationen zu geben. Jeder Eingeweihte ist zur Verschwiegenheit angehalten. Und es ist am besten, uns daran zu halten.«

»Gut, das werden wir«, murmelte Lana und zog verstört die Brauen zusammen.

Ich nickte nur, bemüht, mein Unbehagen niederzuringen. Mir brannten so viele Fragen auf der Zunge und nun ...

»Mr Yelik hatte Sie übrigens im Verdacht, Miss Blayke. Er hat vorhin geprüft, ob nicht Sie eine Lys sind. Haben Sie es bemerkt?«, raunte die Nonne.

»Was? Nein, wann hat er das getan?« Ich stieß gegen meine Tasse und der Löffel darin klapperte laut.

»Dieser Kugelschreiber, den er Ihnen gereicht hat, war aus Pheran. Ein Metall, das in der USphäre abgebaut wird. Berührt es die Haut eines Lys, rötet sie sich augenblicklich.«

Entgeistert starrte ich auf meine Handflächen und die Wundränder, die rot hervorstachen. *Darum hat er so aufgebracht reagiert.*

»Woher wissen Sie das alles überhaupt?«, fragte Lana leise.

Diesmal antwortete die Schwester nicht. Ihre Miene verhärtete sich und als die Bedienung um die Hausecke schaute, winkte sie die Frau zu uns und bestellte sich einen weiteren Kaffee.

Als wir wieder allein waren, strich sich die Nonne umständlich ihren Habit glatt. »Meine Quellen sind nicht relevant. Sprechen wir besser über diesen Lys, der Ihnen geholfen hat, Miss Blayke. Sie kannten ihn also.«

Ich erstarrte. Von *Kennen* konnte eigentlich keine Rede sein.

Schwester Emilys Augen verengten sich. »Und wenn ich Ihre erschütterte Miene richtig deute, war seine Abstammung eine Überraschung für Sie.«

»Ja.« Das Wort drang beinahe tonlos aus meinem Mund hervor, als weigere es sich, herauszukommen.

Die Erkenntnis hatte mich in Cedrics Zelle wie ein Hammerschlag getroffen. *Liras ist ein Lys.* Doch nicht diese Tatsache hatte mich geschockt, sondern der Umstand, dass es keinen Unterschied für mich machte. Er könnte ein brässverdammter Goan in Menschengestalt sein, es wäre mir vollkommen gleichgültig. Einzig seine Zurückweisung war es nicht.

Flach atmend ließ ich das Kinn auf die Brust sinken und starrte auf meine zerschundenen Hände hinab, ballte sie zu Fäusten, um das Zittern zu unterdrücken.

Ein roter Glanz legte sich auf die silbrig reflektierenden Stuhllehnen und schlich sich auf sämtliche matten Oberflächen in meinem Sichtfeld. Ich holte noch einmal tief Luft und sah auf. Leuchtendes Sphärenrot eroberte den Himmel, wand sich hinter aufragenden Hochhäusern hervor, und tauchte uns in blutiges Licht.

»Es tut mir so leid, Ruby. Hätte ich gewusst, dass er ein Lys ist, hätte ich dir keine so dummen Ratschläge gegeben. Vergiss ihn einfach.« Lana verzog bekümmert den Mund.

Ich biss die Zähne zusammen. Ihr Vorschlag, Liras zur Rede zu stellen, war gut gewesen. Und nun stellte mich jede Begegnung mit ihm vor neue Rätsel, warf noch mehr Fragen auf. Fragen, auf die ich Antworten wollte. »Ich werde trotzdem mit ihm reden.«

Lanas Augen weiteten sich. »Um dich für die Rettung zu bedanken? Okay, aber ... O nein, das meinst du gar nicht ... du ...« Entsetzt hielt sie inne. Wahrscheinlich verriet ihr mein Gesichtsausdruck bereits alles. »Verdammt, Ruby, er ist ein Lys! Es war ein verdammter Lys, der ...«

»Ja, ich weiß«, flüsterte ich. Meine Brust wurde eng. Die Lysanth hatten mir Finn genommen. Doch dieser Groll, den ich seither mit mir herumtrug, dehnte sich nicht auf Liras aus, obwohl ich mir beinahe wünschte, es wäre so.

Schwester Emily räusperte sich und ich machte mich darauf gefasst, nun einen Vortrag über die Niedertracht der Lysanth zu hören.

Doch sie lächelte schmal. »Ich weiß ja nicht, wie Sie zu diesem Mann stehen, Miss Blayke, und ich will Ihnen auch nicht zu nahe treten. Dennoch halte ich es für meine Pflicht, Sie zur Vorsicht zu ermahnen. Sie kennen die Carwing-Studien, und auch wenn ich diesen mit gemischten Gefühlen gegenüberstehe, sie sind nicht aus der Luft gegriffen. Überstürzen Sie nichts, in Ordnung? Im Übrigen finde ich es bewundernswert, wie aufgeschlossen Sie sind.«

Ich biss mir auf die Lippen. *Aufgeschlossen? ... Sicher nicht.* Vielmehr kam ich mir vor, wie eine Verräterin an meinem besten Freund.

Lana riss den Mund auf. »Wie bitte? Irgendwas läuft hier gerade schief. Ich dachte, Sie als Nonne müssten ...«

»Nicht nur die Lysanth sind Individuen, die wir einzeln beurteilen sollten, auch wir Nonnen können durchaus eine eigene Meinung vertreten, Miss Perkussio.« Die Schwester rührte seelenruhig ihr Getränk um.

Ihre Worte beruhigten das Chaos in mir ein wenig. Und obwohl sie mich warnte, festigten sie meine Entscheidung. Ich würde Liras einige Fragen stellen, ganz gleich, wie sehr ich mich davor fürchtete. Es waren jedoch nicht die Carwing-Studien, die mir Angst machten. Und vielleicht zeigte genau das, was für eine Närrin ich war. Ich wollte schlichtweg nicht daran glauben, dass mir Liras gefährlich werden konnte. Zumindest nicht er selbst. Meine Nackenhärchen stellten sich auf. Dass er ein Lys war, machte eben doch einen gewaltigen Unterschied – einen mit Zähnen und Klauen. *Hat dieser Daimos wirklich versucht mich anzugreifen?*

»Schwester Emily.« Meine Stimme klang kratzig und ich räusperte mich. »Ich verstehe, wie wichtig die Geheimhaltung ist. Aber beantworten Sie mir bitte diese eine Frage? Können ... können Daimos einen Menschen verletzen?«

Sie sah erstaunt auf. »Wie kommen Sie darauf?«

Ein eisiger Schauer rann über meine Haut. »Ich ... hatte Angst vor ihm.«

Sie stellte ihre Tasse ab und taxierte mich, als suche sie nach dem Fehler in einem Muster. »Weil er fremdartig auf Sie wirkte?«

Ich schüttelte den Kopf, dachte an die grazile Gestalt des Drachen ... und seinen brennenden Blick. »In meinem Kopf sind nur einzelne Erinnerungsbilder. Ich weiß nicht, wie ich das beschreiben soll. Aber, wenn ich daran denke, ist da Furcht ... und diese Überzeugung, dass er mich angreifen wollte.«

»Sie ... angreifen?«, wiederholte Schwester Emily und runzelte die Stirn. »Ich meine, natürlich glaube ich Ihnen, dass Sie es so empfunden haben, aber ... Das erscheint mir nicht plausibel.

Sicher lag es an dem Betäubungsmittel, schließlich waren Sie kaum bei Bewusstsein. Ihre Wahrnehmung war verfälscht.«

»Ja. Natürlich.« Ich hoffte, dass es so war, dennoch blieb das Gefühl einer Bedrohung bestehen, genauso wie eine törichte, kleine Hoffnung.

Liras war mir gefolgt, er hatte mir geholfen und ... Verdammt, ich sollte mir nicht länger den Kopf über das *Warum* zerbrechen. Ich würde es einfach herausfinden.

Entschlossen griff ich nach der bunten Tasse, um die letzten Schlucke der kalten Kaffeepfütze zu trinken.

»Diese Eindrücke rühren sicher von Ihrer Betäubung her. In Anbetracht dessen ist Ihr Schock nicht verwunderlich.« Schwester Emily seufzte. Ihr Blick glitt nach oben und der rote Schimmer tanzte auf dem schwarzen Stoff ihrer Tracht. »Diese Feuerwesen können schließlich recht einschüchternd wirken, selbst, wenn man bei klarem Verstand ist. Ein in Flammen gehülltes Wesen ...«

»Flammen?«

Sie stutzte. »Nun ja, keine echten Flammen natürlich, doch schließlich sehen sie aus, als bestünden sie aus Feuer. Ich habe in meinem Leben zwei Stück gesehen und werde den Anblick nie vergessen.« Ein feines Lächeln bog ihre Lippen.

Erschüttert musterte ich sie. Gab es verschiedene Arten von Daimos? Ich schüttelte den Kopf. »Dieser war anders.«

Sie stockte und zog die Stirn kraus. »Wie meinen Sie das?«

»Er ... war pechschwarz.«

Von einem Moment auf den anderen erschlafften ihre Gesichtszüge.

»Das ist unmöglich«, wisperte sie.

Mein Magen rebellierte gegen die wenigen Tropfen kalten Kaffees. Ich hielt die Luft an, eine kalte Böe fuhr durch mein Haar und wirbelte Schwester Emilys Schleier auf. Langsam, als hätte die Zeit sämtliche Bewegungen gedrosselt, wanderte ihr Blick ins Leere.

»Miss Blayke.« Schwester Emilys Stimme klang schleppend, monoton. »Halten Sie sich unbedingt von diesem Mann fern.«

Der Becher in meiner Hand zitterte. »Warum?«

»Weil ...« Sie schluckte, holte noch einmal tief Luft, ehe sie die Worte hervorstieß. »Weil er tot ist.«

Glossar

ALPHA: Person, die als Mensch geboren und im Jahre 2154 mittels eines Serums zu Lys oder Uskron gewandelt wurde.

AQUALAB (Wasserlabyrinth): eine 2155 von den Lysanth entwickelte Sportart, die seitdem die Massen begeistert, und bis zum Rift Impact die drei Völker verbunden hat.

BRÄSSPHYLINSALFAT: Ein Gas, das sich in der Stratosphäre der Mutterebene ansammelt. Alle acht bis dreizehn Tage erfolgt eine Entladung in Form eines Rift-Influx. Das sogenannte Bräss senkt sich als goldgelber Giftnebel ab und durchdringt unbelebte Materie. Wasser ist resistent. Bräss ist giftig, zerfällt jedoch nach einigen Minuten und löst sich beinahe restlos auf. In Kontakt mit Sauerstoff und diversen Baustoffen bilden sich Salfatablagerungen, die sich über Jahre in kalk- und tonhaltiges Material fressen und dieses brüchig werden lassen. Zum Schutz von Bauten wird im Außenbereich Mirteol 5D verwendet. In Innenräumen reicht eine stark wasserhaltige Lasur aus.

COIN: vorherrschende Währung. Ein Coin entspricht zehn Skail, ein zerteilter Skail wird als Prim bezeichnet.

DAIMOS: 2168 kamen erstmals Gerüchte über Daimos auf, die besagten, dass Uskrim und Lysanth zu seelenlosen Wesen wurden, deren Geister sie nun verfolgen. Vertreter dieses *Dogmas* wurden bald darauf als Volksverhetzer exkommuniziert. Dieses und viele andere Gerüchte über dämonische Wesen haben sich jedoch gehalten.

GOAN: Angeblich Projektionen riesenhafter Geschöpfe, die in den Sphären leben. Dafür empfängliche Menschen können sie während des Sphärenlichts, in der Nähe von Toren, auf der Mutterebene wahrnehmen.

GORSPHÄRE: Eine Existenzebene, die sich hinter der LysSphäre befindet. Der Durchbruch zu dieser wird als der Rift-Impact bezeichnet.

GREEN IMPACT: März 2148, die Öffnung der USphäre, Hebung des ersten Schleiers.

IMPRÄGNIERFLÜSSIGKEIT FÜR ATEMMASKEN: Eine dickflüssige Schutzemulsion, die durch ihren hohen Wassergehalt Brässphylin abhält, jedoch sauerstoffdurchlässig ist. Sie fungiert gleichzeitig als Filter.

LYSANTH (Einzahl: Lys): mit der LysSphäre kompatible Personen, welche auch auf der Muttersphäre dauerhaft leben können.

LYSSPHÄRE: Eine Existenzebene, die durch eine stärkere Schicht von der Erde getrennt ist als die USphäre.

MIRTEOL 5D: Ein beißend riechendes, nicht wasserlösliches Mittel, erfunden von Gregor Fincher. Es verhindert die Ablagerung oxidierter Salfatrückstände, die kalk- und tonhaltige Baustoffe angreifen, wodurch befallene Stellen sofort ersichtlich werden. Es wird auf Häuserfassaden gesprüht und schützt diese sechs bis neun Monate vor der zersetzenden Wirkung.

MUTTERSPHÄRE/ MUTTEREBENE: andere Betitelung für die Erde

RED IMPACT: Mai 2148, die Öffnung der LysSphäre, Hebung des zweiten Schleiers.

RIFT IMPACT: August 2157. Die Öffnung eines Spaltes zur GorSphäre, wodurch die Lysanth Alphas das Gleichgewicht der neuen Weltgliederung zerstörten, ein Unglück, das Milliarden Opfer forderte und den immer wiederkehrenden Rift-Influx auslöste. Dem Uskron Samuel Carwing ist zu verdanken, dass die Menschheit die katastrophalen Folgen, allem voran den Angriff der Lysanth auf die Mutterebene, überlebte.

RIFT-INFLUX: Ein Unwetter, ausgelöst durch Partikel aus der GorSphäre, die sich in der Stratosphäre der Mutterebene ansammeln. Ursprung ist das Ungleichgewicht, das der Rift Impact auf die Muttersphäre ausübt. Infolgedessen kommt es zu schweren Gewitterstürmen und Partikelentladungen in Form von Brässphylinsalfat.

SCHUTZRÄUME: bieten Schutz vor Unwettern, Blitzeinschlägen und sind mit Schutztüren zu sichern, um Verschüttete nach Einstürzen bergen zu können. Darüber hinaus müssen Bunker mit genügend Atemmasken und Imprägnierflüssigkeit ausgestattet sein, um vor Brässphylin zu schützen.

SPHÄRENLICHT: Ein regelmäßiges Phänomen am Himmel, das einige Minuten anhält. Es erstrahlt am Nachmittag rot, in der Nacht grün, da sich angereicherte Partikel aus den Sphären in der Stratosphäre gegenseitig aufheben.

USKRIM (Einzahl: Uskron): mit der USphäre kompatible Personen. Sie können ihre Sphäre nur für einige Stunden verlassen.

USPHÄRE: eine Existenzebene, die nur durch eine dünne Schicht von der Muttersphäre getrennt ist, weshalb sie deren Erscheinen widerspiegelt.

WANDLUNG: 2154, Verabreichung eines genverändernden Serums an zwei Drittel der Menschheit, das sie in Lysanth und Uskrim verwandelte. Darauf folgte die Aussiedlung in die Sphären.

Dramatis Personae

Balt Lewis: Spieler der Beldon, Position: Striker
Carwing, Samuel: Genforscher und Volksheld
Cedric Archer: Waise aus Edenplace
Charlie Hebs: Spielerin der Beldon, Position: Defense
Cora Redcliff: Waise aus Edenplace
Cynthia Parker: Spielerin der Beldon, Position: Enigma
Dora Moser: Spielerin der Beldon, Position: Striker
Eloy Fondly: Mitbewohnerin von Tiff Samasi
Ferrow, Mrs: Direktorin der Beldon
Finn Miles: Waise aus Edenplace
Grey, Henry: Spieler der San Beldora, Position: Striker
Hatch, Ophelia: Spielerin der Quanos, Position: Enigma
Isa Frope: Freundin von Finn Miles
Jarrings, Cameron: Trainer des Beldon-Teams
Kiran Fold: Spieler der Beldon, Position: Defense
Lana Perkussio: Waise aus Edenplace
Lem Baken: Mechaniker
Lion Prenton: Spieler der Beldon, Position: Striker
Liras: Hydro Techniker
Marc Carlton: Spieler der Beldon, Position: Defense
Marge Pellment: Spielerin der Beldon, Position: Striker
Morten, Kyle: Arzt
Quentin Holmes: Talentscout
Ruby Blayke: Waise aus Edenplace
Schwester Emily: Lehrerin in Edenplace
Schwester Claire: Nonne in Edenplace
Tabea, Mutter: Äbtissin des Klosters Edenplace
Tiff Samasi: Spielerin der Beldon, Captain, Position: Striker
Yu Naseto: Spieler der Beldon, Position: Defense und Enigma

In Vorbereitung:

Bendic Liras

Rost und Gebein

Die Sphären-Chroniken II

Danksagung

Dieses Buch begann mit einem Traum. Er hat sich vor einigen Jahren in meinen Kopf geschlichen und mich nicht losgelassen, sodass ich ihn mir auf einem Zettel notiert habe. Ein Teil davon findet sich noch in der Szene, in der Ruby Liras zum zweiten Mal begegnet. Im Traum konnte sie übrigens fliegen, was ich aber verworfen habe. Schließlich geht es hier um bodenständige Fantasy. Auch sonst blieb nicht viel von dem, was die ursprüngliche Idee vorsah, aber aus dieser kleinen Szene hat sich alles Weitere entfaltet. Und schließlich wurde aus einem Papierschnipsel ein Buch. Der Auftakt zu einer neuen Reihe, die zu schreiben mir persönlich sehr viel bedeutet und mir neben dunklen Augenringen auch ungeheuer viel Spaß bringt.

Als Autor verliert man sich gerne in seinen Geschichten und daher möchte ich mich ganz besonders bei meiner Lektorin Andrea Weil bedanken. Danke für zahllose neue Einblicke und deine professionelle Sicht. Ich konnte so viel von dir lernen und kann sagen: Dieses Buch hat enorm von deiner Arbeit profitiert. Du bist eine fabelhafte Lektorin mit einem Auge fürs Detail, das ich nicht mehr missen möchte! Aber das ist wohl elementar, lieber Watson.

Außerdem vielen herzlichen Dank an meine wunderbaren Testleserinnen: Jutta Blum, Melanie Aichinger, Carolin Hirt, Katrina Lähn, Cornelia Fett, Scarlett Kierdorf, Rebecca Moreno, Janina Bölling, Yvonne Keiper und Yvonne Kocharska. Ihr seid nicht nur großartige Fehlerjägerinnen, sondern habt mich auch mit wertvollen Tipps und Ratschlägen unterstützt. Tausend Dank für euer großes Engagement! Ich freue mich unglaublich, euch zu haben!

Liebe Leserin, lieber Leser, last but not least, möchte ich mich von Herzen bei Ihnen bedanken. Ohne Sie wären die Seiten nur bedrucktes Papier. Daher freue ich mich, wenn diese Welt in Ihrem Kopf zum Leben erwachen konnte, und hoffe, Sie sind dabei, die Geheimnisse der Sphären weiter zu ergründen. Die Geschichte hat gerade erst begonnen.